박태순 중단편 소설전집 6

단씨의 형제들

책임 편집·해설 김영찬

일러두기

1. 『박태순 중단편 소설전집』은 박태순의 작품 세계를 집성해 널리 알리고 그 문학사적 의미를 새롭게 조명하려는 목적으로 기획되었다.
2. 수록 작품의 순서는 발표 시기 순에 따랐으며, 최초 게재지를 작품의 마지막에 밝혀 적었다.
3. 맞춤법, 띄어쓰기, 외래어 표기 등은 현행 한글 맞춤법과 외래어 표기법에 따라 수정했다.
4. 한글 표기를 원칙으로 삼았으며, 필요한 경우 괄호 안에 한자를 병기했다.
5. 간접 인용과 강조는 ' ', 직접 인용과 대화는 " ", 단편소설은 「 」, 장편소설은 『 』, 잡지는 《 》, 영화 등과 같은 작품은 〈 〉으로 표기했다.
6. 시 구절, 노래 가사 등의 직접 인용은 들여쓰기로 표기하였으며, 등장인물의 편지글이나 낙서 등은 이탤릭체로 표기하였다.
7. 이제는 사용하지 않아 의미가 불명확한 단어는 각주를 붙여서 설명하였다.

단씨의 형제들

『박태순 중단편 소설전집』을 펴내며

소설가 박태순이 타계한 것은 2019년 8월 30일이었다. 그때 영안실에서 조촐한 추도식을 연 우리 후학들은 고인의 문학 세계를 제대로 정리해 널리 알리는 일의 중요성에 대해 쉽게 의견을 모았다. 그로부터 5년, 우리는 이제 박태순 문학 전집의 첫 번째 성과물로 『박태순 중단편 소설전집』을 세상에 내보일 수 있게 되었다. 스스로 자랑스럽게 생각한다.

주지하듯, 박태순은 소설 이외에도 특히 국토 기행과 현장 르포 같은 산문, 역사 인물 평전, 제3세계 문학 번역 등 다방면에 걸쳐 활발하게 집필 활동을 했다. 엄혹한 시기 무소불위의 전제와 폭압에 맞서 자유실천문인협의회(현 한국작가회의)의 창립도 주도했는데, 그 과정을 꼼꼼히 기록하고 정리해 하나의 문학적 유산이 되게 한 것도 오롯이 그의 몫이었다.

소설로 국한하더라도 박태순은 한국 현대문학사에 자못 의미 있는 발자취를 남겼다. 무엇보다 그의 소설은 시대와의 고투 없이 쓰인 작품이 없으니, 중단편의 경우, 예컨대 「무너진 극장」에서 「외촌동 연작」으로, 거기서 다시 「3·1절」과 「밤길의 사람들」로 나아가는 계보가 이를 여실히 증명한다. 월남민의 자식으로 그는 도시 빈민의 삶을 묘사하는 데 자신의 생 체험을 유감없이 발휘했으며, 경제 개발 과정에서 소외되거나 심지어 추방된 또 다른 빈민들의 집단적 형성 과정에도 집요하리만큼 큰 관심을 기울였다. 또한 그는 소설을 쓰되 마치 성실한 사관처럼 당대를 생생히 기록하는 것은 물론, 한 걸음 나아가 시대를 관통하는 정신의 실체를 찾아내기 위해서도 부단히 노력했다. 이는 1960년 대학에 입학하자마자 독재 정권의 흉탄에 벗을 잃은 자의 순결한 부채 의식에서 비롯했으되, 1970년 전태일의 죽음, 1980년 광주 오월에 대한 부채 의식과도 무관하지 않을 것이다. 당대의 총체적인 현실은 늘 그의 소설의 기점이자 마땅히 가 닿아야 할 과녁이었다.

따라서 그는 소설을 쓰되 골방에서 저만의 우주를 구축하는 데에는 관심이 없었다. 그의 소설은 곧 이야기였는데, 고맙게도 장삼이사 필부필부의 이야기는 사방 천지에 널려 있었다. 그는 발품을 팔아 가며 그런 이야기를 듣는 데 실로 많은 시간과 노력을 기울였다. 국토와 민중에 대한 무한한 애정이 그를 추동했다.

그러나 그의 소설에 대해 이런 식의 고식적인 평가만 반복하는 것은 바람직하지 않다. 그가 동시대의 다른 어떤 작가들보다 고집스러운 측면이 많은 것은 사실이지만, 다른 한편 그는 굉장히 풍성하고도 열린 오감의 소유자였다. 문학 청년처럼 오직 사전에만 남아 있을 낱말들을 수두룩 되살려낸 것도 하나의 사례일 터. 게다가 문학에 대한 그의 놀라운 열정이라니! 작품 목록을 작성하는 과정에서 우리는 등단 직후부터 가히 초인적인 힘으로 소설에 매진한 한 사람의 전업 작가를 목격할 수 있었다.

　이번『박태순 중단편 소설전집』에는 그동안 거의 언급되지 않았던 작품들도 여러 편 발굴해 실을 수 있었다. 그의 문학에 대한 이해와 평가가 한층 넓어지고 또 깊어지는 계기가 되기를 바란다.

　박태순 전집 간행위원회의 얼개를 짠 이후 곧바로 박태순 전집 편집위원회를 구성했다. 소설가 김남일과 시인 이승철, 그리고 부지런히 그의 작품을 읽어 온 후학들로 김영찬, 김우영, 박윤영, 백지연, 서은주, 오창은, 이수형이 위원으로 참여했다. 이후에도 많은 이들이 힘을 보탰고 짐을 나누었다. 이 자리를 빌려 고인의 가족에게 가장 먼저 감사의 인사를 드린다. 특히 장남 박영윤은 처음부터 끝까지 뒷바라지만을 자처해 간섭은 하지 않되 물심으로 온갖 도움을 아끼지 않았다. 어려운 출판 사정에도 불구하고 기꺼이 출판을 맡아 준 '걷는사람'의 김성규 대표의 결단, 그리고 어렵고 짜증스러웠을 편집과 제작의 실무를 맡아 준 여러 직원의 노고도 기억해야 한다. 일일이 호명해 드리진 못하지만 전집 간행에 시량의 우정을 보태 준 많은 벗과 독자들에게도 고마운 마음을 전한다. 마지막으로, 고인의 동기로 긴 세월을 함께해 온 염무웅 선생이 간행위원회 위원장을 맡아 주셨기에 이 모든 작업의 첫발을 뗄 용기를 얻었음을 밝힌다.

　박태순 전집 간행위원회는 앞으로도 장편 전집과 산문 전집을 계속해서 펴낼 예정이다. 많은 관심과 격려를 부탁드린다.

2024년 12월
박태순 전집 편집위원회

차례

박태순 중단편 소설전집 6권

형성

형성

1.

병혜라는 이름을 가진 아가씨와 내가 느닷없이 서로를 미워하고 이죽거리게 된 사건이 어제 일어났다. 정묵이는 도리어 썩 잘된 일인지도 모르지 않느냐고 그랬고, 사실 대한민국에 여자는 악착같이 많다고 위로해 주었으며, 거기에 한술 더 떠서 이제 우리는 일차 여자의 의미를 수정해 둘 필요가 있는 연령에 도달되었다고 깨우쳐 주는 것이었다.

그러나 어제 나는 '아 이것이 슬픔임에 틀림없다' 생각되는 그런 감정에 휩싸여 있었다. 나는 병혜를 사랑한다거나 병혜가 없으면 도저히 살지 못하겠다든가 생각해 본 적은 없었지만, 그렇다고 그녀를 경멸하고 싶어진다든가 싫어서 못 견디게 된다든가 하는 경우를 가져 보지도 않았다. 우리는 조용하게 다방 한구석에 자기를 외표시키고 있는 그런 소탈한 연인 관계를 즐겨 왔던 것이었다. 그리고 병혜는 평범하게 세련된 인상을 누구에게든 보여줌으로써 보통 여자 이상의 수준에 올라 서 있는 그런 아가씨였던 것이다.

사실 그것은 묘한 기분이었다. 분명 가렵기는 한데 그 가려운 곳이 어딘지 잘 알 수 없는 그런 기분이었다. 그래서 진짜로 가려운 곳은 제쳐 두고 전혀 엉뚱한 곳을 열심히 긁어 대고 있는 듯한 기분이었다. 연애에 있어서 그런 느낌이야 흔히 있는 일이긴 하지만, 어제는 그것이 더 노골적으로 드러났다. 병혜를 보는 순간부터 마음의 주름살에서부터 가려움증은 생기기 시작했던 것이다. 그리고 그것은 병혜의 입장에서도 마찬가지였던 모양이었다. 그녀는 성났다기보다도 앵도라져 있었고, 나를 의식적으로 무시해 놓지 않으면 자기가 피해를 입는다고 생각하고 있는 듯하였다.

아마 정묵이가 보기에도 나는 딱한 녀석이었을 것이다. 아니 꽁생원으로 비쳐졌는지도 모르겠다. 정묵이는 가장 어색한 방법으로 나를 위로시켜 주었다. "여자란 다 그런 거야." 정묵이는 이렇게 말했다.

내가 정묵이의 말에 서려 있는 남자 일변도의 궤변을 느꼈을 때, 나는 조금 비참한 기분이었다. 우리의 용어(用語)는 그럴 때를 '비보통의 상태'라고 정의하는데, 그것은 왕왕 놀려 대는 의미로 사용되는 것이었다.

확실히 나는 비보통의 상태에, 아니 비보통의 위기에 처해 있었다. 그 말은 아울러 비본질적인 인간이 되어 있었다는 뜻이기도 하다. '미스터 속물'이라는 별명을 가지고 있는 내게 있어서는, 반드시 평범한 상황을 사랑해야만 될 이유가 있었던 것이었다.

비보통의 상태에 처하게 되면 나는 아주 쉽사리 실수를 터뜨리고야 마는 성격의 인간이었다. 물론 그러한 성격은 비단 나만의 선천적인 생리에 의해서 이루어졌다기보다도 20세기의 60년대 한국이라는 사회 조건이 나에게 협력해서 이루어 놓은 면도 있을 것이었다. 벼락부자인 우리 아버지는, 대한민국이 아주 우습고 어색하게, 마치 농담하는 기분으로 살아 두면 그럭저럭 재미를 볼 수도 있는 곳이라고 설명하고 싶어 하는 듯한 기분으로 늘 내가 꽁생원이라고 핀잔을 주셨다. 그러니까 내가 꽁생원이라는 자의식을 피하는 방향에서 꽃 핀 것이 '미스터 속물'이라는 별명이었다. 나 스스로도 '속물'이라고 긍정해 버림으로써 아주 간결하게 마음속에 있는 '아웃사이더'적인 요소를 축출해 버릴 수가 있었다. 나는 인생이라는 것의 형식을 탐구하는 구도자적인 입장에 설 수는 없었다. 하나의 질서로서 주어진 인생이라는 내용물을 소비시켜 가는 소비자의 입장에 서 있었다. 나는 무조건 인사이더였다.

그렇다고 해서 내가 '미스터 속물'이라는 별명을 듣기 좋아한 것은 아니었다. 나는 그 별명을 싫어했다. 그 별명에는 비단 나를 속물이라고 규정하려는 뜻보다도 나를 경멸하는 뜻이 더 강하게 담겨져 있기 때문이었다. 그 경멸은 아주 설득력이 강한 것이었다. 말하자면 내가 돈 있는 쌍놈의 허수아비 같은 장남(長男)에게 있을 수 있는 갖가지 기분 상하게 하는 요소를 하나도 빠짐없이 갖추고 있음에 틀림없다고 단정을 내리는 듯한 어감조차 풍겨지는 것이었다. 나는 대개 나의 별명에 대해서는 많은 변명을 가지고 있었다.

어제 병혜가 흥분한 뒤끝에 '미스터 속물'이라는 단어를 그녀의 오도롬한 입술로 내뱉었을 때 나는 무엇인가 예리한 흉기로 뒤통수를 강하게 얻어맞은 듯한 기분이었다. 금방 병혜는 한 말을 취소하고 싶어 하는 듯한 표정을 짓기는 하였으나, 나는 병혜의 음성을 타고 탄생한 그 금속성의 공격에 미처 방비를 차리지 못한 채 멍하니 앉아 있었다. 귓바퀴 속의 공명판은 병혜가 뱉어 낸 '미스터 속물'이라는 금속성을 상감(象嵌)으로 새겨 둔 듯하였다. 나는 괴로운 심정이 되었다. 아마 비참한 심정이기도 하였다. 병혜가 나를 '미스터 속물'이라고 불렀다고 하는 그 괴로운 자각은, 바로 그 순간부터 병혜를 나로부터 '미스터 속물'이라는 채색의 세계 저쪽으로 이간(離間)시켜 놓았다. 나는 그녀와의 사이에 엄엄하게 존재하는 거리감을 분명하게 확인하고 있었다. 드디어 병혜도 '미스터 속물'이라는 그 터부적인 단어를, 철저히 남성적인 언어를 입에 담았다니, 나는 비단 남자의 세계에서뿐만이 아니라, 여자의 세계에 있어서까지도, 그리고 어딘가 하면 반드시 비속물적인 순수성을 가지고 있음에 틀림없다고 믿어 마지않았던 나와 병혜만의 세계에까지도 '미스터 속물'의 그 다치고 싶지 않은 추저움이 끼어든 것을 슬프게 생각했다. 나는 고독을 느꼈다. 나는 느닷없이 흥분된 기분이었고 거기에다가 분노의 즉물적인 위력을 갖춰 두고 있었다.

2.

다방 안은 수선스럽기 그지없었다. 병혜와 나는 2층에 앉아 있었다. 우리는 침묵을 지키고 있었는데, 우리의 침묵을 효과 있게 확인이라도 하여 주는 듯이 스피커는 왕왕 소리를 내며 레이 찰스의 〈아이 캔트 스톱 러빙 유〉를 방송하고 있었다. 그 노래는 무조건 듣기 싫었다. 그 노래의 가사는 전혀 내 마음에 들지 않았다. 몹시도 화가 올라 있는 나를 약 올려 주기 위하여 그 깜둥이가 지랄을 하고 있는 것처럼 생각 들었다. 나는 여기의 상황이 가하고 있는 멸시를 무조건 인내하고 싶지만은 않았다. 분노는 돌파구를 찾아 나의 마음속에서 뭉클뭉클 소용돌이를 치고 있었다. 그래서 나는 병혜를 봤다. 그녀의 얼굴은 전혀 아름답지 않았다. 그저 흔해 빠진 여자의 얼굴이었다. 나는 그녀의 옹다문 입술을 봤다. 저 입술이 조금 전에 '미스터 속물'이라는 단어를 배설하였다 생각하니 화가 났다. 네가 뭔데?

흔해 빠진 여자인 네가 무슨 자격으로 아니 무슨 특권으로 나의 마음속 깊은 곳에 있는 치부(恥部)를 건드린단 말이냐. 그러나 암만 마음속으로 중얼거려 봐도 흥분은 풀리지가 않았다.

병혜는 전혀 태연할 수 있다는 듯이 비비꼰 다리를 간당간당 움직이고 있었다. 그녀는 뾰족한 하이힐 앞축으로 탁자 다리의 금속판을 따악따악 때려 대고 있는 것이었다. 나의 울화는 그것을 트집 잡아 더 거대해졌다. 오냐 너 잘 그런다. 마음껏 태연해라. 그러나 두고 보지. 네가 생각하는 것처럼 이번에도 그렇게 만만하게 물러서나? 나는 헛기침을 한 번 했다. 몹시도 심심하던 차에 어떻게 생각났다는 듯이 아리랑 담배를 물었다. 담배는 아주 썼다.

레지가 발뒤축을 드러내 놓은 샌들을 신고 우리 앞으로 다가왔다. 그 레지는 처음 보는 얼굴이었다. '응접실' 다방은 나의 지독한 단골이었기 때문에 나는 이 다방의 마흔다섯 살 난 영업주인 땅땅보 김홍경 씨와도 아는 처지였던 것이다.

"차 시키세요." 그 레지는 무례하였다. 나의 울화는 이것을 첨가했다. 도대체 이쪽에서 차 가져오라고 하기도 전에 마실 것을 강요한다니 말도 안 되는 수작이었다.

"사양하겠어. 아니 조금 있다 들겠어." 그러나 나는 점잖게 말했다.

"그러지 말구 시키세요."

"쬐끔 있다 들겠다니깐. 시키는 게 아니라 식히는 게 되면 곤란하잖어?"

"참 이상한 손님이다. 암만해두 시키실 텐데……." 그녀는 또 '시킨다'고 하는 사역동사를 썼다.

"무어가 이상해? 말했잖아, 엉? 쬐끔 있다가 들겠다구. 난 차를 들어 본 적은 많지만 시켜 본 적은 없어."

"그럼 지금 드세요."

"싫어. 지금 차 마시고 싶은 기분이 아니란 말야."

"아이 들지 뭐." 그때 병혜가 말했다.

기껏해야 열 일고여덟밖에는 안 되었을 레지가 빠끔이 나를 쳐다봤다. 나는 다시 화가 났다. 그 레지는 병혜와 나와의 불편한 기분을 죄다 이해하고 있다는 듯이 빙긋 웃어 대는 것이었다. 병혜가 나에게 '미스터 속물'이라고 한 말조차도 알고 있다는 듯이, 그리고 그러함에도 불구하고 병혜 편이란 듯이 뻐겨 보는 듯한 투로 몸을 비꼬는 것이었다.

나의 분노는 그래서 맹렬하게 폭파되려고 그랬다. 병혜가 얄미워 죽을 지경이었고, 요 맹랑한 레지가 밉살스러워 도저히 가만있고 싶은 기분이 아니었다.

"때려 죽인대두 차는 못 들갔다. 알어?" 나는 말했다.

"아이 괴상하게 그러시네." 레지는 신경질적으로 재떨이를 청소했다.

"정말 균서는 오늘 이상하다. 언제 들어두 들 건데 머. 여기 밀크 두 잔 가지고 와요." 병혜가 말했다.

"뭐라구? 천하 없어두 밀크는 안 마셔. 아니 지금 차는 안 들어. 쬐끔 있다가 들 테니 가쇼. 에, 가요."

"이것 보세요." 레지는 말했다.

"아, 볼 거 없어."

"그럼 나가셔야죠."

"뭐라구? 너 말 다했니?"

"왜 흥분하세요? 그럼 차 시키세요." 레지는 또 '시킨다'는 사역동사를 썼다.

"네 시켜요. 여기 밀크 두 잔 갖다 달랬잖아요." 병혜가 말했다.

그녀는 나를 대상으로 두고 하는 말인지 레지를 대상으로 두고 하는 말인지 그 한계를 모호하게 흐려 놓았다.

"알았습니다. 시키겠습니다." 레지는 냉큼 답했다.

"난 안 들어. 안 시켜." 나는 말했다. 그러나 레지는 가 버렸다.

스피커에서는 레이 찰스의 노래가 끝나 있었고, 대신에 〈아이 러브 유 모어 앤 모어〉가 흘러나오고 있었다. 나는 그 노래를 부른 가수가 누구인지 알지 못했다. 그럴뿐더러 그 노래의 정감을 들어준다는 것은 나의 울화를 더욱 공고하게 하는 것 이외에는 아무것도 아니었다. 다른 때라면 몰라도 어제는 그 노래를 전혀 좋아하지 않았다.

나는 성난 표정으로 마구 병혜의 얼굴을 바라봤다. 내가 얼마나 성이 나 있는지 병혜가 반드시 알아주어야만 한다고 생각했다. 여느 때의 병혜는 이렇지가 않았다. 그래 밀크를 주문하다니, 그것도 나의 말과 나의 의사를 거역하면서까지도. 그래서 나는 병혜에게 쏘아 줄 말을 골랐다. 얼른 들으면 전혀 쏘아 주는 말의 냄새가 나지 않으나 곰곰이 생각해 볼수록 가증스런 모욕의 말이 될 그런 말을 고르고 있었다. 적당한 말이 잘 생각나지 않았다. '넌 왜 그리 난해한 얼굴을 꾸미고 있니?' 해 줄까. 그러나 이 말은 모욕의 뜻이 약하겠다고 나는 생각했다.

나는 말했다. "넌 왜 이 모양이 됐니?"

"뭐가 이 모양이란 말야?"

"왜 이 모양 이 꼴루 됐는가 말이다."

"어머, 내가 어째서? 체, 나처럼만 되라지."

"야, 까불지 마라. 아무리 타락해두 너처럼은 되구 싶지 않다."

"그럼 관두라지. 눈 하나 깜짝할 줄 알구."

"깜짝해 보시지? 왜 그리 난해한 얼굴을 꾸미구 있어?"

"약이 올라 죽겠단 말야. 난 균서가 그런 인간인 줄은 정말 몰랐어. 더럽구 비열하구…… 흥, 미스터 속……."

"어? 또 발광할래? 왕창 두드려 패 줄까 부다."

"그래, 때려 때려. 때려 보란 말야. 그럼 시원해질 거야."

"안 때려. 언제 내가 갈긴다구 그랬어? 무어 내가 깡패인 줄 아니?"

"조금 전에 그랬잖어? 두드려 패겠다구."

"후드려 패 줄까 부다 그랬다. 왜? 화가 났을 때 그런 말두 못 하니?"

"못 해 못 해, 여자는 말야, 눈꼽만큼두 다디미돌의 요소를 갖구 있지 않단 말야."

"잘났다, 잘났어."

"난 결심했어. 이제 균서하군 다시 안 만나겠다구. 넌 죽어두 내 맘을 이해 못 할 거야. 니가 내 맘속에 얼마나 큰 상처를 남겼는지두 모를 거야. 그러나 널 비난은 안 해. 니가 밉다구는 생각하지만……."

"흥 자선사업 하시는군."

"그래 자선사업이야. 언제나 여자는 남자를 위해 자선사업을 하고 있는 거야. 그것두 모르니? 특히 나는 너한테 그렇게 했어."

"도대체 나한테 무얼 해 줬다는 거가? 저엉 약 올리지 말라, 야."

"넌 언제나 고독한 인간이었을 거야. 다른 사람은 몰라두 난 잘 알아. 그래 넌 고독한 사람이야. 난 느 그 고독한 마음을 충분히 이해해, 그건 돈이 있다는 거하구두 다르고 니가 머리에 기름을 바르구 있다는 거하구두 다른 거야. 난 니가 요새 이르러 더욱 맹한 표정을 짓구 있는 것을 알아. 그런 균서를 이해해. 균서가 그러면서두 왜 그걸 숨기려 드는지두 이해해. 그리구 말야, 니가 경미를 만났다는 거 그걸 기분 나쁘게 생각하는 건 아니다. 니가 거짓말을 자꾸 하구 있는 게 밉단 말야. 니는 내 명예에다 대구 거짓말을 했어. 난 치명적인 모욕을 당했어. 난 아마 참을 수 있는 한 참아 둘려구 그랬어. 그러나 이 이상은 못 참겠어. 그럼, 아마 엉엉 울게 되구 말 거야. 정말루 엉엉 울게 되구 말 거야."

"울어 봐, 제발 빈다." 나는 조롱하는 어조도 아니고 그렇다고 조롱 안 하는 어조도 아닌, 말하자면 시들하고 지친 듯한 어조로 말해 주었다.

"안 운다. 왜 니 앞에서 우니? 이 이상 균서의 조롱감이 되기는 싫어. 니가 경미를 만난 건 순전히 날 괴롭히려고 한 일이었지?"

"아아니." 나는 대답했다. "걔가 보구 싶다구 그러더라. 전화가 걸려 왔었어. 그래 만나 줬지. 그날따라 심심했었거든." 나는 담배를 물었다. 아리랑 담배는 쓰지 않았다. 그것은 뒤에 생각해 보는 여자와의 승강이처럼 그 맛이 싱거웠다.

나는 스피커에서 나오고 있는 노래가 벤처스 악단의 〈여자와 술과 담배〉라고 하는 팝송임을 알았다. 그리고 나는 생각했다. 조금 전에 나온 〈아이 러브 유 모어 앤 모어〉를 부른 놈의 이름은 알 마티노일 것이라고. 경미와 함께 시청 옆에 있는 '유리집 다실'에 갔을 때 그 노래를 들은 기억이 났던 것이다.

"사내란 다 너처럼 뻔뻔스럽니?"

"난 뻔뻔스럽지 않은데?"

"그럼 뭐야? 너두 심심해서 입때껏 나와 데이트하구 그런 거야?"

"글쎄, 심심했을 때두 있었을 게구 심심하지 않았을 때두 있었겠지. 야 그런데 넌 왜 점점 커 갈수록 민해지니, 엉?"

"흥 다시 시작이구나. 말해 봐. 뭐가 불만인지."

"넌 왜 무슨 결심이라두 한 것처럼 내 앞에만 서면 어렵구 난해한 표정을 만들구 야단이가? 꼭 내가 철학자라두 된다구 착각하구 있는 모양인데, 유감스럽게두 난 철학자가 아니란 말이다. 알어?"

"몰라, 상식적인 얘기를 가지구 조롱하지 마." 병혜는 비꼬고 있던 다리를 풀었다.

"좋아. 아주 얘기해 버릴까? 넌 멍청해져 버렸어. 내가 네 아들처럼 행세해 주길 바랐다면, 그거야말루 오해인 거라. 간단히 말해서 넌 열등감을 느끼구 있는 거라. 제기랄, 콧구멍이나 후비구 있을랜다, 나는."

"흥 열등감을 느낀다구? 웃기지 마. 코메디안두 아니면서. 그러나 이제 니한테 화내지는 않는다. 니가 열등감이란 모욕적인 언어를 차용한 이유야 뻔하지 머. 너두 사람이 그러면 못써. 무어 너한테 동냥하듯이 매달려 있는 줄 아니? 난 실연을 줄망정 당하는 타입은 아닐걸. 다시는 너하구 안 만나기루 결심했으니까 지껄이구 싶은 대루 지껄이시지? 미스터 속…… 그 담 말은 생략해 준다."

"고맙군." 나는 시들하게 말했다.

우리는 침묵했다. 우리의 침묵을 환영하는 것처럼 레지가 허연 밀크를 가지고 왔다. 그 밀크를 보는 것은 고역이었다. 레지는 대단히 의기양양하였다. 나는 다시 화가 나 있었다. 그 울화는 비단 나의 속물적인 근성에서부터 나온 것만은 아닐 것이었다. 추호도 밀크를 마시고 싶은 마음은 없었다. 레지는 병혜와의 공모로 나를 골리는 것에서 어떤 점잖은 프라이드를 느끼고 있는 듯했다. 각별히 예의 바르고 정중하게 밀크 잔을 내 앞에다가 바치는 것이었다. 나는 차라리 허허 웃고 싶은 기분으로 병혜를 이윽히 바라보았고 고양이 상(像)의 레지를 노려보았다.

"여보쇼 레지." 나는 점잖은 레지에게 말을 붙였다.

"왜 그러세요, 손님."

"이거 커피루 바꿔 주쇼."

"그게 과연 가능할까요."

"이봐요, 되믄 된다, 안 됨 안 된다 간단명료하게 얘기해요."

"그럼 간단히 얘기하죠. 해는 동쪽에서 뜹니다."

"안 된단 말요?"

"안 돼요."

"좋아. 여기 커피 하나."

"고맙습니다. 아주 대단히." 레지는 깐죽여 인사까지 했다. 그러고 나서 레지는 의기양양하게 꺼져 버렸다.

병혜는 모유환 분유를 먹는 어린애처럼 밀크를 홀짝홀짝 들이켜고 있었다. 나는 새로 아리랑 담배를 한 대 물고 나서 새삼 스피커에서 나오고 있는 음악을 경청했다. 폴 앵카가 〈세이브 더 라스트 댄스 포 미〉를 부르고 있었다. 그런데 폴 앵카는 그 노래의 무드를 살리지 못하고 있었다. 오리지널의 따뜻한 연애 감정을 이상하게 죽여 놓고 있었다. 나는 대개 폴 앵카의 노래를 좋아하지 않았다. 그녀석의 노래를 듣고 있으면 무식한 흥분이 연상되는 것이었다.

한때 재즈를 진실로 좋아했던 적이 있었다. 배가본드 미군 방송을 밤새껏 틀어 놓은 채 덩달아 흥분하고 논쟁하고 음담패설을 나누고 그랬던 적이 있었다. 그 시절에는 비록 착각이었다 할지라도 생(生)의 들뜬 호화스러움 같은 것이 있었다. 술에 취해 바라보는 신비한 야경(夜景)과도 같이 인생이란 비트닉한 자유 같은 걸로 채

색이 되어 있었고, 그리고 우리의 현장은 그렇게까지 구속적인 여건으로 채워져 있는 것만은 아니었다.

그때 우리 남자 친구들은 여자와의 방사(房事)가 그렇게까지 재미있는 것은 아니라는 점을 터득했다. 차라리 그것은 시시한 어떤 리듬에 불과한 것이었는데, 우습게도 그 간단한 리듬에 대한 도덕적인 후음(後音)은 우리로 하여금 구질구질한 죄책감에 빠져들기를 강요하고 있었다. 우리는 도덕적인 죄책감을 느끼기를 거부하기는 했으나 어느 정도의 쓴맛은 느꼈다. 그리고 그때 우리는 '응접실' 다방의 지독한 단골손님이었다. 거의 날마다 의무감마저 느끼며 들르곤 했는데, 나중에는 이 다방의 기도 보는 패거리쯤으로 승격하기까지 했다.

우리 '지남철' 그룹의 개인 상호 간의 우의는 비교적 좋았었다. 그것은 지남철에 끌려드는 쇳조각처럼 우리 하나하나를 거의 맹목적인 친밀감으로 묶어 놓고 있었다. 내가 그룹의 일원인 병혜를 연인으로 의식하기 시작한 것은 이미 고등학교 때부터였으나, 이 다방의 단골손님으로 있었을 적에는 더욱 그녀에게 매달려 있었다. 그녀는 나의 의식이 끝나는 곳에 서 있는 나의 벽, 일종의 정신적인 진정제였다.

나는 비록 아버지의 장남이기는 했으나, 말하자면 서자였다. 일본에서 제멋대로 흥청망청 용돈을 쓰면서 공부한답시고 유학 가 있을 적에, 거기에서 만난 타락한 신여성이 말하자면 나의 계모가 되는 것인데, 진통을 느끼며 나를 낳아 준, 그러니까 친어머니는 충청남도 홍성에 본적을 가진 몰락한 양반의 팔려 간 신부였던 것이다. 징용을 피해서 귀국한 아버지는 친어머니를 쫓아 보내고 그 신여성을 호적에 기입했다. 친어머니는 6·25 때 사망했다. 아버지는 내가 열일곱 살 되던 때까지 친어머니의 존재를 알지 못하게 해 놓았다. 친어머니는 따라서 육체를 가진 한 인간으로 의식된다기보다는 어떤 정신적인 자부심, 또는 내게 부족되어 있는 어떤 따뜻한 감정의 상징으로 의식되는 것이었다. 사실 신파 영화 조의 이런 나의 가족 상황은 내게 신파조의 콤플렉스를 담뿍 선사했다. 내가 그 콤플렉스에 패배되지 않고 이렇게 '미스터 속물'이라는 별명까지 얻으면서 제법 안정되기에는 비단 나만의 노력에 의한 것이었다기보다도 '지남철' 그룹의 밝은 대화와 극히 양각적(陽刻的)인 행동들에 힘입은 바 컸었고, 그리고 병혜에게서 발견해 낸 여성적인 부드러움, 따뜻함에 의존된 것이었다.

나는 아리랑 담배를 꺼 버리고 나서 병혜를 바라봤다. 그녀는 무생물적인 존재처럼 오도카니 앉아 있었다. 나는 심각해 있지 않는다는 것을 증명해 뵈려는 것처럼 약간 어색하게 웃었다. 그러나 병혜는 전혀 꼼짝하지도 않았다. 무생물적인 존재를 동경하면서 참선(參禪)하고 있는 듯하다고 나는 느꼈다. 나는 조금 심심해졌다. 병혜의 맹꽁 하니 앉아 있는 모습을 지켜본다는 것은 고역에 속하는 일이었다. 그녀는 묘한 습관을 가지고 있어서, 내가 농담 기분이 되었을 적에는 핏대 기분이 되고 있었다.

시계는 오후 세 시를 마악 지난 시각을 지시하고 있었다. 나는 다방을 휘둘러보고 있었는데, 그때 우연히도 정묵이를 발견했다. 나는 그 녀석이 몹시도 반가웠다. 녀석은 아래층 한복판에 혼자 앉아 있었다. 난간처럼 꾸며진 2층에 앉아 있는 나의 시계(視界)로는 그 녀석의 몸매가 몹시도 다부지고 땅땅한 것으로 포착이 되어 왔다. 나는 녀석의 시선이 내 쪽을 올려다볼 때를 기다려 힘껏 손을 올려 보였다. 정묵이는 나를 보더니 유쾌하게 웃었다.

"정묵이가 와 있군." 나는 병혜에게 말했다. 그러나 병혜는 대답을 하지 않았다. "우리가 서루 싸웠다는 걸 정묵이에게 나타낼 필요는 없을 거 같군."

병혜는 아무 말도 하지 않았다. 나는 담배를 물었다. 정묵이가 이쪽으로 걸어오고 있는 모습이 보였다.

3.

"안녕하쇼 제수씨." 정묵이가 병혜에게 말했다.

"제수씨란 말은 빼." 병혜는 화를 냈다.

그러자 정묵이가 웃어 댔다. 녀석의 웃음은 남자임을 자랑해 보는 듯한 너털웃음이었다.

"이거 미안한데. 앞으론 명심하고 형수씨라구 그러겠습니다." 정묵이가 말했다. 녀석의 특징은 낯가죽이 두꺼운 데에 있었다.

"야 인마 악재기 다물라." 나는 무의식중에 고함을 질렀다.

"짜아식, 너더러 형이라구 그런 건 아냐." 정묵이는 내 담뱃갑에서 담배를 한 대 꺼냈다.

병혜는 더욱 토라져 있었다. 나는 슬쩍 정묵이의 뒷다리를 걸어 찼다. 말조심하라는 신호였다. 그러나 낯가죽이 두꺼운 정묵이는 센스가 없는 척하기를 좋아했다.

"왜 구타하냐?" 정묵이는 말했다. "엉? 미스터 속물."

"인마 그 별명은 청산했다. 이제부텀은 미스터 비속물이시다."

"비속물? 차라리 비열한이라구 하는 게 어울리겠다."

"너야말루 비속하다. 야, 깡통." 깡통이라는 것은 정묵이의 별명이었다. 녀석은 고등학교 때 철봉 매달리기에는 약간의 소질을 나타냈으나, 머리를 쓰는 일, 일테면 학교 공부는 잘하지 못했다. 커닝을 부탁하러 돌아다니기로 유명했기에 이런 별명이 붙여졌던 것이다.

"난 깡통을 청산했어. 왜냐? 깡통을 뜯어내구 보니까 그 안에는 아이큐 142의 두뇌가 들어 있더라 이 말씀이다."

레지가 커피를 가지고 왔다. 그녀는 더욱 의기양양해져 있었다. 뽐내고 싶어진 듯한 태도로 내게 잔을 주었다.

"카네이션을 쳐 드릴까요?" 레지는 물었다.

"아 애껴 두쇼." 나는 말했다. "그 대신 여기 밀크 좀 덥혀다 주겠소?" 아까부터 내 앞에 있었으나 끝내 손을 대지 않았던 밀크 잔을 가리키며 레지를 쳐다봤다.

"물론 안 되죠." 레지는 자기의 화술(話術)에 은근히 자부하고 있는 듯이 웃어 댔다. 레지는 정확하게 담배꽁초 세 개가 들어 있는 재떨이를 청소하더니 가 버렸다.

"야 정묵아. 이 밀크는 네가 마시라마."

"짜아식 되게 고맙구나." 정묵이는 별로 고맙지 않다는 표정이었다.

나는 커피를 한 모금 음미했다. 보리를 볶아낸 듯한 맛이었다.

병혜는 더욱 여자가 되어 있었다. 내게까지도 외표시켰던 그녀의 속성을 새삼 폐쇄시키고 나서 맹꽁하고 따분하게 앉아 있었다. 정묵이가 병혜에게 눈 주고 있었다. 나는 헛기침을 했다. 정묵이는 눈길을 돌려 나를 바라봤다.

"야 균서야, 어째 비보통인 거 같다." 정묵이는 눈을 찔끔거렸다.

"그럴지두 모르지. 사태는 극히 유동적이거든." 나도 눈을 찔끔거렸다.

"유감인데? 약소하긴 하지만 꼽사리 껴서 위로해 줄 일이라도 없을까?" 정묵이가 물었다.

"없어."

"그래? 난 시시한 뉴스 깜을 하나 가지고 왔지만."

"무슨 얘긴데?"

"시시한 얘기야."

"얼마나 시시한 얘기냐 이거다."

"오늘 말이다 악당들이 다 모이기루 했어. 왕년의 지남철 그룹의 악당들이다."

"그으래? 무슨 일이라두 생겼니? 한국은행 깽두 잽혔는데."

"웃기지 마라. 그런 게 아니구, 오늘 저녁에 턱이 있어."

"턱?"

"먹을 턱 말야. 수민이, 금마아가 자선파티를 열겠대. 배고픈 자들을 위안하겠다는 뜻이겠지만."

"수민이? 그 꼬마가 웬일인구?"

"자식 못나게스리 장갈 가게 됐대."

"아아니 뭐가 어째?"

"인마 흥분하지 마. 건강에 해로워."

"해로워두 좋아. 누구냐, 못난 아가씨의 이름은?"

"물론 춘향과 같은 수절파지."

"아니 그럼 정임이란 말이니?" 병혜가 얘기에 끼어들었다.

"그 아가씨 이름이 아마 그것일 거야."

"어머 어머, 이상하다." 병혜는 손으로 탁자를 때렸다.

"못 믿겠는데? 오늘 해가 분명 동쪽에서 떴지?" 내가 말했다.

"믿는 쪽이 건강상 좋아. 호레이쇼여, 이 세상에는 자네가 아지 못하는 일이……"

"아 알았어. 언제부터 그런 사고(事故)가 재발생된 건가?" 나는 물었다. 수민이와 정임이는 우리 지남철 그룹의 일원이었던 것이다. 그들은 한때 맹렬히 사랑했으나 곧 맹렬히 증오했다. 이제 와서 그들의 결합은, 더구나 그것이 결혼을 의미한다는 얘기는 도저히 믿기지가 않는 것이었다.

"그러니까 한 달쯤 전이었대. 둘이는 길거리에서 우연히 만나 갖구 바루 이 다방엘 들어왔대. 두 시간가량 으르고 싸우구 하다가 그만 사고가 발생해서 서로가 좋아지고 만 모양이라. 쇠뿔은 단김에 빼야 한다구 그러더라. 쇠뿔이 식으면 잘 빠지지가 않는 모양이지? 하긴 인류보존의 법칙은 그들에게 있어서 좀 묘하게 적용되는 감이 있긴 해." 정묵이는 내 담뱃갑에서 새로 담배를 빼냈다.

"수민이다운 일이겠구나. 뭐래드라…… 그 녀석은 시인이래며?"

"장래가 촉망되는 시인이라드라. 시인의 촉감은 사랑의 섬세를 터치할 수가 있다구 누가 그랬어. 수민이는 사랑이라는 말을 누차 강조하드라만. 그 녀석을 간밤에 만났거든. '넌 사랑을 만져 봤니?' 수민이는 바루 이런 식으로 자기를 설명해 나갔어."

"음탕한 얘긴데? 사랑을 만져 보다니."

"아이 너무하다, 친한 친구 둘이가 결혼을 한다는데 어쩜 농담들만 하구 있니? 난 진심으로 그들의 결합을 축하해 주구 싶어."

병혜는 담배라도 피우고 싶은 것처럼 담뱃갑을 만지작거리면서 몹시도 감격한 듯한 표정을 짓고 있었다. 나는 그녀의 얼굴에서 내가 가지고 있지 않은 여성의 어떤 면을 새로이 읽고 있었다.

"나두 그 녀석을 축하해 준다구. 간밤에 만났을 때 심지어 언어루써 그걸 전달해 줬어. 물론 그 언어는 표면적으로 약간 거친 감촉을 지니고 있었지만……." 정묵이는 씽긋 웃었다. 나는 정묵이가 수민이에게 음담패설적인 얘기를 들려주었을 것을 눈치챘다.

"어쩜, 우리 연령에서 벌써 결혼하는 친구들이 생기다니⋯⋯." 병혜는 결혼이란 단어가 어떤 목적적인 단어, 말하자면 천국이라든가 해탈이라든가 출세라든가 고등고시 합격이라든가 하는 단어와 같은 계열에 속해 있다고 믿고 싶어 하는 듯했다. 나도 어느 정도는 그렇게 믿고 싶었으나, 그것의 정도는 실상 얄팍한 것이었다.

"악당들은 다섯 시까지 오기루 돼 있다. 방섭이두 올 거구, 그 녀석은 군델 나갔잖어? 그리고 우리의 암동지들께서두 다 오시기루 돼 있다." 정묵이가 말했다.

"그렇담 불만인데? 왜 우리에겐 연락을 안 해 줬어?" 나는 정묵이에게 물었다. 여기서 '우리'라 함은 물론 나와 병혜를 가리킨 말이었다.

"그런 말 마. 오늘 아침 열 시부터 몇 차례 전활 걸었다구?"

"하긴 그렇군. 우린 열 시 반부터 만나서 입때껏 으르렁거리구만 있었으니까." 나는 말하면서 병혜에게 눈을 주었다. 수민이와 정임이의 결혼설이 그녀와 내게 어떻게 영향될 것인가를 고려에 넣고 퉁겨 본 말이었다.

병혜는 헛기침을 한 번 했으나 암말도 하지는 않았다.

"아 그러구 보니까 생각났다. 너희 둘은 요컨대 앙가주망 같은 거할 맘 없어?" 정묵이가 내게 물었다.

"앙가주망이라니? 데모하란 소리냐."

"아니지. 인게이지먼트를 불란서말루 꼬부리면 그게 되잖어? 약혼 같은 거 안 하냔 말이다."

"우리 얘기는 하지 마. 머 농담은 듣구 싶잖은 걸." 병혜가 톡 쏘았다.

"농담이 아니지. 나처럼 건강한 사람에게는 다 우습게 들리지만, 제군 같은 약골들에게는……."

"약골들은 변소간에 가서 쇼부나 봐야겠지. 그러다가 이따금씩은 닭똥 같은 눈물을 흘리면서 바빠져야 할 거고. 비극은 극이 아니란 소리다."

"허어 모르는 말씀, 먼저 사랑의 역사를 꾸며 낸 게 누구지? 수민이가 정임이를 쫓아댕긴 건 2년쯤 전부터였어. 그러나 너네들은 고2 때부터였잖어?" 정묵이가 말했다.

"옛날얘기는 꺼내지 마." 병혜가 따졌다.

"그래. 옛날얘기는 꺼내지 마라." 나도 말했다. 옛날얘기는 내게도 따분한 느낌밖에는 주지 않았다. 내가 '미스터 속물'이라는 별명을 얻어 갖게 된 그 시절의 얘기는 몹시도 분주하고 시끄러웠던 어떤 이미지로 연상되기는 하였으나, 그것은 젊은 한때의 방탕인 것과도 같이 그 뒤끝이 공허하였다. 더구나 수민이와 정임이의 결합 소식을 접하고 나서 그 옛날을 회상해 보기는 싫었다. 나는 쉰 살쯤 나이가 들어 버린 것처럼 착각했다.

나는 병혜를 바라봤다. 그녀 또한 피곤에 전 듯한 표정을 꾸미고 있었다. 그녀가 왜 그러는지는 충분히 이해할 수 있었다. 청춘이란 것이 없는 인생이 태반이다. 청춘은 아예 박제된 시절인 것으로 간주해 버리는 편이 어느 모로 보나 편리했다. 청춘은, 이쪽 나라에서는 타락이라는 이미지를 예상하고 나서야 활기를 갖게 되는 악마적인 단어였다. 머릿속에다가 능구렁이를 열댓 마리쯤 집어넣은 듯한 늙은 행동을 하지 않는 한, 낙오되거나 타락한다. 우리의 옛날얘기는 따라서 타락한 얘기였을 것이다.

나는 얼마 남지 않은 커피를 다 마셔 버렸다. 병혜가 무슨 말을 마악 할 듯한 표정으로 나를 주시하고 있었다.

그래서 나는 말했다. "지남철 그룹은 완고하게 해단식을 가져야 겠는걸."

"지남철 그룹? 그게 왜 튀어나와?" 정묵이가 핀잔을 주었다.

"왜 튀어나오냐구? 그게 성숙해서 알을 깠잖어? 이 이상 더 필요 없게 되어 버렸으니까." 내 말은 수민이와 정임이의 관계에 빗댄 것 이라기보다 나와 병혜와의 관계를 의식하고서 한 말이었다.

그룹이라고 하는 그것은 가족적인 유대 관계 같은 것을 구성원 상호 간에 강요하고 있었다. 내가 병혜와 개인플레이를 시작했을 때, 우리는 근친 간의 연애 비슷한 것을 염두에 두었는지도 몰랐다. 정묵이가 은연중에 그것을 강요하였다. 정묵이는 그룹의 리더로서 자처하고 있었다. 정묵이는 병혜와 나의 연애가 그룹 전체의 리듬 감을 해칠 우려가 있으니 중지해 달라고 명령하였었다. 나는 그것 을 거절했었다. 그래서 병혜와 나와의 관계는 지남철 그룹원들 사 이에서는 공공연한 비밀이 되었고, 나는 '미스터 속물'이라는 별명 을 스스로 선택했었다.

"그룹이니 그런 말 관둬." 병혜가 짜증을 부렸다.

"그래 인마, 그룹이란 단어를 추방해 버려." 정묵이도 덩달아서 말했다.

"요컨댄 정신적인 그룹이란 말인가?" 나는 무슨 말이든 해야겠 어서 아무 의미도 없는 수작을 붙였다.

"그것두 아니지." 정묵이가 단정했다. "그룹이란 어렸을 적에만 필요한 거다. 독재 같은 거지."

"하 역사적인 고찰이구나." 나는 빈정거렸다.

"아니지, 기능면에서 따져 본 고찰이다."

"두뇌에서 나오는 얘기는 그만들 해. 어쩜 이렇게들 태연할까." 병혜가 웅얼거렸다.

"뭐가?" 나는 물었다.

"수민이와 정임이를 축하해 주란 말야. 이게 뭐야? 조연급의 발언이 아니라 주연급의 발언을 해요."

"맞았어, 그거야." 정묵이가 알랑방구를 뀌었다.

"남의 집을, 더구나 초대에 응해 가면서 그냥 빈손일 수는 없잖어?"

"아 선물? 우린 요강에다가 피임약 아나보라를 잔뜩 넣어다 주기루 결의했어."

"또 농담 시작이군."

"그럼 무어가 적당할까? 이런 건 여자들의 머리를 빌려야 하지."

"돈이 얼마쯤 되는데?"

"일인당 백 원씩 갹출한다구 그럴 때 거금 일천 원정이 생겨."

"천 원? 그 돈에 적합한 선물이라? 무어 적당한 게 없겠는데."

"열심히 생각해 봐."

"아예 큼지막한 지남철을 사 가지." 내가 말했다.

"또 시작이군." 병혜가 화를 냈다.

4.

시계는 오후 세 시 반쯤에 머물러 있었다. 아래층에 방섭이가 군복을 입은 채로 나타났다. 정묵이는 영화배우 허장강의 느릿느릿한 폼을 잡으면서 일어서더니 방섭이에게로 갔다. 나는 방섭이에게 손을 흔들어 보였고, 그는 나를 위해 건강하게 웃어 주었다.

정묵이는 끝내 밀크를 마시지 않았다. 레지는 밀크 잔을 빼놓고 다른 잔은 거두어 가 버렸다. 껌을 파는 소녀가 다가오더니 하두 지분지분대며 껌을 팔아 달라고 조르기에 나는 20원을 주고 파란 빛깔이 나는 놈으로 골라서 샀다. 병혜는 껌을 씹지 않고 있었다. 나는 껌을 씹으면서 음악을 들어 보려고 그랬다. 스피커에서는 〈타이미 캥거루〉가 나오고 있었다. 나는 그 노래가 섹슈얼 인터코스를 나타낸 것이라고 하는 신문 기사를 본 적이 있었다.

병혜는 우리의 용어로 말하자면 맹하게 앉아 있었다. 우리의 용어는 또한 이런 맹한 모습을 '어색하게 고급이 되어 버린 상태'라고도 정의했다. 나도 또한 어색하게 고급이 되어져 있었다. 병혜와 나는 당분간 아무 말도 하지 않을 것이었다.

지남철 그룹 악당들이 무턱대고 만나서 술 처먹고 떠들어 대고 싸우고 욕하고 음담패설을 나누고 말끝마다 '종삼(鍾三) 가자'를 되뇌면서 그러나 실제로 종삼을 가지는 않고 그랬던 것은 불과 2년 전의 일이었다. 작년까지만 해도 얼마간은 그랬다. 당구 실력은 방섭이가 삼백으로 최고점자였다. 최하점자는 수민이의 팔십이었다. 나는 백오십 짱이였다. 작년까지만 해도 우리는 이따금씩 모여서 당구를 쳤다. 주량은 무어니 무어니 해도 내가 최고였다. 나는 보통 막걸리 석 되 넉 되를 단숨에 비워도 떨어지지 않았다. 수민이는 주량에서도 제일 약했다. 우리의 용어로 말해서 수민이는 '쪼다'였던 것이다. 녀석은 성질이나 성격이 아니라 바로 개성이었다.

수민이는 드뷔시를 좋아했고 베토벤의 후기 현악사중주를 들으면 '인생에 나려지는 절망감의 광활한 폭'을 느낀다고 그랬다. 그는 구스타프 말러의 교향곡도 좋아했는데, 말러에게는 '정신의 건조성' 같은 것이 스며 있다고 그랬다. 그는 총각이었다. 녀석과 나는 너무도 상반되는 인간이었기 때문에 친해질 수가 있었다. 수민이는 철저하게 가난했다. 그는 이퇴계의 직계 후손임을 자랑했고, 정신에 살이 쪄 있다고 자랑하였으나, 한편 논리적으로 분석된 현실에 있어서 자기가 끼어들 공간이 없다고 단정하고는 미국 유학을 꿈꾸는 순진성도 가지고 있었다. 그는 사랑을 믿고 있었다.

한편 나는 음악에 있어서는 바그너를 좋아했고 그리고 좀 우스운 이야기지만 바그너와 숙적이었던 브람스를 좋아했다. 바그너에게서 나는 섹스의 습기 낀 듯한 집념을 천착하고 있었고, 브람스로부터는 세속적인 사회생활에서 느껴지는 정신의 건전한 가멸음 같은 것을 추상시켰다. 바그너가 니체와 다툰 것은 내게는 거의 당연한 일이었다고 생각됐다. 바그너는 거추장스럽게 뽐내 보곤 하지만 어쩔 수 없이 인사이더였던 것이다. 나는 우리 아버지가 독일 같은 나라에 태어났더라면 아마 경제계의 바그너쯤 되지 않았을까 생각했다. 아버지는 지독히 주색에 밝아서 지금 거느리고 있는 여자만 해도 다섯 명이나 되었다. 내가 아버지를 존경할 수 있다면 그것은 단지 아버지의 천재적인 재질인 섹스에 관한 것뿐이다. 아버지는 영원한 쌍놈 계급이었다. 4·19 때 우리 집은 망하는 줄 알았다. 그러나 제2공화국 때 아버지는 더 돈을 벌었다. 5·16이 일어나고 나서 아버지는 두 달가량 감방 생활을 했다. 그러나 아버지는 그 뒤에 재빨리 증권에 손을 뻗치고, 명동에 술집을 차리고, 심지어는 아크릴을 제조해 내고 정치 바람을 이용하고 하여 더 큰 부자가 됐다. 우리 집이 망해 버리고 나면 내가 활개를 좀 칠 수도 있으련만……

수민이와 나는 바둑이 다 같이 4급이었다. 우리는 김인이를 존경했다. 수민이의 두뇌는 철저해서 그는 심지어 바둑이 '현실 생활을 추상화시킨 건축적인 구조의 유희'라고 하는 복잡한 정의를 내렸다. 구스타프 말러의 정신의 건조성은 헤르만 헤세에게서도 볼 수 있고, 헤세의 「유리알 유희」는 바로 바둑의 형태와 비슷하다는 뚱 딴지같은 연역이었다.

수민이와 나는 같이 바둑을 겨루곤 했다. 승부는 거의 반반이었다. 그런데 수민이는 바둑에서 연애하는 법을 배울 수 있지 않을까 하는 기발한 착상을 가졌다. 그때 그는 실리보다는 세력을 위주로 하는 포석법에 충실하고 있었다.

그때 그는 정임이에게 마음을 두고 있었다. 그러나 그는 여자 앞에만 나서면 벌벌 떠는 개성의 소유자였기에 정임이에게 마음을 두고 있다는 것을 당자인 정임이에게 표현하지를 못했다. 그는 우리 남자 녀석들에게 어찌하면 좋으냐고 물었다. 우리는 빈정거리는 어조로 가서 뽀뽀나 하면 만사 해결된다고 충고해 주었다. 그때 나는 대학에 떨어지고 나서 1년 재수(再修)하고 있을 때였고, 한창 병혜와 알알하게 연애를 하고 있을 때였다. 수민이는 내가 병혜와 뽀뽀를 해 본 적이 있다는 단지 그 사실만으로써 나를 존경했다.

수민이의 신화는 그때 시작되었다. 그는 하루에 열 편가량의 시를 썼다. 그것은 비록 어색하게 웃겨 주는 일이었지만, 그러나 수민이가 하도 진지한 표정을 짓곤 하였기에 차마 웃어 주지도 못했다. 그는 자기가 지은 시를 하나도 빼놓지 않고 내게로 가지고 왔다. 나는 무조건 칭찬을 해 주었다.

> 그러다 맞물린 우리 시선(視線)의
> 강한 인내(忍耐)를 사랑이라 한다면
> 여자(女子)여, 사랑이라 한다면

그의 시는 대개 이런 식이었다. '시선의 강한 인내'가 '사랑'인데 어이하여 '여자여' '눈길을 돌리는가'고 하는 개탄이었던 것이다. 그는 어느 날 가정교사 해서 번 돈 천 원을 호주머니에 집어넣고 정임이를 만났다. 그것은 참으로 역사적인 회견이었을 것이다. 수민이는 2백50여 편의 시를 정임이에게 들이밀었고, 정임이는 이제 자기를 만날 생각은 포기하라고 타일러 주었다.

그날 시를 몽땅 불태워 버린 수민이는 여성 환멸론에 빠져 들어갔으나, 아무것도 그를 위로해 주는 사태는 발생하지 않았다. 그는 불같이 분노해서, 정임이의 뺨따귀라도 갈길 요량으로 다시 그녀의 집엘 찾아갔다. 밤이었다. 정임이는 바깥에 나오기조차 꺼리는 것이었다. 그는 편지를 전해 주고 맥쩍게 집으로 돌아왔다. 그날 녀석은 밤 열두 시 십 분쯤 우리 집에 도착했다. 녀석이 하도 비참한 몰골을 하고 있기에 나는 덩달아서 같이 밤을 새워 주고 그리고 같이 술을 마셔 주었다. 우리는 밤새도록 작전을 짰다.

그다음 날 아침 여덟 시쯤부터 수민이는 정임이 집 앞에 가서 잠복 근무를 했다. 정임이가 학교 가기 위하여 바깥으로 나온 것은 열 시가 지나서였다. 그들은 다방으로 갔다. 수민이는 아마 폭군처럼 굴었던 모양이었다. "난 널 한코허기루 결심했어." 수민이는 이렇게 서두를 꺼낸 모양이었다. 정임이가 한코가 무슨 말인지 알지 못한 것은 천만다행이었다. "사랑을 증명할 수 있는 방법은 그 길밖에는 없다는 결론에 도달했다." 수민이는 아마 비장했던 모양이었다. 정임이가 인정을 가지고 있고 모성애를 가지고 있었다는 것은 수민이를 위해서도 다행한 일이었다. 그들은 바깥으로 나갔다. 그리고 택시를 탔다. 택시는 기분 좋게 달려서 백운대 밑에다가 연인들을 뱉어 놓았다. 그들은 숲길을 산책한 모양이었는데, 그때 수민이는 가장 난폭하고 어색하고 강압적인 방법으로 뽀뽀를 하려고 덤벼들었다.

정임이가 달아나려고 한 것은 당연했을 것이었다. 아마 그녀는 고함도 질렀다고 했다. 사람들이 달려오고 정신이 없는 가운데에 시간이 지나가고 그러다가 정임이가 정신을 차렸을 때에는 이미 수민이가 늘씬하게 얻어맞아 거의 실신 상태에 빠지고 난 뒤였다. 정임이는 전혀 다른 의미의 고함을 질렀다,

그러고 나서 연인들은 다시 숲길을 바장이었는데, 수민이의 몰골은 말씀이 아니었을 것이었다. 정임이는 돌아가자고 애원을 했다. 수민이는 칼을 빼들더니 정임이에게 주었다. 정임이는 무섬증이 나서 칼을 받았다. "자 나를 찔러" 하고 수민이는 말했다. "왜 너를 찌르니" 정임이는 물었다. "난 너를 한코헐 테야. 네가 날 찔러 죽여두 좋아." 수민이는 말했다. 정임이는 도망질을 쳤다. 나중에 수민이는 나한테 얘기하기를 그날 정신없이 길길이 뛰고 이러다가 딱 한 번 뽀뽀를 해 봤다고 그랬다. 시인인 그 녀석은 그 뽀뽀의 감각이 자기가 생각해 왔던 것하고는 전혀 다른 개안(開眼)을 자기에게 가져다주었다고 했다. 하여튼 그런 일 이후로 수민이는 한 달 동안 치악산에 들어가 박혀 있었다. 부끄럽고 창피하고 하늘이 무서워서 살맛이 없었다고도 했다. 정임이에게 보내는 사과의 편지만 해도 서른 장이 넘었다고 했다.

치악산에서 다시 상경한 수민이는 전혀 다른 사람이 되어 있었다. 정신의 맨 바깥을 이루고 있었던 유치함의 껍질을 한 꺼풀 말짱히 벗어 내버린 듯했다. 그의 표정에는 성숙된 그늘이 지기 시작했고, 행동거지에도 깊이와 품위가 수반되고 있었다. 갑자기 어른이 되어 버린 듯했다. 여자 앞에서도 그 전처럼 와들와들 떨거나 당황해하거나 그러지를 않았다. 그리고 그는 새로이 세자르 프랑크의 음악에 도취되고 있었다. 그 음악에는 '감정의 흔들림의 깊은 흔적'

이 있다는 것이었다. 그리고 그는 파블로 파카소의 화집(畫集)을 사 모으고 있었다. 피카소의 '블루 앤 핑크' 시절에 매력을 느낀다고도 했다. 그러고 나서 그는 학교를 집어치웠다.

　아마 내가 스스로를 속물이라고 간주해 버리려고 도리어 애쓴 것은 그 무렵이었을 것이다. 나는 그때 대입 재수(再修)를 준비하면 서 퍽이나 맹해 있었다. 나는 그때 무직자였다. 학생도 아니었고 사 회인도 아니었다. 비록 대입 재수 중이었지만 때때로 생각 드는 것 은 집을 뛰쳐나가 어디 시골에 처백혀 장사라도 하든가 아니면 밀 항이라도 하든가 그런 것이었다. 시꺼먼 고등학교 교복을 착용하 고 다니던 단색(單色)의 계절에서 마악 탈출하여 새로이 술집에도 다니고 공공연히 담배도 빨고 그랬던 그 시절에 있어서 인생이란 거리 조정이 잘 안 된 천연색 사진과 흡사했다. 나는 거기에 너무 성 급하게 이런 것 저런 것들을 알아보려고 그랬다. 물론 나는 대한민 국의 기존 질서를 우습게 간주해 버리는 당대의 젊은 놈들 습관에 젖어 있었다. 비록 대입 재수를 준비하고 있는 자기 자신은 초라하 게 느껴졌지만 설사 그렇다고 하더라도, 나는 스스로를 '완강한 불 투명의 덩어리'라고 정의하고는 만족스러워했다. 나는 명동의 '칠 득이파'라고 하는 깡패 그룹의 제3 서열(序列)에 속해 있었다. 사흘 에 한 번 정도는 거기에 나가서 주먹도 쓰고 술도 마시고 여자와의 방사(房事)도 가져 보고 그랬으며 재즈 뮤직홀에 다니면서 별의별 괴상한 족속들과 어울려 다니기도 했다. 사실 괴상한 사내와 괴상 한 계집애들은 많았다. 한심스런 비트닉 똘마니들도 있었고, 싸가 지 없는 아가씨들도 있는 반면에 완전히 체념에 빠져 멍해져 버린 녀석들도 있었다. 동성연애자들도 있었고, 감격하기 좋아하는 인 사들도 있었고 열세 번 밀항을 시도했다가 실패한 녀석에다가 그만큼의 횟수의 자살을 시도한 아가씨들도 있었다. 집에 들어오면 아버지는 이따금씩 나를 구타했다. 구타하는 대개의 이유는 내게 집착이 없다는 것 때문이었다. 공부를 하려면 죽자고 열심히 하든가, 그것이 싫으면 집을 뛰쳐나가서 밥벌이를 하라고 그러는 것이었다. 그러나 내가 별로 존경하지 않는 아버지는 용돈은 잘 주고 많이 주고 그랬다. 하여튼 나는 무엇인가를 결정해야만 될 입장에 처해 있었다. 나는 그때 속물이 되기로 결심했다. 결심하고 보니까, 사실 나는 속물근성을 의외에도 많이 가지고 있음을 깨닫게 되었다. 나는 공부를 하면서 조그만 농장, 맑게 갠 파란 하늘, 뚱뚱하게 살이 찐 아내, 이런 이미지들을 그려 보았다. 병혜가 우리 집에 찾아온 것은 그런 어느 가을날이었다.

5.

그때에는 이미 내가 '미스터 속물'이라는 별명을 얻어 가진 뒤였고, 한창 속물이라는 단어에서 쾌감을 느끼고 있을 때였다. 나는 어른들의 눈으로 보자면 아주 착실한 인간이 되어 있었던 것이다. 병혜는 낮 세 시쯤 찾아왔다. 나는 낮잠을 자면서 꿈을 꾸고 있었다. 누군가가 흔들길래 깨 보니 병혜였다. 나는 무안해서 벌떡 일어나 앉았다. 머리맡에는 보다가 만 정경진이 지은 해석(解析) 참고서가 놓여 있었다. 나는 어떤 열등감에 사로잡혀 그 책을 덮었다.

달걀 빛깔의 바바리코트를 걸치고 있는 병혜의 왼쪽 가슴에는 빛깔도 선명하게 대학 배지가 붙어 있었다. 그녀는 낮잠 기운이 아직 덜 가신 내 눈에 몹시도 이쁘게 보였다. 동그스름한 얼굴과 아주 선량하게 보이는 커다란 눈동자와 오부죽한 콧날, 약간 튀어나온 윗입술. 나는 피우다가 만 아리랑 담배를 물었다. 담뱃갑에는 한 개비의 담배도 남아 있지가 않았다.

"너 꿈 꿨지? 꽘 지르구 야단이드라." 병혜는 장난기를 가득히 눈동자에 담고 있었다.

"응, 시시한 개꿈이야."

"도대체 무슨 꿈이었는데? 알구 싶어졌는걸."

"알 필요 없어. 근데 너 왜 왔니?"

"어머, 그런 실례되는 질문이 어딨니? 니가 보구 싶어 왔담 어쩔래?"

"그럼 기분이 좋겠지."

병혜는 까르르 웃어 댔다. 그녀는 자기 마음속에 들어 있는 모든 것을 그대로 표현해 내는데 전혀 주저하지 않기로 결심한 듯했다. 나는 책상 서랍 속에서 커피와 슈거와 그리고 잔을 꺼냈다. 전기스토브를 돌려놓고 그 위에 주전자를 얹어 놓았다.

"이젠 무슨 꿈 꿨는지 얘기해 줘야지 뭐." 병혜는 커피 잔을 닦으면서 말했다.

"못 하갔어."

"왜, 왜?"

"개꿈이었으니까."

"그래도 얘기해 봐."

"널 잡아먹는 꿈꿨다. 난 호랭이가 돼 있었어."

"공갈, 넌 꿈을 만들어 내구 있구나."

"아니 진짜다. 왁 너한테 덤벼들어 널 잡아먹으려구 그랬단 말이다. 배가 무진장 고팠거든. 알어, 진량 배가 고픈 호랭이였어."

"쩨쩨한데? 그럼 난 뭐였니?"

"넌 아마존강이 시원(始原)되는 곳에 있는 아브달라 왕국의 공주였어."

"그래 잡어먹었니?"

"사양해 뒀지."

"아니 그건 또 왜?"

"네가 내 꿈을 깨웠으니까." 물이 끓기 시작하기에 나는 전기스토브에서 주전자를 내려놨다.

"어이 시시한데, 니 유치원 선생은 참 똑똑하구나. 니한테 그런 걸 다 가르쳐 주구." 병혜는 주전자를 기울여 잔에다가 물을 따르고 거기에 한 스푼 반가량의 커피를 탔다.

"야, 까불지 마, 진짜루 널 잡아먹기루 했으니까." 나는 아까 풀다가 만 로가리듬 문제를 들여다봤다.

"흥 좋아. 어디 잡아먹어 봐, 어디."

"물론. 야, 근데 돈 있음 25원만 주라. 담부 좀 사 와야겠다."

"담배 너무 많이 피는 거 같애. 좀 줄일 수 없니?" 병혜는 잔 하나를 내 앞으로 밀어 놓았다.

"까불지 말구 25원만 줘."

"여기 사 가지구 왔어. 그러나 너무 많이 피우진 마." 병혜는 주머니에서 파고다 담배를 꺼냈다.

"이럼 고맙다구 할 줄 아니?" 나는 고맙다는 인사를 이렇게 했다. 나는 커피를 한 모금 쩔끔 마셨다.

"물론 바라지 않는다."

"제기랄" 하고 나는 욕설을 하고 나서 담뱃갑을 뜯어 한 개비 물었다. 담배는 맛이 그럴듯했다. 나는 커피를 다시 한 모금 쩔끔 마셨다. 시월 오후의 햇빛은 기다란 사선을 그으며 유리창을 넘어왔다.

"왜 널 못 잡아먹었을까. 호랭이였던 나는……."

"홍 잡어먹어 보래니깐." 병혜는 얼굴을 더 동그랗게 만들고서 나를 빠꼼이 바라다봤다.

"내가 잡아먹음 넌 죽어." 나는 커피가 혈관을 돌고 있음을 느꼈다.

"뭐 사람이 두 번 죽나."

"야 관두자, 대입이나 붙구 나서 잡아먹자." 나는 정경진 해석책을 들여다보았다. 나는 파고다 담배 연기를 책의 겉장에 확 부었다. 연기는 신비한 재주라도 피우려는 듯이 책의 가장자리를 천천히 휘돌고 있었다.

"제발 대입 얘기는 관둬. 참 느네 집 들어서는데 군밤 장수가 있드라. 그래서 20원어치 사 와 봤어. 안 먹을래?" 병혜는 귀염성 좋게 웃으면서 바바리코트에서 군밤 뭉치를 꺼냈다.

"그래 대입 얘기는 관두구 군밤이나 먹자. 오오 군밤이여어 삶은 밤이로구나." 나는 노래를 불렀다. 바람이 분다. 바람이 분다. 연평도 앞바다에 봄바람이 분다. 오오 군밤이여어 삶은 밤이로구나.

"니는 참 노래 소질 없구나." 병혜는 군밤을 하나 까서 내게 주었다.

나는 그것을 입에 집어넣었다. "제기랄 이 군밤은 썩었는데?" 나는 거짓말을 했다.

나는 라디오를 틀었다 동아방송에서는 폴과 폴라의 노래가 흘러나오고 있었다. 나는 라디오를 껐다.

"야 병혜 씨."

"어머 이상하다. 씨라니? 그건 빼."

"그럼 병혜. 날 좀 위로해 주라."

"왜 그러니? 난 남을 위로해 줄 수 있는 능력이 없는걸."

"아니 그러지 말구. 난, 제기랄, 고독해져 버렸어."

"홍 축하한다. 고독을 사랑하는 사람두 많으니깐."

"그러나 달러. 호랭이가 고독해져 버렸다면 얘기는 달러."

"호랭이 좋아하시네." 병혜는 생각났다는 듯이 바바리코트를 벗었다. 대학 배지는 그녀의 바바리코트에뿐만이 아니라 그녀의 실크상의 왼쪽 가슴에도 붙어 있었다.

그때 나는 그녀의 몸에서부터 솔방울 향기 비슷한 냄새를 맡았다. 그리고 그녀의 도드라진 유방을 의식하였다. 대학 배지는 그 도드라진 꼭대기에 젊은이의 부푼 가슴을 상징하는 마스코트인 양 붙어 있었다. 내게는 도드라진 가슴도 없었고, 대학교 배지도 없었다.

"하긴 그래. 꿈에서나 호랭이가 될 수 있다는 얘기는 조금 비참하구나."

나는 어눌진 음성으로 말했다. 커피는 다 마셔 버렸다. 나는 파고다 담배를 새로 물었다. 나는 안방으로 건너가서 거기 캐비닛 속에 있는 위스키를 가지고 왔다. 나는 술병에서 위스키를 따랐다. 나는 홀짝 들이켰다. 술맛은 그럴듯했다.

"그렇지 않어? 꿈에서만이 호랭이일 수 있다는 얘기는 비참하지 않어?" 나는 조금 전에 했던 말을 다시 반복했다. 이번에도 나의 음성은 이상하게 어눌지는 것이었다.

"어머 또 수상한 말을 한다. 난 꿈을 좋아해. 그게 없으면 사람은 살지 못할 거야." 병혜는 오드리 헵번처럼 늘어뜨린 머리카락을 나의 얼굴 쪽으로 가지고 왔다. 솔방울 냄새가 났다. 그 냄새는 마음 턱 놓고 의지하여 두고 싶을 만큼 아늑하고 따뜻하고 고혹적인 것이었다.

나는 위스키를 또 한 방울 짤끔 마셨다. "너두 한 잔 주랴?" 나는 병혜에게 물었는데 그녀는 고개를 저었다.

그리고 잠시 침묵이 있었다. 그리고 나는 이미 앞장서서 가고 있는 그녀의 성숙을 느꼈다. 대입에 떨어진 나는 아직 고교생 쪽이었으나 그녀는 대학생이었다. 나는 속물이었다. 그녀와 나 사이에 범람된 사회적 계층의 배위를 나는 강하게 느꼈다. 우리는 서로 대안(對岸)에 있었다. 홍수가 그것을 허물 수 있기를 나는 바랐다. 그 홍수는 차츰차츰 나의 마음속에서 일고 있었다.

"요새 애들은 자주 만나니?" 그러나 나는 이렇게 물었다.

"별루 안 만난다. 집구석에만 박혀 있었어. 니 생각이나 하면서." 그녀는 말했다.

"고등학교를 졸업한 지두 벌써 7, 8개월이나 돼 가니까 많이들 변했겠지. 어때? 나두 많이 변했지?"

"니는 하나두 안 변했다."

"공갈 마시지. 어젠 오랜만에 명동에 있는 칠득이패 애들하구 얼려서 막걸리 집엘 갔었어. 인형 같은 아가씨들이 술을 따라 주는……."

"어머 또 이상한 얘길 하는구나. 여자가 술을 따라 주면 기분이 좋니?"

"아암 좋지."

"술맛이 더 나니?"

"아암 더 나지."

"그런 여자들은 생각만 해두 추저워."

"아냐. 그렇지만두 않어. 목욕을 자주 해서 그런지 깨끗하던데?"

"너 저엉 그러면 나 꺼진다."

"아 꺼진지 마. 그럼 나 자살할래."

"알랑방구 뀌지 마시지? 쿠린내 난다."

"호랭이두 방구 뀌나?"

"시시한 소린 말구. 너 요새 아카데미 극장에서 무슨 영화하는 줄 알어?"

"호랭이들이 아가씨 잡아먹는 영화겠지."

"심심한데 거기 안 갈래?"

"아니 난 심심하지 않어. 공불 해야 하니까." 나는 정경진 해석책을 번쩍 들어 올렸다. 그리고 나니 내 행동에 화가 나서 위스키를 짤끔 들이마셨다. 약간 취기가 생겨나 있었다.

"공돈이 생겨서 그래. 공돈은 빨리 써 버리지 않으면 큰일 나거든."

"그럼 날 줘."

"왜 니한테 주니?"

"술 사 먹게."

"싫다, 넌 왜 자꾸 비꼬니?"

"비꼬지 않았어."

"그럼 뭐니?"

"네가 좋아서."

"너 또 비꼬구 있구나."

"아아니." 나는 병혜의 손목을 잡았다.

"왜 내 손 잡니?"

"잡구 싶어서."

"잡아먹구 싶어서?" 그녀의 얼굴이 발그레해졌다.

"아아니." 나는 그녀의 손목을 내 가슴 있는 데로 이동시켰다.

"그러니까 극장 가겠잖어?"

"난 신성일과 엄앵란이 나오는 영화는 안 보기루 했어."

"왜 안 보니? 그냥 봐 주면 되는 거 아니니?"

"자식들은 시시하게 핏대를 내거든, 아 세상에서 가장 힘든 것 중의 하나가 그럴듯하게 핏대를 낼 줄 아는 방법이니까." 나는 그녀의 손목에다가 키스했다. 병혜는 손을 빼내려고 그랬다. 나는 놓아주지 않았다. 나는 그녀의 손을 내 손아귀에 꽉 여며 놓았다. 그 손은 따뜻했다. 맥박소리가 전해 올 듯했다. 이 세상에서 가장 부드러운 것을 만지고 있는 듯한 느낌이 들고 있었다.

"너 이러지 마. 이럼 진짜루 꺼진다."

"꺼지진 마. 잡아먹진 않을 테니까. 네 손은 참 곱구나."

"진짜루 영화 구경 안 갈래? 니가 안 가면 난 혼자라두 간다."

"너두 가지 마. 돈 생기면 내 멋있는 거 시켜 줄게."

"그걸 언제 기다려? 그것보담두 라디오나 틀어. 전화루 음악 신청 받는 프로가 나올 거야."

"전화는 안방에 있어. 여기선 못 걸어."

"그래두 좋아. 그 시간엔 편지루 음악 신청두 받거든, 혹시 알어? 내 친구 중 누가 음악을 보내 주고 있는지두."

"그런 거 듣구 싶지 않어." 나는 그녀의 손목을 놓아주었다. 그녀는 앉음새를 똑바로 했다.

"그래도 틀어 봐. 네가 안 튼담 내가 틀래."

"그만둬." 나는 팔을 뻗쳐 그녀의 어깨에 손을 얹었다.

"이러지 마. 누가 보믄 오해 산다." 그녀는 내 팔을 빼내려고 했다. 나는 그러나 팔에 힘을 주었다. 실크 상의의 감촉은 한없이 부드러웠다. 옅은 고혹적인 화장 냄새가 났다.

"너 없음 아마 못 견딜 거 같애." 나는 말했다.

"라디오 틀어." 그녀는 말했다. 나는 라디오를 틀었다.

"너 없음 난 못 살 거 같애." 나는 같은 말을 반복했다.

"그게 무슨 소리니? 나한테 프러포즈하는 거니? 우습구나."

"너 없음 난 못 견딜 거야. 제기랄, 요샌 드럽게 맹하거든."

"힘을 내. 내년에는 꼭 합격될 걸 머."

"아마 합격되겠지. 내년에는. 그러나 그건 문제가 아냐."

"열심히 공부해 응 날 위해서두 말야."

"제기랄 그래야겠지." 나는 위스키를 또 들이마셨다. 가슴이 뒤집혀졌다.

"방섭이가 말야, 자기 집에 초대하겠대. 우리 모두를 말야."

"난 못 가. 공불 해야 하니까."

"그러지 마. 지남철 그룹원은 다 모여야 한대."

"그 새낀 서울 상대에 붙었지."

"어머 너 걜 비난하구 있는 거니?"

"아아니."

"그러지 마. 참, 정묵이두 이젠 아주 어른 같드라. 넥타이를 매면 사내들은 아주 다르게 보이던걸."

"나두 댕기나 맬까. 커프스 보당 와이셔츠에."

"넌 그러지 않아두 돼."

라디오에서는 〈비코즈 유 러브 미〉가 방송되고 있었다. 그리고 전화받는 아나운서의 목소리가 들렸다.

"수민이두 담배 피우던데?"

"그 녀석은 고3부터 폈어. 정임인 수민이를 이제 어찌 생각할까?"

"몰라. 난 정임이 통 못 만났어."

"병혜야."

"응-?"

"나 꼭 한 번만 키스하자." 나는 팔에 힘을 주어 그녀의 얼굴을 끌어당겼다. "너 왜 이러니?" 병혜가 말했다. 나는 그 말하고 있는 곳에다가 나의 입술을 댔다. 깊은 내부가 그대로 끌려 나가는 듯했다. 그녀는 혀를 집어넣었다. 나는 가슴어리 여기저기에 뭉쳐 있던 모든 덩어리와 모든 힘을 풀어놓고 있었다. 그녀는 눈을 감은 채였다.

라디오는 말하고 있었다. "구병혜 씨가 양균서 씨에게 보내는 멜로디의 사연입니다. 균서, 열심히 공부해. 어둠을 물리치고 있는 이 한밤의 형광등 빛이 참 좋구나. 너도 형광등 빛이 좋다고 생각할 거야. 밤이 가면 아침이 오겠지. 아침이 오면 형광등 빛은 스러지겠지만 그렇다고 형광등 빛이 무의미한 것이었다고 말할 수는 없을 거야. 그건 밤을 밝혀 주지 않았니? 난 너의 마음속에 깃든 밤을 밝혀 주는 형광등이라구 생각할 테야. 여기 음악을 보낼 테니 잘 들어줘. 보내는 음악은 테너 스테파노의 노래로 〈그대의 어둡던 창에 밝은 불 켜지고〉입니다."

그리고 나서 관현악의 서주부가 들려 나왔다.

그때 병혜가 몸을 보챘다. 나는 병혜를 풀어주었다.

"방섭이네 파티에 꼭 가, 응?" 병혜는 말했다.

6.

그리고 지금도 나는 속물이었다. 그러나 어제 나는 속물이라는 단어가 몹시도 역겹게 생각되었다. 나는 병혜를 봤다. 병혜는 나의 침묵에 아마 견딜 수 없게 된 모양이었다. 어쩌면 모욕이라고 생각하고 있는 듯도 했다. 나는 미안했다. 그녀는 본심이 나쁠 수 없는 여자, 여자였다. 스피커에서는 차이코프스키의 피아노 콘체르토를 편곡해 놓은 팝송이 흘러나오고 있었다. 나는 담배를 물었다.

"너 기억하니?" 나는 얘기를 꺼냈다.

그녀는 대답하지 않았다.

"방섭이네 집에서의 파티는 참 오래오래 기억에 남아 있을 거다." 나는 말하면서 다방의 아래층을 내려다보았다. 방섭이는 국방색의 군복을 입은 채 도어 옆의 좌석에서 정묵이와 웃으면서 얘기를 나누고 있었다. 아마 방섭이는 흥분하고 있는 모양이었다. 군대 들어가서 고생한 얘기겠지. 방섭이 옆에는 형우가 앉아 있었다. 형우가 방섭이에게 손짓을 해 보였다. 정묵이는 노정객인 양 거드름을 피우고 있었다.

나는 시선을 이동시켜서 병혜를 바라봤다. 병혜는 아무 말도 하지 않고 있었다.

"넌 분홍빛 나는 투피스를 입구 방섭이네 집에 왔었지. 맞춘 옷, 그걸 첨으로 입구 온 것임을 난 알았어. 넌 참 예쁘게 보였어. 그리구 행복해 보였어. 그러나 난 맹해 있었어, 밀항이다, 돈 벌어야겠다, 이 딴 생각 다 때려치우구 한창 맹한 가운데에서 대입 공부를 하구 있었을 때였으니까. 아마 그날 난 멍청했을 거야. 그리구 지금두 생각나지만 너한테 미안하게 대했을 거야."

그녀는 대답하지 않았다. 그러나 그녀의 표정은 비웃는 듯이 일그러져 있었다.

나는 말을 계속했다. "방섭이랑 정묵이랑, 그리구 만자랑 경미랑, 그런 애들은 합세해서 너와 날 놀려 댔었지. 라디오 아나운서의 목소리를 흉내 내서……. '아아 멋있는 사연이었습니다. 여기 편지를 보내오신 구병혜 씨와 편지를 받으시는 양균서 씨는, 그러니까 서루 사랑하는 사이인 거 같습니다. 아아 얼마나 아름다운 마음씨입니까.'

"그만해. 지금 뭣 하러 그런 얘길 꺼내는 거야." 병혜가 말했다.

"이유는 없다. 그냥 그때 생각이 났어."

"그때 난 순진했었지." 병혜는 몹시도 억울하였다는 듯이 거위 먹은 소리를 냈다.

"왜 순진이라구 그러니? 그건 순진이 아냐. 그게 좋은 시절이었다는 건 너두 알 거 아니가?"

"미안하지만 난 몰라."

"야 아직두 화를 내구 있구나. 그러지 마라."

"누가 먼저 화를 냈는데? 내가 먼저 화냈나? 넌 계획적으로 날 괴롭혔어. 방섭이네 파티 날두 넌 나보다두 경미에게 더 말을 많이 붙였어."

"그날은 그럴 수밖에 없었지. 무조건 부끄러웠으니까. 그것보담두 그걸 뭘 하러 따지니? 수민이와 정임이의 얘기를 듣구 난 다음부턴 너하구 다툴 마음이 없어졌다."

"난 안 그래."

"그건 또 어째서?"

"말 안 해. 그러나 너하군 이제 안 만나기루 생각했어."

"그건 네 자유다. 근데 그걸 왜 구태여 자꾸 말하니? 수민이와 정임이가 싫니? 응, 그거지, 그렇지?"

"몰라. 말 안 해."

"참 여자 속은 알 수 없군."

"그런 말 마. 니는 남자라구 해서 뭘 해 줬어? 넌 죽어두 내 맘을 이해 못 할 거야. 내 맘에 얼마나 큰 상처를 남겼는지두 이해 못 할 거야. 난, 난, 물론 한때 진심으로 네가 좋았어. 넌 가면을 쓰구 있었으니까. 그러나 지금은 니가 싫어. 니 정체가 드러났어. 어쩜 널 증오하구 있는지두 몰라."

"왜 왜?"

"말 안 해. 말해 봤자 니의 비웃음이나 살걸 뭐. 그러나 니가 생각하는 것처럼 경미 때문에 그런 건 아냐."

나는 담배를 껐다. 두뇌의 한가운데가 휑 뚫려 나가는 것처럼 골치가 아팠다. 이런 승강이는 재미가 없었다.

신문 장사 애들이 우리 좌석 앞을 지나갔다. 나는 아래층에 앉아 있는 정묵이와 방섭이와 형우 쪽으로 시선을 돌렸다. 형우 저 새끼는 무슨 낯짝을 가지고 이 자리에 나타났을까? 그때 나는 마악 다방 문을 밀고 들어서는 만자를 보았다. 하나하나 다 몰려드는구나, 하고 나는 생각했다. 2년간의 여과로, 세월의 여과로 저들은 얼마나 달라져 버렸느냐? 시를 쓰는 수민이는 그것을 '세월의 복병(伏兵)'이라고 그랬지. 태양을 앞에 놓고 힘껏 뛰느니라 생각할 적에 우리는 세월의 복병을 만난다는 것이었다. 그러면 천생 늙어져 있어야 하며, 그렇지 않으면 타락되어진다는 것이었다.

"우린 왜 이렇게 됐지." 나는 말했다.

"이제 우리란 말은 쓰지 마." 병혜는 말했다.

다방은 아주 만원이 되어 있었다. 나는 시계를 봤다. 오후 네 시가 가까워 가고 있었다. 나는 학교 강의 빼먹을 생각을 했다. 나는 담배를 물었다. 병혜는 더욱 맹해져 있었다. 어찌 보면 울고 있는 듯도 했다. 그것은 보기에 궁상맞았다. 나는 따분한 것에는 견딜 수가 없었다. 무엇인가 빽 꽘이라도 지르고 싶은 생각이 났다.

"병혜야." 나는 그녀를 불렀다. 그녀는 대답하지 않았다.

"넌 왜 그렇게 맹하게 앉아 있니?" 나는 하려던 말을 그만두고 이렇게 욕을 했다.

"말 붙이지 마, 오늘 수민이 파티에 안 갈래."

"흥 잘 생각했군, 가기 싫음 가지 말렴." 나는 코웃음을 쳤다. 이래서는 안 되는 건데. 이래서는 안 되는 건데. 아직도 하고 싶은 얘기는 얼마나 많은데? 병혜는 여자, 결코 악한 것일 수는 없는 여자가 아니냐. 나는 그 옛날 우리가 주고받았던 편지들을 잠깐 생각해 보았다. 거기의 문구들은 언제나 신선한 감각의 것들이었다. 그것은 놀라움과 새로움과 흥분으로 가득 차 있었던 것이었다. 그러했다. 병혜는 어딘가 몹시도 자극에 민감한 요소를 가지고 있었다. 그 요소는 다름 아닌 자기의 프라이드였다. 자기의 프라이드가 꺾였다고 생각되면 그녀는 당황해지는 것이었다. 프라이드가 병혜의 속물근성이었다. 이제 그녀는 나에 관한 한 프라이드를 세울 수가 없게 되어 버렸고, 어쩌면 바로 그러한 이유 때문에 그녀는 비참한 기분을 맛보고 있는지도 모른다고 나는 생각했다. (그리고 그것은 나의 진짜 속물근성에 연결되어 있었다) 내가 그녀를 3백 원짜리 여관으로 데리고 간 것은 그리 심각한 의미를 가졌던 것은 아니었다. 그날 나는 그녀에게서 유독 모성애적인 감정을 충족받고 싶었었다. 배 속에서는 무엇인가 불만의 덩어리들이 다자꾸 울컥울컥 치밀어 오르고 있었고, 나는 갓 난 어린애처럼 투정을 부리고만 싶었었다. (아 그것은 변명인두 몰라, 하고 나는 생각했다)

내게는 수민이가 말하는 바 '정신의 건조성'이 없었다. 여관방에서 나왔을 때, 거리에 형성되어 있는 아침은 몹시도 지저분했다. 병혜는 자살을 결심한 사람처럼 창백한 얼굴이었다. 의미의 수정, 내게는 수민이가 말하는 바 정신의 건조성이 없었다. 나의 정신에는 군더더기 비곗덩어리 같은 것이 붙어 있었다. 아버지로부터 유산 받은 것임에 틀림이 없는 끈적끈적한 욕망의 즙액이 고여 있었다. 병혜는 나의 그러한 성격을 알아 버렸고, 나는 나의 성격이 이상하다고 생각 들 적마다 그것을 위태위태하게 속물이라는 단어로써 붙들어 매어 두려고 그랬다. 병혜는 그러한 나의 의도까지도 알아 버렸을 것이었다. 그녀의 프라이드는 사춘기에는 전혀 생각하지도 못했던 이 어려움에 의해 상처를 받았을 것이었다.

"병혜—." 나는 그녀를 불렀다. 그녀는 대답하지 않았다. 그녀는 울고 있었다. 나는 담배를 물고 나서 그녀를 바라봤다. 그녀는 대답하지 않았다.

나는 스피커에서 나오고 있는 노래가 엘비스 프레슬리의 〈크라잉 인 더 채플〉임을 알았다. 프레슬리에게도 정신의 건조성은 없었다. 나는 그 노래를 듣기 싫어했다. 종교적인 참회, 재즈가 된 종교적인 참회, 그런 건 필요 없지, 울 필요는 없지. 깜둥이들의 분노와 같은 것, 그런 것도 필요 없지. 그런 것은 내게는 필요 없었다. 나는 프레슬리를 싫어했다. 나의 약한 부분을 뚫고 들어오려는 어떠한 것도 나는 싫었다. 더구나 프레슬리의 노래를 듣고 있으면 남근(男根)이 유달리 큰 고온다습한 토인국의 주민들이 남근을 주체치 못하여 지랄 발광하는 듯한 그런 끈적끈적한 감정의 수분기가 느껴지는 것이었다.

"병혜야, 넌 울어야 할 이유가 없다." 나는 말했다. 그러나 왜 울어야 할 이유가 없는지 그 이유를 얼른 대지는 않았다. 여러 생각이 머리를 스치고 지나가고 있었다. 나는 어떤 흥분된 순간을 염두에 두고 있었다. 리듬감이란 것, 자신의 모든 요소를 송두리째 내어던질 수 있는, 그리하여 완벽한 소모로 자신을 탕진시킬 수 있는 어떤 형식—설사 그것이 종교의식이건 사육제 행렬이건 사랑이건 간에 나는 우선 그런 것들을 염두에 두었다. 그러나 그런 것은 없었다. 없음의 확인은 비록 쓰라린 것이었다 할지라도 그것이 울 수 있는 이유는 되지 않을 것이었다. 울어야 할 이유는 없었다.

다방은 더욱 만원이 되어 있었다. 병혜와 내가 앉아 있는 맞은편 좌석에는 어느새인가 삼십 세가량의 사내 둘이 앉아 있었다. 그들은 비웃는 듯한 조롱기 그득한 표정으로 울고 있는 병혜와 나를 번갈아 가며 보고 있었다. 나는 시선을 돌려 아래층을 내려다보았다. 정묵이와 방섭이가 앉아 있는 좌석에는 어느새 만자도 같이 끼여 있었다. 형우는 만자의 옆자리에서 이상하게 거드름을 빼는 듯한 태도로 상체를 잦뜨리고 있었다. 뻔뻔스러운 자식, 하고 나는 속으로 형우에게 욕을 했다. 녀석의 태도는, 물론 거리가 멀어서 자세히 알 수는 없었지만 전혀 태연하였다.

나는 다시 병혜를 봤다. 병혜는 꽤나 진정이 되어 있었다. 나는 가만히 그녀의 손목을 잡았다. 벌써 아득히 먼 옛날이었던 것만 같은, 지난날의 그녀와 나만의 여러 일들이 손에 묻어나고 있었다. 나는 어떤 아쉬움을 느끼며 그녀를 붙잡고 있는 손에 힘을 주어 보았다. 외곽 지대, 가운데가 텅 비어 버린 외곽 지대. 외곽 지대만을 빙빙 돌다가 만 듯한 그녀와 나의 사귐에 있어서 이것은 무엇일까? 나는 따뜻한 그녀의 체온을 이윽히 좋아하고 있었다. 이 긍정적인 체온으로 그녀와 나 사이의 차가운 관계를 해소시키고 외곽 지대가 아니라 어떤 구심점으로 가까이 갈 수 있는 방법만 발견된다면 그것을 되찾아 내고 싶은 기분이 절실히 들었다. 그러나 그 방법은 발견되어지지 않을 것 같았다. 점화될 수 있는 것, 체온과 체온의 닿아짐에만 그치는 것이 아니라, 거기에 서로의 경계선을 무너뜨리면서까지도 융화시킬 수 있는 어떤 요소, 그것은 병혜와 나 사이에서는 이미 다 탕진되어 버리고 만 듯했다. 울 필요는 없었지만 슬픈 기분은 들었다. 나는 이미 마음속의 불이 다 쇠진되어 버리고 재만 남아 버린 듯한 느낌을 받으면서 잔잔히 병혜의 손목을 애무하고 있었다. 병혜는 피곤한 듯하였다. 나도 피곤했다.

"먼저 집에 가야겠어." 병혜가 말했다.

"그럼 진짜루 수민이네 파티엔 안 갈련?" 나는 완곡하게 말했다.

"응, 영 몸이 좋지가 않어."

"그러지 말구 웬만하면 같이 가지. 나두 가구 싶은 마음은 별로 없지만, 그러나 그건 일종의 의무이잖어?" 나는 말했다.

"그러구는 싫지만……." 병혜는 약간 원망하는 듯한 표정으로 나를 봤다. 나는 막연히 슬픔을 느끼고 있었다. 병혜와 나의 누선(淚腺)이 합쳐질 수만 있다면……. 나는 무언가 반드시 해야만 할 이야기가 있는 듯이 느꼈다. 서로를 완전히 탕진, 소모시킬 수 있는 어떤 형식, 설사 그걸 바라는 것은 너무 순진한 이야기라고 치자. 그러나 그러나…….

그때 만자가 왔다. 나는 하고 싶은 대화의 실마리를 그리하여 잃어버리고 말았다.

이태리 여배우처럼 만자는 뚱뚱한 몸집에다가 커다란 눈, 기다란 콧날, 두터운 입술을 가지고 있었다. 그녀의 표정이 나와 병혜를 보면서 다채로워져 있었다. 그런데 우리의 맞은편 좌석에는 30대의 사내 둘이 앉아 있었기에 만자가 앉을 좌석이 없었다. 나는 그녀가 아래층으로 그냥 내려가 주었으면 싶었다. 그녀는 그러지를 않았다. 우리에게 차를 가져다준 레지가 왔다. 그 레지는 훨씬 친절해져 있었다. 우리 맞은편의 사내들을 몰아내 주는 데 적극적이었다. 그런데 사내들은 자리를 뜨려고 하질 않는 것이었다.

"아이 일어나시란 말예요. 옆 좌석에 가 앉으시면 되잖어요?" 레지가 말했다. 만자는 여장부처럼 서 있었다.

"죄송합니다." 내가 말했다.

"싸우기 싫은데 우리가 옆으루 가 앉지 머." 병혜가 말했다.

"아녜요. 그러심 안 되죠." 레지는 말했다. 그녀는 다시 사내들에게로 고개를 돌리고는 말했다.

"일어나세요. 비싼 밥들 잡수시구 왜들 이러실까."

"못 일어나겠는 걸." 두 사내 중에 코가 뭉툭한 사내가 말했다.

"좋아요, 나가세요. 당신 같은 분들한테는 차 안 팔아두 좋아요."

결국은 우리가 일어났다. 나는 핏대가 나기는 했으나 기분이 우울했기 때문이었는지 그 사내들과 다투고 싶은 마음은 생기지 않았다. 레지는 미안하다고 그랬다. 그러자 만자가 핏대를 내기 시작하는 것이었다. 만자는 활동적인 아가씨였던 것이다. 이쯤 되고 보면 나도 가만히 있을 수는 없었다. 나도 덩달아서 핏대를 올렸다. 거기에 마담이 달려오고 있었다.

나는 핏대를 멈추었다. 그 사내들은 끝내 옆 좌석으로 가서 앉았는데 나는 골치가 아팠다. 만자는 싸움에서 이기기라도 한 듯이 의기양양하여 있었다. 레지는 더욱 친절하게도 수없이 미안하다는 말을 하는 것이었다. 나는 병혜를 봤다. 병혜는 지친 모양이었다. 별로 담배를 피우고 싶은 기분도 아니었으나 나는 담배를 물었다.

"어쩜 참 오랜만이다 애." 소동이 다 가라앉았을 때 만자는 말하였다.

"응 오래간만이야."

"균서 씨두 잘 있었나 몰라."

"응 잘 있어 뒀어."

"어쩐지 여기 공기는 탁한 거 같다. 내가 잘못 온 거 아니니?"

"아냐 얘." 병혜는 거의 자포자기적인 심정이 되어 있었나 보았다.

"말야 참 오랜만에 만나게들 되니까 죽자구 반갑구나 글쎄." 만자는 웃었다. "글쎄 얘 저 아래 남자애들이 와 앉았는데 말야, 어찌나들 반가워하는지 참 웃기드라 얘. 오솔레미오 나타나셨다, 아 글쎄 정묵이가 날 보구 이러잖어? 꼭 2년 전 그 세월루 되돌아간 것 같은 기분이었어. 옆에 앉은 새끼들이 킬킬거리질 않어? 난 창피해서 바루 예루 올라왔어. 방해가 된담 내려가께."

"아아니, 방해되지는 않어. 오솔레미오." 내가 말했다. 오솔레미오는 우리가 그녀의 이태리적인 자만심에 맞으라고 붙여 준 별명이었다.

"너두 알지?" 만자는 내 얘기를 묵살하더니, 병혜에게 말했다.

"무얼?"

"수민이하구 정임이하구."

"응 알어."

"참 잘됐지 뭐니? 그러나 난 그들이 그런 사이인 줄은 전혀 몰랐다."

"나두 그래."

"수민인 하긴 참 좋은 사내다. 수민이가 쓰는 시는 참 멋있드라. 헌데 참 왜 너두 기억하지? 백운대의 로맨스?"

"글쎄."

"아이 왜 있잖어? 그 추운 날 말야, 백운대루 끌구 가선 칼 빼들구 그러구저러구 했다는 얘기 말야."

"응 그래그래, 기억하……."

"얘, 말 마, 그 얘길 듣구 나서 일주일 내내 웃었다니까. 미친 거 아니냔 소릴 들으면서까지 말야 너. 얘 지금 또 우스워지기 시작한다. 오늘 저녁엔 그 얘기나 꺼낼까 부다."

"수민이에게 있어선 그런 게 무기였어." 병혜가 말했다.

"그러니까 그 주 무기가 효력을 발생한 모양이지? 정임인 행복하겠다."

"얘는 그런 소리를……."

"뭐 어떻니? 너두 행복해서 그러니?"

"너 까불래?"

"그래 미안하다. 아니 균서는 벙어리가 된 모양인가."

나는 대답하지 않았다. 벙어리라고 그래도 괜찮을 것 같은 기분이었다. 나는 병혜에게 하고 싶은 말이 있었다.

"하여튼 오늘은 신나는 날이지 뭐니? 남의 축복을 받는 사람두 영광스럽지만, 남을 축하해 줄 수 있는 기회를 가진다는 것두 영광스러운 거야." 만자는 다시 재잘거렸다.

"물론 그래." 병혜가 말했다.

"난 사실 많이 봤다. 균서 씨랑 병혜 양이랑 이렇게 길거리 같이 다니는 거." 만자는 또 뚱딴지같은 화제를 끌어냈다.

"너 오늘 이상하구나."

"뭘 그러니? 본 걸 봤다구 그러는데? 헌데 참 수민이하구 정임이하군 언제쯤 식을 올릴까. 오늘 당장 올린다면 참 멋있겠다. 꼬마 도령님에 샐쭉이 시악씨라…… 아이구 재밌어." 만자는 내게 핼끔 시선을 던졌다.

"얘 얘 또 멋있는 생각이 떠올랐어." 만자는 말을 계속했다.

"이따가 말야, 수민이네 집에 가서 너두 슬쩍 얘기해 버리렴. 에에 너랑 균서랑두 그 자리에서……,"

"기집애두, 넌 너무 호들갑을 떠는구나."

"왜 뭐 이상하니? 사실이 그렇잖니? 수민이와 정임이가 새치기한 것만 해두 뭐한데?" 만자는 깔깔거렸다. 나는 그 웃음에 소름이 끼쳤다.

"넌 못 하는 소리가 없구나, 이 와인북."

"와인북?"

"주책이란 말야."

"얘 시시하다. 그 말은 바지씨들에게나 선사해라. 균서는 예외지만."

"아니 내가 바루 주책인걸." 나는 엄격하게 말했다.

"어머 놀랐는데? 하긴 그렇지. 주책이란 좋은 거지 뭐니?"

"글쎄." 병혜가 말했다.

"아이 넌 옛날에 비해서 몹시 달라졌다 얘. 아주 점잖아졌어. 얘 얘 골샌님 쿠린내 난다."

"내가 골샌님이다." 나는 엄격하게 말했다.

"어머 균서는 사람이 어째 그렇담. 왜 남의 말을 자꾸 비웃을까."

"골샌님이니까."

"아아 그런 소릴 하면 따분해져요. 근데 참 병혜야. 너두 알지? 경미라구, 글쎄 걔가 이상해져 버렸어. 어디서 괴상한 사내들하구만 어울려 다니더라. 아주 타락했나 봐. 글쎄 명동 나사라 양장점 앞에서 봤는데 말야, 화장을 아주 짙게 하구 그리구 술 냄샐 풍기든 걸. 글쎄 날 보더니 턱 한다는 소리가 인생은 고독하구, 어쩌구 이래. 난 놀랐어." 만자는 이러면서 어떠냐는 듯이 나를 쳐다보는 것이었다. 만자는, 그러니까 내가 경미와 만난 일이 있음을 비꼬는 것일 터였다. 나는 물론 화가 났다.

"나두 경미에 대한 좋지 않은 소문은 들었어. 그러나 경미는 좋지 않은 일을 버지르구 다닐 애가 아니다. 이제 그런 얘긴 관두자." 병혜는 무엇인가 더 할 얘기가 있는데 그만두는 듯하였다.

나는 새로 담배를 물었다. 무엇인가 병혜한테 꼭 하고 싶은 얘기가 있었다. 만자가 그만 수다를 떨고 가 주었으면 싶었다. 사실 나는 만자에 대한 좋지 않은 소문을 듣고 있었다.

그러나 만자는 가지 않았다. 뿐더러 도리어 내가 가 주었으면 하고 생각하는 눈치였다. 분명 내가 들어서 기분 좋게 생각하지 않을 얘기를 늘어놓고 있었다.

"차츰차츰 세상은 알아지드라. 애 사내들이란 삼중정제 위장약과 같은 존재들이지 뭐니? 경미만 해두 그렇지……."

"철학하는 얘기는 집어치렴."

"머 나라구 별수 있니? 철학할 수밖에 없는 걸. 남자들이 그걸 가르쳐 줘. 아니 이 말은 취소해. 병혜, 넌 행복하겠다. 균서 씨는 착실한 남자니까. 하긴 흠이 하나 있지만, 아 이 말두 취소한다."

"네 오빠 안녕하시니?"

"응, 안녕하셔. 근데 참 오늘은 멋있는 날이야. 너한테 보여줄 게 있어. 나 오늘 아침에 이런 편지 받았다. 읽어 볼래? 어떤 새낀지 아주 걸작이드라."

만자는 편지를 내밀었다. 병혜는 마지못해 그것을 읽고 있었다.

"균서는 하나두 안 변했어." 만자는 병혜가 편지를 읽고 있는 동안에 내게 말을 붙였다.

"그렇구말구."

"하긴 안 변하는 남자가 좋구 훌륭한 사람일 거야."

"그럴걸."

"어쩜. 그럴걸 하구 말하는 표정에는 옛날 모습이 그대루 남아 있다."

"그럴 테지. 넌 많이 변했군."

"응 많이 변했어."

"아마 많이 변하는 여자가 좋구 훌륭한 사람이겠지. 안 그래, 오 솔레미오?"

"그럴 거야. 미스터 속물."

"뭐라구? 그 별명은 청산했다."

"나두 오솔레미오는 청산했는걸."

"미안하지만 좀 비켜 줄 수 없어? 난 병혜하구 헐 얘기가 약간 있 는데?"

"아이 미안했네. 로미오와 줄리엣 옆에 마귀할멈이 앉았다니."

"그렇지는 않겠지. 그러했을 수도 물론 있긴 하겠지만."

"난 언제나 속물은 싫드라."

"왜들 이러는 거야?" 병혜가 편지를 만자에게 돌려주면서 말했다.

"아무것도 아니다. 대한민국엔 속물이 많다는 걸 확인했을 뿐야. 병혜, 넌 참 참을성이 많구나 어쩜." 만자는 어깨를 들썩거렸다.

"병혜야. 할 얘기가 있는데 우리 잠깐 저쪽으로 갈래?" 나는 병혜 에게 말했다.

"왜 그래? 앉아 있어."

"좋아." 나는 일어섰다.

"앉어, 이러지 말구." 병혜가 말했다.

"아아 여기서 사랑싸움을 볼 줄은 몰랐다. 순진한 세상이구나." 만자는 웃어 대고 있었다. 나는 걸어 나갔다. 등 뒤가 따갑다고 나 는 느꼈다.

나는 아래층을 내려다보았다. 담배 연기가 뽀야니 서려 있었다. 여러 가지 의상들의 갖가지 빛깔들이 현란스러웠다. 다방 안은 지독히도 만원이었다. 대여섯 명의 레지들이 왔다 갔다 하고 있는 모습이 눈에 띄었다. 얼굴을 아는 레지들도 있었다. 도어가 열렸고 대여섯 명의 남녀 패거리들이 우욱 밀려 들어오고 있었다. 스피커에서는 〈원 라스트 키스〉가 방송되고 있었다. 어느 좌석에선가 여자의 금속성 웃음소리가 들려왔다. 누군가가 원 라스트 키스를 따라 부르고 있었다. 정묵이와 방섭이와 그리고 형우는 무슨 음모라도 꾸미고 있는 것처럼 나의 시계(視界) 왼쪽에서 머리를 모두고 앉아 있었다. 나는 담배를 물었다. 누군가가 내 등어리를 쳤다. 나는 뒤돌아봤다. 역시 병혜였다.

"왜 그래? 이해해 줄 수 있잖니?" 병혜는 말했다.

"꼭 한마디 할 얘기가 있었어." 나는 말했다.

"무슨 얘긴데 그래?" 병혜는 민망스러워하는 표정을 지었다.

"잠깐 여기 앉자. 금방 말하면 되니까."

"그럼 앉지 머." 병혜는 의자에 앉았다.

나도 의자에 앉았다. 막상 앉고 나니까 조금 전의 흥분을 푸는 것이 문제였다. 나는 담배 연기를 깊숙이 빨아 당겼다.

"무슨 얘긴지 빨리해."

"얘기하께. 야, 병혜야."

"응?"

"우리 지금 바깥으로 나가서 시내를 마구 쏘댕겨 보자. 말하잠 오늘이 무슨 축제일인 것처럼 생각해 버리자. 알갔니? 너와 나를 모두 유감없이 탕진시켜 버리잔 말이다. 불만이구 증오구 개나발이구 생길 여지가 없도록끔 말이다. 서로의 뱀을 말끔히 소모시켜 버리잔 말이다. 이런 뜨뜻미지근한 상태엔 이 이상 못 참갔다. 설사 내일 너와 내가 원수가 되는 한이 있더라두 말이다. 알갔니? 우리라구 회신(灰燼)되지 말란 법이 있갔니? 제기랄 똥이나 푸라지. 난 지금 근지러워 죽을 지경이다."

"소용없어." 병혜는 나지막이 말했다. "막상 바깥으루 나가 봤자 맥살만 더 날 건데 뭐."

"제기랄 그럼 어떡하라 말야?" 나는 버럭 고함을 질렀다.

"할 수 없는 일이지 뭐. 참을 수밖엔 없는 일이지 뭐. 여기에 사람이 아무두 없다면 니한테 키스나 한번 해 주구두 싶지만." 병혜는 나지막이 말했다. 나는 담배를 비벼 껐다.

"제기랄 똥이나 푸라지." 나는 욕을 했다.

"그래 욕해. 그쪽이 서로를 위해서 신선할 거야." 병혜는 단지 피로를 느끼고 있는 듯했다.

"어떤 일이 있어두 널 오늘 밤 여관방으루 끌구 갈 테다." 나는 본의 아니었지만 이렇게 말했다.

"나두 그랬으면 도리어 좋겠어. 아이 왜 이렇게 목이 탈까."

그러나 갈증을 느끼고 있는 것은 아까부터 나였다. 나는 군침을 삼켰다.

"너 오늘 수민이네 파티엔 가겠니?" 나는 물었다.

"응 가기루 했어. 너두 가지?"

"그래."

"너 지금 정묵이들이 앉아 있는 곳으루 안 가니."

"가야지."

"그럼 가 보렴, 난 만자가 앉아 있는 자리루 가야지. 난 한때 진정으로 균서를 사랑했어." 병혜가 말했다.

"사랑이라구? 집어쳐 이 쌍년아." 나는 말했다. 그러고 나서 나는 일어섰다.

"그 말만은 듣기에 안 좋구나." 등 뒤에서 병혜는 말했다. "난 한때 진정으로 널 사랑했어."

8.

레코드판이 헛돌아 가는 소리가 들려오고 있었다. 레코드플레이어는 잠깐 졸고 있는 모양이었다. 육시랄 자식. 치그럭 치그럭 거리는 소리는 무조건 듣기가 싫었다. 중추신경을 치그럭 치그럭 긁어대고 있는 듯했다. 나는 아래층으로 내려섰다. S대 배지를 단 기집애 하나가 내 맞은편에서 2층으로 걸어 올라오고 있었다. 나는 왼쪽으로 피해 주었다. 그러자 그녀도 왼쪽으로 피해 주는 것이었다. 우리는 원수간인 것처럼 서로 적대하고 있었다. 나는 핏대가 나서 인상을 북 그었다. 그녀가 놀란 토끼눈을 하고 오른쪽으로 비켜섰다. 나는 걸어 나갔다. 정묵이들이 나의 눈에 띄었다. 그러나 그쪽으로 가고 싶은 생각은 안 났다. 나는 변소로 갔다. 거울이 벽에 걸려 있었다. 나는 얼굴을 들여다봤다. 꼭 병신 같은 녀석이 거울 속에서 핏대 난 얼굴을 하고 들어가 있었는데 바로 그게 나였다. 그때 나는 나의 코가 넓적하고 코끝이 뭉툭하게 벌어져 있는 생김이라는 것을 의식하였다. 나는 내 코가 더럽게도 안 생겨 먹었다는 그런 생각을 하고 있었다. 제기랄 똥이나 푸라지. 나는 변소로 들어갔다. 거기도 만원이었다. 스물두어 살가량의 남자 놈이 몹시도 성급하게 누군가를 기다리고 있는 엉터리 탐정의 모습으로 오줌 눌 차례를 기다리고 있었다. 변소간에는 담배 연기가 자욱했다. 레코드플레이어는 새로운 레코드를 마악 얹어 놓은 모양이었다. 냇 킹 콜의 〈모나리자〉가 들려오고 있었다. 변소간에서 들어주는 그 노래는 실감이 안 났다.

나는 드디어 오줌 누는 곳에 올라섰다. 바지의 오줌 단추를 끄르고 오줌을 갈기기 시작했다. '임마 뭘 봐?' 거기에는 이런 낙서가 쓰여 있었다. 나는 담배를 의식적으로 변기통에 버리고 나서 다시 다방 안으로 들어섰다. 거울은 분홍빛의 형광등을 받으면서 거기에 걸려 있었다. 나는 내 얼굴을 들여다봤다. 열등감이냐, 아니면 핏대냐, 양자택일에서 어쩔 수 없이 핏대를 내보이고 있는 그런 몰골의 내가 거울의 표면에 인상되어 있었다. 나는 얼른 비켜났다. 거울에서 내 모습이 지워졌을 것이었다. 냇 킹 콜은 간드러진 목청을 내지르고 있었다. 나는 잠시 서 있었다. 정묵이들이 앉아 있는 곳으로 가고 싶지는 않았다. 나는 2층을 올려다봤다.

신문을 들여다보다가 눈을 돌린 사람과 흡사한 모습으로 병혜는 나를 바라보고 있었다. 우리의 시선이 마주쳤다. 나는 화가 나서 등을 돌려 버렸다. 나는 무턱대고 앞으로 걸어 나갔다. 어떤 녀석이 찻잔을 깨뜨린 모양이었다. 쨍그랑 하는 소리가 났다. 그 소리는 바로 나의 중추신경을 쨍그랑 깨뜨려 버리는 듯했다. 정묵이들이 앉아 있는 좌석이 클로즈업 되고 있었다. 마악 담배에 불을 붙이고 있는 방섭이의 모습이 눈에 띄었다. 형우는 여자를 따먹고 나서 쓰윽 펴 보는 그런 거드름의 태도로써 무슨 얘긴가를 하고 있었다. 육시랄 자식, 나는 형우에게 이유 없는 욕을 했다. 정묵이는 마악 왼장다리를 꼬고 있는 중이었다. 정묵이들이 앉아 있는 곳으로 가고 싶은 마음은 안 생겼다.

"안녕하세요? 아주 오래간만이네요?" 누군가가 내게 인사를 했다. 여자의 목소리였다. 나는 뒤돌아봤다. 이름이 혜선인가 그런 레지였다.

"응, 오래간만인데?" 나는 말했다.

"이젠 아주 어른 같으시다." 그 레지는 미련한 말을 던지는 것이었다.

"너는 할멈 같은데?" 나는 말했다.

"어머 농담두 잘하서." 그 레지가 말했다.

"이 다방은 영업이 잘되는군. 돈 벌어서 다 어디에 처치하는 거야?" 나는 말했다.

"사탕 사 먹어요. 참 저기 친구분들 많이 앉아 기세요. 그쪽으로 안 가세요? 아이 몹시두 반갑네요."

"응 반가워." 나는 말했다. 말하고 나서 나는 앞으로 걸어 나갔다. 정묵이들이 바로 내 앞에 앉아 있었다.

나는 슬쩍 그 옆을 지나쳤다. "어이 균서야, 인마 어딜 가냐." 형우가 나를 불렀다. 나는 못 들은 체했다. 나는 도어를 밀고 바깥으로 나갔다. 오후 네 시 반의 도시가 거기에 있었다. 애드벌룬이 바로 나의 상공을 배회하고 있었다. 나는 애드벌룬을 올려다봤다. 포도에는 사람이 꽉 차 있었다. 나는 행인이 되었다. 전차가 굉음을 내면서 마악 지나갔다. 나는 전차를 바라봤다. '청량리'라고 행선 표지를 붙이고 있었다. 그 옆으로 15번 버스가 돌진하여 지나가고 있었다. 동아일보 하면서 신문팔이 애들이 달려 지나갔다. 괴상한 옷에다 몸뚱이를 부착시켜 두고 있는 듯한 모습의 여족(女族)들이 의기양양하게 내 옆을 지나쳐 갔다. 그중의 하나는 "야, 그럼 그 새끼 쳐부수러 가자" 하고 말했다. 해는 시민회관 상공쯤에 떠 있었다. 눈이 부셨다. 나는 차도를 건넜다. 차도를 다 건너서자 갈 곳이 없었다. 나는 담배를 물었다. 아, 여기가 도시구나. 나는 그런 게으른 생각을 하고 있었다. 제기랄 낮잠이나 자라지. 그리고 나는 국민학교 동창 녀석을 만났다.

"야 오랜만이다." 그 녀석은 바바리코트에 무슨 빨간 장정의 두꺼운 영어책을 들고 있었다.

"응 오랜만인데?" 내가 말했다. 우리는 악수했다.

"재미 좋아? 말 듣기룬 너 요새 진진하게 연애하구 있다구 그러더라."

"아암 진진하게." 나는 말했다.

"참 김여진 선생이라구 너두 알지? 우리 4학년 때 담임 말야. 그 노처녀께서 시집을 가셨대요."

"그래? 아주 히트인데? 상대방은 누구래?"

"같은 국민학교 선생님이라는 모양이야. 그분은 지금 장서국민학교에 계시지 아마."

"그래? 광득이가 미국 갔다는 거 너두 알지?"

"응 알어. 그 새끼두 고생깨나 하더니만, 거 아주 잘됐어."

"응, 잘됐어."

"넌 요새두 그대루 학교 나가니?"

"그래."

"언제 다들 한번 모이자마. 야, 기집애들은 영 달라져 버렸드라. 그 코흘리개들이 시집을 갔다는 얘길 들으면 영 사람 죽갔어."

"인마 벌써 손자들 볼 나이들 아니가? 인류보존의 법칙을 실천한다는 의미에서 좋은 거지 뭐."

"하긴 그래. 언제 다시 한번 만나자. 바빠서 이만 실례해야겠다."

"그래, 언제 한번 만나서 술이나 마시자." 우리는 악수했다. 그리고 헤어졌다. 그리고 나는 혼자가 되었다.

그리고 나는 나에게서부터 멀어져 가고 있는 병혜를 생각했다. 상호 인력의 이완, 긴장되었던 그 팽팽한 인간관계의 해이─거기에

도시가 있었다. 나는 시청 앞 광장으로 걸어가고 있었다. 덕수궁 철책 너머로 졸음에 겨운 듯한 고궁이 나의 눈에 띄었다. 차들은 광장을 가로질러 우회하고 있었다. 나는 시청 건물 밑의 포도를 걸어갔다. '수출, 증산, 건설'이라고 써 붙인 현판이 눈에 띄었다. 그 앞에는 국산 우량품 선전 아치가 붙어 있었다. 그리고 우습게도 나는 하늘을 쳐다봤다. 흑인 아파트인 듯한 멋없는 고층 건물들이 하늘의 영역을 잠식하고 있었다. 애드벌룬이 뻔때 없이 하늘을 방황하고 있었다. 맑게 갠 날씨였다. 하늘은 복잡하게 파란 빛깔이었다. 단지 직선적으로 파랗다기보다는 도시의 온갖 빛깔을 파랑으로 통일시켜 두려는 듯이 어딘가 하면 피곤하고 퇴색해 버린 듯한 파랑이었다. 신세계백화점 상공쯤에 반달이 떠 있었다. 그 반달은 깨끗한 파란 빛이었다. 나는 담배를 버렸다.

그리고 나는 나에게서부터 멀어져 가고 있는, 또는 서로를 갈라뜨려 놓고 있는 병혜, 그리고 나와의 관계를 의식했다. 나는 새로 담배를 물었다. 그리고 나는 언젠가 가져 본 적이 있는 밤 열한 시 반의 시청 앞 광장을 생각했다. 그때 방섭이와 나는 술이 왕창 취해 있었다. 우리는 술집 계집애 두 명을 꿰어 차고 있었다. 우리의 주머니에는 돈이 한 푼도 들어 있지 않았다. 우리는 그때 걸어서 시청 앞 광장을 지나쳤다. 택시들이 무서운 가속도로 금속성을 내뱉으며 지나가고 있는 시청 앞 광장은 술을 깨워 주는 을씨년스러움을 가지고 있었다. 아가씨들은 우리의 구라에 녹아떨어져 우리가 이끄는 대로 어느 방에 끌려 들어가 우리에게 그러한 종류의 공식적인 재미를 가져다주었다. 그리고 그다음 날 아침 우리는 다시 시청 앞 광장을 걸어갔는데, 새벽 다섯 시 반의 시청 앞 광장은 텅 빈, 말하자면 쫄딱 망해 버리고 만 벼락부자의 빈털터리 주머니와도 같은, 그런 피곤함을 우리에게 안겨다 주었다. 그 계집들은 그날 밤 내 시계를 훔쳐 갔었다. 하긴 우리는 방값을 못 낸 채 토껴 버렸던 것이었지만……. 무관심하게 시끄러운 시청광장을 나는 다시 돌아다보았다. 거기에 나의 역사가 고여 있는 것 같아서 자못 감개가 깊어지는 것이었다. 아니 그것은 비단 나의 역사라기보다도 나의 성격적인 결점이었을 것이었다. 직선적인 행동을 고지식하게 내뿔 수 없는, 또는 사랑을 시인하지 못하는……. 양자택일을 했어야 했다. 수민이처럼 사랑을 찾든가 정묵이처럼 방사(房事)만을 구하든가…….

나는 개풍빌딩 쪽을 바라보았다. '아암 어수룩하게 자기의 내면을 드러내는 것처럼 행동해서는 곤란하지' 하고 나는 생각했다. 나는 덕수궁 쪽을 바라봤다. 그 옆에는 새로 고층 건물들이 들어앉고 있었다. 그리고 나는 병혜를 생각하는 것과 똑같은 기분으로 경미를 생각해 냈다. 그 두 여자는 전혀 성격이 달랐다. 경미는 어느 쪽인가 하면 도시적인 세련미를 가지고 있었고, 진실이 꼬불꼬불하게 찾아지거나, 아니면 안 찾아지거나 하는 아가씨였다. 나는 뉴 코리아 호텔 옆에 있는 '유리집 다실' 쪽에 눈을 주었다. 경미와는 그 집에서 만나곤 했었다.

나는 개풍빌딩 앞의 건너는 길을 건너서 뉴 코리아 호텔 쪽으로 갔다. 무엇인가가 확인될 수 있을 것만 같은 기분이었다. 물론 경미를 생각하는 나의 의식은 병혜의 그것과는 전혀 달랐다. 경미에게서는, 여자를 의식한다기보다는 여자와의 꽤 까다로운 관계를 의식하게 되는 것이었다. 관계에 유의하게 되는 연애라는 것은 서로의 내면일랑 거의 건드리지 않게 되며, 자연히 표면적으로만 드러나는 어떤 외양만의 다채스러움을 추구하게 되는 것이었다. 나는 뉴 코리아 호텔 앞에 섰다. '유리집 다실'의 유리문이 저만치 보였다. 나는 하늘을 지어다봤다. 하늘은 고층 건물의 높이에 의해서 더 높아진 듯했다. 버스 차장들이 손님을 부르고 있었다. 그 버스를 타 버리고 싶었다.

나는 발길을 돌렸다. 유리집 다실에 경미가 있을 것도 아닌 이상, 그리고 설사 경미가 있다고 해 본댔자 무슨 소용이 있느냐는 생각이었다. 그리고 나는 아버지 쪽으로 친척뻘이 되는 사람을 십여 미터 앞으로 보고 있었다. 인사하고 말고 다 귀찮아졌기에 나는 얼른 가던 방향을 돌려서 조선호텔 쪽으로 급한 용무라도 있는 사람처럼 바삐 걸어갔다. 방황치고는 더럽게 멋대가리가 없었다. 나는 다시 정묵이랑 병혜랑이 앉아 있는 응접실 다방으로 가고 있었다. 병혜를 다시 만나서 얘기를 해 본다? 무슨 얘기를? 아까처럼, '서로를 탕진시키고 소모시킬 수 있는 어떤 형식'에 대해서? 그러나 그런 건 다 유치해져 버렸다.

나는 또 엉뚱한 생각을 해냈다. 여기의 길거리를 가고 있는 여자를 아무나 하나 꾄다? 그래서 햇빛이 사선을 긋기 시작하는 '하오의 정사'라도 꾸며 본다? 나는 담배를 버렸다. 자기가 비곗덩어리로 형성되어 있는 것만 같았다. 벼락부자인 아버지에게는 바로 '벼락'이라는 참신함이나 있으련만……. 반도 조선 아케이드에도 사람은 들끓고 있었다. 아가씨들이 부지런히 그 안으로 들어가고 있었다. 거기에를 들어가는 것만으로써 충분히 생의 의의는 증명될 수 있는 듯한 태도들이었다. 경남극장은 오드리 헵번의 〈녹색의 장원〉을 상연하고 있었다. 헤밍웨이는 「녹색의 장원」은 음탕한 소설이라고 말했다. 관점이라는 것은 묘한 해답을 준비하고 있는 것일 터였다.

'관점을 돌려 보라' 하고 나의 마음속에 있는 속물적인 근성이 타협안을 제시하고 있었다. 여자의 언어를 직선적으로 믿어 버리는 바보가 어디 있는가고 그 소리는 말하고 있었다. 이상하게 외꼬아진 병혜의 언어를 그만큼의 외꼬아진 각도에서 판단하라고 그 소리는 말하고 있었다. 이제 새삼스럽게 병혜와 같은 아가씨를 구하기는 힘들 것이라고, 내 마음속의 속물적인 근성이 말하고 있었다. 나는 그 말에 대해 또 비판하고 있는 소리를 내 마음속에서 듣고 있었다. 구질구질한 것, 감정의 습기 같은 것, 단순하지 않은 변명 같은 것은 이제 피해야 한다고 그 소리는 말하고 있었다.

제기랄 똥이나 푸라지. 나는 피로를 느꼈다. 하긴 피로라는 것도 하나의 관점이 될 수 있을 것이었다. 나는 그저 '피로의 관점'만을 신봉하여 두고 싶은 기분이었다. 나는 빨리 걸어갔다. 가서, 정묵이들이랑 만나서 사내의 언어를 하고 있자면, 얘기는 도리어 간단해질는지도 모른다는 생각이었다. 그리고 어서 수민이네 집에나 가서 녀석의 결혼담이나 듣고 싶은 기분이기도 하였다. 수민이 녀석은 하고 싶은 얘기를 가지고 있을 것이었다.

그것은 참으로 시시한 것이었다. '적당히, 그저, 되는대로, 할 수 없이.' 암만해도 쭉쭉 밀고 나가는 추진력이 약했다. 타락이 나빠서 안 하는 것이 아니라, 타락할 수 없으니까 안 하는 것. 또는 집구석에 틀어박혀서 책이나 보며 착실해지는 것이 맹꽁하게 보여서가 아니라 그렇게 하려고 해도 할 수가 없는 것. 또는 하나님이라도 믿어서 종교적인 안도감과 긴장감을 가지는 것이 딱히 싫어서가 아니라, 그렇게 하고 싶어도 믿어지지가 않는 것. 아마 병혜와의 관계도 그런 식이었다고 하는 생각이 들었다. 절실한 체험 같은 것, 철저한 바보 같은 것, 맹렬한 분노 같은 것, 과도한 열정 같은 것. 물론 나 자신이 그렇게 될 수 없다는 것은 자명했다. 차라리 철저하게 가난해져서 지금 당장에 꿈쩍거리지 않으면 굶어 죽는다든가 하는 환경이었으면 싶어지기도 하였다. 벼락부자인 우리 아버지는 돈을 모아야 한다는 맹목적인 의지나마 간직하고 있었다. 그러니까 젊은 내가 해야만 하고 하지 않아서는 안 될 일을 다른 사람들이 다 뺏들어 가 버리고 만 듯했다. (아 너무나도 상식적인 피로로구나) 나는 생각했다.

'우리 신선한 연애나 합시다' 하고 샌드위치맨처럼 써 붙여 놓고 싶어지는 것이었다. 아니면 다시 2년 전의 세월로 되돌아갈 수만 있었으면 하고 바라고도 싶었다. 대낮에 미도파백화점 정문에서 오줌을 갈길 수 있느냐, 없느냐로 극장 구경시켜 주기 내기를 걸었던 그 시절에는 세상이 그런 식의 흥분과 도취와 호기심으로 가득 차 있었다.

십여 미터 앞에 '응접실' 다방 입구가 보였다. 나는 담배를 물고서 무엇인가 머릿속에서 뱅글뱅글 돌고 있는 사념들에 어떤 결론을 내리고 싶은 생각이 간절하여져서 잠시 걸음을 멈추었다. 지금의 이 상황이 아마 성년(成年)의 입구일 것이었다. 여기에서 내가, 까뮈의 주인공 '뫼르소'같이 되기는 도리어 어렵지 않을는지 모른다. '니체'가 되기도 쉬울 것 같았고, 또는 '도스토옙스키'의 주인공이 되기도 간단할 것 같았다. 그들은 어쩔 수 없이 느껴지게 되는 그런 근저의 '피로'를 피하기 위하여 자기대로의 표현 방식을 가지고 있었다. 그것이 곧 그들의 개성이 되었다는 생각이었다. 그럼 나는 무엇이란 말인가. 무엇이 되어지게 될까. 제기랄 똥이나 푸라지. '하나의 알아왔던 여자와 헤어진다는 것은 대체로 이런 의미이구나' 하고 나는 생각했다. 그것은 별로 우습지 않은데 어쩌다 웃어 버리고 만 그런 싱거운 느낌을 가져다주었다. 내일부터 정부 시책에 맞춰 재건 사업이나 하여야 하겠다고 생각하면서 나는 다방 문을 밀고 들어섰다.

9.

마악 다방 안으로 한 걸음 옮겨 놓았을 때 나는 마침 다방을 나가려고 하는 정묵이와 방섭이와 그리고 형우와 마주쳤다.

"여 어디 갔다 오니." 방섭이가 물었다.

"응, 참 오랜만이구나." 나는 방섭이에게 손을 내밀었다. 방섭이는 우스워졌다는 듯이 킬킬거리더니 손을 내밀었다. 우리는 악수했다.

"야 나하구는 오랜만이 아니가?" 형우가 두꺼운 입술을 개구리처럼 열면서 말했다. 그도 손을 내밀었다.

"응, 오랜만인데?" 우리는 악수했다. "근데 어디를 나가려구 그러는 거야." 나는 물었다.

"야, 다방이라구 어디 공기 탁해서 앉아 있간? 나가서 막걸리들이나 한 잔씩 하기루 했다. 할 얘기들두 있을 거 같구." 방섭이가 말했다.

"아 잘됐어. 그럼 나가자." 내가 말했다.

"가서 병혜 만나지 않냐? 미스터 속물." 형우가 말했다.

"아아니, 안 만나." 나는 말했다. 우리는 바깥으로 나갔다. "야, 근데 제발 그 미스터 속물이니 어쩌구 좀 빼 주라."

"그럴까? 그럼 막걸리는 네가 사라. 제기랄, 명동은 여전하군. 어쩐지 열등감이 생기는 거 같은데?" 군복을 입고 있는 방섭이가 말했다.

"군대 생활은 어때? 너 향로봉에 있다는 얘긴 들었어. 정말 답장두 못 보내구 미안하다. 거긴 아직두 눈이 녹지 않았다며?" 내가 물었다.

나는 방섭이에게 담배를 한 대 권했다. 그는 사양했다. 군인은 길거리에서 담배 못 피우게 되어 있다는 것을 미처 생각하지를 못한 것이었다.

"어디루 간다? 서 있는 술집으루 갈까?" 정묵이가 말했다.

"서 있는 술집?" 방섭이가 물었다.

"선술집의 현재진행형이다. 근데 군인이 낮에 술 들어두 괜찮나 이거?" 정묵이는 말했다.

"야 야 제발 군인 군인 하지 마라. 휴가 얻어 나오면 너희 같은 새 끼들 꼴 보기 싫어서라두 집구석에 처박혀 있게 되드라. 무어 군대 사정 얘기를 화제 삼는 것이 내게 대한 위로인 걸루 생각하는 모양 인데, 그게 그렇지 않을 수도 있다는 걸 알아 두라. 알간? 미스터 속물?"

"인마 그 별명은 청산했대두. 그리구 너두 주의해라. 너 혼자 군대 가 있는 거처럼 착각하진 말란 말이다. 알간?" 나는 말했다.

"알았어 알았어." 방섭이가 말했다. 우리는 국립극장을 지나쳐 갔 다. 오랜만에 여러 녀석이 모여 명동 한복판을 가고 있는 기분은 그 럴듯했다. 그리고 나는 맞은편에서부터 이쪽으로 향하여 오고 있 는 경미를 발견했다.

"아이구 안녕하쇼." 방섭이가 거수경례를 하며 먼저 말을 붙였다.

"어머, 오래간만인데? 근데 웬일들야? 벌써 수민이네 집에 가는 건가." 경미는 약간 위압감을 느끼고 있는 듯했다. 그녀는 화려하게 몸단장을 하고 있었다. 키는 그전보다 더 작아진 것처럼 보였고 반 면에 눈은 더 커진 듯했다. 입술과 눈 가장자리에 옅은 화장을 하고 있었다.

"어 막걸리나 한잔할까 하구. 꼽사리 끼구 싶다면 같이 가두 좋 구." 방섭이가 말했다.

"아직 대낮인데 무슨 술일까?" 그녀는 말했다. "다방엔 누구 여자들 안 와 있어?"

"아무두 안 왔어." 형우가 거짓말을 했다.

"난 어디 들렀다 갈 데가 있는데……." 그녀는 말끝을 흐렸다. 언제나 그리했지만 경미는 이상한 데에 이르러서 호기심을 내보이는 습관이 있었다. 경미는 눈살을 약간 찌푸리면서 나를 봤다.

"웬만하믄 같이 가지. 오피 들어가 있던 때의 얘기 해 줄 테니까. 아 참 이 아가씨가 오피가 뭔지 알 리가 없지." 방섭이가 말했다.

우리는 유유한 기분으로 걸어 나갔다. 경미는 약간 앞장서서 걸었다. 여자의 뒷다리를 보는 것은 일종의 도락에 속하는 일이었다. 그녀는, 자기의 다리가 무 쪽 다리가 아니라는 자부심을, 바로 자기의 걷는 태도에다가 주입시키고 있었다.

"하여튼 오랜만에 모이게 되니까 좀 싱거운 기분은 있더라. 근데 말야, 애새끼들 전부 다 민해진 거 같애. 왜들 그다지두 악착같이 늙구 싶어들 하는지." 정묵이가 말했다. 그의 어조는 최소한도 자기만은 늙고 싶어 하지 않는다는 뜻을 담뿍 담고 있었다.

"야, 장가가는 놈 보구나 그딴 소릴 해라." 형우가 말했다.

"수민이? 그치야 워낙 난 병신이니까 빨리 늙어 두는 게 당연하지만, 다른 놈이야 어디 그러냐? 인마 균서야, 너만 해두 그렇지 않냐? 자식이 아주 민해졌어. 보시는 바와 같이 난 이렇게 맹합니다 하구 광고하구 다니는 거 같거든. 예전엔 속물이 아니었기 때문에 미스터 속물이라구 놀릴 재미두 있었지만, 이젠 인마 그런 재미두 없어졌다."

"제기랄 똥이나 퍼먹을래?" 나는 할 말이 없어서 이렇게 욕을 했다.

우리는 선술집에 도착했다. 술집은 벌써 만원이 되어 있었다. 우리는 안으로 들어갔다. 간신히 한 구탱이를 비집고 자리를 차지할 수 있었다. "어서 오세요." 바쁜 주모는 건성으로 인사를 하였다.

"초판은 내가 굴릴 테니까 그담서부터는 너네들이 알아서 해." 형우는 이러면서 백 원짜리를 한 장 냈다. 선술집일 뿐만 아니라 선불집이기도 한 모양이었다. 대포잔과 어리굴젓과 마늘을 넣은 간장이 먼저 왔다. 형우는 한 병에 이십 원 하는 술 세 병과 쇠 염통 안주를 주문했다.

"막걸리 집에서 봐서 그런지 경미는 착실히 예뻐졌는데?" 정묵이가 낯가죽이 두꺼운 소리를 했다. 경미는 대답하기도 쑥스러웠던지 웃어 대기만 했다.

"요새두 환쟁이 노릇은 충실히 하쇼?" 방섭이가 물었다. 경미는 미대 졸업반이었다.

"이러지 말라구. 비록 그림은 보잘것없었지만 국전에서 특선을 했다구. 뭐래든가, 그래 '의문'이라는 제목이었어. 어때 그 제목 설명이나 하는 게." 내가 말했다.

"그런 무식한 소리가 어디 있담. 설명할 수 있는 그림이 없다는 건 극히 국민학생적인 상식 아냐. 더구나 그림을 보지두 않은 사람들한테."

"왜? 산문적인 해석이라는 건 어디나 다 가능하지. 내가 대신 설명해 줄까? 말하자면 우리의 세대는 이제 반항은 초월했다구 경미는 생각하구 있는 거라. 반항 다음에 나타난 게 그러니까 '의문'이지. 반항은 그것 자체가 즉물적인 발산이니까 따지구 자시구가 없지만, 그러나 의문의 세대가 되면……."

"무엇에 대한 의문이란 말야? 그건 계몽주의 시대의 회의파들이 철저히 골머리를 앓은 문제일 텐데." 방섭이가 별로 흥미 없다는 듯이 엉뚱한 소리를 했다.

"그렇지 '문제', 그거지. 경미는 '의문'으로 할까, '문제'루 할까, 망설였대요."

"이봐 미스터 속물 네가 경미와 연애했다는 건 공지의 사실이니까 악재기 다물라." 형우가 말했다.

"그러나 내가 경미였다면 '의문'이라는 것보다두 '질문'이라구 그랬을 거야. 의문은 대답을 준비 않고 있는 상태이지만 질문은 이미 대답을 예상하고 있는 상태거든. 나는 속물이 질문 다음에 오는 단어라구두 생각했어. 그러니까 질문에 대한 하나의 답변 형태로써 속물이라는 인간상이 찾아지는 거거든." 나는 말했다.

"질문이라? 그거 난해한데. 그리고 너무 도전적인 냄새가 난다. 균서야, 넌 질문할 자세가 되어 있냐? 자기 자세가 갖추어져 있어야 무엇인가를 질문할 수 있을 테니까."

"속물이라는 답변까지 얻었다면 어쩔 테야. 그런 답변이야 아직 얻지 못했지만." 나는 조금 전에 했던 말을 반복했다.

"그거 경미의 그림을 꼭 보구 싶어졌는걸." 형우가 말했다.

술이 왔다. 방섭이는 먼저 경미에게 한 잔 따랐다. 그러고는 자기 잔에 따랐고, 앉은 순서대로 술 주전자를 넘겼다.

우리는 경미의 그림과 수민이의 결혼에 걸고 건배했다. 술맛은 그리 좋은 편은 아니었으나, 최소한도 달착지근한 카바이드 냄새는 나지 않았다. 우리 옆 좌석에 있던 영감님이 핏대를 올리고 있었다. 그 영감님은 이만 원 채권자를 구슬려 보다 못해 화가 난 듯하였다.

"난 청취자 노릇이나 할 테니까 사내들의 얘기들을 하지 그래." 경미가 말했다. 그녀는 삼분의 일쯤밖에는 잔을 비우지 않고 있었다.

"사내들의 얘기를 하라구? 여자 건드리는 얘기해두 들어줄래?

그러지 말구 얘기에 꼽사리 껴요." 정묵이가 말했다.

"근데 균서와 경미가 연애했다는 건 사실인가?" 방섭이는 술잔을 하나 더 비우고는 물었다.

"아암 사실이지." 형우가 단호하게 말했다. "균서는 속물이 돼 놔서 그런지 너무 욕심이 많더라 이거다." 그는 나를 비꼬고 있었다. 그것도 너무나 노골적으로 비꼬고 있었다. 경미가 분개한 듯한 표정을 짓고 있었다.

"우리가 이렇게 만나구 있는 건 연애 아닌가?" 방섭이는 말했다.

"아니지." 형우가 말했다.

"원래 연애라는 건 불필요한 단어다. 소심한 인간들이 만들어 낸 단어야. 교섭, 교섭일 뿐이지." 정묵이가 말했다.

"어? 정묵이는 언어학잔데? 어휘의 델리케이트한 차이를 물구 늘어지는 걸 보니까." 방섭이가 말했다.

"그러나 인마 교섭이란 말은 너두 공학적인 느낌이 강한걸. 남녀 관계를 교섭이라구 해 버리면 넌 소위 연애 감정이라는 걸 어떻게 처리할래?"

"처리하다니? 인마, 그런 어수룩한 감정은 필요 없어. 수민이처럼 결혼 감정이라면 봐줄 수도……."

"수민이하구 정임이 얘기나 하지 머. 이렇게 분위기가 딱딱해서야 불편해서 앉아 있을 수가 있어?" 경미가 말했다.

"그래그래, 술이나 들자. 친구 녀석 하나가 결합했다니까 모두들 이상해지누나." 방섭이가 말했다.

우리는 술을 들었다. 나는 마늘을 좋아했기에 간장종지에서 마늘만 골라서 한쪽 집어 먹었다. 주모가 분홍빛의 형광등을 켰다. 실내는 더 밝아진 것 같지는 않았지만, 술이 취했을 때의 빛깔 같은 분홍빛이 역겹게 첨가되어 있었다.

형우는 줄곧 연극배우처럼 몸동작을 무겁게 놀리고 있었다. 무대에 서 있는 배우처럼 자기의 팔 한 번 움직임, 손 한 번 놀림까지도 의식하고 있는 듯했다. 형우는 원래 과묵한 편이었고, 어딘가 하면 도리어 기분 나쁠 만치 에고이스트적인 행동을 하는 쪽이었다. 들려오는 얘기에 의하면 그는 어느 여자와 6개월간 동거 생활을 하다가 집어치우고, 이제는 어느 금융회사에 나가고 있다고 했다.

형우가 말했다. "솔직히 말해서 오늘 이 자리엔 안 올려구 그랬다. 이렇게 모이구 자시구 하는 게 유치하구 어리석인 일이라는 건 뻔하니까."

"인마, 둥근 게 좋아. 그럼 왜 왔니?" 정묵이는 이렇게 말했으나, 근본적인 점에 있어서는 형우와 동감이라는 듯한 눈치였다.

"왜 왔느냐구? 글쎄, 오후엔 이상하게 한가하더라. 사실 쭈욱 바빴거든. 그래 한가한 김에 중앙극장이나 가서 장 벨몽도의 얼굴이나 감상할까 하다가, 생각을 바꿨지. 도대체 너네들은 어느 지경인가 알구 싶었거든. 와서 보니까 애녀석들, 전부 낯짝조차 보기 싫어졌는데? 알어? 우린 친구 녀석 하나 장가갔다구 그래서 뭐 인공위성이나 떠오른 것처럼 핏대를 내기엔 너무 바빠졌어요."

"그것뿐만이 아니겠지. 넌 어리석은 놈들을 경멸하잖냐? 예를 들어 결혼 같은 걸 장하게 하는 어리석은 놈들을." 내가 말했다.

"물론 그렇지. 그 점에 있어서 난 도리어 철저해." 형우는 다시 술을 한 잔 비웠다. "알다시피 난 6개월 동안 모 씨와 동거 생활을 했는데, 그 비참한 6개월 동안에 내 개성을 결정해 버렸어. 주머니에 돈 한 푼 없이, 고픈 배를 지그시 눌러 두고는 그 좁은 방 천장 무늬나 쳐다보며 뒹굴뒹굴 드러누워 지내는 게 그맨 더할 수 없는 행복인 것처럼 착각이 됐었는데 말야, 사실 그거처럼 비참한 지랄이 또 없는 거라."

"너야 원래부터 악당이니까." 정묵이는 말하면서 웃었다. "그러나 넌 한 가지 면에서 착각을 하구 있는지두 몰라. 너두 주의(主義)를 위해서 사는 인간이 되어 버렸어. 주의(主義)라는 것은 비록 그것이 어떠한 형태로 어떻게 임하든지 간에 좋지 않다구 난 생각했거든. 너무 흔해져 버렸지만 난 철저하게 자유를 택하기루 했다. 알어? 아무것에도 구속받지를 않는…… 어떤 위치라 할까 그런 거."

경미가 심심하다는 듯이 짤끔 술을 한 모금 마셨다. 나는 주모에게 마늘을 좀 더 갖다 달라고 부탁했다.

"병신 같은 새끼들." 방섭이가 욕을 했다. "너 같은 놈들은 전부 몰구 가서 최전방에 세워 놔야 하는 건데."

"아 군대 얘기." 정묵이가 말했다. "의무의 문제하구 권리의 얘기하구 혼동하면 그건 곤란하지. 그건 네가 아직 제대를 안 해서 그래."

"물론 혼동 않는다. 사실 나두 서울 근교에 떨어질 수 있었지만 일부러 최전방엘 거의 자원해서 나갔어. 그걸 후회하는 건 아니다. 거기엔 거기대로 젊음을 소화시킬 수 있는 풍경이 준비되어 있으니까. 그러나 이렇게 휴가라두 맡아가지구 와서 무책임한 소릴 씨부렁거리는 너 같은 놈들을 보면 핏대가 난단 말이다. 자유? 철저한 자유? 야 야 웃기지 마라. 너 같은 녀석의 발언은 바루 대한민국의 국시를 위반하구 있는 거다."

"그건 굉장히 피부적인 얘기군." 형우가 말했다.

"어때 미스터 속물. 넌 누구 편이냐? 아, 편이란 말은 어감이 좋진 않군."

"난 수민이 편이다." 내가 말했다. 마늘을 나는 집어 먹었다. "어때 여기 안주 하나 더 시킬까?" 나는 경미에게 말했다.

"괜찮어, 쇠 염통두 맛있는데." 경미는 대답했다.

"그런데 남자들은 왜 이 지경들일까. 머리에서 나오는 얘기가 아니라 감정에서 나오는 얘기를 할 수 있으면 좋을 것두 같은데."

"그거야 다른 나라 애들이 열심히 대신 해 주구 있잖어? 위신이 있지, 우리야 어디 그럴 수 있나? 참 우리 이렇게 떠들구 그럴 것이 아니라, 돈 벌 구찌나 생각해 보자. 야 미스터 속물, 너네 왕초는 힘 껏 벼락부자라니까 하는 소린데, 너 투자 좀 안 해 볼래? 약소하게 백만 원쯤 있으면 그럴듯하게 용돈깨나 뽑아 쓸 수 있는 구멍이 있어. 용의 없냐?" 형우가 말했다. 그는 사업가 폼을 잡으면서 술을 마셨다.

"고려해 보지." 내가 말했다. "그러나 난 학생인걸. 학생은 공부해야 되는 게 아닐까."

형우가 쿡쿡 웃어 댔다. 정묵이는 시침을 따고 있는 사람 같았다. 술이 동이 났다. 나는 주모에게 술을 세 병 주문했고, 빈대떡 두 장에다가 생굴 한 접시를 시켰다. 물론 돈은 내가 냈다.

"방섭아 언제 귀대하니?" 내가 물었다.

방섭이는 쇠 염통을 질근질근 씹다가 말고, "내일 밤차루. 춘천에서 하룻밤 자구 모레 열두 시까지 들어가야 돼." 하고 말했다.

"방섭인 아가씨두 하나 없나?" 경미가 물었다.

"없어. 사실 그게 그래. 휴가증을 들구 병영을 마악 나설 때 기분이야 그야말루 끗발 날리는 판이거든. 아가씨와 접선할 수 있는 길두 만들어 갖구 나온단 말야. 군대엔 연애 대장들두 많으니깐 소개들두 해 주구. 그러나 막상 한강을 보게 되면 기분이 달라져. 귀찮아지거든. 정말 귀찮아지지. 모든 건, 모든 친절조차두, 아 귀찮구나 하는 데에로 귀착돼 버린단 말야. 그러다가 여기 있는 녀석들처럼 뻔뻔스런 소리를 지껄이구 있는 놈들을 보면 열등감두 생기구 무어 그렇지. 군대 생활을 멋있다구 지껄이는 놈은 별로 못 보았으니깐."

술이 왔다. 그리고 안주도 왔다. "안녕허세요?" 형우는 주모에게 아는 척을 냈다. 아마 그의 단골인 듯했다. 주모도 상업적인 미소를 지어 보였다.

"근데 수민이는 생활비를 벌 자신이 있는지 모르겠는걸." 정묵이가 화제를 돌렸다. 그는 한창 생굴을 퍼먹고 있었다.

"아마 그럭저럭 꾸려 나갈 자신이 있는 모양이지? 무어 시인이래 봤자, 시 써서 돈 벌 수는 없는 거구, 아마 무슨 잡지사에 나가는 모양이야. 거기에서 굴러오는 돈이 한 팔천 원쯤 되는 모양이구 말야. 그리구 스폰서가 하나 있대." 내가 말했다.

"스폰서?"

"어, 옛날 수민이 아버지하구 막역한 친구였대나 봐. 매달 이천 원정도씩은 보태 주는 모양이지."

"아니 수민이는 아버지가 안 계시는 거야?" 경미가 물었다.

"이런? 이 아가씬 그것두 몰랐나? 6·25 때 납치됐어. 납치되기 전에는 화신 뒤에서 커다란 병원을 차리구 있었던 모양이지만."

"그럼 어머니는?"

"어머니는, 그러니까 개가해 가 버렸지."

"아 그랬었군. 어쩐지 수민이는……."

"하여튼 그 녀석이 이렇게 됐다는 건 그 녀석을 위해서두 잘된 일임에 틀림없을 거다." 나는 선언하듯 말했다.

"그럴까? 속물끼리는 통하는 뭐가 있겠군." 형우가 말했다.

"그런 말 마라. 잘난 척하는 놈들은 물론 실제로 잘나기도 했겠지만, 남이 그 잘난 걸 인정해 주자면 기분이 나빠질 수도 있는 거다." 나는 속물적인 발언을 했다. 나는 술잔을 비웠다. 어느새인가 생굴은 하나도 남아 있지 않았다. 그리고 나는 다시 속물이라는 것을 마음껏 변호하고 싶은 생각이 들었다. 구체적인 안정을 바라고, 어떤 고정된 형식을 추구하는 사람이 모두 다 속물이라고 간주된다면 얼마든지 속물이 되고 싶었던 것이었다. 그럴 때 있어서 우리의 연령감이라는 것은 문제가 될 것이다. 아직 사회에 뿌리를 박기 직전의 상태였으니까 멋대로들 공상이 부풀어져 있는 중인 것이다.

"그러나 이런 건 생각할 수가 있는 거라구." 정묵이가 말했다. "뭐냐 하면 수민이가 좀 더 완강한 사내였다면……. 여기서 완강하다 하는 데에는 그것대로의 묘미가 있긴 하지만서두 말이다."

"아 그건 견해 차이지. 결혼이 빠르면 빠를수록 좋다고 생각할 수도 있고 늦으면 늦을수록 좋다고 생각할 수도 있는 거고……." 방섭이가 참견을 했다.

"하여튼 살아 있다는 건 뭔가 힘들구나. 말이 많아지는 걸 보믄." 정묵이가 탄식을 했다.

"물론 힘들지. 그게 힘드니까 살맛두 생기는 걸 거구. 야, 화젤 돌리자 마. 어쩐지 이런 식의 화제는 무책임하게 생각 드는데." 형우가 말했다.

"그러지. 여보세요, 여기 술 좀 더 갖다주세요." 방섭이가 말했다.

"어디 들를 데가 있어서 먼저 가 봐야겠어." 그때 경미가 말했다. "방해해서 미안해."

"꼭 먼저 가야겠어? 그럼 헐 수 없지. 이따 수민이네 집에서 보자구." 형우가 말했다. 경미는 웃음을 띠면서 일어섰다.

10.

경미가 바깥으로 나가고 나면서부터 나는 다시 병혜를 생각하기 시작했다. 형우는 경미의 흉을 보고 있었다. 요컨대 답답하게 보인다는 얘기였다. 방섭이가 외도했던 얘기를 마악 시작했다. 그는 퍽이나 재미있음에 틀림없는 얘기라고 미리부터 선전하고 있는 듯했다. 그리고 나는 어찌하여 병혜와 나의 사이가 이렇게 틀어져 버리게 되었는지 그 생각만을 하고 있었다. 거기에서 발견되는 속물은, 남자 친구들과의 대화에서 발견되는 속물과는 전혀 달랐다. 나의 정신 상태는 아직까지 친구들의 대화에 웃으며 끼어들 정도가 안되어 있었다. 형우가 노골적으로 나를 놀려 대기 시작했다. 병혜와의 관계를 아직까지 유지하고 있는 것을 보면 기특한 생각이 든다는 것이었는데, 물론 그의 어조는 하나도 기특하게 여기고 있는 것은 아니었다.

"나 변소 좀 갔다 올게." 나는 바깥으로 나갔다.

저녁이 되어 있었다. 행인들의 숫자가 늘어나 있었다. 나는 급히 '응접실' 다방이 있는 쪽으로 걸어 올라갔다. 그저 맹목적이나마 경미를 만났으면 싶었다. 그러면 할 얘기가 있을 것 같았다. 나의 걸음보다 느린 행인들이 보행을 방해하고 있었다. 그럴수록 더욱 조급해지는 것이었다. 무엇인가 반드시 중요한 것임에 틀림없는 사태를 잃고 있는 것이 아닌가 하는 조바심이 생겨나는 것이었다. 나는 길을 서쪽으로 꼬부라져서 응접실 다방이 백여 미터쯤 저쪽으로 보이는 곳에까지 왔다. 경미는 거기에 걸어가고 있었다. 그녀는 10초쯤 있으면 다방으로 들어설 것 같았다. 나는 뜀박질을 했다. 그리고 경미가 섰다. 그녀는 이상하다는 듯이 눈을 찡그리고 있었다.

"잊어 먹구 핸백이라두 놓구 나온 건가?" 내가 가까이 갔을 때,

그녀는 핸백을 번쩍 들어 보이면서 말했다.

"아냐 그런 게. 난……." 그러자 할 말이 없었다. 왜 뛰쳐나왔던가, 비로소 나는 생각하기 시작했다.

"어쩜 사람들이 그럴까? 아깐 얼굴이 화끈화끈해서 혼났어."

그녀는 쫑알거리기 시작했다. 비로소 여자가 된 자기를 느껴 보는 듯했다.

"왜? 누가 불순한 행동이라도 했나? 그러지 말구 말야, 에에 난 무언가……." 그러자 또 할 얘기가 없어지는 것이었다.

"머 꼭 불순한 행동만이 문제인가? 여자를 세워 놓고 너무들 한다구 느꼈어. 그런데 균서는 웬일이지? 오랜만에 만났으니 반가운 건 사실이지만."

"응 그거야 사실이지. 그런데 말야, 논쟁 비슷한 거 하구 싶은 게 있어. 아니 아니 논쟁이라기보다두……." 나는 괜히 술집에서 뛰쳐나왔다고 후회를 했다. 논쟁이라니, 제기랄, 이 무슨 쑥스러운 얘기람.

"하여튼 다방에 들어가서 얘기하지 머."

"아 다방에 들어가기보담두, 우리, 어디 가서 맥주나 한잔할까. 그래 지금 꼭 맥주가 한잔 마시구 싶어졌거든." 나는 말했다. 머릿속으로는 분주히 주머니 사정을 계산해 보고 있었다.

"이거 웬일이지. 맥주를 다 사 주겠다니." 그녀는 알 수 없다는 듯이 미소를 지었다.

우리는 몹시도 쑥스러운 기분을 느끼면서 처음 수줍게 만나 보는 사람들인 것처럼 이삼 미터 간격을 두고서 걸어 나갔다. 마악 러시아워에 들어가기 시작한 거리는 몹시도 붐비고 있는 중이었다. 우리는 거리에 동화된다기보담도 거리에 의하여 어딘가 사람들이 없는 곳으로 밀리어 가고 있는 듯이 느꼈다. 그리고 나는 경미에게 무슨 얘기를 할 수 있을 것인지 도무지 불안한 기분이었다. 그녀는 그 전에 내가 알아 왔던 그녀와는 어딘가 달라져 있었다. 그 전의 그녀는, 좀 까부는 기가 있었고, 자신의 영리함을 자랑해 뵈는 것처럼 자주 눈알을 굴리면서, 이따금씩 산뜻한 도시적인 위트를 발하곤 했었다. 그리고 즉물적인 판단이라고 할까, 분위기에 민감하다고 할까, 하여튼 지극히도 현실의 세부적인 면에 밝은 여자였었다. 그런데 거리를 걸어가면서 나는 그녀가 덜 날카롭다고 느꼈다. 그러고 보니 몸도 좀 부해진 것 같았다.

"아주 맑은 날씨군. 저녁노을이 고운데?" 경미가 말했다. 나는 서쪽을 보았는데, 과연 저녁노을은 고왔다.

"곱군. 전혀 도시 한가운데에서 바라보는 노을 같진 않은데." 나는 말했다. "요새두 그림은 많이 그리나?"

"응, 하나 맨들구 있어. 점점 느껴지는 게 있긴 하지만."

"무언데?"

"역시 그림은 남자만이 그릴 수 있다는 거 그 비슷한 생각이지 머."

"위태로운 생각인데?"

"이백 호짜릴 하나 만들고 있는데, 여간만 힘든 게 아니어서…… 이번 그림 제목은 '이해'로 붙일까 했지만."

"이해? 그럴듯하군. 근데 요새 연애하구 있는 거 같다. 얼굴에 쓰여 있어." 나는 말했다. 말해 놓고 나니 과연 그런 것 같았다.

"연애는 없다구 아까 그랬잖아? 교섭만이 있을 뿐이라구."

"그드래서?" 나는 시무룩하게 말했다.

"이해하는 교섭이 무얼까? 여자는 그런 것만 생각하기에두 벅차지데."

"아 시집가게 되는 모양이구나." 나는 약간의 심청 사나움을 느끼면서 말했다.

"그런 건 아니지만…… 참, 병혜는 잘 있어?"

우리는 눈에 보이는 카페로 들어섰다. "잘 있구말구." 나는 말했다. 뭔가 담담해지는 기분일 것도 같았는데, 그것이 아니었다. 나비넥타이 소년이 "어서 옵쇼" 하고 말했다.

우리는 카운터 옆을 지나서 맨 구석 자리로 갔다. 카페는 꽤나 만원이 되어 있었다. 스피커에서는 레이 피터슨의 〈아이 러브 코리나〉가 흘러나오고 있었다. 우리는 앉았다. 손님들은 조용하게 담소하고 있었고, 분위기는 적당히 고급이 되어 있었다. 제복을 입은 남자가 물수건을 가져다주었다. 나는 맥주를 주문했다.

"그래 어때? 수민이와 정임이가 결혼한다는 소릴 들었을 때 말야." 나는 물었다. 물으면서 나는 간지러움을 느꼈다.

"어떻긴? 그저 피곤한 느낌이지 머."

"피곤하다? 경미는 비약적인 발전을 한 건가? 두뇌 조직에 있어서 말야."

"놀리지는 말아요. 균서두 피곤해 보이는데?" 그녀는 물수건으로 눈가장자리를 쓸면서 말했다.

"아아니, 피곤할 이유가 없어. 단지…… 그러니까 카페에 아가씨와 맥주 마시러 온 녀석이 느낌직한 기분만을 느끼고 있을 뿐이다." 나는 경미가 웃어 주기를 바라는 것처럼 웃었다. 경미는 웃어 주었다.

그리고 맥주가 왔다. 나는 술을 따랐다. 옆 좌석에서는 뚱뚱한 사십 대의 여자가 둘이서 껄껄대며 웃고 있었다.

나는 한 모금 마셨다. 막걸리를 마시고 있는 듯한 기분이었다. 말하자면 설탕을 조금 친 막걸리를……. 나는 무슨 말이든 하여야겠다고 느끼고는 있었으나 막상 할 말이 없었다. 그래서 나는 왜 할 말이 없는가 그 이유를 캐 보았다. 갑자기 어른스러워진 듯한 이 분위기에서 나는 어떤 저항을 느꼈다.

"균서는 예전이나 지금이나 별로 변한 거 같지 않아." 경미가 말을 꺼냈다. 그런데 그 말은 어디선가 들은 기억이 났다.

"진짜루 안 변한 모양이지. 아까 만자두 그런 얘길 하드군." 나는 어색하게 말했다.

"만자? 만자가 와 있어? 응접실 다방에 여자는 하나두 안 와 있다구 그러더니? 만자는 많이 변했을걸."

"그런데 말야, 세월이 흘러두 변한 거 같지 않다는 말은 별루 듣기에 안 좋군." 나는 말했다. 말해 놓고 나니까 금방 후회가 되었다.

나는 쑥스러운 기분을 없애기 위해서 똑바로 경미를 바라봤다. 그녀는 무엇인가 솔직히 해 주고 싶은 얘기가 있는 듯한 표정을 짓고 있었는데, 나는 그 표정이 싫었다. 그리고 깨달아지는 바가 있었다. 여자와 둘이 앉아 있을 때, 그 여자로부터 잠언 비슷한 얘기를 얻어들으려고 바란다는 것은 왕왕 자기의 약점을 노골적으로 드러내 뵌다는 결과를 야기시킬 것이었다. 경미가 말하고 싶어 하는 내용은 충분히 알 수 있을 것 같았다. 그러니까 이제 그만 속물이라는 단어에 매어 달리는 게 좋을 것이라고 그녀는 말하고 싶어 하는 듯했다. 속물이라는 단어에만 충실하는 인간은 실상 속물과는 관계없이 고루해질 수도 있는 것이라고 얘기하고 싶어 하는 듯했다. 비록 그 얘기가 확실히 옳은 것임은 사실이라 해도 여자로부터 듣고 싶은 얘기는 아니었다. 나는 곤혹한 표정을 지었는데, 민감한 경미는 입을 뗄 듯하다가 말아 주었다.

나는 말했다. "진짜루 하느님이나 믿을까 행각하구 있어, 요새는."

"어머 재미있군. 그 이유가 무언데?"

"무어냐구? 앙드레 지드가 하느님을 박차구 나왔을 때 느꼈음직한 절실한 기분 같은 거 상상할 수 있지? 그런 절실함이 내게는 거꾸로 적용되는 거라."

"어려운 얘길 하는 거 보면, 균서는 요새 복잡해진 모양이다." 경미는 자기의 얘기를 너무 심각하게 듣지 말라고 그러는 것처럼 거추장스런 태도로 술을 한 모금 마셨다.

"아니, 복잡해진 게 아냐. 수민이 얘기를 들었을 때 느낀 게 그거였어. 사실 결혼이라는 거보다두 결혼식이라는 거, 그 형식을 더 중요시하구 싶어졌어. 왜 그런 기분 있잖아? 어떤 일반화된 패턴 같은 것이 절실히 필요하다구 느껴질 때 말야. 예를 들어 연애라 하면, 아 연애는 이러이러한 것에서부터 이러이러한 얘기를 거치고 이러이러한 장소엘 가서 이러이러한 무드를 만드는 것이 통례이다 식으루 일반화시킬 수 있는 패턴 말야. 결혼식이란 건 인류가 발견해 낸 가장 일반화된 패턴이거든. 그 형식은 최소한도 무엇인가를 보장해 주고 있거든. 삭제시키거나 박탈하는 것이 아니라 첨가시켜 주고 보호해 준단 말야. 난 그런 보호를 받고 싶어졌어. 아주 절실히 받구 싶어졌어. 내 생각이 너무 소시민적이구 속물적이구 비생산적이구 그리구 안이한 것이라구 그래두 상관 안 해. 물론 난 비참한 쪽에 민감하다기보다두 안락한 걸 느끼는 데에 민감한 인간이니깐. 나는……"

경미는 자비를 베풀어 주는 것처럼 웃고 있었다. 나는 쑥스러운 기분이 들었다. 말하자면 독백을 하고 있는 것이었다.

"얘길 계속하지 그래." 경미가 말했다.

"나는 알 수가 없어. 내가 솔직히 생각했구 느꼈던 것들을 표현하면 그게 변명 비슷한 게 되고 자기 합리화 비슷한 게 되는지 말야."

"그럼 표현하지 않아야지 머." 경미가 말했다.

나는 맥주를 쭉 들이켰다. 내게는 알아진 것이 있었다. 얘기하다 보니까, 결국 나는 부르주아의 어떤 근본적인 것을 설명하려고 애쓰고 있음을 느꼈다. 아니 딱히 부르주아라기보다도 부르주아를 생산해 낼 수 있는 어떤 환경을 고집하고 있음을 느꼈다. 그런 생각이 여기의 분위기에 걸맞지 않으니까 당황해하고 있는 것임을 감득할 수 있었다. 그것은 참으로 묘한 느낌이었다. 내가 바로 부르주아다 생각하니 어쩐지 어색해지는 것이었다. 어렸을 적에 남의 종살이를 하다가 왜정 시대에 일본 앞잡이 노릇을 한 할아버지 덕분에 공부를 하고 그리하여 일찍 영리하여져 돈을 번 벼락부자 아버지에게서 태어난 아들이 이제 부르주아다 생각하니 어쩐지 우스워지는 것이었다. 신흥 부르주아, 그래서 나는 웃었다.

"왜 웃지?" 경미가 물었다.

"왜 웃냐구? 저기 깜둥이 저 아이를 좀 봐. 멀럴레하게 앉아 있는 게 우습잖어?" 나는 오른쪽 구석을 가리켰다.

"병혜하구의 사이가 좋아지지 않은 모양이군." 경미가 대담하게 말했다.

"경미의 상대방 남자는 누구지? 아주 경미는 건강하게 보이니 말야." 나는 말했다.

"어머 그런 이상한 질문이 어디 있을까? 이 집 분위기는 참 좋은데?"

"응 좋아. 자 술 들어. 무엇에다 대구 건배할까? 에에 무력한 인간들을 위하여." 나는 술을 들었다. 경미도 들었다.

우리는 잠시 얘기를 하지 않고 멀뚱멀뚱 앉아 있었다. 그것은 약간 무료하였다. 그리고 나는 이상하게도 고립된 듯한 느낌을 맛보고 있었다. 이제는 무언가 정신을 차려야 할 때도 되었다고 느끼고 있었다. 저 따분한 상태에서 풀릴 수 있는 어떤 다부진 태도가 결정되어야 한다는 생각이었다. 그때에는 그러니까 2, 3년 전에는 아직 어리다는 것, 내지는 아직 사춘기라는 것에 의하여 무조건 비범한 인간들일 수가 있었지만, 이제 그 시기는 영원히 지나 버리고 말았다.

나는 말했다. "어때? 나 살찐 것 같지 않아?"

"아아니. 도리어 마른 것 같은데?" 경미는 내 질문의 의도가 어디 있는지를 알고 싶은 모양이었다. 하긴 우스운 질문이었다. 살찐 것 같지 않느냐고 여자에게 물어보는 그것은……. 그래서 나는 유쾌하게 웃었다.

"왜 웃지? 오늘 이상한데?" 경미가 말했다. 나의 웃음이 이유 없이 놀려 대는 그런 것이라고 판단한 듯했다.

"저기 깜둥이 저 아이를 봐. 여기가 웨스트사이드 스토리의 현장인 것 같은 기분이 들었어."

"하긴 그렇네. 균서는 장가 안 가나." 그녀는 또 대담한 질문을 던졌다. 그러니까 그 질문의 의도라는 것은 뻔했다. 결혼의 대상자로서 자기는 제외된다는 것을 은연중에 암시하고 있었다.

"가야지." 나는 말했다. "그런데 경미는?" 나는 공격을 개시했다.

"나? 아직까지 구속 같은 거 받기가 싫어졌어. 사내들의 행동거지가 모두 우스꽝스럽게 보인다고 한창 생각하고 있는 중이거든." 경미는 대답했다. 그러니까 나의 행동거지가 우스꽝스럽게 보인다는 뜻이 노골적으로 담겨 있었다.

"그건 나하구두 똑같은 기분인데? 나는 아가씨들이 전부 답답하게 보인다는 생각을 열심히 해 두고 있는 판인데."

"어쩜? 우린 동지가 될 수도 있을 것 같네?" 경미가 말했다.

"동지? 재미있군." 나는 소리를 내어 웃었다. 그러고 나서 웃음의 어색스런 뒤끝을 메꾸기 위하여 술을 들었다.

　나는 멋있는 세리프를 머릿속에 그리고 있었다. '자 그러면 술이나 드실까요. 예, 안주는 준비되었습니다. 예, 술에 취하면 토해 낼 수도 있습니다. 모든 것은 다 준비되었습니다. 그저 술을 마셔 주면 됩니다. 몸뚱이로 하여금 술이 통과해 갈 수 있는 통로를 마련해 주기만 하면 됩니다. 취하는 것, 취해서 떠드는 것, 행패부리는 것, 그것은 상관할 바가 못 됩니다. 자 모든 것은 다 준비되었습니다. 와서 부닥치는 것들, 덤벼드는 것들, 그런 모든 것들이 무사히 몸뚱이를 통과하여 지나갈 수 있도록 내버려 두면 될 뿐입니다. 자 모든 것은 다 준비되었습니다.' 그러자 그 세리프는 멋이 없어졌다. 나는 수민이의 시 구절을 생각해 냈다. 그 시 구절은 몸뚱이에 내리는 모든 일을 '신성한 의식(儀式)'이라고 그랬다. 그 신성한 의식 앞에서 엄숙하게 기도하고 있는 것이 '사랑'이라는 얘기였다.

　"자 우리 기도합시다." 나는 말했다.

　"무슨 소리야?" 경미가 웃었다.

　"재미있는 생각이 떠올랐어. 들어볼래?"

　"응, 들어보게."

　"그럼 들어봐. 자 우리 기도합시다. 우리를 위해서 기도합시다."

　　　　어렵게 찾아진 진실 앞에서
　　　　수줍은 우리

　　　　그 조그만 거역으로
　　　　제사를 지낼 때

겨울은 따뜻한 방에서
이해되는데

해와 바람의 싸움을
말릴 수는 없다.

어렵게 찾아진 진실이라
기도할 수는 없다

"그건 수민이의 시 아냐?" 경미가 물었다.

"그래, 수민이의 시야. 요 근래 발표된 시지. 자식은 말야, 지난번 겨울철에 정임이하고 여관엘 갔었거든. 여관엘 찾아가기까지의 과정이 "어렵게 찾아진 진실"이구, 여관 보이의 놀리는 듯한 태도 앞에서 "수줍은 우리"인 거지. 물론 정임이 부모는 수민이를 싫어했기 때문에 "그 조그만 거역"인 거구, 그날 밤의 방사(房事)를 점잖게 "제사를 지낼 때에도"라고 표현한 거라."

"그럴듯하군. '겨울은 따뜻한 방에서 이해되는데' 그게 좋아."

"그런데 문제는 거기에 있는 게 아냐. 겨울 외투를 입고 있는 사람에게로 불어닥치는 해와 바람의 누가 위대한가 겨루기 시합이 있잖어? 국민학교 교과서에 나오는 우화 말야. 그 싸움을 판단한다기보다도 그 싸움을 방관해 두고 싶다. 그러한 기분, 그러한 풍경에 엉뚱한 멋이 있는 거야."

"소극적이군."

"소극적이 아냐. "어렵게 찾아진 진실이라 기도할 수는 없다"는 심경은 절실한 거다. 알어? 정임이와 수민이의 연애 과정에서 여관까지의 도정은 사실 굉장히 "어렵게 찾아진 진실"이지만, 그렇다고 해서, 방사를 이뤘다구 해서 사랑은 찾아진 게 아니었거든. 기도할 수 있는 건 아니었단 말이다. 왜? 뭐가 부족해서? 뭐가 없어서?"

"그래서?" 경미는 별로 재미없다는 듯이 따분한 표정을 지었다.

"그래서 절실히 필요한 게 뭔지 알아? 형식이야, 형식, 결혼의 형식. 알아? 수민이의 결혼은 이 시 정신의 연장이란 말이다. 그게 중요한 얘기라구. 아까두 얘기했지? 형식은 무엇인가를 첨부시켜 주고 무엇인가를 보호해 준다구 말야. 아주 위대한 신자가 아니라면, 똥 누면서 기도할 때 경건한 건 느끼지 못할 거야. 교회당의 엄숙한 분위기, 종교적인 형식이 있기 때문에 억설 같지만 하나님의 경건함은 보장이 되는 거란 말야. 마찬가지로 결혼의 형식이 있기 때문에 사랑은 보장이 되는 거라구 볼 수도 있는 거야. 그런데 이상하게도 내게는 그런 형식에 대한 의식이 부족했단 말이다. 알아? 나 오늘 병혜와 이별했거든. 내가 나쁘다거나 병혜가 나쁘다거나 해서가 아니거든, 둘의 사이를 연결시켜 주는 어떤 형식, 일반화된 패턴이 없었어."

나는 흥분을 느끼다가 그만 쑥스러움조차도 느껴 버렸다. 누구나 다 한 번씩은 해 보는 상식적인 얘길 가지고, 어렵게 찾아진 진실인 양 떠들어 댄 것이 우스워졌다. 그것도 여자 앞에서 떠들어 대다니, 아 제기랄 똥이나 푸라지. 나는 담배를 한 모금 빨고, 그리고 갈증을 느끼는 것처럼 잔을 쭉 비워 버렸다.

경미는 어떤 표정을 지어야 내게 적당한지 몰라 곤혹한 듯한 태도였다. 나는 그녀의 잔에 술을 채워 주었다.

경미는 말했다. "균서하구 병혜하구 오늘 재미없는 일이 있었다는 건 알았어. 그러나 그렇게 심각해질 필요는 없잖아?"

"물론이구말구." 나는 대답했다. "자 그럼 일어설까. 이젠 수민이 네 집에 갈 시간두 된 거 같은데."

"그렇게 해. 그런데 섭섭한 일이 하나 있어."

"무언데?"

"아냐 무어 섭섭한 일두. 그만 일어날까."

"도대체 또 무어가 섭섭지 않다는 거야?"

"일어나기루 해." 경미는 일어났다. 우리는 걸어갔다. 나는 카운터에 가서 계산을 했다. 주머니에는 이제 이백 원이 남아 있었다. 바깥으로 나오면서 나는 경미의 말을 이해하려고 노력해 봤다. 정신은 흐리멍덩해져 있었다.

11.

'응접실' 다방으로 들어가는 즉시로 나는 병혜를 찾았다. 그때까지 그녀는 멍하니 만자와 앉아 있었다. 경미가 엄숙한 표정을 풀더니 그녀들과 인사하고 있었다. 병혜는 지친 듯했다. 정묵이들이랑은 막걸리 집에서 바로 수민이네 집으로 가 버린 모양인지 보이지 않았다.

"할 얘기가 있어." 병혜가 먼저 말을 꺼냈다.

"그래, 나두 할 얘기가 있다." 나는 말했다.

"병혜와 나는 일어서서 카운터 쪽으로 걸어갔다. 경미와 만자가 화난 듯한 표정을 짓고 있었다. 병혜가 찻값을 치렀다.

우리는 바깥으로 나갔다. "안녕히 가세요, 또 오세요." 하고 레지가 인사를 했다. 스피커에서는 최희준이의 노래가 우리를 전송하고 있었다.

거리에는 어둠이 내리고 있었다. 네온사인이 차츰 윤곽을 드러내고 있는 시각이었다. 러시아워로 붐비고 있었다. 귀에 익어진 수없는 소음으로 도시는 들뜨고 있었다.

"어디루 가지?" 나는 물었다.

"아무 데루나 가." 그녀의 어조는 지친 듯도 하였다.

"곧장 수민이네 집으로 갈까."

"아직 시간이 좀 있어. 걸어." 그녀는 대답했다.

"몹시두 피곤하다구 그러더니 괜찮니?" 나는 물었다.

"괜찮어. 근데 어디 갔었니?"

"그냥 바깥으로 나갔었어. 거리를 좀 걸어 보구, 생각두 좀 해 보구."

"무슨 생각을 했니? 술 냄새가 나는데."

"어, 정묵이들이랑 막걸리 한잔 했지. 근데 병혜야."

"응."

"내가 아까 했던 말, 아직두 반대냐? 이대루 말이다, 미친 개새끼마냥 쏘댕기면서 웃기두 하구 떠들기두 하구 술두 마시구 그러면서 아낌없이 서로를 철저히 소모시켜 보잔 말 말이다. 사실 지금 안타까워 죽을 지경이다. 여영 근질근질해 죽갔어. 울컥울컥 치밀어오르는 게 있는데, 그놈의 정체두 알 수 없구 소화두 못 시키겠구 답답해, 아주 답답해."

"늦었어. 그래서 기분이 날 것 같니?"

"날 거야. 날 거야."

"그럼 좋은 대루 하렴. 미친 개새끼처럼 쏘다니는 거……." 병혜는 재미없다는 듯이 웃었다.

"그럭할까. 쏘다녀 볼까. 열에 들뜬 것처럼."

"할래면 해 봐." 병혜가 말했다.

그러자 맥살이 나는 것이었다. "역시 그만두는 게 좋을 거 같군." 나는 무뚝뚝하게 대답했다.

"그래. 그럴 힘두 없구 그럴 나이두 아니구." 병혜가 말했다.

"그래 관두자. 너 배고프지 않니?"

"안 고파. 그것보단 아깐 조금 미안했어. 내일서부턴 널 만나지 않겠다는 생각에만 사로잡혀서 그만 난 흥분했었나 봐. 니가 화가 나서 이대루 아예 끝장이면 어쩌나 그 걱정을 하구 있었어."

"그런 얘긴 할 필요두 없는 거구, 그래 만자는 내 욕 안 하든?"

"하드라. 속물이라구."

"제기랄, 오늘은 구설수가 닿는 날인가 부다." 나는 말했다. "그래 넌 어떤 기분이냐?"

"어떤 기분이냐구? 모든 게 다 귀찮아졌어. 아까 니가 바깥으로 나가구 나서 난 많은 생각을 했어."

"얘기해 봐, 어떤 생각을 했는지."

"널 비난하진 않기루 했어. 니가 야속하다는 생각이 들긴 했지만. 뭐 이제는 그런 기분두 없어졌어. 그저 담담하다." 병혜는 이유 없이 울 것만 같은 표정을 지었다. 거지가 우리에게 매달리고 있었다. 병혜는 서슴지 않고 거지에게 삼 원을 주었다.

"모든 게 다 그런 거다." 나는 달관한 사람의 흉내를 내고 있었다. 도시는 그녀와 나의 외부를 여며 주고 있는 듯했다. 막연히 감지되는 우리의 통해진 서글픔을 확인하여 주기 위해서 도시는 우리의 외부를 복잡하고 시끄럽게 윤색하고 있었다. 나는 그녀와 팔짱을 꼈다. 병혜는 뿌리치지 않았다.

"그런데 어디로 간다?" 우리는 전찻길로 나섰다.

"걸어. 걸어서 수민이네 집까지 가."

"그럴듯하다. 너 그런 힐을 신구 걸을 자신 있냐?"

"있어, 그건 문제가 아냐."

"그럼 뭐가 문제가?"

"앞으로 닥칠 공허한 마음을 어떻게 처리할지 그게 문제야." 병혜는 대답했다. 소음이 병혜의 목소리를 방해하고 있었다.

"아마 당분간은 공허해지겠지, 서루가." 나는 어눌진 어조로 말했다. 그 기정사실은 그러나 실감이 나지 않았다. 그녀와 나의 연애가 이것으로 끝장이 났다는 기정사실은.

"아아 니랑 내랑 전혀 모르는 사이였더라면 얼마나 좋았을까."

"그런 말 마. 아무러면 고통이 안 생길 줄 알어?" 해가 졌다. 완전히 졌다. 나는 그것을 처음으로 의식했다. 멋없이 솟아난 고층 건물들은 어두움을 둔하게 물리치고 있었다.

"우린 왜 이렇게 됐을까? 우습구나. 결혼한 사람들 축하해 주러 가는 우리 관계를 생각해 보면."

"진짜루 나두 안타까워서 죽을 지경이란 말이다. 근질근질해."

"왜? 내가 미워서?"

"네가 미워서 그렇담 얼마나 좋겠냐? 그렇게 간단한 게 아니니까 영 사람 미치지. 도대체 너와 나와의 관계란 어떤 것이었을까? 이젠 그것조차두 불투명해져 버렸어. 아무것두 모르게 돼 버렸어. 제기랄 똥이나 푸라지. 도대체 그건 뭐지?"

"그건 한때 사랑이었어."

"사랑이라는 말은 하지 말렴. 그 말을 들으면 도리어 기분이 나빠진다. 내 거두 그랬지만 네 거두 사랑은 아니었어. 자기도취는 되지 말자."

"그러나 내 건 사랑이었어. 니는 내 거였어. 사랑으로 너의 표면을 한 껍질 덮어 놓구선 너를 봤는지두 모르겠어. 아무리 뭐 해두 그건 이해해 줘야 해. 그걸 이해 못 하는 한 내 맘을 이해할 순 없을 거야."
병혜는 내 손에 힘을 주었다.

"제기랄 그딴 소릴 하려거든 아예 수녀원이나 들어가라." 나는 화가 났다. 도시의 가로등에 일제히 불이 들어왔다. 가로등이 켜졌다고 해서 별반 도시가 환해진 것 같지는 않았지만, 그것이 일종의 신호인 듯싶었다. 갑자기 소음이 부풀어진 듯했다.

"내가 왜 수녀원엘 가니? 설사 화가 났더라두 그런 소리는 듣기에 안 좋구나. 난 건강한 걸." 그녀는 걸음을 멈췄다.

"물론 너의 마음속 깊은 곳에 있는 고통을 이해 못 하구 있는 건 아니지만, 육시랄 그게 도대체 어찌 됐다는 거야?" 나는 본의 아니게 또 화를 냈다.

아마 이번에는 병혜도 화가 오른 듯하였다. 그녀는 나의 팔에 감겨 있던 그녀의 팔을 회수했다.

"넌 위선자였어. 속물이라는 건 그걸 카바하기 위한 방편이었어."

"그래? 시원한 느낌두 든다. 얘길 계속해 봐."

"넌 이제 이르러서두 비겁해. 내가 울구불구하면서 생떼를 쓰기를 도리어 바라구 있지? 그러면 양심의 가책을 받지 않구서두 물리쳐 버릴 수 있을 테니까. 그러나 난 안 그래, 안 그렇게 해. 뿐더러 너랑 하룻밤 같이 잤다는 걸 갖구 공격하구 싶지두 않아. 도리어 넌 공격해 오기를 바랄는지두 모르지. 그럼 자비심을 베풀 수 있구, 톨스토이처럼 위선자의 참회두 할 수 있을 테니까. 그러나 난 안 그래. 니가 나의 젊음을 송두리째 흡수해 간 남자라는 걸 생각하면 그저 억울해진다. 억울해져."

"도대체 무슨 얘길 하구 싶은 거가? 조리 있게 얘길 해요. 물론 넌 지금의 그 말을 위해서 한 열흘 동안은 생각에 생각을 거듭했겠지만."

"자꾸 날 공격하렴. 내가 흥분하면 흥분할수록 너의 입장은 좋아질 테니깐."

"그럼 관두자. 난 지쳐 버렸어. 녹초가 돼 버렸어."

"나 때문에 지쳐 버렸다니 미안하구나. 큰 염려는 하지 말아두 될 테지. 더 지치게 하지는 않을 테니깐." 병혜는 말을 마치더니 금방이라도 울어 버릴 듯했다.

우리는 다시 걷기 시작했다. "이제 감정 나는 얘긴 그만두자. 잘 나가다가 어찌 이렇게 됐지? 너와 내가 처음 만난 날을 기억해 보자." 나는 영화 장면에나 나옴직한 어조로 말했다.

"좋아. 그때 우리는 고2였어. 그날은 크리스마스이브였구." 병혜는 입을 옹다물었다.

"그날 너는 파란 오버를 입고 있었지. 넌 예쁘게 보였어. 나뿐만이 아니라 남자 녀석들 모두가 그렇게 말했어. 네가 내 파트너루 제비 뽑혔을 때, 난 진량 기분이 삼삼했드랬어. 그날 그 기분으루 다시 돌아갈 순 없을까." 나는 담배를 뽑아 물었다. '위장약은 오라이정, 위장약은 오라이정' 하고 외치면서 샌드위치맨이 지나가고 있었다.

"다시 돌아갈 순 없어." 병혜가 단언했다. "그때 넌 아주 어리게 보였어. 지금은 그런데 니가 나보다 더 늙어져 있어. 왜 그렇게 됐는지 아니?"

"아아니. 난 모르겠다." 우리는 섰다. 빨간불이 켜져 있었다. 양편 포도에는 퇴근하고 있는 샐러리맨들로 꽉 차 있었다. 병혜는 이제 겉으로 봐서는 담담한 표정이었으나, 눈동자는 잔뜩 흐려져 있었다. 파란불이 켜졌다. 우리는 건너갔다.

"넌 확실히 천 개의 얼굴을 가진 사내였어. 내 앞에서 짓는 얼굴은 천 개의 얼굴 중의 하나에 불과했어. 그러나 난 그렇게 생각하질 않아 왔어. 느그 전인적인 부피가 내게 닿아지고 있는 것처럼 생각했드랬어. 이제사 비로소 그걸 느껴. 너의 천 개의 얼굴을. 그러면서두 넌 그게 당연한 것처럼 얘기하구 있거든. 어쩜 넌 너무해."

"네가 그런 식으루 공격한다면 난 나대루 할 얘기가 있다. 넌 입센의 노파의 똘마니가 아니거든." 나는 말했다. "내가 설사 천 개의 얼굴을 가지구 있다고 친다면, 넌 그 천 개의 얼굴을 한꺼번에 수용할 수 있는 능력을 키웠어야 할 거다. 무어 의식적으로 너에게 내 일부분만을 공개한 것은 아니었으니까."

"의식적이 아니었다구?"

"의식적이 아니었어. 성실이란 말이 있다면 그건 자기의 감정에 순응하는 한도 내에서 최대한의 노력을 기울인 걸 의미할 거다. 알갔니? 물론 여자란……."

"여자가 어찌 됐단 말야?"

"화는 내지 말자. 그래, 너에게 미안하게 느끼는 건 있어. 지금 방금 그 생각이 들었어. 누가 그러더라. 여자는 잠자는 미인이라구. 어렸을 때의 여자는 잠자는 미인과 같은 것이라구. 그러다가 왕자가 나타나서 여자에게 노크하면 그때 비로소 여자는 눈을 뜬다구 말이다. 그런 식의 설정을 그저 무난하게 우리에게 적응시켜 보면……."

"그러면 점점 더 비참해지지 머."

"야 그런 소리 마. 잠자는 미인의 얘기를 도입해 보면 그래, 넌 아직 잠자구 있는 상태다. 아 비난해서 하는 얘긴 아니다."

"아냐 난 눈을 떴어. 정말야. 니가 눈을 뜨게 해 준 건 사실일 거야. 넌 여자 맘을 몰라. 혼자 앉아 있으면서두 니 생각을 하면서 행복에 어쩔 줄 모르는 것처럼 이 궁리 저 공상하면서 이 세상을 바라다볼 적에, 그게 얼마나 아름답게 보였는지 니는 도저히 상상두 못할 거야."

"그럼 넌 이상했다. 왜 내 앞에만 서면 금방이라두 잡아먹을 것처럼 옹알거렸니? 그건 네가 완전히 눈을 뜬 게 아니었다는 얘기잖어?"

"그게 아냐, 난 완전히 눈을 떴어. 그러나 넌 내 눈을 뜨게 만든 후에 나를 기피했어. 기만했어."

"요컨대 왕자가 아니었다는 얘기군. 아름다운 왕자가."

"그래그래. 너는 한때 왕자처럼 진짜 왕자처럼 행동했어. 그러다가 넌 의식적으로 왕자가 아닌 것으로 행동했어. 바로 니가 대학교에 합격하구 나서부터야. 내 앞에서 그냥 우쭐대기만 했어. 우쭐대는 쌍놈처럼 굴기만 했어. 정말 그때의 그건 지옥이었지 뭐니?"

나는 그녀의 팔을 꼈다. 어쩐지 이상한 생각이 들어서였다. 아직도 나에게로 향하고 있는 그녀의 부분을 그대로 내버려 둔다면 도시가 채어 가고 말 것 같은 생각이 들었다. 우리는 서로의 팔에다가 안간힘을 줄 듯하여 외양만으로 연결시키면서 걸어갔다. 수민이네 집은 아직 멀었다. 나는 피로를 느꼈는데, 그 피로는 병혜의 얘기에 따라 연한 것으로 되고, 펑퍼짐하게 바뀌고 있었다.

"네 얼굴은 오랜만에 예뻐 보인다." 나는 진심에서 나온 얘기라는 듯한 어조로 말했다. 사실 그런 기분을 느끼고 있었다. 그녀의 표정을 점령하고 있는 어떤 정리된 안타까움 내지는 어떤 풀리지 않는 희망은 그녀의 마음속에 잠재되어 있던 아름다움의 요소를 얼굴에까지로 끌어올린 듯했다.

"무책임한 얘기는 그만둬. 그러나 니 얘기를 들어 보면 니가 오랜만에 진실한 마음을 가지게 되었다는 건 느껴." 병혜는 자기가 예뻐진 것이 아니라, 내가 진실된 마음을 가지고 있기 때문에 자기를 예쁘게 보고 있는 것이라고 주장하는 듯했다. 사실 그녀가 '진실'이란 언어를 차용하지 않았던들 나는 그녀의 말에 무조건 공감했을지도 몰랐다. 그러나 내가 듣기 싫어하는 진실이라고 하는 무책임한 세력에 의지하여 나를 공격하고 있었기에 나는 그녀의 말에 공감할 수 없었다.

나는 말했다. "진실이란 말 이젠 하지 마라. 구태여 사랑이니 진실이니 하구 얘길 하는 걸 보면 넌 아직두 착각을 하고 있는 거다. 너와 나의 관계를 솔직히 바라보기를 거부하구 나서 네 멋대루 거기다가 일방적인 화장을 하구 있는 거다. 그럴 필요가 어디 있니? 오랜만에 이렇게 솔직하게 얘기를 터놓구 있는 자리에서."

"좋아. 니가 솔직한 얘길 듣길 원한다면 솔직한 얘기들이나 하지 머. 얘기하게 들어봐. 넌 네 별명을 어떻게 생각하니? 미스터 속물이라는 별명 말야."

병혜는 말하고 나서, 내가 미스터 속물이 아니라는 듯이 나를 바라봤다.

"그 별명을 어떻게 생각했냐? 어려운 질문이군."

나는 깜둥이가 자기의 깜둥이임을 의식하듯이, 또는 다리병신이 자기가 다리병신임을 의식하듯이, 약간 부당하다고 느끼면서, 그리고 어쩔 수 없는 체념에 휘감기면서, 물고 있던 담배를 버렸다.

"얘기해 줘. 특히 네 별명이 어떻게 행동으로 소화되어 갔는지, 그리고 네 행동이 어떻게 여자에게 나타나졌는지를 고려해서 말야." 그녀는 더구나 어려운 주문을 했다. 나는 사태를 직감했다. 바로 이 점에 있어서 그녀와 나의 관계의 중요한 승부는 결정 난다는 생각이었다.

"넌 내 별명을 어떻게 생각했니?" 나는 신중을 기했다.

"그거야 뻔하지 머. 난 무조건 그걸 기분 나쁘게 들었어. 누가 나를 그렇게 부른다면 난 도저히 못 참았을 거야."

"요컨대 넌 속물이 아니었다는 얘기구나." 나는 물었다.

"그래, 속물이 아냐. 너절하게 신문 같은 데 투고질이나 하구 퀴즈나 풀구 그러는 속물은 아니란 말야. 그리구 여성인권옹호협회 회원이 되고 싶어 하는 그런 속물두 아냐. 그리구 그래, 아아 사랑은 아름다운 것, 하구 떠드는 속물두 아냐. 속물은 혐오해 마땅할 단어지 뭐니?" 그녀는 주장했다.

"그럼 난 철저하게 속물이었냐?" 나는 물었다. 다시 화제는 재미없어져 가고 있었으나, 이 점만은 명백하게 그녀의 의견을 듣고 싶었다.

"넌 속물이라기보다두, 속물을 무한정 동경하구 있는 정신병자였어. 일부러 그러는 것처럼 내 앞에서 우스꽝스럽게 행동하곤 했어."

"왜 그걸 우스꽝스럽다구 이해했니? 물론 내가 우스꽝스럽게 행동한 것두 있겠지만, 네가 우스꽝스럽게 보았다는 것두 있을 거 아니가? 어떤 사람이든 그 사람은 그 사람 자체로서 완결되어 있다구 칸트는 완고하게 말했다. 알어? 인간 행동에 농담 기분이란 실상 없는 거다."

"농담 기분이야 아니었을 테지만 우스꽝스러웠던 건 사실이었는 걸. 우리가 처음으로 여관방에 갔던 날을 기억하구 있니? 방에 들어서면서부터 넌 강연을 했어. 더구나 넌 자기 강연에 도취되어 있었어. 나에게 도취된 것이 아니라. 네 강연을 증명할 수 있는 실험용이 나인 것처럼 그렇게 행동했어. 기억하구 있니? 그날 했던 명강연을."

"웃기구 자빠졌구나." 나는 화가 났다. "그게 어째서 강연이든? 엉, 그게 어째서? 단지 널 농락하는 것이 아니라는 점을 확인하구 싶었을 뿐이었다. 아무리 새대가리지만 그래 그것두 이해 못 했니? 엉? 난 사회의 건전한 일원이었어. 그건 내 철칙이다. 난 정상적으로 착실한 사람이 되고자 했을 뿐이었어. 넌 그것두 모르냐. 대한민국 사회에 있어서 하나의 인간이 끼어들어 활동한다는 것이, 더구나 여자를 부수하여 활동한다는 것이 얼마나……" 그러다가 나는 얘기를 멈췄다. 그러자 병혜가 기다렸다는 듯이 공격해 왔다.

"그래. 그거야. 넌 자신의 행동이 정당하다는 걸 백 번이라두 증명하려구 그랬어. 그랬어. 그럴 때 난 어떤 기분이었는지 아니? 알어? 물론 넌 그것까지는 생각 안 해 봤을 거야. 그때 내가 느낀 건 모욕, 모욕감, 수치감, 그런 것밖에는 없었어. 넌 내가 여자라는 걸 몰랐니? 여자는 본능적으로 사회적일 수가 없어. 여자라는 일반화가 뭐 하다면 그냥 내가 그랬다구 해두 좋아. 난 본능적으로 사회화되구 일반화될 수는 없었어. 난 어디까지나 개인, 개성, 어느 곳에 피어난 식물과 같은 존재였어. 난 수줍게 니가 나를 이인칭으루 의식해 주기를 기다리구 있었어. 그런데 넌 그걸 거부했어. 하긴 너로서는 당연했겠지 뭐니? 니가 나를 이인칭으로 의식하는 순간부터 너는 정상적인 인간일 수가 없었을 테니까. 그건 니가 생각해 왔구 믿어 왔던 것에 배반되는 일이었을 거야. 알겠니?" 병혜는 하고 싶은 말을 다했다는 듯한 표정이었다.

그러나 나는 또한 나대로 할 말이 있었다. 나는 말했다.

"야 병혜야, 설사 네 말이 전부 옳다구 그러자. 값싼 문학가들의 무책임한 흥분과도 같은 네 말이 말이다. 그러나 넌 알아야 한다. 아무리 여자라 할지라도 사회화되구 일반화되지 않는다면 살아 나갈 수가 없다. 넌 사랑을 찾구 개성을 찾지만 그게 뭔가? 그게 힘을 발휘할 수 있으려면 사회라는 것의 어려움을 극복하구 살아 있다는 것의 뻐근함을 소화시키구 난 다음이라야 한다. 알어? 정사(情死)는 패배지 결코 승리가 아니란 말이다. 더구나 빈곤한 대한민국에서는 확실히 그래. 넌 나로부터 모욕, 수치감을 느꼈다구 그랬지만 그건 단지 네가 멋대로 그렇게 느낀 것이라고밖에는 볼 수가 없다. 넌 우리의 관계를 바로 사랑이라는 것에서 출발해서 의식하려구 그랬지만, 난 그 반대루 사랑이라는 것을 목적으로 해서 나아가려구 했단 말이다. 그래야지만 너와 나와의 연애가 대한민국의 현 리듬을 거역하지 않게 되니깐. 너두 알다시피 난 로미오와 줄리엣의 로미오도 아닐뿐더러 로미오가 되려고두 생각 안 해. 그리구 난 이 몽룡이가 어리석은 인간이라구 진실루 믿구 있는 놈이다. 내가 살아 있다는 건 무책임하게 살아 있는 것이 아니구, 여기의 지금의 조건에 최소한도의 필연성으로써 거역하지 않고 있기 때문에 살아 있는 거다. 어찌 너의 얄팍한 사랑의 감각을 충족시켜 주기 위해서 나를 개조할 수가 있겠냔 말이다. 알어?" 나는 말을 마쳤다. 그러자 쑥스러운 느낌이 또 들었다. 병혜의 표현을 빌리자면 나는 새삼스럽게 비정적인 '명강연'을 했던 것이다.

"홍, 니가 말빤찌가 세다는 건 나두 안다. 그러나 너는 나쁜 습관을 가지구 있어. 전혀 다른 엉뚱한 얘기를 견강부회시켜 가지고는 이쪽에서 얘기하고자 하는 의도를 묵살시켜 버려. 그건 너의 아주 못돼 먹은 습관이다." 병혜는 억울한 듯하였다.

"그럼 얘기를 돌리지 마." 나는 말했다. "사실 솔직히 말해서 널 놓치구 싶지가 않어. 감히 너를 사랑했다는 말은 못 하겠지만 널 좋아한 건 사실이었으니까. 그건 어쩔 수 없는 기분이다."

"아아 우린 왜 이렇게 됐지?" 병혜가 탄식했다.

"나두 모르겠어. 아마 우리 둘이는 너무도 결점을 많이 가지구 있는 인간인 모양이다."

"그리구 너무도 서로를 알아 버렸어. 너무도 알아 버리면 금방 지쳐 버린다구 그러더라."

"아마 우리의 개성이 얄팍한 탓일 거다. 그건 겉만 똑똑하게 보인다는 뜻이지만." 나는 말했다. 말하면서 수민이를 의식했다. 그 녀석의 꼬불꼬불한 개성이 부럽다는 느낌도 드는 것이었다. 우리는 거의 수민이네 집에 도착되어 있었다.

"야 병혜야."

"응?"

"지금이라도 미친 개새끼마냥 쏘댕겨 볼까? 내 마음속에 든 천의 얼굴과 네 마음속에 든 커다란 한 얼굴을 그대루 뱉어 내서 그대루 말끔히 소모시켜 버리잔 말이다. 나 지금 주머니에 돈은 별로 없지만, 시계두 있구 그리구 옷도 있으니까 그건 문제가 아니다. 엉? 영 근질근질해 죽갔다."

"틀렸어. 보렴, 네 의식은 벌써 주머니에 돈이 없다는 거까지 생각하잖니? 그건 불순하다기보다두 네 말마따나 너의 삶의 의미지 뭐니? 난 니가 거짓말을 나에게 하고 있다고는 생각지 않지만 이미 너의 본능은 나와의 이별을 기정사실로 생각하기 시작하구 있는 것 같애. 그리구 그건 나두 마찬가지다."

"난 안 그래" 하고 나는 말했다. "난 너의 부피를 비로소 의식하기 시작했어." "헤질 때면 사내들은 으레 그런 소릴 한다구 어떤 책에 씌어 있더라." 병혜는 울기 시작했다.

수민이의 집은 이제 가까이에 있었다. 우리는 골목길로 들어섰다.

나는 그녀를 달랬다. 금방이라도 터져 버릴 것처럼 나의 몸속에 든 모든 피가 얼굴로 치밀어 올랐다.

"어떻게 안 되냐? 정말 안 되냐? 엉? 결혼하는 놈두 있는데? 우리 두 수민이네 집에 가서 애새끼들한테 그렇게 공고해 버릴까?"

"틀렸어, 내일 아침이면 후회하게 될 걸 머." 이제 그녀는 울음을 그쳤다.

"그럼 이걸루 진짜루 끝장이가?" 나는 물었다.

"그래, 끝장이야. 역시 우린 실수했어. 한바탕 때리구 욕하구 그러면서 싸워야 하는 건데." 병혜는 말했다.

"실감이 안 나는데. 그리구 억울해." 나는 멍청하게 대답했다.

"싸우질 않아서 그래." 병혜는 말했다.

"너무 쉽게 찾아져 버렸어." 나는 말했다.

"다 쉬운 거야." 병혜는 말했다.

"제기랄. 우리 결정을 하루 늦추자. 엉? 지금 뭐가 뭔지 판단을 내릴 수가 없다." 나는 말했다.

"싫어, 그건 안 돼." 병혜는 말했다.

우리는 이제 수민이가 세 들어 있는 집을 십 미터쯤 앞에 보고 있었다. 우리는 섰다. 나는 손으로 그녀의 턱을 받쳤다. 희미한 가로등 불빛에 그녀의 눈동자만이 반짝반짝 빛을 내고 있었다. 나는 그녀의 눈동자를 쓸어 주었다. 수분기가 묻어났다. 그리고 나는 키스했다. 병혜는 능동적으로 받아 내고 있었다. 나는 나의 몸뚱이로부터 굉장히 강력한 어떤 힘이 빠져나가고 있는 듯한 느낌에 젖어 있었다.

"그만 들어갈까." 나는 얼굴을 돌리면서 말했다. 비가 내리고 있는 것처럼 별똥이 하나 흐르고 있었다.

"그래 들어가." 병혜는 다시 울고 있었다.

우리는 수민이의 집 대문을 두들겼다. 마당에 불은 켜 있었으나 집 안은 조용했다. 나는 담배를 물었다. 성냥을 켰을 때에도 그는 울고 있었다. 누군가가 나오고 있었다. 병혜는 수건을 꺼내고 있었다.

"역시 넌 그런 인간이었어. 헤지잔 소릴 듣고도 화내지 않는 걸 보면 한 번두 날 사랑해 본 적이 없었어." 병혜는 말했다.

12.

수민이는 감색 바지에 누런 빛깔의 털조끼를 입고 있었고, 그 속에 빨간 넥타이를 매고 있었다. 머리는 좀 헝클어져 있었으나 어딘가 하면 단단하게 늙어 버린 듯했다. 앞이마 면적이 조금 넓어진 듯했고, 코는 이 세상의 바람을 맞아 이를 이겨 내기 위하여 우뚝 솟아 있는 듯싶었다. 녀석은 잘생긴 입을 가지고 있었다. 그것은 특히 미소를 지을 때 몹시도 선량한 인상을 주곤 했었다. 그는 그 입을 꼭 다물고 있었다.

"짜식, 좀 늦었구나." 그는 입을 열어 말했다.

"어 그렇게 됐다. 애들은 다 왔니?" 나는 말했다. 뒤늦게 병혜가 핸드백에 수건을 넣으면서 대문을 넘어 들어왔다.

"아 병혜두 왔군. 안녕하쇼?" 수민이는 말했다.

정임이가 나왔다. 그녀는 얼굴이 조금 길어진 듯싶었다. 바로 그런 느낌으로 그녀는 성숙된 인상이었다. 정임이는 미소를 띠더니 병혜 손을 잡았다.

"들어가자." 수민이가 말했다. 우리는 방으로 들어갔다. 그의 방은 변소 옆에 있었다. 만오천 원 보증금에 칠백 원 사글세라는 것이

었다. 집주인이 기거하고 있는 안방 쪽으로부터 한명숙의 노래가
들려왔다.

> 별들이 하나둘 사라지듯이
> 뽀얗게 떠오르는 그리운 얼굴
> 눈 감으면 고향에 눈 뜨면 타향

　방 안은 조그맣다. 조그만 캐비닛이 문의 오른쪽에 놓여 있었고,
캐비닛 옆에는 앉은뱅이책상이 있었다. 책상 위에는 양서 두어 권과
부피가 얄팍한 책이 십여 권 아무렇게나 쌓여 있었다. 그런데 방은
우리가 들어갈 때까지 비어 있었다.
　"아직 아무도 안 왔군." 나는 말했다.
　"응 안 왔어. 아주 안 올 모양들이지." 수민이는 그저 웃어 보였다.
그는 콧노래를 흥얼거리면서 담배를 물더니 트랜지스터를 켰다. 마
치 기다리고 있었다는 듯이 바이올린 음이 들려 나왔다. 그것은 비
탈리의 〈샤콘느〉였다. 음악은 재현부에 들어가 있었다. 수민이는 책
상 위에 놓여 있는 얄팍한 책을 두 권 집더니 나와 병혜에게 주었다.
　"이번에 책을 하나 맹글어 냈어. 어차피 정리해 두는 기분으로 한
권씩 줄 테니까 이것으루 인간 이수민이의 어리석었던 인상을 청산
하렴." 수민이는 말했다.
　책은 3·6판 크기의 양장이었다. 커버는 씌어 있지 않았다. 표지는
빨간 줄을 세 개 긋고 거기에다가 파란 원을 두 개 그려 놓은 것이
었다. 얼핏 보기에는 빨간 줄이 부쩍 앞으로 튀어나올 것만 같았다.
　"어이 들어와." 수민이는 바깥을 향해서 말했다.
　"응, 아예 상을 가지구 갈게." 정임이가 말했다.

조용한 것이 도리어 이상한 기분이 들었다. 형광등이 직직 소리를 내고 있었다. 트랜지스터의 음악이 끝났다. 아나운서가 채 뭐라고 말도 하기 전에 수민이는 트랜지스터를 꺼 버리는 것이었다. 나는 담배를 하나 물었다. 병혜는 무료한 듯이 앉아 있더니, 문을 열고 바깥으로 나갔다.

"너 병혜와 싸웠구나." 수민이가 말했다.

"뭐 그런 것두 아냐. 그런데 살림하는 재미가 좋냐? 이 쪼다야."

"쪼다? 일주일에 두세 번씩은 같이 끼구 자니까 좋다면 좋겠지." 수민이는 킬킬거리며 웃었다. 형광등 불빛을 받아, 그의 앞이마가 약간 번쩍거렸다.

"얘길 좀 해 봐라. 어떻게 해서 이런 사고(事故)가 느닷없이 발생한 건지."

"그게 그렇게두 궁금하냐? 그것보다두 너 병혜와는 왜 싸웠니 엉, 미스터 속물."

"안 싸웠다니까. 그래 정임이 부모 쪽에서는 뭐라구 그러든?"

"뭐라구 그러긴? 내가 착실한 인간이란 걸 인정해 준 셈이지. 그러니까 내가 밥벌이할 수 있는 능력이 있다는 걸."

"그래? 잘됐군." 나는 말하고 나서 수민이의 시집을 들척거려 보았다.

"아, 그거 볼 거 없어. 그런데 넌 여전하구나."

"뭐가?"

"그러니까 넌 인생의 절정기를 마악 지나서 이제는 바야흐로 시들어지기 시작하는 그런 사람의 표정이란 말이다. 그 표정은 이미네가 고등학교 때부터 가지고 있었던 거였어. 그것이 옛날에는 너를 퍽 어른스럽게 만들어 줬는데 말이다, 무어 이제는 그렇지도 않군."

"그래? 너의 시인 기질이 착각을 일으킨 거겠지." 나는 가볍게 응수했다.

"그럴지두 모르지." 수민이는 그러면서 영감님처럼 왼장다리를 꼬았다.

"너 보기엔 어떠냐? 이 방의 현장이?"

"글쎄, 소극적인 안도감?"

"짜식, 문자 쓰는군. 너두 오랜 세월 동안 병혜와 사귀더니 뭔가 센티를 배운 모양이구나. 엉?" 수민이는 흘러내린 머리카락을 쓸어 올리면서 가볍게 웃었다.

"그럴지두 모르지." 나는 대답했다. "그러나 아직 너처럼 타락할 경지는 아니다."

"타락? 재 보는 말이군. 근데 배고프지 않니? 난 배고파 환장할 지경인데."

"그래 빨리 갖구 들어오라구 그래라. 보아하니 다른 녀석들 이제 올 것 같지두 않은데." 나는 말했다.

그러나 나는 배가 고프지 않았다. 그저 무엇인가가 쑥스럽게 텅 비어 버린 듯한 느낌이었다. 수민이는 방문을 열더니 정임이를 향해서 호령을 했다. 그것은 내가 습관되지 않은 풍경이었다.

수민이는 방문을 닫았다. "너 말야, 하나 부탁하는데, 한 달 보수 팔천 원 이상 받을 데 있음 나 취직 좀 시켜 주라. 지금 나가구 있는 잡지사에선 그 돈에서 또 무얼 떼 낸단 말야. 도저히 그거 갖군 막걸리를 마실 수가 없어."

"요새 술은 좀 마시냐?"

"아아니. 실은 말이다, 이번 가을철에는 식을 올려야겠는데, 약소하게 돈이 좀 있어야 되지 않간? 바루 이 얘기는 나의 시인 기질을 타구서 뱉아진 얘기다, 알갔니?"

"너의 시인 기질도 몰라보게 성장했는데?"

"아암 성장했지. 성장했다는 건 어떤 면으로 따져 봐두 좋은 거다. 난 거기서 느껴지는 저항을 실은 사랑하구 있거든. 그것이 내가 살아 있다는 것에서 얻을 수 있는 재미지. 활자화시켜두 충분히 실감날 수 있는 재미 같은 게 아니라 자라나는 잎사귀 자라나는 잎사귀." 수민이는 기분이 좋아졌는지 〈동백아가씨〉의 멜로디를 휘파람으로 불었다.

정임이가 문을 열었다. 그녀는 태연하게 웃고 있었다. "큰 상이 없는데 어떡하지? 안집에 가서 빌려 올까? 아까 말은 해 놨어."

"관둬, 무어 네 명뿐인데. 그 대신 맛있는 거나 잔뜩 가지구 와."

"맛있는 거라구? 지가 뭐 돈을 많이 주기나 했나." 정임이는 어이없다는 듯이 실실 웃어 대더니 문을 닫았다.

수민이는 담배를 한 대 물고 나서 드러누웠다. 나는 생각난 것처럼 웃옷을 벗어서 벽에 걸었다. 그리고 보니까 방에서는 분명 내가 느껴 보지 못했던 무슨 새로운 냄새가 나고 있었다. 젊은 놈들의 잠자리 냄새라? 그런 음탕한 생각을 하자니 맥없이 웃음이 터져 나왔다.

"인마, 왜 웃어? 의리 상하게스리." 수민이가 말했다.

"아 미안한 생각이 들어서 그런다. 우린 선물을 하나 사 갖구 올라구 그랬거든. 요강에다가 피임약을 잔뜩 넣은 그런 선물을 말이다. 그런데 오다가 깜빡 잊어 먹었어." 나는 말로써 공치사를 했다.

"그럼, 그거 현금으루 줘."

"아 사양하겠어, 그건 그렇구 인마 너 좀 일어나 앉아 있어라. 어디서 배워 처먹은 버르장머리냐?"

"인마 그건 네가 커서 여자를 거느려 보면 알게 된다. 하기는 너두 여자를 거느려 본 경험은 있겠구나. 그러나 연애하구 이거 하군 질적으루 다르지."

"심심한데 그것에 대한 너의 강의나 들어볼까." 나는 말했다. 말하면서 나는 조금 비참한 느낌이었다. 지금 바깥으로 나간다? 그래서 병혜랑 서울 시내를 미친 개마냥 쏘다녀 본다?

"너두 느꼈겠지만 여자란 말하자면 일종의 리듬과 같은 거다. 그 리듬은 우선은 살려 줘야지. 알겠니? 여자가 가지고 있는 리듬에 맞춰서 좋든 싫든 춤을 추어 줘야 하는 거야. 내 경우에는 그걸 터득하기까지가 힘이 들었어. 너두 알다시피 그전에 나는 참 어리석은 행동두 많이 했구, 혼자서만 진지해진 그런 흉내두 많이 냈어. 그러다 어느 때 나는 그 리듬을 발견했어. 참 신기한 기분이드라. 그 간단한 걸 몰랐다니? 그건 간단할 뿐만 아니라 가장 자유스럽기두 한 거였어. 시를 쓰는 나는 그걸 잘 느껴."

"그러나 네가 얘기하는 것처럼 그렇게 쉽지는 않을 걸."

"그야 물론이지. 영화 제목 말마따나 '만날 적마다 타인'이 되고파 하는 것이 여자니까. 그러나 그것두 일종의 리듬이다. 그 리듬에서 느껴지는 저항을 멋지게 요리하는 데에서 오는 묘미야말로……. 아 낙관론은 그만두기로 하자, 너 암만 봐두 오늘 병혜하구 무슨 일이 있는 것 같은데 말이다. 얘길 해 보렴, 우습게도 너에게 충고 줄 수 있는 영광을 가질는지도 모르니까."

"글쎄, 나사는 말야, 하나가 튀어나왔으면 하나는 패었어야 맞물리는 거 아니겠니? 그게 둘 다 튀어나왔을 경우도 있겠지. 그럼 나사는 아예 망가질 수두 있을 거구, 무어 그렇지."

"아 그런 경우? 그거 문제없지. 내가 다 잘 경험해 봤으니까. 개인

개인의 리듬을 말야 전체적으루 통일시켜 주구 일반화시켜 주는 게 사회의 리듬이라구 우선 가정해 놓는다면 말야, 어차피 사회의 리듬을 가동시켜야지. 알어? 커다란 톱니바퀴를 움직이게 하면 도리어 작은 톱니바퀴의 탈선쯤은 쉽사리 마무리될 수 있어."

"야 네 말은 시보다두 더 어렵구나."

"이런? 아직 그런 것두 못 느끼냐, 미스터 속물. 탈선한 쪽은 여자가 아니라 반드시 네 쪽일 거야. 여자는 바로 리듬이니까 말야. 물론 여기서의 탈선이란 건 전혀 선악의 개념과는 관계가 없는 말이지. 넌 의식적이든 무의식적이든 그 리듬을 거역하고 있는 걸 거다. 그걸 거역하지 마라."

"인마, 구체적으로 얘길 하란 말이다."

"아 그거야 나로선 얘기할 수 없지. 병혜가 그리고 있는 리듬의 형태를 난 알지 못하니까. 그러나 넌 그걸 알 거야. 그리고 알아야만 하고. 미스터 속물."

"난 몰라. 알 필요도 느끼지 않지만."

"인마 속일 필요는 없다. 이런 가장 초보적인 원칙론에서부터 네가 완고하게 나간다면 넌 볼 장 다 봤어. 리듬을 거역하는 자에겐 음악은 없이 글자 그대로 고행뿐이지. 더구나 여자와의 관계에 있어서야 두말하면 개새끼다."

"그럴까? 나 변소 좀 갔다 오께."

나는 방문을 열었다. 정임이가 상을 가지고 들어오려 하고 있었다. 나는 바깥으로 나갔다. 병혜는 마당 한가운데에 멀거니 서 있었다. 마치 얼이 빠진 사람 같았다. 나는 그녀 곁으로 다가갔다. 그녀는 나를 의식하고 있지 않은 것 같았다. 나는 그녀의 손을 잡았다. 그녀의 손은 차가웠다. 피는 그녀의 몸뚱아리 속에서 차갑게 돌고 있는 듯했다. 멀리서 개새끼가 짖고 있었다. 담 둘레의 크기로 보이는 하늘에는 별이 빽빽하니 빛나고 있었다. 밤공기는 부드러운 옷감처럼 피부에 닿고 있었다.

나는 말했다. "야 병혜야. 우리 바깥으로 나가자 마. 나가서, 아까 얘기한 것처럼 미친 개새끼처럼 쏘다니며 서로를 소모시켜 보자. 엉? 너와 나 사이에 고여 있는 이놈의 정체를 알 수 없는 뜨뜻미지근한 불만일랑 영 참지 못하겠어."

"늦었어, 자꾸 이러면 괴롭히는 게 돼. 때리구 싶으면 여기서 때려." 병혜는 말했다.

"제기랄, 내가 왜 널……. 집어쳐, 너 날 우습게 알았다간 코 다친다. 아 미안해. 제기랄, 이게 뭐람." 나는 가래침을 뱉었다.

"어이 미스터 속물. 기어 들어오라." 수민이가 말했다.

나는 다시 방으로 들어갔다. 그리고 조금 있다가 병혜가 맹꽁한 표정으로 들어섰다. 우리는 조그만 상 앞에 붙어 앉았다.

"사람들이 왜 그 모양일까. 모처럼 만에 모이자구 했으면 다 모여야 할 거 아냐." 정임이가 종알거렸다.

"아, 그거 신경 쓸 거 없어. 미세스 신부. 우리나라엔 파티의 전통이 없어 왔잖아? 자기 바쁘면 못 오는 게 당연하지. 야 균서야, 너 술 마실래? 약소하게 막걸리가 돼 놔서 안됐구나. 그러나 양해해라. 주머니에 돈이 없는 걸 어떡허니?" 수민이는 나에게 술을 따라 주더니 자기 잔에도 따랐다. 우리는 건배했다.

"술은 진창 많으니까 많이 들라. 우선 반말을 사다 놨지. 그리구 반말은 예약해 놨구." 수민이는 말하고 나서 정임이에게로 잔을 돌렸다. 정임이는 무표정하게 잔을 받았다. 그리고 나서 수민이는 병혜에게도 잔을 돌렸는데, 병혜는 사양했다.

"그래 재미가 어떻소?" 나는 마치 화난 사람처럼 무뚝뚝하게 정임이에게 물었다.

"재미? 보다시피 따분하지 머."

"어? 철모르는 사람들에게 그런 소릴 하면 교육에 지장이 있지. 내가 시범을 보여줄까? 난 애 녀석들이 다 올 거루 생각하구선, 여럿 앞에서 시범을 보이려구 한 건데." 그리고 나서 수민이는 정임이에게 뽀뽀를 했다.

"아이 숭물 떨지 마" 하고 정임이는 실실 웃어 대면서 다음 순간에 수민이에게 차악 매달리는 것이었다. 나는 담배를 물었다. 몹시도 기분이 언짢아졌다. 기분 같아서는 수민이를 향해 발길질이라도 하고 싶었다.

"이 멋있는 씬을 너네들에게 보여주구 싶어서 너네들을 오라구 그런 거다. 무어 음식을 공짜로 먹어 주는 값이 이거라 생각하구 너 두 기분 나빠하진 마라."

수민이는 전혀 태연하였다. 그리고 정임이도 별로 부끄러워하는 기색도 아니었다. 그러기는커녕 도리어 뻐기는 듯한 태도였다.

"자 균서하구 병혜는 뽀뽀 같은 거 안 하나?" 수민이가 말했다.

"그래그래 멋있겠다." 정임이가 옆에서 얌체 같은 소리를 했다. 나는 말없이 막걸리를 마셨다. 막걸리 맛은 그리 좋지가 않았다. 카바이드 냄새가 났다. 나는 김치를 한쪽 집어 먹었다. 김치는 간이 맞지가 않았다. 소금 냄새가 났다.

"허 리듬감이 없군." 수민이는 내 옆구리를 쿡 찔렀다. "음악을 틀어 줄까."

"그만둬." 나는 말했다. 그리고 나서 나는 자기도 모르는 새에 와락 마치 화풀이를 하는 것처럼 병혜를 껴안았는데, 병혜는 잔뜩 성난 표정으로 나를 노려보고 있었고, 나는 그녀의 볼에 억지로 입을 갖다 붙이는 척해 보였다. "좋았어." 수민이가 무릎을 쳤다.

나는 술을 마셨다. 입안이 찝찝하였고, 나는 깍두기를 한쪽 집었다.

"마늘 좀 있음 갖다 줘. 고추장에다가." 마늘을 좋아하는 나는 말했다.

"그거는 아직 안 끓어?" 수민이가 정임이에게 말했다.

"응, 가져올게." 정임이는 바깥으로 나갔다.

상 위에는 실상 먹을 것이라곤 별로 없었다. 김치에다가 풋고추를 썰어 넣은 된장찌개와 그리고는 마늘장아찌가 한 보시기 놓여 있었고, 별로 맛있어 뵈지도 않는 잡채가 한 접시 놓여 있었다. 나는 젓가락으로 잡채를 먹었다. 잡채는 보기보담은 맛이 있었다.

수민이는 거만을 떨어 보는 것처럼 나와 병혜를 번갈아 가며 바라보았다.

"그러구 보니까 병혜는 너무 조용해졌는데?" 수민이는 말했다.

병혜는 가볍게 웃어 보였다. 나는 술을 마셨다. 나는 마늘장아찌를 한쪽 집어 먹었다. 정임이가 김이 일고 있는 커다란 냄비를 들고 들어왔다. 그녀는 상에다 그것을 놓으며 명랑하게 웃어 댔다.

"이게 뭔지 알아? 오늘의 특별 메뉴야." 수민이는 냄비 뚜껑을 열었다. 그것은 비지였다. 방 안에 김이 꽉 차 있었다.

"사실 그렇드라, 여러 놈이 온다구 생각하니까 말야. 무언가 흐더분하게 먹을 걸 준비하긴 해야겠는데, 그러다 보니 어디 값싸게 먹히는 게 있어야지. 그래서 내가 좋아하는 비지나 만들라구 그랬어, 정임인 비지 만드는 데에는 가위 일가를 이루구 있거든." 수민이는 숟갈로 하나 퍼먹었다. "잉, 그거 맛이 그럴듯한데?"

"과연 너다운 착상이다." 나는 말하면서, 한 숟갈 퍼먹었다. 맛은 그리 좋지도 않았으나, 나는 아주 맛이 그럴듯하다고 말했다. 마늘을 갖다 달라고 다시 부탁해 볼까 하다가 그만두기로 했다. 정임이는 마늘을 가지고 오지 않았던 것이다.

"자 이제 분위기를 맞추자. 그리하여 우리 모여서 얘기합시다. 아직 익숙되지 않은 성장으로, 자기의 몸뚱이를 재는 기분으로, 그리하여 그 이상은 멀어지지 않을 얘기를." 수민이는 행복한 듯하였다.

"어떻게 해서 이런 사고(事故)가 재발생된 거냐?" 나는 정임이에게 물었다.

"사고(事故)? 아이 재밌다. 그래 사고였지 머. 난 모략에 걸려들었어. 아주 고약한 모략이었지 머." 정임이는 막걸리를 마셨다.

"그런 말 마. 까불면 너하구는 아예 이혼이다." 수민이가 말했다.

"그럼 위자료 청구할 수 있을 게구, 돈을 벌게 되게?"

"내가 얘기해 주지. 순진한 선남선녀는 그 얘기가 듣구 싶은 모양이니까 말야. 그건 어두움이었어. 어두움이 마음에 쫘악 깔려 있었어. 난 그 어두움 속에 표류하여 기슭에 도착했지." 수민이는 할 얘기를 다한 것처럼 쓰윽 나를 보았다. 나는 수민이의 정신 상태가 의심스러웠다. 아무려면 시를 쓴다는 녀석이 꼭 고등학교 학생이나 함직한 얘기를 하고 있었다.

나는 열심껏 비지를 퍼먹어 주었다. 비지는 양이 많아서 흐더분하기는 했다. 나는 비지의 그 양이 많다는 조건을 살리기로 했다. 멀리서 괘종시계가 여덟 번 울었다. 아주 깊은 밤의 냄새가 나고 있었다.

수민이는 담배를 물었다. 녀석은 사회의 완강한 리듬을 말하자면 어렵게 얻어 내고야 말았다는 듯한, 자부심을 탄탄하게 내보이고 있었다. 나는 거기에서 어떤 속물적인 것의 강한 일면을 보고 있느니라 느끼고 느꼈다.

그리고 그때부터 나는 무엇이 나에게 잘못되어 왔는지를 선명하게 느끼고 있었다. 그것은 나에게 있어서는 어쩌면 '어렵게 얻어진 진실'이었는지도 몰랐다. 나는 앞으로의 내 생활에 있어서는 '미스터 속물'이니 이런 식의 별명을 깨끗이 청산해야겠다고 생각하고 있었다. 여전히 형광등은 직직 소리를 내고 있었고, 흡사 우리는 무료를 즐기는 사람처럼 앉아 있었다. 이따금씩 수민이는 서슴지 않고 웃어 대거나, 조용한 목소리로 정임이와의 연애 얘기를 하곤 하였는데, 수민이가 얘기하고자 하는 요점은 실상 간단한 것이었다.

그는 인간의 개성이라는 것은, 어떠한 방식에 의하여서든지 몰수될 필요가 있다고 말하고 있었다. 그것이 성년의 의미인 것이며 우리가 반드시 알아내지 않으면 안 될 얘기라고 말하고 있었다. 이와 같이 자기의 개성을 몰수시킬 수 있는 방법을 찾아냈을 때 우리는 그것을 '의식된 속물'이라고 말할 수 있다는 엉뚱한 연역이었다. 그는 말하고 있었다. 자기의 개성을 죽이는 방향으로 자기가 가고 있을 적이면 거기에 어떤 구심점(求心點)이 발견된다. 이 나라에 있어서 그 구심점을 발견하기까지는 실상 어렵다. 왜냐하면 이 나라에는 종교도 없고 문화도 없고, 빈곤을 퇴치하고 있는 물질문명도 없기 때문이다. 그러므로 거기에까지 이르는 데에는 도리어 개성적인 방법을 쓸 수밖에는 별 도리가 없다. 그러다가 거기에 도달되면, 그때에는 하나의 평범한 행복인의 입장을 유지하는 정도로써 만족할 수 있게 된다는 얘기였다.

병혜는 아마 화가 난 듯하였다. 그녀는 부당하게 자기의 영역을 침해받았다고 느끼고 있는 듯했다. 그녀는 말했다. "나 몸이 좋지가 않아서 먼저 가 봐야겠어."

그녀는 일어섰다. 수민이는 야릇하게 웃으면서 나를 바라다보았다. 나는 따라서 일어섰다. 나는 그녀 앞으로 바짝 다가갔다. 나는 내가 발견해 냈다고 생각한 어떤 힘에 의하여 그녀를 내 마음대로 조정해도 괜찮을 것 같은 기분이 들었다. 그러나 그렇게 잠깐 주저하고 있는 동안에 병혜는 어떤 자기대로의 완강한 고집 같은 것을 나에게 돋보이고 있었다. 나는 그것을 읽었다. 나는 마음속에서 차츰차츰 형태를 잡아가기 시작하고 있는 분노의 힘에 의하여 괴롭게 흥분하고 있었다. 그리고 나는 어떠한 굴욕을 받는 한이 있더라도 그녀더러 가지 말라고 말하고 싶은 기분이었다. 나는 여태까지의 내가 칼을 손에 쥔 어린애처럼 무지스러운 속물이었음을 깨달았으나, 이제는 알아진, 느껴진, 따라서 일종의 종교적인 각성조차도 가미하여 이루어진 속물이라고 생각하였다. 나는 그런 마음속의 힘든 경지를 힘껏 그녀에게 주장하고 싶은 기분이었다. 나는 마악 두서없이 그런 말을 하려고 생각하고 있었는데, 그때 병혜가 바깥으로 나가고 있었다. 나는 절망감을 느꼈다.

병혜와 나는 거리로 나섰다. 시계는 아홉 시 조금 못미처의 시각을 가리키고 있었다. 라디오 점방에서는 이미자의 애달픈 소리가 마악 끝나고 이어서 열광적인 박수 소리와 들뜬 아나운서의 얘기가 스피커를 통하여 흘러나오고 있었다. 그러나 도시는 아랑곳없이 평온하였다. 나는 그런 도시의 평온에 익숙해질 수가 없었다. 우리는 십 미터쯤 같이 걸어 나갔다. 어두운 곳에 가서 나는 자라나는 잎사귀처럼 수줍게 떨며 그녀에게 키스했다. 그녀는 차갑게 얼어 버린 듯한 태도로써 응수하여 주고 있었다.

나는 말했다. "야, 병혜야. 이대루 걸어 나가자, 엉? 그래서 쏘댕겨 보자, 엉? 미친 개새끼처럼, 엉?"

"늦었어." 병혜는 말했다. 그녀는 창백하게 웃고 있었다. "며칠 전에 집에서 혼삿말이 있었어. 난 그것을 응하기루 허락했어."

"그런 건 아무래두 좋아." 나는 어리석은 소년처럼 말했다. "그런 건 아까두 눈치챘어."

"그럼 좋아. 어디든지 가. 오늘까지는 네가 하라는 대로 할 테니까."

도시의 축제를 알리는 것처럼, 전차는 파란 불꽃을 제멋대로 튕기며 돌진하여 가고 있었다. 나는 요란한 전차의 공음도 듣고 있었다. 그리고 나는 엉성하게 질서를 갖추고 있던 나의 마음속의 형성이 와르르 무너지고 있는 듯한 소리를 듣고 있었다. 그것은 병혜의 목소리였다. "난 널 사랑했어."

"자 때려 때려 봐." 병혜는 사무적인 어조로 말했다.

나는 그냥 돌아섰다. 북악산으로 연결되어 가고 있는 산줄기들이 머금고 있는 깊은 어두움을 나는 그때 보았다. 창백한 반달이 그 위를 지나가고 있었는데, 달빛은 어두움을 밝혀 주고 있다기보다도, 어두움을 확인시켜 주며 어두움의 깊이를 이해시켜 주고 있는 듯하였다.

그리고 그때 나는 술이 취한 정묵이와 방섭이와 형우를 만났다. 그들은 제멋대로 비틀거리고 있었다. 나는 그 와중에 끼어들었다.

정묵이는 말하기를, 무어 도리어 썩 잘된 일인지도 모르지 않느냐고 그랬고 사실 대한민국에 여자는 악착같이 많다고 위로해 주었으며, 거기에 한술 더 떠서 이제 우리는 일차 여자의 의미를 수정해 둘 필요가 있는 연령에 도달되어 있는 것이라고 깨우쳐 주는 것이었다. 우리는 어떤 큼지막한 기대를 가지고 수민이네 집으로 들어갔다. 거기에 파티가 벌어지고 있었다.

《세대》, 1966년 6월호

정처

정처

귀가(歸家)

칠십여 세가량 들어 보이는 노인과, 깡마른 체구의 젊은 사내가 시내의 중심가에 자리 잡은 다방에서 만났다. 조그만 다방이었지만 퇴근하고 난 회사원들과 젊은이들로 만원이 되어 있었다. 두 사람은 커피를 한 잔씩 마신 뒤에 자리를 떠서 바깥으로 나갔다. 낮에 눈이 잠깐 내렸었는데, 바람이 거세게 불어와 포도는 얼어붙었고 횟가루 같은 눈가루가 휘날리고 있었다. 두툼한 외투를 걸친 사람들의 발걸음은 몹시 바쁘게 움직이고 있었다. 두 사람은 합승 정류소 앞에 서 있다가, 생각을 고쳐먹었는지 조그만 제과점으로 들어가서 케이크를 하나 샀다. 바깥으로 나와서는 한참 기다린 끝에 택시를 붙잡았다.

"불광동으로 가시오."

젊은 사내가 운전수에게 말했다.

"정말 집이 불광동에 있습니다."

젊은 사내는 옆에 앉아 있는 노인을 바라보았다.

노인은 장갑을 벗어서 귀밑을 만지고 있는 중이었다. 택시는 움직이기 시작했고, 노인은 쿠션에 머리를 기대고 나서 뿌옇게 안개라도 끼어 있는 듯한 거리를 내다보고 있었다.

"작년에 하나 마련했지요. 대지가 34평에 건평이 14평이든가, 그렇게 될 겁니다. 교통도 편리한 편이고, 집도 웬만큼 넓어서 견딜 만하지요."

"얼마나 주고 샀는구?"

노인은 별로 흥미 없다는 듯이 딴청을 부리고 있었다.

"마침 아는 사람이 있어서요, 융자를 좀 받았어요. 주택은행에서 내주는 그런 돈 말입니다. 그럭저럭 따져 보면 80만 원 정도 현금이 들었을 겁니다. 앞으로 매달 물어야 하는 돈도 상당히 되지만……."

"돈을 벌어서 샀단 말이지?"

"작년에는 돈이 좀 생겼지요. 집은 있어야 되겠다구 생각해 왔기에 눈 딱 감고 하나 장만했습니다."

노인은 별로 흥미가 없어 했다. 워낙 추운 날씨였으므로 히터까지 켜 놓고 있는 택시 안이었지만 따뜻하지는 않았다. 노인은 담배를 뻐끔뻐끔 빨면서 운전수의 뒤통수를 노려보고 있을 뿐이었다.

택시는 무악재를 넘어서 홍제동을 바라보며 달려갔다. 조금 뒤에는 녹번동을 지나쳤다. 택시는 한참 달리다가 골목길로 꼬부라져 올라갔다. 재건 주택들이 들어찬 지대를 기어가서 이윽고 멈추어 섰다.

젊은 사내는 택시 값을 계산했다. 상당히 높은 지대였다. 여러 형태의 불빛이 매서운 바람에 흔들리는 것처럼 까물대고 있었다. 위쪽으로는 인왕산으로 연결되는 산줄기가 병풍처럼 둘러쳐져 있었다. 젊은 사내는 앞장서서 조그만 골목길로 또 접어들었다. 아마 옛날에는 이 지대가 계곡을 이루고 있었을 것이었다. 그런데 시냇물이 흐르고 있었음직한 곳에는 하수천이 생겨 있었고, 그 하천 위로 두 개의 다리가 세워져 있었고, 길 양쪽으로는 똑같은 형태의 재건 주택들이 추운 겨울밤의 어둠을 일정한 형태의 전등 불빛으로 수놓아 가고 있었다.

마침내 집 앞에 닿았다. 그 집은 완성한 지 얼마 안 되는 새집임이 분명했다. 담벼락도 깨끗했고, 철문도 산뜻했다. 외등이 켜 있었다. 문패에는 이지석이라는 이름이 새겨져 있었다. 그 집은 산비탈을 평평하게 갈아 놓은 언덕바지에 세워져 있었으며, 그 주변에는 새로 집을 짓고 있는, 마치 이집트의 사막 지대에 남아 있는 고대의 유적과도 같이 담벼락만 세워 놓은 그러한 집들이 상당히 많았다. 어둠침침한 주변의 풍경은 좀 살벌했으며, 저 아래로 줄을 지어 뻗어 간 전깃불들, 텔레비전 안테나들이 흡사 무슨 병영(兵營)의 기지(基地)와 같아 보였다. 젊은 사내는 대문 위에 붙은 벨을 눌렀다.

조금 뒤에 대문이 열렸다. 코르덴 상의에 빨간 빛깔의 스웨터를 껴입은 식모애가 대문의 아래에 달린 나지막한 쪽문으로 얼굴을 내밀었다가 사라졌다. 젊은 사내는 성큼 집 안으로 들어서더니, 빗장을 벗기고 철문 전체를 활짝 열어젖혔다.

"자아 들어가십시다."

그는 좀 과장된 제스처를 써 가며 말했다.

노인이 들어서자 식모애가 재빨리 나타나 대문을 닫았다. 바람 소리는 약간 멀어지고, 조그만 마당을 가로질러 현관과 안방과 건넌방의 곰보 유리창이 확대되어 나타났다. 현관은 위에 곰보 유리창을 대었고 아래는 베니어판으로 막아 놓은 미닫이였는데, 반만큼 열려져 있었다. 현관으로 이르는 길에는 타일이 깔려 있었다. 오른쪽으로는 장독대가 세워져 있었고, 지푸라기에 헝겊을 칭칭 감아 둔 수도가 보였다. 높이가 2미터쯤 되는 소나무가 한 그루 서 있었다. 소나무 옆에는 죽은 막대기를 꽂아 둔 듯한 무슨 꽃나무가 서 있었다. 화단을 만들었던 곳인 듯한 빈터에는 구공탄 재를 쌓아 두었고, 쓰레기통, 망가진 나무상자, 퇴색한 오리 의자, 역도 도구, 유아용 그네 같은 것이 제멋대로 나뒹굴고 있었다. 고개를 돌려 바라보니까, 이것은 지대가 높아서 블록 담장을 치기는 했을망정 저 밑으로 아까 택시를 타고 올라왔던 길이 보였으며, 그 길의 양편으로 빽빽이 들어찬 주택들이 한꺼번에 전망되었다. 그래서이겠지만, 주택으로서의 아늑한 맛은 없었다. 현관의 오른쪽에 안방이 있었다. 커다란 이중창(二重窓)에는 커튼이 드리워져 있었는데, 그 짬으로 불빛이 새어 나왔다.

젊은 사내는 먼저 현관 안으로 들어섰다. 그는 구두를 벗고 올라설 듯한 자세로써 뒤를 돌아다보았다. 전기 스위치를 넣어 외등을 켰는데, 마당이 환하게 밝아졌다.

"애 행선아?"

하고 그는 식모애를 불렀다.

"네에."

행선이가 대답했다.

"다들 계시겠지? 아침에 내가 말했지만, 아버님께서 오셨어."

"네에."

"자아 안으로 들어가십시다. 웬 놈의 날씨가 이렇게 추운지 모르겠어요."

노인은 현관 안으로 들어섰다.

"이것이 네가 장만한 집이란 말이지?"

"네. 만족할 만한 집은 아니지만, 그래도 자기 집을 갖고 있다는 건 대견스러운 일이지요."

젊은 사내는 마루로 올라섰다. 행선이는 반편스럽게 웃더니 냉큼 그의 구두를 구둣장 속에 넣었다.

"건넌방은 깨끗이 치워 놨니? 가서 방석이라도 좀 깔아라. 그리 구 참 뜨거운 물 있겠지? 세수를 좀 해야겠다."

"네에."

행선이는 대답하면서 벌쭉벌쭉 웃었다.

노인은 구두끈을 풀고 나서 마루로 올라섰다. 폭이 1미터가 될까 말까 한 마루였다. 마루의 왼쪽으로 안방 문이 보였다. 이어서 건넌방, 또 하나의 방, 그리고 부엌 쪽으로 식모방, 변소가 잇달아 있었다.

"이 집이 좀 협착한 건 사실이에요. 벌써 저희들 식구가 여섯 명, 아니 일곱 명이 되는군요. 일곱 명이 다 어른들이니 좁기는 해요." 젊은 사내는 말했다. "그러나 서울 생활이라는 게 어디 여유가 있습니까? 이나마 마련하는 데에도 적잖이 힘이 들었습니다. 자기 집도 없이 지내는 사람이 어디 한둘입니까?" 그이는 자랑이 하고 싶은 모양이었다. "우선 이 방으로 들어가십시다. 몸을 좀 녹이시고, 그런 연후에 세수를 하시지요."

그 방은 아마 젊은 사내 내외(內外)가 사용하고 있는 것 같았다. 한 칸 반 정도 될 만한 크기였는데, 캐비닛이 놓여 있었고, 화장대를 겸한 의장과, 조그만 다탁(茶卓), 라디오, 그리고 잡동사니까지 쌓아 넣어 둔 조그만 서가(書架)가 윗목에 놓여 있었다. 젊은 사내는 방문으로 들어갈 때 하마터면 넘어질 뻔했다. 문 아래의 오똑 튀어나온 대(臺)에 발이 걸렸던 것이었다.

방 안은 따뜻하지는 않았다. 젊은 사내는 의장에서 캐시밀론 담요를 내다가 깔았다. 노인은 그 담요 밑으로 발을 집어넣고, 아랫목에 가서 앉았다. 젊은 사내는 코트를 벗고 있는 중이었으며, 유리 창문에 쳐 있는 커튼을 열어젖혔다. 어둠 속에 파묻힌 마당은 보이지 않았으나 그 앞으로 옆집의 담벼락과, 그 옆집을 넘어서 큰 행길에 이르기까지의 풍경이 한눈에 바라보였다.

"코트를 벗으시지요." 젊은 사내는 말했다. "이런 주택이라는 것은 엉터리로 지어 놓았기 때문에 외풍(外風)이 세더군요. 참 석유스토브라도 가져와야겠군."

젊은 사내는 이내 방문을 열고 바깥으로 나갔다.

노인은 담배를 꺼내 물었다. 책상 위에 놓여 있던 재떨이와 응접용 라이터, 그리고 나무로 짠 응접용 담뱃갑까지 끌어당겼다.

노인은 기침을 한 번 했다. 코트를 벗었다. 그러고는 둘레둘레 방 안을 휘둘러보았다.

'비교적 안정이 되어 있는 모양이군.'

노인은 그의 아내와 자식들이 어떻게나 살고 있는지 꼼꼼하게 관찰하고 있었다. 그런대로 밥을 굶을 지경이 아님은 확실해 보였다. 그렇다고 넉넉하게 살고 있는 것은 아닌 듯했다. 집 안에 들어서면서부터 울림짱을 놓는 것을 보면, 그가 명실상부한 가장 노릇을 하고 있음을 짐작할 만했다.

23년(二十三年)

이홍만 씨는 올해 예순여섯 살이었다. 씨는 이십삼 년 만에 처음으로 자식들이 살고 있는 곳에 나타난 것이었다. 그렇다고 씨가 무슨 간첩이라거나, 해외에 나가서 반평생을 보내다가 귀국했다든가, 그런 것은 아니었다. 이홍만 씨는 마흔 살이 좀 넘었을 무렵, 그의 아내였던 방정심 여사를 차 버렸다.

그 이후로 이홍만 씨는 그의 아내와, 아들인 지석이·지동이, 딸인 지옥이·지해를 거들떠보지 않았다. 이십삼 년의 세월이 흘러갔건만 단 한 번도 집에 들어와 본 적이 없었다. 이홍만 씨는 마음이 맞지 않는 아내와 아들딸들에 대하여 애정을 느껴 본 적이 없었다. 해방 전에는 일본과 한국을 드나들며 투기 장사를 벌였다. 해방 직후, 6·25 사변 때에는 부산과 시모노세키를 왕래하면서 밀수 비슷한 노름을 했다. 그러다가 4·19 뒤에 잠깐 다녀갈 목적으로 귀국했는데, 관헌에게 피체되는 몸이 되어 일 년가량 옥살이를 겪었다. 그 뒤에는 서울과 부산과 고향을 전전하면서 외롭고 비참한 생활을 영위했다. 이홍만 씨는 이미 몸과 마음이 늙어 있었다. 재기(再起)하고야 말겠다는 의욕은 가지고 있었지만, 그 의욕이 과시되기 이전에 심신이 메말라 버려 말을 듣지 않았다.

며칠 전에 지석이가 찾아와서 "아버님, 이제부터는 저희들이 모시겠습니다" 하고 말해 왔을 적에 이홍만 씨는 그 진의를 의심하는 듯한 표정으로 아들을 노려보았다. 그는 아들의 말을 갸륵하다고 생각하지는 않았으며, 효도를 하겠으니 그것을 받아 달라는 뜻으로 생각하지도 않았다.

지석이는 벌써 서른네 살이라고 했다. 서른네 살이라면 한창 활동할 연령이었다. 지석이는 고급 양복점에서 맞춘 듯한, 몸에 잘 맞는 옷을 입었고, 넥타이도 매끈하게 매고 있었다. 하지만 지석이에게서는 어떤 빈틈을 느낄 수 없었다. 이홍만 씨는 자기의 큰아들이 어디 공무원 생활을 하고 있는 게 아닌가 생각했다. 그렇지 않고서야 이렇게 깔끔하고 세련된 태도를 아버지에게 보일 리가 없는 게 아닌가 싶었다. 이홍만 씨는 깔끔하고 세련돼 보이는 사람들을 좋아하는 성격이 아니었던 것이다.

"내가 예 있는 줄은 어찌 알고 찾아왔누?"

한참 뒤에 이홍만 씨는 이렇게 물었다. 씨는 아들을 대하고 있기가 서먹서먹하다기보다도 타인을 대하는 것처럼 덤덤할 뿐이었다. 이 녀석이 아비를 찾아온 것은, 그 아비가 얼마나 비참하게 살고 있는가를 탐지하는 즐거움을 갖기 위해서가 아닐까 생각하는 것이었다. 왜 그런 생각이 드느냐 하면, 이십삼 년 전에 버리고 나서 한 번도 뒤를 돌봐 준 적이 없으므로, 이 녀석이라 할지라도 제 아비 원망을 많이 했을 것이었다. 노래(老來)에 들어 그 시절의 일을 변명한다는 것은 쑥스러운 일이었다. 거기에다가 이홍만 씨는 자존심이 강하였으므로, 아들의 덕을 바라보고 아들에게 의탁하여 살고 싶은 마음을 갖고 있는 것은 아니었다. 살기 어려운 세상이라 한들 제 한 몸 감당이야 못 하겠느냐는 생각도 없지 않아 있었다. 이홍만 씨는 일본의 어떤 대학을 다니다가 중퇴했었는데, 그때의 동창들 중에는 사회 명사가 되어 내로라 뻐기며 살고 있는 사람들이 많았다. 물론 지금 와서 동창들을 찾아다니며 굽실거리고 싶은 마음은 추호도 없었다. 그자들은 그자들대로 재주껏 살아 냈을 것이고, 그 점에 있어서는 이홍만 씨 또한 마찬가지였다. 이홍만 씨는 이 근래 땅장사와 집 장사를 하고 있었다. 그렇다고 땅을 사거나 집을 짓거나 하는 것이 아니었다. 그것은 말하자면 왜정 시대의 기미(期米) 노름, 또는 미두(米頭) 노름과 흡사할 것이다. 일종의 고리대금의 형식을 띠고 있었다. 이홍만 씨는 말죽거리 근처에 허름한 복덕방을 하나 차리고 앉아 잔돈깨나 뽑아 쓰면서 그렇게 혼자 살고 있는 것이었다.

"어머님께서도 아버님이 돌아오시기를 기다리고 있습니다. 과거의 허물은 과거의 허물로써 청산되어야 하겠지요. 저는 이제부터 아버님을 모시겠습니다. 다행히도 밥은 굶지 않을 정도가 되었으니까요. 우리 집안이 화평하게 지낼 수만 있다면 저는 그 이상의 것을 바라지 않으니까요."

지석이는 이런 소리를 했다. 하지만 이홍만 씨는 아들의 얘기를 신임하지 않는 태도를 지어 보였다. 무슨 꿍꿍이속이 틀림없이 있을 것이다. 이홍만 씨는 아버지 노릇을 해 준 적이 없었다. 그런데 이 녀석은 느닷없이 나타나 아들 노릇을 하겠다는 것이었다. 그것도 착실한 아들이 되어 효도를 하겠다는 것이었다. 이홍만 씨는 지금 와서 무력하고 늙어 빠진 아비가 되어 그 아들의 부양을 받는 몸이 되기는 싫었다. 부자지간이라 할지라도 기브 앤 테이크의 원칙은 적용될 것이 아니냐.

지석이는 세 번 찾아왔다. 이홍만 씨는 끝내 버티었다. 하등 집에 들어갈 이유가 없을 뿐만 아니라 집에 들어가고 싶은 마음도 없다고 잘라 말했다.

"나는 단란하게 가정을 꾸려, 그 가정을 지켜 나갈 성격은 아니다."

그래도 지석이는 물러서지 않았다. 그는 아버지의 심경을 상당히 이해하는 체했다.

"저는 아버님이 옳았다든가 어머님이 옳았다든가 따지지는 않겠습니다. 그것은 다 지나간 일이 아니겠습니까? 인생살이라는 건 다 여의치 않은 거라는 걸 알 수 있다는 말입니다. 세상은 달라졌어요. 아버님께서 이렇게 혼자 사실 이유가 없으십니다. 그것은 저희들로서도 참을 수 없는 일이니까요."

"하지만 지금 와서 네 어미를 대하고 싶은 마음은 없다." 이홍만 씨는 말했다. "나는 네 어머니를 잘 알아. 이건 너두 어른이 되었으니까 하는 소리지만, 보기 싫은 여자와 함께 지낸다는 건 정말 참을 수 없는 일이야."

"어머니도 이제는 늙으셨습니다. 어머님께도 말씀드렸어요. 처음에는 그냥 울기만 하셨습니다. 그러나 다른 말씀은 안 계셨어요. 이것은 어머님께서 아버지 들어오시는 걸 반기는 증좌라고 생각이 드는군요."

"그건 그렇지가 않다."

이홍만 씨는 아들의 말을 처막아 주었다. 이홍만 씨는 자기 아닌 다른 사람의 능력을 결코 인정해 주는 적은 없었다. 더구나 자기 아들이 이 세상이란 것이 어떤 곳인지를 알고 있다고는 생각하지 않았다. 원래 이홍만 씨는 냉정한 사람이었다. 절망적인 사태를 만났더라도 그것을 걱정하거나 회의하는 성격은 아니었다. 이제 몸과 마음이 늙어 죽음이 어른거리기 시작하고 그리하여 어느덧 죽음과 친한 벗처럼 사귀어 두어야 하는 연령이 되었지만, 이홍만 씨는 그것을 걱정하지는 않았다. 죽는 것은 누구나 다 당하는 일이니 사는 것은 사는 것이라고 생각했다. 이홍만 씨는 젊었을 때, 방탕한 생활을 해 보았으므로 어느덧 인생의 근본적인 의문에 관한 한 너그러운 여유를 가지고 있었다.

원래 이홍만 씨는 여자 관계가 복잡해서 지석이 말고도 다른 여자가 낳아 놓은 자식들이 몇 명 있었다. 그들은 그들대로 이 세상을 살아갈 것이었다. 이홍만 씨는 자식들과의 왕래가 없다 하여 섭섭한 마음을 가지는 것은 아니었다. 하지만 새삼스러운 지석이의 출현은 그의 생각을 동요시키게 하는 것이었다. 그는 얼마 전에 몹시 앓았던 적이 있었다. 이홍만 씨는 적잖이 외로움을 탔다. 행려병자(行旅病者)처럼 죽어 버린다는 것은 비참한 일이 될 것이었다. 죽은 후에 제사를 받겠다거나 청룡백호의 묘지를 차지하겠다는 욕심은 없지만 어쨌든 저 혼자 괴로워하다가 죽는다면 한이 될 만한 일이었다. 죽은 후에라도 눈을 감겨 주는 사람은 있어야 할 것이었다. 그래서 뜨악한 마음은 여전한 채 다음번에 지석이가 찾아왔을 때 이홍만 씨는 이렇게 말했다.

"정 그렇다면 한 번 들러 보기나 할까?"

그리하여 그 사흘 뒤, 이홍만 씨는 저녁 여섯 시경에 아들을 만나기로 있다. 시내의 중심가에 자리 잡은 다방에서 시간 약속을 발론한 것은 이홍만 씨였다. 사업 관계 때문에 만나는 것처럼 그렇게 다방에서 만나가지고, 서울시라는 장소가 던져 주는 어떤 허황하면서도 각박한 분위기에 자연스럽게 호응하여, 그러한 자연스런 마음으로써 이십삼 년 만에 처음으로 자식들이 살고 있는 집엘 찾아가리라 생각하였다. 이홍만 씨는 한복을 입지 않았다. 늙었을수록 몸단장은 깨끗이 하고 있어야 한다는 것이 지론이었다. 1년 전에 맞춘 양복을 꺼내 입었고, 가장자리가 넓게 퍼진 약간 일본 놈들의 도안 냄새가 나는 그런 넥타이를 큼직하게 매었으며, 머리 위에는 고급 도리우찌를 썼다.

그리하여 이홍만 씨는 낯선 신축 양옥의 이 집엘 들어섰다. 이 집은 하나도 정다울 것이 없었다. 신축 양옥이기 때문에 과거의 사연을 가지고 있지 않았다. 그럼에도 지석이는 집을 가지게 된 것을 얼마나 빼겨 하느냐. 하기야 살기 어려운 서울 생활에 자기 집칸을 마련했다는 것은 자랑스러울 수도 있겠지. 이홍만 씨는 방 안을 휘휘 둘러보았다. 특징이 없는 방이었다. 시대가 변했다는 것을 인정한다손 치더라도 이 방 자체만을 놓고 따져 본다면, 옛날보다 발전했다고는 볼 수 없었다. 살림 형편이 나아지고 국민 생산고가 늘어났다고 정부에서는 자랑을 하지만, 과연 사람들의 구체적인 생활 태도·생활 능력·활동의 범위가 옛날보다 나아졌다는 것인지, 이홍만 씨는 의심하는 것이었다.

방바닥은 그런대로 따스했지만 외풍(外風)은 상당히 셌다. 코언저리가 시큰해지며 추워 왔다. 이홍만 씨는 지그시 눈을 감았다. 이 집은 정들게 생긴 집이 아니었다. 집이 없이는 살지 못하니까 이런 데에서라도 거처할 수밖에 없이 된, 그러한 집이었다. 사람이 산다기보다도 그저 혈거(穴居)하고 있는 곳—.

산비탈을 깎아 가며 총총히 공동묘지처럼 들어차 있는 집. 그는 눈을 감은 채 당장 내일부터 어떠한 생활이 나타날지 생각해 보고 있었다. 그는 지석이가 소심한 인간이라는 것을 알았다. 소심할뿐더러 아주 현실적인 인간이 되어 있다는 것을 느꼈다. 자기 나이가 젊다는 것만을 믿고, 오직 현재만이 중요한 문제인 것처럼 믿는 인간이었다. 이홍만 씨는 눈을 떴다. 이 집으로 오면서 그는 결심한 바가 있었다. 오늘 하룻밤을 지내보고 나서 여의치 않을 때에는 말죽거리로 되돌아가리라 결심하고 있었다. 그는 약간의 돈을 저축해 두고 있었다. 여의치 않을 때에는 언제든지 말죽거리로 들어가서 살리라. 갖고 있는 돈을 잘 활용하면 얼마든지 평안하게 살아갈 수 있을 것이다. 정 외롭다면 늙수그레한 과부를 하나 얻을 수도 있을 것이다. 또는 양자(養子)라도 맞아들여 공부시키며 외로움을 없앨 수도 있을 것이었다. 이홍만 씨는 이런 계산을 해 보고 있었다. 그가 가지고 있는 약간의 돈을 지석이에게 내주고 싶은 마음은 물론 전혀 없었다.

아버지와 아들

지석이가 방 안으로 들어왔다. 그는 파자마 바람이었다. 털이 부숭부숭하게 일어난 고동색과 바이올렛 색의 다이아몬드 무늬가 아라베스크를 만들고 있는 그런 융파자마였다. 지석이는 오른손에 들고 있던 내셔널 석유난로를 아랫목에 내려놓았다. 심지를 돋구자 불꽃이 빨갛게 부풀어 오르기 시작했다.

양복을 벗고 실내의로 갈아입은 지석이는 상당히 나이가 들어 보였다. 조그마하면서도 다부진 체구와, 함부로 경망한 동작을 꾸미지 않는 묵직한 태도는 이미 인생의 중턱을 넘어선, 청년이라기보다는 중년 사내의 면모를 충분히 갖추고 있었다. 그는 가까이 다가 앉았다. 응접용 재떨이를 아버지 앞에 바싹 끌어당겨 놓았다.

"그래 어떠십니까, 아버님."

지석이는 아버님이라는 말을 상당히 친근하게 하려고 의식적으로 애를 쓰는 것 같은 어조로 힘을 주어 말했다.

"이 집이 마음에 드시는지요? 새로 지은 집이기 때문에 정돈이 안 되어 있지요. 아직까지는 방 안에 생활이 괴어 있지 않다고나 할까요, 살림의 때가 묻지 않았다고나 할까요, 좀 뒤숭숭하고 서먹서먹하고, 마치 남의 집에 임시로 돌아와 살고 있는 듯이 틀이 잡히지 않은 건 사실입니다. 이 집에 들어온 지는 불과 두 달밖엔 안 되었어요. 전에는 성북동의 조선 기와집에서 셋방살이를 했지요. 그 집은 아주 낡은 집이었는데, 나지막한 천장 위로는 쥐새끼들이 요동을 치곤 해서 말하자면 쥐새끼들을 상전으로 모시고 그 밑에 인간들이 더부살이를 하는 듯한 그런 집이었습니다(지석이는 이렇게 말하면서 소리를 내어 웃었다). 이 집엔 그런 건 없더군요. 반면에 깨끗하기만 하고 문이 아귀가 맞질 않고, 온돌이 뜨뜻하지가 않아서 정이 들지를 않아요. 이제 겨울철이 지나갔으면 좋겠습니다. 그러면 대대적으로 수리를 할 예정입니다. 뜰에다가는 꽃이라도 빽빽하게

심을 작정이구요, 그리고 장독대 옆에다가 조그만 방을 하나 더 만들까 생각하고도 있습니다."

지석이는 얘기를 끝냈다. 하지만 이홍만 씨는 아들의 뽐을 내는 듯한 태도에 이렇다 하게 칭찬의 말을 해 주지 않고 뻑뻑이 앉아 있었다. 석유난로는 화롯불과도 흡사하게 미지근한 열기를 뿜어내고 있었다. 이홍만 씨는 담배를 껐다. 화롯불을 쬐는 것처럼 석유난로 위에 손을 대었다.

식모애 행선이가 주전자를 가지고 왔다. 그것은 전기 주전자였다. 지석이가 그것을 받았다. 의장 곁에 있는 콘덴서에 주전자 밑둥치로부터 나온 전깃줄을 꽂았다.

"집안 형편은 그다지 넉넉지 않습니다. 아마 아버님께서도 보아 아셨을 겝니다. 제가 받는 월급으로 생활을 헤 나가자니 여간 빠듯하질 않아요. 지동이는 알오티시(ROTC) 장교로 군대에 나갔다가 지난 시월에 제대를 했습니다. 걔는 부지런히 취직 운동을 하는 모양이지만 여의치가 않아요. 그리고 지옥이는 그저께부터 여기 와 있지요. 걔가 참 걱정입니다. 재작년에 결혼했다는 얘기는 들으셨겠지요? 방성우라는 사람은 생활력이 약한 사람이에요. 다니던 직장에서 쫓겨나온 뒤로는 그냥 놀고 있는 모양입니다. 지옥이는 아버님께서도 아시겠지만 성격이 괄괄해요. 남편이 실직자로 지내고 생활 형편이 피어나지 않는 데다 의견 충돌이 잦으니까 속이 상해서 친정집으로 돌아왔어요. 오빠라고는 하지만 다 큰 누이에게 이래라저래라 말할 계제도 아니고 해서 그냥 모른 체해 두고는 있습니다마는 속으로는 여간 걱정이 아닙니다. 그리구 지해는 고등학교밖에 나오지 못했습니다. 본인도 대학에 갈 생각은 하지 않고 있어요. 이화여대에 시험을 보았다가 떨어지고 말았는데요. 일 년 재수해서 들어갈 생각을 하다가 그냥 포기하고 말았습니다. 자기 친구의 소개로 어느 강원도 산골의 국민학교 선생으로 돌았습니다. 한 일 년 동안 어린애들을 가르쳤을 겁니다. 거기에서 연애 소동을 벌이는가 했더니 시골 사람들의 실인심(失人心)을 해서 서울로 올라와 버리고 말았지요. 동신약업사라는 데에 취직을 해서 육 개월가량 근무했어요. 결국 거기에도 견디어 내지를 못했습니다. 그 애 나이가 벌써 스물세 살입니다. 적당한 사내만 있으면 빨리 시집을 보내주어야 할 것 같습니다. 여자애들에게는 무어니 무어니 해도 시집 보내주는 게 사람 구제해 주는 게 되니까요. 참 저기 앨범이 있겠군요. 앨범이나 보시지 않겠습니까?"

지석이는 책상 앞으로 다가가더니, 지저분한 책 나부랭이 밑에 끼여 있던 앨범을 꺼내 들었다. 먼지가 잔뜩 묻어 있었다. 지석이는 먼지를 털고 나서는 아버지 앞에 펼쳐 놓았다. 이홍만 씨는 흥미가 생기지 않는 듯한 태도로 그것을 넘겨보았다. 맨 첫 장에는 이홍만 씨의 젊었을 때의 사진이 붙어 있었다. 이미 색깔은 누렇게 변해 있었으며, 사진술도 졸렬해서, 말하자면 1930년대의 서울시 관광 사진과도 흡사하게 촌스러운 느낌이 있었다. 이홍만 씨는 '료오마에'라고 부르는 양복을 입고 있었다. 통이 넓은 핫바지에 커다란 구두를 부착하고 있었다. 양 가슴을 앞으로 쑥 내밀었으며, 일본제국주의의 총리대신이 지었음직한 근엄하면서도 잘난 체하는 태도로 가랑이를 약간 벌리고 있었다. 입은 한일자로 굳게 다물고 있었다. 머리 위에는 도리우찌를 쓰고 있었다. 그의 옆에는 방정심 여사가 앉아 있었다. 무척이나 앳되게 보이는 표정이었다. 새하얀 한복을 입고 있었다. 트레머리를 하고 있었고 행복에 겨운 듯이 살짝 미소를 머금고 있었다. 두 손은 얌전히 포개 다리 위에 얹었으며 고개를 약간 들어 이홍만 씨가 바라보고 있는 시점(視點) 쪽으로 향하고 있었다. 그 사진은 두 사람의 결혼사진이었다.

이홍만 씨는 그 사진을 바라보면서 좀 놀란 듯한 표정이 되었다. 어째서 이 사진이 아직까지 남아 있는지 의심하는 듯한 표정이 되었다. 앨범을 바짝 끌어당겨 자세히 들여다보았다.

지석이는 아버지의 모습을 주시하고 있었다. 어떠한 변화가 일어날지 그것을 하나라도 놓쳐서는 안 되겠다고 생각하는 것 같았다.

그러다 이홍만 씨는 적이 냉정해졌다. 미간을 좁혔을 때 생겨났던 주름살을 지우더니, 냉랭하게 지석이를 바라보았다. 이홍만 씨는 앨범을 넘겼다. 다음 장에는 어린애의 돌 사진이 있었다. 커다란 상에는 밥풀 튀긴 것, 사과·배, 울긋불긋한 사탕 같은 것들이 주루니 놓여 있었다. 그 어린애는 자기 앞에 놓인 음식이 탐이 난다는 듯이 눈을 내리깔고 손가락을 앞으로 뻗어 무엇이든지 하나 집어먹으려고 하고 있었다. 그 사진도 상당히 낡은 것이었다. 누렇게 변색이 되어 있었으며, 가장자리로는 찢어진 것을 뜯어 맞춘 듯한 흔적이 있었다.

"이 돌 사진이 누구의 것인지 아시겠습니까?" 지석이는 물었다. "바로 형의 돌 사진이지요. 이 사진을 찍은 것은 해주(海州)였다면서요? 어머니한테 나중에사 그 얘기를 들었습니다."

이홍만 씨는 대답을 하지 않았다. 하지만 얼굴에 분명히 변화가 일어나 있었다. 태연한 체하려고 애를 쓰고는 있었지만, 한꺼번에 침을 삼킬 때 사람의 얼굴 근육이 경직되듯이, 이홍만 씨는 딴전을 피우고 있었다. 그것을 지석이는 주시했다. 그는 죽은 형에 관해서 아버지가 어떠한 느낌을 가지고 있는지 캐 보고 싶어 하는 것이었다. 이홍만 씨는 그 이상 앨범을 보고 싶은 흥미를 잃은 것 같았다.

시선을 멀리 돌려 도어 있는 쪽을 바라보았다. 그것은 이홍만 씨가 상당히 당황해하고 있다는 증거였다. 지석이는 응접용 담뱃갑에서 얼른 미국제 시가를 하나 꺼내었다. 그것을 아버지 앞으로 밀어 드렸다.

지석이는 불을 켜 드리고 나더니 자청해서 앨범 페이지를 들췄다. 이번에는 중학생 교복을 입은 어린 소년이 어머니를 가운데 놓고, 두 명의 여자애와 한 명의 갓난애를 데리고 찍은 기념사진이 나와 있었다.

"이 사진은 아버님께서 처음 보실 겁니다. 여기 중학교 교복을 입고 있는 게 저예요. 제가 서울에 와서 낮에는 신문팔이를 하고 밤에는 야간중학엘 다녔는데요, 그때 찍은 사진이지요."

"사진이 상당히 많군."

이홍만 씨는 사진첩을 덮었다. 흥미가 없다는 듯이 고개를 외꼬았다.

"어머니가 용케 가지고 다니셨어요. 피난을 다니는 통에 경황이 없었는데도 옛날 사진들은 버리지 않고 챙겨 넣으셨더군요. 사실 어머니는 고생이 많으셨습니다. 어린 저희들을 키워 내느라고 속을 많이 썩이셨지요. 다 지나간 얘기입니다마는, 지금부터라도 마음만은 편안하게 해 드려야겠습니다."

지석이는 앨범을 자기 앞으로 끌어당겨 왔다. 그는 아버지의 언짢아하는 표정을 세밀히 주시하면서 입을 다물고 한참 동안 앉아 있었다. 그러다가 생각이 났다는 듯이 다시 사진첩을 들추기 시작했다.

"사실 앨범이라는 건 필요 없는 물건입니다. 지나간 일들을 꼬치꼬치 추억한다는 건 미련한 사람들이나 하는 것이지요. 그건 그렇구요. 최근에 찍은 사진을 한번 보시겠습니까. 이 사진은 제가 결혼할 때 찍은 사진입니다."

지석이는 손끝으로 커다란 사진을 가리켰다. 이홍만 씨는 마음이 내키지 않는 듯한 태도로 아들이 가리키고 있는 사진을 들여다보았다.

사진 앞면 위에는 '이성지합(二性之合) 백년가약(百年佳約)'이라는 글자가 날개를 길게 뻗고 있는 두 마리의 봉황 그림에 얹히어 한자로 적혀 있었다. 그 옆으로는 '신랑 이지석 군, 신부 최말순 양'이라고 쓰인 팻말이 서 있었다. 열대여섯 명의 사람들이 그 가운데에 촘촘히 늘어서 있었다. 그 가운데 앞줄에 지석이는 까만 양복을 입고 윗주머니에 꽃을 꽂고 서 있었으며, 신부는 고개를 들까 말까 망설이다가 간신히 추켜올린 듯한 자세로써 이쪽을 바라보고 있었다. 지동이는 군복을 입고 앞줄에 서 있었으며, 지옥이는 신부의 뒤쪽에서 잔뜩 화가 난 얼굴로 고개를 쳐들고 있었다.

"여기가 제 아내고요, 그 옆의 사람이 신부 어머니, 즉 제 장모가 되는 분입니다." 지석이는 손가락으로 짚어 가며 하나하나의 사람을 설명해 가기 시작했다. "결혼식 비용을 줄이기 위해서 변두리에서 식을 올렸었지요. 참, 결혼식장에는 지황이도 나와 주었더군요. 여기 이 사람이 지황입니다."

지석이는 앨범을 아버지 눈앞에 갖다 댔다. 지황이는 지석이의 이복형이었다. 나이는 지석이보다 두 살 많았다. 요사이는 건설회사에 납품을 하는 강철 자재의 어떤 부속품을 만들어 내는 공장에서 근무하고 있었다. 이홍만 씨는 사진을 흥미 없이 들여다보았다.

아까부터 전기 주전자는 소리를 내고 있었다. 커피 끓는 냄새가 구수하게 퍼져 나오고 있었다. 지석이는 일어나서 의장 있는 곳으로 갔다. 그 의장은 위로는 이불을 얹게 되어 있었고, 아래는 둘로 나누어 오른쪽에는 내복 나부랭이를 두게끔 만들어져 있었고, 왼쪽으로는 경대가 달려 있고 그 밑에 잡동사니를 넣어 두게 되어 있었다. 그 잡동사니를 넣어 두게 설계된 곳에 커피세트가 들어 있었다. 지석이는 커피 잔을 두 개 꺼내고 각설탕 통을 꺼냈다. 책상 앞으로 다가가서 거기에 엎어진 채로 있는 대나무 소반을 가지고 왔다.

이홍만 씨는 사진을 자세히 들여다보고 있었다. 지석이는 앨범을 들여다보고 있는 아버지를 방해해서는 안 되겠다고 생각이라도 한 것처럼 창 바깥을 내다보고 있었다. 유리창의 가장자리로 성에가 끼어들었다. 지석이는 컴컴한 유리창의 표면으로 드러나는 자기의 얼굴을 들여다보는 것처럼 하여 그 바깥의 불빛의 찬란한 무질서의 뒤범벅을 바라보고 있었다. 불빛은 상호 호응하는 것처럼 깜박거리고 있었다. 불빛은 서로들 신호를 보내며 깜박거리고 그리고는 꿋꿋하게 겨울을 인내하면서 인간들이 사는 동네를 밝혀 주는 자신들의 서글픈 희로애락을 통지하고 있는 것 같았다. 지석이는 팔을 뒤로 돌려서 뒷짐을 졌다.

이홍만 씨가 기침을 했다. 앨범을 다 보았다는 뜻을 담고 있는 기침이었다. 지석이는 돌아서서 아버지 앞으로 왔다. 그는 앉았다.

커피를 잔에 따랐다. 전기 주전자는 아직도 들먹거리며 소리를 내고 있었다. 지석이는 각설탕을 아버지 잔에 세 개 넣었고, 자기 잔에는 한 개 넣었다.

"드시지요."

이홍만 씨는 커피 잔을 들었다.

"날씨가 점점 추워지는 것 같습니다. 겨울철은 아주 질색이에요."

지석이의 목소리는 이상하게 어눌이 지고 있었다.

이홍만 씨는 두 손으로 커피 잔의 밑둥치를 감싸고 있었다. 커피를 마시기 위해서가 아니라 커피를 아끼기 위해서 손에 들고 있는 것 같았다.

　"앨범을 보면서 아버지도 느끼셨겠지만, 지난 과거는 상처투성이이고 엉망이고 가슴 아픈 일로 가득 찼습니다. 지금 와서 과거를 회상한다는 건 무의미한 일입니다. 세상은 변했습니다. 저는 비관하거나 절망하지 않기로 했습니다. 저 자신 공부를 많이 못 해서 아는 것은 적습니다마는 그러나 꿋꿋한 생활력, 현실에 적응할 수 있는 힘이 필요하다고 느끼게 됩니다. 저는 과거를 생각하지 않고요, 어떻게 살아가야 하는가만을 생각합니다. 당장은 아버님께서도 불편을 느끼실지 모릅니다. 어머니도 아버님에 대한 노여움을 쉽게 풀어 버리지는 못하실지 모릅니다. 그러나 조금 시간이 지나면 다 해소되고 말 거예요. 아버님 어머님께서는 이젠 연로하셨고, 그러시니까 본인들 생각만 너무 하시지 마시고 자식들 생각도 좀 해 주셔야겠습니다."

　지석이는 약간 흥분하고 있었다.

　이홍만 씨의 눈꼬리가 추켜 올라갔다. 아들이 하고 있는 건설적인 이야기, 자신(自信)을 갖고 있는 듯한 어조에서 풍겨 나오는 설득력, 마치 부정부패를 몰아내야 하겠다고 힘주어 말하는 건설적인 정책가처럼 도덕적인 냄새조차 나는 듯한 그런 열띤 태도에 불안함을 느끼고 있고, 과연 아들이 하고 있는 얘기의 진의(眞意)는 무엇일까를 탐지하려고 하는 것 같았다.

　"네가 하는 얘기는 알겠다." 이홍만 씨는 입을 열었다. "네 말대로 세상은 변했겠지. 너희들이 고생하면서 자랐다는 걸 모르지는 않는다. 나는 너희들을 이십삼 년 동안 버려 두었어. 그러나 너희들 생각을 안 한 것은 아니었어."

"아버님 제 뜻은 그것이 아닙니다. 앞으로는 저희들도 좀 잘 살아 보자는 말씀입니다."

"나는 그 뜻을 모르는 것은 아니다." 이홍만 씨는 말했다. "내가 송장처럼 자식들한테 빌어먹기 위해 나타난 것은 아니다. 그럼 자식들 생각을 해서라도 나 혼자 몸 생각은 하지 말라니, 네가 하고 있는 얘기를 이해할 수 없다." 이홍만 씨는 아들을 노려보았다. "나는 네 어미라는 여자를 잘 알아. 영감망태기, 미친개처럼 쏘다니다가 비실비실 기어드는구나, 생각할 테지. 그러나 분명히 말해 두겠다. 비록 내 몸은 늙었지만, 너나 네 어미한테 신세를 지고 싶은 마음은 조금도 없다."

"너무 제 마음을 몰라주십니다."

"그럴지도 모르지. 그러나 너는 너 자신의 생각만을 하고 있군 그래?"

"아버님, 무엇인가를 오해하고 계십니다."

"나는 오해하는 사람이 아니야."

이홍만 씨는 냉담하게 말했다.

어느덧 이홍만 씨는 커피 잔을 다 비우고 있었다.

형제(兄弟)

그러자 방의 바깥으로부터 버저 울리는 소리가 났다. 버저는 현관 안쪽, 신발 벗는 곳의 위에 걸려 있었다. 그 소리는 쉽사리 그칠 것 같지 않았다.

"나가요, 나가요."

식모애 행선이가 부엌 쪽으로부터 나타나면서 고함을 질렀다.

버저 소리는 그쳤다. 바람 소리는 더욱 매섭게 울려 퍼지고 있었다. 산중턱에 세워 놓은 집이 되어서 그런지 몰랐다. 그 소리는 한여름철 장마가 지나가고 난 뒤에 계곡을 흘러가는 물소리처럼 거세게 들려오는 것이었다.

철문이 열리는 소리가 났다.

"작은오빠 인제 들어오세요?" 식모애 행선이는 ROTC 장교로 군대에 나갔다가 두어 달 전에 제대한 지동이를 작은오빠라고 불렀다. "뭐예요? 그렇게 힘차게 버저를 눌러 대다니 어머 곤죽이 되도록 술을 마셨네요? 초저녁부터 웬 술을 마셨어요?" 행선이는 이러면서 킬킬 웃었다.

"그래그래, 웬 놈의 닐씨가 이렇게 추우냐? 응? 웬 놈의 날씨가 왜 이렇게 추운지 너 알아?" 지동이는 혀 꼬부라진 소리를 냈다. "그건 말야, 지지리도 못난 인간들로 하여금 추워하라고 이렇게 추운 거야." 지동이는 웃었다. "버들버들 떨다 보면 정신들을 차릴는지도 알 수 없는 일 아니겠니?"

행선이와 지동이는 현관 안으로 들어섰다.

"말예요, 아버지가 돌아오셨어요, 큰오빠와 함께 아버지가 오셨어요."

행선이가 정보(情報)를 제공해 주는 사람의 다급하고 절박한 기쁨을 가지고 말했다.

"아버지가 돌아오셨다구?"

지동이는 흥분된 목소리로 마치 즐거운 일이라도 벌어졌다는 것처럼 언성을 높였다.

"제기랄, 그런 줄 알았다면 술을 마시지 말걸 그랬구나? 그래 아버지는 어느 방에 계시지?"

"큰오빠 방에 계세요. 들어가 보시겠어요?"

"아암 들어가 봐야지."

그러나 지동이는 그 방으로 들어가지는 않았다. 좁은 마루에는
거울이 걸려 있었다. 그는 마루 위에 걸린 형광등을 켜더니 거울을
들여다보았다. 그의 얼굴은 술 때문에 상기되었는지 추위 때문에
상기되었는지 새빨개져 있었다. 그는 얼굴을 쓰다듬었다. 변소간에
들어가서 소변을 보고 나왔다. 그는 다시 거울 앞에 서 있었다.

"이 못생긴 자식아." 그는 거울을 보며 흥얼거렸다. "제발 정신을
차려라. 취직도 제대로 못 하고 있는 자식아."

그는 고갯짓을 서너 번 하더니 안방으로 들어갔다.

안방의 아랫목에는 방정심 여사와 지옥이가 앉아 있었다. 방정심
여사는 뜨개질을 하고 있었고, 지옥이는 라디오를 듣고 있었다. 지
동이는 싱겁게 벌쭉 웃었다. 그는 고갯짓을 몇 번 하더니 가만히 한
숨을 쉬었다.

안방은 상당히 넓은 편이었다. 앞으로는 유리문을 대서 마당을
향해 툭 터져 있었으며, 벽에다가는 장롱을 장치해 두었다. 방의 오
른쪽에는 옛날식의 자개장이 있었고, 그 위에는 지저분한 양복갑이
며 트렁크들이 올라가 있었다. 유리문의 맞은편에는 선반이 매달려
있었다. 선반 위에 라디오가 놓였고 천장초 화분 두 개와 히아신스
화분, 그리고 새파란 잎사귀를 갖고 있는 사철나무 종류의 화분도
놓여 있었다. 두 개의 거울은 방의 왼쪽 벽에 걸려 있었다. 영화배우
문정숙의 얼굴이 들어가 있는 달력과, 커다란 일제 달력까지 두 개
의 달력이 걸려 있었다. 니스 칠을 한 방바닥은 번질거리고 있었고,
방 안 공기는 상당히 따뜻했다.

"누나 거기 수병 좀 이리 주겠어?" 지동이는 술이 깨지 않은 목소리로 말했다. "시내엘 나갔다가 말야, 옛날에 사귀었던 아가씨를 한 명 만났지 무어야? 이게 말이지 맥주를 한잔 사겠다잖아? 시집을 가게 됐다고 맥주를 사겠다는 거야. 그러니 안 마셔 줄 수가 있어야지, 조금 마셔 주다 보니 취했지 무어야?"

지동이는 누나가 건네주는 수병의 물을 벌컥벌컥 들이켰다.

"그런데 어째서 말 한마디 않고 앉아들 있담? 그거 참 딱딱하게 들 앉아 있군 그래? 이거 무서워서 꼼짝을 할 수가 있담?"

"애, 술을 처먹었으면 고이 네 방에 들어가 잠이나 자. 공연히 숭크럽게 떠들지 말구."

지옥이가 톡 쏘았다.

"그서 참, 왜 신경질이실까? 이렇게 분위기가 딱딱해시는 될 일도 안 된단 말야. 누나는 그놈의 노이로제 때문에 산통 다 깨진단 말이거든. 참 누나, 노이로제의 어원(語源)이 무엇인지 알아? 그건 원래 자궁병이라는 뜻이었어. 여자들은 자궁병에 걸리면 신경질이거든. 그래서 자궁병이라는 뜻의 노이로제가 오늘날 신경질의 노이로제가 된 거란 말야. 누나는 고전적인 의미에서이건 근대적인 의미에서이건 노이로제 환자거든."

"애, 빨리 네 방으로 꺼져 버리란 말야."

지옥이는 대꾸를 하지 않으려고 했다.

"그런데 아버지가 오셨다니 그게 사실인가? 저 방에 형과 같이 앉아 있다면서?"

지동이는 누나와 어머니의 눈치를 살폈다. 두 사람은 심각한 얼굴로 앉아 있었다.

"아버지가 들어오셨으면 의당 환영 파티를 벌여야 할 거 아냐?"

지동이는 냉수를 들이켰다.

"돌아온 탕아(蕩兒)는 성경에 나오는 얘기지만 이건 무얼까. 하여튼 그 비슷한 거겠지. 나가 봐야지 안 되겠는데?"

"얘 제발 좀 정신 차려. 이 철딱서니 없는 것아." 지옥이가 화를 냈다. "넌 술이 취했단 말야. 나가긴 어딜 나가겠단 말이니? 네 방에 들어가서 잠이나 자란 말야. 이 바람둥이야."

"아냐, 나가 봐야 한다구. 사실을 말하자면 난 아버지를 뵙고 싶단 말야."

"이 병신아, 잠자코 여기 앉아 있어."

"아니지, 나가 봐야 한다구."

지동이는 안방으로부터 나왔다. 마루에 걸린 거울을 다시 유심히 들여다보았다, 그의 얼굴은 이제 빨갛지가 않았다. 그 대신 하얗게 되어 있었고, 몹시 창백했다. 그는 쌍꺼풀진 눈을 몇 번 깜짝거렸다. 자기 얼굴이 아주 못생겼다고 느꼈다는 것처럼 눈살을 찌푸렸다. 그는 건넌방으로 들어갔다.

이홍만 씨는 아랫목에 꼿꼿한 자세로 앉아 있다가 문을 열고 들어오는 지동이를 냉정하게 바라보았다. 그러다가 눈이 마주쳤다. 지동이는 헛기침을 하면서, 그러나 야릇한 미소를 띠고 형이 앉아 있는 옆으로 다가왔다. 그는 주저앉았다. 이 방 안의 엄숙한 분위기에 위축이 되어 한참 동안 꼼짝하지도 않고 있었다.

"아버님, 이 애가 지동입니다."

이홍만 씨는 움직이지 않았다. 둘째 아들과 자기와는 아무런 상관도 없다는 듯이 뚫어지게 바라보고만 있었다. 지동이는 웃으려고 애를 쓰더니 껍적 일어섰다.

"아버님, 제가 절을 올리겠습니다."

지석이가 자리를 조금 비켜 앉았다. 지동이는 두꺼비처럼 두 팔을 앞으로 내밀며 엉거주춤하게 주저앉았다. 그는 어색한 대로 구식 절을 올렸다. 머리를 앞으로 조아렸을 때 술 냄새가 났다.

절을 끝마치고 난 지동이는 꿇어앉은 자세로써 아버지를 정면으로 바라보고 있었다. 그는 아버지의 눈치를 살피고 있었다. 마치 글방에서 훈장으로부터 꾸중을 듣고 있는 못된 학동과도 같은 태도로…….

지석이와 지동이는 나란히 앉아 있었으나, 용모와 체격은 판이하게 달랐다. 지동이는 어깨가 넓고 몸놀림이 신중하지 않았다. 그는 오른손으로 무슨 글씨라도 쓰고 있는 것처럼 비비적거리고 있었다. 그는 형과 닮은 구석을 갖고 있다가보다는 차라리 아버지를 닮았다. 형은 키가 작고 근육이 가는 데 비하여, 동생은 깡패와도 같이 좀 다부진 인상을 풍기고 있었고, 오똑 솟아올랐다가 세모꼴로 마무리된 코, 미소를 머금고 있는 조그만 입술, 기름을 바르지 않고 자연스레 이마 위로 흘러내린 머리카락, 마치 이렇게 따분한 분위기에 앉아 있는 것을 개탄하고 원망이라도 하려는 것처럼 흘금흘금 아버지를 곁눈질하고 있는 태도에 자기 나름의 주장이 표현되고 있었다. 그는 아버지가 냉정한 표정으로 화를 내고 있는 듯한 자세를 이해할 수 없다는 듯이 바라보고 있었고, 옆에 앉아 있는 형의 근엄하기만 한 태도에도 불만을 가지고 있는 듯했다. 그는 23년 만에 만나고 있는 부자지간의 어색한 재회의 장면이 어째서 이렇게 딱딱한지 새삼 놀라워하면서 그것을 계산하고 있는 것 같았다. 마치 그는 아버지의 피와 자기의 피가 혈연(血緣)이라는 이름 아래 여하히 연결되어 있을까를 캐 보려고 하는 듯했다.

"지동이는 두어 달 전에 군에서 제대를 했다고 아까 말씀드렸었지요." 지석이가 입을 열었다. "ROTC 장교로 나갔었어요. 춘천에서 칠십 리쯤 떨어진 최전방에서 근무를 했다고 합니다. 어머니는 한 번 면회를 가셨지만, 저는 가 보질 못했어요."

"그럼 군대에서 고생이 많았겠군?"

이홍만 씨는 작은아들을 흥미있게 관찰했다.

"고생이야 어디 군대 생활뿐입니까?"

지동이는 자기 목소리가 아닌 듯한 가성(假聲)으로 말했다. "저는 오피에 올라가 소대장으로 복무했었는데요, 아침이 되면 안개가 말입니다, 저희들이 서 있는 곳보다 훨씬 낮은 저 아래 계곡으로 퍼져요. 글쎄요, 그건 무어라고 할까요, 저희들의 눈높이에서 보자면 여기저기 섬이 보입니다. 그 섬이라고 하는 것은 사실은 1천 미터 이상의 산봉우리인 거죠. 산봉우리가 드문드문 안개의 평야를 뚫고 솟아 있구요. 그 아래로는 몽땅 바다와 같은 안개로 뒤덮여 있어요. 그건 마치 홀린 것 같은 기분입니다. 하지만 군대 생활은 지구의 오지(奧地)에서 치러지는 거예요. 제가 복무하고 있었던 그곳은 최전방이기 때문에 항상 일촉즉발의 긴장이 감돌고 있었어요."

"제대를 하고 나선 요새 무얼 하고 있지?"

"요새는 쉬고 있습니다. 군대 생활을 청산하고 사회인이 되자면 좀 쉬어야 하지 않겠습니까." 지동이는 웃었다. "빨리 이놈의 겨울철이 지나가야지, 견딜 수가 없어요. 추운 건 아주 질색이에요. 봄철이 오면, 꽃도 피어나겠지만 저도 무엇이든 좀 해 볼 수 있을 거예요. 아버님께서는 잘 모르시겠지만, 저는 공과대학 건축과를 나왔습니다. 이번에 친구들하고 조그만 건축 사무소를 낼까 하고 있습니다. 요새는 건설 붐이 일어나고 있으니까, 잘만 된다면 밥은 벌어먹을 거예요. 그렇게 되면 직접 제 손으로 설계를 해서요, 우리 집부터 장만할 계획입니다. 사실 그렇지 않습니까? 저희는 너무 가난하게 살아왔거든요. 아버지는 자식들을 돌보아 주시지 않으셨거든요. 어머니는 거기에다 신경질이 보통이 아니었어요. 어머니는 요새 신경질이 더 늘었습니다. 그래 저는 돈도 좀 벌고 돌아다녀 보기도 하고 낙천적으로 살아 볼 작정입니다." 지동이는 어깨를 으쓱거렸다.

"집에서 뒷받침만 해 준다면 어디 외국으로 나가서 본격적으로 공부를 해 볼 생각도 없는 바는 아니지만, 이제 차차 돈을 만져 가며 그런 것도 해 보아야겠죠. 새해 봄부터는 슬슬 맨손 체조를 시작할 작정입니다. 그건 그렇고 아버지는 어째서 저희들 자식들을 한 번도 안 찾으셨습니까? 저는 아버지를 원망하기 위해서 이런 말씀을 드리는 것이 아니라 지난 시절이 생각나기 때문에 그냥 우스갯소리로 드리는 말씀입니다."

지동이는 책상 위에 놓여 있는 수병(水甁)을 기울여 벌컥벌컥 물을 들이마셨다.

"죄송합니다, 아버지." 지동이는 말했다. "조금 전에 친구를 만나서 술을 한잔 마셨어요. 아버지께서 오실 줄 알았더라면 술은 안 마셨을 텐데 그걸 몰랐어요. 그래 이렇게 취한 채 아버지를 뵙게 되었습니다. 그러나 술을 마셨다구 해서 제가 무슨 술주정꾼은 아닙니다. 사실을 말씀드리자면 이십여 년 만에 이렇게 아버지를 뵙게 되면, 굉장히 가슴이 벅차오르고 감회가 깊을 줄 알았는데 별반 그렇지가 않은 것이 이상해 죽겠습니다. 아마 아버지라는 존재에 관해서 어떤 인식 개념이 부족했기 때문이겠죠."

지동이는 외교가처럼 아버지를 바라보고 있더니 갑자기 자리에서 일어섰다.

"그러면 저는 안방에 건너가 있겠습니다. 참 누나도 와 있어요.

아버지는 누나가 시집을 갔다가 실패해서 집에 와 있다는 거 알고 계시겠지요? 우리 집 식구들은 하나같이 괴상한 핏줄을 타고났거든요. 정상적인 사람은 아무도 없어요. 저 자신도 정상적인 인간은 아니지만요."

지동이는 바깥으로 나가 버렸다.

"옛날에 금잔디 동산에 메기같이 앉아서 놀던 곳……" 하는 노래가 문밖에서 들려왔다.

"저 녀석은 어째 저 모양이냐?"

이홍만 씨는 물었다.

"쟤는 쟤대로 고민이 있겠지요. 결혼할 나이도 되었고 어디 취직이라도 하여야겠는데, 모든 게 뜻대로 되질 않으니까 마음이 심란한 모양입니다."

"저 녀석은 어렸을 적의 용모를 그대로 가지고 있어."

"아마 우리 형제 중에서 가장 아버지의 모습을 닮았을 거예요."

"나이가 저 정도 들었으면 정신을 차리고 앞일 살아갈 생각을 해야 할 게 아닌가? 저 애도 아주 소심하군."

"세상이 이런 세상인걸요" 하고 지석이는 말했다.

식모애 행선이가 방문을 두들겼다.

"왜 그래?" 하고 지석이는 물었다.

"저녁 진지를 어떻게?"

"저녁밥? 그러면 말이지 이쪽으로 가지고 와. 그거 술도 가지고 와. 정종을 따끈히 데워서 가지고 와."

"술 생각은 없다. 그것보다, 세수를 좀 했으면 좋겠군."

"그렇게 하시지요."

지석이는 일어나서 방문을 열었다. 행선이에게 뜨거운 물을 한 대야 퍼다가 세면대에 갖다 놓으라고 시켰다.

이홍만 씨는 와이샤쓰를 벗고, 넥타이를 풀었다. 캐시밀론 내복만을 걸친 아버지의 모습을 보았을 때 지석이는 이분이 굉장히 병약스럽다는 것을 발견했다. 수염이 까칠한 얼굴에, 빼짝 마른 앞가슴과 볼록하니 튀어나온 아랫배를 그는 바라보고 있었다.

그는 하나의 노인을 거기에서 발견하게 되는 것이었다.

이윽고 이홍만 씨는 타월을 들고 세면대로 갔다.

"세수를 마치시고 나면 안방으로 가십시다."

지석이는 이렇게 말한 뒤에 마루로 나와서 담배를 물었다. 그는 무려 두어 시간 동안 담배를 피우지 못했던 것이다.

하나의 사건(事件)

그러자 안방 문이 거세게 열리면서 지옥이가 뛰쳐나왔다. 지옥이는 지석이를 발견하자마자 큰 소리를 질렀다.

"이거 참 야단났네. 어쩌면 좋아, 어머니가 졸도를 했어요."

"무어라구? 어머니가 졸도하셨다구?"

지석이는 안방 쪽으로 달려갔다.

"다 오빠 때문이야. 어쩜 사람이 그럴 수가 있어요? 어머니 의견도 듣지 않고, 제멋대로 일을 처리하니까 이렇게 되지 않았나 말야. 어머니 마음이 얼마나 쓰라릴까 왜 모르는 거야? 난 결코 아버지가 없어. 아버지라는 사람은 우리에겐 없어. 어머니를 생각하지도 않고 낯선 노인을 제멋대로 끌어들이다니? 오빠 때문이란 말야."

방정심 여사는 누워 있었다. 몹시 가슴이 아픈지 신음소리를 내고 있었다. 지석이는 그 앞에 가서 앉았다.

"참다못해 어머니는 기절하셨단 말야. 오빠는 참 너무해. 어쩜 그럴 수가 있담? 어머니 마음을 편안하게 못해 드릴망정 어떻게 그럴 수가 있어."

"넌 좀 가만있지 못하겠니?"

지석이는 참지 못하고 소리를 질렀다.

지동이도 달려왔다.

"어머니가 기절하셨다구?"

그는 지옥에게 묻고 있었다.

"다 네 형 때문이 아니구 무어니 글쎄? 언제부터 우리에게 아버지가 있었어? 전쟁이 일어나 우리가 굶어 죽어 갈 때에는 딴짓만 하고 돌아다니던 사람이, 글쎄, 지금 와서 뻔뻔스럽게 아버지 노릇을 하겠다고 나타나다니, 어디 그럴 수가 있니? 어머니는 참을 수가 없었던 거야. 나도 참지 못하겠는 걸 보면 어머니 심정이 오죽했겠어?" 지옥이는 울고 있었다. "지금이라도 빨리 결단을 내려야 한단 말야. 사람은 감정의 동물이란 말야. 도저히 이건 말이 안 돼. 말이 안 돼."

그러자 방정심 여사는 간신히 눈을 떴다. 가슴이 답답한지 딸꾹질을 하고 있었다.

이지해(李知海)

우중충한 날씨 때문일까. 그날 지해는 이상하게 고독을 느꼈다. 고독이야 상식적인 것이지만, 그날따라 도시 복판에서의 고독은 아픔과도 비슷하게 그녀를 짓누르고 있었다. 그녀는 묘한 허탈 상태에 빠져서 시내를 배회하였다. 가슴은 옥죄어 들고 입안에는 침이 메말라 버렸다. 그녀는 고민하고 있었다. 집안 환경은 엉망이었고, 이 근래 이르러 알게 된 어떤 사실이 몹시 충격을 가져다주었다. 그녀는 우울하고 허무했다. 사람이 살아간다는 것이 무의미한 일인 것처럼 보였다. 자기가 어찌해서 이런 세상에 태어났는지 그것이 비극처럼 느껴졌다. 지해는 그런데 무력했다. 자기가 처해 있는 엉망진창의 생활 환경을 개선할 아무런 능력도 가지고 있지 않았다. 지해는 마음껏 타락이라도 해 보고 싶었다. 자기가 지금 빠져 있는 함정보다 더 나쁜 사태를 생각할 수는 없었다. 정처(定處) 없이 돌아다니고 있자니, 자기가 정신병자가 아닐까 하는 생각조차 들었다. 그러자 발작 증세가 일어나는 것처럼 그녀는 말하자면 어떤 남자든지 닥치는 대로 유혹해 내어 그에게 모든 것을 바치고 싶은 듯한 묘한 충동을 받았다. 그녀는 완준이를 생각했다. 그러나 찾아가지는 않으리라고 결심했다. 완준이가 하숙집에 있으리라는 보장은 없었다. 바람을 맞는다면 그것은 비참한 일이었다. 그러다가 그녀는 눈에 띄는 영화관으로 무작정 들어갔다. 무슨 국산 영화를 상영하고 있었다. 제목은 알 수 없었다. 화면 가득히 신성일의 얌체머리 없이 빤질거리는 눈동자가 클로즈업 되고 있었다. 신성일의 앞에는 바람에 휘날리는 머리카락을 내버려 둔 채 윤정희가 울음을 터뜨리고 있었다. 영화 내용이야 별것이 없었다. 일종의 연애 영화임은 확실한데, 그 연애는 불행하고 고독하고 슬픈 것이었다. 두 사람은 과장된 슬픔·분노·순수성을 항상 표정에 간직하고 있었다. 그래서 슬픔·분노·순수성은 격렬하였지만 실감이 안 났다. 지해는 그 영화가 얼마나 시시한가조차 망각하고 있었다. 그녀의 마음 상태가 정상적이 아니기 때문이었다. 그녀가 이 근래 당하고 있는 비극적인 사태에 비해 본다면, 모든 것은 너무 당연하게 슬퍼 보였다. 지혜는 전혀 엉터리이고 모순투성이인 그 영화에서조차 감동을 받았다. 사실 그녀는 영화를 보면서 내내 울었다. 영화에 빠져서는 아니었다. 삶아 놓은 시금칫국같이 비참한 그녀의 타락한 마음 때문에 울었다.

'정말 나는 유행가 가사 같은 여자가 되었구나. 무엇이 나를 이렇게 불안하게 할까. 쇼펜하우어인가 키르케고르인가? 아니면 달이 지구를 세차게 잡아당기고 있기 때문인가?'

그날 영화관에서 나온 뒤로는 참지 못하고 완준이를 찾아갔다. 완준이는 집에 있었다. 둘은 거리로 뛰쳐나와서 시내를 배회하였다. 무한정 걷고만 싶었다. 완준이는 그녀를 데리고 막걸리 집으로 갔다. 그녀는 사양하지 않고 막걸리를 마셨다. 가슴속에 생겨난 공허한 마음, 불안감, 신경질적인 초조감을 없앨 수만 있다면 무슨 짓이든지 하고 싶었다. 그녀는 전혀 술이 취하지 않았다. 바깥으로 나와서는 다방으로, 다방에서 다시 막걸리 집으로 갔다.

"왜 그러지? 오늘따라 지혜는 정말 이상해."

완준이는 이러한 말을 하였다.

"나도 왜 이렇게 되었는지 모르겠어요, 정말" 하고 지혜는 대중소설에나 나옴직한 유치한 소리를 마구 지껄였다. "나 자신이 어째서 이렇게 불안한지 모르겠어요. 누가 이 불안을 거두어 가 버린다면 파파할머니가 되어도 좋겠어요. 정말 모르겠어요. 어째서 이렇게 불안한지……." 그녀는 울었다. 완준이가 그녀의 울음을 어떻게 받아들여 줄지 계산해 보지도 않았다. "모르겠어요, 모르겠어요. 어째서 이렇게 불안하고 괴롭고 허무한지…… 미칠 것만 같아요. 무엇이 잘못돼 있을까요. 무엇이 잘못되어 있길래 이렇게 이렇게 걷잡을 수 없을까요." 그녀는 하소연했다. "우리 집 식구들은 모두 저주를 받았나 봐요. 정상적인 사람은 아무도 없어요. 아무리 평범한 사람이 되고 싶어도 나이가 차면 다 소용없는 일이지 무어예요? 우리 집 식구들의 피는 모두 불결한 거예요. 피를 빼 버릴 수 있다면 얼마나 좋아요?"

그날 거의 통금시간이 가까워서야 지해는 집으로 돌아갈 수 있었다. 밤새도록 잠을 이루지 못했다.

그 뒤에 완준이로부터 편지가 왔다. 그 편지는 몽테뉴라든가 버나드 쇼 또는 알랭의 『행복론』 같은 데에서 무책임한 인용문을 끌어 왔다. 지해는 그 편지를 읽고 있노라니 기분이 나빴다. 나와 몽테뉴가 무슨 연관성을 맺고 있담, 지해는 완준이의 사대주의 근성과, 사태를 자기 눈으로 파악할 능력이 없는 정신력의 결여에 대하여 한탄했다. 그 편지는 다섯 장의 대학노트를 앞뒷면으로 채운 장문의 것이었다. 이것은 또한 개탄해 마지않을 일이었다. 연애편지가 길어졌다는 것은, 여자에게 어떤 태도를 지어야 할지 알 수 없다는 증거가 아니고 무엇인가? 바늘로 살을 콕콕 찌르는 것 같게 정확하면서도 단순 명료한 문장으로 무엇인가의 진상을 규명해 주었어야 할 일이었다. 완준이는 그 편지에서 좀 이상한 소리를 했다. 이상한 소리라는 것은 도덕가라도 된 듯한 문장을 남발하고 있었다. 도덕적인 표정이란 나이가 너무 많이 들어서 무력해졌다든가 도덕이라는 이름으로 자기의 약점을 호도하지 않을 수 없는 인간들이 굳이 애용하는 것이었다. 하지만 지해는 무엇 때문에 완준이가 이런 편지를 보냈는지 이해할 수는 있었다. 며칠 전의 창부(娼婦)와도 같았던 자기의 심정을 요량해 볼 수 있었다. '이 사내는 상당히 당황했던 모양이지? 아마 그랬을 거야.' 완준이는 그가 보낸 편지에 다음과 같이 썼다.

지해의 가정 환경이 복잡하다는 것은 알 수 있었어. 지해
가 자기의 출생(出生)에 관해서 어떤 의혹을 품고 있다는 것
도 알 수 있었어. 지해의 고민을 모르는 것은 아냐. 하지만
지해는 사태를 너무 복잡하게 생각하는 것은 아닐까? 아무
리 복잡한 사태라 할지라도 그것을 단순하게 사고(思考)할
수 있는 능력이 필요할 거야. 숙명적인 비극을 여자의 연약
한 체구에 담아내는 군건한 운명적 여인상―지해는 그러
한 여인상과는 거리가 있다고 생각해. 또한 그럴 필요도 없
을 거야. 지해는 줄곧 지껄이고 있었어. 여자가 많이 지껄여
댄다는 것은 좋지 않아. 그건 그 여자의 감정이 불결하다는
느낌을 줄 만치 복잡하다는 것을 의미하는데 바로 그와 같
은 감정의 복잡성은 좋은 게 아냐. 지해는 내게 고해라도 하
는 듯했어. 나는 고해사의 역할을 할 수만 있다면 했을 거
야. 하지만 내가 지해에게 어떤 현전성(現前性)을 띠고 있
을까를 안다는 것은 불가능했어. '누구에게든 시집을 가겠
어요. 우리 집으로부터 도망갈 수 있는 길은 그것밖에는 없
어요. 내 몸속을 놀고 있는 피는 더럽고 불결해요. 이 피를
몽땅 빼 버리고 다른 피를 집어넣을 수 있다면 얼마나 좋아
요.' 지해의 이 말을 들었을 때 난 너무 놀라워서 할 말이 없
었어. 이 아가씨가 나를 유혹하는 게 아닌가 하는 생각조차
들었어. 그러자 슬펐어. 지해를 전혀 이해할 수가 없었어. 조
그맣고 귀엽게 생긴 이 아가씨가 어째서 이다지도 괴로워
하지 않으면 안 되는가 안타까웠어. 우리나라의 개떡 같은
사회 환경과 지해가 처해 있는 가정환경에 저주가 갔어. 그
래서 나는 이러한 말을 하고 싶은 거야. 지해가 어떤 숙명적

인 짐을 걸머지고 있자니 괴롭고 가슴 아픈 것은 사실이겠지만, 부디 패배되지는 말아 달라는 거야. 물론 이런 소리는 상당히 건방진 소리이겠지. 하지만 나로서는 이렇게 말할 수밖에 없어. 지해의 '고뇌의 형식'(그래, 고뇌의 형식도 있는 거야)은 무의미한 것은 아니겠지. 하여튼 나는 잘 모르겠어. 지해가 다른 전혀 다른 종류의 여자였었다는 느낌은 들어. 한번 만나야겠어. 나는 지해를 저 고통스러운 세계로부터 빼 주고 싶어. 그러나 모르겠어. 내가 어째서 지해에게 이와 같이 기다란 편지를 쓰고 있는지…… 하여튼 지해는 너무 괴로워하지 말아 줘…….

지해는 완준이의 편지를 세 번이나 읽어 보았다.

'이 사내는 나를 사랑하려 하는구나' 하고 그녀는 느꼈다.

'사랑하라지.' 그녀는 좀 교활한 마음으로 완준이를 비웃었다. 이 세상이 얼마나 고통스러운 곳인지를 새삼스럽게 알아냈다는 듯한 편지 문면을 비웃었다.

지해는 완준이가 만나자고 편지에 약속해 놓은 다방으로 나갔다. 일부러 십오 분쯤 늦게 나갔다. 완준이는 심각한 얼굴로 앉아 있었다. 대낮의 다방은 나이 많은 사람들로 만원을 이루고 있었다. 바깥 날씨가 추운 데 비하여 실내는 땀 냄새가 물씬물씬 날 정도로 더웠다. 사람들은 얼굴에 금전을 그려 가지고 있었다. 그들로 하여금 활동할 수 있게 하는 에너지 자원(資源)인 마몬의 위력은 이 다방을 겉만 번지르르하게 꾸며 놓고 있었다. 레지는 지해보다 나이가 많을 성싶지는 않은데 상당히 불친절했다. 시장 바닥처럼 시끄러운 음악 때문에 골치가 아팠고 귀가 멍멍했다. 그랬기 때문이었을

까, 지해는 주변의 사람들을 무시해 버린 채 요염하게 담배라도 한
대 꺼내 물고 싶었다. 또는 멋대가리 없이 늙어 버린 사람들의 뺨따
귀를 차례차례 갈겨 주어 도레미파솔라시도의 소리를 내게 해 주고
싶은 기분이기도 했다. 지해는 자기의 정신 상태가 이상하다고 인
지될수록 점점 더 이상한 행동을 취하고 싶어지는 것이었다.

22세의 항거(二十二歲의 抗拒)

"오늘은 군자금을 좀 넉넉히 마련해 가지고 나왔지." 완준이는
오버의 안 포켓을 들추어 보였다. 과연 거기에는 백 원짜리가 이삼
천 원쯤 되게 들어 있었다.

"난 말야, 지해와 함께 서울특별시가 제공해 줄 수 있는 사치스러
운 혜택을 즐기고 싶은 기분이 들었거든. 알겠어? 지해의 고뇌에 찬
영혼을 서울특별시의 자본주의적인 질감(質感)으로써 적셔 주고
싶어졌단 말야."

그는 웃었다.

지해도 웃었다.

"이 다방은 시끄러워요. 지금 몇 시나 되었죠?"

"벌써 세 시 반 가까이 되었군그래?"

"그럼 우리 나가요. 조용한 곳에 가 있고 싶어요."

"그럴까? 조용한 곳이 어디 있을지 모르겠지만."

둘이는 걸어 나왔다. 이 다방은 4층짜리 건물의 2층에 있었으므
로 거리로 나서자면 계단을 밟아 내려가지 않을 수 없었다. 스팀은
김을 뿜고 있었다.

"편지는 잘 받아 보았어요."

"열심히 읽지 않았기를 바라. 보내 놓고 나니까 후회가 되었어. 편지를 보고 화난 것은 아냐?"

"사실은 조금 화가 났어요."

"아마 그랬을 거야. 난 정신을 차릴 수가 없었거든. 알겠어? 지난번에 만났을 때 지해는 정말 괴상했어."

"그런 식으로 말하지 말아요. 아이 창피해."

그녀는 명랑한 기분을 유지하려고 노력하면서 웃었다.

"우리 어디 그릴 같은 데에라도 갈까? 그런 곳엘 가면 난 상당히 무어가 된 듯한 느낌이 들거든. 그런 곳은 박제된 공간이지. 우리의 생활 감각과는 걸맞지 않기 때문에 그런 곳도 필요한 듯한……."

"그런 얘기야말로 완준 씨의 출신 성분을 가르쳐 주는 얘기에 불과해요."

그릴은 아래층에 있었다. 두 사람은 추운 거리로 나설 필요가 없게 되었다. 냇 킹 콜이 부르는 〈모나리자〉가 흘러나오고 있었다. 의자마다 하얀 커버가 씌워져 있었다. 손님은 거의 없었다. 이태리 영화에서 본 듯한, 그리고 보니 이태리인 비슷하게 코가 커다랗고 얼굴 빛깔이 시뻘건 장년 사내 혼자서 포크질을 하고 있었는데, 그 사람이 유일한 손님이었다.

보이는 정중하게 맞아들였다. 하지만 보이의 친절성에는 어딘가 어색한 데가 있었다. 그것을 대접해 주는 사람이나 그 짓을 하고 있는 사람이나 혹종의 콤플렉스를 느끼지 않을 수 없는 듯한 어색스러움이었다. 두 남녀는 보이가 지정해 주는, 커튼이 쳐 있어 반쯤은 밀폐되어 있는 좌석으로 가 앉았다.

"워커힐에 가 본 적이 있어?" 완준이는 담배를 꺼내 물었다. "난 한 번 가 본 적이 있어. 친구 하나가 말야 무역 회사에 다니고 있는

데 말이지, 경제기획원에서 주관이 되어 하고 있는 무슨 무역 회의에 리포트를 제출할 것이 있어서 닷새 정도 워커힐로 출장을 갔어. 이 친구는 말야, 점심값으로 주는 티켓을 아껴 두었더군. 워커힐에서는 그 안에서 술이나 음식을 사 먹을 수 있는 쿠폰을 발행하고 있는 거야. 그럭저럭 쿠폰이 오천 원어치쯤 모였을 때 나더러 워커힐에 가자고 하더군. 점심을 먹고 맥주 한 잔을 마시고 나니까 삼천 원어치 쿠폰이 달아나더군."

"무얼로 하시겠습니까?"

보이는 주문 책을 가지고 왔다.

"우리 그냥 보리술로 놀아 볼까? 식사는 했겠지?"

"했어요."

보이는 굽신거리며 사라졌다.

"그래 어때? 고뇌에 찬 영혼은 이제 좀 진정이 되었어?"

"그런 얘기는 꺼내지 말아요."

지해는 말했다. 그녀는 손으로 머리를 쓰다듬었다. 가슴속에는 잔잔한 파문처럼 다시 불안의 파도가 생겨나고 있었지만 그것이 못 견딜 정도는 아니었다.

"지해는 약간 창백해. 어때? 담배라도 한 대 권할까?"

"주세요."

그녀는 호기 있게 말했다.

"내가 좌석을 옮겨 앉아야겠군."

완준이는 지해를 마주 바라볼 수 있는 곳에서 바로 지해의 곁으로 다가왔다.

바라보니까 완준이는 상당히 흥분되어 있었다. 그러자 지해는 이 사내를 좀 멀리 떨어진 곳에 놓아두고 싶었다. 바짝 자기 곁으로 다가왔다는 것에서 불안을 느꼈다. 지혜는 그것을 말하려고 했다. 그러나 그녀는 말하지 않았다. 완준이에게 그것을 말하자면 자기 자신의 선호가 어떤 것인지를 알 수 없을 것만 같았다.

그녀는 완준이가 어쩐지 싫다는 생각을 하고 있었지만 그것을 꾹 참았다. 그녀는 담배 연기를 뱉어 냈다. 목구멍에서 사소한 교통사고가 일어나 가슴이 쓰렸다. 하지만 꾹 참았다. 담배는 도무지 그녀에게 어울리지 않기 때문에 지혜는 담배를 피우고 있는 것이었다. 다른 사람들이 그녀 자신을 이상하게 보면 볼수록 지혜는 냉정하게 자기를 굽어볼 수 있는 것이었다.

"그동안에는 어떻게 지냈어? 여전히 도시 한가운데서 실종(失踪)되곤 했나?"

완준이는 계속 언어를 생산해 내고 있었다.

언어는 반드시 의미를 동반하고 있었다. 그 언어의 의미는 두 사람의 분위기를 일정한 범위 속으로 구속해 들어오고 있었다. 완준이가 이러고 있는 것은 그 자신 또한 초조해졌기 때문일 것이다.

"그랬어요. 여전히 실종되곤 했어요. 어제도 그랬어요. 최선지라고 아시죠? 내 친구 말예요. 걔를 만나러 종로2가로 나왔어요. 걔는 요새 비참해요. 남자가 도망을 가 버렸거든요. 한 시간가량 같이 있어 주었어요. 여자 사이에는 진정한 친구가 존재하지 않아요. 상대방이 당하고 있는 불행을 위로해 주다 보면, 어느덧 그 불행을 자기가 겪고 있지 않다는 것 때문에 쾌감이 생겨나요. 위로는 위로가 되지 않고 빈정거리고 놀려 대는 의미로 변질이 돼요. 그것을 느끼고 있자니까 견딜 수 없어서 바깥으로 나왔어요. 두 시 반이었어요. 거리는 얼마나 냉정한지 몰라요. 갈 데가 없었죠. 전화를 걸 만한 데도 없었죠. 대낮의 거리 한복판에서 그때 저는 갑자기 미아(迷兒)가 되었죠. 거리의 한가운데서 저는 갑자기 표류도(漂流島)가 되었어요. 거리의 바다는 잔잔했어요. 그런데 저는 모든 것으로부터 단절되었어요. 그래 국산 영화나 보러 갈까 생각했어요. 사실은 국산 영화를 보는 것이 아니라, 그 영화관의 징그러운 분위기에 섞이러 가는 것이지만……."

"왜 나를 찾아오지 않았어? 또는 전화라도 걸지 않구?"

완준이는 이번 겨울방학 동안에 어떤 교수의 원고를 대신 집필해 주고 있었다.

"그럴 수는 없었어요. 솔직히 말하자면 만난다는 것이 싫었죠. 완준 씨를 만날 때에는 물론 돈이야 내가 안 가져도 괜찮겠죠. 데이트에는 남자가 돈을 써 주게 마련이라는 편리한 사회 통념이 있으니까. 하지만 돈 대신에, 넉넉하게 자의식을 동원하고 나와야 해요. 그자의식이 없을 때에는 초라해져요."

"이십이 세의 센티멘털리즘은 어쩔 수 없군 그래?" 완준이는 능쳐 잡았다. "지금도 자의식을 잔뜩 준비해 가지고 있겠군?"

"그야 물론 그래요. 저는 쉴 새 없이 저항을 해요. 저 자신을 지키기 위해서는 어쩔 수 없는 일이에요. 저항하지 않으면 존재하지 않는다는 말이 그저 그냥 문학적인 수식어가 아니라는 걸 느껴요. 제게는, 그것이 약간 묘한 혼돈감을 가지고 임하고 있어요. 이지해적인 것과 이지해적이 아닌 것 사이의 한계는 상당히 모호해요. 어떤 것이 내 체질에 맞는 것이고 어떤 것이 내 체질에 맞지 않는 것인지를 판단할 수 없어요. 왜 그렇게 되지 아세요? 내 체질에 맞지 않는 것에 대하여 항상 그것을 내 체질에 맞는 것으로 치환(置換)하려고 노력하고 있기 때문이에요. 그러한 노력이 없었더라면 아마 벌써 꺾어져서 자살이라도 하고 말았을 거예요."

"나는 전혀 그렇게 보지 않았는데?" 완준이는 말했다. 그는 지해가 입고 있는 미니스커트 자락을 내려다보고 있었다. "지해의 손은 상당히 조그맣군?"

그는 지해의 손을 만졌다.

"아니 손이 왜 이렇게 찰까?"

"내 몸 속을 돌고 있는 피가 차갑기 때문이에요."

"내 몸 속의 피, 피, 하지 말아—그것이야말로 유식하지 않은 사람은 알 수 없는 얘기겠지."

"하지만 그것은 사실인걸요." 지해는 맥주를 마셨다. "나는 이유가 선명하지 않은 고민을 하고 있는 건지 몰라요. 나이 많은 사람들은 더욱이 그렇게 말할 거예요. 그 사람들은 젊은이가 새로운 각도로써 이 세상을 바라보지 않을 수 없게 만드는 때의 그 절박감을 이해하지 않죠. 그래서 나는 이유가 선명하지 않은 고민을 하고 있다고, 상당히 양보해서 말하고 있어요. 하지만 더욱 두려운 것은 이 고민의 이유가 너무 선명해져 버리면 어떡하나 하는 거예요. 그때에는 옴짝달싹할 수 없어요. 나는 엎어지고 자빠지고 말 거예요. 아니, 좀 더 솔직하게 말하자면 나는 추상적인 것 때문에 고민하지 않아요. 아주 구체적인 너무너무 구체적인 것이 아니라면 고민하지 않게 되었어요. 쿡쿡 쑤셔 대는 이빨의 고통과 같은 육체적인 고통이야말로 가장 다급한 고통임에 틀림없듯이 그렇게 다급하게 육박해 오는 고민이 아니라면 고민하지 않아요. 내 몸속의 피는 열심히 머리에서 내가 하고 있는 고민을 육체의 온갖 부문으로 운반해다 주고 있어요. 내가 어떻게나 견디고 있는지 알 수 없어요."

"그렇다면 그 고민의 동반자(同伴者) 노릇을 내가 해 주어야겠군?" 완준이는 웃었다. "어쩐지 이곳 분위기도 썰렁하군그래."

"그래요, 어디 다른 곳으로 나가요. 사실 나는 완준 씨에게 부탁하고 싶은 일이 있어요. 그리고 완준 씨에게 모든 것을 다 털어놓고 얘기하겠어요. 그것이 싫다면 얼마든지 도망가세요. 저는 완준 씨에게 책임을 물으려는 게 아녜요. 저 자신을 표백하고 싶어요. 표백제가 되어 주시겠어요? 도시 한복판에서 실종된 미아(迷兒)를 위해서 말예요."

"그래, 얘기해 봐. 지해는 무엇 때문에 고민을 하고 있지? 오늘은 그것을 들어주기 위해서 나온 거야." 완준이는 바깥으로 걸어 나오면서 말했다. "얘기해 봐."

"빚쟁이처럼 조르지 말아요. 차근차근 얘기를 할 테니까요. 그것보다는 이 추운 날씨에 우리는 어디를 가고 있는 거예요?"

"남산공원에라도 올라가 볼까? 하지만 그건 쓸데없는 사치가되겠지. 사실을 말하자면 나는 배가 고픈걸. 어디 가서 이십 원짜리 우동이라도 먹어야겠어. 적당한 우동집이 보이면 거기 들어가기로 하지."

그들은 바깥으로 나왔다. 행인들은 많지 않았다. 지해는 음산한 도심 지대를 바라보았다. 날씨가 흐려 있으면 고층 건물들은 한결 낮아 보이는 것이었다. 그녀는 추위를 탔다. 옆에 앉아 있는 완준이를 믿음직스럽지 못하게 바라보았다. 지해는 그와 함께 있자니까 약간은 가슴이 울렁거렸다.

"어디 가서 술이나 마셔요. 여자는 술을 마시고 있을 때 상당히 타락한 느낌이 들어요. 여자가 술을 마시는 건 보기 안 좋다는 사회 통념이 되어 있어서 그렇죠. 그걸 깨뜨리고 있을 때 여자는 타락감이라는 보상 작용을 받는 거예요. 사실 이따금씩 사람은 타락해 버린 듯한 느낌을 가지는 게 좋아요. 그것이 사람을 그 이상 타락하지 않도록 구제해 주는 거예요. 사람들은 괴롭다고 말하고 절망적이라고 말함으로써 실제의 괴로움과 절망을 망각해 버려요. 마찬가지 얘기일 거예요. 나는 좀 비정상적이고 싶은 순간을 가지게 돼요. 어제 내 친구 최선지를 만나서도 느꼈죠. 그저께는 혼자서 교외선을 탔어요. 겨울철이 추운 계절이라는 걸 내 나름으로 실감했죠. 하여튼 무엇인가가 필요해요."

"그 무엇인가가 무엇인데?"

"좀 신파조의 얘기예요. 내 나이 벌써 스물두 살이거든요. 스물두 살은 인생이라는 것을 바라볼 수 있는 조망대(眺望臺) 구실을 해요. 물론 스물두 살이라는 조망대가 인생을 정확하게 보여 주고 있는지는 잘 알 수 없죠. 그러나 나는 스물두 살의 조망대에서 인생을 바라봤어요. 그리고 놀랐죠. 괴로워하고 절망했죠. 어제까지만 하더라도 도저히 믿기지 않을 일들이 오늘은 일어나고 있어요. 정신을 못 차리겠는걸 어떻게 해요? 너무너무 비참해요. 이것은 내가 강원도에서 국민학교 선생 노릇을 하고 있을 적에는 전혀 알 수 없었던 일이에요."

"그럼 얘기를 해 봐."

완준이는 갑갑증을 느낀 것 같았다. 슬그머니 팔을 놀려서 그녀의 어깨를 감쌌다. 지해는 완준이의 억센 손아귀 아래 갇혀 있었다. 정확하게 골 안에다가 공을 집어넣던 왕년의 농구선수의 손아귀는 상당히 **빡빡**했다. 지해는 약간 요동을 쳤다. 하지만 완준이는 풀어 주지 않았다.

그래서 지해는 이 압박을 참기로 했다. 압박 자체는 기분 좋은 일이었다.

"나는 우리 집 식구들을 항상 경멸해 왔어요. 경멸하는 건 당연한 일이죠. 모두들 이상한 사람들이에요. 정상적인 인간들은 아무도 없어요. 누구 얘기부터 먼저 하면 좋을까? 하여튼 묘한 사람들이에요. 먼저 우리 어머니와 아버지 얘기부터 해요. 아버지는 거의 미쳐 버린 인간이에요. 나는 아버지를 아버지라고 부르지도 않아요. 이십삼 년 동안 우리를 거들떠보지도 않았죠. 죽든 말든 상관하지 않았죠. 제멋대로 싸돌아다녔어요. 어머니가 혼자서 키워 냈어요. 어머니는 고생을 많이 했어요. 전쟁이다, 무어다 해서 사람살이가 한창 곤란한 때였으니까요. 그러나 어머니도 이상한 사람이에요. 나는 어머니에게 동정을 느끼지도 않아요. 한마디로 말하자면 너무 너무 차가워요. 정이 안 붙는 인간상이에요. 오빠는, 큰오빠는 그중에서도 아주 뱀 같은 인간이죠. 전쟁이라는 게 어떤 기형아(畸型兒)를 생산해 낼 수 있는가를 알자면 우리 오빠를 보면 되는 거예요. 그 사람은 한마디로 말해서 악한이에요. 그렇게 이기적이고 계산적인 인간은 없어요. 찬물이 똑똑 듣는 사람이죠. 우리 언니도 또 어떤 사람인 줄 아세요?"

"언니 얘기는 지난번에 들었잖아? 방성우 씨와 결혼한 분이 언니지?"

"그래요, 언니는 어머니와 똑같죠. 그 방성우 씨라는 사람을 나는 경멸하지만 언니가 정당하다고 생각하지도 않아요." 지혜는 말을 중단하고 나서 완준이를 똑바로 쳐다보았다.

"이건 다 시시한 얘기 같군요? 참 묘하지 않아요? 말을 하다 보면 모든 것이 다 시시해져 버리니."

"원래 말이란 그런 거야."

시간(時間)의 홍수(洪水)

"며칠 전이었어요. 새로운 사실을 알게 되었어요. 지석이 오빠는 밤 열 시가 좀 넘어서 돌아왔죠. 오빠는 요새 줄곧 화가 나 있어요. 새언니가 참지 못하고 도망가 버렸거든요. 시어머니하고 뜻이 맞질 않았어요. 어머니는 아들을 가운데 놓고 묘한 전쟁을 일으킨 거예요. 지석이 오빠는 어머니와 한바탕 말다툼을 했어요. '집안이 이 모양으로 되어서는 아무것도 안 되겠다' 하고 말했어요. '집안이 어째서 그러느냐? 이젠 너희들도 자랄 대로 다 자라서 이만하면 화평하게 되지 않았느냐' 하고 어머니는 말했어요. '어째 이것이 화평한 거예요? 내가 나가든지 해야지 못 견디겠어요' 하고 오빠는 화를 냈어요. 그러더니 오빠는 말했죠. '아버지가 말죽거리에서 집 장사를 하고 계십니다. 가서 아버지를 모셔 오겠습니다.' 오빠가 이렇게 말하자 어머니는 하도 놀라서 졸도하고 말았죠. 어머니는 신경 쇠약에 걸려서 걸핏하면 졸도를 하거든요. 잠시 뒤에 정신을 차렸죠. 그다음에는 어머니의 푸념이 시작되었어요. '네가 살아 있는 어미의 살을 벗겨 먹지 못해서 안달이 났구나. 그놈의 영감쟁이는 죽어도 눈을 감을 수 없는 철천지원수다. 어째서 그놈의 영감쟁이를 이 집에 끌어들이려 하느냐'고 울면서 푸념을 늘어놨어요. 오빠는 전혀 냉정했어요. '어머니도 이젠 늙었어요. 늙었으면 자식들을 위해서라도 좀 잠자코 계십시오' 하고 말했어요. '하여튼 아버지를 모셔 오겠습니다. 이 집을 재건해야지 안 되겠어요.' 오빠는 말했죠. 오빠의 의도라는 건 뻔해요. 어머니를 위해서 아버지를 모셔 오려는 건 물론 아니죠. 아버지를 모셔 온 뒤에는 자기는 도망을 쳐 버리려는 거예요. 그건 좀 이상한 해결 방법 같지만, 하여튼 오빠의 의도라는 건 그런 것에 틀림없죠. 그러자 어머니가 말했어요. '너는 그래 지해를 생각하지도 않니? 지해를 위해서라도 그런 일은 하지 말아다오.' 그러자 오빠는 쿡쿡 웃었어요. '지해는 상관없는 일이에요. 그 애는 어린애가 아니에요. 그 애는 다 잘 알아서 처신할 거예요.' 그러자 어머니는 그건 모르는 소리라고 소리를 지르더니 또 까무러치고 말았죠. 나는 처음에는 또 싸우는구나 하고 귀를 기울이지 않았지만 차츰 흥미를 갖게 되었어요. 어렴풋이나마 나도 알고는 있었던 일이에요. 내가 아버지가 다르다는 것을 알고는 있었어요. 하지만 족보를 캐고 혈통을 따진다는 건 얼마나 신파 같은 얘기예요. 막연히 불안하기는 했지만 그런 것에는 신경을 쓰지 않으려고 했죠. 왜정 치하, 8·15 해방, 6·25 전쟁이라는 갖가지 비상사태를 만나 어떤 일인들 안 일어났겠어요. 나만 있으면 되었지 그까짓 것은 따져서 무얼 하느냐고 생각했죠. 하지만 그날 밤에는 천하태평으로 그러고 있을 수만은 없었어요. 내 앞에 불길이 붙은 기분이었어요. 어머니와 오빠는 계속해서 싸웠어요. '하여튼 나는 아버지를 모셔 오겠습니다. 버젓이 살아 계신 아버지를 내버려 두고 있으면 그 집안은 재앙을 받습니다.' 오빠는 끝끝내 자기주장을 굽히지 않았죠. '내 눈에 흙이 들어가지 않는 한 그 짓은 못 한다. 못하구말구.' 어머니도 굽히지 않았어요. '좋아요, 그러면 이 집안의 먼지를 전부 털어내겠어요. 아버지를 모셔 올 테니까요, 싸우든 죽이든 마음대로 하십시오. 이런 상태로써는 도저히 견디지 못해요' 하고 오빠는 말했죠. 하여튼 그날 싸움은 일단 그것으로 끝났어요."

"다음 날 아침 지옥이 언니가 달려들었어요. 지옥이 언니는 남편과 한바탕 싸우고 나서 이 이상 참을 수 없다고 판단해서 돌아와 버린 거예요. 지옥이 언니는 결혼 직후부터 집에 와서 지냈거든요.

그러다가는 다시 남편한테로 갔다가 견디지 못하여 친정으로 돌아오고 또 나갔다가는 다시 돌아오고 했어요. 다시 남편 있는 곳으로 간 지는 불과 이십 일도 안 됐어요. 이십 일 만에 또 친정집으로 돌아온 거예요. 어머니는 그날따라 언니를 무척이나 반겼죠. 모녀는 짝짜꿍이 잘 맞아요. 어머니는 언니의 하소연을 전부 긍정적으로 들어주었어요. 그러고는 아버지 얘기를 한 거예요. 오빠가 아버지를 끌어들이려고 한다는 놀라운 소식을 전했죠. 언니는 어머니 이상으로 펄펄 뛰었죠. 당장 오빠한테로 달려갔어요. 환장을 했느냐고 오빠에게 대들었죠. 정말로 그럴 수가 있느냐고 여간 신경질적으로 덤벼든 게 아니었어요. 오빠는 그저 가만히 듣고만 있었어요. 마지막으로 출근하려는 때 이렇게 한마디만 했죠. '암만 그래 봐라. 니는 니가 옳다고 생각한 데로 하고 말 테니.' 오빠는 이렇게 말하고는 나가 버렸어요."

"작은오빠는 알오티시(ROTC) 장교로 군대에 나갔다가 제대한 지 얼마 안 되었어요. 취직자리를 얻으려고 열심히 뛰어다녔지만 신통한 직장이 나타나지를 않았죠. 그러나 본래대로 생각했던 이상(理想)은 있고 해서, 열심히 돌아다니고 그리고 열심히 여자들을 만나고 있어요. 외국으로 나가 볼 생각도 먹은 모양이지만 그것은 그것대로 잘 안되고, 하여튼 원래부터 놀기 좋아하는 기질은 있으니까 집에 붙어 있는 날이 드물었어요. 그날 낮에 오빠가 돌아왔어요. 어머니와 언니는 하소연을 늘어놓기 시작했어요. 큰오빠의 음흉스런 계획을 전부 들려주고는 과연 이럴 수가 있느냐고 한탄했어요. '그건 참 재미있는 일이군요.' 작은오빠는 이렇게 말했어요. '그것은 제2차 경제 개발 계획과 흡사하게 가족 건설 계획에 해당함직한 일이군요.' 작은오빠는 농담이 아니라 진심으로 이렇게 말한 거예요. 그러나 작은오빠는 흥미를 가지고 있는 건 아니죠. 작은오빠는 그런 가정적인 것에 흥미를 나타내질 않으니까요. 작은오빠의 현실은 숱하게 많이 아는 여자와 돈과 외국 유학으로 차 있는 거예요. '하지만 아버지가 이런 집구석에 들어오셔서 견디어 배길까요?' 작은오빠는 이런 식으로 의문을 표시했죠. '이 집의 분위기는 괴상하지만, 식구들은 모른단 말야.' 어머니와 언니는 상당히 분노했어요. 작은오빠마저 괴상한 소리를 했으니까 그럴 수밖에 더 있어요. 조금 뒤에 작은오빠는 나가 버렸어요. 작은오빠는 전혀 집안일에는 흥미를 안 갖고 있죠.

다음에는 내가 불려 나갔죠. 어머니와 언니는 원래 계획에는 나를 끌어들이지 않을 예정이었어요. 하지만 집안의 여론을 환기시키자면 표를 늘려야 했죠. 내 출생이 어떻다든가 그런 말은 하지 않았죠. 다만 아버지라는 위인이(사실은 아버지도 아니지만) 어째서 집에 돌아와서는 안 되는가, 그 점을 설명했어요. 어머니는 털어놓았죠. 아버지라는 사람을 어떻게 해서 알게 되었는가부터 털어놓았어요. 어머니가 한때 기생 노릇을 하고 있었다는 건 알고 있었어요. 그러니까 벌써 사십 년 전쯤의 얘기지만, 기생이었던 어머니와 철없는 난봉쟁이였던 아버지하고 어떻게 사랑을 나누게 되었는지를 설명했어요. 어머니가 첩으로 들어갔다는 얘기는 처음 듣는 것이었어요. 처음 듣는 얘기도 아니었죠. 아버지의 아버지는 그 당시 친일파의 앞잡이 노릇을 하면서 상당한 재산을 만들었다고 하더군요. 그래서 아버지는 정신없이 싸돌아다니며 청춘을 구가하고 인생을 구가했겠죠. 우리나라가 일본의 식민지 노릇을 하고 있다는 걸 분하게 생각해서 독립운동을 한다든가 그런 일과는 거리가 멀었을 거예요. 아버지는(사실은 아버지도 아니지만) 제멋대로 놀아났대요.
망국(亡國)의 설움이라는 미명 아래 제멋대로 술 마시고 오입질하
고 허무주의자로 자처하는 것이 그 당시의 젊은이들 간에 횡행하
던 사회 풍조였다고 하더군요. 아버지는 어머니에 대하여 털끝만치
도 어떤 의무감을 느끼지 않았다고 하더군요. 하지만 내가 놀란 것
은 어머니라는 여자의 또 다른 한 면이었어요. 남자의 그늘 아래에
서 눈치껏 살아야 하는 것이 여자의 인생이기는 하지만, 재빨리 그
것을 눈치채서 이해득실을 계산해 내어 처신하는 영악한 여자로서
의 어머니의 새로운 모습은 참 놀라웠어요. 어머니는 이내 아버지
로부터 버림을 받았죠. 이미 그때에는 아버지의 집안 형편도 넉넉한
편은 아니었고, 그리고 아버지는 끊임없이 새로운 여자들을 물색
해 간 거예요. 그분은 그분 나름의 멋있는 인생을 산 것이겠죠. 해방
이 되고 세상은 변했대요. 아버지의 아버지는 친일파로 지탄을 받
아 군중들로부터 몰매를 맞고 감옥소에 갇혔다고 해요. 하지만 아
버지는 재기(再起)의 기틀을 마련하느라고 부심했죠. 물론 어머니
와의 왕래는 끊어지다시피 되었구요. 그때 어머니는 상당히 고생을
한 거예요. 당장 끼니를 이어 갈 수가 없을 지경이었다니까요. 용케
도 아버지를 만나게 되면 어린 자식들을 생각해서라도 이럴 수가
있느냐고 통사정을 하곤 한 거예요. 그러나 그럴 때면 아버지는(사
실은 아버지도 아니지만) 군말 없이 두들겨 팼어요. 어머니는 지금
까지도 그때의 원통했던 일들을 잊지 못해요."

"그럼 그 뒤의 일은 어떻게 된 거야? 이런 질문을 하기란 미안하
지만 지해의 아버지는 누구지?"

"그건 몰라요. 난 묻지 않았죠. 물었다 할지라도 결코 대답해 주
지 않았을 거예요. 그리고 난 알고 싶지도 않아요."

빛잔치에의 초대(招待)

완준이와 지해는 얼마 동안 입을 다물고 그냥 걸어갔다. 여전히 추운 날씨였으나, 한 사람은 얘기를 하느라고, 다른 한 사람은 얘기를 듣느라고 추운 줄도 모르고 있었다. 완준이는 지해의 어깨를 껴안고 걸어가고 있었다. 그는 그녀의 입김을 모가지 있는 데께로 받고 있었다.

"어머니가 잊지 못하는 일이 또 하나 있어요. 그것은 38선이 생긴 뒤의 얘기예요. 어머니는 그 당시 황해도 해주에 있었다고 해요.

그러나 그 당시만 하더라도 38선은 물렁물렁했던 모양이에요. 그리고 아버지는 38선을 들락거리면서 장사를 했다고 해요. 북쪽의 물건을 남쪽으로 가지고 와서 팔았대요. 그리고 월남하는 사람들에게 배편을 안내해 주구 길안내를 소개시켜 주기도 했대요. 월남하려는 사람들은 가재도구를 헐값에 팔아 치울 게 아니겠어요? 그걸 사 가지고는 비싸게 팔아먹는 등, 하여튼 비열한 장사를 했겠죠. 어머니가 지금까지도 잊지 못하는 사건이 그때 생긴 거예요. 큰아들(그러니까 지석이 오빠보다 세 살 맏이인 지완이라구 하는 오빠가 있었대요)이 그때 38선을 넘다가 죽어 버린 거죠. 어머니는 아직까지도 아버지가 지완이를 죽였다고 믿고 있어요. 아마 그 생각은 변하지 않을 거예요."

그들은 허름한 막걸리 집으로 들어갔다. 낮에는 식사를 팔고 밤이 되면 막걸리를 파는 그러한 술집이었다. 추운 날씨 때문인지 손님들이 상당히 있었다. 선참자들은 추위 때문에 얼굴이 시뻘겋게 달아오른 후참자 남녀를 못마땅하게 훑어보고 있었다. 아마 그들은 완준이와 지해가 돼먹지 않은 공장뜨기들이라고 생각하는 것 같았다.

완준이와 지해는 한쪽 구석으로 가 앉았다.

"막걸리 한잔 마실 자신 있어?"

"좋아요, 얼마든지 마셔요." 지해는 웃었다. "이런 신파조의 얘기를 지껄이고 있자면 분위기뿐만이 아니라 사람 또한 신파조가 되어야 해요."

완준이는 지해의 곁으로 바짝 다가붙었다. 지해는 오들오들 떨고 있었다. 이미 그녀는 흥분할 대로 흥분해 있었으므로 그것은 말하자면 상당히 취해 버린 것과 흡사했으나, 가슴속의 얼음덩어리는 전혀 용해되지 않은 것 같았다.

"우습지 않아요? 내가 완준 씨에게 왜 이런 신파조의 얘기를 미친 여자처럼 해 대고 있는지 모르겠어요. 이런 얘기는 아무리 좋게 들어준다 해도 그 여자를 이지적(理智的)으로 보이게 하지는 않아요. 지저분하고, 창녀처럼 타락한 것으로 보이게 해요. 고통을 하소연하는 여자는 아름답지 않다고 어느 책에선가 본 적이 있어요. 그러나 그렇다 해도 비웃지는 마세요. 그러면 나는 점점 더 비참해질 거예요."

"이봐, 아직까지도 나를 경계하는군? 사실을 말하자면 이 자리에 아무도 없다면 나는 지해를 힘껏 껴안아 주고 싶을 뿐이야. 알겠어? 지해는 가슴속에 얼어붙어 있는 그런 시시한 고통들을 배설할 필요가 있어. 시시한 고통이라고 말하는 것은 그것이 본질적으로 지해의 영혼에 연결되어 있는 것이 아니라고 믿기 때문이야."

"아녜요, 내 영혼은 술 취한 주정꾼과도 흡사한 영혼이에요. 그렇게 말하면 슬퍼요. 아까 하던 얘기를 계속하기로 해요. 며칠 전부터 우리 집안에는 괴상하게 들뜬 분위기가 감돌고 있는 거예요. 지나간 시간이 현재의 시간을 엄습하고 공격해서 시간은 홍수를 일으키고 있어요. 그것은 범람해요. 매일 저녁 배달되는 신문은 오늘 하루 시내에서 몇 건의 교통사고가 있었는가를 측정하고 있을 뿐이지만, 우리 집에서는 과거에 뿌리를 박아 간 모든 추억들, 사건들, 아픔들이 평범한 현재를 압박하고 있죠. 사람은 과연 어떻게 살아온 것일까요? 22세의 조망대에서 바라본 인생은 그 인생이 22세를 멸시하고 압박하고 절망케 하고 저주케 하는 것뿐임을 알게 해요. 하지만 내가 괴로워하는 것은 내 나이가 22세이기 때문은 아니에요. 다른 말로 하자면 23세가 되었을 때에는 그럭저럭 무마될 수있는 고민은 아니에요. 어렴풋이 윤곽이 드러나기 시작한 이 고민은 점점 확고한 것으로 되고 점점 살과 생명을 갉아먹는 것이 되겠죠. 그것은 내가 체험하지 않은 모든 것들을 나로 하여금 체험케 했던 것이나 마찬가지의 아픔을 가져와요. 일제 치하의 모든 무질서한 생활들, 8·15 해방 뒤의 혼란들, 6·25 사변 이후의 조국의 분단(分斷)과 경제 개발을 떠들고 있는 이 시점에 있어서의 가공할 만한 정신적 공허는 자각되지 않은 현재의 시간을 한꺼번에 타눌러 오는 거예요. 모든 것은 아직 청산되지 않았죠. 8·15 해방은, 6·25 사변은 형태가 약간 변하기는 했지만 현재에까지로 연장되어 오고 있어요. 과거의 망령들은 이 후진국의 옹졸한 인생들을 저주하고 증오하고 있어요. 이러한 분위기에서 벗어날 수는 없어요. 하여튼 이것은 일종의 숙명이겠죠. 그리고 이것이 바로 전통이라는 것일 거예요. 아무리 잘 살아 보겠다, 건강한 정신을 누리고 살겠다고 다짐해 보아도 다 소용없는 짓이에요. 희망을 말하고 찬란한 미래를 약속하는 것은 일종의 속임수거나 일종의 편견일 거예요. 현재는 과거를 딛고 올라선 것이 아니라 과거의 실패와 후회와 아픔의 무의미한 반복이고 연장인걸요. 하여튼, 회피되지 말아야 할 것을 회피할 수는 없을 거예요. 그래서 느끼는 것이 있어요. 결국 우리 집안사람들은 일종의 피해자들이죠. 아까 우리 집안사람들이 모두 이상한 사람들이라고 얘기했지만, 따지고 보면 이상한 사람들이라고 하는 판단은 정확한 것이 아니에요. 이상하지 않은 사람이 있다면 그 사람이야말로 이상한 사람이겠죠.

구체적으로 얘기하겠어요. 사람들은 자기대로의 도피처(逃避處)를 마련하고 있어요. 종교라고 하는 도피처, 돈이라고 하는 도피처, 가정이라고 하는 도피처, 사랑이라고 하는 도피처를 마련해요. 우리 집안 식구들도 그래요. 어머니는 마흔 살이 넘으면서부터 교회에 나가고 있어요. 열심히 예수 그리스도를 믿고 있고 집사가 된 이후로는 가장 열성적으로 교회 일을 보고 있는 거예요. 어머니가 그러한 식으로 자기 스스로를 어떤 것에 비끄러매 두고, 자기 스스로를 왜곡되게 의식된 주예수에게 바치지 않는다면 견디지 못할지도 몰라요. 그것을 일종의 광신적(狂信的)인 타협이라고 해도 자기를 속이지 못할 때 생겨나는 공허감보다는 조금 건설적일지 모르죠. 그리고 그것은 오빠에게도 해당이 되겠죠. 오빠는 맹렬하게 예수 그리스도를 증오해요, 그것은 예수 그리스도를 증오하고 어머니를 멸시해도 오빠가 견딜 수 있기 때문일 거예요. 오빠는 이 세상을 구경하고 있는 거예요. 사람들은 하루아침에 돈을 벌고 출세를 하죠. 그러면 세상을 단순한 낙원처럼 생각해 버릴 수도 있죠. 출세하고 돈을 번 사람들은 걱정을 하지 않고 그저 편안하게 지내려고 해요. 그래서 사람들은 출세하고 돈을 벌려고 애쓰겠죠. 바로 오빠는 그런 세상을 구경하고 있는 거예요. 6·25 사변이니 조국 분단이니 하는 얘기가 다 무슨 유치한 구두선(口頭禪)이에요? 오빠는 그래서 우리 집의 환경이 출세하는 데 지장을 가져오고 있다고 생각해요. 빨리 빚잔치를 벌여서 이 지저분한 가정 환경을 청산하려고 해요. 다음에는 오빠 자신이 깨끗하게 표백(漂白)되어서 마음 놓고 사회라고 하는 경마장을 달려 볼 수 있겠죠. 오빠는 사랑이니 증오니 하는 말들이 사회생활의 냉정한 능력 경주(競走)의 현장에서는 얼마나 무의미한 말인가를 알고 있어요. 그리고 그것은 1960년대에 들어서면서 우리 사회가 보여 주고 있는 너무도 속물적이고 현실적인 가치 기준에서 나올 수 있는 얘기겠죠. 사실은 스물두 살짜리 내가 이런 말을 할 자격은 없을 거예요. 돈이라는 걸 비웃는다면 돈은 또한 내 어리석음을 비웃겠죠. 그것은 일종의 자학이겠지만, 거기에 아버지라는 주책바가지 영감님이 등장하려는 거예요. 오빠는 어머니와 뜻이 맞지 않기 때문에 아버지라는 어떤 위치를 말뚝처럼 새로 세워 놓으려고 하는 거예요.

아버지는(사실은 아버지도 아니지만) 아마 오늘 집으로 들어오실 거예요. 오빠가 아침에 그렇게 말해 놓고 나갔어요. 오늘 밤에는 한바탕 소동이 벌어지겠죠. 아니 지금쯤 벌써 벌어지고 있을지 몰라요. 어머니는 틀림없이 졸도를 할 거예요. 벌써 한 번 졸도를 했는지도 몰라요. 오빠는 유교적인 공순함을 행동의 겉에 칠하고 약간의 대의명분을 내세워 어머니의 증오감을 처막아 줄 것이고 아버지의 무책임한 독신주의를 비난할 거예요. 그러면 이제 아버지라고 하는 존재가 우리 집안에 등장함으로써 어떠한 반응이 각 식구들에게 일어나는가를 살펴볼까요? 어때요? 흥미 있으세요?

어머니는 결코 아버지와 흥정하지 않을 거예요. 그것이 어머니의 사는 이유예요. 어머니는 아버지를 증오함으로써 자신을 유지해요. 그 증오는 물론 지금으로부터 십 년쯤 전에만 하더라도 극적(劇的)인 애정으로 변할 수 있었어요. 하지만 지금은 시효가 지났죠. 어머니는 끝내 아버지에 대해 거역 반응을 일으킬 거예요. 이것은 오빠가 아무리 물리적인 제재력을 가하려 하더라도 안 될 거예요. 사람이 감정을 가진 동물이라는 건 확실히 비극이에요. 오빠의 의도는 좌절되겠죠. 하지만 오빠는 자기의 의도가 좌절되었다고는 결코 생각하지 않겠죠. 아니, 자기의 의도가 이럭저럭 성공했다고 일방적으로 간주해 버릴 거예요. 그것이 오빠에게는 편리하니까요. 오빠는 틀림없이 집을 나갈 거예요. 오빠의 계획이 그것이죠. 어머니와 동생들을 일단 아버지에게 떠맡기고 나서 본인은 전세방이라도 얻어 나가 살려는 거죠. 오빠는 결혼한 몸이지만 부인과는 애정이 없죠. 도대체 오빠는 누구에게든 애정을 주지 않아요. 오빠에게는 인간관계가 성립되지 않아요. 하지만 오빠는 부인이라는 어떤 위치, 어떤 존재가 있어야겠다는 것을 절실히 느끼고 있어요. 대개 이러한 것이 오빠의 입장이라고 한다면 언니는 또한 묘하게 처신하겠죠. 언니는 어머니에게 동조해요. 언니는 아버지를 증오하고 남자를 증오함으로써, 무력한 남편에 대한 불만을 해소시키려고 해요. 언니는 남편으로부터 도망을 쳐 와서 친정집으로 돌아와 있거든요. 하지만 언니는 중요한 교훈을 얻겠죠. 아버지라는 노인에게서 한국적인 남자의 일그러진 상(像)을 볼 거예요. 언니는 아버지를 철저히 증오하고 냉대함으로써 결국은 남편의 무력감을 자기 좋은 대로 해석해서는 남편에게로 돌아갈 거예요. 이제 작은오빠가 남았군요. 작은오빠는 알오티시(ROTC) 장교로 군대에 복무하는 가운데에서 이 세상을 발견했죠. 작은오빠는 지금의 시대가 왜정 치하의 시대, 해방 직후의 시대와는 엄청나게 다르다는 것을 누구보다 잘 느끼고 있어요. 작은오빠야말로 아버지에 대해서 가장 긍정적인 입장에 서 있어요. 작은오빠는 아버지의 인생 편력에서 어떤 귀중한 면을 보게 될 거예요. 그 귀중한 일면이란 작은오빠가 생각하고 있는 일종의 리버럴리즘에 귀착하게 될 거예요. 인생이라는 것을 어떤 것에 구속시키지 않고, 자기 하고 싶은 대로 하다가 죽어 버리고 마는, 냉정한 탐미주의의 입장이라고나 할까, 하여튼 그런 것에 연결시켜 아버지를 이해할 거예요. 작은오빠는 아버지의 무책임한 성격과, 말하자면 마카로니 스타일의 서부영화에 등장하는 주인공과 같은 냉정한 이기주의에서 감명을 받겠죠. 아버지와 작은오빠는 이 점에서 서로 공감하고 서로 대화할 거예요. 나쁜 의미에서 부자지간(父子之間)이라고 할 수 있어요."

"그렇다면 아버지 본인의 입장은?"

"그분은 처음부터 끝까지 방관자예요. 그분은 전혀 집안 식구들에게 애정을 느끼고 있지 않아요. 자기 이외의 사람이면 그 사람이 부인이든 자식이든 모두 타인이에요. 타인들이 자기를 어떻게 생각하고 어떻게 평가하든 관심을 안 가질 거예요. 그분의 나이가 많지 않았던들 아들의 꾐에 빠져 집에 들어오는 어리석은 일을 하진 않았겠죠. 나이가 많아졌고 외롭기 때문에 일단 집에 들어오기는 했어요. 그러고는 구경해요. 자기와 살을 맞댔었던 여자, 그 여자가 낳아 놓은 자식들이 과연 어떻게 살고 있는지 보아요. 그것을 아버지의 입장으로서가 아니라 괴팍한 노인의 눈으로 보는 거예요. 아버지는 재미있어하겠죠. 공허한 재미예요. 아버지는 어머니에게 욕설을 퍼붓고 자식들의 어리석음을 가소롭게 생각할 거예요. 그러나 결코 손해 보는 일은 하지 않아요. 이용당하지도 않아요. 대뜸 큰아들인 지석이가 그 좁은 속에서 무엇을 생각하고 있는지 알아차릴 것이고, 주예수에 미친 어머니가 더욱 괴팍한 할머니로 변했음을 알게 되겠죠. 그분은 무책임한 사람이니까, 구경할 것을 다 구경한 뒤에는 온다 간다 말 한마디 없이 사라져 버려요. 하지만 그분은 집에 오기를 잘했다고 생각할 거예요. 이용해 먹을 구석이 하나 늘었거든요. 이담에 그분이 돈 한 푼 없다든가 죽음이 임박해 온다고 생각되면 틀림없이 집에 나타날 거예요. 그래서 자식들을 귀찮게 하고 폐를 끼칠 거예요."

"그렇다면 마지막으로 지해는?"

"나에 관해서는 얘기하고 싶지 않아요." 그녀는 웃었다. "얘기할 것이 없어요. 나는 별로 중요한 존재가 아니거든요."

"어째서 중요한 존재가 아니지?"

"그것은 내가 독립된 위치를 가지고 있기 때문이에요. 어머니는 약간의 자유를 구사해서 나를 낳았으니까요. 내 진짜 아버지가 누구이든 관심은 없지만."

"그런 말이 어디 있담?"

완준이는 개탄했다.

"나는 참 편리한 입장이에요. 나는 우리 집안 식구들의 그 누구와도 독립이 돼 있어요. 나는 나를 가지고 있어요."

"무슨 소리야? 지해는 어떻게 하려는 거야?"

완준이는 고개를 설레설레 저었다.

"이제 할 얘기는 다 했어요. 우리 10분 동안 침묵을 지키기로 해요. 하도 오랫동안 지껄였더니 가슴이 텅 비어 버렸어요. 감기가 걸렸을 때에는 말이죠, 감기의 바이러스 균이 가슴속에서 꼬물꼬물 움직이고 있는 것을 느끼는 듯한 때가 있어요. 지금까지 내 가슴속에 꼬물꼬물 움직이고 있던 모든 언어적 질병들을 전부 재채기를 해서 내보내니까 가슴이 텅 비었어요. 더 지껄이다 보면 나올 것이 없어서 피가 쏟아질지도 몰라요. 그것은 건강상 해로워요. 그러니

지금부터 10분 동안만 침묵해요."

그들은 침묵을 지켰다. 완준이는 시계를 들여다보았다. 벌써 여섯 시가 넘어 있었다. 그는 담배를 물고 바깥을 내다보았다. 겨울날은 음산하게 저물어 있었다.

지해는 소리 내지 않은 채 울고 있었다. 완준이는 내버려 두었다. 10분 동안 침묵을 지키고 있자는 약속을 어길 수 없어서는 아니었다. 그는 할 말이 없었다. 조금 뒤에 두 사람은 말없이 건배했다.

접문(接吻)

그들은 다시 바깥으로 나왔다. 날씨는 밤이 되자 더욱 추워져 있었다. 이따금씩 찬바람을 일으키며 자동차들이 지나가고 나면 두 사람만이 추운 거리 한가운데에 내팽개쳐 있는 듯한 느낌이 들곤 했다. 완준이는 지해의 팔을 붙잡고 걸어갔다. 벌써 하루 동안 두 사람은 상당히 많이 돌아다녔다. 술은 취하지 않았으나, 그것은 말하자면 이 세상이 술에 취해 있는 것처럼 보였다. 그래서 도시 풍경의 모든 것이 정상적으로 보이지 않았다.

"지해!" 회오리바람이 불어와 완준이는 거의 고함을 지르다시피 큰 소리로 그녀를 불렀다.

"우리 말야, 오늘 저녁 밤새도록 마셔 볼까? 지금부터 닥치는 대로 돌아다녀 보잔 말야. 마음이 이렇게 울적할 때 미친 것처럼 돌아다니다 보면 의외로 차분해질 수도 있는 거야."

"싫어요. 아무렇지도 않아요." 지해는 말했다. "난 멍청한 스물두 살이에요. 아까는 잘난 척한 거예요. 스물두 살의 조망대에서 인생을 바라보고 있었다는 것은 아까의 얘기예요. 지금은 아무렇지도 않아요. 추워 죽겠어요. 어서 집에 돌아가야 해요. 집에 들어가서 만사를 잊어 먹고 깨끗이 잠들고 싶어요."

"하지만 나는 하고 싶은 얘기가 있어. 지해를 위해서 해 주고 싶은 말이 있어. 어째서 지해는 나에게 집안 얘기를 들려주었지? 나에게서 무엇을 기대한 것이었어?"

"아무것도 없어요. 나를 위해서 얘기했을 뿐이에요."

"지해는 나를 믿지 않는군? 진심으로 얘기를 터놓을 수 있는 상대라고는 생각하지 않는 모양이지?"

"마음대로 생각하세요. 하지만 이제는 혼자 있고 싶어요. 오늘은 공연히 미안하기만 했어요. 엉뚱한 깡패를 만나서 행패를 당했다고만 생각해 두세요. 이제 그만 돌아가요. 나는 여기에서 버스가 오면 타고 집으로 갈 테예요."

"내가 바래다주겠어. 아무런 얘기는 안 해도 좋아."

완준이는 좀 속이 상하는 어조로 말했다.

그러자 버스가 왔는데, 마침 빈 택시도 하나 지나가고 있었다. 완준이는 택시를 세웠다. 지해는 이미 버스에 타고 있었다. 완준이는 뛰어가서 지해를 손짓으로 불러내었다. 잠깐 망설이더니 그녀는 버스에서 내려섰다.

택시를 타자, 지해는 갑자기 웃음을 터뜨렸다.

"왜 웃지?"

"미안해요. 내가 무슨 특권으로 완준 씨에게 폭행을 하고 있을까 생각하면 미안해 죽겠지 무어예요?"

"그런 건 괘념할 필요가 없어." 완준이는 말했다. "지해는 이상하게 점잖아지려고 해. 왜 그럴까? 자기가 신파조의 여자 같다고 생각해서일까?"

"그런 건 아니에요. 다만 나는 피로해요."

"하지만 지해는 이제 집에 들어가서 무엇을 할지, 어떻게 처신할지 말하지 않았어. 의붓아버지가 집에 돌아오셨다면 지해는 지해대로 집안을 위해서 해 줄 일이 있을 거야."

"나는 그런 거 생각하기 싫어요. 나는 막내딸이에요. 막내딸에게는 막내딸의 기질이 있죠. 이 세상에 대하여 책임을 지려 하지 않는, 자기 혼자만을 생각하는 이기적인 심술 같은 게 있어요. 나는 아무것도 생각 안 해요. 아직 나는 소녀예요. 어른들의 세계는 무서워요. 나는 어른이 되고 싶지 않아요. 22세는 인생을 바라볼 수 있는 조망대 구실도 하지만, 어린 소녀로서의 아집 같은 것을 청산하지 못하게 하는 연령이기도 해요."

"하지만 지해는 어차피 도망치거나 회피할 순 없을 거야. 아마 지해도 얘기했지? 이 사회를 지배하고 있는 커다란 통속(通俗), 그러한 신파조를 비웃을 수 없어. 누구나 거기에 연관이 되어 있어. 지해는 어리다는 것을 특권처럼 알아서는 안 돼."

"그렇게 말하는 당신은 무어예요? 당신은 내가 어떻게 하기를 요구하는 거예요?"

지해는 항의했다.

"나? 나는 아무런 내 의견도 갖지 않고 지해의 집안 얘기를 들었어. 내 집안 환경과 지해의 집안 환경은 달라. 내 집안은 차라리 없다고 해도 좋아. 나는 나 혼자서 넉넉히 이 세상을 견디어 낼 수 있어. 그러고 보면 나는 그저 평범한 인간이야. 근데 의식이라는 것은 결국 우리나라와 같은 후진국에 있어서도 소시민 의식과 같은 형태로 임하고 있어. 아니 나는 소시민이라기보다는 근대인이야. 그리고 그 점은 지해도 비슷해. 지해는 스스로를 자각할 수 있는 능력을 가지고 있어. 그러면서도 지해는 그 점을 무시하고자 해. 지해는 말하자면 자기가 신파조 같다고 말함으로써 구태여 신파조가 되려고 해. 왜 그렇지? 그것은 지해가 집안의 일에 대하여 자기 연관성을 부인하고 싶어 하고, 집안의 일을 한심한 일, 창피한 일, 어처구니없는 일로써 이해하고 있기 때문이야. 보다 확실하게 말하자면 지해의 집안은 이상할 것도 아무것도 없어. 그러한 비극적 가정이란 너무 상식적으로 많아. 보다 중요한 얘기는 자각되지 않고 있는 비극을 여하히 자각하여 행동하고 결정하고 처신하는가 하는 일이야. 22세의 연령은 인생에 대한 조망대의 구실을 할 뿐만 아니라 그 인생을 변경하고 개선할 수 있는 강렬한 의지(意志)를 스스로 포함하고 있어야 해. 지나간 시절의 엉망진창의 고민과 절망을 송두리째 없앨 수는 없겠지만 없애려고 노력은 해야 해."

"그런 어려운 말은 몰라요. 당신은 기껏 남의 얘기를 듣더니 그것을 어려운 말로써 풀이해 버리는군요. 나는 우리 집안의 싸움에 관련되고는 있지만 그것을 타개할 능력은 없어요."

"보다 정직하게 말하자면 나는 괴로워하고 있는 지해에게 무엇인가를 해 주고 싶어. 지해는 그것을 감당하지 못할 거야."

"저에게 무엇을 해 주고 싶으세요?"

"몰라. 그것은 알 수 없어."

운전사는 열심히 백미러를 돌아다보고 있었다. 두 남녀가 싸우는 줄로 아는 모양이었다.

"무엇을 해 주시겠어요? 나는 이제 집에 들어가면 틀림없이 겁에 질린 생쥐새끼처럼 한쪽 구석에 처박혀 있을 거예요. 아마 저들은 으르렁거리며 싸워 댈 거예요. 과거의 유령, 과거의 시간은 음침한 모습을 하고 현재의 시간을 뒤엎을 거예요. 시간은 갑자기 부풀어 올라요. 저들은 자신의 육체에게 고통을 가했던 그러면서도 자신의 육체를 늙게 한 자신의 육체를 이루고 있는, 그 시간에의 기억을 전부 털어놓고는, 증오하고 위협하고 억울해할 거예요. 나는 생쥐 새끼처럼 무서움을 느끼며 저들이 벌이고 있는 활극을 구경하고 있겠죠. 내가 무엇을 할 수 있어요? 내게 무엇을 해 주시겠어요?"

"좋아, 내가 무엇인가를 해 주겠어."

완준이는 갑자기 지해의 오른쪽 뺨으로 손을 가지고 가더니 지해의 입술에 자기 입술을 포갰다. 운전사가 기침을 해 대고 있었다. 조금 뒤에 두 사람은 자세를 꼿꼿이 하였다.

"지해는 이걸 알아야 해." 완준이는 그녀의 손을 꽉 쥐었다. "집안에서 일어나고 있는 일을 비참하다고 생각하기 이전에 인간이란 존재가 여하히 오물덩어리인가를 알아야 해."

"누가 그걸 몰라요?" 지해는 화가 나 있었다. "아무리 내가 쓰레기 같은 여자같이 보였다 할지라도 이럴 수가 있어요? 당신같이 추악한 인간에게 우리 집안 얘기를 하다니?"

"솔직히 말하자면 나는 지해에게 그것을 알려 주고 싶었어. 지해가 아까부터 자기 집안의 비참한 환경을 얘기했을 때부터, 그러한 지해에게 키스라도 퍼붓고 싶었어. 지해는 무엇을 두려워하는 거야? 일부러 화난 척할 필요는 없어."

"흥, 나쁜 자식." 지해는 시트의 한쪽 구석으로 멀어져 갔다. "남이 진실로 고통스러워하는 얘기를 들으면서 기껏해야 성욕을 느꼈어요? 비겁한 자식. 여보세요 운전수, 내려 주세요."

"그대로 가세요." 완준이는 명령조로 말했다. 하지만 운전사는 차를 세웠다.

"이봐 지해. 내리겠다면 나도 얼마든지 따라 내릴 수 있어. 이건 현명한 일이 못 돼."

차는 다시 달리기 시작했다. 지해는 말하지 않기로 결심한 것 같았다. 완준이는 담배를 물었다. 그도 또한 말할 필요를 느끼지 않는 것 같았다.

이윽고 택시는 섰다. 두 사람은 내렸다. 밤은 여전히 차가웠다. 그 것은 도시로부터 상당히 멀어져 있는, 마치 삼엄하게 비상 경계령을 말하고 있는 전방 지대와도 흡사했다. 전등불의 기치(旗幟)는 차가운 날씨의 밤하늘을 향해 긴장한 도전을 하고 있는 듯했다. 두 사람은 걸었다. 지해는 뒤돌아보지 않고 달려갔지만 완준이의 걸음 속도는 지해보다 빨랐다.

"당신은 어서 꺼져요. 어디를 졸졸 따라오는 거예요?"

"집에까지 데려다주겠어. 그리고 만약 사정이 허락한다면 집 안에까지도 들어가겠어."

"어딜 들어가겠다고 해요? 정신 있어요?"

"지해의 표현대로 하자면, 그 악머구리 소굴 같은 곳에 들어간 지해를 보호해 주어야 할 거 아니겠어?"

"어머? 누구네 집을 악머구리 소굴 같다고 말하는 거예요?"

"그런 것은 아무래도 상관없어. 요컨대 문제는 지해 자신에게 있는 거야. 지해는 내가 키스했다고 해서 화낸 척하지만, 그것은 결국 유치한 제스처에 불과한 거야. 22세의 조망대에서 바라본 인생은 그렇게 헐렁헐렁한 것일 리가 없겠지."

"자꾸 남의 말을 인용하지 말아요. 당신이 얼마나 비열한 인간인지는 이제 충분히 알았으니까요."

"물론 나는 지해의 의붓아버지나 지해의 오빠와 흡사한, 괴팍하고 주책바가지 남성이지. 그것은 당연한 사실이겠지만……."

"내일부터는 결코 만나지 않을 거예요. 흥, 점잖은 척하는 강아지 같은 인간."

두 사람은 골목길로 접어들었다. 지해는 걸음을 멈추었다. 그녀의 집이 가까워졌다는 증거였다. 골목길에는 다른 사람이라곤 아무도 없었다. 이십여 미터 정도의 간격을 두고 있는 가로등이 추운 어둠을 몰아내고 있었다. 마치 가로등의 환한 부분은 상당히 따뜻하리라는 것처럼.

"이제 정말로 꺼지세요." 지해는 말했다. "나는 상당히 피곤해요. 당신은 내가 들려준 얘기에 대한 답례로 난폭한 키스를 주었죠! 이제 그만 꺼지세요."

그러자 완준이는 다시 바짝 지해에게 붙어 섰다. 지해는 도망질을 쳤다. 완준이는 좀 어색하게 서 있더니, 이윽고 주변을 휘둘러보기 시작했다. 골목으로 들어오는 어귀에 마침 막걸리 집이 하나 있었다. 그 막걸리 집은 하수 천변에 천막을 쳐 놓고 있었다.

"그럼 좋아. 나는 저 막걸리 집에 들어가서 막걸리를 마시고 있겠어. 말하자면 군함처럼 버티고 있는 거야. 지해는 내가 저 막걸리 집에 앉아 있으리라는 걸 생각해서 마음을 든든하게 가져도 좋겠지. 내가 필요하다고 생각되면 언제든지 불러. 나는 통행금지 시간까지는 여기 있겠어. 통행금지 시간이 지나면 아무 데나 가까운 여관에 가서 자면 되고."

"흥, 여관에 일찌감치 들어가서 창녀나 끼구 앉았는 게 나을 거예요."

지해는 궁둥이를 홱 틀었다. 하이힐 소리가 유난히 또각또각 겨울밤의 추운 공기를 찢어 대고 있었다. 그러자 골목길에 사람이 하나 나타났다. 그 사람은 여자였다. 가로등 빛에 얼굴이 드러났다. 나이는 서른 살 정도였고, 점점 살이 찔 것만 같은, 그러나 발름한 코, 톡 튀어나온 앞이마, 동그란 얼굴, 살찐 양 뺨으로 보아서 그렇게 아름답게 생긴 여자는 아니었다. 그 여자는 지해가 하이힐 소리를 내며 빠른 걸음으로 가고 있는 방향을 향해 열심히 뒤쫓아 가고 있었다.

"이봐, 지해."

그 여자는 앞에 가고 있는 사람이 지해라는 것을 확인했는지 이렇게 큰 소리로 불러 대었다.

여인(女人)들

지해는 뒤를 돌아보았다. 지해는 그 자리에 우둑 서 있었다. 지해를 향하여 분주히 걸어오고 있는 여자는 올케였다. 큰오빠인 지석이의 부인이었다. 지해는 올케를 바라보았고, 올케의 뒤에 담배를 비껴 물고, 마치 사설탐정처럼 서 있는 완준이에 눈 주고 있었다. 완준이는 팔을 흔들었다. 하지만 지해는 못 본 체하고 있었다.

올케인 최말순은 바로 지해의 앞에까지 왔다.

"언니, 이 밤중에 웬일이야?"

"응, 벌써 시간이 꽤 됐지?" 최말순은 웃었다. "아까 낮에 오빠한테서 연락을 받았어, 사실은 그이가 말야, 찾아왔어."

"오빠가 언니를 찾아가서 무어라고 했는데?"

"시아버지가 오늘 집에 들어오신다구? 일본에서 쭈욱 사셨다면서? 그동안 전혀 연락이 안 되어 모르고 있다가 얼마 전에야 소식을 알았다구?"

"흥, 오빠가 그렇게 말했어요?"

"이십삼 년 만에 아버님께서 귀가하시는 것이니까 어떤 일이 있어도 돌아와야 한다고 말했어요. 여러 번 생각 끝에 사람 도리라는 게 그런 것이 아닌 것 같아서 이렇게 늦게서야 오게 되었어요. 그래 아버님께서는 벌써 귀가하셨어요?"

"몰라요, 나도 지금 들어오는 길인걸."

시누이올케는 보조를 맞추어서 걸어갔다.

"아씨는 오늘 같은 날 좀 일찍 들어오지 않구?"

"아직 시간도 이른걸 무어."

지해는 뒤를 돌아다보았다. 완준이는 아직도 그대로 서 있었다. 지해와 눈이 마주치자 또 손을 흔들어 보였다. 지해는 얼른 고개를 돌렸지만 완준이가 밉다고 생각하지는 않았다. 시누이와 올케는 드디어 문 앞에 서 있었다. 지해는 힘껏 버저를 눌렀다.

"아이 어떡하나, 그만 오는 데 정신이 팔려서 아무것도 사 갖고 오지를 않았네."

"남의 집이라도 오는 거예요? 사기는 뭘 사?"

지해는 톡 쏘았다. 식모애 행선이가 대문을 따 주었다.

"애, 언니 오셨어."

지해는 퉁명스럽게 말했다.

"저어 어머니가 말이죠, 졸도를 하셨어요."

행선이는 놀라운 사실을 보고하는 사람이 갖는 당황스런 얼굴로 지해와 최말순을 번갈아 바라보았다.

"흥 모든 것이 엉망이구나."

지해와 최말순은 대문 안으로 들어섰다.

"어머니께서 졸도하셨다니 이거 야단났네." 최말순은 말했다.

"애, 그 약은 남아 있겠지? 파란 빛깔의 미국제 물약 말야."

"지옥이 언니가 드렸을 거예요. 지옥이 언니는 안방에 계세요."

세 사람은 현관 안으로 들어섰다. 변소간으로부터 지동이가 비칠거리며 나타났다. 한바탕 게우고 난 모양인지, 얼굴이 아주 창백하고, 걸음걸이도 비칠비칠하고 있었다.

"흥 집안의 경삿날이 어쩨 이 꼴일까? 하나같이 제멋대로군."

지해는 참지 못하고 또 종알거렸다.

식모애까지 포함해서 세 사람은 안방으로 들어갔다. 방정심 여사는 아랫목에 드러누워 있었다. 지옥이가 꿇어앉은 자세로 어머니의 팔과 다리를 주물럭거리고 있었다. 지옥이가 이쪽을 바라보았다. 하지만 아무런 말도 하지 않고 있었다. 그 표정에는 아파하고 있는 어머니를 위해서는 아무 말도 하지 않고 있는 것이 좋겠다는 그런 의도가 엿보였지만, 또한 새로 나타난 사람들을 무시하고 멸시하려는 빛도 엿보였다. 행선이는 공연히 쩔쩔매면서 어쩔 줄을 몰라하고 있었다. 지해는 냉담한 표정을 하고 그 자리에 오뚝 서 있었다. 최말순이 약간 주저하는 듯하다가 황급하게 시어머니가 드러누워 있는 곳으로 다가갔다. 하지만 지옥이는 까딱도 하지 않았다. 올케로 하여금 시어머니의 병구완을 할 기회를 만들어 주지 않았다.

최말순은 좀 당황해하고 있었다. 몹시 편찮으시냐고 물으려고 하다고 지옥이의 위세에 눌려서 아무 말도 하지 않았다. 지해는 오버를 벗었다. 그것을 방바닥에 내깔겨 놓고는 의장 앞으로 가서 겨울을 들여다보았다. 그녀는 거울 속에 나타나 있는 자기의 모습을 한참 동안 응시하고 있었다. 머리카락이 마구 헝클어진 것을 발견하고는 그것을 손질했다.

"애, 너는 어머니가 아프시다는 데 거들떠보지도 않니, 응? 무슨 애가 그 모양이람."

지옥이는 화가 나 있었다. 지해는 그냥 못들은 체하고 거울을 들여다보다가 이윽고 고개를 돌렸다. 방정심 여사는 끙끙 앓는 소리를 내고 있었다. 눈을 뜨고는 있었지만 눈자위에 힘이 하나도 없었다. 지해는 어머니 곁으로 바싹 다가앉았다. 그녀는 어머니의 손을 문지르기 시작했다.

"괜찮아, 엄마?"

그녀는 물었다.

하지만 방정심 여사는 대답을 하지 않았다.

"다 오빠 때문이란 말야, 흥, 어쩌면 그렇게도 잘났을까? 세상에서 자기가 가장 똑똑한 줄 안다니까. 얘, 저 방에 웬 노인이 한 명 앉아 있을 거야. 너 그 노인이 어떤 사람인지 알기나 하니? 자식들이야 죽건 말건 상관하지도 않았던 그런 노인이란다. 어머니가 가엾지도 않은지? 이게 다 잘난 오빠를 둔 덕택이 아니구 무어니."

"언니는 좀 그만해 둬. 어머니가 아프시단 말야."

"너까지도 잘난 오빠 편이구나? 그렇다면 저 방으로 건너가서 그거 노인한테 아양이나 떨어 보려마."

환자가 몸을 틀었다. 환자의 주위에서 잡담을 나누고 있던 세 여인은 긴장했다. 환자는 입을 벙긋벙긋 하고 있었다.

"물을 갖다드려요?"

지옥이가 물었다. 그러자 환자는 고개를 끄덕거렸다.

"내가 가져오겠어요."

최말순이 일어섰다. 자기가 하지 않아서는 안 될 일이 생긴 것을 무척이나 반가워하는 것처럼 안방 문을 열고 부엌 쪽으로 나갔다.

"흥 올케는 어째 나타났담. 자기 화나서 나갈 때는 언제구 들어올 때는 언제람. 시어머니 흉을 보구 돌아다니구 시누이 등쌀에 못 견디겠다고 하소연하더니 이제는 그게 다 괜찮아졌나? 그래 올케는 왜 돌아왔다든? 잘난 오빠를 열렬히 사랑해서 잊을 수가 없다든?"

"내가 알 게 무어람." 지혜는 짜증을 부렸다. "아버지를 만나게 되었으니 얼마나 반가우냐고 그런 말을 했어. 오빠가 거짓말 솜씨는 늘어서……."

"무어가 어쨌다구? 아버지를 만나게 되어 얼마나 반가우냐구? 흥, 기가 막히게 반갑게 되었구나?"

그러자 최말순이 들어왔다. 지옥이는 하던 얘기를 멈추었다. 며느리는 시어머니의 입술에 물그릇을 갖다 댔다.

"이젠 좀 괜찮으세요?"

지옥이가 물었다.

"그래 이젠 괜찮아" 하고 방정심 여사는 대답했다.

"일어나지 말구 누워 기세요. 어머니는 너무 약해졌어요. 약간만 충격을 받아도 졸도를 하시니 큰일이에요. 마음을 너그럽게 가지세요. 그깟 일에 신경을 쓰지 마세요."

"이젠 괜찮다. 다 너희들 방으로 가렴. 혼자 있어두 괜찮아."

방정심 여사는 일어나 앉았다.

가족(家族)들의 회집(會集)

대문 소리가 났다. 처음에는 바람 소리 때문에 잘 들리지 않았다. 찾아온 손님은 한참 만에야 벨 꼭지를 찾아낸 모양이었다. 버저 소리가 짧게 한 번 울려 나왔다.

"누구세요?"

안방을 나온 지혜는 대문께로 나갔다.

"나야, 나. 방성우야."

대문 바깥에 서 있는 남자는 몹시 추운 모양인지 바이브레이션을 일으키는 바리톤 가수처럼 떨고 있었다.

지해는 대문을 따 주었다. 방성우가 마치 자기 소굴로 돌아온 거지처럼 안으로 굴러 들어오듯 하였다. 그는 허름한 검정 코트에 어깨를 잔뜩 파묻고 있었다. 헝클어진 머리에, 붉은 기운이 도는 안경을 끼고 있는 방성우의 코는 새빨갛게 되어 있었다. 펑펑 입김을 쏟아 내면서, 그는 지해에게 웃어 보이려고 했다. 하지만 제대로 웃음이 되지 않자, 그만 웃음을 포기해 버린 것처럼 근육이 딱딱해졌다.

"안녕하셨어요, 형부."

지해가 인사말을 했다. 그는 쩔쩔매는 듯한 방성우를 냉담하게 바라보았다.

"웬 놈의 날씨가 이렇게 춥지? 아유, 추워 죽겠구만."

방성우는 지해의 눈치를 살피더니, 소리 내어 웃었다.

방성우는 마루로 올라섰다. 와들와들 떨면서 구두를 벗고 나더니 그는 잠시 주저하는 눈치가 있었다. 그는 두려워하고 있었다. 이렇게 비실비실 대며 찾아온 것이, 너무 초라하게 보이도록 만드는 것은 아닌지, 방성우는 어색하게 굼뜬 동작으로 마루로 올라서는 지해를 바라보았다.

지해는 안방 문을 열었다.

"형부가 왔어요" 하고 그녀는 큰 소리로 말했다.

안방의 식구들은 아무런 말도 하지 않았다. 그러자 먼저 지옥이의 표정이 일그러지기 시작했다. 지옥이는 몹시 분개한 듯했다. 얼굴빛이 점차 하얗게 질리더니, 지해를 쏘아보고 방정심 여사에게 어떻했으면 좋겠느냐는 시선을 보냈다.

지동이가 나타났다. 그는 아직도 술이 깨지 않았다. 얼굴은 창백했지만, 본인은 그것도 모르는 모양이었다. 마루에 달린 거울을 들여다보다가, 비로소 방성우를 발견했다.

"매부가 오셨군? 잘 오셨어요. 그렇지 않아도 따분해 죽을 판이었는데……" 하고 그는 말했다.

"웬 놈의 날씨가 이렇게 추운지, 그거 참, 택시를 타고 오길 잘했지, 버스로 왔더라면 혼날 뻔했지 뭐야? 택시에서 내려서서 골목 모쿠재를 돌아 예까지 오는데 벌써 꽁꽁 얼어 버렸다니까."

방성우는 담배를 물면서 띄엄띄엄 얘기했다.

"흥" 하고 지옥이가 코웃음을 쳤다. 택시는커녕, 버스나 제대로 타고 왔는지 의심스럽다는 표정이었다. 방성우는 안방 쪽으로 시선을 돌렸다. 아랫목에는 방정심 여사가 노여운 눈으로 방성우를 쏘아보고 있었다. 방성우는 침을 꿀꺽 삼켰다. 그의 안경은 하얗게 김이 서려 있었다. 그는 안경을 벗어서, 코트의 끝자락으로 닦기 시작했다. 안경을 쓰고 있는 자가 안경을 벗었을 적의 몰골이란 가히 보기 좋은 꼴이 아니었다. 코는 여전히 새빨갛고, 두 눈은 초점을 잃은 채 이리저리 방황하고 있었다. 방성우는 안경을 다시 쓰고 나서 서먹서먹한 얼굴을 지었다. 마치 자기가 엉뚱한 곳을 찾아오지나 않았는지 생각하는 것 같았다. 방정심 여사는 방성우를 본 체도 않으며 그대로 돌아앉아 있었다. 지동이가 비칠거리는 걸음으로 안방에 들어섰다.

"얘 행선아." 지동이는 바깥에다 대고 소리를 질렀다. "매부가 오셨다. 알겠니? 나는 말야 매부하고 술 한잔해야겠으니 술 좀 갖다 줘."

지동이는 방성우를 향하여 돌아앉았다. 그는 너절구레한 방성우의 몸 매무새를 훑어보았다.

"그 코트는 벗으십쇼, 매부."

"참, 사 올 게 마땅한 게 있어야지. 그래 정종을 한 병 사가지고 왔는데……"

방성우는 방 안으로 들어서면서 마루에 놓아둔 정종 병을 앞으로 가지고 왔다.

"아 그러면 잘됐군. 술은 그거면 됐어."

방성우는 코트를 벗었다. 방정심 여사를 바라보더니 슬그머니 담배를 비벼 꺼서 재떨이에 던졌다. 이윽고 그는 심상치 않은 방의 분위기에 민망함을 느낀 모양인지 움직이지 않고 가만히 앉아 있었다.

"흥 무슨 염치로 찾아왔담." 그러자 지옥이는 큰 소리를 질렀다. "연약한 게 여자라고 두드려 팰 적은 언제구, 비실비실 찾아다닐 건 또 무어야."

방정심 여사는 담배를 물고 있었다. 지옥이의 말에 대꾸를 하지 않았다.

"얘 행선아 빨리 상 좀 가지구 와." 지동이가 말했다. 그 또한 담배를 물고 있었다. "오늘같이 추운 날에는 마음껏 마셔 줄 수밖에 없겠지. 안 그래요, 매부?"

"얘 행선아, 뿜뿜 물 빼놨니? 벌써 얼어 버렸는지 모르겠구나" 하고 방정심 여사가 말했다.

"자아 이리 내려오십쇼" 하고 지동이가 말했다.

"글쎄 어머니 그렇잖아요? 제가 어디라구 여길 찾아온단 말예요? 뻔뻔스럽기도 하지." 지옥이는 야속한 빛을 띠며 다시 말했다. "정말이지 이상한 사람이지 뭐야? 누구 맘대로 나타나느냐 이 말이에요."

"이상한 것은 저 사람이 아냐" 하고 방정심 여사가 말했다. "공연히 평화스러운 가정에 평지풍파를 일으키는 사람은 따로 있어. 집안이라는 건 한 사람이 제멋대로 조정할 수 있는 게 아니야. 나갔던 사람을 불러오구, 모두 한자리에 모이면 화평해질 줄 알았다더냐?”

“그건 그렇지만, 어머니” 하고 지옥이는 말을 받았다. “저 남자하고는 죽는 일이 있어도 같이 살지는 못해요. 오빠는 저 사람과 저를 대면시키면 어떻게 잘될 줄 알지만 어림도 없어요.” 지옥이는 수병의 물을 따라 냉수를 한 모금 들이켰다. “어머니도 저의 고통은 모르실 거예요. 저는 모든 걸 참아 왔어요. 돈두 못 벌고 무능력하기 짝이 없는 주제에 심술은 어찌나 많은지……. 흥 저런 남자는 세상에 없을 거예요.”

“이제 그만해 두시지” 하고 지동이는 말했다.

“어머니 말씀 좀 해 주세요. 왜 말을 못 하셔요? 저희들을 키운 것은 어머니이고, 이 집을 마련하신 것도 어머니예요. 어머니는 집안의 가장이세요. 그 누구도 어머니의 말씀을 거역 못 하는 거예요. 저기 저 사람에게 말 좀 해 주세요.”

지옥이는 주름이 잡혔으나 더욱 조그마한 어머니의 손을 끌어안았다. 어느덧 지옥이의 눈에는 눈물이 고여 있었다. 그녀는 서른 살의 나이답지 않게, 이날 밤에 일어나는 모든 사태에 대하여 원망하는 마음을 가지고 있는 것 같았다. 그녀는 먼눈을 지었다가 마치 무슨 말이든 해야겠다고 결심한 것처럼 얼굴이 빨개져서 말을 이었다.

“저는 아버지라는 사람을 머리에 그릴 적마다, 참 이 세상이 놀랍다고 생각해 왔어요. 어찌해서 아버지 같은 사람이 뻐젓이 살아 있는지 이상하다고 생각했어요. 그래서 저는 어렸을 적부터 이 세상이 말할 수 없이 엉망이라는 걸 알았어요. 어머니가 저희들 키우시느라고 고생하시는 걸 보면, 한두 번 눈물을 흘린 게 아니었어요. 이상하구나 이상하구나 생각했죠. 그래서 어린 저는 결심했던 거예요. 이담에 커서라도 시집은 가지 않으리라, 독신으로 늙으리라……. 어머니가 당하고 있는 고통을 저는 너무 확실히 보았던 거예요. 어머니는 어째서 저 사람하고 결혼하라고 주선하셨어요? 저 사람은 착실한 게 아니라 무능한 거예요. 여자 하나 제대로 휘어잡을 능력이 없는 사람이에요. 그런데 무능력하다는 것을 자신도 잘 알고 있거든요. 그래서 화풀이를 하는 거예요. 엉뚱한 일에 화풀이를 하고는, 제가 토라져서 상대를 안 할라치면, 그제서는 싹싹 빌며 저의 애정을 구하는 거예요. 야비하고 치사해요. 저는 참아 둘려고 했지만, 저의 결혼 생활은 너무도 무의미했어요. 그런 무의미한 생활을 도저히 지속시킬 수는 없었어요. 그러느니 차라리 제가 하고 싶은 일이라도 하는 게 나았어요. 무의미한 결혼 생활을 연장시킬 수는 없어요."

"너는 이상한 얘기를 하고 있구나" 하고 방정심 여사는 마지못한 듯이 말했다.

"그러나 어머니, 저는 어머니를 충분히 이해할 수 있어요. 어머니가 무엇을 걱정하는지 알아요. 여자가 혼자 산다는 것이 얼마나 참기 힘든 일인지 모르는 건 아니에요."

"그건 그렇지" 하고 지동이는 말했다.

"너는 좀 가만있지 못해?" 지옥이는 화가 나 있었다.

"저는 어머니 마음을 이해해요. 그러나 저는 어머니가 해 주시는 걱정이 납득되는 것은 아니에요. 저는 어떠한 일이 있어도 저 남자와는 같이 살지 않아요. 저는 저 마음대로 살겠어요" 하고 지옥이는 말했다.

지동이는 어머니와 누나를 훑어보고 있었다.

"두 분은 아주 뜻이 잘 맞으시군?" 하고 그는 말했다. 지동이는 어느새 술을 마시고 있었다. 그는 다시 마치 술이 취하기라도 한 듯했다.

"뭐가 어째?"

"나이 많은 여자와 나이 젊은 여자의 인생에 대한 태도가 무섭도록 일치하는군요. 그러나 이 말에 화낼 것은 없어요. 누나는 자기의 분노를 과장시키고 있으니까 딱하지 뭐야? 매부처럼 착실하고 훌륭한 사람은 이 세상에 없을걸. 누나는 매부의 현재 처지가 약하다고 해서, 그를 비난할 권리는 없는 거지 뭐야. 아버지만 해도 그렇지 않아? 아버지를 증오하는 것은 그분의 현재 위치가 퍽 약하기 때문이 아니야? 아버지가 지금 당장이라도 이 집안 식구들이 놀라 자빠질 만큼 젊음과 건강과 부유를 가지고 있다 해 봐요. 사정은 백팔십도 달라질 테니까. 아버지를 증오하는 것은 아버지의 무력을 증오하는 거예요. 그분의 잘못을 증오하는 게 아니라…… 알겠어요? 그것이 딱하지 무어야?"

"너는 아무것도 몰라" 하고 지옥이는 말했다. 그녀는 어머니와의 대화를 지속하려고 안간힘을 쓰고 있었다.

그러자 그때 안방 문이 열리고 이홍만 씨와 지석이가 들어왔다. 말다툼을 하고 있던 사람들은 모두 놀라서 갑자기 침묵을 지키고 있었다

시작(始作)

지석이는 날카로운 눈초리로 식구들을 휘둘러보았다. 그의 시선에는 빈틈이 없었다. 식구들을 한꺼번에 제압시키기에 충분했다. 문

은 아직 열려진 채로 있었다. 지석이는 한 발짝 안으로 들어섰다. 그러나 이홍만 씨는 전혀 옴쭉도 하지 않았다.

이홍만 씨는 얌전히 넥타이를 매고 감색 양복에 조끼까지 걸쳐 입고 있었다. 다만 그 양복은 몸에 잘 붙지 않아서 헐렁헐렁하고 어딘가 하면 몸과 옷이 조화를 이루고 있지 않아서 늙은이의 연배로서 약간 경솔하게 신식을 추구하고 있는 것처럼 어울리지가 않는 것이었다. 이홍만 씨는 커다란 눈에 단호한 입술을 가진 우국지사 형이었지만 어느덧 얼굴에는 시간이 새겨진 듯한 주름살이 굵게 파이고 피부엔 이목구비의 선(線)을 허물고 있어서 이제는 다만 인생을 빼앗긴 듯한 중늙은이에 지나 보이지 않는 것이었다. 이홍만 씨는 낯선 곳에 끌려온 사람이 짓는 태도로 방 안에 앉아 있는 식구들을 쏘아보았다. 흡사 이 방 안에서 가장(家長)으로서의 권위를 다시 찾으려고 하는 것 같았다.

방정심 여사는 묘하게 위엄과 긍지를 잃지 않고 있었다. 무슨 일이 벌어지기만 하면 금방이라도 이 방 안의 주인으로서 분위기를 일변시킬 수 있을 것만 같았다. 방정심 여사는 파란곡절이 많았던 어린 시절·청춘 시절·중년의 시절을 지내 오느라고 이제는 충분히 교활해져서, 그러니까 이 방 안에 새로 나타난 사람들이 아무리 이상한 행동을 해 오더라도 절대로 놀라 버리거나 흥분하지 않겠다고 작정이라도 하고 있는 듯하였다.

그리고 방정심 여자의 위쪽에는 방성우와 지동이가 엉겁결에 일어서 있었다. 방성우는 코끝이 벌름하니 벌어져 있어서 좀 둔하게 보이는 인상이었다. 지동이는 다리를 人자 꼴로 벌리고 서 있었는데 마치 중역 회의를 방청할 수 있는 영광을 갖게 된 신입 사원과도 같이 이 지엄한 분위기에 어쩌지 못하고 끌려 버린 것 같았다. 방성우는 멍청하게 시선을 이리저리 옮겨서 자기에겐 모든 것이 아무렇게 되어도 좋지만 다만 결단코 어떠한 상태가 생긴다 할지라도 거기에 참견을 하지 않겠다는 듯한 방관적인 태도를 유지하고 있었다. 그는 그렇게 뚱딴지같은 표정을 짓고 앉아 있는 것을 내심 즐겁게 생각하고 있는 듯하였다.

지옥이는 분개한 태도였다. 이 어처구니없는 사태에 아주 당혹해 버린 것 같았다. 그녀는 멸시에 가득 찬 시선을 어머니 방정심 여사 쪽에 붓기도 하였고 마치 가련한 늙은 소를 보듯이 아버지 이홍만 씨를 바라보았다. 그러다가는 불쾌하기 짝이 없는 오빠 지석이에게 야유를 던져 보고 싶어 하는 것처럼 그를 노려보고 있었다.

지해는 침묵에 무거워진 방 안의 공기를 가냘픈 어깨로 지탱하고 있는 듯하였다. 간간이 어깨를 추스르곤 하였는데 후딱 일어나서 바깥으로 나가 버릴 기회를 노리고 있는 것만 같았다. 그녀는 방의 웃목으로 올라갔다.

방구들은 뜨뜻하지가 않았다. 한기가 방 안에 서려 있었다. 방 웃목의 자개장롱이 번쩍거리고 있었다. 수십 개의 팔을 벌리고 있는 듯한 천장초 화분만이 이 방 안의 한기를 느끼지 않는 것 같았다. 괘종시계가 땔까닥 땔까닥 소리를 내고 있었다. 건넌방에는 라디오가 그대로 켜 있는 채였다. 한바탕 웃고 떠드는 소리가 마치 이웃집 식구들이 만들고 있는 소리인 양 바깥에서부터 들려왔다. 그러나 아무도 라디오 소리에 귀를 기울이고 있는 것은 아닌 듯하였다. 차라리 겨울바람의 매서운 소리에 그들은 압도되고 있는 것 같았다. 바깥에서는 바람이 매섭게 분탕질을 하고 있었다. 그리하여 겨울을 피해서 이렇게 안온한 방 안에 옹기종기 모여 있는 것을 참 다행이라고 생각하는 것 같았다.

방정심 여사는 다락 쪽을 향해 등을 돌리고 있었다. 지석이는 아랫목으로 내려갔다. 어머니에게 무슨 얘기인가를 할 듯하다가는 그만두었다.

"이리 내려오시지요."

지석이는 아랫목으로 아버지를 인도했다. 이홍만 씨는 아들이 가리키는 방석 위에 앉았다.

하지만 모두들 서먹서먹해하고 있었다. 지석이는 사람과 사람의 얼굴을 두리번거리며 바라보고 있었다.

"자 모두들 앉아. 왜들 그렇게 장승처럼 서 있지?"

지석이는 입을 놀리기가 귀찮다는 듯이 신경질적인 어조로 말했다.

지옥이는 윗목으로 올라갔다.

지옥이는 창 바깥을 내다보고 있었다. 마치 창밖에 누가 있기라도 한 듯이…… 그러다가 오빠의 성화같은, 앉으라는 말을 듣자 그녀는 반쯤 등으로 돌려 댄 자세로 여전히 창밖으로 눈길을 부으면서 주저앉았다.

"이제 온 식구가 다 모였지? 아버님께서 오셨으니 모두 한자리에 있어야 해."

"식모애 행선이가 빠졌군."

지동이는 말했다. 그는 전혀 긴장하고 있지 않았다. 그러자 지석이는 지동이의 말을 무시하고는, 아내인 최말순을 바라보며 입을 열었다.

"자아 거기 사과라도 좀 깎지. 참 그리고 수정과가 있지 아마? 그것도 좀 내오고."

최말순이 일어서서 다락으로 올라갔다. 거기에서 사과와 수정과를 가지고 내려왔다. 지석이는 아까 시내에서 사 가지고 들어온 케이크를 풀었다.

지석이는 상체를 꼿꼿이 폈다.

"오늘은 집안의 경삿날이에요." 그는 천천히 입을 열었다. "아버님과 어머님이 이렇게 한자리에 앉아 계시는 걸 보니, 저는 기쁩니다. 지나간 과거는 오늘 이 자리에서 얘기할 필요가 없겠지요."

차츰차츰 그의 어조는 연설조로 되어 가고 있었다.

개회사

"지나간 과거는 필요가 없습니다. 아버지는 가족들과 떠나서 외롭게 지내셨을 줄 압니다. 그리고 저희들은 어머니를 모시고 곤궁하게 지내 왔어요. 물론 아버님과 어머님은 이 자리에서 많은 회포를 가지고 계실 것이고, 혹시는 재미없는 추억도 회상되실지 모르겠군요. 그러나 지금 와서 과거를 회상한다는 것은 무의미해요. 저희 자식들이 이만큼 성장해서 사회의 일원으로 활동하고 있다는 것을 생각해 본다 하더라도 지나간 일은 영원히 지나간 일입니다." 지석이는 말을 이었다. "저는 꼭 이런 생각이 듭니다. 6·25 사변을 만나가지고 얼마나 많은 부모형제 처자식들이 헤어져 살고 있습니까? 아직도 서로 생사조차도 알지 못하고 지내는 사람들이 얼마나 많습니까? 요새도 신문을 보면 이십 년 만에 처음 만나는 부모형제가 있더군요. 바로 우리 집도 그런 경우입니다. 또는 좀 더 얘기를 확대시키자면, 장차 어느 때에 가서 우리나라가 통일이 되었을 때에는 떨어져 살던 부모형제 자식들이 재회할 날이 있을 것이 아닙니까? 그러면 말입니다, 그때 만나게 된 아버지와 아들이 과거 얘기를 하겠습니까? 서로들 원망을 하고, 증오를 하고, 불평을 할 리는 없 겠지요. 아버지는 아버지로서의 책임을 다하지 못했을 것이고, 아 들은 아들로서의 도리를 지키지 못했겠지만, 그것은 아버지나 아 들의 잘못이 아니거든요. 이 나라가 혼란한 나라이므로 어쩔 수 없 이 그렇게 되었다고 생각할 도리밖에는 없겠지요. 지금 우리 집안 도 꼭 그와 마찬가지가 아닐까 생각됩니다. 아버지께서 어머니와 저희로부터 떨어져 사시게 된 것에도 그럴 만한 이유가 있었을 것 이고, 그리고 어머니와 저희들이 아버지 없이 지내 오게 된 것도 어 쩔 수 없이 그럴 만한 내력이 있었을 줄로 압니다."

지석이가 천천히 말해 가고 있는 동안 식구들은 전혀 무표정하 게 고개를 떨구고 앉아 있었다. 그것은 말하자면 관공서의 무슨 대 회에서나 있음직한 식사(式辭)를, 이와 같은 주택의 안방에서 잘못 벌이고 있는 것이나 아닌가 하는, 그러한 저항감(抵抗感)을 식구들 에게 주고 있었다. 지석이는 퍽 감동적인 어조로 말하고 있었지만 식구들은 거의 감동해하지 않고 있었다. 그들은 지석이의 얘기를 지루하게 듣고 있었고, 어서 그 재미없는 말이 그치기를 기다리는 눈치였다. 그리고 그들은 돌연한 아버지의 귀가(歸家)로 인하여, 그 들이 친숙하게 살아왔던 집의 분위기가 전혀 서먹해지고 낯선 것이 되어 버리고 만 것에 대한 묘한 의문스러운 표정들을 하고 있었다. 말을 중단한 지석이는 당황해하지 않으며 방 안의 분위기를 살폈 다. 그는 우선 이런 정도로 엄숙한 분위기를 만들 수 있었음을 흡족 하게 생각하는 것 같았다. 그는 어머니 쪽으로 시선을 던졌는데, 그 때까지도 방정심 여사는 등을 돌리고 앉아 있었다.

이홍만 씨는 상당히 피로해 보였다. 아들이 하는 짓에 대하여 불 만이라도 가지고 있는 것 같았다. 이 무슨 쑥스러운 장난이냐고 마치 항의라도 하려는 듯한, 또는 자식들 앞에서 이홍만 씨 자신이 놀림을 받고 있는 것이 아닌가 하는, 그런 불쾌한 빛조차 띠고 있었다. 이홍만 씨는 얌전히 넥타이를 매고 곤색 양복에 조끼까지 걸치고 있었지만, 그러한 옷차림에 갑갑함을 느끼기 시작한 것 같았다.

지석이는 어머니에게 '돌아앉으시지요' 하고 말할 듯하다가 그만두고는, 이번에는 아버지를 바라보았다. 이홍만 씨는 아들의 시선을 피했다. 그러자 이홍만 씨는 불쾌한 빛이 여실하였다. '당신은 상당히 늙으셨습니다. 입고 있는 옷조차 늙은 나이에 경솔하게 신식을 추구하는 것처럼 어울리지 않군요' 하고 지석이가 생각하는 것 같아, 그것을 일종의 자각 증상처럼 느끼고 있는 그런 불쾌함이었다. 이홍만 씨는 기침을 두어 번 했다.

"저는 아버지를 꼭 모셔 와야겠다고 전에서부터 생각해 왔지만 특히나 얼마 전부터 그 생각을 굳혔습니다. 세상은 달라졌어요. 좀 더 솔직히 말씀드리자면 저희들은 가정적으로 불행했어요. 물론 아버지나 어머니께서도 행복한 것은 아니셨겠지만, 저희들 자식들이 느낀 불행감은 그 이상이었다고 생각됩니다. 잘은 모르겠습니다마는 인간 활동이라는 것은 가정에서부터 출발하는 것일 겁니다. 가정적으로 안정이 되어 있지 않으면 결국 그 사람은 불행한 사람이 되고 맙니다. 저는 어렸을 때부터 이것을 뼈저리게 느꼈습니다. 그래서 저는 혼자 생각하기를, 이담에 내가 자라서 사회 활동을 하게 되면 우선 우리 가정부터 화목하게 건설하자, 이렇게 다짐했어요. 지금 우리 집 형편이 넉넉한 것은 아니지만, 간신히 밥을 끓여 먹을 정도는 되었습니다. 그러나 우리 집안은 이상하게 불행한 처지에 빠져 있는 것만 같게 생각되었어요. 모든 식구들이 다 제멋대로 행동하고요, 집에 돌아와 봐도 이상하리만치 따뜻한 느낌을 갖게 되지 않았습니다. 서로 증오하고 멸시하고 괴로워하고 있는 것 같았습니다. 식구들 간에 애정이 없었다는 말입니다. 모두들 고통스러워하고 있었지만, 그 고통이 어째서 생기는지를 알지 못할 정도로 그렇게 불안하고 불행하게 살아왔습니다. 저는 형제의 맨 맏이로서 이 점을 항상 생각해 왔습니다. 어째서 우리 집안이 남의 집안처럼 화목하게 지내지 않는가, 물론 돈이 없어서 그렇기도 하겠지만, 그것이 과연 돈 때문인가, 아니면 체질적으로 우리 집안 식구들에게 좋지 않은 피가 흐르고 있어서 그런 것인가, 항상 생각해 왔습니다."

지석이는 다시 말을 끊고 집안 식구들의 표정을 살펴보았다. 그는 자기 말이 어느 정도의 효과를 나타내고 있는지 차근차근히 계산하는 것 같았다. 식구들 개개인에의 반성을 촉구하기를 갈망하는 듯하게 시간을 끌었다. 식구들은 일단 지석이의 말에 압도당한 체하고 있었다. 그러나 그들은 지루해하고 있었다. 지석이의 얘기를 교과서에 써 있는 말처럼 무미건조하게 듣고 있었다. 지석이는 충분한 사회 체험을 통하여 그러한 식구들의 속마음도 파악해 낸 듯이, 그러나 반란을 꾀하지 못하도록끔 위엄을 부리면서 다음 말을 이었다.

"저는 그때를 기억하고 있습니다. 그러니까 1946년이던가요, 그곳이 황해도 해주였는지 옹진이었는지 그것은 생각이 잘 안 나지만, 하여튼 어머니는 어린 저희들을 이끌고 그곳으로 갔었죠. 그래서 아버지를 만났었죠. 그때 아버지는 도리우찌[1]를 쓰고 계셨고 당고 쓰봉[2]을 입고 있었어요. 어머니하고 아버지는 서로 싸우고 계셨습니다. 두 어른은 피를 흘려 가며 싸우셨어요. 저희들은 그것을 구

---

1) 헌팅 캡.
2) 위는 펑퍼짐하고 밑은 단추 따위로 여미어 딱 붙도록 만든 바지.

경하는 수밖엔 없었습니다. 다음 날 아침에 눈을 떠 보니까 아버지는 이미 안 계셨어요. 아마 제가 아버지를 마지막으로 본 것이 그때일 겁니다. 그리고 이십삼 년 만에 처음 뵙는 것이 됩니다." 지석이는 손으로 이마를 짚었다. "그리고 그때 일로서 또 하나 생각나는 것은 어머니와 어린 저희들이 월남할 때의 일입니다. 용당포라는 곳으로 나와서 배를 탔죠. 굉장히 추운 겨울철이었어요. 어찌나 바람이 세차게 부는지 그건 마치 몽둥이로 두들겨 맞는 것만 같았어요. 개펄은 한없이 계속되었죠. 썰물 때가 되어 바닷물이 빠졌어요. 그 사람 생각도 납니다. 38선을 넘겨다 주면서 돈벌이를 하던 브로커 말입니다. '여기가 38선이다. 들키면 죽는다는 걸 명심해. 어린 동생들이 울지 않도록 조심해, 조심해.' 저는 그때 지혜를 등에 업고 걸어갔었죠. 형 지완이는 지동이를 업고 있었고요. 그래서 경비원 몰래 배를 탔죠. 그때 형의 나이는 열일곱 살이었어요. 노를 저으면 소리가 나기 때문에 형은 배꾼 한 명과 함께 얼음장같이 차가운 바닷속으로 뛰어 들어갔죠. 배의 용골을 손으로 잡아서 끌며 소리 안 나게 전진했어요. '이제 38선은 넘었소' 하고 배꾼은 말했어요. '애야, 38선을 넘었다. 그 지긋지긋한 땅을 벗어났다' 하고 어머니는 말씀했어요. 어느덧 배는 저 앞쪽으로 깜빡이는 불빛을 발견할 수 있는 곳까지 왔죠. 그곳이 남한 땅이었어요. 월남하는 배들은 그때 많이 떠 있었죠. 배꾼이 이런 말을 했어요. '누구든지 먼저 육지에 상륙해서 여관방이라도 잡아 놓아야 할 거요. 그리고 배를 대는 곳도 미리 얘기를 해야지 안 될 거요.' 예나 이제나 인간들은 별의별 농간질을 다 하면서 돈을 버는 거 아닙니까. '당신들이 그것을 알선해 주셔야 될 게 아녜요?' 하고 어머니가 항의를 했죠. 그러자 배꾼은 딴전을 부렸죠. '우리는 그저 배만 빌려줄 뿐입니다' 하구요. 그 말을 들은 형이 참지 못하고 '내가 가서 알아보고 오겠어요' 하고는 가슴어리께에 차는 바닷물을 헤치며 썩썩 앞으로 나갔죠. '빨리 다녀오시오. 앞으로 두 시간 후면 썰물 때가 됩니다.' 그 말을 들은 형은 성급히 바닷물을 헤치고 나갔어요. 배는 그 이상 전진을 하지 않고, 일각이 여삼추같이 형이 돌아오기를 기다리고 있었죠. 그런데 형은 오지 않았습니다. 점점 더 시간은 흘러가고, 그 초조하기란 이루 다 말할 수 없을 지경이었죠. 그러자 멀리서 이런 목소리가 들려왔어요. '지석아, 지석아' 부르는 소리였습니다. 알고 보니 배는 우리가 타고 있는 것 말고도 열 척 가까이 떠 있었거든요. '여기다, 여기야' 어머니는 너무 반가워서 소리를 질렀어요."

"그 얘기는 그만해 둬라."

그러자 방정심 여사가 갑자기 소리를 질렀다.

방정심 여사는 돌아앉았다. 방정심 여사는 얄팍한 입술을 더욱 여물게 다물고 있었다. 눈에는 눈물이 흘러내렸다.

"결국 형은 배를 향해 다가오다가 갑자기 밀어 붓기 시작하는 바닷물의 소용돌이에 휘말려 자취를 감추고 말았죠. 제가 왜 이런 얘기를 꺼내는가 하면 그때……."

"흥, 염치도 좋지. 뻔뻔스럽게 어디엘 나타난담, 나타나기는."

"어머니 왜 이러십니까? 저는 얘기를 끝내지 않았어요. 제가 왜 이런 얘기를 꺼내는가 하면 그때……."

그러자 이홍만 씨가 갑자기 자리를 박차고 일어섰다.

이홍만 씨의 분노

이홍만 씨는 눈을 번쩍 떴다. 노안(老顏)이었음에도 매섭게 빛나는 눈이었다. 다 소모되어 버린 인생의 불꽃을 마지막으로 지피려고 하는 것처럼 눈자위가 충혈되어 있었다.

"그래, 지완이가 나 때문에 죽었단 말인가? 그 애가 죽은 것 때문에 내 가슴이 얼마나 타는지 알기나 해? 그 애만 살아 있었더라도 내 진작 집에 돌아왔어, 진작 들어왔을 거야. 자기 잘못으로 큰아이를 죽여 버렸으면 죄를 지은 줄을 알기나 해야 할 거 아냐? 죄를 지었어도 큰 죄를 지었지."

"아버님, 하여튼 앉아서 말씀하세요. 왜 흥분을 하십니까?"

지석이는 일어나서 아버지를 붙잡아 말리고 있었다.

"흥, 뻔뻔스럽기도 하지. 어디에서 저런 말이 나올구? 얘 지석아, 너두 기억하고 있겠지? 내가 그때 너에게 한 말이 있지? '이놈의 영감쟁이 나타나기만 해 봐라. 내가 눈알을 파 놓고 말겠다.' 너두 내가 했던 말을 기억하고 있지? 나는 내가 한 말을 잊지 않는다."

이홍만 씨는 얼굴이 시뻘겋게 달아올라 있었다. 두 눈은 흉측하게 충혈되어 꼭 미친 사람처럼 보였다. 세찬 울분이 가슴을 치밀어 와 그의 늙은 육체로써는 그것을 제지할 힘을 잃은 것 같았다. 주름살은 살아 있는 뱀처럼 꿈틀꿈틀하고 있었다. 이홍만 씨의 표정에는 울부짖고 있는 맹수에 가까운, 동물적인 슬픔이 가득 차 있었다.

"제가 말하고자 했던 것은 그런 애통한 일이야말로 이제는 다 잊어버리고 앞일을 생각해야 한다는 것을 말씀드리고자 했던 것입니다. 이봐 당신은 거기 부엌에 나가서 얼른 술상이나 차려 와."

지석이는 최말순에게 명령했다.

최말순은 껍적 일어서더니 재빨리 바깥으로 나갔다.

"네가 집에 들어오고자 한 것은, 고작 이런 꼴을 구경시켜 주기 위해서였느냐? 고얀 녀석 같으니라구. 내 이럴 줄 알고 오지 않겠다고 하지 않았느냐. 저 여편네하고는 도저히 같이 앉아 있을 수가 없다. 너도 보았겠지? 너도 그것은 알겠지?"

이홍만은 계속해서 부들부들 떨었다. 노인의 두 팔과 입언저리는 마치 살아 있는 생물을 입속에 물고 있는 것처럼 마구 씰룩이고 있었다. 이홍만 씨는 벌떡 일어섰다.

"네놈들이 이 늙은이를 그래두 애비라고 생각하면 이럴 수가 있나, 응, 이놈들아. 난 가족 같은 건 필요도 없다. 네놈들 꼴을 보려고 온 게 아냐. 갈 곳이 없어서 양로원이라도 오는 기분으로 찾아왔는지 알아? 어림도 없지. 이것들이 얼마나 비참한 꼴로 지내고 있는지, 그것을 구경하기 위해서 왔다. 알아? 나한테 따지겠으면 얼마든 따져 보아. 네 어미한테 내가 얼마나 방종한 인간인가는 충분히들 들어 알고 있을 테니까 따지고 싶으면 얼마든지 따져 봐. 그래 이놈들아, 네놈들이 이 늙은 아비한테 고생한 앙갚음이라도 하겠단 말이냐? 흥, 내가 미쳤다구 그 앙갚음을 받아? 어림두 없지, 사람은 다 제 팔자대로 살아가는 거야. 개구리 잡아먹는 능구렝이들처럼 눈알이 화등잔만 해가지구들 도대체 어떡하겠다는 거야? 원 정말 이럴 수가 있나, 저 도마뱀 같은 계집이 어디다 대고 눈깔 물을 짜고 이러는 거야. 내가 참을래야 참을 수가 있나? 지완이만 해도 그렇지 않느냐 말야. 큰애가 왜 죽게 되었지? 우리나라가 남북으로 분단되어서 죽어 버렸다. 그 애 생각만 하면 살아 있어도 살아 있는 것 같지가 않아. 그 애만은 내가 어떻게든지 맡아서 키우려고 했어. 저 마귀 같은 계집한테 맡겨 보았자 똑똑한 아이 바보 만들기에 십상이겠다 생각이 들어서 내가 키우려고 했어. 그걸 그 애한테 쏙닥여서 네 애비는 짐승만도 못한 인간이다, 하고 말해서 자기 곁에 두게 하더니, 그래 얼마 못 가서 죽여 버리고 말았잖느냐 말야. 도대체 임자가 무엇을 잘했기에 큰소리야? 실제로 분통이 터지는 건 이 내 가슴이야, 알겠어? 내가 그래도 점잖기 때문에 이 이상 저 추악한 사건에 대해서는 얘기하지 않겠거니와, 저 할망구는 다 늙어서도 제 버릇을 개에게 못 주고 있단 말야…….”

이홍만 씨의 푸념은 밤새도록 계속될 것 같았다.

가족들은 꼼짝도 하지 않고 있었다. 방정심 여사는 얄팍한 입술을 더욱 여물게 닫고 있었다. 이홍만 씨의 입에서 쏟아져 내리고 있는 언어의 폭포수에도 불구하고 방정심 여사는 전혀 냉정했다. 야릇한, 멸시에 가득 찬 표정이 스치고 지나갔다. 말하기로 들자면 이쪽에서 더욱 웅변이 준비돼 있다는, 그런 자신에 찬 표정이었다. 지금은 이홍만 씨의 차례가 되어 한바탕 압도당하고 있지만, 내 차례가 오기만 하면 가슴에 맺히고 맺힌 울분을 무기로 삼아 당신을 옴짝달싹도 못 하게 만들겠다고 단단히 벼르고 있는 모습이었다. 방정심 여사는 까딱도 하지 않았다. 이홍만 씨가 아무리 떠들어 봤댔자 그것은 헛물을 켜는 고장 난 물레방아의 안간힘과 같은 것이라고 믿는 것 같았다. 너는 너, 나는 나, 언제 네가 나를 위해서 그렇게 알뜰살뜰히 분노나마 보여준 적이 있었느냐고 도리어 시원해하는 것처럼도 보였다. 너는 타락한 인간·바람둥이·주책·악마, 거기다가 이제는 늙어 버린 몸에 오도 가도 못할 처지가 되었으니 아무 대책도 없이 내 밑에서 주는 밥이나 얻어먹는 식충이 구실밖에 더하겠느냐는, 상대방에 대한 멸시와 자기 자신에 대한 오만이 한데 겹쳐 나타나고 있었다. 그것은 또한 방정심 여사가 겪어 왔던 여러 외로웠던 일들과 서러웠던 일들과 아팠던 일들을 생각나게 해 주는 것 같았다. 마치 외로움과 서러움과 아픔으로 철의 무장을 두르고 있는 것 같았다. 방정심 여사의 생명력은 철의 무장 그 안쪽에 깊숙이

숨어져 버려서 커다란 비어 있는 성곽, 인생의 단단한 바깥 테두리만이 그 불모성(不毛性)과 함께 느껴질 뿐이었다.

"그래 이 할망구야" 하고 이홍만 씨는 말했다. "너두 늙구 보니까 여축없이 마귀 할망구가 됐구나, 흥 아무리 세월이 흘러가 버렸다 하더라도 하나도 변하지 않았구나."

아무도 대꾸하지 않자 이홍만 씨는 숨이 가쁜지 잠깐 말을 멈추고 씨근거렸다. 하지만 승리를 얻은 장군과 같이 그는 턱을 앞으로 쭈욱 잡아 빼어 방정심 여사를 노려보았다.

"너 때문에 내 인생이 요 모양, 요 꼴로 된 걸 생각해 보면 가슴이 아프다. 가슴이 아파."

"아니 어쩌구 어째." 방정심 여사는 더 이상 참을 수 없었던 모양이었다. "나 때문에 인생을 망쳤다구? 그래 말 좀 해 보자. 아 입이 달렸으면 똑똑히 말 좀 못 해? 누구 때문에 누구 인생을 망쳤는지."

"오냐 오냐, 왜 말 못 하겠니?" 이홍만 씨는 치를 부르르 떨었다.

"이 천하에 무식쟁이 같으니라구, 내 깜박 속아서 너 같은 거허구 인연을 맺었으니, 일이 제대루 될 게 무어야? 아무리 세상이 달라졌다 해두 피는 못 속이는 거야. 너 같은 건 인간 축에 끼일 수가 없는 것이었어."

"그래 잘했다, 잘했어. 자기 여편네야 죽든 살든, 자식은 굶든 말든 개새끼 차 버리듯 차 버리구 나서 젊은 년 끼구 일본으로 도망친 일 잘했다, 잘했어. 임자가 무얼 잘해 줬다구 지금 와서 큰소리야? 이 집은 내 집이구, 여기 자식들은 내 힘으루 내가 벌어 먹이구 공부시켜서 키웠어. 잘난 인간이 어째 이 집으로 기어들었누. 빌어먹든 알 게 무어야. 그래두 늘그막에 하도 고생을 한다기에 그것두 인간이라구 들올 테면 들어와 있으라 했더니 제 버릇 개 못 줘서 행패를 하는구나. 애들아 얘기 좀 해 보렴. 그 전쟁 통에 네 애비란 인간은 어디서 무얼 하구 지냈는지 얘길 해 보라니까. 쌀 한 톨 돈 한 푼 못 받았대서 서운해서 하는 얘기가 아니다. 편지 한 장 없구 소식 한 줄 없이 어디서 호의호식하고 자빠져 있던 인간이 이제 올데갈데없으니 나타나가지구선 도리어 큰소리를 지르고 있으니 이게 도대체 어찌 된 꼴이란 말야? 그래 말해 보자. 나는 가난한 집에 태어나서 배우지두 못하고 인간두 못 돼 먹구 케케묵은 촌뜨기야. 그래 어쨌다는 거야. 임자는 양반집에서 태어나구, 일찍부터 일본 유학이다 뭐다 해서 공부하고 세상 물정 잘 알아서 해 놓은 게 무어냐 말야? 나 같은 건 데리구 살기가 창피해서 못 견디겠다구 하더니 해 놓은 게 뭐야? 늘그막에 이르도록 무슨 보람 있는 일을 해 났어?"

"에이, 저것두 다 인간이라구? 내 저러니 어찌 해 볼 도리가 없었다니까."

이홍만 씨는 털썩 주저앉아서 담배를 물어 피웠다. 그는 흥분을 가라앉히고 나서 서먹서먹한 표정으로 지석이와 지옥이를 바로 보았다. 마치 아버지로서의 위신을 찾으려고 하는 듯하였다.

"어디서 저런 뻔뻔스런 소릴 하는지 모르겠네?" 방정심 여사는 바싹 다가앉으면서 말을 계속하였다. "이십여 년 만에 제 집엘 찾아와서 하는 말이 고작 그거야? 그렇지, 저 영감쟁이가 집을 뛰쳐나가고 나서 꼭 이십삼 년이 됐지. 그 전엣 것은 따지지 않는다 하더래두. 아이구 돼지 대가리라도 갖다 놓고 건사하게 환영식을 올려야겠구나, 흥."

방정심 여사의 눈에는 눈물이 고였다.

"그래그래, 이십삼 년 동안 네 꼬라지 보질 않아서 마음이 시원했어. 비록 이젠 늙었지만 그렇다 하더라도 너 같은 거한테 수모를 받지는 않어, 내 이럴 줄 알고 돌아오질 않으려 했더니만…….”

이홍만 씨는 좀 풀이 죽어 버렸다.

방정심 여사의 분노

이십 년 만에 해후한, 이제는 노인이 된 두 사람의 분노는 그칠 줄을 몰랐다. 그것은 영화나 소설에서 보는 바와 같은 감격적인 상봉과는 너무도 차이가 있었다. 인생에 있어서 가장 귀중한 시기에 놓인 이십삼 년이라는 기다란 시간의 경험은 서로가 등을 돌리고 있었던 두 사람의 잊을 수 없는 갖가지 고통·쓰라림·원한·치욕감 등을 한꺼번에 터뜨리게 하였다. 두 사람은 더욱더욱 증오에 떨고 있었다. 그것은 마치 제방 둑이 무너지자 밀려 들어오는 성난 파도와도 같았다. 서로 으르렁거리고 있을 때 그들은 마치 소년 소녀와도 같았다. 자기 뜻대로 움직여 주지 않았던 인생, 엉망진창이 되어 버린 생활의 연속이, 왜 그렇게 될 수밖에 없었는가, 어찌하여 한숨과 눈물과 아픔으로 가득 차지 않으면 안 되었는가 따져 보는 것이었다.

더구나 이제 이십삼 년 만에 귀가(歸家)한 이홍만 씨는 죽음을 앞두고 인간이 가지고 있는 모든 것을 다 연소해 버린 듯한 초라한 늙은이였다. 방정심 여사는 자기의 인생을 망친 사람이 지금 너무 초라한 몰골을 하고 있는 것에 부아가 치민 것 같았다. 저런 영감쟁이가 자기의 인생 속에 개입해 들어와 모든 것을 엉망진창으로 헤갈시켜 놓았구나. 허구헌 밤을 잠 못 이뤄 하며 파묻져 오는 외로움과 고통으로 채워 주었구나. 울음소리도 없이 눈물이 고여서 방정심 여사의 쭈글쭈글한 두 뺨을 타고 흘러내렸다.

지석이로부터 아버지를 보았다는 말을 들었을 때 방정심 여사는 분노의 불꽃이 몸속에서 활활 타오르는 듯한 심정으로 그 영감쟁이를 절대로 만나지는 않겠다고 말했다. 무책임하게 도망친 사람, 이쪽에서 죽도록 고생을 겪고 있었을 때 전혀 종적을 드러내지 않은 사람……. 무책임할 뿐만 아니라 비열한 악한. 바람잡이였으며, 사기꾼이었으며, 줏대가 없는 쓰레기 같은 인간, 결국 인생의 승부는 젊었을 적에가 아니라 나이 많아 늙은 이후에 결정되는 것이 아닌가? 이홍만 씨는 이제 제 몸 처리도 못 하는 늙은이가 돼 버린 것이었다.

지석이는 몇 번 이홍만 씨를 만난 모양이었다. 방정심 여사는 그 눈치를 채고 있었다. 지석이는 소심한 성격인 데다가 현실적인 인간이었다. 지석이의 정신 영역은 하도 좁아서 그가 꼬물꼬물 계획하고 생각하고 느끼고 있는 것이 어떠한 종류의 것인지 쉽사리 알아낼 수 있을 만하였다. 그저께 지석이가 아버지를 모시고 들어오겠다고 말했을 때, 방정심 여사는 놀라지도 않았었다. 지석이가 그런 말을 하리라는 것은 예상하고 있었던 일이었다. 그 점에 있어서 지석이는 어머니의 처지를 생각한다기보다는, 사회에 정상적으로 발을 디디고 있는 자기의 입장을 계산하고 있었다. 부모의 인생은 이제 지나가 버렸다. 슬픔도 분노도 원한도 이제 와서는 한갓된 허무에 불과하다. 당신의 입장만을 생각해 보고 당신 생각을 고집하기에는 나이가 너무 들었다. 지석이는 이렇게 생각하고 있는 듯했다. 그럼에도 방정심 여사는 말 못할 서운한 감정을 가졌다. 알지 못하는 타인과도 달라서 이홍만 씨와 해후한다는 것은 참기 힘든 마음의 대가를 요구하는 일이었다. 그래서 방정심 여사는 아무 말도 할 수가 없었다.

이지석의 분노

　방 안은 다시 침묵에 싸이기 시작했다. 이홍만 씨는 입을 다물고 다만 분개한 표정으로 식구들을 바라보고 있었다. 방정임 여사는 울음을 그쳤다. 스스로를 가엾다고 생각했는지 야릇한 애조의 빛이 얼굴에 떠올랐다. 방정심 여사는 노인이 가지고 있는 자기 침잠의 자세로 빠져 들어가 있었다. 괘종시계의 땔까닥 소리가 크게 방 안을 채우고 있었다.

　지석이는 무어라고 얘기를 꺼낼 법도 하건마는 잠자코 있었다. 사람의 생활이라는 것도 동물의 생활과 크게 다른 것은 없어서, 이제 가장 신진대사가 왕성한 연령인 지석이는 실질적으로 이 집안의 지도자였다. 은연중에 그는 실권자로서의 위엄을 갖춰 두고 있었다. 그의 말은 현실적인 힘을 나타내고 있었다. 그가 화를 내면 모두들 머리를 숙이고 복종하는 것이었다.

　지석이는 크게 기침을 한 번 했다. 그러자 시간은 이홍만 씨와 방정심 여자의 울분을 넘어뜨려 바로 현재의 시간으로 되돌아왔다. 올해 서른네 살인 지석이는 이제 자기가 나설 때가 되었다고 생각하였다. 그는 두 노인의 고함과 분노와 울음에 대하여 경멸하는 마음을 가지고 있었다. 다 늙은 사람들이 펄펄 날뛰고 성내고 으르렁 거리며 싸운다는 것이 이미 꼴불견이었다. 그는 아버지를 쳐다봤다. 아무런 느낌도 그에게 생기지 않았다. 아버지라는 말을 동원하여 그것을 이홍만 씨에게 부여하고 싶은 마음도 생기지 않았다. 노인에 대한 경외감도, 동정심도, 공경심도 그에게는 없었다. 이홍만 씨는 어느덧 죽음의 그림자가 어른거리기 시작하는 그러한 노인이었을 뿐이었다. 이홍만 씨는 무책임한 사람이었으며 저 혼자서 멋대로 살았다. 아버지 노릇을 해 준 것은 하나도 없었다. 이제 와서 성을 내고 떠들어 댄다는 것이 참 염치가 없는 행패였다. 그것은 방정심 여사 또한 마찬가지였다. 설사 어머니가 아무리 분노하고 괴로워하고 절망한다 하더라도 그것은 그저 무의미한 몸부림에 불과한 것이었다. 육체의 탄력은 달아나 버리고 생식의 기능은 마비되고 가슴앓이와 신경통의 증세가 점점 도지기 시작하여, 지금에 와서는 한겨울철 짧은 낮의 아쉬운 햇볕처럼 얼마 남지 않은 생의 시간을 감당하기에도 벅찬 할머니였다. 다 자란 자식들 앞에서 과거를 들먹이며 흡사 청춘 시절을 변상해 달라고라도 하는 것처럼 통곡하고 있다는 것은 노인답지 않은 행위였다. 지석이는 모든 사물을 간단하게 판단하는 습관을 가지고 있었다. 그는 현실적인 인간이었으므로 복잡하게 떠들어 대고 인정을 찾으며 넋두리를 풀어 대는 일을 질색하였다. 요컨대 노인이 되었으면 제 처지를 생각해 보고 거기에 알맞은 행동을 해야만 할 할 것이라고 지석이는 판단했다. 덮어 놓고 고함을 치고 염치불구하고 싸우고만 있어서는 안 될 일이었다. 지석이는 지나가 버린 시간과 다가오고 있는 시간이 다르다는 것을 알고 있었다. 곰팡이가 슬어 버린 나무껍질과도 같은 지나가 버린 시간의 먼지를 자꾸 들추어내 본댔자 무슨 소용이 있는 것인가? 지석이는 과거를 생각해 보지 않았다. 그가 이홍만 씨의 귀가를 (물론 어색하기 짝이 없는 귀가라 할지라도) 주선한 것은 말하자면 과거의 추한 몰골을 정돈하고 싶어서였다.

"이젠 그만들 해 두세요." 지석이는 말했다. 그는 얼굴을 찌푸리고 아예 이런 통속적인 고함에는 질력이 났다는 표정을 지었다. "도대체 창피하지두 않으세요. 손자까지 본 분들이 철없는 애들처럼 싸우고 있으니 말입니다."

"밤낮 얘기해 봤자 그게 그거예요. 그건 다 지나가 버린 일 아닙니까? 화를 내 본댔자 가슴만 아플 뿐이지 아무것도 되돌이킬 순 없어요."

지석이는 말하면서 이상하리만큼 흥분되어 있었다. 그는 자기의 과거를 생각해 보고 있었다. 정상적인 것인 아무것도 없었다. 모든 것은 어쩌면 이 노인들의 한심하기 짝이 없는 인생의 복사판이 되려 하고 있었다.

"두 분은 자식들에게 미안한 마음을 가져야 될 겁니다." 지석이는 생생하게 되살아 오르는, 두통이 일어나듯 다가오고 있는 어떤 아픔에 못 이겨 이렇게 말했다. "우리들이 얼마나 고통을 겪으면서 자랐는지 알기나 하세요? 배고픈 것도 괴로운 일이긴 했지만, 그것보다두 따뜻한 가정이 없다는 게 더 고통스러웠던 거예요. 도대체 두 분은 자식을 위해서 무슨 일을 해 줬습니까? 물론 서른네 살이 돼가지구 이런 소릴 하는 게 어처구니없는 일이긴 하지만, 더욱 어처구니없는 것은 이십여 년 만에 만나서도 으르렁거리기만 하는 두 분입니다. 제발 그만들 해 두세요. 제발 싸우지들을 마시고, 자식들에게 대해서 미안한 마음이나 가지구들 계십쇼."

지석이는 어째 말이 잘 나오지 않아서 아주 할 말이 많은데도 불구하고 그만 입을 다물어 버렸다. 지석이는 아주 언짢은 기분이었다. 그는 부모를 냉정하게 바라보았다. 과연 부모(父母)라는 존재는 서른네 살의 사내에게 어떤 심정을 선사해 주는 것일까?

지석이나 이홍만 씨를 불러들인 자기의 처사가 어디에 기준을 두고 있었던 것인지 알 수가 없었다. 그는 방정심 여사의 쓰라린 청춘시절을 위로해 주기 위하여 무책임한 방랑인을 초대한 것은 아니었다. 도리어 그는 어머니의 울퉁불퉁한 과거를 동의해 두고 싶은 것이 아니었다. 그렇다면 자기를 위해서 새삼스레 두 사람을 결연시키고자 한 것이었을까? 그 점이 불명확했다. 두 노인은 노인답지 않게 으르렁거리고 있었으며 그 한가운데에서 지석이는 판단을 내리지 못하고 있었다. 순간적인 기분 같으면 이 답답한 방으로부터 뛰쳐나가 저 겨울의 한복판을 헤매고 싶었다. 그는 이 세상을 냉정성(冷情性)에 기준을 두고 파악하고자 노력했다. 그는 가정 관계에 있어서도 이러한 냉정성이 필요하다고 생각했다.

아마 그런 것이 아니었을까? 항상 마음의 한구석에 해결할 수 없는 혼란으로 남아 있는 그것을 말하자면 떨궈 버리고자 했을 것이었다. 아버지를 가정에 초치함으로써 일종의 충족된 상태를 만들어 놓은 뒤에 도망가 버리려고 했을 것이었다. 그것은 뜻대로 되지 않고 있었다. 여전히 이홍만 씨는 무책임한 악동(惡童)과도 같았다. 방정심 여자는 맹렬한 설움에 사로잡혀 노여워하고만 있었다. 도리어 사태는 악화되었다. 그는 가족의 비극 속에 너무 깊이 개입해 있었다. 무엇인가를 하지 않아서는 안 되었다. 실제적인 가장(家長)으로서의 자기 위치를 확대하여 이 더러운 공기를 해체시켜야 했다.

그러자 어떤 생생한 분노가 커다랗게 윤곽을 잡아 그를 엄습했다. 지석이는 자기의 성격에 있어서 무엇이 단점인지를 느끼고 있었다. 그는 너무 땅바닥을 보면서 현실을 기어 왔다. 그의 시선이 닿고 있는 세계는 좁았다. 그는 지극히 현실적인 인간이었다. 그는 자기의 불행한 결혼 생활을 회상했다. 그는 월급쟁이로서의 초라한 사회생활을 염두에 두어 보았다.

지석이는 회상하고 있었다. 이홍만 씨를 불러온 것은 무모한 실수였다. 어머니와 화해가 되지 않으리라는 것을 그는 확실히 느끼고 있었다. 물리적(物理的)인 치료라는 것은 병원에서나 있는 말이었다. 인간 세상사는 그렇게 되지 않았다. 공연한 평지풍파를 일으

컸다. 이 일을 어찌하느냐. 지석이는 회상하고 있었다. 어머니의 괴팍한 성격과, 그 어머니로부터 탈출하고 싶어 무던히도 애를 썼던 지난 이삼 년간의 일을 회상하고 있었다. 방정심 여사는 교회에 미쳐 있었다. 집안 식구들을 교인으로 만들기 위해 애를 썼다. 하느님을 믿지 않기 때문에 이 집안 식구들은 괴로움을 당하고 고통스러워한다고 철석같이 믿고 있었다.

지석이는 과거를 다시 회상하기 시작했다. 최말순은 지석이보다 세 살 나이가 적었다. 하지만 스물여섯 살이나 되었으니 노처녀임에 틀림없었다. 지석이가 다니고 있는 회사와 거래가 있는 대동판초자 상회에서 경리 일을 보고 있었다. 그 판초자 상회의 안 사장은 뒤를 밀어주는 사람이 있어서 수표까지 트고 어떤 유리 생산 회사의 대리점을 차리고 있었다. 그러다가 갑자기 사업체가 흔들리기 시작했다. 학교나 건설 회사에 납품을 하여 유리를 팔아 왔었는데 과당 경쟁을 하다 보니 이잣돈을 감당해 내지 못했다. 조그만 상점 안에는 하루 종일 빚쟁이들이 들끓었다. 지석이는 빚쟁이의 하나가 되어 그 사무실 직원인 최말순과 으르렁거리며 싸움질을 했다. 그 상회는 얼마 안 가서 완전히 망해 버리고 말았다. 어느 날 길거리에서 지석이는 최말순을 만났다. 그녀는 집에서 놀고 있다고 했다.

최말순은 지석이에게 뻔질나게 전화를 걸어왔다. 지석이는 그 여자를 탐탁하게 생각하지는 않았다. 잘 만나 주지도 않았는데, 그러한 어느 날 극장 구경을 하고나서 시간이 꽤 늦었을 때 두 사람은 예상하지도 않게 여관방 신세를 지게 되었다. 지석이는 최말순에게 약간의 관심을 안 가질 수가 없게 되었다. 그는 다만 한 가지 방향에서 그 여자를 관찰하고 있었다.

최말순은 임신을 했다고 시퍼런 얼굴이 되어가지고 지석이를 찾아왔다. 지석이는 그러나 최말순의 말을 믿지 않는 듯한 표정을 지어 보였다. 결혼을 못 할 것 같으니까 거짓말을 해서 나를 속이는 것이 아니냐고 도리어 호통을 쳤다. 그는 그의 아버지와는 성격이 다른 인간이었다. 최말순은 울었다. 하지만 그는 달래지 않았다. 다음 번에 만났을 때 최말순은 수술을 했다. 배에 들어 있던 핏덩이를 끄집어낸 뒤에 두 사람은 다시 여관방을 돌아다녔다. 최말순은 바보 같은 여자였다.

방정심 여사의 극단적인 반대를 무릅쓰고 두 사람은 결혼식을 올렸다. 좀 이상한 결혼식이었다. 손님은 많지 않았다. 방정심 여사는 교회에서 거식(擧式)하자고, 할 수 없이 얘기를 해 왔지만, 지석이는 그것도 거절했다. 신부는 완전히 시골 여자와 같이 서투르고 어색하고 지친 듯한 표정을 하고 있었다. 신랑은 머리에 포마드도 바르지 않았다. 남의 결혼식에 약간의 부조 돈을 내기 위하여 나타난 것만 같았다. 그날 지석이는 아버지에게 소식을 알렸다. 그가 직접 찾아갔었다. 결혼식을 올리게 되었으니 참석해 주시면 좋겠다고 말했다. 이홍만 씨는 나타나지 않았다.

신혼여행에서 돌아온 뒤로 달라진 것은 아무것도 없었다. 지석이는 갓 결혼한 사내의 밝고 명랑한 표정을 갖지 않았다. 최말순은 방을 얻어서 따로 나가 살자는 말을 한번 했다가 혼이 난 뒤로는 완전한 식모처럼 집안일을 보고 있었다. 결혼 생활은 그런대로 평온하게 유지되었다. 최말순은 나이가 많이 들어 버린 표정으로 집안일을 감당했으며 방정심 여사는 며느리에게 달다 쓰다 말을 삼갔다. 모든 것이 지석이가 의도한 대로 되었다. 지석이는 한창 일할 나이였다. 돈을 벌 나이였고 한밑천 잡아 남부럽지 않게 살 나이였다. 그는 집안일에 대해서 신경을 쓰지 않았다. 그는 부지런히 돌아다녔고 꾸준히 성실하게 활동했다. 세상은 달라져 있었고, 지석이는 아버지와는 달라서 아주 현실적인 인간이었다.

며느리와 시어머니 사이의 냉전(冷戰)을 지석이는 눈치채고 있었다. 하지만 별다른 걱정은 하지 않았다. 겉으로 보자면 사소한 충돌밖에는 없는 것 같았기 때문이었다. 최말순은 이따금씩 남편에게 하소연했다. 시어머니와 시누이의 학대에 대해서 이 이상 참지 못하겠다고 말하곤 했다. 하지만 지석이는 그럴 적마다 아내를 처막아 주었다.

"까불지 말아, 그건 다 네가 행실을 제대로 못 하는 탓이다. 네가 잘해 보렴, 그분이 그럴 리가 없다."

지석이는 집안일에 신경을 쓰고 싶지 않았다. 지옥이가 시집을 갔다.

"이젠 나아질 거야. 시누이가 시집을 가 버렸으니 시원하지?"

지옥이의 결혼식이 있던 날 밤에 지석이는 이렇게 말했다. 어머니도 어머니지만 지옥이가 최말순을 학대하고 있었다는 것을 그는 짐작하고 있었다. 그러자 지옥이는 결혼 생활 반년 만에 집으로 돌아오고 말았다. 방성우는 고등학교 시절에 농구 선수로 활약한 바 있는, 그래서 인생의 절정기를 일찌감치 끝내고 만 듯한, 생활력이 빈약한 인간이었다. 결혼 생활에 실패해서 돌아온 지옥은 올케에 대하여 묘한 적의를 갖고 학대를 했다. 지석이는 그것을 눈치챌 수 있었다. 하지만 그는 참견하지 않았다. 이미 그는 자기 이외의 다른 사람의 얘기를 진지하게 들어주는 법이 없었다. 그는 한창 일할 나이인 삼십 대의 사내였다. 인간으로 인정을 받았으며, 집안에서도 명목 여일한 가장이었다.

최말순이 집을 뛰쳐나가 버린 사건은 지석이로서는 전혀 뜻밖의 일이었다. 그는 아무 눈치도 채지 못하고 있었다. 아내가 가출할 만큼의 고통을 받아 왔다는 것을 알지 못했다. 최말순은 낮에 직장으로 찾아왔다. 다방으로 들어가서 앉자 지나온 일들을 눈물을 흘려가며 얘기했다. 지석이는 묵묵히 듣기만 했다. 지석이에게 발각되지 않게, 그러나 치밀하고 계획적으로 최말순을 철저히 학대했다는 것을 비로소 알았다. 그는 어머니의 싸늘한 성격을 비로소 깨달았다. 아버지가 저러한 어머니에게 참지 못했으리라는 것도 이해가 되었다.

지석이는 며칠 동안 아무런 내색도 나타내지 않았다. 어머니와 지옥이는 잔뜩 경계하고 있었다. 지석이가 어떠한 태도로 나올지를 불안하게 주시하고 있었다. 그러면서 최말순의 비행을 은근한 어조로 폭로하곤 했다. 집안이 잘되고 못되는 것은 오로지 며느리에게 달려 있는데, 제까짓 것이 말도 없이 나가 버렸으니 도리어 잘되지 않았느냐, 무엇이 답답해서 그런 여자와 살려고 하느냐, 새로이 장가를 가도 늦지 않다, 어린애가 생겨난 것도 아니니 걱정할 것이 없지 않으냐……. 지석이는 대개 이러한 소리를 들었다.

하지만 그 누구라도 이것을 우회하여 갈 수는 없지 않느냐. 전통은 그것이 좋은 의미에서 문제되고 있다기보다는 나쁜 의미에서 중요한 문제가 되었다. 앞의 세대의 추함과 실망(失望)이 다음 세대에로 고스란히 계승되고 있다는 것에 전통의 위력은 나타나고 있었다. 그것이 왜 그렇게 될 수밖에 없는가? 인생이 좀 더 신선한 가치를 어찌하여 가지지 못하는가? 무엇이 이를 만류해 놓고 있는가? 이러한 회한이 어느덧 그 나라 그 시대의 생존 방식을 결정해 버리고 마는 것이었다. 사람들은 새롭게 살고 있는 것이 아님을 깨닫게 되고, 본의든 아니든 추한 자기의 존재는 사방팔방으로 모든 것과

연결되며 꼼짝달싹 못 하고 저 전통적인 남루한 옷을 끼어 입고 있음을 깨닫는 것이었다.

지석이는 점점 골치가 아파 왔다. 관자놀이가 세차게 뛰고 있었다. 그는 아버지인 이홍만 씨를 정면으로 바라보기가 두려웠다. 지석이는 권태와도 흡사한 절망감에 휩싸여 있었다. 그는 메마르게, 마치 군침처럼 입안에 고여 가는 흥분을 느꼈다.

인간이란 어차피 인간 이상의 수준이 될 수가 없었다. 아버지는 죄를 저지르면서 자식을 만드는 것이었다. 결국 그 자식은 죄를 계승하는 것이었다. 지석이는 담배라도 한 대 피우고 싶은 생각을 억누르면서, 그의 앞에 앉아 있는 아버지를 퍽 어색하게 마치 소년의 심정으로써 이해하였다. 그는 아버지의 인생에 자기가 이상한 방면으로 개입해 들어가고 있음을 깨달았다. 이유는 단 하나, 아버지는 늙고 자기는 젊었다. 그는 아버지를 위한답시고, 그 무책임한 방랑인에게 굴레를 씌우려고 했다. 단란한 가정이라는 명목으로 아버지를 불러들여 왔다. 그것은 과연 정당한 일이었을까? 그는 자신을 잃어버렸다.

지석이는 자기의 의도가 애초부터 어디에 있었던지를 깨달아 알고 있었다. 아버지를 불러옴으로써 집안을 정돈한다고도 계획했다. 그다음에는 이 골치 아픈 집안으로부터 도망가고자 생각했었다. 그는 최말순이 왜 시집살이를 못 견디어 하는지 알고 있었다. 그는 최말순이 또 하나의 제물이 되고 있음을 느꼈다. 집안 식구들은 모두 이상한 성격을 가지고 있었다. 외래자(外來者)인 최말순을 사방으로부터 공격하여 격퇴시키려고 하는 본능적인 욕구를 가지고 있었다. 그리하여서는 인생의 밑바닥과 마찬가지의 비참한 증오(憎惡)를 퍼부었다.

그는 아버지를 불러들임으로 인해서, 자기가 빠져나갈 수 있으리라 생각했다.

　'실수를 했군.'

　지석이는 생각했다. 그는 분명히 깨달을 수 있었다. 이홍만 씨를 불러들인 것은 무모한 실수였다. 어머니와 화해가 되지 않으리라는 것을 그는 확실히 느끼고 있었다. 물리적인 치료라는 것은 병원에서나 있는 말이었다. 인간 세상사는 그렇게 되지 않았다. 1960년대의 이 시대는 한국에 있어서 초조하고 불안하고 허무한 계절일 뿐이었다. 공연한 평지풍파를 일으켰다고 지석이는 새삼스레 후회했다.

　"아버지는 미안한 마음을 가지셔야 할 겝니다." 지석이는 관자놀이를 누르면서 냉정하게 잘라 말했다. "아버지도 형의 죽음에 관해서는 가슴이 아프시지요? 형은 이십 년 전에 죽어 버렸지만 아버지는 아직 그 일을 잊지 못하시지요? 그런데 아버지는 지금 다시 똑같은 일을 반복하고 계시는 거예요."

　"네가 나한테 그런 말을 하다니?" 이홍만 씨는 아들을 보고 있지 않았다. "너희들은 모른다. 네 어미라는 여자가 어떤 짓을 했는지를 몰라, 생이라는 건 너희들이 알 수 있는 게 아냐. 더구나 일제 강점기의 인생과 지금의 인생은 천양지판으로 달라. 너네들은 몰라. 내가 어째서 너네들을 돌보지 않고, 네 어미를 돌보지 않았는지를 몰라." 이홍만 씨는 방정심 여사를 노려보면서 말을 중단했다. 그러다가 갑자기 큰소리로 말했다. "네 형이 죽은 후에 서울에서 나는 네어미를 만난 적이 있었어. 그리고 나는 네 어미가 어떤 인간인가를 똑똑히 보았어. 똑똑히 알았어."

　"끝끝내 저 거짓부렁 성미를 속이지 못하는구나 글쎄, 흥, 자식들 앞에서 창피하지도 않은가." 방정심 여사는 지지 않고 소리를 질렀다. "내가 서울에 와서 찾아갔던 건 사실이었다. 너희들 어린 자식들을 벌어 먹이느라고 배추장사를 하며 고생하고 있을 때였다. 그래도 남편이라고 서울 골목골목을 뒤져 찾아갔지 무어냐? 저 영감쟁이는 새파란 계집을 얻어서 살림을 차리고 있었다. 내가 들어가려니까(지금도 그때의 원통한 생각이 난다) 글쎄 저 영감쟁이가 나타나더니 머리끄뎅이를 휘어잡는 게 아니냐. 조선 기와집이었다. 벽돌이 상당히 높았어. 거기에다 대고 내 얼굴을 마구잡이로 짓이기기 시작했어. 이년 저년 욕을 하면서 죽고 싶어서 나타났느냐고, 진짜로 죽이고 말겠다고 사정없이 두들겨 팼었다. 나는 한 달 이상을 운신을 못 했었지. 저 영감쟁이가 인간인 줄 아니?"

"이봐, 아가리가 하나밖에 없다면 좀 똑바로 말해. 그 전에 찾아왔을 적의 일은 어째 얘기 않노? 설사 내가 나쁜 놈이었대두 상관없지만, 임자의 행실에 관해서는 어째 말이 없노? 그걸 말해 보란 말야. 똑똑히, 자세히 알아듣게, 자식들 앞에서 얘기해 보란 말야."

"이 살인마(殺人魔), 우리 큰아들을 죽인 살인마."

방정심 여사는 얼굴이 백지장처럼 하얘지면서 이렇게 고함을 질렀다.

"흥, 내가 결코 이런 말을 하지 않으려고 했다. 애들의 장래를 생각해서라도 덮어 두려고 했어."

"그만들 해 두시라니까요."

지석이는 벌떡 일어섰다. 그는 눈에 뜨이는 조그만 반상을 동댕이질을 쳤다. 반상은 산산조각으로 부서지고 말았다.

"도대체 이게 무슨 짓들입니까?"

그러나 이제 지석이의 말에 관심을 기울이고 있는 사람은 아무도 없었다. 지옥이가 그때 발딱 일어섰다.

지옥이는 어머니 앞으로 다가갔다.

"어머니, 가슴 아파하실 것 없어요. 언제 우리에게 아버지가 있었어요? 저 노인은 아버지가 아녜요. 어머니 울지 마세요. 울 것 없다니까요. 다 나가 버리란 말예요. 여기는 어머니 방(房)이에요. 왜 남의 방에 들어와서 행패를 부리고 있느냔 말예요?"

지옥이는 울고 있었다.

이지해의 분노

닥지닥지 붙어 있는 옆집으로부터 일제히 개새끼들이 짖어 대기 시작했다. 이 집에서 커다란 소리가 났으므로 개새끼들은 놀라 버린 것 같았다. 어떤 놈은 목젖을 따 버린 것처럼 꿍얼꿍얼 짖어 대고 있었다. 어떤 놈은 노인이 밤새도록 내뱉는 해소 기침 소리와 흡사하게 캑캑거리고 있었다. 그리고 어떤 놈은 추운 밤하늘로부터 귀신을 보기나 한 것처럼 처량하게 울어 대고 있었다. 여러 개새끼들의 일제히 터져 나오는 울음소리는, 마치 겨울밤이 분노해서 일으키고 있는 소리인 것만 같았다. 이 집안에서 일어나고 있는 시끄러운 싸움질에 화를 내고 있는 것만 같았다.

기온은 급강하하는 모양이었다. 차츰차츰 개새끼들의 울음소리는 멀리 퍼져 갔다. 먼 곳에까지 소리의 외접원을 이루어 개새끼들은 집요하고도 끈질기게 울어 대고 있었다. 지해는 마루문이 있는 곳으로 가서 밤하늘을 바라보았다. 추운 날씨와는 상관없이 맑게 개어 있는 밤하늘이었다. 별자리는 더욱 선명했으며 그리고 아름다웠다. 이윽고 개새끼들의 울음소리는 차츰 잦아들어 갔다. 그리하여 마치 어느 별인가로부터 개새끼의 기진한 소리가 아득하게 들려오는 것 같았다. 지해는 마당으로 나갔다. 겨울바람은 으르렁거리며 달려드는 짐승과 흡사했다. 그녀를 할퀴어 상처를 내어서 함락을 시키려고 하는 것 같았다. 지해는 장독대 옆으로 가서 섰다. 아아 춥구나. 그러나 춥다는 것은 상쾌하다. 그녀는 이렇게 생각하고 있었다. 이내 몸뚱이는 꽁꽁 얼어 들어와 정신을 차릴 수 없을 지경이 되었다. 그녀는 추위를 몹시 탔으나 방으로 들어가고 싶은 생각은 나지 않았다. 추잡한 어른들 사이에 끼여 있다 보면 정말이지 기절이라도 해 버릴 것 같았다. 추운 밤공기의 저쪽으로부터 날아들어오는 불빛이 그녀의 눈에 얼른거렸다.

그녀는 입을 옥물었다. 슬픔이 탈출하여 입 바깥으로 새 나오면 안 된다고 생각했다. 겨울바람 속에는 날카로운 바늘 촉이라도 들어 있는 모양이었다. 얼굴이 아팠다. 그러나 슬픔이 아픔으로 뒤바뀔 수 있다는 것이 좋았다. 얼굴의 피부에 슬픔이 묻어나고 있는 것 같았다. 지해는 이윽고 마음을 가라앉히고자 애를 썼다. 그녀는 이홍만 씨가 친아버지가 아니라는 사실을 확실히 알았다. 이홍만 씨는 그녀와는 상관없는 노인이었다. 그러나 그 사실은 하나도 중요한 의미를 띠는 것은 아니었다. 지해는 새삼스레 그것을 깨달았다. 나는 저 사람들과는 달라. 그녀는 속으로 주장해 보았다. 고통은 사람을 성숙케 하는 중요한 요소임을 그녀는 알고 있다. 고통을 느끼지 않는 사람은 사람답지가 않다고 그녀는 알고 있었다. 그것을 피할 도리는 없다. 그것은 본질이다. 지해는 집안사람들이 왜 이렇게 싸우는지 안타깝게 생각했을지언정 그들이 유치한 어린애들 같다고 생각하지는 않았다. 위엄과 체통이 달아나 버리고 모든 것이 발가벗기어져 버리면 인간은 다만 오물덩어리에 불과하다는 것을 그녀는 느끼고 있었다. 사람들이 정치에 대해 관심을 가지고 엉망진창인 세상을 개탄하고 그것을 개선해 보려고 노력하고, 자기의 삶을 저주하고 증오하는 것은 그들이 오물덩어리에서부터 출발하고 있음을 알기 때문일 것이었다. 얼마나 많은 선량한 사람들이 타인의 눈초리 속에서 악인이 되어야 하는 것일가? 그리고 얼마나 많은 사람들이 자기를 잃어버리고 타인을 잃어버리고 괴로워하고 있는 것일까?

사람은 얼마나 격심한 고통을 감수하지 않으면 안 되는 것일까? 지혜는 어떤 흑인 문학가가 했던 말을 상기했다. 여자는 고통과 환희를 구별할 줄 모른다. 남자는 첫 번의 성교에서부터 희열을 느끼지만, 여자는 순결을 상실당하고, 몸이 깨뜨려지는 고통을 참아야 한다. 여자의 환희는 고통을 길들여서 얻는다. 고통이 환희로 바뀌게 되기까지 여자는 얼마나 벅찬 과정을 거쳐 가야 하느냐. 고통을 감수해야 하는 것이 여자의 운명일뿐더러 그 고통을 소화시키고 익숙하게 하고 인내하여 드디어는 환희를 발견하는 여자의 인생은 얼마나 투쟁적이어야 하는가? 여자는 남자 밑에 깔려서 신음한다. 여자는 남자에 의하여 그 순수성을 박탈당한다. 여자의 순결성이란 깨어지기 위해 존재한다. 그러므로 순결성이란 위장에 지나지 않는다. 여자는 사내에 의하여 그 순수성을 박탈당하고 사내의 밑에 깔려서 신음하고 고통스러워한다. 그러나 보라. 여자들은 그 고통을 사랑한다. 나이가 많은 여자는 압박을 그리워한다. 그들의 몸뚱이를 짓눌러 오던 사내들의 압박을 그리워한다. 그 압박이 없으면 견디지를 못 한다. 그들의 시든 육체를 타눌러 압박하고 학대하고 짓이겨 주기를 바란다. 남의 식민지 노릇을 하다가 해방된 신생 국가에서는 그 신생 국가를 압박하고 학대하고 짓이겨 주는 어떤 폭력의 거친 맛을 그리워하게 된다. 여자들은 압박을 받지 않으면 견디지 못해 한다.

지해는 회상하고 있었다. 사람들은 지해가 어머니를 똑 닮았다고 말해 왔었다. 어머니의 젊었던 시절의 모습과 어쩌면 그렇게 똑같으냐고 감탄 섞인 어조로 말하곤 했다. 그러나 사람들은 이런 말을 할 적에 어떤 불안한 예감을 느끼는 듯한 표정이 되곤 했다. 마치 지해가 순탄하지 않은 미래를 맞이할 것이라고 생각하는 것 같았다. 지해는 사람들의 묘한 표정 때문에 자기가 얼마나 상심했었던가를 회상했다. 그때에는 아무것도 몰랐었다. 하지만 지해는 지금 그것을 이해하게 되었다. 그녀는 어떤 젊은 남자 녀석의 얼굴을 회상했다. 그 녀석은 강원도에서 알게 되었었다. 국민학교 선생으로 있었을 때 담임했던 반의 어떤 학생의 삼촌이 되는 녀석이었다. 서울의 어느 대학을 졸업하고 실의 낙담 끝에 시골에 와서 지내던 녀석이었다. 지해는 그 녀석을 좋아했었다. 시골 사람들의 매서운 눈길을 피해 이따금씩 계곡을 거슬러 올라가며 만나곤 했다. 어느 날이었던가, 그 녀석은 지해에게 달겨들었다. 지해는 그때 말했었다. 저는 아직 버진이에요. 그러자 지해의 심경에 변화가 생겼었다. 일종의 자부심을 가지고 그 말을 했다가 묘한 수치감을 느꼈었다. 그리고 지해는 또 다른 남자 녀석의 얼굴을 회상했다. 강원도에서는 나쁜 소문이 돌았었다. 시골 사람들은 국민학교 선생인 지해가 사내놈과 얼려 다니며, 못된 짓을 하고 있다고 근엄한 표정을 해서 비방했다. 지해는 서울로 올라와서 어떤 약업 회사에 취직을 했었다. 그 녀석은 동료 직원이었다. 나이는 좀 많아서 서른 살가량 되어 있었다. 지해는 그 녀석과 인천에 놀러 간 적이 있었다. 저녁을 먹고 부두 구경을 하고 맥주를 사 주기에 한 잔 마시다 보니 시간이 늦어 버렸다. 그 녀석은 미안해했다. 본의 아니게 시간이 늦어 버렸으니, 어떻게 하면 좋으냐고 사과했다. 두 사람은 할 수 없이 여관방엘 찾아들었다. 이부자리를 따로따로 편 뒤에 전등불을 껐다. 하지만 두 사람은 잠들지 않았다. 그 녀석은 꼼짝도 하지 않고 자는 체하고 있었는데, 지해도 그랬었다. 지해는 배짱을 두둑하게 가졌다. 이 녀석이 달겨들면 어떻게 할까? 그러면 어느 정도 내버려 둘밖에 없겠지. 그러나 그것만은 허락하지 말자. 그것만은 허락하지 말자. 지해는 자기가 여자임을 느끼게 해 주는 묘한 심리 상태에 새삼스레 놀라움을 느꼈다. 모든 여자가 다 나와 같을까? 그렇지 않다면 내가 천성적으로 더러운 피를 타고났기 때문에 그런 것인가. 그러자 그녀는 몹시 피로했다. 저절로 잠이 찾아왔다.

그녀가 반쯤 잠이 들어 있는데 사내는 덮쳐 왔다. 미친 듯이 입술을 찾았고 가슴어리를 비벼 대고 있었다. 지해는 여전히 반쯤은 잠들어 있는 상태 속에 있었다. 그녀는 반쯤 잠들어 있는 상태 속에서 사내의 애무를 받아들이고 있었다. 남성의 애무를 이렇게 열렬히 받아 본 것은 처음이었다. 반쯤은 잠든 상태 속에서 자기의 육체가 놀라울 만큼 충실해지고 생생해지고 확대되고 있음을 느꼈다. 마치 잠들려고 애쓰는 것처럼 그렇게 눈을 감은 채 숨소리가 커지지 않도록 거기에 신경을 썼다. 그러자 아래 부분에 사내의 손이 닿았다. 지해는 꿈틀했다. 사내는 성급하게 서둘러 대고 있었다. 손이 치워지더니 방망이가 닿았다. 지해는 반항하기 시작했다. 힘껏 사내를 밀쳤다. 사내는 헐떡이고 있었고 힘을 쓰고 있었다. 지해는 몸을 뒤틀었다가 있는 힘을 다해 사내를 떠다밀었다. 사내는 나가떨어졌다. 그 뒤로 사내는 용기를 잃어버렸는지 단념했는지 그 이상 그것을 향해 돌진해 오지 않았다. 무엇이 잘못되어 있을까? 어째서 우리 집안은 이렇게 되었을까? 매서운 바람에 버티어 서서 지해는 생각을 계속했다. 일평생을 두고 이분들이 참아낼 수 없었고 증오하지 않을 수 없었던 그 사악한 감정의 정체는 무엇인가? 지해는 그것을 생각해 보았다. 자기가 그것을 알 수 있으리라고는 여겨지지 않았다. 하여튼 사람들은 얼마나 오묘하게 살아가고 있는 것이냐? 지해는 사람이 얼마나 오묘하게 살아가고 있는지 자기가 안다고는 생각하지 않았다. 얼른 따져 보더라도 얼마나 살기 힘든 외적 상황이 가세되어 있었는가. 앞으로는 또 얼마나 많은 변화와 역사의 흔들림이 있을 것인가? 앞으로 삼십 년쯤 뒤에(만약 그때까지도 죽지 않고 살아 있다면) 나는 어떠한 인간이 되어 있을까? 그때에 지해가 이홍만 씨나 어머니와는 다르게 행복을 느끼는 위치에 서 있게 될까? 아니, 더 나쁜 상태에서, 더 추악한 몰골로, 더 괴로워하고 증오하고 아파하게 될 거야. 절망하고 절망하며, 삶을 저주하고 있을 거야……

대문이 흔들렸다. 누가 찾아온 모양이었다. 지해는 문을 열지 않았다. 그러자 문 바깥에 있는 사람은 길게 한 번, 짧게 한 번 버저를 눌렀다. 마치 조금 전의 개새끼들의 울음소리처럼 음산하고 공포에 찬 소리였다.

"누구세요?"

지해는 대문 앞으로 다가갔다.

"나야 나 완준이야."

완준이는 상당히 취해 버린 것 같았다. 그는 혀 꼬부라진 소리로 말했다.

"암만 기다려도 지해가 나타나야 말이지? 그래서 내가 찾아왔지.

어때? 집안싸움은 제대로 진행돼 가?"

지해는 문을 열었다. 완준이로부터 술 냄새가 왈칵 다가왔다. 그것은 묘하게도 육체적인 느낌을 가지고 있었다. 깨끗할 수 없는 인간, 순결할 수 없는 인간의 더러움이 묻어 있는 그러한 육체적인 느낌을 술 냄새는 가지고 있었다.

"웬 술을 이렇게 마셨어요?"

지해는 물었다.

"별로 마신 것도 아냐. 시간을 보내다 보니까 술이 필요했을 뿐야." 완준이는 지해의 손을 잡았다. "이봐, 우리 바깥으로 나갈까? 그래서 술이라도 조금 더 마셔 줄까? 가만있자, 지금 몇 시나 되었나? 아직 아홉 시밖에는 안 되었군그래. 겨울밤은 너무 깊어서 그 속을 궁량해 볼 도리가 없단 말야. 아홉 시밖에 안 되어 있는데 벌써 한밤중 같거든. 이런? 지해는 떨고 있군그래? 그러고 보니 얼굴 빛깔도 아주 창백하군? 왜 이렇게 창백하지?" 완준이는 지해의 턱을 만졌다. "집안에서 한바탕 소동이 벌어진 모양이군? 그러나 그까짓 거 상관할 필요 없어. 나이 많은 인간들은 제멋대로 될 대로 되라지. 젊은이들이 그런 데에까지 책임을 느낄 필요는 없어. 내버려 둬. 상관하지 마. 난 말야, 술을 마시면서 줄곧 지해에 관해서 생각하고 있었어. 그래 어땠어? 22세의 연령은 인생을 조망하기에 적합했어?"

"몰라요."

지해는 말했다.

"그렇지, 그것이 정답이지. 모른다는 것이야말로 가장 정확한 대답이지." 완준이는 상당히 흥분하고 있었다. "난 말야, 지해가 집안 소동에 휘말려 들어가 너무 괴로워하지나 않을까 걱정했다구. 사람이 말야, 너무 괴로워한다는 것은 좋지 않아. 이렇게 지해의 얼굴을 보니 난 안심했어. 지해는 상당히 건강하구만그래?"

완준이는 지해의 팔을 잡아끌었다.

"잠깐 기다려 주세요." 지해는 말했다. "안에 들어가서 코트를 입고 나오겠어요."

"코트를 입고 나오겠다구? 그럼 나와 함께 시내로 들어가서 시간을 보내겠단 말야? 정말로?"

"네 그래요."

지해는 말했다.

지해는 안으로 들어갔다. 마루로 올라와 보니, 안방에서는 여전히들 싸우고 있는 것 같았다. 지석이의 격노한 음성이 들려오고 이홍만 씨의 고함 소리가 들려왔다. 지해는 상관하지 않고 언니와 함께 쓰고 있는 마루방으로 들어갔다. 지해는 코트를 입었다. 벽에는 그녀가 오려 붙인 사진들이 많이 걸려 있었다. 세계의 명화(名畵)라고 불리는 그런 그림도 붙어 있었다. 지해는 의미 없이 그것들을 휘둘러보았다. 그녀는 방을 벗어났다. 안방에서는 여전히들 싸우고 있었다.

"어디 가세요? 언니."

행선이가 놀란 표정으로 쳐다보고 있었다.

"응, 좀 나갔다 올 일이 생겼어. 어쩌면 오늘 밤에는 못 들어올지도 모르겠어. 꼭 하지 않아서는 안 될 일이 오늘 밤에 있어서 그래. 내가 말이지, 내일 아침에는 돌아올 거야. 꼭 하지 않아서는 안 될 일을 오늘 밤에 치르고 나서 말이지, 내일 아침에는 돌아올 거야."

지해는 이렇게 말하고 바깥으로 나갔다.

기온은 점점 급강하하고 있었다. 내일 아침은 상당히 추워질 모양이었다. 그리고 보니 오늘은 벌써 십이월 이십 일이었다. 일 년 중에 가장 밤이 긴 동짓날. 나이를 한 살 더 먹는다는 동짓날, 조금 지나면 크리스마스가 될 것이고 그리고 새해가 되겠지. 해가 지나가고 또 한 해가 새로 찾아온다는 것은 얼마나 귀찮은 일이냐.

지해는 웃었다. 눈물이 조금 나오려고 하는 자기의 지금의 얼굴 표정이 얼마나 아름다울지를 지해는 알 수 있었다.

'이 사내가 이것을 알고 있을지 몰라? 내 얼굴이 얼마나 아름다운가를 알고 있을까?'

지해는 이 사내가 알아주기를 속마음으로 애타게 바라고 있었다. 만약 이 사내가 몰라준다 하더라도 할 수 없지만…….

《세대》, 1969년 5월호

낮에 나온 반달

낮에 나온 반달

서울역 광장(廣場) 1969년
주책이 없는 반달
『아라비안나이트 시집(詩集)』

벌써 저녁 무렵이었다. 서울역 광장은 여느 날과 다름없이 지저분
하고 시끄러웠다. 마치 그 더러움을 청소해 주려는 것처럼 어둠이 내
려앉고 있었다. 주간지를 파는 애들이 소리 지르며 다니고 있고 어
슬렁어슬렁 택시들이 다가들고 있었다. 서울역 광장은 마치 커다란
항구의 부두처럼 또는 화물선의 갑판처럼 붐비고 있는 것이었다.

서울역 광장이 화물선의 갑판처럼 보인다면 사람들은 지향처가
어딘지조차 모르면서 떠가고 있는 승객들일 것이다. 하늘이 껄럭껄
럭 흔들리고 있는 것 같았다. 지방으로부터 올라오는 기차가 도착
되자 여자 아나운서가 애상적인 목소리로 말했다.

"장거리 여행에 얼마나 피곤하십니까. 여기는 여러분의 종착역인
서울입니다. 내리실 때에는 잊은 물건이 없나 확인하시고 순서 있게
차례차례 내려 주시면 감사하겠습니다."

구자석은 집찰구로 나섰다. 그는 대략 7개월 만에 상경하는 길이

었다. 그는 서울역 광장으로 나와서 담배를 한 대 물고 사방을 두리 번거리며 살펴보았다. 광고 네온사인은 이미 불을 지펴 놓고 있었 다. 창문만큼이나 다닥다닥 붙어 있는 아크릴 간판 속에도 전깃불 은 들어와 있었다. 네댓 대의 버스가 코뿔소처럼 돌진하더니 신호 등 앞에 일단 멈춰 서 있었다. 고가도로의 교각(橋脚)은 원래 이 거 리가 바다였었다고 주장하는 것처럼 육중하게 버티어 섰는데 인부 들이 개미 떼처럼 밀려들어 일하고 있었다.

구두 통을 메고 있는 소년 하나가 다가왔다.

"아저씨, 구두 딱셔."

"사양하겠다. 사양하겠어."

"아저씨, 사양하지 마셔."

"개아들이란 소리가 듣고 싶니? 빨리 지나가 버려."

"아저씨, 여관 드셔. 값싸고 조용한 곳인데, 여관 드셔."

"그래, 그럼 구두나 닦자."

소년은 신이 났는지 구두에다가 키스를 하는 시늉을 했다. 남산 마루턱에는 반달이 떠 있었다. 그 반달은 그런데 파랗게 보였다. 주 책이 없기로는 저 반달이 나하고 똑같구나. 구자석은 속으로 이런 생각을 했다.

구두닦이는 구두를 닦았다. 놈은 오십 원을 내라고 우겼다. 구두 닦는 값이 올랐다고 주장했다. 그러나 구자석은 이십 원을 주고 말 았는데, 구두닦이는 이렇게 말했다.

"요샌 촌놈들이 서울 놈들 등을 쳐 먹는단 말이야."

구두닦이와 이별한 뒤에 구자석은 염천교 쪽의 지하도로 걸어갔 다. 많은 노점 상인들이 좌판을 벌여 놓고 앉아서 손님을 부르고 있 었다. 떡장수, 우동장수, 싸구려 혁대장수, 진짜 도마뱀을 방불케

하는 장난감 도마뱀장수, 따따따 소리를 내는 권총장수가 악머구리들처럼 떠들고 있었다.

"팔아요, 막 팔아요, 싸구려로 막 팔아요."

그런가 하면 쥐틀장수도 있었다.

"쥐틀이 나왔습니다. 새 발명 특허를 얻은 쥐틀이 나왔습니다."

쥐틀장수 옆에는 고물 책을 파는 좌판이 있었다.

"골라잡아 한 곡조 꽝, 골라잡아 책 하나 꽝, 무조건 오십 원, 이유 여하를 막론하고 오십 원입니다."

구자석은 쥐틀을 구경하다가 책을 구경하기 시작했다. 옛날 잡지책,『그 여자의 신비』『너는 죽어야 한다』『밤이 타고 있다』따위의 울긋불긋한 외설 서적들, 발가벗고 있으면서도 추위를 타지 않는 처녀를 싣고 있는 외국 잡지책들이 무질서하게 쌓여 있었다.

"한 권 골라잡아 보십시오. 우린 억울할 정도로 싸게 팝니다."

"이봐, 그런 책 없어? 좀 더 근사한 책 말야."

"아하, 그건 좀 곤란한데요" 하면서 책을 파는 자는 충분히 알겠다는 듯이 미소 지었다. 그는 노대(露臺) 속으로부터 한 권을 끄집어냈다.

"이건 무어 신통치 않군그래? 그 책은 없소? 제목이『꿀단지』라는 책인데."

"아하, 그건 못 팔게 되었는 걸요" 하고 행상꾼은 서운한 듯이 말했다.

"그거 사 볼 만한 책은 전혀 없군그래."

이러다가 구자석은 시선이 가닿는 곳에 팽개쳐 있는 책을 한 권 집어 들었다.『아라비안나이트 시집(詩集)』이라는 제목을 붙인 것이었다. 그는 페이지를 열어서 눈에 들어오는 활자를 읽었다.

사고무친 외로운 아라비아 아가씨

카라반이 모이면 공연히 마음 들떠서

하염없이 뜨거운 정염을 태우누나

"이거 얼마냐?" 하고 구자석은 물었다.

"아하, 그 책만은 도저히 싸게 드릴 수 없는데요. 삼백 원은 주셔 야겠습니다."

"아까 당신은 무조건 오십 원 균일이라고 했잖아?"

"좋습니다. 이백 오십 원에 드리죠."

구자석은 결국 그 책을 오십 원 주고 샀다. 그는 지하도로 들어갔 다. 땅속에도 장사꾼은 있었다. 하지만 그는 더 이상 물건을 사지는 않았다. 그는 땅 위로 올라왔다. 버스 차장들이 북 치듯이 버스 옆구 리를 치면서 소리를 지르고 있었다. 저 앞 남대문 쪽으로 네 개의 네 온사인 간판이 동시에 '이비인후과'라는 빨간 불빛을 퍼뜨리고 있 었다. 땅거미가 좀 더 진해졌다.

남대문은 빨갛고 파란 전등불을 달고 있었다. 남대문은 그래서 말하자면 커다란 요정집 대문처럼 휘황찬란했으나, 국보 제1호로 서의 품격은 온데간데없어져 있었다. 어째서, 남대문을 저런 식으로 치장했담.

7억 불. 7억 불이라는 형광판 글씨 밑에 쓰인 숫자는 그런데 5억 3 천 불이었다. 금년도인 1969년도 수출 목표액과 현재의 수출 실적 을 나타내는 숫자라는 것을 아는 데에는 약간의 시간이 필요했다.

구자석은 7억이라는 것을 七億으로 생각하기보다는 七00,000,000 으로 생각했다.

구자석은 전화박스 속으로 기어 들어갔다. 서울에 들어온 후 처음으로 거는 전화였다.

"여보세요."

전화줄 저쪽에서 여자가 말해 왔다.

구자석은 아까 샀던 『아라비안나이트 시집(詩集)』을 들썩거려 보았다. 다음과 같은 시가 눈에 띄길래 주저 없이 그걸 읽어 댔다.

당신이야말로 나의 희망, 나의 목표
당신 모습이 번뜻만 해도 천국 문은 열리고
당신 모습 깜박 사라지면 금세로 지옥

"여보세요, 여보세요, 지금 어디 있어요?"

"그동안 잘 있었어? 나 조금 전에 서울역에 내렸지."

"그럼 금방 나가겠어요. 다방으로 나오세요."

"오늘은 그만두지, 내일 만나지."

구자석은 이러다가 다시 『아라비안나이트 시집』을 들척거려 한 곡조 읊었다.

그리운 당신의 이름이야말로
고독한 나에게는 달고 향기로웠네
흐르는 눈물밖에는 위로도 없었으며
눈물로 슬픔 잊으면 고민도 잊어지리
밤마다 잠 못 이루는 영혼은
천국과 지옥 사이를 방황해야만 했네

"여보세요, 여보세요."

"오늘은 그냥 일찍 자. 연락할 테니까."

구자석은 『아라비안나이트 시집(詩集)』을 읊다가 보니 그만 그 감정에 약간 오염되었음을 느꼈다.

전화를 끊고 나서 그는 뒷골목 거리로 들어섰다. 수많은 여관의 아크릴 간판들이 명멸하고 있었다.

"오늘 밤을 저와 함께 지내세요, 네?" 하면서 여자들이 골목길에서 우르르 뛰쳐나오더니 그를 둘러쌌다. 그는 와락 겁이 났다. 안간힘을 쓰면서 그 여자들로부터 도망치려 했으나 결국 실패했다. 그래서 다시 『아라비안나이트 시집』을 꺼내서 한 수 읽어 주었다.

> 나는 조마조마 남몰래 왔다.
> 냄새 맡는 개 모양으로
> 그대가 올 뒷골목 길을 골라서
> 옷자락 끌며 만나러 왔다.
> 그 뒤에 어찌 되었는지는
> 말하지 않는 것이 예절일 거다.
> 아, 하룻밤을 즐겁게 지낸 황홀한 추억이여
> 나는 세상에 나온 사나이의 보람을 느꼈노라.

구자석은 여러 여자들에게 이 시를 읽어 주었다. 서울시는 완전히 밤이 되어 있었다.

'그렇군. 『아라비안나이트 시집』은 나의 서울 생활에 있어서 재산목록 제1호가 되겠군.'

그는 이 시집을 재산 목록 제1호로 삼았다.

구자석은 스물다섯 살이었다. 그는 164센티의 약간 작은 키에 선량한 인상을 주는 눈동자를 가지고 있었다. 그는 대학을 3학년까지 다니다가 사정에 의하여 중퇴했다. 그 뒤로 인생의 우여곡절을 겪었다. 지난 봄철에 그는 다니던 직장에 사표를 내고 말았다. 그 뒤로 지방을 돌아다니며 발전성도 없는 세일즈맨 노릇을 했다. 하지만 장사가 목적은 아니었고, 여행하는 재미로 다닌 일이었다.

그는 한반도를 세 바퀴쯤 돌았을 것이다. 친구에게는 이런 식으로 편지를 썼다.

'한반도는 좁구나. 세 바퀴쯤 순유(巡遊)하니까 맴을 돈 것처럼 어지럽구나.'

물론 국토는 많이 개발되었다. 그래서 창녀가 없는 도시는 없게 되었다, 그는 김삿갓과 같은 슬픔을 맛보기도 했고, 시골 깡패들에게 끌려다닌 적도 있었다. 세상인심도 많이 달라져 있었다. 주머니에 돈이 떨어져 노숙을 해 본 적도 있었다. 어떤 때에는 아주 비참한 느낌에 떨어졌고, 그리고 어떤 때에는 사람들의 사소한 악(惡)의 문제를 놓고 절망을 느끼기도 했다.

"구자석 씨, 왜 방황하세요? 어째서 정처 없이 떠돌아다니죠? 빨리 서울로 오세요. 어서 자리를 잡아 안정을 이루세요."

어느 날 장거리 전화를 했을 때, 구자석은 아가씨로부터 간절히 타이르는 이러한 말을 듣기도 했다.

"나는 괴로워하는 것은 아냐. 나는 고민하지 않아. 그러나 나는 이 시대를 알고 싶어. 아직 젊으니까 방황해 보는 거야. 사람들이 어떻게 살아 내는지 찾아다녀 보는 거야. 외국으로 나가 공부하며 세계를 구경하는 녀석이 있듯이, 나는 시골길을 밟아 보며 서유기(西遊記)를 엮고 있는 거야."

구자석은 먼 곳의 산봉우리에 깜박이고 있는 불빛을 보는 것처럼, 시골을 헤매면서 항상 서울을 보고 있었다. 서울은 너무 거대해 버린 쓰레기통과 흡사했다. 전국 방방곡곡으로부터 인간과 돈과 물자가 서울로 운반되어 가고 있었다. 해삼과 멍게는 가마니 부대에 싸여서, 지리산 소나무는 빠개져서, 낙동강변의 조그만 읍에 사는 아버지들의 돈은 송금환의 숫자가 되어, 그리고 처녀들은 이미 자의 얼굴을 보며 노래를 듣기 위하여 서울로 올라가고 있었다. 각 지방의 특색은 서울에 와서 무특징의 것으로 변질이 되고, 그러면 서울은 애드벌룬처럼 두둥실 이륙(離陸)하고 있었다.

구자석은 전라도 이리에서 아침밥을 먹다가 갑자기 서울 올라 갈 생각을 했다. 그는 좀 피로를 느꼈다. 이번에 상경해서는 얌전히, 그리고 착실히 살아 볼 결심이었다. 그는 서울역에서 내렸을 때 많은 감회를 가졌다. 그러자 이곳이 조그만 정거장에 불과하다는 사실을 느끼고 놀랐다. 물론 한국에서는 제일 큰 역(驛)이지만, 세계의 변방에 위치하는, 섬나라와 같은, 그런 곳의 한 정거장에 불과하다는 사실에는 변경이 없었다. 그는 여행자들의 무표정한 태도에서 서울역이 하나의 지방 역에 불과하다는 느낌을 굳게 받았다. 하기야 왜정 시대의 서울역이 차라리 지금보다 컸을 테지. '도리우찌'를 쓰고 며칠 계속해서 달려야 할 여정을 앞둔 사나이는, 저 만주 벌판, 시베리아 벌판, 독일, 불란서로 연결되는, 몹시 장중한 선로의 흐름을 머릿속에 그려 봤을 것이다. 그리하여 지구 그 자체처럼 존재하는 선로의 신경 조직에 있어서, 환한 불빛을 퍼뜨리고 있는 하나의 커다란 점으로 '서울역'을 의식하는 넓은 상상 세계를 가졌을 것이다.

그는 사람들이 출찰구로 빠져나갈 때의 표정을 관찰했다. 그들은 광주와 목포와 이리 등의 도시에서 기차를 탄 사람이었다. 그들은 너무도 닮은 얼굴을 하고 있었다. 그들은 여행을 하고 있다는, 또는 했다는 깊은 표정을 그려 갖고 있지 않았다. 그들이 며칠씩 걸리는 긴 여행을 해 본 것이 아니기 때문인 것인가, 아니면 그들의 생활에 있어서 여행이 하나의 사무였기 때문이었을까. 구자석은 일부러 맨 마지막에야 역을 벗어났다. 파도가 지나가 버린 텅 빈 역 구내로 시선을 돌렸을 때, 그는 선로와 기관차와 구름다리와 화물 차량들이 좀 더 크고, 높고 넓게 확대되고 삐걱거리고 짖어 대기를 바랐으나 그런 일은 생기지 않았다.

서울역 광장으로 나서자, 차량과 인파와 건물들이 숨 막히도록 앞을 가로막았다. 고가도로 공사와 철도청 빌딩 공사로 거리는 더욱 지저분하고 우중충했다. 남대문에 이르기까지 길 양편을 채우고 있는 빌딩들의 배때기에 붙어 있는 간판들이 낮도깨비처럼 그의 눈알을 후려쳤다. 그러자 그 간판들이 인간들의 모습으로 뒤바뀌었다. 넘쳐나게 많은 사람들이 웃고 떠들고 화내고 분노하고 주저앉고 뺑소니치고 불끈거리고 있었다.

'바로 이것이다. 그 어떤 성인(聖人)도 이 분위기에 섞이면 도리가 없을 것이다.'

구자석은 많은 사람을 서울역 광장에 초대하고 싶었다. 소크라테스를, 예수를, 공자를, 헤겔을, 도스토옙스키를, 앙드레 지드를, 니체를, 노신(魯迅)을, 박연암을, 김정호를 지금의 이 서울역에 초대하고 싶었다. 그렇다면 그들은 긍정할 것이다. 지금의 한국의 이 모든 것을 긍정할 것이다. 그리고 부정할 것이다. 지금의 한국의 이 모든 것을 부정할 것이다. 한국에서 일어나고 있는 사회적인, 인간적인 조건들을 앞에 놓고 기운이 없어져 감을 느낄 것이다.

얼마 지나지 않아 구자석은 어느덧 틀림없이 서울 시민이 되어 있었다. 그는 평범한 행인이 되어 있었다. 지저분한 거리가, 버스가, 행상꾼들이 의당 당연하게 납득되었다. 그는 아주 빨리 이 도시의 분위기에 길들어져 갔다.

『아라비안나이트 시집』을 들고 그는 시청 앞으로 빠져나왔다. 그는 마치 시대를 잘못 알고 태어난 방랑 시인처럼 어슬렁거리며 도심 지대의 포석(鋪石)을 짚었다. 퇴근을 하는 사람들로 거리는 복잡했다. 중앙일보사 쪽으로부터 기름이 반지르르한 청년들이 잘 닦인 얼굴에 미소를 인쇄해서 활보해 오고 있었다. 구자석은 자기의 행색이 초라해진 것 같아서 열등감을 느꼈다. 그가 이런 식의 열등감을 느끼게 되었다는 것은, 그러니까 서울에서의 생활 방식일 것이다. 지방에서는 깨끗한 양복을 입고 다니면 여간 행동하기에 불편하지 않았다.

'그렇다, 나는 틀림없이 서울로 돌아온 것이다.'

구자석은 육교의 계단을 싸움 싸우듯 올라가면서 생각했다.

'내가 아무리 잘난 체해 봤자 나는 4백80만 서울 시민의 한 분자일 뿐이다. 나는 결코 한 분자 이상의 자만심을 가질 수 없다.'

구자석은 버스 정류장 앞으로 왔다. 어떤 지방에서는 정류장이라는 말을 쓰는 대신 승강장이라고 불렀다. 그런데 엄밀한 의미에서 말하자면 정류장과 승강장은 다를 것이다. 승강장은 이렇게 복잡하지는 않으니까.

'나는 어디로 가려는가.'

구자석은 시계를 보면서 생각했다. 그의 아버지는 아버지대로 따로 나가 살고 있었고, 형은 형대로 혼자 살고 있었다. 어머니는 여동생과 함께 이문동에서 살았는데, 얼마 전에 이사를 갔다는 소식을 들었다.

서울에 왔다고 해서, 그는 자기 집안사람들을 찾아가고 싶은 마음은 별로 없었다. 그의 가족들은 독립심이 강하면서도 센티멘털한 사람들이었다. 어렸을 때에는 그렇지도 않지만 일단 성장하고 나면 약속이라도 한 듯이 제멋대로들 행동하고 있었다. 가족 간의 유대는 끊어지고 뿔뿔이 흩어져 살고 있었고, 제 혼자의 힘으로 고민 덩어리를 하나씩 움켜쥔 채 아등바등 대는 것이었다. 구자석은 고향이 없고, 가정이 없는 청년이었다.

　'그러고 보니 갈 데가 마땅치 않구나.'

　그는 전깃불을 집어넣어 달덩이처럼 떠 있는 애드벌룬을 바라보았다. 갈 데가 마땅치 않다는 사실이 그를 슬프게 했다. 그러나 조금 뒤에 그는 슬퍼하지 않기로 했다. 갈 데가 마땅치 않다는 것은, 어디든 가 볼 수 있다는 의미가 될 수도 있을 것이다. 그는 누구보다도 자유스럽다고 생각했다. 그는 아직 젊었다. 자기의 노력과 의사에 따라서는 어떠한 일이든지 해낼 수 있을 것이다. 하지만 낙관론은 그만두자. 그는 또 스스로 타일렀다. 마침 버스가 한 대 정거했다. 그는 주저 없이 올라탔다. 어디로 가는 버스인지도 그는 알려고 하지 않았다. 이 세계가 어느 방향으로 움직여 가고 있는지를 모르는 것처럼 당분간 그도 또한 자기가 어느 방향으로 나아가고 있는지를 알 수 없을 것이다.

　버스는 움직이기 시작했다. 만원이 된 버스가 그를 감동시켰다. 사람과 사람 사이의 거리(距離)가 이토록 단축될 수 있다는 사실이 그를 감동시켰다. 버스가 흔들릴 적마다 그는 옆에 서 있는 여대생의 어깨를 툭툭 건드리게 되었는데, 여대생은 전혀 화를 내지 않고 있었다. 버스의 앞창에 비치된 라디오에서 들려오는 유행가가 그를 감동시켰다. 그리고 그때 떠들기 시작한 행상꾼이 그를 감동시켰다.

"차내에 계시는 손님 여러분에게 잠시 동안 실례의 말씀을 드리겠습니다. 금반 대도공업주식회사에서는 발명 특허와 미장 특허를 얻은, 새롭고도 획기적이며 놀라운 칫솔을 생산해 냈습니다. 여러분도 아시다시피 과거의 칫솔은 얼마 쓰지도 않아서 살이 빠져 버린다거나 손잡이가 부러지는 등 불편한 점이 많았던 것입니다. 그리하여 본 칫솔은 손잡이와 살이 빠져 버리면 금방 새것으로 갈아치울 수 있고, 또 휴대하기에 편리합니다. 잠깐 가격을 말씀드리자면, 시중 상점에서는 오십 원씩에 판매하고 있으나, 여기에서는 특별 선전을 한다는 의미로 일금 이십 원에 모시도록 하겠습니다. 일금 이십 원올시다. 필요하신 분은 지나가는 길에 말씀하세요. 신발명 칫솔입니다."

구자석은 그 칫솔을 하나 샀다. 그는 버스 안에까지 침투해 들어온 제3차 산업의 행위에 익숙해 있지는 않았다. 하지만 마침 칫솔이 하나 필요했던 참이었다.

버스는 점점 만원이 되어 갔는데, 구자석은 그럴수록 기분이 좋아졌다. 사람과 사람 사이의 거리(距離)는 버스가 만원일수록 가까워 갈 것이다. 사람과 사람 사이의 거리를 완전히 메우려는 것처럼 만원이라면 더욱 좋을 것 같았다. 다른 승객들은 버스 차장에게 막 화를 내고 있었다.

그러나 구자석은 버스 여차장 편이었다. 어떤 젊은 녀석이 버스의 만원을 기화로 해서 슬쩍 여자의 가슴을 만지고 있었다. 구자석은 버스가 흔들리는 기화를 잡아 그 녀석의 옆구리를 내질렀다. 물론 그는 만원이 된 버스를 타고 있는 이 순간에, 자기가 확실히 서울로 돌아와 있음을 잘 느끼고 있었다.

젊으니까 방황한다

차내(車內)에 계신 손님 여러분

복덕방(福德房)의 철학자(哲學者)

만원 버스는 술 취한 사람처럼 위태롭게 달려가고 있었다. 차가 급정거할 때 구자석의 몸뚱어리는 뒤로 나자빠졌다. 관성에 관한 뉴턴의 법칙은 이 만원 버스에도 제대로 해당이 되고 있는 것 같았다. 그는 제멋대로 달리는 운전사에 대해서 불평 한마디 하지 않는 승객들의 무표정한 세련성에 감동했다.

아스팔트 도로는 가도 가도 그칠 줄을 모르고, 주택들은 수풀처럼 끊임없이 펼쳐져 있었다.

버스는 아랑곳없이 고개를 두 개나 넘고, 서민 아파트들을 먼 경치로 구경하던 버스는 이윽고 종점에 도착했다.

그곳은 흡사 지방의 어느 소도시를 연상시켜 주었는데, 구자석이 처음 와 보는 동네였다. 약방·다방·제과점·술집·당구장·복덕방……들이 먼저 눈에 띄었고 파출소·이발관·극장들이 근거리에 보였다. 산허리에는 깨알 같은 전등불이 하늘의 별만큼이나 촘촘히 박혀 있었다. 구자석은 지나가는 행인을 붙잡고 물었다.

"실례지만, 여기가 무슨 동(洞)입니까."

"나도 몰라요. 새로운 동(洞)이 자꾸 탄생하고 있으니 어떻게 일일이 알 수 있소?"

구자석은 어슬렁거리며 돌아다니다가 눈에 띄는 '황금복덕방'으로 들어섰다. 그 복덕방은 신문사 지국을 겸하고 있었다. 소년들이 몰려들어 신문을 분배하고 있었다. 꼭 소매치기단의 왕초처럼 우락부락하게 생긴 사내가 꽥꽥 고함을 지르다 말고 구자석을 바라보왔다.

"무슨 용무로 오셨지요?"

"집을 하나 볼까 해서 왔습니다만."

"사려는 거요, 전세를 들려는 거요."

"이쪽 집값은 어떻습니까?"

"많이 올랐소. 앞으로도 신나게 오를 거요. 그래, 댁에서는 어느 정도 '겐또'[1]를 하시는데?"

"글쎄요, 방을 하나 빌릴까 합니다."

"전세로 하자면 이십만 원은 주어야 할 거요. 방 하나에 이십만 원이면 싼 거예요. 댁은 이십만 원이 싸다고 생각지 않으슈?"

"전혀 싸다는 생각이 안 드는군요."

"싼 거예요, 싼 겁니다" 하고 그 남자는 주장했다.

"그럼 어디 집 구경을 다녀 봅시다. 마침 저 앞에 전세방이 하나 나왔거든. 내 그 집 주인을 잘 알아요. 한국전력의 계장인가 과장인가 하는 사람인데, 아들이 두 명 있고, 내외간에 금실이 참 좋아. 이 사람네가 낮에 너무 적적해서 전세를 하나 들이려고 하는 겁니다. 부엌까지 따로 나 있는 방인데, 아마 틀림없이 마음에 들 겁니다. 그건 그렇고, 댁은 혼자시요? 아니면 부인이 있소?"

"사실은 하숙방을 구해도 좋겠습니다마는……."

"아하, 독신인 게로구면. 아마 '집 없는 천사'일 게고, 어디 또 맞혀 보리까?"

"그만두십시오."

"이봐요, 젊은이. 아직까지는 이 동네가 발전이 덜됐소. 그래 서울

---

1) 수를 헤아리거나 어떤 일을 예상하거나 고려함을 의미하는 일본어. 겐토(けんとう).

보통 시민들이 사는 곳이지만 내년엔 특별 시민도 많이 몰려나올 거요. 복덕방쟁이라고 깔봤다간 큰일 납니다. 복덕방쟁이는 철학자라, 이런 말씀이거든. 이 시대가 어떻게 돌아가고 있는지를 누구보다도 잘 알거든. 사실 내가 이 철학놀음을 시작한 지는 꽤 오래되었소. 한번 꼽아 보리까?"

복덕방 철학자는 말을 계속했다.

"내가 안 다녀 본 동네가 없을 거요. 저쪽 갈현동·도봉동·상계동·신림동·봉천동·대림동·사당동·화곡동·거여동……을 줄곧 돌아다녔소. 그런데 내가 갔을 적엔 항상 한 발자국 늦더란 말이거든. 단물은 다 빨아 먹힌 뒤더란 말야. 철학을 하려면 눈치를 살피지 말고 주체성을 살려야 하는 거야. 이보우, 젊은이. 어디 이런 철학놀음 해 보고 싶은 마음 없소? 복덕방 철학도 요새는 젊은이래야 되거든."

"그러나 복덕방 철학도 현실화되었어요. 요새는 재벌들이 저저금들 하고 있지 않습니까? 장위동을 가 보면 알 수 있어요. 구 장위동은 발전이 느린 데 반해 신 장위동은 세련된 주택가로 등장했거든요. 왜 그러냐 하면 한국 유수의 재벌이 신 장위동에서 땅장사를 해서 개발을 했기 때문이죠."

"어허, 그거 젊은이는 상당히 고급 철학에까지 통달했군. 하긴 그래. 복덕방 철학도 한물갔어. 땅장사가 제대로 잘된 시절은 지났거든."

"그러나저러나 미안한 말씀을 드려야겠습니다."

구자석은 말했다.

"사실 저는 전세방을 얻을 형편이 못 됩니다. 공연히 헛걸음시켜서 죄송하네요."

"하하, 그거 참, 젊은이가 너무 배짱이 없군. 나도 그만 눈치는 챘소. 집 구경은 세상 구경이요. 이왕 나선 길이니 구경이나 해 봅시다.

저기 보이는 저 집이요."

복덕방 철학자가 손으로 가리킨 집은, 평평한 그 동네를 절도 있
게 채운 똑같은 집들 중의 하나였다. 수백 채의 집이 감쪽같을 만큼
닮아 있었다. '이곳 주민들은 자기 집을 찾아내기가 힘들겠는걸' 하
고 구자석은 생각했다.

구자석은 집 구경을 했다. 대문 위에는 버저가 달려 있었다. 그런
데 옆집에서도, 그 옆집에서도, 똑같은 버저 소리가 났다. 그것도 닮
아 있었고, 같은 나이 또래의 식모애들이 옆집에서도, 그 옆집에서
도 대문을 열어 주기 위해 나왔다. 조그만 정원에는 장난감 같은 화
단이 있고, 지붕 위에는 텔레비전 안테나가 달려 있었다. 개새끼가
멍멍 짖어 댔다. 주인 여자는 서른다섯 살가량 되어 보였다. 뻥뻥한
맘보 즈봉²⁾을 입고 있었다. 네 살쯤 된 아들 녀석이 강아지처럼 따
라 나왔다.

"아하, 아주머니 안녕하셨소? 마침 참한 청년이 방을 보겠다기에
이렇게 찾아왔구려. 이거 너무 시간이 늦지 않았겠소?"

복덕방 철학자는 안으로 들어섰다.

"이봐, 젊은이, 들어와 들어와. 복덕방 철학의 재미가 이것이거
든. 아무 집에나 들어가서 그 세간살이며, 살림 규모를 볼 수가 있
거든."

"상당히 잘사는 집 같습니다."

"규모 있는 집이요. 어떻소, 마음에 끌리지 않소?"

그 집은 5만 원 정도의 수입이 있는 사람의 살림 규모였다. 구자
석은 안방·건넌방·마루·부엌·변소를 구경했다. 주인 남자는 미술

---

2) mambo pants. 1950년대 말에 유행한 통을 좁게 하여 다리에 꼭 끼게 만든 바지.

과는 거리가 먼 사람인 것 같았다. 피카소의 그림을 거꾸로 붙여 놓고 있었다.

구자석과 복덕방 철학자는 다시 거리로 나왔다.

"이봐, 젊은이? 서울 시민들이 어떻게 살고 있는지 잘 봤소?"

"예, 잘 봤습니다."

"그런데 도저히 저 방을 얻을 형편이 안 되오?"

"미안합니다."

"정말 유감이야, 저렇게 좋은 방을 놓치다니……."

'너는 아직 서울 시민이 될 자격이 없다. 네가 몸 쉴 방이 없지 않으냐.'

그는 걸으면서 곰곰 생각했다. 이담에 방을 얻을 형편이 되면 저 복덕방 철학자에게 부탁하자.

구자석은 어느덧 주택가들이 끝나는 곳에 이르렀다. 그곳은 산중턱이었다. 그런데 여기저기에 석대(石臺)를 대어 택지 조성을 한 공지가 보였다. 어떤 곳에서는 바야흐로 집이 세워져 올라가고 있었고, 어떤 곳에서는 잔뜩 재목을 쌓아 두었다. 말하자면 그곳은 현대 인간들이 사는 곳이 아니라 고대 인간들이 사는 곳인 것 같았다.

'그렇다, 사람들은 어디에서든지 살 수 있는 것이다.'

구자석은 산허리를 휘감아 좀 더 올라갔다. 시야는 트이어 왔으나, 사람들은 산꼭대기에까지도 살고 있었다. 그중의 어떤 곳에 술집이 하나 있었다. 구자석은 그 집 안으로 들어갔다.

그는 막걸리를 두 사발 들이켠 다음에 바깥으로 나왔다.

노숙(露宿)
소주(燒酒)는 '쏘주'라 불러야 한다
누구나 괴롭다

구자석은 휘파람을 불었다. 그는 이 부근(附近) 어디에서 오늘 밤 노숙(露宿)을 해 보리라 결심을 세웠다. 그는 서울에서의 첫날밤은 반드시 노숙을 해 보겠다고 작정을 하고 있었던 것이다.

'그렇다, 오늘 밤 노숙을 하는 것이다.'

구자석은 석축을 쌓아서 택지 조성을 한 공터를 여기저기 돌아다녔다. 반달은 서쪽 하늘편에 걸려 있었다. 가느다란 달빛을 받아 그 일대는 마치 이집트의 고대 유적지(遺蹟地)처럼 살벌했다.

'담배는 넉넉히 있군.'

구자석은 주머니를 뒤져서 담배가 열한 개비나 있다는 사실을 확인했다.

'그리고 내게는 건강한 육체와 건강한 정신이 있지 않느냐. 그까짓 하룻밤 노숙쯤 불편할 건 없어.'

그는 휘파람을 불면서 산허리를 오르락내리락했다. 그는 저 밑으로 전개된 불빛의 행렬을 바라보았다. 수천, 수만 개의 방(房)이 저곳에 따뜻하게 밀폐되어 있겠지. 사람들이 감방 같은 자기 방 속에서 꼼지락거리며 가정생활을 즐기고 있겠지.

'그러니 결국은 내가 얼마나 더 자연스러우냐.'

구자석은 마침 한 장소를 발견했다. 이미 건축 공사가 시작되어 있는 곳이었는데 블록 담장이 높게 쳐 있었다. 그 안에는 다행스럽게도 가마니가 열댓 장 쌓여 있었다. 구자석은 시멘트 위에 가마니를 댓 장 깔고 자기 옷 위에다 두 장쯤 덧둘러쳤다.

'다른 사람이 보면 거지로 알겠구나' 하고 생각하면서 구자석은 웃었다. 그런데 다른 사람은 없었던 것이다. 그는 이곳에 들어찰 집을 생각했다. 그리고 이 집에서 살게 될 사람들을 생각했다.

'미래의 이 집 주인이 될 사람이여. 1969년 10월 이곳에서 고뇌하는 젊은 영혼이 하룻밤을 지새우고 갔다는 것을 그대들은 모르리라.'

어느덧 밤은 깊어 있었다. 먼 곳으로부터 마른번개가 치는 것처럼 자동차들의 클랙슨 소리가 들려왔다. 구자석은 손으로 자기 하체에 달을 감싸 쥐고 앉아 있었다. 그는 이제부터 바야흐로 명상에 잠길 작정이었다. 하룻밤 노숙을 하면서 눈을 뜬 영혼으로 자기 자신의 문제와 인생살이에 대해서 곰곰 생각해 볼 작정이었다.

그러는데 얼마 멀지 않은 곳으로부터 노랫소리가 들려왔다.

> 영자의 입술은 작부집의 술잔인가
> 이놈도 맞춰 보고 저놈도 맞춰 보고
> 영자의 배때기는 한강수의 나룻밴가
> 이놈도 올라타고 저놈도 올라타고.

'저기에도 울부짖는 청춘이 있구나. 이왕이면 열심히 울부짖어라.'

이렇게 생각하다가 구자석은 술 한잔 생각이 났다. 그는 결심을 하고 일어났다. 자기 몸에 둘러쳤던 가마니를 벗겨 내고 나서 노랫소리가 들려오는 곳을 향해 걸었다.

가 보니까 그곳은 삼분의 이쯤 공사가 끝난 신흥 주택이었다. 젊은 녀석 두 명이 집을 지키기 위해서 와 있었다. 그들은 모닥불을 피워 놓고 소주를 마시고 있었다.

"여보십쇼" 하고 구자석은 말했다.

"안녕하십니까?"

"뭐야? 왜 그래?"

"아닙니다. 그냥 노래하십시오."

"남이 노래하든 말든 무슨 참견이야? 당신 우리한테 시비 거는 거야?"

상대방의 두 청년은 수비와 공격의 자세를 갖추었다.

"여보시오, 그럴 리가 있소?"

구자석은 하하하 소리를 내어 웃었다.

"나도 당신들과 비슷한 처지라 이겁니다. 저 위의 빈집을 혼자 지키자니 따분해 죽을 지경인데 노랫소리가 들리기에 찾아온 겁니다."

"그래요? 그럼 좋아요" 하고 두 명 중에서도 술이 더 취한 녀석이 말했다.

"이리 와서 술 한잔 받으쇼."

"아니, 그럴 것까지는 없는데."

구자석은 술잔을 받았다.

"생각해 보라구" 하면서, 그들은 여태까지 저네들끼리 나누었던 듯한 대화를 계속했다.

"김 씨가 말야, 나를 쫓아내겠으면 쫓아내라 이거야. 하지만 나도 야마가 돌 대로 돌았다구. 히네루를 가꾸로 멕여 가지고 확 쑤셔 버릴 수도 있다구."

"인마, 김 씨를 나무랠 것은 없어" 하고 그들은 얘기했다.

"칠 푼 이잣돈을 끌어다가 집을 맹글어 놨는데 팔리지는 않구 하니까 환장할 지경이 아니겠어?"

"그러나 이건 다르잖어. 엉? 내가 어제 순자를 만나서도 얘기했지만 순자도 그러더라. 김 씨는 날마다 코로나 택시만 타고 다니구, 맥주만 마시면서 밑의 사람 돈을 주지 않는다구 말야. 너두 알지만 난 의리가 깊은 인간이라구. 사실 이 험난한 세상에 의리도 없이 어떻게 살아 나가겠어? 내가 여태까지 참아온 것두 의리 때문이란 말야.”

“그렇담, 내일 김 씨를 만나서 네 얘기를 전할게.”

“제발 좀 그래 줘. 너도 알다시피 순자가 말이다, 임신 삼 개월이 아니니? 빌어먹을 년이 쫄쫄 눈물을 짜는 데는 인간 환장할 지경이라구. 그러니 내가 너 언제 봤느냐 하는 식으로 차 버릴 수도 없고, 최소한도 병원에 끌고 가 봐야 하잖겠니?”

“야야, 그만두고 우리 노래나 뽑자.”

“좋아. 노래나 뽑자. 이왕이면 고복수 노래나 뽑아 볼까? 아, 형씨는 자 한 잔 더 드시라구. 그리고 노래나 한 곡조 뽑구.”

순자의 애인이 되는 남자 녀석이 말했다.

“실례지만 어느 집을 지키고 계쇼? 저 위의 최 씨네 집인가?”

“바로 그 집입니다.”

“최 씨는 한몫 단단히 잡았지. 기마에가 있거든. 아싸리하단 말야. 집 장사를 해두 그렇게 해야 한다구.”

“최 씨네 밑에서 일하쇼? 그렇담, 내가 알 만한데?”

“아닙니다. 나는 저 집을 사 갖고 온 사람이에요.”

“그렇담, 우리와는 족보가 다르군. 이 세상에 무어니 무어니 해도 노가다판이 왓따라, 왓따야.”

“야 덕필아, 그건 그렇구, 죽만이가 말이지, 제가 대학엘 다녔으면 다녔다 이거야. 노가다판에 대학이 어디 있어? 일 잘하는 놈이 최고지. 제깐 새끼가 대학 다녀서 해 놓은 게 무어야? 군대나 기피하고 다닌 일밖에 더 있느냐 이거야? 난 그 새끼 한번 주물러 줘야겠어. 그 새끼 허파가 축구공처럼 부풀어 오르도록 주물러 줘야겠어.”

그러다가 그들은 다시 노래를 뽑았다. '인생은 무엇인지, 청춘은 즐거워……마시고 또 마시어……취하고 또 취해서…….'

"정말이지 난 못 참는다구. 죽만이가 대학 다녔다구 재는 거 보면 못 참는다구. 이거 점점 야마가 도는데? 지금 당장 죽만이 새끼 찾아가서 주물러 주고 와야겠어."

"야 악자기 다물구 가만있으라니깐. 이거 형씨 미안하게 됐시다. 잔 한 잔 더 받구, 우리 같은 청춘끼리 신나게 마시자, 내 말은 이거라구. 제기랄, 그거 왕년에 성병 안 걸려 본 사람 있나? 그거 왕년에 빵깐 안 댕겨 온 사람 있나? 그거 왕년에 돈 안 벌어 본 사람 있나? 형씨, 음담패설이나 한마디 하쇼."

구자석은 음담패설을 한마디 했다. 그러고 나서는 지방 돌아다니며 겪었던 얘기를 한 가닥 들려주었다.

"그럼 내가 수수께끼 한마디 할 테니 풀어 보쇼! 이 세상에 말입니다, 이 세상에서 제일 차가운 물건이 무언지 아쇼?"

"그야 뻔하지. 그놈의 물건이 제일 차갑지. 너무 차가워서 자꾸 뜨뜻한 곳 속으로 들어가고 싶어 하거든."

"제기랄, 이거 용태가 바짝 서는데? 그놈의 물건이 제일 차가운 거라. 야, 덕필아, 너 무슨 얘긴지 알겠니? 난 가서 순자나 만나 봐야겠다."

"개새끼, 너만 애인이 있는 줄 아니?"

"아냐, 이럴 때가 아냐. 가서 순자를 만나 봐야겠어."

"인마, 같이 가. 그거 형씨는 우리한테 술도 한잔 얻어 마셨으니, 이 집 한 두어 시간만 지켜 줄 수 있겠소?"

"좋도록 합시다. 어차피 난 이 근처에서 자야 하니까."

그러자 두 명의 청년은 가 버렸다. 구자석은 아직도 꽤 남아 있는 소주병을 들여다보았다. 나무때기를 더 긁어모아 불을 살렸다.

　그는 그러고 앉아서 천천히 소주를 핥았다. 사람들은 소주를 '소주'라고 부르는 법이 없었다. 사람들은 그것을 '쏘주'라고 불렀다.

　구자석은 왜 사람들이 소주를 '쏘주'라고 부르는지 알고 있었다. 그들은 술을 마시는 것이 아니라 울분을 마시는 것이기 때문이었다.

　두 명의 청년은 통금 시간이 임박했어도 돌아오지 않았다. 그 대신 다른 청년이 한 명 올라왔다. 눈썹이 진하고, 뱁새눈을 가진 인간이었다. 그는 구자석을 보자 대뜸 심상치 않게 나왔다.

　"당신은 뭐야?"

　"덕필이 친구요" 하고 구자석은 말했다. 아까 청년 중의 하나가 덕필이었다는 사실을 그는 기억했다.

　"덕필이 친구면 친구지 왜 여기 꼽사리 꼈어?"

　"덕필이는 순자를 만나러 갔거든."

　"어차피 나는 여기서 자야겠는데, 당신은 내 마음에 안 들어. 그러니 비켜 주었으면 좋겠어."

　"비켜야 할 건 내가 아니라 당신인걸."

　"이봐, 승강이하고 싶은 기분 안 생겨. 그거 쏘주병이나 이리 내."

　구자석은 술병을 돌려주었다.

　"이제 그 정도 하고 우리 인사나 하고 지낼까?"

　"인사는 무슨 개나발 같은 인사람? 노가다 노릇 해 먹는 인간들이 예절 차리게 됐나? 말하고 싶으면 얼마든지 혼자 지껄이래지."

　구자석은 입을 다물고 말았다. 그동안에 상대방 사내는 소주병을 통째로 들이켜더니 어느새 다 마셔 버리고 말았다.

　"이봐, 돈 갖고 있는 거 있어? 난 주머니가 비었어. 그 대신 술은 내가 사 오도록 할 테니까."

구자석은 주머니에서 백 원을 꺼내어 주었다. 그 사내는 이 홉짜리 소주병을 사 가지고 왔다.

"자 마실 만큼 마시고 건네지그래."

구자석은 두어 모금 마시고 나서 그 사내에게 주었다.

그러고 나서 그는 먼저 쭈그려 앉아서 잠을 청했다. 구자석은 결국 오늘 밤 노숙(露宿)을 하지 못하고 말았다는 것이 서운했다. 하지만 넓은 의미로 따져 본다면 이것은 노숙의 일종일 것이었다.

"이봐, 여기 술 조금 남았어. 이거 들라구" 하고 상대방 사내는 말했다.

"이런 데 와서는 밤을 새우는 게 원칙이야. 내가 얘기를 좀 할 테니까 들어보겠어? 대학물까지 먹어 본 놈이 어쩌다가 이런 일까지 하게 되었지만, 이젠 이것도 끝장이야. 내일부터는 좀 다른 일을 하게 되었거든. 아니, 당신한테 얘기해 보았자 소용없겠군."

그 사내는 바깥으로 나가더니 꽥꽥 고함을 지르고 있었다. 그동안에 구자석은 얼마 안 남아 있는 술을 마저 비웠다.

그 사내는 다시 돌아오지 않았다. 그리하여 구자석은 그 낯선 건축 공사장에서 하룻밤을 지새우게 되었다.

내 꿈을 支配하는 者는 내가 아니다
구자석(具滋錫)과 '그자석'
왕정복고(王政復古) 혁명(革命)

하늘은 짙은 고동색으로 보였고, 마치 엘 그레코의 그림처럼 이
상한 선명함을 가지고 있었다. 바람이 붊에 따라서 이 세계는 경미
하게 흔들리고 있는 것 같았다. 구자석은 자기 마음이 천 갈래 만
갈래로 빠개지는 듯한, 마치 정신병자라도 된 듯한 이상한 탈진 상
태에 빠져 들어갔다. 먼 데서 개새끼들이 음산하게 짖어 대고 있었
다. 구자석은 이마를 짚었다. 그러다가 모닥불이 죽지 않도록 나무
때기와 가마니 부스러기를 주워 모았다. 구자석은 얼마 남아 있지
않은 백조 담배를 한 개비 물고 나서, 수첩에다가 낙서를 하기 시작
했다.

나는 구자석(具滋錫)이다. 나는 25세의 대한민국 국민이며, 능성
구 씨 집안의 자손이다. 이다음에 아들을 낳으면 나는 구본대라고
이름을 지을 예정이다. 구 씨 가문에서는 자(滋) 자 돌림 다음에는
본(本) 자 돌림인데, 내 아들은 구본대가 될 것이고, 그러면 아들 친
구들은 '구본때'라고 부를지 모른다. 베르펠의 소설 제목처럼, 태어
나지 않은 별, 내 아들은 아마 본때 있게 살아가게 될 것이다. 그러
나 구자석은 정말 한심한 청춘 시절을 보내고 있고, 너무 이따금씩
몸과 마음이 미쳐 버리는 듯한 아픔을 느끼고 있다…….

이어서 구자석은 낙서를 했다.

나는 구자석이다. 나는 지방을 편력하면서 많은 것을 체험했다. 나는 한국이 좁은 나라라고 알아 왔다. 그러다가 나는 한국이 대단히 넓은 나라라는 것을 발견했다. 나는 한국이 인구가 많은 나라라는 것을 너무 모르면서 살아왔다. 내가 일평생 걸려서 한국을 편력한다 하더라도 도저히 알 수 없을 만큼 이 나라가 넓고, 이 나라 국민이 힘들고 어렵게 살고 있다는 것을 보았다. 넓은 한국을 좁게 만들어 주는 것은 특급 열차와 같은 것이고, 넓은 한국을 좁은 줄로만 아는 것은 특급 열차의 1등 객실 손님들과 같은 사고방식임을 알 만하다. 나는 편견과, 어리석음과 수치심·열등감·허무감으로 가득 찬 내 마음속을 편력하는 것처럼, 우리나라를 편력했으며, 그리하여 이제 다시 상경해서, 이 싸늘한 밤에, 내 가엾은 자아(自我)의 앞에 발가벗고 서 있다.

나는 구자석이다. 나는 자기가 어떠한 인간인지 모르는 것처럼, 아직도 이 세계가 어떠한 세계인지를 잘 모른다. 나는 자기가 정직하다고 믿어 왔고, 못난 인간이 되지 않으리라고 생각해 왔으나, 지금은 자기가 정직하지 않다는 것을 알고 있고, 자기가 가장 못난 인간 중의 하나라는 것을 알게 되었다. 나는 왜정 시대의 이상(李箱)처럼 느낄 때도 있다. 내 꿈을 支配하는 者는 내가 아니다. 내가 遲刻한 내 꿈에서 나는 極刑을 받았다. 握手할 수조차 없는 두 사람을 封鎖한 巨大한 罪가 있다.

'내 꿈을 支配하는 者는 내가 아니다'라는 것을 절실히 아는 때가 있다.

'내가 遲刻한 내 꿈에서 나는 極刑을 받았다'고까지 쓸 용기는 없으나, 최소한도 유죄 판결을 받은 듯한 느낌을 갖게는 된다. 이어서 이상(李箱)은 다음과 같이 적었는데 즉,

'악수(握手)할 수조차 없는 두 사람을 봉쇄(封鎖)한 거대(巨大)한 죄(罪)가 있다'고 적었는데, 최소한도 나는 나를 봉쇄(封鎖)한 거대(巨大)한 죄(罪)가 있음을 느낀다. 나는 절망을 느낀다고 생각함으로써, 나 자신의 허무한 마음을 달래고자 생각하는 일종의 편법(便法)에 젖어 있다. 내가 살고 있는 이 시대를 증오하고 경멸함으로써, 나 자신 회의론자가 되었다…….

나는 구자석이다. 이제 스물다섯 살인 나는 젊다는 것 이외는 아무런 잘난 점이 없는 인간임을 여실히 느낀다. 그러나 아직 젊다는 것이 나를 고통스럽게 하고 나에게 더할 수 없는 괴로움을 준다. 앞으로 얼마나 더 괴로워하고 얼마나 더 아파해야 이 비참한 상태에서 조금 나아지는 마음 상태가 될 것인지 문득 두려움을 느끼기도 한다. 그러나 이 괴로움과 아픔을 회피해서는 아무것도 이루어질 수 없다는 것을 안다. 나는 항상 출발점 앞에 서 있고 나는 항상 지독한 수치심과 부끄러움과 열등감을 안고 다닌다. 그래서 나는 이 시대의 가장 놀랄 만한 특징인 허무감·열등감·수치심에 내가 묶여 있음을 알게 되고 이 열등감을 어떻게 처리하느냐에 따라 내 인생이 결정되리라는 것을 알게 된다. 만약에 내가 허무감·열등감을 너무 가볍게 퇴치시키려고 한다면 그 대가로 나는 타인들을 학대하고 증오하고 멸시하게 될 것이다. 만약에 내가 허무감·열등감을 이겨 내지 못한다면 나 자신을 지독하게 타락시켜 구렁텅이의 끝까지 밀려 나가게 될 것이다.

나는 구자석이다. 악수할 수조차 없는 나와 나를 봉쇄한 거대한 죄가 있다. 악수할 수조차 없는 두 사람을 봉쇄한 거대한 죄가 있다. 악수할 수조차 없는 두 세계를 봉쇄한 거대한 죄가 있다.

나는 구자석이다. 친구들은 나를 '그자식' 또는 '그자석'이라고 부른다. 나는 이자석이 아니라 그자석이다.
'자석아, 너는 어째서 방황을 하느냐? 너는 내일부터 어떻게 살아가려고 하느냐?'
나는 지금 하나의 입장을 취해야 하고, 나는 지금 하나의 사실을 깨달아야 한다. 나는 니체를 읽을 적에 니체가 되었고, 카프카를 읽을 적에 카프카가 되었고, 톨스토이를 읽을 적에 톨스토이가 되었다. 그러나 이제 나는 니체를 니체로서 읽고, 카프카를 카프카로서 읽고, 톨스토이를 톨스토이로서 읽어야 하는 것처럼, 나를 나로서 읽어야 한다.

나는 구자석이다.
나는 모럴리스트가 될 수 없다는 것을 알기 때문에 내가 계몽주의의 시대에 살고 있는 게 아니라는 걸 안다.
나는 자살할 수 없기 때문에 낭만주의의 시대에 살고 있는 게 아니라는 걸 안다.
나는 정치가가 되고 싶은 마음이 없기 때문에, 국민주의의 시대에 살고 있는 게 아니라는 걸 안다.
나는 한국 통일 문제에 관해서 체계화된 방안을 갖고 있지 못하기 때문에, 진보주의의 시대에 살고 있는 게 아니라는 걸 안다…….

나는 구자석이다. 나는 방랑자다. 그래서 나는 잘 모르면서 저 밑바닥 인생에 섞일 수 있고, 잘 모르면서 고급 바에 가서 양주를 마실 수 있다. 나는 바보다. 나는, 내가 바보라는 것을 알기 때문에 얼마든지 바보가 아닌 체한다. 나는 대학에까지 다녀 봤기 때문에 내가 바보라는 것을 교묘히 숨길 수 있게까지 된 바보이다.

나는 불란서 혁명 시대를 이해하고, 독일의 슈트룸 운트 드랑 시대를 이해하고, 중국의 손문 시대를 이해하고, 미국의 남북 전쟁 시대를 이해하고, 월남 전쟁을 이해하고, 체코의 자유화 운동을 이해하지만, 정작 한국 사회와 나 자신에 이르러서는 아무것도 이해하지를 못한다. 그래서 나는 바보다.

한국에는 수많은 계급이 있다. 또는 수많은 계층(階層)이 있다. 점차적으로 그 수많은 계층은 벽을 쌓아 가고 담을 쌓아 간다. 하나의 계층에서 다른 계층에로의 이월(移越)은 점차적으로 어렵게 된다. 환기 장치(換氣裝置)가 되어 있지 않다. 그런데 나는 구자석이다. 구자석은 우선 지식인이다. 지식인이라는 것은, 계층과 계층 사이의 장벽을 허물고 나서도 생각을 가능케 할 수 있는 인간이다. 나는 우선 나 자신을 파도타기 경주에 내맡긴다. 나는 내려갔다 올라갔다 한다. 전신이 부르르 떨리고, 머리의 피가 곤두선다 할지라도, 나는 내려갔다 올라갔다 한다. 지식인이라는 것은 하나의 반사회적인 인간이며 민간인(民間人)이다. 나는 낮에 나온 반달이다. 아까 서울역 광장에서 낮에 나온 반달을 보았지. 그때 나는 모든 사람이 다 낮에 나온 반달과 같은 신세라고 생각했지.

나는 구자석이다. 친구들은 나를 '그자식'이라는 별명으로 부르고 있다. 지금 나는 지쳐 있다. 지금 나는 피곤을 느낀다. 나는 노숙(露宿)을 하면서, 많은 것을 깨달았다. 내가 얼마나 편협한 인간이고, 얼마나 가냘픈 정신력과 빈약한 상상력의 소유자인가를 깨닫는다. 그래서 나는 더욱 편협해지고 더욱 오만해질 가능성조차 있다. 아, 인간이란 얼마나 쓰레기 같은 자부심들을 갖고 있는 것인가. 이 세계는 분명 밤이 아니고 낮이지만 그러나 '낮에 나온 반달'은 이 세계가 그만 밤이 되어 주기를 바라고 있는 것이 아닌가. 아돌프 루텐베르크의『질병(疾病)의 미학(美學)』을 다시 읽어 봐야 하겠구나. 너무 건강한 사람, 너무 잘생긴 사람, 너무 자부심에 꽉 차 있는 사람은 아름답지가 않고 추(醜)하게 마련이다. 가난한 사회, 혼돈의 상태, 갈등의 시대, 난세(亂世)에 미(美)가 있다. 그러한 나라에서야말로 추(醜)의 미학이 필요하고, 그러면 그 미학(美學)은 가장 강인한 정신력을 발휘한다.

　나는 구자석이다. 나는 노숙을 하면서 많은 것을 깨닫는다. 나는 나의 한계를 느꼈고 그 한계를 뛰어넘으려고 하다가 일단 실패했다. 나는 이 실패를 쓰라리게 생각한다. 나는 좀 더 거대하고 좀 더 일반인들의 삶 그 자체에 밀착되어 있는 뜨거운 삶을 동경했었다. 그래서 뛰쳐나갔던 것이지만 결국 일단 실패했다. 나의 서유기(西遊記)는 천축국(天竺國)에 도달하지 못했다. 그러나 내일 아침부터, 아니 오늘 새벽부터 우선 가능한 범위에서 그 모든 '생(生)의 증거'를 찾아 나서자. 그리고…… 그렇다, 오늘은 이만하고 좀 잠을 자야 하겠군.

어느새 모닥불은 시들해져 있었다. 구자석은 인간이 이 세상에 태어 나오기 이전 모태(母胎)에 싸여 두 무릎과 어깨를 맞대고 쪼그려 앉았던 바로 그러한 폼으로 잠이 들었다.

새벽에 구자석은 꿈을 꾸었다. 마치 4·19 때처럼 거리는 다시 시끄러워져 있었다. 군중들이 밀려 나와 파도처럼 휩쓸려 다니고 있었다.

"혁명이 일어났다"고 사람들은 소리를 지르고 있었다. 그 모든 사람의 얼굴에는 기대와 공포와 애틋한 수줍음과도 같은 설렘이 포함되어 있었다. 구자석도 미친 개새끼 모양 거리로 뛰쳐나왔다. 탱크가 하늘을 달려가고 있었고 캐터필러가 고층 건물들을 십여 미터 높이에서 잘라 대고 있었다.

"도대체 이게 무슨 혁명입니까? 어떤 성격의 혁명입니까?" 하고 구자석은 물었다.

"만세, 만세" 하면서 한 무더기의 사람이 구자석의 앞을 지나가고 있었다.

"얘기해 주십시오, 어떤 성격의 혁명인지를."

"아니, 그것도 모르시오? 이건 왕정복고(王政復古) 혁명이올시다."

"무어라고? 왕정복고 혁명이라고?"

"그렇소. 모든 사람이 지금 왕을 찾아내기 위해 몰려다니고 있는 중이오."

그러자 군중은 칭얼대는 어린애들처럼 소리 높이 합창하고 있었다.

"왕이시여, 왕이시여, 어디 숨어 계십니까."

"왕이시여, 어서 나타나 주십시오. 저희들이 잠깐 실수로 폐하를 저버렸사오나, 아제 단단히 깨달은 바가 있사오니, 왕이시여, 어서 나타나 주십시오."

"왕이시여, 왕이시여" 하고 구자석도 덩달아 외치다가 그만 잠이 깼다.

'그거 참, 더럽게 기분 나쁜 꿈도 있군. 60년대가 가고 70년대가 온다니까 별놈의 개꿈을 다 꾸게 되는군' 하고 그는 개탄했다. 어느새 새벽 기운이 느껴졌다. 약간 춥기는 했지만, 이 세상은 다시 빛을 갖게 되는지도 모른다.

청소부(淸掃夫)의 세 가지 능력
사람은 먹어야 산다
그야 세상은 변했지

구자석은 노숙했던 곳으로부터 미련 없이 빠져나왔다. 그는 빼곡히 들어찬 주택가를 걸었다. 그가 지나감에 따라 개새끼들이 담장 안에서 짖어 대고 있었다. 마치 그곳은 사람이 사는 곳이 아니라, 개들이 사는 곳이라는 듯이…… 그는 아스팔트 도로로 나왔다.

'심각한 고민을 안고 사색에 잠긴 것처럼' 아스팔트 도로는 아무도 보는 사람 없는 외등을 달고 쭉 뻗어 나가 있었다. 택시 한 대가 다가들더니 그의 앞에서 멈추었고, 운전사가 고개를 내밀고 말했다.

"타지 않으시겠습니까?"

"택시를 탈 형편이 아닙니다."

"그러나 타십시오. 어차피 이 차는 빈 차로 시내에까지 들어갈지 몰라요. 그리고 나는 청진동으로 해장국을 먹으러 가는 길이니, 백 원 한 장에 모셔다 드리지요."

"백 원이라……."

구자석은 운전사의 집요한 친절에 굴복하여 승차했다.

택시 안에는 히터가 돌아가고 있었고, 재를 털게 되어 있는 곳에는 담배꽁초가 세 개 짓이겨져 있었다.

"제가 이 택시의 첫 번째 승객입니까?" 하고 구자석은 물었다.

"그렇습니다."

"제게 먼 친척이 되는 아저씨도 운전사로 일하고 있는데요, 저는 그분의 조수 비슷한 노릇을 한 적이 있습니다. 그건 그렇고, 오늘 일진(日辰)은 어떻습니까. 제 먼 친척 아저씨는 일진을 중요시하더군요."

"택시 운전사가 어떻게 일진을 따집니까. 물론 우리 집의 여편네가 나를 걱정해서 그걸 보기는 봅디다. 그러나 나는 다른 식으로 일진을 따져요. 새벽 네 시 반에 집에서 나와서, 첫 손님이 어떤 사람인가 궁금증을 느껴요. 새벽에 택시를 타는 사람들은 좀 특수한 사정을 갖고 있는 사람들이어서, 별의별 일을 다 겪거든요. 오늘 일진은 좋은 편이겠어요."

"그 말씀은 제가 재수 없는 인간이 아니란 뜻인가요."

"아, 그야 이놈의 운전사 생활을 오래하다 보면 제법 사람을 보는 안목이 생기니까요."

운전사는 백미러를 들여다보다가 말을 이었다.

"택시 승객들을 관찰하면 많은 사실을 알게 됩니다. 일반적으로 안경을 쓴 사람들은 '짱아'라는 설이 있지만, 그건 정확한 얘기가 아닙니다. 그러나 외국인들이 인색하다는 것은 사실이죠. 젊은 처녀들일수록 운전사를 깔보지만, 젊은 총각들은 전혀 그렇지 않습니다. 넥타이를 맨 사람보다는 넥타이를 매지 않은 사람들이 인격적으로 부드럽습니다. 사투리를 쓰는 사람들은 순하지만, 영어 마디나 지껄이는 인간들은 돼먹지 않았어요. 남자는 여자가 옆에 있으면 우쭐댑니다. 그러나 여자는 자기보다 나이 어린 사람과 함께 있을 때 잘난 체합니다. 담배의 질은 일반적으로 그 인간성에 반비례해요. 나는 국민학교 선생 노릇을 하다가 이 노릇을 하고 있기 때문에 제법 통계학적으로 관찰했거든요. 청자 담배를 피우는 사람보다는 신탄진을 피우는 사람이 낫고, 신탄진보다는 파고다가, 파고다보다는 백조를 피우는 사람들이 좋습니다. 백조 이하의 담배, 즉 금잔디나 풍년초를 피우는 사람들에 대해서는 말할 자격이 없습니다마는, 담배를 피우는 여자에 대해서는 제법 압니다. 이따금씩 통금 시간이 넘어서 바람난 여자의 세탁부(夫) 노릇을 해 주는 때가 있거든요. 그러나 그것도 자식새끼들이 매달려 있는 처지로서는 흥미가 안 생깁니다."

"그러면 이번에는 제가 운전사의 종류에 관해서 말씀드릴까요? 가장 존경할 수 있는 운전사는 아무래도 강원도를 누비는 버스 운전사일 겁니다. 거기에는 이삼백 미터마다 사람의 해골을 그려 놓고 '달리면 죽는다'고 써 붙인 표지판이 있습니다. 그곳 운전사는 고도의 기술을 가지고 있어야 할 뿐 아니라, 고도의 인격 수양자라야 하거든요. 그곳 국민학교 학생들은 버스를 향하여 돌을 던지는 대신에 절을 하는 광경을 본 적이 있습니다. 운전사가 십여 리 이상씩이나 걸어 다녀야 하는 애들을 공짜로 태워 주기 때문이죠."

"하기야 강원도 버스는 끔찍하지."

운전사는 이러더니 지기 싫다는 듯이 다음 말을 이었다.

"그러나 서울 시내의 택시 운전사도 보통 고생은 아니에요. 예를 들어 내가 하루 종일 차를 몰아서 육천 원을 벌었다고 합시다. 택시가 오백 미터당 십 원이니 그냥 줄잡아 오백 미터당 십 원씩으로 계산해 보면 그것은 삼백 킬로미터, 즉 칠백 오십 리를 달렸다는 얘기가 됩니다. 한 번 승차에 평균 두 사람씩 탔다고 치고, 그들이 백 원씩 지불했다고 한다면, 하루에 열여덟 시간 정도 운행하니까, 백이십 명의 승객을 태웠다는 계산이 나와요. 그 승객들이 운전사에게 얼마나 피로감을 줄는지 생각해 보면 짐작할 겁니다. 교통순경의 눈치를 살펴야지요, 손님들이 택시 강도나 아닌가 의심해야지요, 교통사고가 일어나지 않도록 긴장하고 있어야지요, 하여튼 한마디로 말해 못 견딜 노릇이 아니겠어요? 내가 국민학교 선생을 집어치우고 이 놀음을 시작했을 때에는 제법 희망도 가졌지만, 이제는 아주 지쳐 버렸어요. 이따가 두 시에는 병원을 또 가 봐야 해요. 스페어 운전사를 하나 두었더니 이 친구가 어린애를 치었거든요.”

어느덧 택시는 광화문 근처에 다다라 있었다.

“백 원만 드리자니 어째 미안해지는군요.”

택시 미터에는 이백 삼십 원이 올라 있었다.

“아니, 괜찮습니다. 새벽의 첫 손님에 관해서만큼은 서비스를 해 드려도 무방합니다.”

“감사합니다. 그럼 열심히⋯⋯.”

구자석은 하차했다.

아직 거리는 깜깜하였다. 상점들은 굳게 문을 닫은 채로 있었고 고장 난 네온사인 하나가 직직 소리를 내며 돌아가고 있었다. 텅 비어 있는 광화문 네거리는 아주 이상했다. 왜냐하면 구더기처럼 사람들로 들끓어야 광화문 네거리는 정상적이기 때문이었다.

청소부가 빗자루를 들고 거리를 쓸고 있었다. 나이는 서른 살이 좀 넘었겠고, 바지는 향토 예비군복을 입었고, 상의는 고동색 잠바를 두껍게 걸쳐 입었다. 거리는 지저분하기 짝이 없었다. 간밤의 취객들이 쏟아 놓은 배설물·가래침·휴지조각들이 지저분하게 흐트러져 있었다.

구자석은 유심히 청소부를 관찰했다. 그는 정 취직이 안 되면 시청 청소과에 근무하는 친구를 찾아가 청소부로 써 달라고 부탁해야겠다고 미래 일까지 예상해 가면서 청소부를 바라보았다. 그러자 청소부가 이상하다는 듯이 그를 쳐다보았다.

“날마다 이렇게 거리를 청소하십니까?”

그는 물었다.

“아니, 오해하지 마십시오. 사실은 저도 무직자입니다. 댁에서 일하시는 게 남의 일 같지 않아서 물어보는 말씀입니다.”

“이 노동을 하고 싶어서 물어본단 말이오?”

청소부는 믿기지 않는다는 듯이 무뚝뚝한 표정을 지었다.

“그렇습니다.”

“누가 이 노릇을 하고 싶어 한단 말이오? 새벽같이 사십 리 이상 걸어야 합니다. 쓰레기를 실어서 저쪽 한강에다 내다 버리거든요. 그것도 아침 일곱 시 이전에 사십 리를 걸어야 하는데두 다리가 빵꾸 난 타이어처럼 철버덕거리게 됩니다.”

“수입은 어떻습니까?”

“여기의 점포로부터 주는 대로 받아 냅니다. 삼백 원 정도에서 오백 원 정도까지 주는 대로 받아 내지만 한 달 수입은 이만 원을 넘지 못해요. 청소부는 세 가지 능력이 있어야 견디어 내요.”

“세 가지 능력?”

“첫째로 강철 같은 육체를 가져야 합니다. 그리고 오장육부를 빼버릴 만큼 신경이 무디어야 한다는 게 둘째 조건입니다. 또 이 놀음도 경쟁이 심한 게 사실인 이상 백이 있어야 합니다. 보아하니 당신은 이 세 가지가 전혀 구비된 것 같지 않으니 아예 단념하시오.”

청소부는 이렇게 말해 놓고 나서 약간 미안하다는 눈치로 구자석을 훑어보았다.

“정 이런 일을 하고 싶다면 집집마다 찾아다니며 쓰레기통을 청소하는 그런 일이 좀 나을 겁니다. 지금은 바쁘니 안 되겠고 이따가 낮에라도 시간 약속을 하면 내가 한 군데 소개해 줄 수는 있소. 그런데 댁에서는 진짜로 할 의사가 있소? 이런 일을 할 만큼 절박하냐 이런 말이오.”

"절박하기는 합니다. 그러나 그렇게 따져 물으신다면 저로서는 절박하다고 말씀드릴 수는 없습니다."

청소부가 약간 화난 듯이 그를 노려보았다. 그러다가 차츰 낯빛을 부드럽게 가지면서 말했다.

"좋습니다. 나는 매일 새벽 다섯 시쯤 이곳을 청소하고 있어요. 아주 절박하다고 느끼면 찾아오시오."

구자석은 더 이상 머물 이유가 없어서 돌아섰다. 저쪽 동대문 바깥으로부터 희뿌윰하니 날이 새기 시작했다. 빌딩들의 형태가 드러나기 시작했다. 버스가 다니고 있었고 행인들의 숫자도 늘어나 있었다. 이제 조금 더 시간이 흘러가면 서울시는 금세 교통지옥을 이루게 되리라. 그러면 청소부는 피곤한 하루를 마감하고 집으로 돌아가 쉴 것이고 택시는 네거리를 건너느라고 짜증이 늘어나 있을 것이다.

구자석은 해장국집 안으로 들어섰다. 사람들은 열심히들 먹고 있었다. 그러나 해장국 동네는 많이 변질돼 있었다. 옛날에는(아니, 2, 3년 전이지만) 해장국 동네에는 밤을 뜬눈으로 지킨 사람들의 건강한 피곤이 있었다.

그런데 구자석의 눈에 띈 해장국 동네는…… 고고춤을 춘 계집년들과 사내놈들, 첫눈에 똥치임을 알아볼 수 있는…… 화장이 개개 풀려 그 얼굴이 추하다 못해 징그러운 그런 여자들, 그리고 야간 강도가 아닌가 의심이 되는 음험한 사내들이 눈알을 번들거리고 있었다.

하지만 구자석은 오랫동안 이런 생각에 잠겨 있지는 않았다. 먼저 그의 혀와 그의 위(胃)는 구수한 음식 냄새에 감동해 있었다. 해장국집은 만원을 이루고 있었고 각양각색의 사람들은 먹는 데에 정신이 팔려서 남의 일에 상관할 여유가 없는 듯이 보였다. 구자석은 이윽고 음식 먹는 대열에 참가했다. 그는 성난 사자처럼 막 먹어대기 시작했다. 음식은 지독히 맛이 있었다…….

해장국집에서 나온 구자석은 두꺼비를 삼킨 능구렁이처럼 졸음이 왔다. 그런데 그는 졸기에 딱 좋은 장소를 알고 있었다. 그는 르네상스 뮤직홀로 갔다. 뮤직홀에서는 졸고 있어도 용서를 해 주는 드문 곳 중의 하나였다. 그런데 그가 가 보니 뮤직홀은 아직껏 지난밤의 기억을 가지고 있는 것처럼 너저분하였고 한산하였다. 구자석은 한쪽 구석에 틀어박혀 구스타프 말러의 교향곡을 듣다가 이윽고 잠이 들어 버렸다. 아주 잘 잤다. 그는 깨어나서 담배를 한 대 물고 입맛을 다시고 자리를 바로 했다. 맞은편 쪽으로 보이는 베토벤의 석고상이 인상을 쓰고 있어서 그도 베토벤을 째려보았다. 고지식한 베토벤은 그럼에도 고지식하게 인상만 쓰고 있어서 '할 수 없는 친구로군' 하고 그는 개탄했다. 조금 뒤에 구자석은 볼펜을 꺼내 들었다.

'공소저에게 보내는 편지'라고 구자석은 썼다. 그는 담배를 한 대 물고 나서 약간 생각에 잠겼다가 다음과 같이 계속했다.

─나는 르네상스 뮤직홀에서 이 편지를 쓰고 있어. 베토벤의 〈엘리제를 위하여〉가 흘러나오고 있군. 이 노래는 내 마음에 들지 않는다. 베토벤이 〈엘리제를 위하여〉에서 읊은 감정은 단지 맑고 소녀적인 감상에 불과한 것 같다. 못생긴, 고집불통의, 귀머거리 예술가가 후기 현악 사중주에서 보인 '고뇌의 형식'은 이 플라토닉한 피아노 소품에서 배제되어 있음을 간과할 수 없을 것 같다.

나는 어제 상경했어. 서울은 더욱 지저분해진 것 같고, 나는 숨이 막힐 정도로 답답하다. 사람들은 당연한 듯한 세계에서 당연한 듯이 살고 있지만, 나는 그 '당연한 듯한' 태도를 이해할 수 없어.

내가 이상해져 버린 것인가? 나는 외로웠고 근대화되었다고 주장되는 이 세계에서 이미 낙오돼 버리고 만 듯한 고독감에 휩싸이게 된다. 이 감정을 공소저가 소외감이라고 부른다 해도 나는 할 말이 없을 거야. 난 자신이 지탱되기 위해서 필요한 것이 어떤 소시민적인 일상성이라면 나는 공포감마저 느끼게 된다.

이 대중사회, 이 무관심한 인사이더의 세계에 저항 없이 끼어들기에는 나는 너무 많은 허점을 가지고 있는지 모른다. 그것이 어제저녁 노숙을 하기로 결심하면서 내가 아파해야 했던 모든 자의식의 내용을 이루는 것이기도 했지만.

미국 작가 윌리엄 포크너는 어떤 편지에 이렇게 말한 적이 있다.

'우리의 연대기는 얼마나 무의미한가? 어떤 개인이 이 무의미한 연대기에 성실한 자아를 가지고 노력하다면 그 노력은 또한 얼마나 무의미한가?'

지금 생각나는 포크너의 이 말이 말의 의미 자체로써 어필하는군. 그러나 공소저도 알다시피 나는 성실한 인간은 아냐. 어찌 감히 내가 성실할 수 있을까?

나는 아주 피곤하고 아주 비보통의 상태에 처해 있다. 그래서 누군가가 약간만 건드려도 폭 쓰러지고 말 것 같아. 지금 〈엘리제를 위하여〉는 끝이 났고, 바그너의 〈트리스탄과 이졸데〉 서곡이 흘러나오는군. 아, 바그너의 생식기는 얼마나 강장할까. 끝없이 인생의 저변을 훑어 내려가는 저 집요한 선율이 나더러,

'일어나라, 슬퍼하라, 사랑하라' 라고 말하는 것 같군.

그동안에 이 편지는 삼십 분가량 중단된 채 있었어. 나는 공소저에게 좀 하소연을 해야겠어. 내가 캐시밀론 이불을 팔러 지방으로 내려갔던 것은, 그것을 필요한 사람에게 감동적으로 제공해 주어야겠다는 사명감이 있었기 때문은 아니었어. 지난 봄철에 나는 대략 세 가지 방면으로 핍박을 받아 왔고, 나 스스로 여지없이 괴멸당하고, 지리멸렬 부서져 나가는 듯한 체험을 겪었어. 그렇게 되는 것을 막아 보려 했지만, 나는 실패하고 말았다.

결국 그러한 것이 전통이고 역사가 아닐까? 인간의 죄와 실수와 비참은 한 세대에서 그치지 않고 다음 세대로 고스란히 이어지고, 그리하여 그 모든 더러움이 다시 반복되는 것이 인간의 역사가 아닐까.

결국 나는 깨달았어. 그 언젠가 싸구려 영화에서 보았던 어떤 대사가 기억에 남는군. 아버지와 아들이 얘기를 나누는 거야. 아들은 불만이 많아. 아들은 좀 더 그럴듯하고, 보람 있고 희망에 찬 인생을 갖고 싶어 해. 아버지는 그러한 아들이 딱하기 그지없어. 그래서 이렇게 말하는 거야.

"얘야, 그래도 너는 인생의 혜택을 많이 받으면서 살고 있지 않니?"

나는 '인생의 혜택'이라는 말이 정확히 무엇을 뜻하는지 알지 못해. 그러나 이 말은 집게처럼 내 마음을 꼬집는군. 하기야 테네시 윌리엄스의 『욕망이라는 이름의 전차』에서 창부 형의 블랑쉬가 했던 다음과 같은 대사도 나는 잊을 수 없어. 블랑쉬는 노동자 출신의 직선적인 스탠리에게 이렇게 말해.

"나는 여태껏 다른 사람들의 도움만 받으면서 살아왔답니다."

그건 그래. 그 말은 얼마나 깊고 넓은 철학을 찔러 대는가 말야.

지방을 편력하는 동안에 나는 많이 달라졌어. 스물다섯 살의 나는 결국 스물다섯 살 이상의 인간이 될 수는 없어. 그러나 나는 새삼스럽게 놀라운 느낌을 가지고 관찰했어.

여태까지의 내 고민과 괴로움은 많이 평가절하 된 게 사실이고 고통이야말로 이 세상에 있어서 가장 기본적인 상식이라는 걸 너무 분명하게 알 수 있었어. 그래서 고통을 말한다는 게 어리석다는 것도 알게 되었지만…….

나는 지난번 봄철에 지방으로 떠나면서 유보해 두었던 세 가지 고통거리를 당장 해결해야 해. 그것이 내가 상경한 의미야.

첫째로, 나는 우리 집안의 이상한 기질, 어떻게 보면 저주라도 받은 듯한 이 기질을 분석해 보아야 하겠어. 우리 집안사람들은, 하나같이 낙오했거나, 정신병에 걸려 신음하거나 자살했어. 나도 결국 벗어나지 못하고 말겠지만, 끝까지 저항을 해보고 내 나름으로 바둥거려 보고자 애써야 하겠어. 이 암울한 먹구름이 삶 그 자체를 어느 지경으로까지 끌고 들어가는지 정신을 바짝 차리고 지켜볼 의무가 있겠지. 내 연약한 정신력에 거머리처럼 달라붙어 있는 이 죄의식을 어떻게 하면 떨구어 버릴 수 있을는지?

둘째로, 나 자신의 개인적인 문제가 있어. 지난 봄철에 나는 끔찍한 사건을 저질렀어. 우리 집안의 이상한 기질이나, 나 자신의 콤플렉스로써 그 끔찍한 사건을 변명할 수는 없어. 그 사건을 어떻게 해결할 수 있을지 나는 모르겠어. 물론 그것은 형사상의 책임 한계는 벗어났어. 그러나 윤리적인, 인간적인 『죄와 벌』은 전혀 벗어나 있지 않아. 나는 앙드레 지드가 『법왕청의 지하도』에서 내보였던 '동기 없는 살인'이라는 것의 이미지를 짐작할 수 있을 것 같아. 인간의 죄와 인간의 벌은 반드시 거기에 등식을 갖고 있는 게 아냐.

셋째로 나는 욕심을 부리고 싶어. 아직 젊다는 이유만으로써도 나는 욕심을 부려 볼 만한 권리는 있을 거야. 경상도 하동에서 나는 잠깐 고령토 광부로 일한 적이 있었는데, 거기에서 스물세 살짜리 오현이라는 애를 알게 되었어. 오현이가 애용하는 말에 이런 게 있었어.

'이 좋은 청춘 시절을 억울하게 썩히누나. 이 좋은 시절을 억울하게 썩히누나.'

나도 그런 한탄을 해 보고 싶어. 환경이 개선되고 여건만 갖추어진다면 나도 이 세상에 태어난 보람을 찾고 싶어. 그러면 공부를 하고 싶기도 해. 우선 고고학이나 인류학을 하고 싶어. 그런 학문이야말로 우리의 현실학과 가장 밀접한 관련을 맺고 있을 것 같아. 나는 우랄 알타이어족의 생활 습관·사고방식·종교관 같은 것을 파헤쳐 보고 싶어. 우리나라의 문화는 농경사회의 문화가 아니겠어? 그런데 서양문화는 목축사회의 문화거든. 나는 현대라는 말을 믿지는 않아. 현대라는 말로써 세계를 하나로 묶어 놓으려고 할 때 일어나는 혼란과 비극을 우리는 보고 있는 거야. 이제는 우리가 우리의 입장에서 세계를 바라볼 때도 된 것 같지만…….

아니 이건 너무 벅찬 희망이고 솔직히 말하자면 생활 안정이 무엇보다도 급하겠지. 나는 지금 당장 돈도 별로 없거니와 각박한 생존경쟁의 마당에 뛰어들어 생을 쟁취할 준비도 채 안 되어 있어. 나는 서울에 들어와서 벌써 많은 사람들을 만났어. 고물 책 행상꾼, 버스에서 칫솔을 파는 사람, 복덕방 영감님, 노가다판에서 일하는 노동자, 택시 운전사, 청소부…….

그 사람들은 자기네가 어떻게 살아가고 있는지 숨기지 않고 내게 그 진상을 보여 주었어. 나는 그 사람들에게 부끄러움을 느껴. 내가 그 사람들보다 나은 점은 하나도 없어. 아마 앞으로도 많은 사람들을 만나게 되겠지만 '생존의 비밀'을 누구나 다 자기 나름으로 걸머지고 있다는 것을 인정해야 하는 거야.

아마 당분간 공소저를 찾아가지는 않을 거야. 내가 무슨 자부심을 갖고 있기 때문에 이러는 것은 아냐. 전혀 그런 것은 없어. 지금의 지리멸렬한 나로서는 공소저를 만나 봤댔자 더욱 허탈한 심정만을 노출시키는 게 되지 않겠어?

그건 그래. 나는 일생일대의 방황을 하고 있는 거야. 60년대가 다 흘러가 버린 이 세월, 바로 경제 건설과 국방 강화가 당면 과제로 시급해진 이 세월에, 그런 것은 알지도 못한다는 듯이 방황하고 있는 나는 얼마나 딱한 것일까? 그러나 이러한 방황을 회피해서는 전혀 아무것도 이루어질 수 있는 게 없으니, 어떻게 하지.

그는 편지를 마치고 나서 망연한 태도로 앉아 있었다. 르네상스 뮤직홀은 어느덧 만원이 되어 있었다. 그는 실내를 쭉 훑어보았다.

그러자 구자석은 아는 얼굴을 하나 발견했다. 옷매무새가 단정치 못하고 머리카락이 덥수룩이 자라 있는 그 친구는 혼자 앉아서 담배만 뻑뻑 빨고 있었다.

'한민(韓民)이라는 이름을 가진 녀석이었지. 별로 만나고 싶은 친구는 아니지만, 잘못하면 알은체를 하게 될지도 모르겠군' 하고 구자석은 생각했다.

그는 공소저에게 쓴 편지를 읽어 보았다. 두 번 계속해서 읽어 보았다. 그러자 그 편지는 전혀 마음에 들지 않았다. 구자석은 그것을 찢어 버리고 말았다.

"이거 정말 오랜만이로구나."

한민은 구자석의 곁으로 다가왔다.

"그렇군."

그들은 서로 악수를 나누었다.

"그러니까 대략 오 년쯤 되지? 우리가 만나는 것이……."

"아마 그쯤 될 것 같군."

그러고 나서 그들은 서로의 얼굴을 바라보며 잠깐 동안 침묵을 지켰다.

"이 음악실에는 자주 나오나?"

"아아니, 아주 오랜만에 나왔지. 너와 만나는 게 오랜만이듯이……."

"그래?"

한민은 웃었다.

"너는 많이 변한 것 같구나."

"그야, 세상이 많이 변했으니까."

"물론 세상은 많이 변했지"라고 한민은 좀 얘기할 것이 있다는 표정을 지었다.

드보르작의 〈신세계(新世界)〉 교향곡이 흘러나오고 있었다.

구자석과 한민은 르네상스 뮤직홀을 벗어났다. 복도로 나왔을 때에도 드보르작의 〈신세계〉는 그대로 계속 들려왔다. 구자석은 〈신세계〉 교향곡을 좋아하는 것은 아니었다.

신세계라니? 어디에 신세계가 있는가?

그는 드보르작의 〈신세계〉가 단지 감미로운 음악일 수는 있어도 그 이상의 깊은 감동이나 벅찬 감동을 던져 주는 음악은 아니라고 생각했다.

이미 오후가 되어 있었다. 날씨는 쌀쌀하여졌고, 행인들은 좀 떨면서 걸어가고 있었다. 버스 정류장에는, 무표정하다는 것 속에 많은 사생활과 비밀을 억지로 감금시키고 있는 듯한 사람들이 남에게 의심이라도 받지 않을까 두려워하는 것처럼 잠시도 가만있지 못한 채 서성거리면서 버스를 기다리고 있었다.

구자석의 키는 164센티미터인데 반하여 한민은 180센티미터 가까운 큰 키였다. 그래서 구자석은 한민의 턱을 머리로 받아넘기려는 듯한 그런 형국으로 바짝 붙어 서서 걷고 있었다.

"여전히 너는 싱겁게 키가 크구나. 그러나 너는 듬직해 보인다" 하고 구자석은 말했다.

"내가 듬직해 보인다구?"

"너는 너대로의 스토리를 갖고 있니?"

"나대로의 스토리?"

"그래. 지금은 논픽션의 시대다. 스토리를 갖고 있는 인간이 드물다. 인간들은 로맨스도 잃어버렸고, 더욱이 대하소설적인 스토리는 갖고 있지 않다. 인간들은 단지 그 마음속에 신문 기사를 갖고 있을 뿐이다. 내 말 알아듣겠니? 나는 자기 나름의 스토리를 갖고 있는 인간을 찾는다. 그런 친구에게는 나의 스토리를 들려주고 싶다."

"알고 보니 너는 많이 여물어졌구나" 하고 한민은 말했다.

"네 말은, 너의 근본적인 태도가 어떤 것인지를 알려 줄 수 있을 것 같다. 그렇다, 내가 표현하고 싶었던 말이 그 말인지도 모르겠다. 나는 아직 스토리를 갖고 있지 못해. 그러나 나는 하나의 인간이 스토리를 갖기가 왜 힘든지는 안다."

"나도 스토리를 갖고 있지 못해. 그러나 나는 스토리를 갖고 있는 많은 사람들을 알고는 있지."

"그들이 누군데?"

"그들은 백조 담배보다 값싼 담배를 피우는 사람들이다. 그래서 그들은 스토리를 갖고 있다는 것조차 모른다."

"너는 세상을 많이 돌아다녀 본 모양이구나."

"음, 좀 돌아다녔어. 대한민국이 좁은 나라가 아니라, 넓은 나라라는 것을 알 만큼은 돌아다녀 봤지."

"내가 알기로, 너는 좀 꽁한 성격이었는데, 그게 전혀 달라졌군."

그들은 고등학교 동창생이었다.

"아니, 나는 한 번도 꽁했던 적은 없어."

"우리 이 집에 들어가서 막걸리나 마시자. 내 단골 술집이야."

그들은 술집 안으로 들어섰다. 조선 기와집의 마당이었던 곳에 지붕을 얹어 홀을 만들고, 싸구려 오리 의자를 적당히 배치한 그 술집 안에는 손님이 아직 많지 않았다. 주모는 빈대떡을 굽고 있었고, 일하는 여자애가 바지런을 떨어서 왜무와 간장 종지를 갖다 놓았다.

"우리 우선 한 잔씩 들면서 본격적으로 얘기를 나눠 보자"고 한민은 말했다. "우선 그동안 내가 어떻게 살아왔는지 얘기하는 게 순서겠지?"

"그렇게까지 하지 않아도 좋아. 우리는 너 나 할 것 없이 모두 닮은꼴이니까. 모두 비슷한 환경, 비슷한 열등감, 비슷한 고민거리를 안고 살아간다. 우리의 상상력은 좁고, 우리의 현실은 다양성(多樣性)을 허락하지 않는다. 나는 네가 어떤 성격의 인간이고 얼마나 상식을 풍부히 갖고 있는가를 아는 것으로 족해. 이런 정도나마 얘기할 수 있는 것은 아직 우리의 나이가 스물다섯이기 때문에 가능하겠지만……."

"그러면 내가 재미있는 얘기나 들려주지. 정말 우스운 얘기이고 소설감 같은 얘기다."

한민은 이러더니 자기 말에 자기가 웃음을 터뜨렸다.

"너도 알다시피 나는 연세대학 상과를 졸업했거든. 쫄병으로 입대해서 사 개월쯤 전에 제대를 했어. 그동안에 서너 군데 신문사 시험을 봤고 은행에도 두어 군데 봤는데, 다 미끄러지고 말았어. 그놈의 영어가 짧아서 시험을 보는 족족 떨어진단 말야. 그렇지만 내가하려는 얘기는 이게 아니고 어떤 방(房)에 관해서다. 우리 아버지는 삼 년 전에 돌아가시고 말았는데, 다행스럽게도 이 영감님은 후손을 위해서 약간의 돈을 남겨 놓고 돌아가셨단 말야. 부동산까지 합하면 그럭저럭 몇천 대의 금액이 될 거야. 우리 엄마는 계 오야 노릇을 하고 있고 시내 충무로에 다방을 두 개 경영하고 있는데, 화장이나 짙게 하고, 도로또 음악 틀어 놓고 혼자 댄스 연습하면서 살아가고 있지. 그러나 내가 하려는 얘기는 우리 엄마가 유호 소설에 나오는 그런 여자라는 걸 말하려는 게 아냐. 엄마가 말이지, 묘한 방을 하나 갖게 되었거든. 그런데 그 묘한 방이 내 몫이 되었단 말야. 이놈의 방을 어떻게 이용할 수 있을까 생각 중이야."

한민은 다시 저 혼자 껄껄 웃고 있었다.

"어떤 건축 브로커가 우리 엄마 돈을 고리채로 빌려 썼어. 요새 대개의 빌딩들이 그렇지만 어디 자기 돈 갖고 건물 짓는 사람 있나. 그건물은 시내 퇴계로에 6층까지 올라갔어. 계획으로는 15층까지 올릴 작정이지만 말야. 그래서 지하실에는 다방과 그릴이 들어찼고, 1층은 어떤 은행의 지점이 빌려 쓰고 있고, 2층에서 5층까지는 한국에서도 이름 있는 어느 무역회사가 본점으로 사용하고 있어. 그리고 6층은 삼류 신문사가 들어앉아 있단 말야. 그 건물 브로커는 우리 엄마한테 빌려 쓴 고리채를 대개 갚았는데 약 오십만 원 정도가아직 떨궈져 있거든. 고리대금업자인 우리 엄마가 남은 돈 빨리 갚으라고 성화를 부릴 것은 당연한 일이지. 그러자 건축 브로커는 한

꾀를 생각해 냈어. 6층의 옥상에다가 대략 다섯 평 정도의 방을 하나 만들었거든. 그러고는 우리 엄마더러 그 방을 쓰라는 거지. 돈을 긁어모아 15층까지 올리게 될 때에는 빌린 돈을 갚을 테니까 그동안 그 방을 마음대로 쓰라는 거야. 살림을 차려도 좋고 누구에게 사무실로 빌려줘도 좋다는 거야. 어때? 재미있지 않아? 내가 묘한 방이라고 말하는 방이 그것인데 말이지. 이놈의 방을 어떻게 사용했으면 좋을까 요새 한참 궁리 중이야. 친구들끼리 모여서 무슨 회사라도 하나 차릴까, 아니면 마렉 플라스코의 소설 주인공들처럼 방이 없는 젊은 연인들을 위해서 제공해 줄까 망설이고 있는 중이야. 자석아, 네 의견은 어떠냐? 그 방을 어떻게 사용했으면 좋겠니?"

"내 의견이 어떠냐구?"

구자석은 단숨에 술을 비웠다.

"내 의견으로는 우선 그 방을 나한테 빌려주었으면 좋겠군. 내 얘기를 할 테니까 들어보겠니?" 하고 이번에는 구자석이 장광설을 털어놓을 채비를 차렸다.

"나는 지난 봄철에 여러 가지로 타격을 받았다. 그래서 서울에서는 도저히 견딜 수 없다고 판단해서 지방으로 내려갔다. 네 얘기를 듣고서 놀라게 되는 점도 바로 그 점이지만 확실히 한국 사회는 두 가지 계통으로 구분되어 있는 것 같구나. 나는 정말 우거지 국물같이 비참해져서 지방을 쏘다녔다. 그래서 많은 것을 알게 되었다. 너도 '대동여지도'를 만든 김정호를 알지? 김정호는 이씨조선 팔도를 수십 번이나 순회해서 그 지도를 만들어 냈다. 자기가 사는 나라의 국토가 어떻게 생겨 먹었는지조차 몰랐던 것이 이씨조선의 관리들이었다. 국가의 지도는 의당 국가적인 사업으로서 했어야 할 일이 아니겠니? 그런데 국가에서 딴짓만 하고 있으니 개인이라도, 그 일을 죽어라 하고 해낼 수밖에 없었지 않겠니? 그렇게 해서 만들어진 대동여지도는, 피와 땀으로 만들어진 대동여지도는, 당시의 정부에 어떻게 받아들여졌지? 정부에서는 내가 알기론 대동여지도를 탐탁지 않게 생각했다. 그 흔한 상장 하나 내려 주지 않고 도리어 약간 적대시했다. 김정호의 대동여지도가 정부의 정책에 환영받을 수 없었던 생리를 나는 짐작할 수 있을 것 같다. 당시의 정부는 자기 직위를 유지하기에 급급한 관리들에 의하여 운영되었을 것이고 그야 물론 왕정하의 전제주의 사회니까 일반 백성들이 어떻게 비참하게 살든 그것에까지 신경이 미칠 관리는 아마 드물었을 게다. 그러므로 김정호의 대동여지도는 그것이 끝까지 민간인적(民間人的)인 색채, 다시 말하자면 자기 직위 유지에 급급한 관리들로서는 일고의 신경을 써 볼 만한 가치도 없는 일이었겠지. 바로 그 점에 김정호의 대동여지도가 위대했었다는 증거가 있을지 모른다. 물론 나는 국사학적인 지식은 잘 모른다. 그러나 내가 지방을 다녀 보면서 느끼게 되었던 감정의 궤적은 외람된 대로 그 비슷한 것이었다. 그리고 어제 상경해서 노숙을 하면서 느끼게 되는 심정도 그 비슷한 것이었다. 나는 앞으로 서울에서 견디어 볼 작정을 하고 있고, 아마 너로서는 잘 짐작이 되지 않을, 그리고 네가 생각할 때에는 어처구니없는 것을 가지고 그런다고 말할지도 모를, 그런 고민거리를 가지고 있다. 나는 그걸 해결해야 한다. 알겠니? 그러다가 오늘 우연히 너를 만나서 그 '비어 있는 방'에 관해서 얘기를 들었다. 솔직히 말하자면 나는 그 방이 탐이 난다. 시내 중심가에 방이 하나 있다면 얼마나 좋을까 생각해 본 적이 한두 번이 아니다. 그리고 지금 당장 나는 잠잘 곳도 없고 밥 먹을 데도 없다."

"알겠다, 알겠어. 그러면 우리 그 방 있는 데로 가 볼까?" 하고 한민은 말했다.

"너에게 선심(善心)을 쓰려는 것은 아냐. 그러나 네 얘기는 깊은 감명을 주는구나."

두 청년은 좀 흥분을 느끼면서 술잔 비우는 속도를 빨리했다.

새로운 대동여지도(大東輿地圖)
고층(高層) 감옥의 수인(囚人)들
60년대가 개발(開發)해 낸 슬픔

"야 자석아, 너는 앞으로 무슨 일을 하려고 하니?"

거리로 나왔을 때 갑자기 한민은 물었다.

"아마 얼마 동안 서울 시내를 뱅글뱅글 돌아다니게 되겠지" 하고 구자석은 말했다.

"아까 나는 대동여지도를 만든 김정호에 대해서 얘기했지만 이 시대야말로 새로운 대동여지도를 요구하고 있다고 생각된다. 그리고 그것은 나의 경우에 있어서 아주 절박하다. 나는 내 나름의 대동여지도를 만들어 볼 작정이다."

"네 나름의 대동여지도로구나?"

"나는 모든 걸 백지로 돌려놓고 서울 바닥을 기운차게 뛰어 볼 결심을 하고 있거든."

"그래서 어떤 지도를 만들게 될 건데?"

"그건 나도 몰라. 하지만 사람들의 살아가는 방식, 그들의 정신 풍토가 어떤 것인지 알 수 있겠지."

"너는 도리어 건강하구나" 하고 한민은 좀 부러운 듯이 말했다.

"난 몇 번 취직 시험을 쳤다가 떨어지고, 그래 지금 와서는 구멍가게를 내는 한이 있더라도 월급쟁이 노릇은 하기 싫다는 생각도 들지만……. 아마 결국은 넥타이를 매고 무슨 합판회사 같은 데서 취직을 하게 되겠지. 작년에 한 두어 달가량 그런 회사엘 다녔었거든. 회사라기보다는 일종의 감옥소 같은 곳이지만, 결국은 그런 식으로 낙착을 보게 될 거야. 그건 그렇고 들리는 소문에 의하면 너는 무슨 형사 사건에 관련이 돼 있다는 얘기를 들은 것도 같은데?"

"그 얘기는 지나가 버렸어. 그러나 그 사건 때문에 나는 많은 걸 알게 되었지만……."

구자석은 입을 다물어 버렸다.

그들은 빌딩들이 수풀을 이루고 있는 명동과 충무로 일대를 거쳐서 퇴계로로 빠져나왔다. 한민이 소유하고 있다는 방은 원호청 근처의 어느 빌딩 6층에 있었다.

그들은 빌딩 안으로 들어섰다. 현관 입구에는 정복 정모를 쓴 수위가 마치 감옥소의 간수처럼 서 있었다. 그들은 2층으로 올라갔다. 계단이 끝나는 곳에 똑같은 크기의 문들이 있었고 그 안에는 똑같은 크기의 책상들이 질서정연하게 배치되어 있었다. 양복을 입고 넥타이를 맨 청년들이 꼿꼿하게 앉아서 사무를 보고 있었다.

그들은 3층으로 올라갔다. 복도에는 20촉짜리 기다란 형광등이 켜 있었다. 그것은 네 개였는데 그중의 두 개는 불이 들어오지 않았다. 그래서 복도는 감옥소의 그것처럼 음산했다. 그들은 5층으로 올라갔다.

5층의 가녘에 쇠 계단이 있었다. 그들은 쇠 계단을 올라갔다. 그러자 이 건물을 지은 사람이 살림을 차리고 있는 방과 장독대가 보였다. 한민이 소유하고 있다는 방은 그 옆에 있었다.

그 방의 문에는 자물쇠가 채워져 있었다. 한민은 열쇠를 돌렸고 그들은 안으로 들어섰다. 방바닥에는 다다미를 깔았는데 그 냄새가 고약스러웠다. 한옆에 책상이 있었고 그 위에 캐시밀론 이불과 바둑판이 얹혀 있었다.

"어떠냐? 난 이따금씩 이 방에 들어와서 자거든. 사실을 말하자면 이따금씩 이 방에 들어와서 데이트를 하지. 그런 종류의 연애 장소로서는 제법 그럴듯하거든."

한민은 이러면서 웃었다.

"네게 아가씨들이 많은 모양인가?"

구자석은 물었다. 그는 한민에게서 약간 인간을 권태스럽게 하는 단순성이라고나 할까, 그러한 종류의 성격적 결함을 읽고 있었다.

"몇 명 있기는 하지. 그러나 차차 너에게 얘기할 기회가 있겠지만 여자에게는 두 종류가 있는 것 아니겠니? 사실을 말하자면 나는 여자에 대해서는 항상 좀 사랑해 주고 싶은 감정을 가지고 있는 인간이겠지만……. 그런 얘기는 지금 할 필요가 없겠고 이리 와서 창밖을 내다보렴."

구자석은 창 앞으로 다가가서 아래를 내려다보았다. 사람들은 땅강아지처럼 포도를 기어가고 있었다. 구르릉구르릉 자동차 지나가는 소리가 들려왔다. 네거리께에는 빨간 신호등이 켜 있었고 자동차들은 지네처럼 늘어져 있었다. 마이크를 틀어 놓은 경찰 백차가 웅얼웅얼 금속성 소리를 발하며 지나갔다. 신호등이 바뀌었고 자동차들은 구르릉구르릉 소리를 내며 지나가고 있었다.

태양은 서대문 방면으로 깊숙이 기울어져 있었다. 햇빛은 서쪽 하늘로 올라갔다가 점차적으로 붉은 놀을 만들며 동쪽 방면으로 빨간 기운을 전파시키고 있었다. 안개가 도둑고양이 걸음으로 덮여 가고 있었고 도시가, 거리가, 사람들이 이유를 알 수 없는 피곤 증세에 의하여 맥없이 마비되고 어처구니없이 바장이고 있는 것 같았다.

맞은편에는 12층짜리 고층 빌딩이 우뚝 솟아 있었다. 벽(壁)을 온통 유리로 만든 건물이었다. 베니션 블라인드는 일정한 각도로 걷혀 있었다. 그래서 내부가 잘 들여다보였다. 철제 책상, 서류철, 캐비닛, 그리고 넥타이를 매고 양복을 입은 사내들이 기하학적인 질서를 이루어 그 빌딩의 1층에서부터 12층까지의 모든 방들을 채워 놓고 있었다.

"저 빌딩은 어떤 재벌의 총본부이다" 하고 한민은 말했다.

"난 저 빌딩을 들어가 본 적이 있지. 취직 시험을 치기 위해서였는데 저 빌딩의 내부 질서에 질려 버리지 않을 수 없더군."

"어째 저 빌딩은 감옥소 같구나" 하고 구자석은 말했다.

"그야 물론 감옥소지."

한민은 웃었다.

"아니, 어쩌면 감옥소보다도 더 지독할지도 모르지. 조직의 힘은 수많은 청년들을 낚아채어서 저 속에 감금시키고 있다. 그들은 아침 여덟 시 반부터 저녁 여섯 시까지 사무라는 이름의 복역을 치러낸다. 저 빌딩에는 내가 아는 친구가 두어 명 들어가 있는데 가만있자, 잘하면 여기서 보일지도 모르겠군. 그게 6층이든가, 7층이든가 그럴 거야 아마……."

한민은 묘한 흥미를 가지고 맞은편 빌딩을 바라보고 있었다.

구자석은 창문으로부터 몸을 돌려서 방바닥에 주저앉았다. 자동차 지나가는 구르릉구르릉 소리는 계속해서 들려오고 있었다. 소리가 구자석을 더할 수 없이 피로하게 만들어 놓았다. 그는 손으로 이마를 짚고 나서 담배를 피워 물었다.

"벌써 시간이 이렇게 되었나? 나는 좀 나가 봐야겠다! 여섯 시에 시간 약속을 해 놓은 게 있어서……."

한민은 이러더니 두 개의 열쇠 중에서 한 개를 구자석에게 주었다.

"이 방은 자동차 소리 때문에 시끄럽기는 하지만, 그것도 습관이 되면 괜찮아질 거다. 네가 원한다면 이 방을 너에게 빌려줄 테니까……."

"원하는 정도가 아니지. 나는 당장 잠잘 곳이 없는 처지이거든."

"그럼 됐어."

"넌 지금 나갔다가 이따 들어오는 건가?"

"아아니, 오늘 저녁에는 안 들어올 거야. 내일 오전 중에 한번 들르게 될지 몰라. 사실을 말하자면 나는 지금 아가씨를 만나러 가는 길인데, 요새 여간 고전 중에 있는 게 아니거든. 아마 내일쯤 너에게 그 얘기를 하게 될지도 모르지."

이러더니 한민은 어깨를 들썩거리고는,

"아까 뮤직홀에서도 이야기했지만, 너도 한번 잘 생각해 봐. 여기 이 방을 이용해서 우리가 뭐 좀 할 일이 없을까 말야. 그러니까 내 말은…… 건설적인 거야."

한민은 이렇게 다짐 놓듯 말하고는 나가 버렸다.

구자석은 다시 혼자가 되었다. 그는 열쇠를 손에 들고 한참 동안 들여다보았다. 열쇠는 차가웠지만, 그는 그 쇠붙이에 대해서 깊은 애정을 느꼈다. 당분간 그는 이 방을 이용할 수 있는 것이다. 서울에 잠잘 수 있고, 쉴 수 있는 방이 마련된 것이다. 그는 선량한 한민에 대해서 다시 한 번 감사했다. 한민은 생활에 쪼들림이 없고, 당장 먹고사는 문제에 걱정이 없어서, 다시 말하자면 선량해도 괜찮을 환경이기에 선량한 인간으로 남아 있는 것인지도 몰랐다. 한민에게 자기가 필요한 경우가 있다면 그를 도와주리라고 구자석은 마음속으로 작정했다.

그는 혼자 있다는 것을 느긋하게 느끼면서 창 앞으로 다가가 거리를 굽어보았다. 이미 밤이 되어 있었다. 아래 거리로부터 들려오는 소음은 더욱 커져 있었고, 네온사인이 번쩍거리면서 돌아가고 있었다.

　구자석은 조금 뒤에 문을 열고 바깥으로 나갔다. 그는 5층으로 내려갔다. 그는 4층, 3층, 2층으로 내려갔다. 그는 1층으로 내려갔다. 말을 붙여 오는 수위에게 당분간 이 빌딩에서 지내게 된 사람이라고 통지하고는 바깥 거리로 나섰다. 그는 삼립식빵을 세 개 샀고, 진로 소주 한 병, 편지지, 봉투, 그리고 볼펜을 하나 샀다. 담배 가게에서 백조 담배를 세 갑 샀다. 그런 뒤에 커피가 한잔 마시고 싶었지만, 돈을 아껴야 한다는 생각 때문에 그만두고 말았다. 밤하늘에는 불을 켜고 있는 상업용 애드벌룬이 다섯 개 떠 있었고, 그 한옆에 반달이 마치 애드벌룬처럼 떠 있었다. 이윽고 그는 빌딩 안으로 들어서서 1층에서부터 5층까지 차근차근 걸어 올라가 방으로 들어갔다.

　구자석은 소주를 마시면서 낙서를 시작했다.

　나는 지금 빌딩의 옥상에 있는 방에 앉아서 이 낙서를 하고 있다. 나는 지금 맑고 또렷한 정신으로 이 낙서를 하고 있다. 내 옆에 여자가 있다면 그 여자를 깊고 뜨겁게 사랑해 주고, 쓰다듬어 주고, 보살펴 주고 싶은, 그런 마음으로 나는 이 낙서를 하고 있다. 그런데 사랑해 주고 싶은 여자가 옆에 없기 때문에, 그러고 싶다는 마음을 나는 낙서하고 있다. 지금 내가 갖고 있는 재산이라곤 이 정신력과 뜨거운 마음뿐이다. 나는 이것을 가지고, 내일부터 내 나름의 대동여지도를 만들려고 한다. 내일부터 서울 시내를 뱅글뱅글 돌아다닐 것이고, 내가 관련된 많은 사람들과 만나려고 한다. 우선 내일 아침 일찍이 현저동에 있는 교도소로 최낙준의 면회를 가야 한다. 최낙준과 나는 대한민국의 형법과는 관계없이 같은 공범자, 같은 공벌자의 위치에 놓여 있다. 하나의 살인 사건…… 살인, 사람을 죽이는 행위……. 면회가 끝나고 나면, 아버지나 어머니나 형 중에서 누구든 한 사람을 만나야 한다. 그동안에 집안일이 얼마나 뒤죽박죽으로 되어 버렸을지 여간 궁금한 게 아니다. 그리고 물론 공소저도 만나야 한다. 공소저는 아마 소식을 끊어 버린 나를 몹시 원망하고 있을 것이다……. 그리고 또한 취직자리를 알아보아야 한다……. 나는 이 홉짜리 소주를 한 병 다 마셔 버렸다. 그래서 약간 취해 있고 약간 슬퍼 있다. 이 낯선 슬픔, 우리의 60년대가 개발해 낸 이 낯선 슬픔이 나를 적신다…….

구자석, 취직(就職)되다
오상방위(誤想防衛)
교도소의 만리장성(萬里長城)

구자석은 아침 여섯 시에 잠이 깨었다. 빌딩의 6층에 있는 그의 방으로는 벌써 구르릉거리는 자동차들 소리가 침범해 들어와 있었다. 사방 벽으로부터 그 소리들이 귀찮게, 귀찮게 달라붙고 있었다.

그는 치약을 묻히지 않은 칫솔로 들들 이빨을 닦았다. 그러고 보니 양칫물도 없었다. 어제 저녁 먹다가 남겨 둔 소주를 입에 물었다가 뱉어 냄으로써 양칫물을 대신했다. 그런 후에 삼립식빵을 천천히 먹기 시작했다. 삼립식빵에는 두 종류가 있었다. 하나는 크림을 넣었고, 다른 하나는 팥을 넣은 것이었다. 그러고 나서 다시 눈을 붙였다가 아홉 시쯤이나 되어서야 일어났다.

그는 거리로 나왔다. 달리는 차량들은 꽉꽉 인간들을 싣고 있었다.

버스의 창으로 보이는 사람들의 모습은 마치 사과 궤짝 속에 들어가 있는 사과알을 연상시켜 주었다.

그는 남대문을 거쳐 남산공원 쪽으로 걸어 올라가기 시작했다. 이미 리어카꾼, 지게꾼들이 출근해 있었다. 관상쟁이, 달러장수들도 출근해 있었다. 어느 허름한 2층 건물로 그는 들어섰다.

"차행성 씨 아직 안 나오셨습니까?"

그는 세무 잠바를 입고 있는 직원에게 물었다.

"아마 저 아래 행궁 다방에 가 있을 겝니다."

그는 그 건물을 빠져나와서 행궁 다방으로 들어갔다. 차행성은 오십 대의 장년 사내와 이야기를 나누고 있었다.

"아이고, 구자석 씨" 차행성은 말했다. "언제 상경했죠?"

"어제 상경했습니다."

"그럼 어제 들러 주셔야지. 하여간 잘 왔습니다."

구자석은 자리에 앉았다.

"그동안 구 형께서는 캐시밀론 이불을 파느라고 수고가 많으셨습니다. 어디 지방 다니던 얘기나 들려주시지요."

"지방 다닌 얘기래야 별거 없죠. 캐시밀론 이불을 지방 사람들이 반드시 필요로 하는 것도 아니고……."

"아하, 내가 그 얘기를 하려던 참이었는데……." 차행성은 말했다. "이번에 우리 회사가 판매망을 대폭 바꾸기로 했단 말입니다. 전국의 군·면·이 단위로, 또는 직장 단위로 계(契)를 조직해서, 우편을 통하여 물건을 파는, 그런 소비조합체제로 개편했어요. 아시겠습니까? 앞으로는 캐시밀론 이불을 행상해서 팔지 않아도 되었다, 이거예요. 한마디로 말하자면 전국을 커버하는 치밀한 조직망을 짜는 것인데…… 머 우리가 불순한 동기로 그러는 게 아니고, 물건을 팔아먹기 위해서 그러는 거니까, 구 형도 협력해 주셔야겠어. 그러시겠지요?"

"하여간 저는 결산 보고를 드려야겠지요."

구자석은 주머니에서 수첩을 끄집어내었다. 그는 지방을 돌아다니면서 팔았던 캐시밀론 이불의 계산서를 대충 차행성과 맞추어 보았다. 그 일이 끝나자, 구자석은 이렇게 물었다.

"혹시, 최낙준의 일이 어떻게 되었는지 아십니까?"

최낙준은 오상방위(誤想防衛)에 의한 살인 혐의로 지방법원에서 5년형을 받고 복역 중에 있었다. 그러나 최낙준은 그것이 정당방위였다고 주장하고 있었고, 그래서 상고를 제기하고 있었다. 구자석은 그 사건에 어떤 정신적인 관련을 맺고 있었다. 이러는 말은 그 사건이 일어나던 현장에 구자석도 있었기 때문이었다.

"최낙준이라구? 나는 잘 모르겠어요. 아마 배무질이 알고 있을 겝니다. 배무질이가……."

"배무질이는 요새 어떻게 지냅니까?"

"아, 그 친구야 여전하지, 여전해. 가만있자, 여기 전화번호가 있을 텐데……. 그 친구 얼마 전부터 무슨 경제신문이라나 무어라나 그런 델 나가고 있어요."

구자석은 배무질에게 전화를 걸었다. 그 전화를 받은 교환양은 한참 뒤에 쉰 목소리의 어떤 사내를 바꾸어 주었고, 그 사내가 배무질을 불러 주었다.

"아니, 너, 자석이로구나." 배무질은 말했다. "자석아, 연락도 없이 어디를 쏘다니고 있었니? 지금 당장 만나자, 지금 당장."

"그렇지 않아도, 나는 최낙준의 면회를 하려던 참이었어."

"최낙준 면회? 하여간 만나서 얘기하자."

구자석은 전화를 끊고 나서, 다시 차행성이 있는 좌석으로 갔다.

"구 형, 우리 앞으로 함께 뛰어 봅시다" 하고 차행성은 말했다. "지금은 나쁜 의미에서 소비의 시대입니다. 생산업자들은 죽어라 하고 망하는 판입니다. 소비업자들은, 그런데 죽어라 하고 흥하는 판입니다. 모든 생산 공장, 생산품 회사, 심지어는 소설 생산가, 철학 생산자, 아이디어 생산자도 골골대고 있습니다. 반면에 모든 소비자들, 정치 소비자, 경제 소비자는 물론이려니와 정액 소비자들까지도 신이 나는 판입니다. 모든 것은 정확한 현실 판단 아래 가능합니다. 현실에 뒤진 사고방식은 똥통 속에 집어넣어야 합니다. 그런 의미에서 우리 소비조합도 잘될 것입니다. 소비자는 왕(王)이라기보다도 폭군이 되었습니다. 이 폭군의 사타구니를 살살 긁어 주면서, 마비시키면서, 바보로 만들면서, 물건을 팔아먹고 돈을 듬뿍 움켜쥐어야 합니다. 그래서 나는 이번에 약단을 하나 조직했습니다. 각 직장을 찾아다니면서 노래를 들려준 뒤에 물건을 팔아먹을 작정입니다. 그런데 내가 알기로 구 형은 고복수 노래를 아주 썩 잘 부르지요? 우리 악단의 특등 가수로 제가 채용하겠습니다."

"돈은 얼마나 주시겠습니까? 나는 다만 돈이 좀 필요한데……."

"아 그래요? 우선 좀 나누어 가집시다."

이러면서 차행성은 이천 원을 주었다. 이천 원이라면 지금 당장의 구자석에게 있어서는 큰돈이었다. 그는 취직이 되었다.

이따 오후부터 당장 근무하기로 하고, 구자석은 차행성과 이별했다. 그는 바깥으로 나가서 배무질을 만나러 갔다. 배무질은 지금 교도소에 가 있는 최낙준과는 국민학교 시절부터의 단짝이었다. 그는 독일 작가 무질의 소설 제목처럼 특징 없는 사나이였다. 특징 없는 사나이로서의 특징이라면 그는 무엇이든지 가지고 있었다.

"어제저녁에는 글쎄 외촌동이라는 데 가서 잤어. 어떤 계집애를 하나 끌었더니 집이 외촌동이라잖아? 그런 변두리 동네는 처음 봤어. 그 집엘 가 봤더니, 동생 애들이 네 명이나 되고 늑막염에 걸린 어머니가 누워 있더라. 재미를 보기는커녕, 아침 지어 먹을 쌀이 없다기에 돈만 기부하고 왔지 뭐냐. 그건 그렇고, 이 자석아, 너는 어딜 돌아다녔어? 통 연락도 없이."

"너 같은 자식 보기 싫어서 돌아다녔다. 그런데 너는 여전하구나" 하고 구자석은 말했다.

"아냐, 그동안에 나도 많이 변했어. 이따금씩 '숑숑' 하러 다니는 거야, 내 체질상 도리 없는 일이 아니겠니?"

'숑숑'이라는 것은 남자와 여자 사이에 있을 수 있는 어떤 행위를 표시하는 그들의 은어였다.

"사실을 말하자면 나는 별로 명랑한 체질로부터 멀어져 버렸어. 내가 조금 전에 말한 '외촌동' 얘기만 하더라도 그렇게 명랑한 얘기는 아냐. 내일이라도 다시 한 번 가 보려고 생각해. 이왕이면 너도 같이 가자."

"그것보다도 지금 당장 최낙준의 면회를 가는 게 급해."

"최낙준? 아아 우리의 뫼르소여." 배무질은 개탄했다. "그동안에 너는 몇 번이나 면회를 가 봤니?"

"사실은 한 번도 못 가 봤어."

"너는 점점 더 특징이 많은 사나이로 변해 가는구나?"

그들은 바깥으로 나와서 현저동 101번지에 있는 교도소로 갔다.

독립문을 중심으로 한 그 일대는 많은 차량과 사람으로 붐비고 있었다. 무악재로부터, 그리고 사직터널이 있는 곳으로부터 택시와 버스들은 재빠른 강아지들처럼 기어 나오고, 내려오고 있었다.

그러다가 교도소 입구로 들어가니까 길거리와는 천양지판의 차이가 되었다. 백의민족의 후예들은, 더욱이 초라한 모습으로 줄을 지어 늘어서 있거나, 죄를 저질러 놓고 쩔쩔매는 것처럼 우왕좌왕하고 있었다. 남자보다는 여자가 많았다. 젊은 사람들보다는 나이 많은 사람이 많았다. 사람들은 이곳에서의 면회 수속에 묘한 존경심과 어려움을 표시하면서 높다랗게 올라간 담벼락을 바라보고 있었다. 그러자 교도소의 그 담벼락은 마치 만리장성처럼 보였다. 그것은 어떠한 개인이나, 권력이나, 위엄으로도 감히 범접할 수 없을 듯한 위용을 가지고 있었다. 그곳의 풍경만 따로 떼어 놓고 본다면 이 시대는 분명 현대가 아니었다.

이 시대는 60년대도 아니었고, 70년대도 아니었고, 무수한 당파

싸움과 변화 없는 쇄국주의 지배하에 놓여 있는 고려시대의, 또는 이씨조선시대의 그 선에 잠겨 있는 특징 없는 어떤 시대인 듯했다. 교도소의 '만리장성'은 서울특별시와는 아무런 상관이 없고, 물가가 오른다느니, 컴퓨터 시대라느니 따위와도 아무런 관련을 맺고 있지 않은 듯했다. 그보다는 한결 높은 차원에서, 또는 엄청나게 낮은 차원에서, 특히 고문과 처형 방법의 분야에 있어서 놀라울 만한 문명 전통을 가지고 있는 한국 특유의 역사성을 계승하여, 거기에 그렇게 의연히 뻗쳐 있는 것만 같았다.

"선상님, 면회를 하려고 하는디……."

어떤 아낙네가 구자석을 높은 관리처럼 존경하며 말을 붙였다.

구자석은 그 아낙네의 면회 신청서를 대필해 주었다.

"최낙준은 오늘 공판을 받으러 나갔군."

배무질은 게시판 쪽을 가리켰다. 거기에는 공판을 나갔거나 소환된 미결수들의 번호가 적혀 있었다.

"나는 정동으로 가 봐야겠어. 최낙준의 재판이 있다면 방청해야겠어. 그가 오상방위가 아니라 정당방위라고 밝혀진다면 얼마나 좋을까?"

배무질은 교도소의 '만리장성'을 우러러보며 말했다. 그 말에는 카프카의 『성(城)』에 나오는 요제프처럼 많은 사람이 성 안으로 들어가려 하고 있었으나, 과연 그것이 가능할지 어떨는지는 적이 의심스러웠다.

'결국 우리의 동시대인이면 누구나 교도소와 관련을 맺고 있는 게 아닌가? 그러한 교도소가 중세 시대의 양태로 방치되어 있는 한 우리의 현대는 결국 중세 시대의 양태로부터 그다지 뛰어나게 탈출할 수 없는 게 아니냐.'

구자석은 길거리로 나와서, 배무질과 헤어졌다. 그는 터덜터덜 걸었다. 그는 피로했고 그리고 사막 한복판을 걷는 것처럼 메마른 상태에 다시 빠졌다.

기타를 치는 사나이

사기꾼들

연인(戀人)들, 설렁탕집으로 가다

구자석은 남대문 지하도를 거쳐 소복호텔이 있는 포도 쪽으로 상륙했다. 그러다가 그는 어떤 약방 안으로 들어갔다. 공중전화 앞에는 세 명의 사람이 기다리고 있었다. 그는 넓혀진 차도와, 마른 북어들처럼 솟구쳐 올라간 빌딩들을 바라보았다.

그 빌딩들의 옆구리에 붙어 있는 호화스러운 피부 비뇨기과 간판들은, 그 병원들이 돈을 잘 벌고 있다는 것을 나타내 주고 있었다. 각종 성병균 때문에 밥을 벌어먹고 있을 여자 간호사들이 그 성병균들에 대해서 느끼는 심정이 과연 어떤 것일까를 생각해 보다가, 그는 전화를 걸기 시작했다. 전화는 잘 걸리지 않았다. 구자석은 아직 성병에 걸려 본 적이 없었지만, 언젠가 포경수술을 했던 적이 있었다. 그가 성병에 걸려 본 적이 없음을 피부 비뇨기과 의사들이 안다면 얼마나 그를 한심한 청년이라고 생각할 것인가.

그러나 한심할 것도 없다고 그는 조금 뒤에 고쳐 생각했다.

이윽고 전화가 통했다.

구자석은 상대방 쪽에서 먼저 여보세요를 말하기까지 기다렸다. 그러자 여보세요라고 말해 온 상대방은 분명히 공소저였다.

"나 구자석이야."

"구자석이라구요?" 공소저는 소리치고 있었다. "지금 어디 계시죠? 어디 계시죠?"

"나 서울 안에 들어와 있어. 이따가 말야, 다섯 시쯤 마포에 있는 제약회사로 찾아와. 그러면 우리 만날 수 있을 거야."

"제약회사? 그런 곳에 취직이 되었어요?"

"그건 아니지만, 이따가 만나 보면 알게 될 거야. 공소저가 보고 싶어 죽겠어."

이렇게 말한 뒤에 구자석은 전화를 끊었다.

그는 양동에 있는 캐시밀론 소비조합으로 갔다. 업무부장인 차행성은 마침 구자석을 기다리고 있는 중이었다. 좁은 사무실 안에는 비틀즈 머리를 한 청년 두 명과, '판탈롱'3) 옷을 입은 아가씨가 한 명 서 있었다. 그 아가씨는 영양실조에라도 걸린 것처럼 빛깔이 좋지 못했다.

"자, 인사들 하시지. 왕년에 미8군에서 전속 가수로 활약했던 구자석 씨를 소개할 테니까."

"하지만 나는 미8군에 가 본 적조차 없어요."

구자석은 이렇게 항의하려 했으나, 차행성의 제지로 그만두었다.

그들은 서로들 공손한 체하면서 악수를 나누었다. 이어서 차행성의 브리핑이 시작되었다.

"아마 여러분들은 시민회관에서 벌어지는 쇼를 많이 가 봤을 겁니다. 어렵게 생각할 것 없이 음악이란 좋은 것입니다. 여러분은 이미자의 노래를 들으면서 애틋한 슬픔과 순해지는 듯한 마음을 느꼈을 것입니다. 그러나 나는 쇼를 보면서 다른 생각을 했습니다. 음악을 들려줌으로써 사람들 마음을 깨끗하게 하고, 즐겁게 해 주었으면, 다음 단계로 그들에게 무슨 선전을 한다든가 물건을 판다든가 하면 얼마나 잘될까 생각한 겁니다. 아니, 아니, 옛날의 약장사 패거리들과 혼동해서는 곤란합니다. 여러분은 직장 사회에서 조국

---

3) 아랫 부분이 나팔 모양으로 벌어진 여자용 바지.

근대화 작업에 몰두하고 있는 근로자들을 위안하는 예술가들의 사명감을 가지십시오. 그러면 나는 그동안에 물건을 팔 테니까. 자 그러면 출발할까."

"그런데 기타리스트가 오지 않아서 야단이군."

"구 형이 아마 기타를 만질 줄 알지."

"코드를 잡을 줄이야 알지만……."

"그럼 됐어. 자, 출발이다."

그들은 출발했다. 마침 점심시간이었다. 그들은 신설동에 있는 어떤 인쇄공장을 찾아갔다. 미리 차행성과 그 인쇄공장의 상무와는 약속이 되어 있었던 듯했다. 그들은 4층짜리 인쇄소 건물의 옥상으로 올라갔다.

열여덟, 아홉에서 스물 서넛 살 되어 보이는, 그리고 개중에는 아주 나이 많은 사람들도 있기는 했지만, 그 많은 직공이 큰 기대를 가지고 옥상에 모여 있었다. 줄잡아도 이백여 명은 될 듯했다. 마이크 장치가 가설되고 즉흥 무대도 만들어졌다. 구자석은 기타 줄을 당겼다가 늦추었다가 했다. 많은 여공의 시선을 그는 따갑게 느꼈다. 이윽고 그 모든 준비가 완료되었다. 차행성이 인사를 했다.

"오늘도 직업 일선에서 수고하시는 여러분, 인생은 고해라는 말이 있지만 그것을 꿋꿋하게 참아 나가고 계시는 여러분. 저희들은 대도소비조합 섭외부에서 나온 사람들로서, 잠시나마 여러분을 즐겁게 해 드리고자 이렇게 나왔습니다. 그러면 먼저 경음악을 들으시겠습니다……."

4인조 밴드는 엉성한 대로 〈노란 샤쓰 입은 사나이〉를 들려주었다. 그것을 다시 한 번 반복할 즈음에 '판탈롱' 아가씨가 게걸음을 치며 썩썩 앞으로 나가서 마치 술 취한 사내처럼 건들거리며 노래를 부르기 시작했다.

그러자 예상할 수 없는 광경이 벌어졌다. 이백여 명의 청중이 손뼉을 치며, 따라 부르며 열렬히 호응해 오기 시작했다. 남자들보다도 여자들이 죽어라 하고 따라 부르고 있었다.

'판탈롱' 아가씨는 이어서 다섯 개의 노래를 불렀다. 〈수탉 같은 사나이〉〈대머리총각〉〈섬마을 선생님〉〈서울 찬가〉〈울고 넘는 고모령〉…….

다음에 구자석이 솔로를 할 차례였다. 그는 천연덕스럽게 마이크 앞으로 기타를 든 채 나가 섰다. 분위기를 잡기 위하여 조용조용히 노래를 불렀다.

  '가련다 떠나련다 어린 아들 손을 잡고…….'
  '가도 가도 사막의 길 끝없는 사막의 길…….'
  '작년에 왔던 각설이 죽지도 않고 또 왔네…….'
  '임아…… 임아…….'
  '하모 하모, 오빠가 그러는 말은 네 장래를 위해서 그러
   는 말인데…….'

그러고 나자 관중은 열광적으로 앙코르를 청하기 시작했다. 구자석은 넙죽넙죽 절을 한 뒤에 다시 기타 줄을 붙잡았다.

  '타향살이 몇 해드냐. 돌아다 헤어 보니…….'

이윽고 이십 분 남짓한 공연은 끝이 났다. 차행성은 신이 나 있었다.

"감사합니다, 감사합니다. 이렇게 열광적으로 성황을 이루어 주셔서 기쁘기 한량없습니다. 미약하나마 본인이 성대모사를 하겠습니다."

그 성대모사마저 끝이 났을 때 이렇게 위문 공연을 온 목적이 나변에 있었던가를 설명하기 시작했다.

"에또, 여러분도 아시다시피 시장에 나가시면 이 캐시밀론 이불은 육천오백 원 이하로는 절대로 사지 못합니다. 이것은 아까 동대문 시장과 남대문 시장을 돌아다니면서 조사한 가격입니다마는……. 그러한 것을 매달 오백 원씩 내는 소비조합계를 조직하면 오천오백 원의 가격으로 현품을 받을 수 있습니다. 그리고 이 시계로 말하자면 시중에서는 결코 오천백 원 이하로는 살 수 없는데 그것을 사천팔백 원에……. 그리고 이 경옥고로 말하자면 강정강장제로서 시중에서는……. 그리고 여자용 내의인 본 제품으로 말하자면……. 이상과 같은 물품을 저희는 결코 강매하는 것이 아니라 단지 소개하여 드린다는 의미에서 적지도 많지도 않고 다만 15구좌만 만들 예정이오니 차례차례 질서를 지켜서……."

그 인쇄소 공장으로부터 벗어나고자 했을 때 구자석은 다섯 명의 처녀로부터 서로 알고 지내자는 프러포즈를 받았다. 그중에서도 용감한 처녀는 이따가 저녁때 만나 가지고 극장 구경을 가자고 제의해 왔다.

"어쩌면 그렇게 기타를 잘 치세요?"

"나 홀랑 반했어요."

"노래 한마디 더 불러 주세요."

"다시 한 번 꼭 오세요."

"저도 노래는 꽤 부를 줄 알아요. 저도 노래를 부르고 싶어요."

그러는데 오후의 작업을 알리는 벨소리가 들려왔고 여공들의 얼굴은 갑자기 시무룩해졌다. 여공들이 풀이 죽어서 작업장으로 들어가기 시작했고 그때 구자석은 어떤 젊은 녀석이 소리를 질러 대는 것을 들을 수 있었다.

"이 사기꾼들아, 너희들끼리 잘들 해 먹어라."

그 젊은 녀석은 이렇게 소리를 지르더니, 도망가 버리고 말았다. 간단히 점심식사를 끝낸 구자석들은 마포에 있는 제약회사에서 공연을 갖기 위해 천천히 출발했다. 차행성은 신이 나 있었고 자기의 '아이디어'가 적중했음을 자랑했다.

그러는데 두 명의 젊은 녀석이 헐레벌떡거리며 찾아들었다. 한 녀석은 기타를 들고 있었고 다른 한 녀석은 트위드 복장을 하고 있었다.

"차 부장님, 늦어서 죄송합니다. 오후 공연에 저희들이 필요하겠죠?"

"필요 없어, 여기 구자석 씨가 새로 들어왔으니까……."

"어떻게 그럴 수가 있습니까? 저희들을 채용해 주시기로 하고서……."

"좋아, 그러면 한 명만 채용하기로 하지."

"그러지 말고, 저희 둘을 채용해 주십시오. 저희들은 떨어질 수 없는 사입니다."

"그러면 내가 양보를 하지. 나는 더 이상 기타를 치고 싶지도 않아."

"아니, 구 형, 이러지 마십시오"라고 차행성은 말했다.

그러나 구자석은 들은 체도 하지 않았다. 그는 마포에 있는 제약회사 앞에서 공소저를 발견할 수 있었다.

공소저는 을지로2가에 있는 어떤 고리대금업자의 비서·사환·경리 노릇을 맡아 하고 있었다. 그 고리대금업자는 한 평이 될까 말까 한 조그만 사무실에 책상 한 개와 전화 한 대만 놓고 있었다. 물론 단독 사장이었고, 공소저는 유일한 부하였다.

그 공소저가 제약회사 앞에서, 마치 여공을 지망하기 위하여 기웃거리는 것처럼 서 있었다. 공소저를 발견하는 순간, 구자석은 공연히 슬픈 마음이 들었다. 그는 진심에서 우러나온 기분으로, 유행가를 다시 부르고 싶은 기분이 들었다.

"그동안 잘 있었어?"

구자석은 공소저 앞으로 다가갔다.

"통 연락도 못 하고, 나 혼자 제멋대로 돌아다녀서 미안해."

"너무하셨어요." 공소저는 울려고 했다.

"얼마나 애타게 소식이 있기를 기다렸는데……."

"우리 어디 가서 설렁탕이나 한 그릇씩 먹을까?"

"돈이 있으세요?"

"응, 돈은 있어. 저쪽 서강 쪽으로 가면 설렁탕 잘하는 집이 있어. 내가 안내할 테니까, 우리 걷기로 해."

구자석은 공소저의 어깨를 파묻은 채 걷기 시작했다.

한강(漢江)은 작다
산성화인간(酸性化人間)
세일즈맨 소질(素質)

서강의 변두리에 위치하는 그 설렁탕집은 꽤 유명한 음식점이었다. 낮 열두 시에서 두 시까지, 그리고 오후 다섯 시에서 일곱 시까지 두 차례밖에는 영업을 하지 않는다는 것이다. 커다란 종지기에 깍두기가 담겨 왔고, 설렁탕은 뚝배기 그릇에 반만큼 차 있었다. 두 사람은 식사를 시작했다.

"여보세요, 다대기 좀 갖다주세요" 하고 구자석은 일하는 여자에게 말했다.

"깍두기 물을 부으면 되겠네. 이 집 깍두기는 맛있어요."

구자석은 깍두기를 먹었다.

"정말 맛있는데?"

"깍두기가 없으면 난 못살아."

"웬 아가씨가 그래 깍두기를 좋아하노?"

"맛있는 건 맛있는 거야."

"나는 마늘이 있음 좋겠다. 그러고 보니 소주도 한 잔 마시고 싶고……."

구자석은 이십 원을 주고 소주를 한 컵 마셨다.

설렁탕집에서 나온 그들은 마포 강둑으로 올라갔다. 한강은 약소했다. 태양은 안개에 휘감겨 섬들처럼 보이는 김포평양의 산들 너머로 깊숙이 떨어져 있었다. 하늘은 옅은 초록빛깔에 연분홍의 놀을 섞고 있었다. 구자석과 공소저는 둑을 따라 쭉 걸어갔다. 어린애들이 강아지처럼 나와서 놀고 있었다. 당인리 발전소 쪽으로부터 덤프트럭 한 대가 모래를 싣고 달려왔다. 헤드라이트가 사라지고 나자, 나룻배가 강을 거슬러 오는 게 보였다. 구자석은 수색 쪽의 난지도에서 갈라져 나간 한강의 분류를 보다가, 그 너머 이미 어둠에 파묻혀 버린 행주산성 쪽을 감감하게 응시했다. 그러다가 후미진 곳을 발견한 그는 공소저를 끌어들여 키스를 했다. 공소저는 기다렸다는 듯이 열렬히 응했다.

"그동안 정말이지, 나 비참하게 지냈어요" 하고 공소저는 말했다.

"앞으로는 잘 될 거야. 난 어디든지 취직을 하겠어. 그러고 나면 우리 떨어지지 말고 살자."

"어디에 취직해요?"

"아무 곳이든지, 무엇이든지 하겠어. 우선 신문광고를 내 보고, 가정교사 자리도 구해 보고, 직장도 찾아 나서겠어. 요컨대 마음만 굳게 가지면 되는 거야."

조금 뒤에 구자석은 호흡을 끊었다가 공소저로부터 멀어지면서 담배를 한 대 물었다. 그들은 다시 일어나서 강둑을 걸었다. 전차는 철거되었지만 레일은 아직 남아 있었다. 그들은 전차를 타는 기분으로 버스를 탔다. 그들은 시청 앞에서 내렸다.

"나 말야, 저 앞 다방에서 차행성이라는 친구와 만나기로 했어. 같이 잠깐 들어갔다가 나와."

"그럼 빨리 들어갔다가 나와야 해요" 하고 공소저는 말했다.

그들은 다방 안으로 들어섰다. 차행성은 낯선 청년 두 명과 함께 앉아 있었다.

"구 형! 제멋대로 시간 약속을 어기기요?" 하고 차행성은 말했다.

"캐시밀론 이불은 많이 팔았죠?"

"그야 많이 팔았지! 구 형도 봤지 않소? 노래를 들려주니까 그 직공 애들이 얼마나 좋아하던가…… 안 팔리고 견디겠소?"

"그래 나를 부른 건 무슨 용건 때문입니까?"

"다른 게 아니고 말이요, 구 형! 우리 본격적으로 장사를 한번 해 보지 않겠소? 아가씨까지 계시는데 장사 얘기를 해서 미안하지만, 난 구 형과 손을 잡고 일하고 싶단 말입니다. 참 서로들 인사하시지."

차행성은 자기 옆에 앉아 있는 청년들을 구자석에게 소개시켰다. 한 녀석은 장돈만이라는 이름을 가지고 있었다. 다른 한 녀석의 이름은 오주제였다.

"이쪽은 구자석 씨, 이자석도 아니고, 저자석도 아니고, 바로 구자석 씨" 하고 차행성은 말했다.

"구 형, 지금부터 내가 하는 얘기를 잘 들어 두십시오. 나는 너무 돈 없는 설움을 당해서 정말 본때 있게 한번 돈을 벌고 싶어요. 그런데 이 사회는, 이 사회를 제대로 이용할 줄 아는 인간들에게 돈을 만지도록 해 준단 말입니다. 혹시 구 형 '컴프리'라는 이름 들어봤소?"

"컴프리? 무슨 회사 이름인가?"

"아하, 이래 놓으니 야단이야. 컴프리는 식물 이름입니다. 비타민 E가 많은 약초 이름이에요."

"그러면 내가 설명해 드릴까?" 하고 장돈만이 말했다.

"비타민 E가 생체조직을 신선하게 해 주고 노화방지에 효과가 많다는 것은 아마 잘 아시겠죠? 비타민 E를 주제로 한 약은 시중에 토코페롤·토코라민·유베라·주베론 따위가 팔리고 있어요. 그 비타민 E를 컴프리가 갖고 있어요. 컴프리하고 또 케일이라는 식물도 있지요."

"그래서?" 하고 차행성이 말을 받았다.

"컴프리를 대대적으로 선전해서 팔아 볼 생각이에요. 여기 앉아 있는 장돈만이가 컴프리를 재배하고 있어요. 내가 계획하는 것은 컴프리를 주제로 한 당의정 정제를 만들어 약으로 팔려는 것입니다. 그러나 우선은 컴프리를 빻아서 가루로 팔 생각입니다. 컴프리를 잘 요리하면 괜찮을 거예요."

"컴프리가 그렇게 효과가 있습니까? 그럴 만한 가치가 있어요?" 하고 구자석이 물었다.

"있죠. 있어요" 하고 오주제가 말했다.

"특히 도시 인간들은 산성화(酸性化)되는 경향이 있습니다. 술과 담배와 섹스 때문에 위장과 간장이 산성화되어 있어요. 그런데 컴프리는 알칼리성 식물입니다. 이건 인간의 산성화를 방지하는 데 효과를 나타냅니다."

"인간의 산성화(酸性化)라?"

"문제는 이런 데 있어요" 하고 차행성이 말했다.

"한국 사회는 항상 보수적인 표정을 하고 있습니다. 새로운 걸 받아들이려 하지 안하요. 컴프리는 놀라운 식물이지만 사회는 그걸 잘 모릅니다. 이러한 컴프리를 어떻게 사회에 참여시키느냐, 어떻게 상업화하느냐, 그게 문제입니다."

"컴프리의 사회참여라? 그러자면……."

"어떻습니까? 구 형이 한번 직접 발 벗고 나서서 팔아 보지 않겠습니까?"

"본격적으로 세일즈맨 노릇을 하란 말이군요."

"아니, 이것은 1차 단계입니다. 우선은 컴프리를 가지고 이 사회를 할퀴어 보는 겁니다."

"이 사회가 잘 할퀴어질까요?"

"우선 해 봅시다. 난 구 형을 놓치고 싶지 않아요."

"좋습니다. 그러면 조금 줘 보십시오. 파는 데까지는 팔아 보겠습니다. 그리고 우선 나도 좀 복용해 보아야 하겠고……."

구자석은 비타민 E가 많고, 인간의 산성화를 방지시켜 준다는 그 알칼리성 식물의 분말을 열 봉지쯤 받아 들고 다방을 나왔다. 그는 차행성이가 세일즈맨 소질을 갖고 있음을 인정했다. 다시 밤이 되어 있었다. 공소저는 좀 어처구니없다는 미소를 지었다.

"구자석 씨가 드디어 세일즈맨이 되다니?"

"우선은 뛰어 보는 거다. 뛰어 보는 거야. 양철지붕 위의 고양이처럼."

"좋아요, 그거 컴프리 두 봉지만 날 줘요. 우리 사장님께 팔아 볼게."

"사장님은 안녕하신가?"

"우리 너구리야 안녕하시구말구. 날마다 사우나 목욕탕만 다니는걸."

"극장 구경하자는 말은 안 하고?"

"그런 말은 안 해."

그들은 명동으로 들어섰다. '시민은 명랑하다'라는 현판이 그 입구에 걸려 있었다. 그리고 한독약품 약 광고와 함께 시계가 있었는데, 그 시계는 2분쯤 빨리 가고 있었다.

"오랜만에 명동에 들어서는군. 가만있자, 우선 컴프리를 팔아먹을 생각부터 해야지."

구자석은 유네스코 회관이 있는 옆 골목으로 들어가 코너 다방으로 들어섰다. 그는 다섯 명의 친구가 거기에 앉아 있음을 발견했다. 그중에는 배무질이도 끼여 있었고, 그리고 연극을 하는 정세련의 얼굴도 보였다. 정세련은 경복고등학교를 나와서 연세대학에

다녔다. 정세련은 대학 다닐 때 대학극을 했고, 군대 들어가서 트럼 펫을 불었고, 사회에 나와서는 텔레비전 탤런트가 되었다. 그리고 연극배우로서는 그의 기구와 못생긴 코를 시라노 드 벨주락처럼 이용하고 있었다. 그는 연전에 도스토옙스키가 지었고 까뮈가 각 색한 〈악령(惡靈)〉에서 술주정뱅이 역을 맡아서 한 적이 있었다. 그 뒤부터는 마치 자기 스스로 술주정뱅이가 되기로 결심하고 있는 것 같았다. 연극이라는 것이 무시당하게 마련인 후진 사회에서 항 용 그렇듯이, 정세련은 자기 인생과 연기(演技)라는 것을 좀 혼돈하 고 있는 것 같았다.

"와따, 여기는 무엇 주워 먹자고 얼씬거리고 있냐?" 하고 정세련 이 말했다.

"나가자 나가, 오늘 밤에는 내가 술 한잔 살 테니까" 하고 배무질 이 말했다.

"저 아가씨는 누구야? 어디에서 줏었어?"

정세련이 공소저를 눈짓하면서 물었다.

"어디에서 줏었느냐구?"

구자석은 웃었다.

"아니면 키웠냐?"

"그것보다도 너에게 줄 물건이 있다. 컴프리라는 것인데, 너처럼 술주정뱅이에게는 더할 수 없이 좋은 약이 될 거다."

구자석은 우선 약부터 팔기로 했다. 하지만 그는 컴프리를 팔지 못했다.

망건을 쓴 '돈키호테'
동백아가씨의 사랑
신문광고(新聞廣告)

"난 말야, 요새 돈키호테한테 반했어" 하고 정세련은 말했다.

"일반인들은 세르반테스의『돈키호테』를 그저 아동소설로만 알고 있지만 그렇지가 않거든. 돈키호테는 복고주의자가 아냐. 그는 이상주의자야. 그는 현실을 타파하려는 개혁가로서의 용모도 갖고 있단 말야. 그래서 난 돈키호테를 각색해서 연극을 만들어 볼 생각이야."

"누가 그걸 보겠니?" 하고 배무질이 말했다.

"아니 그렇지 않아. 연극이라는 관점에서 1970년대의 한국을 평가하자면, 이 나라의 정신세계는 물론 현대에 속해 있지 않아. 내가 돈키호테를 꼭 상연하고 싶은 이유가 여기에 있어. 셰익스피어·세르반테스·몰리에르에 이르는 어떤 정신적인 연상대(聯想帶)를 새로운 각도에서 한국에 상륙시켜 볼 필요가 있어. 돈키호테가 벌이는 짓은 꼭 도깨비 하품 같은 짓이지만, 그런 짓이 아닌 제스처를 가지고서는 이 답답한 현실을 할퀴어 댈 수 없을 거야. 나는 돈키호테를 특히 하나의 이상주의자, 희귀한 이상주의자로 부각시켜 보고 싶단 말야. 그런 이상주의자가 현실적으로는 비웃음을 받고, 경멸당하고, 조롱감이 되고 있다는 걸 선명하게 떠올리고 싶단 말야. 어떠냐, 자석아, 나하고 같이 각색해 보고 싶은 마음 없니?"

"돈키호테라? 아예 그러지 말고 우리나라에서 소재를 구해 오지 그래?"

"우리나라의 것보다는 차라리 외국 것을 하는 게 편하고, 선전도 잘돼. 우리나라 것을 하려면 본격적으로 다부지게 해야 하는데, 그 럴 능력이 없어. 어쨌든 한국 관객이라는 건 세 살짜리 어린애와 같 거든. 이 관객들에게 끊임없이 자극을 줘야 해. 할퀴고, 물어뜯고 야 유하고, 웃겨 주어야 해. 그래야 관객들은 무엇인가를 비로소 깨닫 거든."

"돈키호테를 극화하기보다는 우리나라 것을 해라"하고 구자석 은 고집했다. "예를 들어 김삿갓을 극화할 수도 있을 거고, 홍길동 을 할 수도 있잖아? 그렇지 않으면 진지하게 고증을 해서 대동여지 도를 만든 김정호를 극화할 수도 있겠지. 주어진 상황에 맥없이 순 종하는 게 아니라, 자기 나름으로 고개를 번쩍 쳐들어 눈알을 동그 랗게 떠가지고 돌아다녔던 한국인들은 얼마나 많은데?"

"그래, 그래, 네 얘기를 알 수도 있을 것 같다. 그러나 우선은 돈키 호테부터 시작한다. 가능하다면 돈키호테에게 도포를 입히고 망건 을 씌울 수도 있겠지. 참, 그리고 보니 연극 구경을 가야겠군. 지금 국립극장에서는 셰익스피어의 〈맥베스〉를 상연하고 있을 거야. 맥 베스를 보러가지 않을래?"

"맥베스?"

"여기 표가 있어. 갈 테면 갔다 와."

"가요. 연극 본 지도 오래되었어요"하고 공소저가 말했다.

"너는 안 가겠니, 무질아?"

"인마, 나는 안 가"하고 배무질은 말했다. 그래서 구자석과 공소 저만 먼저 바깥으로 나왔다. 바로 길거리를 조금 벗어난 곳에서는 〈맥베스〉가 상연되고 있는 것이다.

구자석은 맥베스의 독백을,

"인생이란 걸어가는 그림자에 불과한 것. 자기가 맡은 시간만은 장한 듯이 떠들지만, 그것이 지나면 잊어버림을 받는 가련한 배우에 불과하다. 그것은 바보의 지껄이는 소리, 아무 의미도 없는 소음……."

그들은 국립극장 안으로 들어섰다. 연극은 이미 시작되어 있었다. 관객은 많지 않았다. 맥베스는 이낙훈이 하고 있었고, 맥베스 부인 역에는 여운계가 나오고 있었다. 바야흐로 맥베스는 던컨 왕을 시해하려고 하는 참이었다. 이낙훈은 고민에 가득 찬 얼굴로 여운계와 얘기를 나누고 있었다. 이낙훈은 임금을 죽이는 일에 심한 주저를 나타내고 있었지만, 이윽고 여운계의 충동질에 용기를 얻고 있었다.

"지금 이 세상의 반은 잠들어 만물이 죽은 듯하다. 그리고 악몽이 장막 속에 든 잠을 어지럽게 하고 있다…… 그대 견고하고 확고한 대지여, 나의 발자국 소리를 듣지 말라. 이 발이 어디로 향하는가를……."

그런데 이낙훈의 발은 던컨 왕에게로 향했고, 조금 뒤에 장면이 바뀌자 왕은 죽어 버렸고, 커다란 소동이 일어나고 있었다.

"다음엔 어떻게 되지?" 하고 공소저가 물었다.

"어떻게 되느냐구? 맥베스가 고민하게 되지."

맥베스로 분장한 이낙훈은 좀 단조로운 제스처에, 그러나 한결같이 우렁찬 목소리로 고뇌하고 있었다.

"우주가 산산이 부서지고, 천지가 무너지는 한이 있더라도, 공포 속에서 음식을 먹으며, 밤마다 사람을 괴롭히는 그 무서운 악몽 때문에, 고통을 받으면서 자고 싶지는 않소. 마음의 고문을 받으면서 미칠 듯이 불안하게 사는 것보다는, 우리의 평화를 얻기 위하여, 평화의 세계로 보내 버린 그 사람(던컨 왕)과 같이 죽어 버리는 것이

나을 거요……."

관객의 대부분은 여대생들이었다. 여대생들은 껌을 짝짝 씹으면서 마치 쇼를 보듯이 〈맥베스〉를 보고 있었다. 그래서, 말하자면 무대 위에서 진짜로 사람이 죽어 버린다 해도 관객들은 눈 하나 깜짝하지 않을 것 같았다. 게다가 무대의 공간은 유기적으로 활용되고 있지 못했다. 마룻바닥은 삐걱거렸고, 대사는 하나같이 억양이 없었다. 더욱이 맥베스는 너무 고민에 잠겨 있어서 그 모습이 헐렁헐렁하니 우습게 보였다.

공연하고 있는 연기진(演技陳)이나 관람하고 있는 관객이나 그럭저럭 의무를 수행해 나가고 있었다. 이윽고 파란만장의 맥베스는 죽어 버리고, 맥더프가 맥베스의 모가지를 들고 무대 위로 나타났다. 그러자 관객들이 킬킬거리고 웃어 대기 시작했다.

"어때? 맥베스를 본 감상이?"

구자석은 바깥으로 나오면서 공소저에게 물었다.

"셰익스피어가 잔인한 사람이라는 생각이 들어. 위로는 왕에서부터 아래로는 문지기에 이르기까지 그 누구도 긍정하고 있지 않아. 얼마나 냉정하고 철저한 눈을 가지고 있는 사람일까?"

"그러기 때문에 셰익스피어가 위대하다는 것 아냐? 셰익스피어는 변덕이 심한 엘리자베스 여왕 시대에 평민으로 살았거든. 그는 평민이었기 때문에 위로는 귀족 세계에서부터 아래로는 미천한 천민들에 이르기까지 냉정하게 관찰할 수 있었어. 그래서 셰익스피어는 어떠한 인물이든지 신비롭게 내버려 두지를 않고, 끝까지 해부하는 거야. 그 점이 세르반테스하고는 달라. 햄플리트와 돈키호테가 다른 것처럼."

"인간 운명의 드라마?" 하고 공소저는 뇌까렸다.

"그런데 그걸 공연하면 왜 저렇게 통속적으로 보일까? 그걸 좀
더 박력 있고 감동적으로 어째서 하지 못하는 걸까?"

"아마 관객들이 그걸 방해하겠지."

"그리고 연기자들도 성의가 없었어."

"바로 그것이 한국에서 일어나고 있는 모든 사회활동의 참모습
일 거야. 의욕도 가지고 있고 간절히 희망도 하고 있지만 실제로 해
보면 그 무엇인가가 자꾸만 방해를 놓아서 결국 우스꽝스러운 장
난처럼 돼 버리고 만단 말이야."

"그건 그래" 하고 공소저는 긍정했다.

그들은 막걸리 집으로 들어갔다. 하지만 배무질과 정세련은 보이
지 않았다.

어디 2차 술을 마시러 간 모양이었다.

"이제 어디로 가지?" 공소저가 물었다.

"내가 잠자는 방으로 가자. 퇴계로에 있어."

"빌딩의 6층에 있다는 방?"

"그래 그 방으로 가자. 오늘은 열심히 돌아다녔더니 여간 피로한
게 아니구나."

"내가 그 방엘 들어가도 괜찮을까? 지금 벌써 열 시 반이 넘었
는데."

"얼마나 좋겠니? 오랜만에 너랑 만나서 밀폐된 방에 같이 있다면
얼마나 좋으니?"

"그러나 나는 내 몸을 지킬 필요가 있는걸."

"아따, 굉장히 겁을 내는군. 이래 봬도 나는 점잖지" 하고 구자석
은 말했다.

"그걸 어떻게 믿어?" 하면서 공소저는 얼굴을 붉혔다.

그들은 빌딩 안으로 들어섰다. 사람들이 썰물처럼 퇴근하고 난 빈 건물의 복도는 을씨년스러웠다. 구자석과 공소저는 2층으로 올라갔다. 그들은 발을 맞추어 3층으로 올라갔다. 그리고 약간 가쁜 숨을 쉬면서 4층으로 올라갔다. 그리고 힘을 내어 5층으로 올라갔다. 두 사람은 상당히 지쳐 있었다. 그들은 6층으로 올라갔다. 구자석은 열쇠로 자물쇠를 열었다. 그들은 방 안으로 들어섰다. '다다미' 냄새는 고약스러웠다.

그날 밤 구자석과 공소저는 많은 이야기를 나누었다. 구자석은 공소저에게 두 명의 남자 애인이 있었다는 얘기를 비로소 처음 들었다. 그중에서도 한 사내 녀석은 제법 맹렬하게 접근했던 것 같았다. 구자석은 공소저에게 있어서 네 번째 사내였다. 공소저는 전라남도 고흥 서쪽에 있는 조그만 섬이 고향이었다. 그러다가 열여덟 살 때에 상경했었다. 타락하지 않고 공부를 해내게 된 것은 그녀의 의지가 굳었기 때문이었을 것이었다. 그녀는 이러저러 서울에서 6년을 살아오고 있었지만 아직 동백아가씨였다. 물론 '헤일 수 없이 수많은 밤을' 눈물로 지새운 동백아가씨는 아니었지만…….

"사실은 요새도 줄기차게 쫓아오는 사내가 있어요" 하고 공소저는 실토했다.

"어떤 자식이야?"

"나이는 좀 많아요. 서른세 살 난 사람인데, 구자석 씨하고는 달라서…… 성실하기는 성실한 사람이에요."

"내가 한번 만나 보아야 하겠구나."

"그건 싫어, 이런 얘기 한다고 날 이상하게 생각하진 말아요."

"아냐, 그런 거야 없다."

"사실 뭐예요. 구자석 씨는? 제멋대로 돌아다니며 연락도 안 하구? 나 정말이지 얼마나 안타까웠는지 몰라요. 그러나 이제 이렇게 만나고 있으니 됐어요. 나를 쫓아다닌다는 그 사람, 서른세 살 난 그 사람에게 마음을 둔 적은 한 번도 없거든요."

"어쩔 수 없이 공소저는 여자로구나, 앞으로는 난 열심히 네 곁에 붙어 있을 거야. 자, 이리 와."

구자석은 공소저에게 키스했다. 마치 두 사람의 몸이 녹아나는 것 같았다. 구자석은 그녀에게 애무를 퍼부었다. 행복해요, 라고 공소저는 속삭였다. 다음 날 아침 공소저가 먼저 눈을 떴다.

그녀는 구자석의 어깨를 툭툭 쳤다.

"나는 출근해야 해."

"벌써 시간이 이렇게 되었나?"

시계는 일곱 시 사십 분을 가리켰다.

"이따가 낮에 만나요."

"그럼 좋아. 한 시쯤 찾아갈게. 아침 식사는 안 해도 괜찮아?"

"상관없어요. 아아, 직장 생활은 지긋지긋해."

공소저는 먼저 나가 버렸고 구자석은 빈둥빈둥 드러누워 담배를 빨았다. 그러다가 잠이 들었는데 깨어 보니 어느덧 열 시가 넘어 있었다. 그는 치약을 묻히지 않은 칫솔로 이를 닦은 뒤에 아래층 변소로 내려가서 세수를 했다. 그런 뒤에 옷을 갈아입고 시내로 나갔다.

그는 신문사를 찾아가 가정교사 광고를 내었다. 전화번호는 우선 공소저의 사무실 번호를 적어 넣었다.

해장국집에 가서 해장국을 한 그릇 먹고 난 뒤에, 바깥으로 나와서 그는 공소저에게 전화를 걸었다.

"지금 어디에 계시죠? 어서 달려오세요. 잘하면 일감이 생길 것도 같아요." 하고 공소저는 말했다.

"어떤 일감인데?"

"묘한 회사에 취직이 될 수 있을 것 같아요."

전화를 끊고 나서 구자석은 공소저에게 달려갔다.

고리대금업자의 전천후농사(全天候農事)
궁궐(宮闕) 속에 사는 강아지들
주먹질에 소질(素質)이 없구나

구자석은 다시 공소저와 만났다. 그러니까 두 사람이 헤어진 지 다섯 시간 만이었다. 공소저는 좀 피로하게 웃었다. 다방 레지가 물수건을 가져다주었다.

"취직이 될 것 같다니, 그래 어떤 직장이야?"

"한흥주식회사라는 곳인데, 지금 그 회사는 빚더미 위에 올라앉아 있어요. 아마 오늘내일 부도를 내게 될 것 같아요."

"그런 망해 자빠지는 회사에 어떻게 취직이 된담?"

"그게 사회생활이죠. 서로 물어뜯고, 할퀴면서 살아가요."

"자세히 설명을 해 봐."

"한흥회사는 한흥만이란 사람이 이십여 년 동안 피땀 흘려 키운 회사예요. 작년에 이 회사는 입찰 공사를 청부 맡아서 했는데 그 일이 잘못되어 손해를 입었죠. 그래서 빚을 졌어요. 바로 우리 고리대금업자 그룹의 돈을 갖다가 썼어요. 잠깐, 기다려요, 전화 좀 걸어야 해요."

공소저는 이러더니 전화를 걸었다.

"여보세요, 한흥이죠? 네네, 무어라구요? 오늘 은행을 막지 못할 것 같다구요? 그렇다고 부도를 낼 생각은 아니겠죠? 좋아요. 댁의 수표를 우리가 여덟 장 갖고 있다는 걸 명심하세요. 총액수가 얼마나 되는지는 말씀 안 드려도 잘 아시겠죠? 네, 그렇게 하세요. 저희 사장님하고 타협을 지세요."

공소저는 수화기를 내려놓고 나서, 다시 구자석 앞으로 왔다.

"아이 피곤해 죽겠어. 정말이지 이놈의 노릇은 못 해 먹겠어."

"도대체 무슨 얘기야?"

"한흥회사는 빈껍데기뿐이에요. 그래서 고리대금업자 그룹이 그 회사를 뺏을 생각을 하고 있는 거예요. 회사의 실권을 넘겨 달라고 말하는 중이죠. 여차하면 수표를 몽땅 집어넣겠다고 공갈을 치면서."

"그런데 어떻게 그런 회사에 취직이 된담?"

"말하자면 고리대금업자 그룹의 앞잡이가 되어 그 회사에 잠복하는 거예요. 지금 그 회사 사원들은 둘로 갈려 있어요. 구주류는 한흥만 사장을 위해서 발버둥질을 치고 있고, 신주류는 고리대금업자 그룹에게 등을 대어 자기네들 자리를 빼앗기지 않으려고 안간힘을 다해요. 회사가 거덜 나기 이전에 회사 사원들이 먼저 분열하는 거예요."

"그럼 내가 스파이가 되란 말인가?"

"하여튼 여기서 이러지 말고, 우리 사무실로 가요."

구자석과 공소저는 다방을 벗어났다. 그들은 고리대금업자의 사무실을 찾아갔다. 그것은 어떤 빌딩의 3층에 있었다. 한 평도 채 안 될 듯한 크기였다. 고리대금업자가 필요로 하는 것은 전화 한 대와, 그리고 의자 두 개만 가지면 족한 것이었다. 그 사무실은 원래 변소였었는데, 변소를 없애 버리고 만든 방이었다. 고리대금업자는 마침 자리에 있었다.

"사장님, 아까 말씀드린 구자석 씨예요."

고리대금업자 장 씨는 쉰 살이 좀 넘어 보였다. 뚱뚱한 몸집에, 대머리가 좀 벗겨졌고, 안경을 끼고 있었다. 그러나 장 씨는 근엄하고 성실하게 보였을지언정, 도저히 고리대금업자 같지는 않았다.

"참 거기 전화 좀 걸어 봐. 을지로3가의 최 씨한테 말야."

공소저는 전화를 걸었다. 장 씨가 그것을 바꾸어 들었다.

"이따가 점심시간에 만나서 얘기 좀 할까? 그래, 그거 말야. 한홍에 관해서 단안을 내려야겠어, 무어라구? 알겠어."

장 씨는 전화를 끊더니 공소저에게 이렇게 말했다.

"지금 말야, 곧 종로에 갔다 와야겠어. 아니, 그보다도 전화를 먼저 걸어야겠군. 거기 장 여사한테 전화를 걸어."

공소저는 전화를 걸어서 바꾸어 주었다.

"아 장 여사시군요. 지금 수표를 보내겠습니다. 전에 말씀드린 삼신사는 잘 해결됐습니다. 네네, 알겠습니다. 그렇게 하도록 하겠습니다."

장 씨는 전화를 끊고 나더니 수표를 끊었다. 아마 수표에 쓰는 만년필은 다른 데에는 사용하지 않는 듯했다.

"구자석 씨라고 했던가?"

이윽고 그는 고개를 들어 구자석을 똑바로 바라보았다.

"네, 그렇습니다."

"당신, 주먹질에 소질이 있소?"

"주먹질에는…… 별로 소질이 없습니다."

"그래요?"

장 씨는 고개를 끄덕거렸다. 구자석은 먼저 바깥으로 나갔다. 조금 뒤에 공소저가 따라 나왔다.

"아이 답답해, 주먹질에 소질이 있다고 왜 얘기 안 했죠?"

"소질이 없는 건 없다고 말할 수밖에 없지."

"그러나 이건 취직에 관한 문제예요."

"별로 그런 곳에 취직되고 싶지도 않아" 하고 구자석은 말했다.

"그건 그렇고 한흥회사는 어떻게 된 거야?"

"아마 그 회사는 오늘 부도가 나는 모양이에요. 그래서 부도를 내게 해 가지고 한흥만 씨를 사회적으로 일단 매장시켜 버리느냐, 아니면 부도를 내지 않게 처막아 주고 나서, 그 회사의 실권을 잡느냐 망설이고 있는 거예요. 그런데 사정이 또 달라졌어요. 우리 고리대금업자 그룹이 아닌 다른 그룹에서 손을 벌리고 있는 것 같아요. 그래서 지금 그 일 때문에 내가 가고 있는 거예요."

"도대체 무슨 얘기인지 영문을 모르겠군."

"바쁘지 않으면 잠깐 같이 가 줘요."

공소저는 택시를 붙잡아 세웠다.

그들은 차를 타고 성북동으로 갔다. 그 집은 겉보기에도 오륙천만 원은 실히 됨직했다. 그 집의 주인은 전직 무슨 고관이었고, 그 집의 사모님이 고리대금업을 하고 있었다. 구자석은 공소저를 따라 그 집 문 앞에 섰다. 벨을 누르자, 문 옆에 달린 스피커로부터,

"누구십니까?" 하고 묻는 소리가 들렸다. 공소저가 대답했다. 그러자 대문은 소리도 없이 스르르 열렸고, 그들은 안으로 들어섰다. 세 마리의 개새끼가 일제히 짖어 대고 있었다. 정원은 삼사백 평이 실히 되어 보였다. 현관으로 다가가자 그것은 또 자동적으로 소리도 없이 열렸다. 마루는 커다란 홀을 이루고 있었다. 2층으로 올라가는 계단 대신에 엘리베이터가 설치되어 있었다. 일하는 여자인 듯한 사람이 그들을 안내했다. 2층은 아래층을 향하여 베란다처럼 꾸며져 있었고, 그 양쪽으로 마호가니 문을 해 단 방이 있었다. 그들은 홈 바로 쓰고 있는 듯한 커다란 방으로 들어갔다. 책장 비슷하게 생겨 있는 곳에 술병이 가지런히 놓였고, 그 옆에는 난로가 있었다. 사모님은 손님일 듯한 장년 여인 세 명과 함께 화투를 치고 있었다.

공소저는 수표를 건네었다.

"전화 한 번 쓰겠습니다."

공소저는 전화를 걸었다.

"예, 알겠어요. 그러면 한흥으로 가 보겠어요."

"그래, 한흥은 어떻게 됐다던?" 하고 사모님이 물었다.

"아마 지금 야단법석을 하고 있는 것 같아요."

"그러면 이따가 내가 장 씨를 만나서 의논해야겠다. 그럼 너는 빨리 가 봐라. 그리고 연락 좀 해다구."

"그렇게 하겠습니다."

공소저와 구자석은 바깥으로 나왔다. 대문은 어서 꺼지라는 듯이 소리 없이 그들의 등 뒤에서 닫혔다.

"빌어먹을, 지독한 집이구나. 흔해빠진 차 한잔 권하지도 않고" 하고 구자석이 개탄했다.

"차가 어디 있어? 돈독이 오른 사람들에게 그런 게 어디 있어? 알고 보면 불쌍한 사람들이야. 궁궐 같은 집을 지어놓고, 그 속에서 강아지처럼 어슬렁거리며 살고 있는 사람들이야. 그런데 그런 사람들일수록 이 세상을 향해 가래침을 뱉으려고 온갖 안간힘을 다하고 있어."

"그건 그렇고, 한흥회사는 어떻게 된 거야?"

"저 여자가 뒤에서 조정을 하고 있어. 하여튼 가 보면 알게 돼."

그들은 또 택시를 타고 한흥회사로 갔다. 그 회사는 난장판을 이루고 있었다. 이삼십 명의 청년들과 열 명 가까이 되는 중년 여인들이 고함을 지르며 티격태격하고 있었다. 두어 명의 고리대금업자도 멀거니 서서 구경하고 있었다. 공소저는 전화를 걸었다.

"여기는 난장판이네요. 한흥만 사장을 만나 볼 수가 없어요. 네,

알겠습니다. 오 상무를 만나서 그렇게 얘기해 보죠."

공소저는 오 상무라 짐작되는 사람과 얘기를 주고받더니, 다시 구자석 앞으로 왔다.

"정말 지쳐 쓰러지고 말 거야. 어디든 가서 커피 한잔 마셔야겠어."

그들은 눈에 띄는 다방으로 들어갔다.

"저 회사에 몰려든 여자들 봤지? 저 여자들은 불개미들이야. 쇠 아니라 금강석이라도 녹여내고 말 거야. 그런데 벌써 저 회사는 완전히 수습이 됐어. 한홍만 씨는 아마 우리 사장과 만나고 있을 거야. 우리 고리대금업자 그룹이 깨끗이 인수하기로 합의를 봤대."

"그러면 한홍만인가 그 사람은 어떻게 되지?"

"어떻게 되기는? 알거지가 되는 거지 무어. 그래도 얼마나 다행이야? 교도소에 끌려 들어가지 않게 된 것만 해도 어딘데 그래?"

"고리대금업이야말로 가장 위대한 사업이구나."

"그걸 말이라고 해? 웬만한 회사치고 고리대금업에 관련 안 된 회사가 어디 있어? 시장에서 장사하는 사람들은 물론이려니와 약방·금은방·지물포·철물점·무역상사가 실질적으로는 모두 고리대금업을 해서 돈을 끌어 모으고 있단 말야. 장사는 백날 해 봤자 그 타령이구, 표면으로는 개점(開店)을 하고 있지만, 그 이면으로는 모두들 고리대금을 해서 먹구 살아간단 말야."

"확실히 그것이야말로 위대한 전천후 농업(全天候農業)이구나."

"돈을 금전이라고 알면서 쓰는 사람은 따분한 거야. 돈을 양재기처럼 또는 숟가락처럼 하나의 도구로 취급하면서 써야 해. 돈은 돌고 도는 게 아냐. 이 사회의 상부층에서 몇몇 유수의 사람들이 꽉 쥐어가지고 저네들끼리 건네고 받고, 건네고 받고 하는 거야. 일반인들은 탁구공처럼 왔다 갔다 하는 돈을 그저 구경이나 하고 있으면

돼. 구경한다는 것만 해도 어디야? 자, 그러면 일어서야겠어. 난 회사에 들어가야 해. 이따 밤에 퇴계로에 있는 구자석 씨 방으로 시간 나면 찾아갈게."

도심 지대(都心地帶)로 나온 개새끼

오 새드 무비

한국인(韓國人)은 도장을 좋아한다

공소저와 헤어진 구자석은 어슬렁어슬렁 걸어 다시 도심 지대로 나왔다. 그는 드러누워 있는 황소 잔등과도 같은 남산을 바라보면서 지금부터 어디로 갈 것인지를 생각했다.

갈 데는 많았다. 그는 아직 집안사람을 만나 보지 않았다. 어머니를 찾아봐야 했다. 그의 어머니는 기독교 계통의 신흥 종교에 미쳐 날뛰고 있었다. 의붓형도 만나 봐야 했다. 의붓형은 종로4가의 어떤 양복점에서 재단사로 일하고 있었다.

그뿐인가? 대학에 가서 다음 학기부터는 어떻게 등록을 해 볼 요량을 대어야 했다. 신문사에서 모집하는 신춘문예에 시나 소설 같은 것을 한번 응모해 보고 싶다는 생각도 그는 가지고 있었다. 그리고 또한 오상방위에 의한 살인 혐의로 구속된 최낙준의 고등법원 판결이 어떻게 되었는지도 알아보아야 했다.

해야 할 일이 많은데도, 무엇 때문에, 어떤 이유로 해서 강아지새끼처럼 끙끙거리고만 있느냐? 아리스토텔레스 오나시스는 내 나이 때에 남아메리카로 가서 떼돈을 벌지 않았느냐? 유길준은 내 나이 때에 한국인으로서는 최초로 외국 유학을 하고 『서유견문록』을 쓸 준비를 하고 있지 않았느냐? 지구는 여전히 곰딱지 같은 피부병에 걸려 피를 흘리고 있고, 근대화되었다고 주장되는 서울에는 빌딩들이 여자의 치마와도 같이 솟구쳐 올라가고 있지만, 어째서 이 마음은 황량하기만 한가? 그는 발밑에 거치적거리는 돌멩이를 힘껏 찼다. 그러자 발끝이 아팠다.

'봐라, 너라는 녀석은 길거리에 굴러다니는 돌멩이를 차다가 자기 발만 아파하는 그런 녀석이 아니냐'라고 구자석은 중얼거렸다. '자, 정신을 차려야 한다. 가정교사 광고가 내일 조간에는 나겠지. 우선은 광고를 믿어 두자. 참, 공소저 회사 전화번호를 사용했으니, 공소저에게 미리 알려 두어야 하는 건데 깜박 잊었군.'

구자석은 공중전화를 찾기 위하여 쭈욱 좌우를 살피며 걸어갔다. 그러다가 종로2가 와이엠시에이 앞에서 구자석은 어떤 개를 한 마리 발견했다. 누런 털에 까만 털이 버짐처럼 틀어박힌 토종견이었는데, 놈은 쇠사슬에 얽매여 있지 않았다. 어떻게 잘못되어 길거리로 뛰쳐나온 개새끼인 듯했다.

똥개는 자동차와 사람들로 복작대는 거리의 소용돌이에 잔뜩 겁을 집어먹고 있었다. 미친개처럼 눈알이 이상하게 돌아가고 있었다. 사람들은 두 발로 걷고 있었지만, 놈은 네 발로 기어가고 있었다. 미제 사탕과 초콜릿을 파는 아주머네를 보더니 놈은 멍멍멍 짖어 대기 시작했다. 아주머네가 워리워리 소리를 했다. 똥개는 뱅글뱅글 돌더니 다시 달려가기 시작했다. 인간들한테 빌붙어 사는 개새끼의 처지로서는 집을 탈출해서 거리로 나왔다는 것 자체가 굉장한 자유 획득임에 틀림없었다. 그러나 이왕 집을 뛰쳐나왔으면 산으로 올라가서 야생견이나 될 것이지, 어째서 도시 한복판으로 뛰어들었느냐. 구두닦이 소년들이 여섯 개의 의자를 놓고 앉아 있었다. 어떤 소년이 개새끼를 붙잡으려고 했다. 똥개는 꼬리를 무섭게 흔들었다. 소년이 개새끼의 옆구리를 내질렀다. 그러자 똥개는 죽는소리를 내면서 꿍얼거렸다.

"이놈아, 어째서 개를 때리는 거냐?"

구자석은 구두닦이 소년을 비난했다.

"저 개가 아저씨 거예요?"

"임자 없는 개새끼를 때리면 어때요? 체……."

구두닦이 소년은 돌멩이를 집어 들어 개새끼에게 던졌다.

개새끼는 다시 죽는소리를 냈다. 똥개는 정신없이 사람들로 꽉 차 있는 포도를 뛰어가고 있었다.

잠깐 한눈을 팔고 있는 사이에 구자석은 그만 개새끼가 어디로 사라져 버렸는지 잃어버리고 말았다. 구자석은 한 번 발걸음에 두 개의 포석(鋪石)을 건너짚으면서 똥개의 미래에 대해서 생각해 보았다. 공중전화를 발견한 구자석도 그러다가 공소저에게 전화를 걸었다. 공소저는 금장 전화를 받았다.

"지금 어디 계세요?"

"종로2가야" 하고 구자석은 말했다. 그는 이어서 자기가 방금 전에 본 개새끼에 대해서 얘기했다.

"그렇다면 붙잡아서 구자석 씨의 개새끼로 하지 그러셨어요?"

"하지만 그 개새끼는 가출한 개새끼인걸."

"가출했으면 산으로 가서 야생견(野生犬)이나 되지, 어째서 도시 한복판에 뛰어들었담."

"아마 그 개새끼도 문명한 개새끼였나 봐."

"흥, 그러다가 개장국집에나 가게 되겠네."

"아마 그렇겠지?"

"결국 구자석 씨 신세가 그 개의 신세나 비슷해요."

"나도 마악 그 생각을 했어."

"하지만 왜 그걸 쉽게 긍정해요? 그걸 부정하세요."

"그래 나도 부정하고 있어."

"어머, 싱겁기는? 도대체 전화는 왜 걸었죠?"

"사실은 가정교사 광고를 냈어, 내일 조간에 날 거야. 그래서 미리 알려 두는 거야."

"알았어요."

"거기는 어때? 고리대금업자는 옆에 있어?"

"지금 나갔어요. 아, 빨리 전화 끊어야겠어요. 아까 그…… 한흥 있죠? 그놈의 부도회사 사장이 오고 있어요. 이따 밤에 만나요."

구자석은 전화를 끊었다. 그는 가출한 개새끼에 대해서는 더 이상 생각지 않기로 했다. 왜냐하면 그 자신 가출한 개새끼 이상이었던 것이다. 그러나 어쨌든 구자석은 이상한 슬픔의 느낌으로 몰아가고 있었다. 찰톤 헤스톤이 주연했던 〈혹성탈출〉이라는 영화에서는 원숭이들이 사는 세계에 잘못 발을 들여놓은 인간이 당하는 고통을 묘사하고 있었다. 그리고 지금도 미국의 뉴욕 같은 대도시에는 깜둥이들이 백인들 틈새에 끼여 이상한 증오의 눈알을 번득이며 도시 한복판 할렘가를 바장이고 있지 않으냐? 구자석은 마치 그러한 깜둥이가 되어 버린 듯한 기분으로 종로통을 쭉 타고 가다가, 어떤 싸구려 삼류 극장으로 들어섰다.

그 삼류 극장에서는 〈미워도 다시 한번〉의 제2편을 상영하고 있었다. 그는 이 영화의 전편(前篇)을 전라도 고흥에서 본 적이 있었다. 살기 힘든 한국 사회에 있어서 본래 선량했던 인간들은 본의 아닌 실수와 후회를 저지르고 있었다. 신영균과 문희의 연애는 어느 일면 순수한 것이었다. 하지만 순수한 연애가 그렇듯이 어린애만을 하나 생산해 낸 뒤에 두 연인은 헤어지게 되고 서로 증오하는 사이가 되어 있었다. 이 영화에는 두 군데의 지명이 등장하고 있었다. 서울과 묵호였다. 서울은 한국의 중심지였고 묵호는 한국의 벽지였다. 중심 지대와 벽촌에 나눠져 사는 가냘픈 영혼들은 계속 슬픈 일들만을 당하게 마련이었다. 서울과 묵호의 지정학적인 거리는 슬픈 마음들이 갖고 있는 바로 그 영혼의 거리와 일치했다. 세상일은 뜻한 대로 되지 않고, 선량했던 사람들은 자꾸 악행을 쌓아 가고 있었다. 이 영화의 속편은 어째 맥없이 울려 주고 있었다. 그러나 애절하게 이어지는 배경음악은 슬펐다. 어린애가 부르는 '엄마아 엄마아' 소리가 슬펐다. 거세된 당나귀처럼 목쉰 소리로 울어 대는 서울역의 기관차의 기적 소리가 슬펐고, 콧수염을 달고 있는 신영균과 맑은 눈동자의 암사슴 같은 문희의 갸름한 뺨이 충분히 슬프게 했다. 삼류 극장이라 깜깜한 좌석 사이로 남자와 여자들은 손수건을 적시며 울고 있었고, 그러는 한편 손장난을 하고 있었다. 구자석의 옆에 앉아 있는 젊은 자식이 그 옆에 앉아 있는 아가씨의 가슴 속에다가 손을 집어넣어 신나게 '주물렁탕'을 치고 있었다. 아가씨도 맹렬하게 울고 있는 중이었다. 문희의 갸름한 뺨으로는 사랑해서는 안될 사랑을 한 업보가 낡은 필름과 함께 낡아져 있었고, 페팅을 당하는 아가씨 관객의 빼앗겨진 넋이 삼류 극장의 쾨쾨한 냄새에 싸여 신파조의 영화가 서민층의 서글픈 인생을 값싸게 대변하고 있음을 증명했다.

구자석은 결국 그 영화를 다 보지도 않고 몹시 감동당한 얼굴을 한 채 바깥으로 나왔다. 화장실에 들어가서 볼일을 보고 난 뒤에, 그는 또 한 명의 감동당한 표정을 짓고 있는 사내를 발견했다. 그런데 구자석은 그 사내의 얼굴을 알고 있었다.

"아니 이거 구 형 아닙니까?"

강군칠은 반가워하면서 달려왔다.

"영화관에서 만날 줄은 몰랐습니다."

"그야 나는 시간이 나는 대로 영화관엘 오고 하니까."

두 사람은 대합실로 나왔다. 그러면서 두 사람은 좀 멋쩍어하였다. 영화에서 받은 감동이 얼굴에 나타나 있다는 것을 서로 상대방에게 들키고 있으리라는 생각 때문이었다. 구자석과 강군칠은 언젠가 광주로 가는 완행열차에 동승했던 적이 있었다. 그들은 소주를 마시면서 얘기를 나누었다. 강군칠은 서른두 살의 나이였고, 삼 년 전에 결혼했던 아내가 못살겠다고 도망을 가 버려서, 그 일 때문에 고민하고 있었다. 강군칠은 그때 자기의 집주소를 적어 주면서 서울에서 한번 만나자고 말했던 것이다.

"언제 서울로 올라왔습니까?"

강군칠은 물었다.

"오늘까지 쳐서 나흘째입니다. 그러니까 나흘 전에 상경했죠."

"정말, 그때 광주행 열차에서는 유쾌했습니다."

"그때에는 강 형께 폐를 많이 끼쳤어요."

"무슨 말씀을……."

"부인께서는 귀가하셨는지……?"

"아뇨. 난 그 여자를 잊어 먹고 있는 지 오래됐습니다."

"그럼 지금은 무얼 하고 계시는데?"

"나 말입니까? 나야 무어 그럭저럭 지내죠. 도장을 팔고 있습니다."

"도장을 판다면…… 점포는 어디에?"

"아닙니다. 점포를 놓고 도장을 새기는 게 아니라, 여러 회사를 찾아다니며 주문을 맡죠."

"도장을 갖고 세일즈를 한다는 말입니까?"

"네. 그런 일을 하고 있어요. 그래 시간이 나면 이런 영화관에도 들락거리는 겁니다."

"잘 됩니까?"

"그야 무어⋯⋯."

강군칠은 옆구리에 끼고 있던 비닐가방을 열어 보였다. 수십 개의 도장이 가방 속에 질서정연하게 들어차 있었다. 까만놈·하얀놈·누런놈·빨간놈, 도장밥까지 달려있는 놈 등, 여러 종류였다. 그것이 모두 아크릴 도장이었다.

옛날에는 나무 도장이나 수정 도장 같은 게 있었으나, 요새는 그것이 아크릴 도장으로 대체되었고, 또 그것이 단가도 싸게 먹힌다는 것이었다.

"아크릴 조각이라고 해 봤자 십 원 정도입니다. 도장에 이름을 새기는 건 삼십 원의 청부를 백오십 원도 부르고 이백 원도 부릅니다. 회사를 찾아다니며 주문을 맡는 관계로, 월말께에 가서 수금을 하는데, 어떤 때에는 이 개월 내지 삼 개월로 할부 판매할 때도 있어요."

"하기야 한국 사람들처럼 도장을 좋아하는 민족도 없지."

"맞는 말입니다. 직위가 높은 사람일수록 여남은 개의 도장을 갖고 있죠. 직인(職印), 인감도장, 수표에 찍는 도장, 결재도장⋯⋯등 여러 개가 필요하죠. 하지만 이것도 경쟁이 셉니다. 도장 세일즈맨을 전문으로 하는 사람도 시내에는 몇백 명이 훨씬 넘을 겁니다. 이 사람들이 하루 종일 시내를 뱅글뱅글 맴도는 겁니다. 그건 그렇고, 구 형 회사 같은 데에 아는 분이 있으면 소개 좀 해 주십시오."

"도장 세일즈라?"

구자석은 이름 떠오르는 대로 직장을 갖고 있는 친구들을 강군칠에게 소개해 주었다. 그 자신도 도장 세일즈를 해 볼 마음조차 들었으므로 강군칠의 연락 장소를 알아 두었다. 두 사람은 극장으로부터 거리로 나왔다.

"자 그러면 헤집시다. 나는 도둑놈처럼 시내의 빌딩을 차례차례 뒤져야겠습니다."

강군칠은 가방을 추켜들더니 그대로 인파 속으로 사라졌다.

부(富)에 대한 광고(廣告)
재일교포(在日僑胞) 성공담 씨(氏)
사회(社會)를 할퀴는 법(法)에 대해서

밤이었다. 구자석은 공소저가 퇴근하기를 기다려 섰다가 이윽고 그녀가 바깥으로 나오자 함께 걷기 시작했다. 그들은 어디로 갈 것인가를 의논한 끝에 종로 쪽으로 걸어가기 시작했다.

"정말 너무너무 피곤해. 어째서 이 따위 직장 생활을 하고 있는지 모르겠어"하고 공소저는 말했다.

"한흥회사는 어떻게 되었어?"

"몰라요, 그까짓 고리대금업자들 같으니라구."

"그 이상 소동은 없었던 모양이지?"

"왜 소동이 없었겠어요? 난 사람들이 얼마나 지저분해질 수 있는가를 보았어요. 한흥회사에는 신주류와 구주류가 있었다고 아까 얘기했죠? 한흥만 사장이 빌빌대고 있으니까, 먼저 사원들 간에 분규가 일어났어요. 구주류는 한 사장에 빌붙어 가지고 어떻게 하든 부도수표를 막아 보고 회사를 일으켜 보려고 애쓰고 있었죠. 그러자 신주류가 등장한 거예요. 한 사장이 나가 자빠질 것은 자명한 사실이 되었다고 신주류는 판단해서, 고리대금업자들에게 등을 비벼 대기 시작했죠. 그래서 신주류와 구주류는 각기 대의명분을 내세워 싸웠어요. 아까 낮에 부도가 나고, 빚쟁이들이 몰려들고, 한 사장이 피신하자, 구주류는 감금되다시피 하고 신주류가 세력권을 잡았죠. 그러자 중도파들 사이에서 소동이 벌어졌어요. 전화를 걸어 오고, 소동을 부리는 등 밥벌이 떨어질까 봐 아우성을 치기 시작했어요. 한흥회사라는 건 아무렇게 되어도 좋은 거예요. 사람들은 이곳에서 떨구어져 나가지 않기 위해, 온갖 대의명분을 내세워 싸움질을 하는 거예요. 그 싸움질은 그런데 아무 목적도 없어요. 남을 해치고, 자기를 보존하겠다는 가장 근본적인 욕구 이외에는 아무것도 아니죠. 바로 이와 같은 사회풍토가 가장 근본적인 표정으로 등장해요. 위로는 정치 세계로부터 경제계·문화계·일반인들의 생활에까지 침투해요. 모든 대의명분은 다만 대의명분일 뿐이에요. 거기에는 인간들이 지켜야할 규칙도 없어요. 레슬링 시합은 차라리 운동이니까 재미나 있고 도리어 신사적이겠죠. 이기는 것만이 최상의 진실이에요. 패배자는 어떤 도덕적인 표정을 짓는 것으로 돼 있고, 패자(敗者)는 흔히 패덕자의 표정을 짓는 것으로 되어 있어요. 그래서 도덕은 차라리 없어야 하는 게 편리해요. 다시 말하자면 사회윤리가 땅에 떨어지고 인심이 각박해졌다고 개탄하는 소리나, 그까짓 도덕률이야 어찌 되었든 돈이나 벌어서 잘살면 되지 않느냐고 배짱을 부리는 소리나, 결국 모두 어처구니없이 서글픈 얘기가 되어 버려요. 그런데 누구나 이러한 소용돌이로부터 자기 자신은 벗어나 있다고 자처할 수 있는 사람은 아무도 없어요. 다만 이러한 소용돌이로부터 짐짓 무관심한 척할 수는 있죠. 그래서 그 무관심이야말로 윤리가 되고 도덕이 되고 양심이 되고 있어요…… 아, 정말이지 너무해. 가장 불쌍한 것은 밥을 굶을 지경이 된 사람밖에는 없죠. 밥 굶는 사람들이야말로 가장 절실한 상태에 있는 사람일 텐데, 그 절실함은 전혀 호소력을 갖고 있지 않으니……."

"이봐 공소저, 정 그렇다면 직장 생활은 그만두어. 여자의 직장 생활이라는 게 어째서 나쁜지 알 수 있을 것 같아."

"나쁜 줄 몰라서 하고 있는 건 아니에요. 그것으로 먹고살아가야 하는 문제인데요. 이 사회는 완전히 두 계층으로 갈려 있는걸요."

"그건 또 무슨 소리야?"

"밥을 굶지 않기 위해 별의별 짓을 다하는 계층과, 돈을 벌기 위해 별의별 짓을 다하는 계층이에요. 전자는 죽지 않고 살아야 한다는 것 때문에 어떤 짓을 하든 상관없다고 생각해요. 후자는 더 많이, 더 많이 돈을 벌어야겠다는 조바심 때문에 온갖 짓을 다해요."

"그렇다면 제3의 계층도 있겠지."

"그런 건 없어요."

"그럴까?"

"그래요. 더욱이 요새는 묘하게 부(富)에 대한 선전들을 하고 있어요."

"글쎄……."

"그래 오늘 오후에는 어떻게 지냈죠?"

"오늘 오후에는…… 또 묘한 일을 했지" 하고 구자석은 말했다.

"어떤 일?"

"너와 헤어지고 난 뒤에 우연히 어떤 사람을 한 명 만났어."

"어떤 사람?"

"그 사람은 강원도 영월군 주천면에서 올라온 사람이야. 그 사람은 내가 지방을 돌아다닐 때 알게 된 사람이었어. 올해 나이는 서른두 살인데, 전과 2범이야. 상경한 지는 두 달쯤 되었다고 하더군. 그런데 그 사람은 아크릴 도장을 세일즈하고 있었어."

"아크릴 도장?"

"그래. 여러 회사들을 찾아다니며 아크릴 도장을 파는 거야. 그것도 월부로 파는데 월말께에 가서 수금을 하는 형식이지?"

"별놈의 세일즈가 다 있네?"

"그 사람은 몹시 반가워허드군. 요샌 무얼 하면서 자내느냐고 묻

길래, 별로 신통치 않다고 대답했더니 그러면 자기와 함께 도장을
팔자는 거야. 난 대답을 안 하고 우물쭈물했더니, 그런대로 벌이가
괜찮다구 자기와 함께 따라나서자는 거야. 그 사람 말이 아크릴 도
장을 팔아도 한 달에 이만 원 정도는 벌 수 있을 거래."

　다음 날 아침. 구자석은 신문을 한 장 샀다. 그 신문에는 열두 개
의 가정교사 광고가 게재되어 있었다. 그런데 구자석이 낸 광고는
일곱 번째로 게재되어 있었다. 그는 자기가 낸 광고를 들여다보면
서, 과연 얼마나 많은 전화가 올 것인지 의아심을 느꼈다. 그는 공
소저가 근무하는 고리대금업자 사무실 근처의 다방으로 가서 앉
았다. 당장 떠오르는 전화번호가 없어서 공소저의 신세를 졌던 것
이다. 전화가 오면 다방으로 연락해 주기로 되어 있었다.

　"전화가 세 개 있었어요."

　얼마 전에 나타난 공소저는 이렇게 말했다.

　"그래서?"

　"첫 번째 전화는 어떤 과부에게서 온 거예요. 이 과부는 강원도
철암에서 살고 있는데 외아들이 서울에서 중학교에 다닌대요. 그
외아들을 믿음직한 가정에 하숙을 넣어서 들여앉히고 가정교사도
두고 싶은 모양이에요."

　"그건 내 조건으로서는 합당치 않군."

　"두 번째 전화는 어떤 여자에게서 온 거예요."

　"장난 전화인 모양인가?"

　"그래요. 장난 전화예요. 그리고 세 번째 전화가 왔는데, 좀 나이
가 든 남자 목소리예요. 본인이 없다고 하니까, 그러면 본인에게 연
락을 해 가지고, 이따 열한 시에 종로2가에 있는 대림 다방에서 만
나자고 해요."

"어떤 사람인 것 같아?"

"잘 모르겠어요. 아마 가정교사 관계로 전화를 건 사람 같지는 않아요."

"하여튼 만나러 가 봐야지?"

"그렇게 하세요. 이따가 전화 연락 주세요."

"그렇게 하지."

"오늘은 토요일이어서 우리 고리대금업자가 골프를 치러 가는 날이에요. 오후에는 시간을 낼 수 있을 거예요."

"알겠어. 그럼 이따 연락할게."

구자석은 다방을 벗어났다. 그는 천천히 걸었다. 아직 스모그가 걷히지 않은 서울의 아침은, 그리고 햇빛은 여간 모호하지가 않았다. 그는 청계천으로 들어섰다. 자동차 관계와 부속품들을 파는 점포들이 줄줄이 이어서 있었다. 그는 가정교사 광고를 보고 전화를 걸었다는, 좀 나이 든 사람이, 과연 어떤 종류의 사람일까 의아심을 품었다.

그는 약속한 대림 다방으로 들어섰다. 카운터에 앉아 있는 레지에게 가정교사 관계로 찾아오는 사람이 있으면 말해 달라고 부탁했다. 그런데 그 사람은 벌써 와서 기다리고 있었다.

그 사람은 질(質)이 좋은 오버를 입고 있었고, 하얀 머플러를 두르고 있었다. 얼굴은 훈장과도 같은 주름살로 지저분했다. 머리카락은 반백이었는데, 적당히 기름을 발라서 뒤로 넘겼다. 나이는 쉰 살이 좀 넘었겠고, 체구는 뚱뚱하진 않았지만, 인생 세파를 힘들게 헤엄쳐 온 거처럼, 묵직한 데가 있었다.

"군이 가정교사 광고를 낸 학생인가?"

"네, 그렇습니다."

"이거 반갑네. 내가 반말을 한다고 기분 나빠하지 말게."

"원, 별말씀을……."

"자 담배 태우게. 아, 담배가 떨어졌군."

그 사람은 레지에게 청자 담배를 부탁했다. 소녀가 갖다주자 구자석에게 한 대 권했다.

"군에게 좀 부탁할 일이 있어서 전화를 걸었네. 자, 이게 내 명함일세."

그 사람이 준 명함에 의하면 그 사람은 성공담 씨로서 일본 나고야에서 살고 있었다. 자동차 타이어가 빵꾸 났을 때, 그 곁에 칠하는 특수한 고무풀을 생산 판매하는 회사의 사장이었다.

서울의 연락 장소는 아륙상사로 되어 있었다.

"명함에서 보아 알다시피 나는 소위 말하는 재일교포일세."

성공담 씨는 마치 재일교포라는 명칭이 못마땅하다는 듯이 씁쓸한 웃음을 지었다. 그러고 보니 성공담 씨의 한국어는 좀 어색한 데가 있었다. 억양이나 악센트가 경상도 사투리로 보아 넘기기에는 좀 사각사각했다.

"이봐, 구 군."

성공담 씨는 좀 서글프고 피로한 표정을 지었다.

"내가 말일세, 삼십 년 만에 귀국을 했네. 일본에서 고생한 얘기야 말해 무엇 하겠나? 내가 애초에 왜놈들에게 끌려간 것은 저들의 연호(年號)로 해서 소화 11년 병자년이었으니까, 아마 서기로는 1936년이 될 걸세. 북지나사변으로 한창 어수선할 때였어. 내가 그때 산림총대라는 걸 지냈는데 하루는 사카사키라는 일본 놈이 횡령을 해먹고는 그 죄를 몽땅 내게 들씌웠네. 그러자 놈들은 내 사정을 보아주는 체하고 나를 일본 홋카이도의 탄광으로 징용 보내 버렸어. 알겠나, 그렇게 비참하니 끌려갔다가 삼십 오륙 년 만에 귀국한 거야."

성공담 씨는 담배를 또 한 대 피워 물었다.

"일본에서 고생한 얘기란 이루 다 말할 수 없을 걸세. 민족적인 차별과 설움을 받으면서 오직 돈을 벌어야겠다는 일념으로 노력한 결과 다행히 지금은 밥술이나마 끊어지지 않을 여유가 생겼네. 이제 내 인생도 얼마 남지 않아서 몽매에도 잊지 못하던 조국을 찾아왔지. 얼마 남지 않은 내 여생과 내 재산으로 조국을 위해 일하고 싶은 마음을 가지고 말일세."

성공담 씨는 다시 몹시 피로하고 서글픈 표정을 지었다.

"귀국하는 길로 고향에 내려가 친지들을 만나 보고 선영에 참배를 했지. 내 기사가 지방 신문에 나기도 했어. 그런데 말일세, 어떻게 된 것인지 성공담이라는 재일교포가 돈을 잔뜩 벌어 가지고 귀국해서 자선사업을 하려고 한다는 소문이 난 모양이야. 사돈의 팔촌에, 별의별 인간들이 불개미 떼처럼 달려들기 시작하는군그래. 생판 낯도 보지 못한 인간들이 해괴한 명목을 붙여서 찾아오는 거란 말일세. 물론 처음에야 그저 반갑다는 느낌뿐이었지. 그러나 내가 공짜로 유산을 물려받은 철부지 백만장자일 리도 없고, 어떻게 그 인간들을 감당할 수 있겠나? 아주 지쳐 버리고 말았어. 그래 약 일주일 전부터는 내 종적을 감추고 있는 중일세. 나는 하루 삼백 원씩 받는 싸구려 여관에 투숙을 하고 있어. 앞으로도 일가붙이들은 만나지 않을 작정일세. 한국이 어떤 나라인가를 몸소 겪어 보고 느껴 본 연후에 내가 할 일을 결정할 작정이야."

성공담 씨는 이러더니 구자석의 어깨를 툭툭 쳤다.

"내가 자네에게 전화를 건 것은 그래도 학생이라면 믿을 수 있으리라고 생각했기 때문일세. 알겠나? 청년이라면 믿을 수 있지."

"그래, 저에게는 무슨 부탁을 하시려고?"

"응, 다른 게 아니야. 내가 말일세, 우선 집을 하나 장만할 생각일 세. 여관을 전전하느니, 집이 있어야겠어. 대략 천만 원 정도로 '겐 또'를 해가지고 한 놈 마련할까 하는데 나는 서울 지리도 생소하거 니와 집값에 대해서도 잘 몰라서 그래. 우선 자네에게 나와 함께 집 을 구하러 다니자고 불렀지."

"그런 일이라면 힘껏 할 수 있는 대로 해 볼 수 있겠습니다마 는……."

구자석 사기(詐欺)당하다

그래도 아무렇지도 않다

동대문시장(東大門市場)에 출렁거리는 파도

구자석은 재일교포라고 하는 성공담 씨와 함께 다방을 벗어났
다. 마침 성공담 씨는 수표밖에는 가진 게 없어서, 찻값은 구자석이
가 냈다.

"자네는 아주 내 마음에 드는 청년이구만그래" 하고 성공담 씨는
말했다.

"이 나라가 제대로 통치 유지만 되고, 남북으로 분단되어 있지만
않다면, 자네같이 능력 있는 청년들이 얼마나 싱싱하게 뻗을 수 있
을 것인가? 그 무엇이 잘못되어 있는가? 그 무엇이 잘못되어 있길래
이 나라 이 민족은 그토록 오랜 역사에 걸쳐 줄곧 수난만 당하고 있
느냔 말일세."

"하지만 그것은 대단히 잘못된 개탄인 것 같습니다. 어느 나라,
어느 시대를 막론하고 절망적인 시대가 아닌 적은 없었겠죠. 물론
현재의 우리나라는 그게 좀 특이하게 심한 상태인 게 사실이겠지
만……."

"글쎄 그 모든 일이 걱정이로구만그래, 그건 그렇고, 내가 지금
마침 현금을 가진 게 없는데, 어디서 수표를 좀 바꿀 수 없을까?"

성공담 씨가 내보여 준 수표는 아륙상사에서 발행한 것으로 액
면 오만 원짜리였다.

"잔돈은 제게 있으니까 이따가 바꾸십시오."

"그러면 본의 아니나마 자네 신세를 좀 져야 하겠군."

두 사람은 의논한 끝에 한남동 쪽으로 갔다. 재일교포 성공담 씨

는 대략 천만 원 정도의 집을 사겠다고 했으므로 복덕방에 들어가서도 구자석은 그 정도 규모의 집을 보자고 말했다. 성공담 씨는 이따금씩 일본말을 중얼거리면서 거드름을 뺐고, 그래서 구자석이가 구체적으로 흥정을 붙였다.

"천이백짜리가 하나 있고, 천오백짜리가 하나 있는데…… 그거 천오백짜리가 적당하겠소. 그 집은 은행담보 들어간 게 있어서 천백 정도에 떨어질 거요."

"그러면 그 집부터 보기로 할까."

복덕방 영감쟁이와 성공담 씨는 금액을 마치 대수롭지 않게 말해 버릴수록 권위가 선다는 것처럼 점잔을 떨고 있었다. 세 사람은 만고강산 유람하는 기분으로 시가 천오백만 원짜리 집을 구경했다. 한강을 바라보고 있어서 전망이 좋았고, 2층에는 베란다를 만들었는데, 약간 스페인식의 멋을 풍겼다.

"옹색한 대로 그저 쓸 만하겠군" 하고 성공담 씨가 말했다.

"그러면 계약하실까요" 하고 그 집의 주인 사내가 말했다.

"좋아요. 그러면 이렇게 합시다. 지금 내가 돈을 갖고 있지 않으니까, 이따가 두 시에 충무로에 있는 왜식집 홍전에서 만나기로 합시다. 내가 점심을 살 테니까 그쪽으로 나오시오. 집 계약도 그때 하기로 하고……."

"좋습니다."

성공담 씨와 구자석은 다시 택시를 타고 시내로 향했다.

"자네 덕분에 마침한 집을 구했으니 정말 감사하이."

"이제 집을 구하셨으니, 앞으로는 어떤 일을 하실 작정입니까?

"응, 그야 사업을 해야겠지. 그건 그렇고, 자네 혹시 돈 가진 거 있으면 오천 원 정도만 빌려주게. 이따가 음식점에서 계약이 끝나고 나서 수표를 바꿀 때 내가 돌려주겠네."

"그렇게 가지고 있는 건 없습니다."

"그런가? 그러면 중앙우체국에 잠깐 들렀다가 가세. 일본으로부터 소포가 온 게 하나 있을 거야. 그럼, 한 천 원 정도는 있겠지? 좀 빌려주게. 현금이 없어 놓으니, 막상 답답하구만."

"사실은 그만한 돈도 없습니다. 보다시피 가난한 학생이 되어서……."

"그런가? 흠, 자네가 혹시 나를 의심하는 건 아니겠지?"

"원 그럴 리야 있겠습니까?"

"하기야 인심이 각박해졌으니까 무리도 아니겠지. 그러면 나하고 잠깐 돈화문 앞에까지 갔다 올까? 아륙상사라는 게 그곳에 있는데, 내가 들러서 그곳 사람한테 집 계약할 돈을 받아 와야겠거든. 아니 그럴 것도 없지. 여기서 잠깐 기다리게. 내가 좀 전화를 걸구 와야겠어."

성공담 씨는 세 군데 전화를 걸었다.

"그거 나를 찾느라고 야단들이군. 내가 종적을 감췄더니, 모두들 혈안이 되어서 수소문을 하고 있는 모양일세."

성공담 씨는 통쾌하게 웃었다.

조금 뒤에 두 사람은 고급 왜식집인 '홍전'으로 들어섰다. 웨이터가 그들을 2층으로 안내해 주었다. 성공담 씨는 이런 음식점에 자주 드나들었던 모양이었다. 마담과 농지거리를 주고받더니, 목이 컬컬하다고 맥주를 주문했고, 그리고 전화를 좀 걸어 달라고 부탁하고 있었다.

조금 뒤에 복덕방 영감님과 집을 매도하려는 한 씨라는 사람이 나타났다. 성공담 씨는 집 매도자인 한 씨에게 일본말로 수작을 붙였다. 알고 보니 한 씨는 고령토를 수출하는 무역회사를 경영하고 있는 사람인데, 석 달쯤 전에 아마 세금을 포탈한 혐의로 갑자기 회사가 어려워지고 빚쟁이가 몰려들어 집을 내놓은 듯했다.

"아하, 그런 일이라면 나하고도 관련이 있군. 이담에 내가 힘 좀 써 보리다."

성공담 씨는 자신 있는 목소리로 이렇게 말했다.

그러자 마담이 성공담 씨가 부탁했던 전화가 통했다고 알리러 왔다.

"그럼 잠깐 실례합니다. 내가 전화를 좀 받고 와야겠소. 계약금을 가지고 오라고 내가 전화를 건 것이거든."

성공담 씨가 나가 버린 뒤에 복덕방 영감은 계약서의 문면을 완전히 써넣었다. 복덕방 소개비를 놓고 매도자인 한 씨와 흥정을 하고 있는데 성공담 씨가 들어왔다.

"이거 좀 우스운 얘기지만 현금이 있으면 한 이천 원만 잠깐 빌려주시오. 내가 아륙상사에 근무하는 청년더러 수표를 가지고 오라고 했더니, 이 친구가 길거리에서 어떤 사람이 갖고 가던 전기제품을 깨뜨려 버렸다는군. 그걸 판상해야 할 모양이니 내가 가서 주고 와야겠어."

"언제 주고 옵니까? 내가 가지요" 하고 구자석이 말했다.

"아니, 그럴 필요 없어. 바로 요 앞 길거리에서 아웅다웅하고 있으니 내가 갔다 와야겠어."

성공담 씨는 집 매도자 한 씨로부터 이천 원을 빌려가지고 급히 바깥으로 나갔다. 주문했던 음식이 들어왔다. 세 사람은 성공담 씨가 오기를 기다리다가 음식을 들기 시작했다.

그럭저럭 십 분이 지나가 버렸다. 성공담 씨는 나타나지 않았다.

'이건 이상하군.'

구자석은 바깥으로 나왔다. 카운터에 가서 물어보니 성공담 씨는 아까 전화를 한 뒤에 나가 버렸다는 것이었다.

음식 계산은 이천삼백 원이 나와 있었다.

구자석은 주머니를 뒤져서 있는 돈을 몽땅 털어 내었다. 그는 천이삼십 원의 현금을 가지고 있었다. 그리고 그에게는 시계가 남아 있었다.

잠깐 망설이다가 구자석은 현금 천 원에다가 차고 있는 시계를 풀어서 맡기기로 했다. 카운터에 앉아 있는 여자는 반가워하는 기색이 아니었지만 구자석이 한두 마디로 얘기를 하자 사정을 알아차린 듯했다.

구자석은 기다리고 있을 복덕방 영감님과 집 매도자에게 가지는 않았다. 그는 거리로 나섰다.

'결국 바보처럼 사기를 당하고 말았군. 뻔히 조심했으면서도 사기를 당했으니, 이것은 불가항력이냐?'

구자석은 자기 주머니에 들어 있는 돈이 이제 이백삼십 원에 불과하다는 사실을 계산하고 있었다. 그는 망설인 끝에 백조 담배를 한 갑 샀다. 그놈을 피워 물고 나서, 그는 분주하게 걸어가는 행인들을 바라보았다. 그 모든 사람이 사기꾼으로 보였다. 그 모든 사람이 성공담 씨와 마찬가지로 교묘하게 얽히고설켜서 살아가고 있음을 그는 확인했다. 차라리 그는 분노를 느끼지 않았다. 속았다는 원통한 마음도 생기지 않았다. 어쩌면 그 모든 것이 가장 당연한 사실인 것처럼 생각되었다. 다만 그는 약간 슬픔을 느꼈다. 그는 성공담이라는 노인에 대해서 불쾌한 마음을 가질 수가 없었다. 재일교포라는 상상력을 발휘하여 고작 점심값 정도를 뜯어낸 성공담이라는 노인은 결국 그러한 짓거리를 취미 정도로 알고 있는 것이 아닌가? 그 노인이 재일교포로 자처함으로써 기울인 노력은 그 대가를 받을 만한 것이냐. 구자석은 버스를 탔다. 기분이 울적하거나 서글픈 마음이 들 적이면 그는 시장을 찾아가는 습관이 있었다. 그는 동대문 시장을 찾아갈 생각을 했다. 더럽고 추하고, 바글대는 시장 거리를 쏘다니다 보면, 사람들이 어떻게 살아 내고 있는지를 확인할 수 있을 것이었다.

아아, 동대문 시장. 더러운 대양에 넘실거리는 시꺼먼 파도처럼 사람들로 출렁거리고 있는 동대문 시장……

그는 청계천3가에서 내렸다. 엄밀히 말하여 동대문 시장은 그곳에서부터 시작된다고 할 수 있었다. 청계천3가 일대는 자동차 부속품 관계의 총매장이었다. 조금 더 동대문 쪽으로 가노라니 철판 합판을 파는 가게들이 나타났다. 세운상가를 지나자 그곳에서부터는 각종 전기용품·형광등·트랜지스터라디오를 파는 점포들이 줄줄이 늘어서 있었다. 그다음으로는 한국에서 나오고 있는 모든 종류의 레코드를 파는 큼직큼직한 가게들이 있었다. 그리고 그곳에서부터 양단과 비단을 파는 광장시장이 되었다. 그리고 조금 더 가니까 여자들의 의류만을 천으로 끊어서 파는 골목길이 되었다. 그곳에는 대학 배지를 단 여대생으로부터 주부들에 이르기까지 좁은 골목길을 완전히 여자들만이 판을 치고 있었다. 조금 더 가니까 서점가(書店街)가 되었다. 각양각종의 서적이 궤짝처럼 쌓여 있었다. 신간 서적도 있었고 중고품 교과서도 있었고, 그리고 고본 서적도 있었다. 종로5가 쪽으로는 도매금으로 소매하는 약방들이 보였고 이윽고 서점가를 벗어나자 운동구점들이 나타나기 시작했다. 한편에서는 거대한 건축 공사가 벌어지고 있었고 다른 한쪽에서는 털을 벗겨 놓은 닭을 빨랫감처럼 벌여 놓고 앉아 있는 아낙네들이 열을 짓고 있었다.

덤핑 시장으로서의 동대문 시장. 아무리 시대가 근대화되었다 해도 전혀 십여 년 전이나 달라진 것이 없는 동대문 시장. 동대문 시장은 그야말로 싸구려 여객선의 갑판처럼 제멋대로 붐비적거리고 있었다. 마치 동대문 시장은 사기꾼들·절도범들·강도범들이 난무하는 것이 당연하다고 증명이라도 하고 있는 것 같았다.

남주북병(南酒北餠)
남대문시장(南大門市場)이 백화점(百貨店)처럼 될 수 있을까
돼지대가리의 사색(思索)

'비단·명주·종이·배 등의 여러 점포가 종가(鍾街)를 끼고 쭉 늘어서 있다. 그리고 그 나머지는 여러 곳에 흩어져 있다. 대체로 장 보러 가는 사람은 새벽에 이현(梨峴)과 소의문(昭義門) 밖으로 모이고, 점심때는 종가(鍾街)로 모인다. 온 장안(長安)의 수요품 중에 동부에서는 채소가, 칠패(七牌)에서는 생선이 가장 풍성하다. 남산 아래서는 술을 잘 빚었고 북부에서는 떡 파는 집이 많았으므로 속칭 남주북병(南酒北餠)이라 한다…….'

구자석은 어떤 서점에 들어가서 이러한 글을 읽었다. 유득공(柳得恭)이 지은 경도잡지(京都雜誌)였다. 경도잡지에 나오는 시장가 풍경과, 지금의 시장가 풍경 사이에는 얼마나 차이가 있는 것일까.

구자석이 책을 구경하고 있는 서점은 소위 동대문 시장의 덤핑 서점이었다. 좁은 골목길에는 삼륜마차에 적재한 전집물들을 실어 나르고 있었다. 무협지 종류의 책이었는데 덤핑 출판사로부터 싸구려로 들여온 것인 듯했다.

그는 지방을 다니고 있을 적에 만났던 세일즈맨의 말을 상기했다. 동대문 시장의 덤핑 서적가는 일반 출판사들을 위협하는 암적인 존재로 등장했으나, 지금 와서는 기성 출판사의 영업 방침이 동대문 시장의 그 덤핑 방침에 맞추어 현실화되었다는 것이었다. 책은 죽어먹어라 안 나가므로, 어음·연수표 따위의 결제 방법과 현금 결제 사이에는 엄청난 차이를 두게 마련이고, 생산업자들은 덤핑 상인들의 농간에 휘말려 들어가지 않을 수 없게 되었다. 생산업이 부진 상태에 빠질수록 시장의 판매 방법은 교묘하게 복잡해진다. 이상(李箱)의 시 구절마따나 '절망이 기교를 낳아' 별의별 저열한 수단이 다 동원된다. 따라서 산업이 발전하는 것이 아니라 상업이 불가사의하게 커져 버린다.

보부상(褓負商)과도 흡사한 또순이들, 마치 페르시아 시장과도 흡사한 동대문 시장. 세상이야 달라지든 말든 고질적인 주먹구구식 덤핑 방법으로 산업 자체의 질서를 마비시키고 있는 동대문 시장…… 그러한 동대문 시장이 과연 아케이드나 세운상가처럼 변화될 수 있을 것인가?

구자석은 이런 생각을 하면서 마치 인육시장에 들어선 듯한 느낌으로 어떤 점포를 찾아갔다. 바로 6·25 사변 때에는 청계천 위에 놓여 있던 다리 부근이었는데, 지금은 좁은 길바닥이 되었다. 구자석의 어머니 쪽으로 이종사촌이 되는 아저씨가 가방을 벌려 놓고 장사를 하고 있었다.

"아니, 너 구자석이로구나" 하고 한용춘 씨는 말했다.

"장사는 잘 되십니까?" 구자석은 말했다.

"나야 그럭저럭 지낸다. 그건 그렇고 너는 여기에 웬일이냐?"

"마침 동대문 시장에 볼일이 있어서 왔다가 들렀지요."

"그래? 거기 좀 앉으렴."

"군선이가 금년에 아마 고등학교에 진학하지요."

구자석은 오리 의자에 걸터앉았다.

"벌써 고등학교 2학년이지" 하고 한용춘 씨는 담배를 물면서 말했다.

"그건 그렇고, 너는 요새 어떻게 지내고 있노? 지난번에 네 어머님을 뵈었더니 걱정이 대단하시더라."

"지방엘 좀 돌아다녔지요. 목돈을 좀 만들어, 하다못해 여기 시장에 들어와 장사라도 해 볼까 하구요."

"동대문 시장에서 장사를 하겠다구? 흥, 그게 쉬운 줄 아느냐. 그럼 너, 이 점포가 얼마짜리쯤 되는지 알아맞혀 보겠니?"

한용춘 씨는 좀 흥미 있다는 듯이 물었다. 한용춘 씨의 가방 점포라고 해 봤자 길거리 한복판에 지붕도 없이 서 있는 노점 좌판에 불과하였다.

"글쎄요. 이 노점 좌판이 얼마나 될는지 잘 짐작이 안 가는데요."

"이래 보여도 이 노점 좌판이 팔십만 원짜리란다. 바로 저 앞에 보이는 가게는 어제 천이백만 원에 팔렸지."

한용춘 씨는 근엄한 표정을 지었다.

조금 뒤에 구자석은 한용춘 씨로부터 빠져나왔다. 그는 천천히 걸어서 청계로로 나왔다. 포도의 주변에는 과연 리어카 행상꾼이 즐비하게 늘어서 있었다. 그 리어카 행상꾼들이 있는 곳으로부터 청계로 위의 고가도로가 마치 탄광의 지붕처럼 육중하게 올라붙어 보였다. 그래서 그런지 사람들은 커다란 기선의 지하실 갑판에 갇혀 있는 것처럼 보였다.

그는 이윽고 ㄱ자로 길을 꺾어 종로5가로 나와서 이화동을 향하여 걷기 시작했다. 거기에 동두천 방면으로 가는 시외버스 정류장이 있었다. 초라한 몰골의 아낙네들, 물건을 잔뜩 가지고 있는 남자들, 몇 명의 군인들, 양공주라고 짐작되는 여자들이 열을 지어서 버스를 기다리고 있었다. 그중에는 고향으로 내려가는 식모때기인 듯한 여자들도 보였다. 사람들은 약간 쌀쌀한 황혼녘의 도시로부터 멀어져 가기 위하여 그렇게 지루하게 기다리고 있었다. 그러자 한 대의 버스가 도착했다. 이번에는 시골로부터 서울로 올라온 사람들이 꾸역꾸역 하차하고 있었다. 서울로부터 도망가려고 하는 사람들과, 서울로 잠입해 들어온 사람들이 서로 엇갈렸다. 그런데 그들은 하나같이 지친 표정이었고, 무관심한 몰골들이었다.

'저 버스를 타고 시골로 가 버릴까?'

구자석은 문득 이런 생각을 했다. 하지만 그의 주머니에는 이제 백육십 원의 현금밖에는 없었다. 이 돈으로는 시골에 갈 여비도 되지 않을 것이었다.

이미 어둠은 보다 짙게 내려 있었다. 그는 종로로 나왔다. 사람들은 인도와 차도를 가릴 것 없이 복작거리고 있었다. 두 명의 교통순경이 호루라기를 열심히 불어 대고 있었다. 그러자 노점 상인들은 분주히 리어카를 끌며 시장 골목으로 몰려들었다. 호루라기 소리가 멀어지자 리어카들은 다시 도로로 흩어져 갔다. 조금 더 걷자니까 마침 순대국집이 나왔다.

그 순대국집의 진열장에는 뻘건 형광들을 켜 놓았다. 안에는 돼지대가리가 진열되어 있었다. 삶아 놓은 돼지대가리의 모습이 그의 시선을 끌었다.

돼지대가리는 완전히 털이 벗겨져 마치 대머리 영감님처럼 되어 있었다. 두 눈은 깊숙이 내리 감겨져 있었고, 눈시울은 아래로 늘어져 있었다. 콧구멍은 삐죽이 나온 코의 바깥에 뚫려 있었다. 입술이 축 늘어졌고, 그 사이로 뻐드렁이빨이 보였다. 돼지의 모가지는 삐뚜름하니 잘려 나가 있었다. 돼지는 마치 순대국집의 쇼윈도 안에서 근엄하게 사색에 잠기라도 있는 듯한 몰골로 버티어 있었다.

'그놈 참 점잖은 표정을 하고 있군' 하고 그는 생각했다. 돼지대가리는 사람들을 좀 우습게 경멸하기 위하여 그렇게 뚱한 표정으로 진열장에 배치되어 있는 듯이 보였던 것이다. 그는 점잖은 돼지 대가리를 식칼로 잘라 내어 먹고 있을 사람들을 생각했다. 바로 자기가 그런 일을 하고 있다고 생각했다.

그러자 그의 배 속에서 쪼르륵 소리가 났다. 재일교포를 사칭했던 사기꾼에게 속아 넘어가지 않았던들, 얼마나 좋았으랴. 이제 그의 주머니에는 백육십 원의 현금밖에는 없었다. 그는 돼지대가리를 한 번 들여다보고 나서 결심을 굳혔다. 그는 순댓국집 안으로 들어섰다.

좁은 막걸리 집이었다. 다섯 개 놓여 있는 오리 의자에는 벌써 손님들이 찼다. 그 한편에 노대를 만들었는데 삼십이 채 안 되었을 주모가 어린애를 업은 채 안줏감을 썰고 있었다.

"여기 막걸리 한 잔만 주십쇼."

구자석은 노대 있는 쪽으로 갔다.

"안주는요?"

"안주는…… 고기 조각 하나만 주었으면 좋겠는데……."

"그렇게는 안 팝니다."

"그러면 그냥 막걸리만 주세요."

시장 패거리인 듯한 사람들이 순대국밥을 말아 먹으면서 저네들끼리 요란스럽게 떠들어 대고 있었다. 그들은 백 과부라는 여자에 대해서 얘기를 나누고 있는 중이었다. 백 과부는 정육점을 다섯 개 경영하는 모양인데, 요새는 아마 비밀리에 도살장까지 마련해 갖고 있는 모양이었다.

정육점의 이문이 박한 것은 사실이지만, 백 과부는 지독한 여자여서 꺼떡도 하지 않을 뿐 아니라, 요새는 아르바이트 홀을 찾아다니며 춤에 미쳐 지낸다는 것이었다.

"그건 그렇고, 우리 언제 한번 놀러 가세."

어떤 사내가 화제를 돌렸다.

"그거 좋네."

"돼지대가리나 하나 사가지고 가세."

"돼지대가리라구? 그거 더욱 좋지."

"이보우 색시, 돼지대가리 하나에 얼마나 하지?"

놀러 가자고 제안했던 사내가 주모에게 물었다.

"돼지대가리를 따로 팔진 않아요. 그것도 근수에 따라 팔아요"
하고 주모가 말했다.

"그럴 것 없이 진열돼 있는 돼지대가리를 우리가 사세. 그러잖아
도 내가 말하고자 했는데, 오늘 우리 집에 가서 저녁들이나 먹자구.
자네들이 돼지대가리를 좋아하는 모양이니 내가 사지."

"아따, 오늘이 네 귀빠진 날이냐?"

"이보우 색시. 그놈을 끌어내지 그래. 그거 잘생긴 돼지대가
리……."

그러자 쇼윈도에 걸려 있던 돼지대가리가 꺼내져 왔다. 놈은 여전
히 눈을 감고 있었고, 콧구멍을 벌리고 있었고, 뻐드렁이빨을 드러
내고 있었다. 시장 상인들이 돼지의 두상(頭像)을 위에 올려놓았다.
어떤 상인이 돼지의 코를 슬슬 만지기 시작했다.

"이보우 색시. 거기 식칼 좀 주게."

그 상인은 식칼을 가지고 돼지의 코를 잘랐다. 그것을 깨소금에
찍어서 입안에 넣었다. 그러자 다른 사내가 돼지의 혓바닥을 잘랐다.

"그럴 것 없이 우리 여기서 요정을 내세. 그놈의 돼지대가리가 참
먹을 게 많구먼."

다른 상인은 식칼을 본격적으로 휘두르더니 돼지의 해골을 후벼

팠다. 그리고 조금 뒤에 귀를 잘랐고, 입술을 베었다. 돼지의 얼굴은 보기 싫게 되어 갔지만, 돼지는 피를 흘리지는 않았다. 시장 상인들은 신이 나 있었다.

"이봐요, 당신도 한 조각 들어 보겠소?"

어떤 사내가 구자석에게 말하더니 돼지 눈시울을 식칼로 도려내어 구자석에게 건네었다. 그는 고맙다고 말하면서 그것을 받았다.

그는 좀 망설이다가 돼지의 눈시울을 소금에 찍어 먹었다. 그것은 쫄깃쫄깃했고, 그리고 맛이 있었다.

"결국 그렇지 않은가? 우리가 먹는 고기라는 것은 짐승의 시체란 말일세. 그런데 우리는 시체를 먹으면서도 묘하게 그 짐승이라는 걸 생각지 않는단 말일세."

"이봐, 내게 묘안이 떠올랐어. 오늘 이놈의 돼지대가리를 사가지고 우리 여편네와 함께 먹어야겠어. 식칼을 가지고 케이크 잘라 먹듯이 잘라 먹노라면, 우리 여편네가 아마 밤 시중을 잘 들어줄 것 같은 생각이 든단 말야."

상인들은 껄껄대며 웃어 대고 있었다. 그러더니 조금 뒤에 그들은 우르르 일어나서 바깥으로 나가 버리고 말았다.

조금 뒤에 구자석도 순대국집을 나오고 말았다. 이제 완전히 밤이 되어 있었다.

그는 돼지대가리를 전리품처럼 싸 들고 가는 시장 상인들을 앞으로 바라볼 수 있었다. 상인들은 집으로 가는 게 아니라 다른 술집으로 또 들어가고 있었다.

조금 뒤에 구자석은 청계로를 천천히 걸어갔다. 그는 사람들이 먹어야 사는 동물이라는 것을 오랜만에 기분 좋고 흐뭇하게 느꼈다. 그의 피는 뜨겁게 돌아가고 있었고, 수중에 돈 한 푼 없었지만,

새로이 배짱 비슷한 자신을 얻었다.

그는 퇴계로의 빌딩으로 갔다. 옥상의 방으로 들어서니까 거기에는 뜻밖에 공소저가 와 있었다.

새벽의 사막(砂漠)

여행(旅行)을 좋아하는 거지

안개와 차창(車窓)

밤 시간은 더디게 흘러갔다. 구자석은 여러 개의 꿈을 꾸었다. 그러다가 한기를 느끼고 잠에서 깨었다. 세 명의 사내는 보기 흉한 꼬락서니로 잠들어 있는 중이었다. 그런데 공소저는 새우처럼 등을 꼬부리고 앉아서 두 눈을 깜지락거리고 있었다.

"전혀 자지 않았군그래" 하고 구자석은 물었다.

"잠들 수가 없었어요. 줄곧 구자석 씨 생각을 했어요."

"무슨 생각?"

"이제 그만 안주를 하세요."

"어디에 안주를 할까? 공소저의 품속에 안주할까?"

"난 아무런 힘도 없어요."

"자 그 얘기는 관두기로 하고, 무어 내가 방황하는 것도 아니지 않겠어? 지금 몇 시나 되었지?"

"네 시 반이에요."

"네 시 반이라? 통행금지 시간은 지났군."

"오늘은 일요일이에요. 지금 바깥으로 나갔으면 좋겠어."

"바깥으로 나가자구? 그거 좋지."

새벽 네 시 반…… 구자석과 공소저는 바깥으로 나갔다.

거리는 아직 깜깜했다. 가로등은 파르스름한 빛을 뿌리고 있었다.

짙게 깔려 있는 어둠 속으로부터 안개가 둥실둥실 나타나 가로등을 감싸면서 물 흐르듯이 흘러가고 있었다.

"그때 생각이 나는군."

"언제 생각이에요?"

"지방에서 상경하던 날 밤에 나는 노숙을 했었어."

"왜 노숙을 해요? 그러다가 도둑놈이나 간첩으로 오해받으면 어쩔려구?"

"그냥 해 보고 싶었어. 그리고 했어."

"어디로 가요? 추워요."

"어디로 갈까? 남산에나 올라갈까?"

"미쳤나 봐. 이렇게 추워 죽겠는데."

"텅 빈 거리가 이상하지 않아? 항상 사람들로 바글대기 마련인 이 거리가 텅 비어 있으니까 어쩐지 여기가 조그만 촌락 같아지는군."

"하긴 이상해요. 그러나 어느덧 우리는 사람이 많다는 것에 익숙해졌나 봐. 이렇게 텅 빈 거리를 보니까 기분이 나빠요."

"그래그래. 사람들은 사람이 많다는 것에 익숙해져 있어."

"어디로 가요?"

"사실은 갈 데가 마땅치 않군. 서울역에나 갈까?"

"서울역?"

"대합실 문을 열었겠지. 대합실 속의 벤치에 들어가서 아침을 맞이할까?"

"대합실 벤치?"

"그래. 삼등 대합실 벤치에……."

그들은 서울역으로 갔다.

서울역 광장도 텅 비어 있었다. 대합실은 검은 바다와도 같이 펼쳐 있는 어둠의 한 가녘에 호화찬란한 궁전처럼 불기둥을 달고 서 있었다. 가스등에 비끼어 물 흘러가듯이 흘러가는 안개가 보였다. 노천 벤치는 그곳이 깊은 산속에 있는 공원이나 아닌가 생각게 해 주었다. 매점들은 문을 열지 않았고, 공중전화 박스 또한 초계(哨戒)처럼 드문드문 서 있을 뿐이었다.

두 연인은 광장을 가로질러 갔다. 구자석은 짜릿한 아픔 비슷한 느낌으로 그가 지방에서 상경했던 때 보았던 서울역 광장과 지금의 서울역 광장을 비교해 보았다. 그때에는 사람들이 너무너무 많아서, 사람들이 마치 쓸개 빠진 강아지새끼들처럼 보였었다. 그런데 서울역 광장은 차라리 사람들로 바글대는 편이 낫다는 것을 그는 알 수 있었다. 이렇게 텅 비어 있는 광장은 그 모든 것에서 소외되고 있는 것만 같았던 것이다.

두 연인은 남쪽의 새로 지은 역사(驛舍) 안으로 들어갔다. 천장에 걸려 있는 샹들리에의 호화로운 광선 아래로 이십여 명가량 되는 사람들이 보기 흉한 꼴로 잠들어 있거나 서성거리고 있었다. 그 사람들은 이곳에서 하룻밤을 지새운 사람들이고, 새벽차를 타기 위하여 일찌감치 나와서 기다리고 있는 사람들인 듯했다. 그중에는 염색한 군복을 입고 있는 마흔 살가량의 다리병신 사내도 있었다. 그 사내의 두 눈에는 다래끼가 생겨 있어서 아주 보기 흉한 얼굴이었다. 구자석과 공소저는 비어 있는 벤치의 한쪽 구석에 가서 앉았다. 그들은 이곳에서 해 뜨기를 기다릴 참이었다.

구자석은 반쯤 잠이 들었다가, 몽롱한 꿈속의 세계를 헤매었다. 그러다가 그는 공소저가 흔들어 대는 바람에 잠에서 깨어났다.

"기차표를 팔고 있어요. 인천행 기차표예요."

시계는 다섯 시 십오 분을 가리키고 있었다.

"인천에나 갔다 와요. 바다를 보고 싶어요."

"그럴까? 아니, 그렇게 하지."

거지들처럼 벤치 위에 드러누워 있던 사람들은 비실비실 일어나 바깥으로 나가고 있었다. 구자석과 공소저는 개찰하는 쪽으로 갔다. 대략 이십여 명의 사람들이 열을 지어서 늘어서 있었다. 대부분이 중년 여자들이었다. 아마 그 여자들은 어리굴젓 따위의 어물(魚物)을 받으러 가는 사람들인 듯했다. 개중에는 학생도 있었고, 양아치 소년도 보였고, 그런가 하면 조금 전까지도 대합실에서 잠자고 있던 마흔 살가량의 다리병신 사내도 나와 있었다.

구자석과 공소저는 역 안으로 들어섰다. 검표원은 그들이 갖고 있는 차표에다가 구멍을 뚫어 주었고, 그 밑에는 일부인(日附印)이 찍혀 있었다. 선로는 어둠을 뚫고 완강하게 뻗어가 있었다. 먼 곳으로부터 디젤 기관차가 황소처럼 울어 쌓고 있었다. 열차는 시설이 잘된 아파트의 방들처럼 보였다. 환하게 불을 켜고 있었는데, 그 안에는 전혀 사람들이 없었다. 플랫폼은 국산 영화에 등장하는 이별의 장면과는 아무런 상관이 없이 그저 초라한 시골길을 연상시켜 주었다. 그들은 맨 앞의 방통으로 들어갔다. 승객들은 모두 합해야 스무 명이 채 안 될 것 같았다. 장사치 아주먼네들은 아마 인천행 첫차의 단골손님인 듯했다. 그들은 백조 담배를 나누어 피우면서 잡담을 나누고 있었다. 아까 대합실에서 보았던 다리병신 사내가 들어왔다.

"이봐, 젊은 친구. 담배 가진 거 있으면 하나만 빌려줘" 하고 그 사내는 다래끼가 난 눈을 꿈적이면서 말했다.

구자석은 담배를 건넸다. 그 사내는 고맙다는 말을 하지 않았다. 그러기는커녕 악감정을 가진 것처럼 공소저를 쏘아보았다.

"아주 기분 나쁜 사람이에요."

공소저는 좀 겁에 질린 목소리로 말했다.

"저 사람은 이 새벽 기차의 터줏대감이라우" 하고 어리굴젓 장사를 하는 듯한 아주먼네가 말했다.

"저 사람은 매일 인천행 첫차를 타요. 뭐 인천에 볼일이 있어서 그러는 것이 아니구, 그저 습관적으로 기차를 탄답니다."

"정말 이상한 사람이에요" 하고 공소저가 말했다.

"그러나 저 사람에 대해서 무서워할 건 없어요. 상이용사들이 이 각박한 사회를 살아가기란 힘든 법이에요. 저 사람은 그저 회사원들이 출근을 하듯이 그렇게 습관적으로 기차를 타는 거예요. 그건 저 사람의 살아가는 인생의 방식이에요."

그 사내는 인상을 쓰면서 구자석을 노려보았다. 그러더니 장사하는 아주먼네들 쪽으로 걸어갔다. 아주먼네들은 그 사내에게 막욕을 퍼붓고 웃어 댔다. 하지만 별다른 악감정을 갖고 있는 것은 아닌 듯했다.

"모두들 저 사람을 좋아하고 있지요."

그 사내는 다시 구자석 앞으로 왔다.

"이봐, 내가 말야, 배고파 그러는데 돈 가진 거 있으면 좀 빌려줘. 배고픈 사람이 있으면 배를 고프지 않게 도와줘야 하는 게 의무 아니냔 말야. 빨랑 돈을 내지 않겠어?"

"새로 나타난 사람을 보면 언제든지 저렇게 게지렁대는 거예요. 인천행 첫 열차의 주인은 자기라고 생각하기 때문이라우" 하고 장사하는 듯한 아주먼네가 말했다.

"빨랑 안 내놓겠어? 내 허락도 받지 않고 이 기차를 탈 수야 없지."

"돈 있으면 조금 주시구레. 저 사람이 공갈 협박을 하는 건 아니우" 하고 장사하는 듯한 아주먼네가 말했다.

이윽고 기차는 출발했다. 차창에는 성에가 끼었다. 구자석은 차창을 닦고 나서 거기에 미친 자기 얼굴을 들여다보았고, 그리고 자기 얼굴에 비치어 들어오는 바깥의 불빛을 바라보았다. 고촉광의 불빛의 간격이 차차 멀어지다가 다시 가까워졌다. 용산역에서는 그다지 오래 정거하지 않았다. 조금 뒤에 기차는 한강 철교를 넘어가고 있었다. 한강 물은 보이지 않았고 다만 안개가 보였다. 안개는 이내 열차 안에도 스며 들어와 모든 것이 뽀얗기만 했다. 마치 기차는 구름 속을 통과하고 있는 것 같았다. 덜커덩거리는 소리 또한 하늘 위로부터 내려오고 있는 듯싶었다. 다시 불빛의 간격이 좁아지는가 했더니 노량진역이 되었고 이어서 영등포역이 되었다.

인천행 기차의 맞은편 쪽에는 남쪽에서 올라온 듯한 다른 기차가 머무르고 있었다. 차창으로 저쪽에 타고 있는 사람들의 모습이 보였다.

섬과 바다와 아침의 더러움

수인선(水仁線) 기차를 타 보라

걷는다, 걷는다, 걸어라

새벽 다섯 시 십오 분에 서울역을 출발한 인천행 기차는 영등포 역에서 약간 지체하고 있었다. 먼 곳으로부터 기관차의 경적 소리가 들려오기 시작했다. 조금 뒤에 열차 하나가 맞은편 플랫폼에 도착했다.

그 기차는 사람들을 잔뜩 싣고 있었다. 두 사람씩 앉게 되어 있는 좌석에는 어김없이 세 사람씩 앉아 있었으며, 또 많은 사람이 피로에 지친 표정으로 서 있었다.

"어디에서 올라온 기차인지 굉장히 만원이에요" 하고 공소저는 말했다.

"저건 목포와 광주에서 올라온 거야. 언젠가 저 열차를 타 본 적이 있었어."

구자석은 전라도 기차의 승객들이 지금쯤 어떤 상태에 도달되어 있는지 잘 알 수 있었다. 저 기차는 '대전발 영시 오십분'과 마찬가지의 기차이며, 어쩌면 6·25 때의 만원이었던 열차의 손자쯤 되는 기차인지도 모른다.

좌석 다툼, 화투판, 소주를 마시는 사내들과 강생원들, 휴가를 마친 귀대병, 얌생이 승무원, 가랑이를 벌린 채 잠자는 처녀, 세상의 온갖 일을 다 체험해 본 듯이 거드럭거리는 장년 사내, 억센 사투리의 괄괄한 중년 여인, 무임승차객……

야간열차의 승객들은 그러다가 차츰차츰 곯아떨어져서 영등포 역에 닿을 때쯤에는 마치 원수들이나 되는 것처럼 서로 노려보며 절망적인 표정을 짓게 마련이었다. 바로 영등포에 닿을 때쯤에는 잠들었던 사람들도 눈을 뜨게 되고, 잠잘 수 없었던 사람들은 담배를 찾게 되어 있었다. 이때쯤 해서 그들은 약간 분노한 듯한 느낌으로 만원 열차의 내부를 훑어보고 자기의 사생활을 염두에 두게 되고, 흔히 국산 영화에서 보듯이 그 허무한, 그늘이 비긴 표정을 짓게 될 것이었다.

선로공 두 명이 망치를 들고 기차 바퀴를 땅땅 두들겨 보고 있었다. 그러다가 이쪽 인천행 기차 있는 쪽으로 왔다. 그들은 상소리를 섞어 가며 서로의 우정을 표시했다.

"영등포 발차, 영등포 발차⋯⋯."

전라도에서 올라온 야간열차가 스르르 움직이기 시작했다.

그 열차는 조금 뒤에 사라져 버렸다.

인천행 기차가 움직이기 시작했다.

"저 사람이 또 와요."

다리병신 사내는 담배를 한 개비 더 얻어 가지고 구자석의 맞은 편 쪽에 앉았다.

"우리 말야, 옆의 방통으로 갈까?"

"옆의 방통은 텅 비었을 거요" 하고 아주머네가 말했다.

구자석과 공소저는 일어나서 옆 칸으로 갔다. 그쪽 좌석은 완전히 비어 있었다. 승객이 아무도 없었다. 전라도에서 올라온 기차와는 천양지판의 대조를 이루고 있었다. 나사가 빠진 전등갓이 덜그럭거렸다.

"이렇게 텅 빈 기차는 처음 타 보는군."

"이상해 죽겠어요. 기차는 항상 만원이기 마련이었는데⋯⋯."

구자석과 공소저는 아무 좌석에건 앉았다. 마치 기차를 전세라도 낸 듯한 기분이었다.

이윽고 차창 밖으로 다시 어둠이 괴었고, 그 어둠 위로 자기들의 얼굴이 나타나고 있음을 공소저와 구자석은 보았다.

이날 두 사람은 인천에서 내려 가지고 만국공원으로 올라갔다. 바다는 푸른 파도를 가지고 있지 않았고, 인천 시내는 조그만 섬처럼 보였다. 안개는 바다와 산야를 불분명하게 뒤덮고 있었다. 두 사람은 바다로부터 불어오는 살벌한 바람을 맞받으면서 부두로 내려갔다.

조그만 고기잡이배들은 뱃전을 맞댄 채 가랑잎처럼 흔들리고 있었다. 소금 냄새는 한여름철의 비 냄새처럼 찐득찐득했다. 여객선 하나가 손님을 태우고 있었다. 육지가 내깔긴 똥자루 같은 섬들을 일일이 거쳐서 덕적도로 가는 배였다.

어디선가로부터 뱃고동 소리가 울렸다. 그 소리는 자욱하게 낀 안개 때문에 낮게 낮게 그리고 음산하게 퍼져 갔다. 이미 날은 새었다. 인천 앞바다는 서쪽에 있어서 태양을 건져 올리지 않았다. 바람에 불려 온 것처럼 통통배가 하나 닿았다. 영종도에서 온 배였다. 그 배의 조타수와 어떤 사람 간에 시비가 벌어져 있었다. 영종도를 왕래하는 배는 이곳에 정박할 수 없는 모양이었다.

두 사람은 부두를 떠나서 하인천 쪽으로 향했다. 그들은 어물 시장을 한 바퀴 돌았다. 어리굴젓·조개젓·소라젓·명태젓 냄새가 찐득찐득하게 배어 있었다. 중년 여인네들이 어물을 사느라고 법석을 이루고 있었다. 그 한옆에는 이미 막걸리 집이 대목을 만난 것처럼 떠들썩했다. 두 사람은 어떤 음식점에 들어가서 간단히 아침 식사를 했다. 바깥으로 나왔을 때에는 어느덧 일곱 시가 조금 넘어 있었다.

그들은 합승을 타고 다시 동인천역으로 왔다. 그런데 수인선(水

仁線)의 시발지는 그곳이 아니었다. 그들은 길을 물어서 수인선의 시발역으로 갔다.

이미 개찰은 시작되어 있었다. 지방에 가면 흔히 볼 수 있는 조그만 정거장이었다. 일요일인데도 학생들이 많았다. 녀석들은 서로 험한 장난들을 하고 있었다. 기차는 이미 도착되어 있었는데 비어 있는 좌석은 하나도 없었다. 아마 이 기차의 승객들 사이에는 그들 나름의 규칙이 있는 듯했다. 말하자면 이 기차는 언제든지 만원이므로 그에 따라서 좌석이나 통로를 먼저 점령해 놓아야 한다는 그런 규칙이…….

기차는 정시(定時)에 출발하지 않았다. 아무도 그것을 탓하지 않고 있었다. 학생 녀석들은 난간을 붙잡고 서서 음담패설 노래를 불렀다. 좌석을 차지한 아낙네들은 즐거운 안도감에 싸여 장거리 여행에 들어설 태세를 본격적으로 취했다. 한편에서는 어떤 구두닦이 녀석이 쥐어터지고 있었다. 일고여덟 살쯤 되어 보이는 어린것들이 주간지를 팔고 있었고 계집애 두 명이 마치 무슨 시스터즈들처럼 고사리손을 맞잡은 채 유행가를 뽑고 있었다. 그들은 예절 바르게 구걸을 청했다.

어떤 아낙네가 공소저를 끊임없이 쳐다보고 있었다. 그 아낙네는 눈길이 마주치기를 기다렸다가 같이 앉아 가자고 좌석을 만들어 주었다. 이윽고 기차는 출발했다. 올백으로 머리를 넘긴 청년이 자기 애인인 듯한 여자의 좌석을 마련해 주느라고 동분서주하고 있었다. 학생 녀석들은 기차 연변을 지나가는 미니스커트 아가씨에게 휘파람을 불고 상소리를 했다. 꼬마들이 기차와 함께 달리고 있었다. 송도에 정거했을 때 장사치 아주머네들이 이삼십 명 하차했다. 그리고 그보다 많은 사람이 승차했다.

기차는 송도를 지나서 소래 군자를 지나치는 동안 개펄투성이의 바다와 숨바꼭질을 계속하였다. 바다로부터는 계속 살벌한, 차가운 바람이 불어왔다. 마침 간조(干潮) 때였다. 겨울 바다는 육지로부터 멀찌감치 물러나면서 황량하고 쓸쓸한 개펄을 만들어 놓고 있었다. 그 개펄을 개간한 염전들이 나타나기 시작했다.

염전 지대는 완전히 버림을 받은 황무지를 이루고 있었다. 바람은 살벌하게 불어닥치고 인가는 나타나지 않았다…….

다시 내륙으로 머리를 돌린 기차는 이윽고 수원역에 도착하였다. 사람들은 제가끔들 먼저 나가려고 안간힘을 쓰고 있었다. 선로원들이 망치를 가지고 기차 바퀴를 땅땅 치며 지나갔다. 수원역 광장은 행상꾼들과 신문팔이 구두닦이들로 벌써 한낮을 맞이하고라도 있는 것 같았다. 예배당의 종소리가 울려 퍼지고, 군용 차량들이 아스팔트길을 달려가고 있었다.

두 사람은 근처의 다방에 들어가서 보리를 볶아낸 듯한 커피를 한 잔 마신 뒤에 시외버스 정류장으로 갔다. 부곡(富谷)이라는 곳은 서울 쪽으로 있는 수원 다음의 기차 정거장이었다. 거기에는 구자석이 만나 보아야 할 사람이 있었다. 지방을 다니며 캐시밀론 이불을 팔고 있었을 때, 어떤 사람이 그것을 산 뒤에 부곡으로 이사를 가 버렸던 것이다.

서울행 버스는 고속도로에 손님을 빼앗겨서 단거리 여행을 하는 시골 사람들이 태반의 승객을 이루고 있었다. 그들이 탄 버스는 안성·평택·송탄을 거쳐서 올라온 버스였다. 맨 뒤쪽에 좌석을 잡아 앉을 수 있었다. 버스는 검표원과 여차장은 하드 아이스크림을 먹으면서 저네들끼리만 통할 수 있는 전문적인 운수 계통의 얘기를 나누고 있었다. 두 눈이 올랑한 아가씨가 호기심을 가지고 여차장의 말을 듣고 있었다.

운전사가 올라오고, 버스는 출발했다. 어느덧 차내는 만원을 이루고 있었다. 향군복을 입은 청년과 어떤 장년 사내가 얘기를 나누고 있었다. 그런데 그 장년 사내는 술이 취해 있었다. 어떤 젊은이가 주민등록증을 휴대하기에 편리한 수첩을 팔고 있었다. 그 젊은이는 수첩이 얼마나 편리한가를 설명하면서, 심지어는 전국 주요 읍면의 장날까지도 기재되어 있다고 그 내용을 소개했다.

이윽고 버스는 부곡에 도착했으며 두 사람은 바깥으로 나왔다. 슬레이트집과 기와집과 초가집들이 아스팔트 국도의 양편에 먼지를 담뿍 뒤집어쓴 채 서 있었다. 커다란 똥개가 어슬렁거리며 하품을 하고 있었다. 면의 직원인 듯한 사람이 지나갔다. 고물 자전거를 타고 어떤 사람이 황톳길로 접어들고 있었다. 구자석은 수첩에 적어 놓은 주소를 꺼내 들고 나서 사방을 두리번거리다가 공소저와 함께 어떤 음식점으로 들어갔다.

그 집에서는 술도 팔고 있었는데 마침 어떤 신사복의 사내와 주인집 사내가 얘기를 나누고 있는 참이었다. 이미 오정 때가 가까웠으므로 구자석은 싸구려 국수를 시켰다. 신사복의 사내와 주인은 하던 얘기를 계속하고 있었다.

"그야 이곳은 시골이죠" 하고 주인 사내가 말하고 있었다.

"그런데 서울 사람들은 시골이라면 전라도나 강원도를 생각했지, 이곳을 그런 시골이라고는 생각지 않았죠. 바로 등하불명이라는 게 이걸 말하는 것일 겁니다."

"하지만 지금은 달라졌지 않소?" 하고 신사복의 사내가 말했다.

"그야 달라졌지요. 그거 주말농장이라나 무어라나 하는 게 들어오고 이곳도 땅값이 오르기 시작했지요. 그러나 말입니다, 시골은 시골이므로 그런 일이 있으면서부터 더욱 나빠지기 시작했지요."

주인 사내는 개탄을 마지않았다. 그는 땅의 매매를 둘러싸고 일어났던 웃지 못할 얘깃거리를 세 개가량 끄집어냈다.

"아시겠습니까? 이곳은 시골이므로 서울의 쓰레기통 노릇을 하기 시작했단 말입니다. 그러면서도 예를 들어 여기서는 구멍탄값이 서울보다 비쌉니다. 글쎄 요 근래에는 별 해괴한 일이 다 생겼어요." 하면서 주인 사내는 어떤 범죄 사건에 대해서 얘기했다.

구자석이 찾고 있는 조특출이라는 사람은 아마 이곳으로부터도 떠난 모양이었다. 구자석이 이곳에 있을 이유가 없어졌다. 공소저와 함께 그는 다시 바깥으로 나왔다. 넓은 논마당에는 서커스단이 들어와 있었다. 트럼펫 소리가 유량하게 퍼져 올라갔다.

두 사람은 서울로 올라가는 완행버스를 집어탔다. 얼큰하니 술이 취한 영감님이 둘이서 고속도로 버스보다는 이런 완행버스가 훨씬 좋다는 얘기를 주고받고 있었다. 그것이 왜 그런가하면 고속도로는 마치 사막의 한가운데를 달려가는 것처럼 무미건조할 뿐 시골과 시골 사람들을 무시했다는 주장이었다. 완행버스는 한강을 지나서 용산 시외버스장에 도착했다. 구자석과 공소저는 다시 시내 한복판에 오게 되었다. 두 사람은 일단 거기에서 헤어졌다. 그렇다고 아무런 감격도 두 사람에게는 없었다.

"이만 헤어져야겠어요" 하고 공소저는 말했다.

"오늘 아침에는 너무 많이 돌아다녔어요. 집에 가서 잠이나 자야겠어."

"그럼 공소저와는 다시 언제 만날 수 있을까?"

"이제 그만 방황을 끝내세요. 그리고 안주하세요."

"어디에 안주를 하지? 과연 어디에?"

"그걸 찾아야 해요."

"공소저의 품속에 안주할까?"

"난 아무런 힘도 없어요. 난 여자예요.

"구자석 씨"하고 공소저가 말했다.

"씨라는 말은 빼어 버려."

"결국 우리는 어떤 관계예요?"

"우리는 애인이지."

"구자석 씨는 어떤 사람이에요."

"나는 선량한 사람이지."

"선량한 사람이라는 걸 어떻게 증명해요?"

"선량하다는 걸 증명하기 위해서는 악인이 되어야겠지."

"어떠한 악인이죠?"

"아마 앞으로도 나는 계속 미친 지랄을 하게 되겠지. 내가 미친놈 이 되어서 그러는 것만은 아닐 거야."

두 사람은 잠깐 동안 길거리에 서가지고 서로의 얼굴을 주시했 다. 이대로 헤어지다니 좀 안타까웠다.

"그러면 저는 가 볼래요."

공소저는 얼굴이 빨갛게 달아올라 있었다. 그녀는 똑바로 구자 석을 쳐다보더니 이윽고 돌아서 버렸다. 조금 뒤에 그녀는 인파 속 에 섞여 버렸고, 이윽고 그 모습을 찾을 수가 없었다.

구자석은 다시 혼자가 되었다. 그는 어째서 공소저에게 보다 따 뜻하고 감동적인 어조로 얘기하지 못했을까 후회했다. 그러다 그 는 문득 하늘을 올려다보았다. 하늘은 푸르지 않았다. 한국 사람들 이 세계 최고의 하늘이라고 제멋대로 자화자찬하던 그 하늘이 스 모그 때문에 잔뜩 흐려 있었다. 아마 한국인들은 이제 세계에서 가장 안개가 많이 낀 하늘이라고 자랑하게 될지도 모르지.

그는 이윽고 걷기 시작했다. 여전히 수중에는 돈 한 푼 없었지만 그런대로 그는 힘차게 걸을 수가 있었다.

《주간한국》, 1969년 11월 23일~1970년 4월 26일

단씨의 형제들

단씨의 형제들

제1장 단씨의 형제들

단기호가 십여 년 만에 처음으로 친구들 앞에 나타난 것은 어느 무덥고 탁탁한 여름밤의 일이었다.

남대문 지하도를 걸어가다가 장영이가 그를 만났던 것인데, 세운상가에 포목점 상회를 차리고 있는 장영이는 생활이 안정되어 있는 것 이상으로 친구들과의 우정을 중요시하는 인간인지라 저녁때 술이나 한잔하자고 시간 약속을 정해 놓은 뒤에 다른 친구들에게 연락을 취했던 것이다. 이날은 최고 기온이 섭씨 삼십사 도를 오르락내리락하는 지독히 더운 날씨였다. 단기호가 나타났다는 이야기는 나도 듣게 되어 그날 저녁때 만나보게 되었는데, 그는 세상이 변한 것 이상으로 달라진 인간이 되어 있었다. 그는 5·16이 일어나던 해에 서울을 벗어나서 지방을 전전하기 시작했는데 그 뒤로 행방이 묘연했었다.

같은 나이의 친구들이 취직을 하고 결혼을 하는 등 어떤 공식적인 과정을 거쳐서 나이 서른 살이 되어가는 동안에 단기호는 일단 자기의 인생을 다른 방향으로 꺾지 않았나 보아진다. 대부분의 사람들이 회피하고 있는 밑바닥의 인생 속으로 단기호는 밀려 떨어지고 만 게 아닌가 전해지는 것이었다.

그는 어렸을 적부터 어떤 못생긴 얼굴의 전형이었다. 피부 빛깔이 시꺼멓고 눈알이 울퉁 튀어나와 있었다. 거기에다가 볼따구니가 벌어지고 입술이 두툼했으며 하악이 주걱턱을 이루고 있었다. 큰 키는 아니었지만 상체가 아주 발달되어 있었다. 그런데 그는 퍽 조숙한 인간이었고, 세상이 혼란스럽다는 것을 자기가 혼란스럽다는 것만큼이나 잘 알게 되어 버린 좀 특이한 감수성의 지배를 받는 가운데 고등학교 시절을 보내게 되었다. 그러다가 학생 깡패들 사이에 패싸움이 붙어 버렸고 단기호는 그것에 관련된 것으로 지목을 받아 퇴학을 당하고 말았다. 그는 곧 어느 야간고등학교의 졸업장을 하나 샀으며, 독학을 해서 대학엘 진학했던 것이지만 그 생활은 채 일 년도 못 가서 집어치워 버리고 말았다. 대략 이때로부터 단기호는 괴상한 생활 속에 말려 들어가 있었다.

그는 원래 공대 건축과엘 들어갔던 것인데 거기서 싫증을 느껴서 얼마동안 법대 근처를 얼씬거렸고 다음에는 문리대의 강의를 듣는 등 청강생 노릇을 하였는데 4·19가 일어나고, 과도기적인 분방한 사회가 되었을 때, 어찌된 일인지 어떤 술집 작부와 눈이 맞아 동거생활에 들어갔다. 그는 중랑천에 '하꼬방'을 하나 지어 놓고는 그 속에서 뒹굴뒹굴 굴러다니며 괴상하게 살고 있었다. 여자는 계속해서 술집 작부로 나가고 있었는데 여간 단기호를 경멸하지 않았다. 그런데 단기호는 이러한 경멸을 당연하다는 듯이 참고 지내는 것이었다. 얼마 뒤에 그 작부는 무교동 근처를 얼씬거리는 창녀가 되었는데 단기호는 멀찌감치 떨어져서 망을 봐 주고 있었다. 순경이 임검을 나오면 뒷감당을 해 주는 것이고, 쓸데없이 집적대는 사내가 있으면 군말 없이 달겨들어 한 대 쥐어박는 것이었다. 이미 그때쯤

해서 단기호는 친구들로부터 좀 멀어진 사이가 되어 있었다. 그런 해괴한 생활을 집어치우라는 충고를 주는 사람이 있어도 들은 체하지 않았다. 하여튼 단기호는 끝 간 데까지까지 타락해 보기로 결심한 사람 같았다. 자기 나름의 괴로운 일이 있어서 그것을 꿍꿍이속으로 이겨내고자 애쓰고 있는 듯했다. 단기호는 친구들과의 연락을 자진해서 끊었을 뿐만 아니라 접근해 오는 사람들조차 귀찮아했던 것이다. 그러다가 술집 작부는 단기호를 무능력한 사내라고 판단하여 매정하게 내쫓아 버리고 말았다. 그리고 이때에는 단기호로서도 작부와의 생활에 견딜 도리가 없어지고 말았을 것이었다. 그는 그 뒤로 군대엘 나갔다고 전해지는 것이었다.

이것은 나중에 처훈이로부터 들은 이야기인데, 단기호는 군인 죄수가 되어 있었다는 것이다. 대전 부근의 어떤 하천 공사장에서 제방을 쌓고 있는 노역 작업에 동원되어 비참한 모습으로 일하고 있는 것을 봤다고 하였다. 하지만 단기호가 군대에 나가서 어디에 배속되었는지, 그리고 무슨 짓을 벌여서 군 죄수가 되었는지 아는 사람은 없었다. 친구들 사이에서는 이따금씩 단기호에 관해서 추억담이 오갔지만 정작 본인이 무엇을 하고 있는지 아는 수는 없었다. 아마 폐인이 되어 자살이라도 해 버렸을 것이라고 무책임한 소리들을 지껄여 대면서 허무하게 웃어 대는 것이 친구들이 나누곤 했던 대화였다.

그러다가 단기호를 경상북도 점촌 부근에서 잠깐 보았다는 친구가 나타났다. 점촌에서 김천 쪽으로 조금 오면 함평이라는 마을이 있는데, 단기호는 거기에서 장돌뱅이 장사를 하고 있다는 것이었다. 버스를 타고 지나가는 길이었으므로 단기호와 얘기를 나눌 틈은 없었지만, 황톳길 한 구석에 옷 나부랭이를 펼쳐놓고 쪼그려 앉아 있는 그의 모습은 장돌뱅이 생활에 이골이 난 시골 사람의 표정 그대로였다는 것이었다. 얼굴은 시꺼멓게 타고 덩치 좋던 몸은 바짝 말라서 전혀 다른 사람처럼 보였다는 것이었다. 내가 단기호에 관해서 들은 것은 이것이 가장 최근에 속하는 이야기였다.

그런데 단기호가 지방을 떠돌아다니고 있는 중에도 나는 두 번인가 그의 집을 찾아가 본 적이 있었다. 나중에는 이사를 해 버려서 그의 집안사람들마저 만나지 못하고 말았다.

그런데 그의 집안사람들은 정상적으로 사회생활을 영위할 수 있는 사람들이 아니었다. 하기야 정상적으로 사회생활을 영위한다는 것은 무슨 뜻인가? 어떻게 살아가는 것이 소위 정상적인 것인지 그 기준을 정하기란 애매할 수밖에 없을 것이었다. 예를 들어 좀 소심한 표정을 지어야 하며 좀 두렵고 부끄러운 듯한 태도를 짓는 것이 일반인들의 사회생활에 대한 표정이라고 한다면 그의 집안사람들은 이런 면에서 전혀 서툴렀다.

아마 그의 아버지는 한때 토목 회사를 차려서 큰 돈을 벌었던 모양이었다. 그러니까 단기호가 중학에 다니고 있을 때이겠는데, 재벌들의 초창기 형성 과정에 해당된다고 할 그 시기에 있어서 단기호의 아버지는 웬만한 재산가들을 눈 아래 내려다보는 위치로 군림했었던 듯했다. 그의 아버지 단국철 씨는 왜정 시대에 만주를 떠돌아다니며 날품팔이 일을 했는데 그러다가 어떤 중국인 토호(土豪)의 딸을 유혹해 내어 재산을 만들었고, 해방 직후에 돈 꾸러미를 싸안고 일본을 거쳐 부산에 정착했다는 것이었다.

그의 아버지 단국철 씨 대(代)에는 오 형제가 있었다. 그 오 형제들이 모두 제멋대로들이었다.

그의 큰아버지 단국종 씨는 평안도 고향에서 하느님을 독실히 믿는 목사가 됨으로써 왜정 시대의 참담함을 이겨내려고 하였지만 해방 후 공산주의자들에 의해 친일파로 지목되어 숙청당해 버리고 말았다. 그의 둘째 큰아버지가 되는 단국홍 씨는 일본에서 대학을 다닐 때 공산주의 사상에 동조되어 버린 모양이었는데 아마 아직 이북에 살아 있는 듯했다. 군당위원장쯤으로 지내고 있는 것 같지만 집안 성분이 좋지 않으므로 그 이상 출세를 하지 못한 채 따분하게 지낼 것이라고 단기호가 이야기하는 것을 들은 기억이 있었다.

오 형제 중에 셋째는 그의 아버지 단국철 씨였다.

넷째인 단국필은 해방이 되었을 때 약관 스물한 살이었다. 그때 고향에서는 단국종 씨가 반동으로 몰리어 잡혀 버렸으므로 단국필은 외가가 사는 함경도 원산으로 갔다. 외삼촌은 민청의 간부로 일하고 있어서 그 밑에 들어가 얼마 동안 지내었는데 공산주의 사회가 답답하다고 느낀 그는 단독으로 월남을 했다. 그런데 서울은 한창 데모와 테러로 소란스러웠다. 단국필은 우국 청년으로 떠돌이 생활을 하는 가운데 숱한 청년 단체를 편력하였다. 족청, 대한청년단, 서북청년회를 거쳐 김구 선생의 한독당에 들어가는 등 갈팡질팡하는 생활을 보내었다. 그러다가 6·25가 터지자 단국필은 형무소에 갇혀 버렸는데, 요행 죽지 않고 살아남아서 9·28을 맞이하였다. 그는 군대에 나가게 되어 일선에 배치되었는데 거기에서 인민군에게 포로가 되어 버렸다. 단국필은 아마 변심을 했는지 이번에는 인민군 졸자가 되어 다시 일선에 나섰다. 그러다가 또 포로가 되었는지 어쨌는지 거제도 수용소로 오고 말았다. 단국필은 감방 속의 인민재판에 회부되어 처참한 죽음을 맞이한 것으로 되어 있었다.

다섯째 삼촌인 단국채는 단기호보다 네 살 위의 나이였으므로 어렸을 적부터 한 집안에서 성장했다. 막내 기질이 있어서 그랬겠지만 단국채는 상당히 소심한 청년이었고, 세상사에 무턱대고 겁을 내는 것이었다. 그는 중학에 다닐 적부터 시름시름 정신병 증세를 나타내더니 급기야 조발성치매(早發性癡呆)라는 병에 걸려 한 일 년 동안 정신병원 신세를 졌다. 퇴원하고 난 뒤에도 그는 좀 이상한 행위를 하며 돌아다니고 있었다. 그는 시를 쓰고 소설을 습작했다. 언젠가 나도 읽어 봤지만 보들레르를 인용하고 외국의 항구 이름을 나열하는 그런 식의 시였고, 의식의 흐름 수법의 소설이었다. 단국채는 혼곤한 의식으로 시내를 돌아다니는 것인데, 그의 글에는 이럴 때에 보았던 거리, 사람, 자동차, 가로수, 소음, 하늘에 대한 순간적인 인상기(印象記)들이 턱없이 날카롭고 예민한 언어로 기술되어 있었다. 그는 술에 취해 길거리에서 노숙을 하는가 하면 이유 없이 행인들에게 폭행을 가하고, 반대로 자기가 늘씬하게 얻어터지는 무위도식의 생활을 보내고 있었다. 그러다가 한 일 년 동안 절간에 들어가 공부를 하더니 서울 문리대 철학과엘 들어갔는데 아마 대학 삼 학년 때이든가 4·19를 만났을 것이었다. 소심했던 단국채로서는 상상할 수 없었던 일이 대학 생활을 해가는 가운데 일어났다. 그는 자진하여 데모 소동 속에 휘말려 들어가 있었고, 학생 운동의 중요 멤버 중의 한 사람이 되었다. 그러다가 군사정권이 들어서서 일면 흥분들을 진압시키는 시기가 찾아왔다. 또한 이 무렵에는 단국채 자신도 대학을 졸업한 뒤였다. 그 뒤로 단국채는 학생 데모 관계로 환문을 당한 적도 있는 모양이지만, 옛날의 소심했던 버릇이 되살아나서 세상에 대하여 무턱대고 겁을 내며 사람 만나기를 싫어하고, 자신의 조발성치매의 정신병을 치료하고자 격리되어 살다시피 하는 것이었다.

이러한 것이 단기호의 아버지 형제들과 집안의 분위기를 이루고 있는 것이지만, 그것은 아마 단기호의 대(代)에 내려와서도 비슷한 모양이었다. 말하자면 그의 아버지들이 고민해야 했고 아파해야 했던 괴로움들을 그 자식들이 이어받아 치러야 할 때가 된 것 같았다. 그의 위로는 두 명의 누나가 있었고, 그리고 남동생과 여동생이 각각 한 명씩 있었다.

그의 아버지 단국철 씨는 한 육 년쯤 전부터 사업에 실패를 보게 되었다. 엄밀하게 말하자면 건축 업계가 불황이라든가 사회적 변동 때문에 실패를 본 것은 아니었다. 전적으로 단국철 씨 개인의 심적 변화에서 오는 것이었다. 이분은 불혹의 연배가 훨씬 넘은 나이에 이상한 고독감에 사로잡혀 버렸다. 원래부터 단국철 씨는 몹시 방탕스런 생활을 해 오고 있었다. 말하자면 방탕스런 생활을 함으로써 간신히 사회생활에 적응이 되는 게 아닌가 보여졌다. 더 방탕한 생활을 하면 결딴이 날 것은 물론이지만 반대로 착실한 생활을 해도 견디어 내지 못할 것처럼 보였다. 그런데 이분은 나이를 먹자 세상만사를 좀 허무하게 생각하고 있었고, 그러더니 갑자기 새 여자를 하나 맞아들였다. 그 여자는 스물네 살밖에 안 되었는데, 단국철 씨를 만나자 봉을 하나 잡았다는 것을 눈치챈 듯했다. 단국철 씨를 손아귀에 쥐게 됨으로써 그 여자가 평생 걸려도 얻을 수 없는 재산을 만들 수 있으리라 판단하여 적극적으로 매어달리기 시작했다. 어쨌든 단국철 씨로서도 여자의 이러한 눈치를 못 챘을 리는 없었다. 그런데도 이분은 저항 없이 빨려들어 갔다. 단기호는 자기 아버지가 일부러 그런 함정에 빠져들어 갔을 것으로 보고 있었다. 그런 여자에게 농락당할 만큼 단순한 분이 아니므로 일부러 농락당하는 체하는 것이리라고 말하였다. 단국철 씨는 사회적 체면, 사업, 가정은 헌신짝 보듯이 내버려 두고 나서 오직 그 여자에게 말려들어가 어처구니없는 동거 생활을 하고 있었다.

그 여자의 이름은 영숙이었는데, 단기호의 어머니는 영숙이라는 이름을 마치 사탄이라는 것의 별칭인양 사용하고 있었다. 예를 들어 어떤 잘못된 사건이 터지거나 불화스런 일이 생기면 "저것은 다 영숙이가 하는 짓에 틀림없다"라고 말하는 것이었다.

그의 어머니 안선집 여사는 원래 독실한 불교 신자였으나 미신을 숭상하는 습관이 있어서 점을 치고 안택굿을 즐겼다. 그러다가 어느 때인가 순복음주의 교회엘 들어가게 되어 박수치고 울부짖으며 기도를 드리는 신도와 목사들을 보고 감명을 받아서 곧 예수교로 개종하였다. 그의 어머니는 뒤늦게 하나님을 믿기 시작한 것을 안타깝게 생각한 나머지 다른 사람보다 두 배의 정성을 들여야 한다고 작정하는 열렬한 광신도가 되어 있었다.

그의 어머니는 이교도로 지내왔음을 참회하였고, 또한 신앙생활에 도취되어 "주 예수를 믿으세요"하고 설교하고 다녔다. 그러는 동안에 가정에는 흥미를 잃어버렸고 남편 단국철 씨에게도 관심을 두지 않게 되었다. 교회도 두어 번 옮겨서 박 장로의 신앙촌으로 들어갔다. 일단 그 속에 발을 들여놓으니까 말세가 되어 버린 세상에 그곳만이 구함을 받은 장소라는 것을 알 수 있었다. 그의 어머니는 세속적인 고뇌로부터 비로소 해방되어 감사의 마음을 가지고 독실한 신앙생활을 하고 있었다. 그러다가 어느 때 겟세마네교파 사람들의 설교하는 것을 듣고는 다시 한번 교회를 옮겼다. 그의 어머니는 어느덧 집사의 위치에 올라서 있었는데, 그 교회에 있어서 안 집사라고 하면 모를 사람이 없을 정도로 열성적인 교인이었다. 안 집사는 하나님과 가까워진 것만을 유일의 보람으로 알았으므로 자식들이 어떤 곤경 속에 빠져 있든 상관하지 않았다. 그 자식들이 철이 들어 교회엘 들어오면 그때에는 하나님이 건져 주실 것으로 믿고 있었다.

내가 단기호의 집안에 대해서 알고 있는 것은 대개 이런 정도였다. 여타의 사람들, 단기호의 누나들은 다 결혼해서 살고 있었다. 큰 누나는 벌써 마흔 가까운 나이로 어느 중앙청 과장 부인이 되어 있었고, 작은 누나는 미국으로 건너가 이태리계(系) 미국인과 결혼을 해서 살고 있었다. 그런데 두 누나는 출가외인이라는 옛날 여자의 길을 곧이곧대로 지키고 있는 것 같았다. 친정집에 대해서 관심을 두지 않고 있었고, 이따금씩 단기호의 동생 단기풍이가 용돈이라도 얻을 양으로 나타나도 문 앞에서 따돌리고 말았다.

작년의 어느 날 나는 단기풍을 만난 적이 있었다. 그는 단기호보다 두 살 아래였다. "형한테서 무슨 소식 들었어?"하고 나는 물어보았다. "형? 그따위 자식을 내가 알게 무어야?" 단기풍은 기분 나쁘다는 듯이 내뱉었다. 단기풍은 비척비척 걸어가 버리고 말았는데 그 뒷모습이 이상하게 내 인상에 박혀 들어왔다. 세상을 혼자 힘으로 살아내기에는 너무 고달프다는 것처럼 어깨를 축 늘어뜨리고 있었는데, 이상한 핏줄 같은 것이 흐르는 그의 집안 체질로 보아서 대략 어떠한 상태에 놓여 있을 것인지 짐작이 안 가는 바도 아니었다. 그리고 내가 단기호의 집안사람을 다시 한번 본 것은 지난 여름철의 일이었다. 단기호와 내가 얼려다니고 있었을 적에 그의 여동생 단기자는 국민학교 학생이었다.

그 국민학교 학생이 이제는 스물한 살의 처녀가 되어 있었다. 그날 나는 어떤 친구와 함께 오랜만에 술을 한잔하러 맥주집엘 찾아갔던 길이었다. 다른 친구도 만나게 되어 합석을 해 가지고 술을 마시고 있는데, 그때 한 친구가 내 어깨를 치면서 이렇게 말하는 것이었다. "야, 저 아가씨가 이상한 표정으로 너를 보고 있는데?" 그래서 내가 바라보자니까 그 여자는 얼른 고개를 돌리고 있는 중이었다. 실내조명은 어두웠지만 그 여자가 당황해서 어쩔 줄을 모른다는 것을 알 수 있었다. 그 여자는 사라져버리고 말았지만, 나는 옛날 기억을 더듬어 올라가다가 곧 단기호의 동생 단기자가 그 여자임을 알아볼 수 있었다.

그날은 더 이상 마시지 않고 나와 버리고 말았는데, 그 뒤로 나 혼자 그 술집에 찾아갔을 적에 이미 단기자는 보이지 않았다. 나비 넥타이를 매고 있는 멤버 녀석에게 물어보았으나 그로서도 잘 알 수 없다는 것이었다.

아마 이러한 사실로 미루어 보건대 그 집안에 있어서 가장 나이가 어린 단기자마저도 어떤 궤도 없는 생활 속으로 빠져들어 가지 않았나 보여지는 것이었다. 그것이 바로 과도기를 살아가고 있는 단기호의 집안사람들의 어이없는 인생론인 모양이었다. 하여튼 어떤 궁극적인 혼란, 인생을 산다기보다도 그것을 철저히 망가뜨리기 위해서 발버둥질을 치는 듯한 그 모든 헤매임과 방황의 와중에 있어서는 바로 그렇게 힘껏 아우성을 치고, 분노하고, 고뇌하면서 발광하듯이 살아 본다는 것 이외에는 어떠한 해답도 있을 것처럼 보이지 않는 것이었다. 그렇게 하여 시간은 흘러가고 사회는 변동이 되어가겠지만, 그 속에서 사는 인간들의 추잡한 괴로움, 무의미한 고통은 아직도 미진하다는 듯이 계속되어갈 것이었다.

그러므로 섣불리 희망을 말하고 기쁨을 토로하고 안정을 운위한다는 것조차가 (단기호의 집안의 경우에 있어서는) 어처구니없는 속임수가 되고 말거나 회피책 이상의 것이 아닐 거라고 보여지기조차 하는 것이었다. 도리어 본질적인 비참함에 대항하기 위해서는 자기 자신마저도 어떤 극단적인 비참함의 상태로 몰고 갈 필요까지도 있는 것처럼 관찰되었다. 단기호가 십여 년 만에 갑자기 서울에 나타났다고 하는 사실은 인생의 중앙에 올라선 연령이 된 그로써 아마 이러한 혼란, 비참함에 적극적으로 맞부닥뜨리기 위해서가 아닐까 나는 그렇게 생각했다.

제2장 공범자 친구들

그날 단기호를 가운데 놓고 다섯 명의 친구들이 모였던 것이지만, 그리고 바깥으로 나가서 술을 퍼마시게 되었는데 그 좌석의 분위기에 대해서는 별로 할 말이 없다. 왜냐하면 우리의 좌석은 딱 집어 말하기 곤란한 어색스러움, 빈정거림, 야유 같은 것으로 차 있었기 때문이다. 나중에 생각해 봐도 그것은 아주 기분 나쁜 추억으로 남아 있었다. 아마 서울에서 넥타이를 매면서 살아가는 인간들이란 자기 나름으로는 선량한 자들임에 틀림없을 것이었다. 하지만 그 선량함을 확대시켜 타인에게 적용시키려고 할 때에는 사소한 악당이 능히 될 수 있으며, 때에 따라서는 지독한 악당도 될 수 있는 자들일 것이었다. 서울이란 묘하게 허구적인 장소여서 누구나 자기와 타인을 서로 상사형(相似形)의 인간이라고 주장하고 싶어지는 것이었다. 말하자면 그 어떤 콤플렉스, 열등감, 정치관, 사회관에 있어서 같은 입장과 같은 태도를 요구하고 납득해야만 기분이 후련해지는 것인데 그렇게 되기란 여간 어려운 일이 아니었다. 그래서 술기운이 얼콰해지면 아무런 의미도 없는 공리공담을 가지고 백가쟁명의 열띤 분위기를 이루어 어떤 극도의 상태에 도달될 때까지 승강이를 벌이고 있는 것이었다.

그날 우리들은 단기호 때문에 만났던 것이지만 정작 분위기는 엉뚱한 방향으로 흐르고 있었다. 말하자면 우리들이 암암리에 약정해 놓고 있는 어떤 허구적인 처세술, 대화법에 단기호는 익숙해 있지 않았다. 이러한 사실이 넥타이를 매고 서울에서만 살아온 젊은 인간들을 놀라게 했다. 더욱이 단기호는 자기의 어렸을 적의 친구들이 만들고 있는 화제에 끼어들지 않았을 뿐만 아니라 아무런 흥미도 나타내지 않았다. 이것은 단기호를 제외한 나머지 인간들에게 공범자(共犯者)적인 결속감을 불러일으켰다. 그래서 어느덧 친구들은 단기호에 대해서는 무관심하게 되어 버렸다. 친구들은 신문에 관해서 이야기하고 정치에 대해서 말하고, 한반도의 정세에 관해서 논했다. 공허한 열성, 개인적인 시야가 차단된 객관적인 풍경을 그럴듯하게 지껄여 대었다. 그러면서 모두들 허황하기 짝이 없는 포즈를 취하고 유식한 태를 부리고 객기를 발휘했다. 그러다가 이런 이야기에 싫증을 느끼게끔 되었을 때에는 가장 구체적인 일상사가 지겹게 말해지고 있는 것이었다. 결혼생활과 음담패설과 약간의 모험담 같은 것이 우스운 분위기를 이루는 가운데 얘기되고, 논의되고 공감을 불러 일으켰다.

어느덧 단기호는 그 좌석의 주인공이라기보다는 불청객의 위치로 전락해 버리고 말았다. 하지만 그는 이럴 줄 예상이라도 하고 있었다는 듯이 무관심한 표정으로 좀 권태스럽게 앉아 있었다. 그는 친구들을 만나러 온 것이 아니라 음식을 먹기 위해서 나왔다는 것처럼 열심히 저작 행위만을 계속하고 있었다. 그러면서 자리를 떠날 준비를 하고 있다는 것을 나도 눈치챌 수 있게 되었다.

이미 그때쯤 되어서는 모두들 엔간히 취해 있었다. 술이란 정직한 것이어서 화제는 돈 버는 방법, 사회의 실권자들을 싸고도는 풍문 같은 것으로 기울어져 있었다. 또한 화제를 리드해 가는 친구들이란 신문기자나 무직자가 아니라 장영이처럼 세운상가에 포목점을 내어 돈을 착실히 벌고 있는 그러한 인간들이었다. 장영이는 어느덧 풍채를 기르기 시작했으며 그 태도며 마음가짐에 여유와 관용마저 깃들어 있었다. 그래서 장영이는 좀 어른스럽게 옛 시절을 추억하고 있었다. 그의 이야기는 분명히 즐거운 것이었고 낭만적이며 감미롭고 우스운 것이었지만, 그렇기 때문에 터무니없이 과장적이고 천박한 것이기도 했다. 아마 단기호로서도 더 이상 그런 종류의 한담(閑談)을 듣고 있을 순 없었던 듯했다.

"그럼 나는 먼저 일어서 봐야겠군." 단기호는 말했다. "가볼 데가 좀 있어서 말이지……."

"그러지 말고 앉아라, 앉아"하고 장영이가 말했다.

"아냐, 가야겠어." 단기호는 데면데면한 표정으로 친구들을 훑어보았다.

"너희들도 짐작했겠지만 이렇게 술을 마시고 있을 처지가 못 돼. 나 자신 십여 년 만에 서울엘 올라왔지만 좀 맹랑한 형편에 놓여 있구, 또 우리 집안이라는 게 엉망진창의 상태여서……."

"정말, 집안은 어때?"하고 이현죽이라는 친구가 물었다.

"우리 집안이 어떠냐구?" 단기호는 이러면서 묘한 미소를 띠었다.

"그야 엉망이지 무어."

"내가 한 말을 오해해서 들은 모양 아냐?"하고 이현죽이는 좀 당황한 어조로 말했다. "엉망으로 따지자면 우리 모두가 엉망인걸. 술이나 좀 더 마시면서 우리 함께 얘기를 해보자구."

"글세……. 그런 얘기가 너희들에겐 흥미 있을지 모르겠지만 난 지금 일어서야겠어. 지금 누굴 좀 만나야겠거든."

단기호는 일어섰고, 그 기회를 잡아 나도 일어섰다.

그렇지 않아도 나는 그 술좌석에 여간 싫증을 느끼고 있었던 게 아니었다.

"흠, 저 녀석 이상하게 변질이 돼 버렸군."

우리가 걸어 나올 적에 어떤 친구의 말하는 소리가 들려왔다.

우리는 전혀 술이 취하지 않은, 좀 목이 타는 듯한 느낌을 가지고 바깥으로 나왔다. 단기호는 이상하게 삭막하고 고독한 표정으로 거리를 훑어보고 있었다. 워낙 더운 날씨여서 사람들은 길거리에 오리 의자를 내다 놓고 앉아 있었다. 자동차 소리, 어린애들 떠드는 소리, 술꾼들의 고함소리가 정신을 차리지 못하게 했다. 한여름 밤의 후끈한 열기 속에는 닥지닥지 이어 붙은 상점, 술집, 다방의 간판들이 풍기는 강렬한 사람 냄새가 포함되어 있었다. 얼마 걷지도 않았는데 등줄기로 땀방울이 맺혀 흘러가고 있었다. 갑자기 단기호는 나를 바라보면서 말하기 시작했다.

"서울에 올라온 지는 이틀밖에 안 돼. 그런데 사람들은 이상하게 긴장들이 돼 있는 것 같애. 정신병자들이 돼 있는 것 같단 말야. 어떻게 이런 분위기를 견디면서 살아가고 있는지 참 용하다는 생각이 들어……."

"그거야 시골도 별 수 없을 걸."

"시골이야 다르지. 어쨌든 시골에는 사람이 어떻게 살아가게 되어 있는가 하는 규범 같은 게 조금은 남아 있거든."

"너는 어땠는데? 지방을 떠돌아다니면서……."

"나야 비참하게 떠돌아다녔지." 단기호는 힘들여 웃었다. "하지만 나는 좀 건강해졌을 걸. 봐, 혈색이 좋아졌지 않아?"

그는 팔뚝을 내밀어 보였다. 하지만 그는 별로 건강해 보이지는 않았다. 어느 쪽이냐 하면 그는 볼품없이 깡말라 버렸다는 듯한 인상이었다. 나이를 먹어갈수록 시골 농사꾼의 얼굴 표정으로 변해가는 유형(類型)의 인간이 바로 단기호였다.

제3장 새로운 문맹인들의 세계

우리는 가까운 술집으로 들어갔다.

"그동안 고생이야 좀 겪었지"하고 단기호는 말하기 시작했다.

"사실은 지독하게 고생을 했어. 객지를 떠돌아다닌다는 게 정말 어려운 일이야. 하지만 너도 알다시피 내가 지방으로 내려갔던 것은 '어디 한번 고생스러워 보자, 고통을 겪어 보자.'하고 결심했기 때문이었어. 나처럼 어리석은 결심을 하고 있는 놈에겐 고생이란 게 무섭지 않았어. 어떠한 경우엘 빠지더라도 그걸 참아낼 수 있는 여유와 배짱이 생기더란 말야. 이야기를 하기로 들자면 장황해지겠지만, 서너 번 붙잡혔던 적도 있구, 사흘을 꼬박 굶으니까 도둑질이라는 게 나쁜 것만은 아니리라는 생각도 들데."

단기호는 이야기에 열을 올렸고 나는 그저 들어 주기만 했다.

"군에서 제대했던 여름철에는 염전을 따라다니며 일했구, 어떤 은퇴한 정치가의 목장에서 소젖 짜는 목동 일도 해 봤는데, 아마 그런 따위의 체험에서 몇 편의 소설쯤 만들어 내는 건 문제가 아니겠지. 전라북도 이리에서는 철도 공작창 현장에서 노무자로 일했는데, 그 노무자들의 세계라는 게 정말 굉장하더란 말야. 현장 감독이라는 자는 나도 아는 공과대학을 나온 녀석이었어. 처음에는 밑바닥 일꾼들을 이해하려고 노력을 했는데, 그 노력이라는 게 노무자들에게 반감만을 주는 걸 보자 성격이 난폭하게 바뀌어서, 말하자면 왜정 시대의 식민지 관리처럼 태도가 달라지더군. 그자는 결국 견뎌 배기지를 못하고 음침한 성격이 되더니 나가떨어지고 말더군. 전라도 광주에서는 세일즈맨 노릇을 좀 했어.

가만히 보면 넥타이를 맨 인생과 노동복을 입은 인생 사이에는 엄청난 거리감이 놓여 있단 말야. 세일즈맨이라는 건 넥타이를 맨 인생의 말단쯤 되는 자들이겠는데, 그러노라니 이런 직종의 인간들이야말로 위태스럽지. 눈치, 사기, 교활함, 배신이 연속되고 있는 그러한 세계에 있어선 우리가 받아들이고 있는 근대화라는 것의 표정 내용이 어떠한 것인지를 알아볼 수가 있었어. 아마 내가 가장 곤경을 겪었던 때가 세일즈맨 노릇을 집어치워 버렸을 때일 거야. 정말이지 주머니에 땡전 한 푼 없었어. 배는 고프고 다른 도시로 이동은 해야겠는데 당장 눈앞에 보이는 건 아무것도 없더군. 그래 무임승차를 하기로 결심을 했어. 그때 화물 열차를 처음 타봤을 거야. 크고 작은 수화물들 속에 파묻혀 기차가 움직이는 대로 흘러갔어. 그러다가 대전 근처에 왔을 때 발각이 되어 버렸지. 린치가 시작되는데 정말 아득했어. 다섯 명의 인간들은 나를 꽁꽁 묶어 놓았어. 놈들은 내게서 얻을 수 있는 즐거움을 될 수 있는 대로 천천히 뺏으려고 하는 거야. 처음에는 제법 예절까지 지켜가며 구타를 시작했는데 그것이 점점 열도를 띠어 가더군. 급기야 나 자신이 불쌍한 짐승, 차라리 죽어 없어지는 게 나을 것 같은 짐승이 되기를 강요했어. 이런 경우에 빠졌을 때 사람이 사람임을 증명할 수 있는 것은 오직 수치감이라는 것뿐이거든. 어떻게 하면 수치감을 보다 빨리, 그리고 깊이 터득해내는가 하는 문제가 되겠지. 사실 따져놓고 보니까 나는 수치감에 덜 익숙해 있었어. 수치감에 덜 익숙해 있었다는 말은 내가 그만큼 엉터리 인간이었다는 뜻이 될 거야. 기차가 대구에 당도했을 때쯤 되어서 이 자들은 비로소 나를 해방시켜 주더군. 뿐만 아니라 나에 대한 적개심을 풀어버리고 나서, 이번에는 도리어 나를 위로해 주고 보살펴 주려고 안달을 내는 거야. 아마 바로 이런 게 대중 심리라는 거겠지. 이자들은 나를 대구 시내로 들어가게 해서는 밥을 사 주고, 치료를 해 주고, 함께 창녀촌에 가서 여자를 붙여 주고, 심지어는 나의 딱한 처지를 이해해서 직장까지 알선해 주더란 말야. 대구 서문시장, 흔히 큰 시장이라고 하는 그곳에 덕섭이라는 녀석이 고물 옷가게를 내고 있는데 이 자들은 나를 거기에 소개해 주었어. 덕섭이는 눈치가 빠르고 사람 알아보는 안목이 날카롭더군. 몇 마디 안 해서 내가 어떤 놈인지 이해해 주었어. 나하고 그 녀석하고 왜관까지 가서 사흘 낮밤을 계속해서 술만 퍼마셨단 말야. 취하면 엎드려 자고, 깨어나면 또 그대로 퍼마시고, 그리고 또 자고 마시고 하기를 연속적으로 했단 말야. 나는 우리 집안 사정이라든가, 내 어렸을 적의 성장과정 같은 걸 누구에게든지 얘기하지 않았어. 하지만 그때에는 나로서도 좀 다른 생활 태도 새로운 결심을 세울 때가 되어 있었어. 그래 덕섭이에게 슬근슬근 얘기를 터놓았지. 우리 집안이 평안도 쌍놈 출신들로 왜정 시대부터 산지사방으로 흩어져 살게 되었다는 것. 해방 이후에 뿔뿔이 갈려서 살게 되었다는 것, 그 인간들이 사회생활에 적응을 못하고 있다는 것. 그리고 나로서는 이런 모든 집안 사정, 사회 분위기, 나 자신의 어리석음. 그 어떤 절망적인 느낌 같은 것으로 인해 할 일 없이 떠돌이 생활을 하고 있다는, 그러한 얘기를 슬근슬근 털어놓았단 말야. 다만 내가 서울에서 고등학교를 졸업했구 대학물까지 먹어 봤다는 그런 것 때문에, 내 고민이라는 게 덕섭이 같은 녀석에게 실감이 없는 우스갯소리로 들릴 가능성이 있다는 걸 염두에 두어 조심을 했어. 사실 인간들이란 어떤 유치한 차이점 때문에 서로가 적(敵)이 되어 버리는 거란 말야. 실감이라는 건 어떤 체험 내용의 고압적인 밀도로부터 얻어지는 것이 아니라, 어떤 사람의 태도로부터 나오는 거란 말야. 내 얘기를 대개 듣고 나더니 덕섭이는 진지하게 생각해 보는 표정을 지었어. 그리고 충고를 주기 시작했어. 그때의 덕섭이의 태도, 그 표정을 살펴보고 있노라니까 차츰 선명하게 알아지는 게 있더란 말야. 충고의 내용이야 별 게 아니었지만 덕섭이의 태도만은 아주 진지했거든. 내가 느낀 것은 이런 것이었어. 결국 나 자신은 허황한 고민만 해 오고 있었구나. 진짜로 고민해야 할 문제를 회피하기 위해서 그냥저냥 나 스스로 학대하는 척하고 있었구나…… 하는 생각, 아니 생각이라기보다는 극히 추상적인 느낌이 들었어. 나는 사회적인 체험을 많이 한 것은 아니었지만, 여러 사람을 이해관계의 엇갈림 속에서 접촉해 보는 가운데 깨달은 것이 있거든. 사람이란 그가 어떤 생각을 하고 있는가가 문제가 아니라 어떤 태도를 가지고 있는가가 항상 문제란 말야. 태도라는 것을 결정지어 주는 것은 생각이겠지만, 때에 따라서는 생각과도 관계없는 거야. 지식인들이 약한 것은 생각이야 많지만 태도가 없기 때문이고, 밑바닥 인생들이 비참함으로부터 헤어나지 못하는 것은 강렬한 자기 태도는 가지고 있지만 아무런 생각도 하지 않으려 하며, 할 수도 없게 되어 버렸기 때문이란 말야. 아마 이따위 관찰을 하게 되는 것도 내가 대학물이나마 먹어 본 덕이겠지. 사실을 말하자면 덕섭이는 내 고민을 이해하지 않을 뿐 아니라 이해할 가치조차도 없다고 생각하고 있었어. 그리고 덕섭이의 생각은 분명 맞는 것이었거든. 그 녀석이 열심히 생각한 것은 내가 비뚤어져 있다는 것, 그리고 나를 위해서 해 주어야 할 것은 목구멍에 풀칠을 할 수 있게끔 일자리를 마련해 주어야 한다는 것이었어. 그래 이 녀석은 나더러 장돌뱅이 장사를 해 보면 어떠냐고 제안해 왔어. 덕섭이의 외삼촌은 섬유직 의류를 서울 남대문시장에서 팔고 있는데, 유행에 뒤졌다든가 불량품이 있으면 대구 큰 시장의 덕섭이에게 헐값으로 넘겼거든. 덕섭이의 말은 자기가 그런 섬유직 의류를 대줄 테니까 시골에 가서 팔아 보라는 것이었어. 그래 나는 덕섭이 소개로 상주 점촌을 중심으로 하는 장돌뱅이가 되었어. 그러니까 김천에서 제천 사이의 경북선(慶北線) 기차 구간을 왕래하며 장사를 하는 것인데, 벌이라야 신통치 않았지만 어찌 되었든 입에 풀칠하는 것만큼은 걱정하지 않아도 되었어. 시골 장날에는 묘한 축제 기분도 있고, 또 어떤 긍정적인 따뜻함, 체념적인 인정 같은 것이 남아 돌아간단 말야. 말하자면 서울과 비교했을 때 그곳은 이런 분위기인 거야. '세상이 발전되었다고 떠들어쌓고 있고, 금방 전쟁이라도 일어날 것처럼 부들부들 떨면서도 온갖 나쁜 짓은 도맡아 놓고 하는 서울놈들아, 너희들이야 까불어쌓건 말건 우리와는 상관이 없다. 우리는 저 옛날 비참하니 살았던 것과 마찬가지로 지금도 비참하게 살고 있고 앞으로도 비참하게 살게 되겠지만, 네놈들처럼 잘난 체하지도 않고 거드럭거리지도 않고 엄살도 피우지 않는다. 네놈들은 우리를 또 속여 먹고 있겠지만, 우리는 속아 주는 척하면서도 결코 속지 않는다. 그렇게 우리는 살아 주는 것이며, 살아 보는 것이다……' 하여튼 서울 물을 먹어 본 내 눈에는 시골 장날의 축제 기분이라는 것이 이런 식으로 보이는 거야. 음험한 관찰임에 틀림없겠지만, 대략 팔 개월가량 장돌뱅이 생활을 하는 가운데 나는 산다는 것의 가장 구체적인 표정과 그 실감을 느꼈단 말야. 어느 시대를 막론하고 가장 무시되고 있는 것은 일반 대중일 것인데, 왜냐하면 지도자들은 자기를 지키기 위

해서 본의든 타의든 우중화 정책(愚衆化政策)을 쓸 수밖에 없는 것
이고, 더욱이 우리나라의 전통적인 감각으로 따지자면 치자(治者)
와 피치자(被治者) 사이에 항상 엄청난 간격이 있어 왔거든. 더욱이
신문이라는 게 일반인들의 일상생활을 지배하고 있는 곳에서는 이
러한 관계가 구체적으로 눈에 띄게 된단 말야. 그래서 일반인들은
묘한 문맹인(文盲人)들이 돼. 사람들은 신문의 차원으로 눈을 뜨
고 있지만, 반대로 신문보다 약간 높은 차원 또는 약간 낮은 차원
의 세계에 대하여는 깜깜 절벽의 문맹 상태가 되어 버린단 말야. 새
로운 문맹인들은 신문이 제시해 주는 삶과 생활이라는 게 진짜 삶
이며 생활이라고 착각조차 한단 말야. 그런데 내가 장돌뱅이 노릇
을 하면서 보게 된 삶이라는 것은 신문 같은 것에 의하여 규정되어
있는 삶과는 상관이 없는 것이었어. 사람들은 현대의 세계가 소외
의 세계다, 메커니즘화 되었다라고 말들을 하지만 이런 말을 가지
고 설명할 수 있는 건 실상 아무것도 없거든. 이건 서울 사람들이 자
기 스스로 속이고 속아 넘어가기 위해서 해 보는 말들, 자기 실감을
섞지 않은 말들이란 말야. 또 서울 사람들은 이런 말을 함으로써 자
기 스스로 늠름하게 속아 넘어갈 뿐만 아니라, 다른 사람들마저 속
이려고 한단 말야. 하여튼 사람이란 정치적인 발언, 사회적인 판단,
철학적인 자세에 있어서 자기를 완전히 드러내지 않아도 되겠지. 그
야 사람은 정치적, 사회적, 철학적인 것 때문에 사는 게 아니란 말
야. 이런 당연한 사실이 서울 같은 도시에서는 잊히고 있단 말야. 산
다는 것의 진정한 기쁨을 망각하고 있는 것은 물론이고, 살아가는
가운데에서 찾아지는 진정한 절망도 회피하고 있거든. 근본적인 감
동과 기쁨을 잃어버렸을 뿐 아니라 심각한 고통과 절망도 없단 말
야. 그저 막연히 과도기를 살아가고 있다는 각박한 심정으로 모든

사태를 설명하려고만 한단 말야. 나는 그 시골 장바닥에서, 감동과 절망이 없는 곳에 겉치레로 떠도는 고민이나 아픔을 씻어 버릴 수 있었어. 어쨌든 서울로 올라올 생각을 먹게 된 것은 그 시골이 답답하기 때문에서가 아니라 여동생의 일을 돌봐주어야겠다고 생각했기 때문이지만……."

단기호는 얘기를 중단하고 나서 급하게 술을 한 잔 들이켜고는 시계를 보았다. 그는 다시 서둘러 이야기를 시작했다.

"서울을 벗어났다가 십여 년 만에 돌아왔을 때─서울이 발전했다든가 하는 게 내 관심사일리는 없지. 첫째 번의 관심은 아버지를 위시한 우리 집안 식구들에게 쏠려 있었구, 특히 여동생에게 가 있었어. 지금도 자세히 기억나지만, 십여 년 전에 나는 담판을 하기 위해서 아버지를 찾아갔었어. 그때 우리 집안은 엉망진창의 상태에 빠져 있었는데, 그렇게 된 첫 번째의 책임은 아버지에게 있다고 판단되었거든. 아버지와 그 여자─두 사람은 시내의 변두리 동네에서 아주 비참하게 살고 있었어. 그러한 정황을 보았을 때 가슴이 아팠지만, 나는 어떤 사명의식을 가지고 설득 작전을 펴려고 했어. 우리가 어째서 이래야 하는가? 그리고 아버지 자신은 어째서 그 비참한 상태를 스스로 초래하고 있는가? 내가 찾아가 봤을 때, 그분은 눈에 핏발이 섰고 술이 취해서 버럭버럭 고함을 지르고 있는 중이었어. 나는 용기를 내어 토담방으로 들어가 앉았지만 아무것도 정상적으로 생각해 볼 수가 없었어. 방안 자체에서 풍겨 나오는 날카로운 절망적 느낌 때문에 무력해진 거야. 이분이 어떤 도피책으로 이런 곳에 와 있는 것만은 아니라는 생각이 들었어. 하지만 우리의 예민한 현실 감각으로서는 도저히 용납할 수 없는 그 토담방의 세계에 대하여 무턱대고 울분을 토로하고 싶기도 했어. 내가 알아 오기로 우리 아버지는 자기에게 충실한 사람이었어. 어렸을 때 나는 그 점을 좀 경멸했었거든. 아버지의 다른 형제분들이 국가와 사회와 민족을 위해서 자기 일신을 돌보지 않고 있을 때 이분은 그러지를 않고 자기에 집착했었단 말야. 그러한 분이 만년에 들어와서 엉뚱한 짓을 벌여 놓고 있다는 생각이 들었단 말야. 나로서는 그 점을 이해 못 하겠더란 말야. 하여튼 삼십 분가량 앉아 있는 동안 나는 온갖 용기를 다 내어 설득을 하고자 했어. 내가 열심어린 목소리로 지껄여 대고 있는 동안 그분은 전혀 딴청만 피고 있었어. 지금 와서 따져 보자면 나는 그분을 이해하지 못하고 있었던 거야. 이해할 수도 없었겠지. 그 어떤 원점(原點)의 상태—어떤 궁극적인 대답을 스스로 찾아내지 않으면 견딜 수 없게 되는 상태에 있어서는 자기 자신을 지독하게 변경시켜 전혀 새로운 아픔에 익숙하게 될 때까지 무슨 미친 짓이든지 하지 않고서는 견디지 못하는 거란 말야. 그런데 우리 집안사람들은 인내심이 없는 사람들이란 말야. 능글능글 견디는 성격이 약해. 철판은 휘어질 수가 없거든. 철판에 외부적 힘이 가해지면 견딜 수 있는 한 견디다가 꺾어지고 마는 거란 말야. 더욱이 우리 집안은 삼팔따라지이거든. 자기 배짱과 용기 하나만을 가지고 사회생활을 해 나가다가, 그 밑둥치가 흔들려 버릴 때에는 어디에서든 타협점을 구할 수가 없게 되어 있는 형편이야. 그때 내가 무력하고 참담한 심정으로 아버지로부터 멀어져 가고 있을 때 느낀 것은 이제 나는 아무것도 해 볼 게 없는 인간이 되어 버렸다는 거였어. 그래서 나는 어떤 정상적인 생활을 내가 할 수 있으리라는 조건을, 삶의 조건을 잃어버린 것만 같았어. 삶의 조건—더욱이 우리나라처럼 그 무어라 정의할 수 없는 정신의 무중력 지대에 있어서 그것은 어떤 본질적인 것, 근본적인 것에 대한 자기 나름의 타협을 의미하는 것인지도 몰라. 그런데 나는 완전히 분쇄됐을 뿐 아니라 재조립(再組立)마저도 불가능할 것만 같았어. 아마 나는 지방을 떠돌아다니면서 아버지를 닮아 가고 있었을 거야. 내가 그분을 진짜로 경멸해버릴 수 있기 위해서 말이지. 그러다가…… 아까도 말했지만 여동생이 비참한 상태에 떨어져 버렸다는 소식을 듣게 되었어. 너도 본 적이 있겠지만 단기자는 스물한 살이나 되었거든. 인생에 대해 고민하고, 흐느껴 울고, 학대할 때가 되었단 말야. 그 애는 아마 어쩔 수 없이 그렇게 돼 가는 도리밖에 없었겠지. 하지만 지방에서 여동생의 소식을 들었을 때, 어떤 일이 있어도 내 힘으로 여동생의 방패 역할을 해 보자 하고 결심했어. 그 애로 하여금 우리 집안의 모든 사람들이 걸었던 그 길을 걷지 않도록 해 보자. 나는 이 일을 하기 위해서 서울로 올라온 거야. 여동생은 어느 술집 작부로 나갔었던 모양인데, 지금으로선 행방을 알아볼 수가 없어. 어떤 놈팽이 녀석의 꼬임수에 빠져 같이 도망가 버리고 만 모양이야. 나는 여동생의 행방을 수소문하느라고 쫓아다니는 중이야, 그리고 정말 아까 낮에 아버지를 찾아갔었지. 어쨌든 그분을 한번 만나야겠다는 생각은 전에서부터 하고 있었거든. 찾아가 봤더니 그분은…… 전혀 예상 못 했던 평온 상태 속에서 얌전하게, 정말이지 얌전하게 살고 계시는 거야. 몹시 반가워하더군. 말하자면 그분은 가족의 재규합을 생각하고 계시더라니까. 그분의 출분(出奔)은 아마 성공작이었던 모양이지? 이런 이야기는 도저히 너에게 믿어지지 않을 거야. 하지만 이건 사실이거든. 아버지는 약해지셨구, 그리고 그 여자와의 사이에 태어난 두 명의 어린 것들의 재롱을 받는 게 즐거운 모양이었어. 이따금씩 행장을 꾸려 가지고 절간을 찾아다니는 게 유일한 취미인 모양이더군. 하기야 그분에게는 절간이 없었더라면 다른 취미라도 발견해 낼 수 있었겠지. 요새는 그동안 저축해 두었던 돈으로 땅을 좀 사 가지고 시골로 내려가 농장이나 하나 차렸으면 하는 게 소원인 것 같더군. 아마 그 일은 잘 되겠지. 하여튼 나로서는 참견할 일이 아닌 듯이 생각되었어."

우리는 이야기를 끝내고 바깥으로 나와서 이내 헤어졌다.

제4장 방황과 타락

(이것은 나중에 내가 알게 된 사실이지만) 단기호는 정신병자라도 되어 버린 듯한 이상한 기분을 느꼈다. 허망한 도시―사람들의 말 못 할 괴로움과 고민은 모두 어디로 쏠려 버렸느냐. 그럼에도 사람들은 이미 괴로움과 고민을 큰 소리로 얘기하지 않는다. 그것들을 내벽 깊숙이 감추어 두고 타인들로부터 유리되기를 겁내 한다. 그것이 절대적인 무관심을 이루어 져 복잡한 도시의 한복판에 썰렁거리는 파도와도 같은 혼잡에 균형을 취해 준다. 발기발기 찢겨진 혼(魂)들이 세찬 소용돌이 속에 휘말려 들어가 맴을 돌고 있다면, 이미 그 속에서 반쯤은 익사(溺死)되어 버리고 말았을 젊은 여자―그는 다만 누이동생에 대해서 생각하고 있었다. 그가 서울 한복판을 걷고 있는 이유는 여동생 때문이었다.

오류(誤謬)는 다시 반복되고 있다. 그 구체적 양상은 더욱 처절한 붕괴음을 내면서 반복되고 있다. 그것을 누가 막겠느냐. 새로이 반복되고 있는 무수한 실수, 오류, 타락으로부터 진정으로 자유로울 수 있는 인간이 어디 있겠느냐. 그는 누이동생의 얼굴을 그려 보았다. 열두 살 정도의 깜찍한 소녀의 표정으로 그것은 나타났다. 그 어린 소녀의 표정에는 어느새 성급한 성인(成人)의 실수가 맺혀 있었다. 어린 소녀가 빨리 성인이 되고 싶어 했기 때문에서가 아니었다. 그 어린 소녀는 성인처럼 행세하지 않으면 잔인하게 짓밟힐 가능성이 있기 때문에 서투른 성인이 된 것이었다. 누가 소녀를 어린 소녀로서 남아 있도록 보장해 줄 수 있었을까. 그는 이미 너무 늦어 버렸다는 안타까운 조바심을 가지고 도시의 한복판을 헤매었다. 거대한 타인들로써만 구성되어 있는 도시, 그리하여 심지어는 자기 자신마저 타인처럼 취급해 버려야 할 것처럼 느껴지는 도시—그 도시는 어째서 이토록 잔인한 생존의 현장이 되어 버렸는가. 그 도시의 바다에 출렁거리는 폭풍우…… . 만문한 육체의 어린 소녀를 사납게 삼켜 버리고 나서도 모른 척하고만 있는 그 어지러운 현장에서 그는 자기가 여동생을 과연 건져낼 수 있을까 생각했다. 이미 그 자신은 처음부터 실수투성이의 인간으로 세상에 던져져 있었다. 그는 자신을 학대함으로써 이러한 허망함에 도전했다. 그리하여 어느 정도 무쇠처럼 단련되는 데 성공했다고 생각되었다. 이러한 과정을 거쳐 오는 동안 그는 얼마나 괴로워해야 했던가. 그리고 지금 이르러 그가 자신을 지키고 있는 데에 일단 성공한 듯이 보인다면, 그러한 종류의 성공이라는 것은 얼마나 잔인하며 비참한 양상을 띠고 있는 것일까. 그는 여동생에 관해서 비로소 오빠 노릇을 하고 싶은 때늦은 마음을 가졌다. 그는 오빠가 되고 싶었다. 사람들은 구태여 각성(覺醒)할 필요가 없을지도 모른다. 각성하기까지 겪어 가야 하는 체험의 처절함이 무서워서라기보다도 각성한 이후에 오는 허망함을 견디는 것에 더욱 겁낼 이유가 있기 때문이었다. 더욱이 각성이라는 것은 어떤 이성적인 상태가 아니라 감각적인 상태에 불과한 것일 수가 많았다. 어느 순간에 이르러 몹시 힘든 등반의 피로감을 느끼며 어떤 산정(山頂)에 올라섰다고 생각되면 바로 다음 순간에는 이미 정복했다고 느껴졌던 산정으로부터 하산(下山)되어 버리는 안타까운 느낌에 휩싸이고 마는 것이었다. 그렇게 되기까지에는 별다른 의식도 가지지 않은 채 생활에 매달려 있다고 판단되는 일반인들의 질서를 자기 쪽에서 일방적으로 뛰어넘어야 했다. 정치, 법률, 사회, 역사와 같은 것으로서는 설명할 길이 없는 본질적인 무질서 속에 내팽개쳐져 있지 않으면 안 되는 일이었다.

그는 자기의 여동생이 이와 같은 무질서 속에 던져지기 전에 오빠의 힘으로 그것을 막아 주고 싶었다. 말하자면 그는 자기를 어떤 목적에 사용할 필요를 느꼈다. 여동생을 위해서 자기의 모든 것을 행사하여야겠다고 굳게 결심했다.

그가 여동생에 관해서 알고 있는 것은 얼마 되지 않았다. 단기호는 소년의 세계를 벗어나는 순간부터 방랑 생활을 시작해 왔었다. 자기 집안의 아버지 세대들이 그러했던 것처럼, 일단 성인이 되면서부터 가족을 박차고 뛰쳐나와 세상의 밑바닥을 헤매어 다녔다.

그때에는 여동생에 관해서 다만 커다랗게 맑은 눈동자를 가진 양(羊)과 같은 소녀라고 밖에는 생각하지 않았다. 그 맑은 눈의 소녀가 어떠한 세계를 자기의 동자 속에 심어 넣을 것인지 따져볼 여유가 없었다. 어느덧 집안은 파국의 상태를 지나서 와해되는 지경에 이르러 있었다. 약속이라도 되어 있었다는 것처럼, 또는 한 가지 잘못을 깨닫기 위해서는 더욱 커다랗게 잘못될 필요라도 가진 것처럼 식구들은 뿔뿔이 흩어져서 서로 적대하는 관계에 떨어져 있었다. 그 누구도 막내딸에 관해서 마음을 쓸 여유가 없었다. 그녀는 비밀스럽게 범죄를 키워 가는 죄수와도 같이 자기 스스로 설정한 감옥 속에서 세상의 비리(非理)를 터득했다. 그리하여 더 이상 자신을 숨기지 않아도 될 만한 나이가 되었을 때, 그녀는 아무런 준비도 없이 폭풍우 속으로 뛰어들어 간 것이었다. 어머니 안선집 여사는 열성적인 광신자가 되면서부터 딸에게 괴팍한 요구를 시작했다. 딸에게 광신자가 되기를 강요했다. 그런데 딸은 도저히 그것을 참아낼 수 없었다. 딸은 어머니의 광신적인 분위기로부터 탈출할 수 있는 방법을 생각했다. 바깥에서 이끌어 주는 손길은 없었다. 자기 스스로 탈출하는 수밖에 없었으며, 결국 그것은 자기 스스로 일단 타락의 길로 들어서는 것을 의미하는 것이었다. 단기자는 어느덧 놈팽이들이 줄줄 따라다니는 나이를 맞이하고 있었다. 그녀는 어느 날 야무진 결심을 하고 나서 놈팽이 중의 어떤 놈을 따라갈 생각을 하였다.

그녀는 놈팽이 녀석에게 이쪽의 허점을 드러내어 넘보도록 만들었다. 그리고 나서 놈팽이 녀석을 따라 춘천으로 갔다. 그러한 생활이 오래가리라고는 생각하지 않았지만 한 달도 못 되어서 파국이 왔다. 별 신통한 재간이 없는 사내놈은 돈이 떨어지자 단기자를 구박하였다. 사내놈은 다시 자기 집으로 기어들어 갔지만, 단기자는 갈 만한 데가 없었다.

서울로 돌아왔어도 찾아갈 사람이 있지 않았다. 어머니는 교인들을 따라 기도원에 들어가 있었는데 그녀는 이미 정상적인 사회생활로부터 등진 그곳으로 들어가고 싶은 마음은 없었다. 이러한 때에 단기자는 오빠인 단기호에게 편지를 보냈었다.

'오빠, 이제 저는 어떻게 해야 좋을지 모르겠습니다.' 하는 말로 그 편지는 시작이 되고 있었다.

그러나 저는 이 세상이 어떠한 세상인가 말하기에 앞서
저 자신이 어떻게 해야 하겠는지 오빠를 만나서 이야기하

고 싶어요. 이 세상은 저에게 너무 무거워요. 저는 정신을 똑바로 차리려고 애쓰고 있지만 쓰러져 죽고 말 것만 같아요. 약 보름 동안 제약 회사의 판매원으로 취직을 해 보기도 했었지만, 그 회사의 약품이 마약을 섞었다는 것이 판명되어 돈 한 푼 받지 못하고 빚만 지게 되었어요. 오빠가 들으시면 웃어 버릴지도 모르지만, 산다는 것에 대한 회의가 깊어지기 시작하여 정말이지 어떻게 해야 좋을지 모르겠습니다. 제 친구 덕순이는 여군이 되자고 하지만, 저 같은 여자를 받아 줄지 의문이 됩니다.

그리고 어제 저는 충청도 산골에 있는 절을 찾아갔다 왔어요. 순임이라는 친구 애를 만나기 위해서였어요. 그 애는 중의 딸이에요. 순임이의 아버지인 스님으로부터 말씀을 좀 듣고 싶었던 거예요. 그분은 저를 친딸처럼 위로해 주었지만, 이틀 이상 견딜 수가 없어서 다시 서울로 돌아와 버리고 말았습니다. 저는 이 편지를 쓰는 지금 두 가지 길을 놓고 생각에 잠겨 있습니다. 덕순이를 따라서 여군이 될까 하는 생각과, 절에 가서 얼마 동안 지내다 여승이라도 될까 하는 생각입니다. 만약에 제3의 길이 있다면 무엇이든지 하겠어요. 오빠가 옆에 있어 준다면 얼마나 저는 행복할지 모르겠습니다.

단기호가 이 편지를 받은 것은 사흘 전의 일이었다. 그런데 이 편지는 석 달쯤 전에 부쳐진 것이었다. 그의 주소가 확실치 않았던 탓으로 이 편지는 대구 큰 시장의 덕섭이 방으로 보내졌다. 거기에서 석 달가량 묵혀 있었다. 그 귀중한 석 달이란 기간 동안에 단기자는 어떻게나 되어 버린 것인가? 상경하는 즉시로 그는 여동생에 관해서 수소문해 보았으나 확실히 아는 사람은 아무도 없었다. 다만 그녀가 여군이나 여승이 되지 않았다는 것만은 확실했다. 맥줏집의 여급으로 나가 있었다는 것과, 거기에서 참을 수 없게 되어 보름쯤 전에 뛰쳐나가 버렸다는 것만을 알 수 있었다.

그는 동생이 여급으로 일했던 맥줏집으로 찾아가면서, 어떤 일이 있더라도 찾아내야 한다고 결심을 새로이 하고 있었다. 이미 밤이 깊었지만 무더위는 풀리지 않았다. 그는 종로2가로 나왔다. 가로등이 있는 곳으로 나방이들이 몰려들고 있었다. 나방이들은 먼 어둠 속으로부터 빛을 찾아왔는지 피곤하게 퍼덕거리고 있었다. 나방이들은 불빛의 주위를 한정 없이 맴돌면서 계속 진저리를 치고 있었다. 말하자면 그 버러지들은 죽기 위하여 빛을 찾아왔을 터였다. 버스 정류장 일대에는 보행할 수 없을 정도로 많은 사람들이 서성거리고 있었다. 마치 발정 난 짐승들이 울음을 터뜨리면서 서로 가까워져 가고 있듯이 택시들의 클랙슨 소리가 시끄럽게 울려 퍼지고 있었다. 택시들은 짐승들처럼 울면서 다가들고, 창녀처럼 손님을 끌고, 그리고 다시 짐승들처럼 울면서 멀어져 갔다. 낡고 우중충한 빌딩들의 높은 키에 찔리기라도 할 것처럼 하늘은 낮았다. 답답한 실내처럼 천정이 터무니없이 낮은 탁탁한 지하실처럼 하늘이 낮게 낮게 내려오고 있는 듯했다. 많은 행상군들, 신문팔이들 때문에 보행하기에 여간 불편하지 않았다. 누가 여자들의 허벅다리를 드러내놓도록 만들었는가?

유행 때문인가? 자기를 지키는 데 있어 자신을 잃어버린 듯한 젊은 여자들을 바라보면서, 그는 다시 여동생에 관해서 생각했다. 이제 여동생을 찾아내기만 한다면 자기의 모든 노력을 아끼지 않을 작정이었다. 유행처럼 짧게 만개(滿開)했다가 금방 스쳐 지나가 버리고 마는 여자를 만들지는 않으리라. 여동생에게만은 좀 다른 길을 걷게 해주고 싶은 것이 그의 소망이 되었다. 그는 골목 어귀로 접어들면서 어떤 여자와 마주쳤을 때 다시 여동생 생각을 했다. 그 여자는 타락한 시인의 시구로써만 설명할 수 있을 것 같은, 문명이라는 것이 사각사각하게 옮겨붙어 몹시 초조한 고독 속에 방치되어 있는 듯한 여자였다. 백인들이 살고 있는 미국의 어떤 도시의 골목 모퉁이에 가출(家出)하여 남자를 기대하고 있는 흑인 여자와도 같이 방심한 태도로 서 있었다. 그는 그 여자를 지나쳐서 골목길을 더듬었다. 질퍽한 포도에는 오물들이 나뒹굴고 있었고, 어둠침침한 미로 저 너머로 막연히 추잡한 욕정을 연상시켜 주는 불그스레한 네온사인이 돌아가고 있었다.

그는 술 취한 사내들과 요란하게 화장을 한 여자들의 무리를 헤치고, 직직 소리를 내는 네온사인 앞에 섰다. 여동생은 바로 그 맥줏집에서 여급으로 일했던 것이다. 이 사실이 엄연한 아픔이 되어 다시 그를 몰아쳤다. 그렇다, 여동생은 바로 이와 같은 뒷골목에 적셔 있었다. 이 사실을 어떻게 숨길 수 있을까. 집안의 고민, 가족들의 이상한 체질, 서울이라는 도시의 비겁하게 길들여진 생리 같은 것으로 이 사실을 설명할 수 있을 것인가?

그는 마치 자기가 그 더러운 네온사인의 소굴 속으로 영락해 가는 것 같은 통증을 느끼면서 안으로 들어섰다. 멋도 모르고 '어서 옵셔'라고 외쳐 대는 나비넥타이 소년의 반기는 목소리가 그의 통증을 더욱 심각하게 만들었다.

세 명의 남자 중에서도 단기자를 맡고 있었던 나비넥타이 멤버 녀석은 스물네 살쯤 된 사내였다. 그자는 보증금을 십만 원 들여놓고 나서 맥주 홀의 멤버가 된 자였다. 여섯 명의 여급을 자기 밑에 거느리고 있었다. 여급들이 받는 팁의 반을 자기 몫으로 함으로써 돈을 버는 직업을 갖고 있는 자였다. 말하자면 도시의 뒷골목 생리가 만들어놓은 신종 직업이었다. 단기호는 그자 앞으로 갔다. 여드름이 덕지덕지 붙어 있고, 두 눈이 박제된 친절미에 절어 버렸고, 아부와도 같은 미소가 입술의 주름살 사이에 항상 얹혀 있는 사내였다. 그런데 그자는 단기호를 보자 우스꽝스러울 정도로 엄숙한 표정을 지었다. 단기호를 샅샅이 알고 있다는 듯한, 경멸감이 섞인 사무적인 표정이었다.

"약간 소식을 알 수 있을 것 같습니다."하고 그자는 말했다.

"어떻게 안단 말이요?"

"이왕이면 생맥주 한 조끼[1] 들면서 얘기할까요?"

그자는 상대방의 약점을 쥔 인간이 갖는 뻔뻔스런 여유를 내보였다. 두 사람은 입구에서 가까운 좌석에 앉았다. 단기호에게 오백 미리 생맥주를 갖다 주라고 17번 숫자를 단 여자에게 일러 놓고는, 자기는 근무 중이라서 술을 못해서 미안하다고 엉뚱한 소리를 했다.

"네, 약간 소식을 알 수 있을 것 같습니다. 영선이…… 참, 단기자는 영선이라는 가명을 가지고 있었죠. 아마 본명을 댄다는 것이 부끄러웠는지 모릅니다. 보통 우리는 23번 아가씨로 통했습니다마는……. 그야 어찌 되었든 영선이는 이곳에 있을 때 해숙이하고 친했어요. 저기 보이는 8번 아가씨가 해숙이에요. 어떤 사정이 있어서 우리 술집을 그만두게 되었는진 모르지만 해숙이에게만은 자기 사정을 모두 털어놓았던 것 같습니다. 지난번에 댁에서 찾아왔을 때

---

1) jug의 일본식 영어.

에는 미처 생각이 나지 않았지만, 가만히 따져보니까 해숙이가 좀 알고 있을 듯하더라 이거예요."

그자는 말을 마치고 나서 씩 웃었다. 자기와 관계없는 일에 참견을 하고 소식을 알려주는 것은 선량함으로부터 나온 것이라고 강조하는 듯한 태도였다. 그자는 안으로 들어가서 해숙이를 데리고 왔다. 나이는 스무 살 안팎으로 보였으나 일종의 직업의식 같은 것이 그 전체 분위기에 꽉 배어 있는 여자였다.

"영선이가 어디로 갔는진 몰라요"하고 해숙이는 말했다. "하지만 짐작이 가는 건 있어요. 영선이에게는 애인이 있었거든요. 두 명의 애인이 있었는데, 한 남자는 성질이 난폭했어요. 그거 왜 신문 같은 데에도 나잖아요? 총을 들이대 가지고 난동을 부리는 사내들 말이에요. 한 남자는 그런 인간이지만, 다른 한 남자는 가정환경도 좋고 생기기도 잘 생겼는데, 아마 영선이는 그 남자를 따라간 게 아닌가 생각되거든요. 그런데 그 남자의 직장을 내가 알고 있단 말예요. 언젠가 영선이가 막 화를 낸 적이 있었어요. 그때 최성술 씨는 전화번호를 알려주면서 영선이에게 무슨 일이 생기면 자기한테 꼭 연락을 해달라는 거예요. 그래, 영선이가 술집을 관두고 말았을 때 나는 최성술에게 전화를 걸어 줄까 하다가 그만두어 버리고 말았어요. 쓸데없이 남의 일에 참견하는 건 좋지가 않거든요."

해숙이는 이러더니 브래지어 속으로부터 조그만 수첩을 하나 꺼내어 전화번호를 가르쳐주었다. 그녀는 그리고 나서 가 버렸다. 단기호는 그 자리에서 전화를 걸었다. 최성술이란 자는 어떤 가구 회사의 외판원인 듯했다. 신호가 다르륵 두 번 울렸을 때 저쪽에서는 전화를 받았다. 단기호는 최성술이란 사람을 바꾸어 달라고 말했다.

"최성술 씨는 퇴근했습니다."하고 저쪽에서는 말했다.

"어떻게 연락할 방도가 없을까요?"

그는 조금 시간 간격을 두었다가 다분히 체념적인 어조로 말했다.

"무슨 일인데 그러시죠?"

"오늘 밤 안으로 최성술 씨를 꼭 만날 일이 있어요."

"어째서 만나려고 하지요?"

"그 사람에게 해로운 일은 아닙니다. 다만 그 사람에게 물어볼 일이 있어서 그러는 거예요."

"실례지만 어떤 일인데요?"

"어떤 일이냐 하면…… 이보세요, 최성술 씨한테 물어볼 일이 있어서 그런단 말입니다. 나는 여동생을 찾고 있단 말이오. 그런데 최성술 씨가 여동생에 관해서 좀 아는 게 있을 것 같아서 묻는 거요."

"최성술 씨는 여자 문제 때문에 골머리를 썩힐 사람이 아닌데요." 하고 저쪽에서는 말했다.

"그건 나도 알 수 있소. 알 수 있단 말이요. 다만 최성술 씨를 만나서 두어 마디만 물어보면 된단 말요."

"그런데 그 사람은 퇴근했는걸요."

"퇴근해서 어디 다른 데 갈 만한 곳을 모릅니까?"하고 단기호는 물었다.

"아니요, 집으로 바로 갔을 걸요. 오늘 집에 무슨 일이 있다고 들었거든요."

"그러면 집 주소 좀 가르쳐줄 수 없을까요? 꼭 만날 일이 있어서 그런단 말입니다."

오 분가량 더 이야기가 계속되었다. 급기야 단기호는 구체적인 사실까지도 상대방에게 털어놓고야 말았다. 상대방 사내는 끈질긴 침착성을 가지고 단기호의 이야기를 경청했다. 그리고 거듭 생각을 하고, 따져 묻고, 몇 번씩이고 다짐을 받고서야 잠깐 기다려 보라고 말했다. 그렇게 해서 단기호는 최성술이란 자의 주소를 알아내는 데 성공했다.

그는 생맥주 값을 치른 뒤에 바깥으로 나왔다. 여전히 날씨는 무더웠고 지저분한 골목길에는 많은 사람들이 돌아다니고 있었다. 그는 버스 정류장 앞으로 갔다. 하늘은 낮게 흐려 있었고, 바람 한 점 없어서 도가니 속 같은 무더위가 무겁게 고여 있었다. 버스 정류장 일대에는 묘하게 들뜬 분위기가 이루어져 있었다. 그는 이문동 행 버스를 찾아서 거리의 앞뒤를 헤매었다. 이윽고 도착한 차는 좌석 버스였음에도 발붙일 틈서리가 없이 만원을 이루고 있었다.

버스는 사람들을 짐짝처럼 실은 채 느실느실 나아가고 있었다. 승객들은 좀 지루한 침묵 속에 잠겨 있었다. 아마 이문동까지 가는 데에는 한 시간도 더 걸린 것처럼 생각되었다. 이윽고 그는 버스에서 내려 가지고 멍청히 서 있었다. 처음 와보는 동네였다. 벌판을 잠식해 들어간 그 일대의 주택들로부터 새어 나오는 불빛은 어지럽기 짝이 없었다. 울퉁불퉁한 도로, 폴싹이는 먼지, 일용품 가게, 미장원, 왕대포 술집, 이발사의 간판들이 두서없이 시야에 들어왔다. 어린애들은 집짓기를 하고 있었고, 가까운 술집으로부터 노랫소리가 들려왔다. 노가다 일꾼인 듯한 사내가 그를 째려보며 지나갔다. 그는 우선 동서남북의 방향이 어떻게 되는지 알아보고자 했다. 그는 주머니에서 최성술의 집 주소를 적은 쪽지를 끄집어냈다. 이문동 일대의 그 많은 주택들의 어느 방 안에 최성술은 살고 있을 것인가. 오늘 밤 최성술의 집을 찾아낸다는 것은 불가능할 것처럼 보였다. 그렇다고 해서 포기한다는 것은 조바심이 용서하지를 않았다. 복덕방, 싸전 가게를 그는 돌아다녔다. 이문동은 다시 버스를 타고 나가야 할 모양이었다. 그곳은 석관동이라고 하였다. 그는 동회를 찾아보기로 하고 다시 터덜터덜 걷기 시작했다.

어느덧 밤 열한 시가 지나 있었다. 그는 골목길을 뒤지고 사람들에게 번지수를 물었다. 똑같은 형태의 골목이었다. 대문 생긴 것도 같고, 대문 위에 철조망을 쳐놓은 모양까지도 같았다. 그리고 번지수도 똑같았다. 번지 밑에 붙는 호(號) 번호가 백 단위로 그대로 계속되고 있었다. 대략 어느 방향에 최성술의 집이 있으리라는 것은 예상할 수 있었다.

그러나 더 이상 캐 들어가 보면 그것은 아리송하였다. 똑같은 길, 똑같은 싸전 가게를 일정한 속도로 뱅글뱅글 돌고 있는 형국이었다. 그는 주소를 적은 종이쪽지를 들고 이번에는 벌판으로 나갔다. 한쪽에는 집들이 세워지고 있었고, 그 옆에는 한창 단지(團地) 조성 공사가 이루어지고 있었다. 그리고 그 앞에는 논이 펼쳐져 있었다. 그는 최성술의 집을 찾아낼 수 있으리란 생각을 일단 포기했다. 내일 직장으로 그를 만나보러 가는 수밖에 없다고 깨닫게 되었다.

그는 담배를 한 대 물고 나서 논두렁길로 올라섰다. 원경으로는 수천수만의 방들로부터 지펴진 불빛이 마치 땅으로 내려앉은 별들처럼 깔려 있었다. 하지만 이쪽 들판은 어둠 속에 깊이 잠겨 있었다. 갑자기 우당탕퉁탕 소리를 내면서 기차가 지나갔다. 그는 논두렁길을 얼마쯤 걷다가 다시 황톳길로 올라섰다. 길의 양옆에는 난민 주택들이 들어차 있었다. 천막에 나뭇조각을 붙여서 고정시킨 그런 바라크들이었다. 사람들은 길 가녘에 멍석을 깔아 놓고 야숙(野宿)을 하는 중이었다. 모기가 앵앵거리고 있었다. 사람들은 모기를 쫓기 위해 향불마저 피워 놓고 있었다. 그 사람들 곁을 천천히 걸어서 이윽고 그는 인가가 거의 끊어진 지경에까지 왔다. 그는 오늘 밤을 어디에서 보내야 할 것인지 생각했다. 아직 그의 상경은 끝난 것이 아니었다. 그는 해야 할 일이 있었다. 그 일을 하기까지는 중단하지 않고 찾아다녀 볼 작정이었다. 그는 이미 오늘 하루 피로하게 돌아다녔다. 그는 몇 년 만에 보게 된 서울에서 깊은 소외감을 느꼈다. 그는 많은 사람들을 만났고, 지저분할 만치 여러 이야기들을 나누었으며, 버스를 탔으며, 해야 할 일들을 하루 종일 따졌다. 그러나 지금 이르러 그는 너무 피로했다. 그는 눈앞에 나타난 조그만 야산 속으로 들어갔다. 배가 좀 고팠지만 참는 수밖에 없었다. 담배도 세 개비밖에는 남아 있지 않았다. 하지만 담배를 사기 위해 다시 동네로 들어간다는 것은 적이 귀찮은 일이었다. 그는 그곳에서 하룻밤을 지새울 준비를 갖춰 가기 시작했다.

제5장 거짓과 예절

'이렇게 해서 자네를 만났던 그날 밤을 보냈네' 하고 그의 편지에는 적혀 있었다.

'나는 부엉이처럼 두 눈을 뜨고 어둠 속을 응시하고 있었네. 그러다가 잠깐 잠이 들었으며, 꽤 어렵고 복잡한 꿈을 꾸었네. 깨어났을 때 그 꿈의 내용이 무엇이었는지는 기억나지 않았네. 그러나 꿈속에서 보았던 낯선 거리, 사람들, 시끄럽게 나눴던 대화…… 이러한 인상으로부터 명석하게 사태를 파악해 낼 수 있는 것처럼 느꼈네. 현실보다도 꿈이 더 현실적인 경우가 있지 않은가? 더욱이 스트레스의 억압 상태 속에서 욕구 발산이 원활치 않은 현실로부터 해방되어 꿈꾸는 동안 어떤 심각한 문제를 보다 종합적이면서 명쾌하게 분석해낸 체험을 가진 적이 많았네. '그래, 바로 이것이다. 이렇게 하면 된다'하고 큰소리를 질러 버렸던 기억이 어슴푸레 났네. 나는 이상하게 흥분이 되어 눈물을 흘리고 있었고 누군가를 막 껴안으려고 하다가 잠에서 깨어났네. 좀 차갑다는 느낌이 들었고, 벌레가 옆구리를 물고 있는 것 같아서 손으로 긁었으며, 그러다가 나 자신이 어느 곳에 와 있는지 의아하게 따져 보게 되었네. 확실히 기온은 좀 차가워서 으스스했지만, 지긋지긋하게 달라붙던 더위가 없다는 것이 얼마나 상쾌했는지 몰랐네. 나는 풀밭으로부터 반쯤 몸을 일으켜서 마지막으로 남아 있는 한 개비의 담배를 피워 물었네.

그리고 나서 꿈 생각을 했네. 분명 꿈속에서 어떤 해결점을 발견했었다는 게 기억되었지만, 어찌 된 것이 내가 무슨 꿈을 꾸었다던가 하는 문제는 전혀 생각나지 않았네. 나는 다시 혼란의 와중에 떨어져 있었으며 막연히 단편적(斷片的)인 분위기—예를 들자면 꿈속에서 많은 사람들을 만났다는 것, 큰 소리로 흐느껴 울었다는 것, 나의 성(性)이 어른임을 스스로에게 알려 주었을 때부터 사랑을 나누었던 여자들이 모두 내 편을 들어 같이 울어 주고 있었다는 것, 그리고 여동생(그래, 정말이지 나는 여동생을 꿈속에서 보았네)이 '오복집'이라는 막걸릿집 작부가 되어 있는 것을…… 차차 기억해 내게 되었네.

'어째서 저 애가 여기 와 있을까?' 꿈속에서였지만 나는 그것을 몹시 이상하게 생각했네. 오복집이라는 막걸릿집은 전라도 목포에 있는 술집이었으니까. 지저분한 바닷가로 나아가는 시커먼 뒷골목의 한 가녁에 있는 그 술집으로부터는 〈목포의 눈물〉이 하루에도 열 차례 이상이나 작부들에 의하여 불리지만 그럴 적마다 매번 새롭고 확실한 감동을 가져다 주곤 했네. 내가 그곳엘 들락거린 것은 재작년의 일이었는데, 어떤 사람의 빚진 돈을 받아내기 위하여 사흘을 머무는 동안 어느덧 단골을 만들어 버리게 된 것이었네. 그때 나는 영숙이라는 여자를 알게 되어 한번은 잠자리를 나눌 뻔한 적도 있었는데, 바로 여동생이 영숙이와 함께 있더란 말일세.

"아니, 네가 어떻게 여기에 있지?"하고 나는 진정으로 놀라움을 느껴서 이렇게 물었네.

"오빠로군요. 흥, 참 잘 만났어요."하고 여동생은 작부 같은 소리로 말했네.

"자, 나가자, 응, 다른 데로 나가……."

"나갈 수 없어요. 주인아줌마한테 팔만 원이나 빚이 있는 걸."

"그런 건 상관없어. 내가 다 처리할 테니까 나가기나 해."

"나가선 어딜 가요?"

"어딜 가느냐구? 갈 데야 많지. 어쨌든 이런 곳을 제외해 놓구서도 갈 데는 많아……."

하여튼 우리는 이런 식으로 이야기를 나누게 되었는데, 술집 작부인 영숙이가 나타나 가지고 그러지들 말고 술이나 마시자고 얘기했으며 그래서 술을 마시면서 우리는 숱한 이야기를 하게 되었는데, 깨닫고 보니 여동생은 그런 생활을 즐기기라도 하는 것처럼 나를 멀리하려고 애쓰고 있었네. 말하자면 내가 나타나서 자기의 초라한 꼬락서니를 들킨 것이 여간 창피하지 않다는 표정이었는데, 아무리 꿈속에서였지만 나는 너무 절망적인 느낌이 들고 비참한 생각이 들어 소리 없이 눈물만 짜고 있었네. 꿈속에서였지만 '이것이 꿈이라면 얼마나 좋을까'하고 생각했다는 말일세…….

여동생을 만나기만 하면 저 옛날 왜정 시대의 신파조 영화의 장면에서처럼 부둥켜안고 실컷 울어 보기나 하리라고 생각해 왔던 것이지만 실제로 만나 보니 비록 꿈속에서였다고 해도 말일세, 그렇게 되지가 않았네. 나는 정상적인 수단을 써 가지고는 아무런 일도 할 수가 없다고 느끼게 되어 이미 술에 취해 버린 여동생을 들쳐 업고 술집 바깥으로 나왔네. 그런데 거리로 나서 보니까 그곳은 목포였어야 했음에도 불구하고 대구 큰 시장 근처였네. 나는 이상하다고 생각을 했으나 '오복집이란 흔한 술집 이름이니까 대구에도 있을 수 있겠다.'하고 믿어 버리고 말았네. 여동생은 전혀 무겁지 않았지만, 사람들이 와글대는 시장 바닥을 그렇게 들쳐 업고 지나가자니 여간 민망스럽고 어색한 것이 아니었네. 하지만 네놈들이 무엇을 알 것이냐 하고 속으로 욕설을 퍼부음으로써 간신히 기분을 달랬네. 그리하여 큰 시장에서 고물 옷 장사를 하고 있는 덕섭이네 가게 앞에까지 당도했네.

자네에게도 얘기한 바 있지만 덕섭이는 임진왜란 때의 원균이 이렇게 생기지 않았을까 싶게 턱수염을 기르고 있고 덩치가 커다라며 비윗장이 좋게 생긴 인간인데, 나를 보면서 이렇게 말했네.

"저 여자애는 어디서 끌었지? 원 저런, 인사불성의 상태에 빠진 거 아냐? 어떻게 했길래 이 모양이냐?"

"그런 것이 아냐."하고 나는 말했지만, 더 이상 자세히 설명을 할 기력도 없이 지쳐 버렸네.

내가 여동생을 가게의 안쪽 걸상에 내려놓자, 덕섭이는 슬슬 여동생의 손목을 잡으려고 했네. 나는 손으로 덕섭이의 팔을 뿌리친 뒤에 그를 노엽게 짜려보았네. 나는 덕섭이가 이렇게 야비할 줄은 몰랐으므로 그가 나에게 보여 온 호의에도 불구하고 그를 멸시하기로 했네. 나는 덕섭이를 공연히 찾아왔다고 후회했으며, 그래서 다시 여동생을 들쳐 업고 바깥으로 나갔네. 이미 통금 시간이 임박해 있었지만 갈 곳이 마땅치 않았고, 나는 막연히 장돌뱅이 노릇을 하고 있었던 함평이라는 시골로 가겠다, 죽어도 서울로 올라가지는 않겠다, 하고 생각했었으나, 이윽고 대구역까지 걸어가서 수하물을 실어 나르는 곳으로 갔네. 마침 화물차가 정거하고 있었고 많은 노무자들이 짐을 운반하고 있었네. 나는 마치 인부이기나 한 것처럼 허리를 꾸부정하게 하여 여동생을 들쳐 업은 채로 스적스적 역 구내로 들어섰네. 다행히 우리를 이상스럽게 보는 사람은 없었고, 그래서 뚜껑이 덮여 있지 않은 수하물 칸으로 올라섰네.

조금 뒤에 기차는 출발하였고 나는 여동생을 위해 수하물을 들어내어 앉혀 놓았네. 뚜껑이 없는 화물칸이라 좀 추웠으며, 보이는 건 아무것도 없는 암흑의 들판을 달려 나갈 때에는 심지어 외로움을 타기까지도 했네. 수하물 열차는 조그만 역일지라도 들어서기만 하면 이십 분 삼십 분이고 짐을 내리고 올려 실을 때까지 무작정 시간을 끌었네.

대전에 왔을 때 나는 막연히 두려움을 느끼던 대로, 그만 수하물을 나르는 인부들에게 들켜 버렸네. 그자들은 가스등으로 나와 동생을 비춰 보면서 내리지 않으면 죽여 버리겠다고 으르렁거렸네. 나는 할 수 없이 내려섰는데, 정말이지 천만다행으로 그자들 중에는 덕섭이 친구가 끼어 있었네. 자네에게 이야기했던 적이 있지만, 내가 무임승차를 했다가 집단 린치를 받았다고 했을 때의 인간이 두 명씩이나 거기에 있었네.

"넌 여전히 이 모양 이 꼴이구나." 내가 아는 얼굴 중에서도 빼빼한 녀석이 이렇게 빈정거렸네. "그런데 이 여자는 어떻게 된 거야?"

"어떻게 된 거냐구?" 나는 대답할 말을 궁리했네. "대구에서 사귀게 된 여자야. 그런데 누군가가 우리를 죽이려고 해서 밤도망질을 치고 있는 거야."

"밤도망질을 친다구? 홍, 제멋대로 놀아나는군그래." 그자는 이 상하게 홍미로운 표정을 하고 있었네. 그래서 나는 쓸데없는 거짓말을 한 것이나 아닌가 하여 여간 애를 태우지 않았네. 나는 여동생을 안쪽으로 놓고 나서 일단 방어적인 태도를 취하고 있었네……

그자들은 내가 잠이라도 들어 버렸으면 좋겠다는 표정으로 이쪽을 노려보고 있었고, 그리고 나는 몹시도 소심한 기분을 느끼면서 여전히 꼼짝도 않고 긴장한 상태로 앉아 있었네……. 그리하여 몇 번인가 시비 비슷한 것이 벌어지기도 했으나, 기차는 조치원, 천안, 수원, 부곡, 안양, 시흥을 거쳐서 영등포에까지 도착 되었네. 나는 기회를 잡아 영등포에서 내렸으면 좋겠다는 생각을 했네. 사당동에는 집 장사를 하고 있는 친구가 한 명 있다는 것이 기억되었기 때문이었네. 하지만 그 친구를 믿을 수도 없는 노릇으로 가만히 죽치고 앉아 있었는데 그동안에 기차는 다시 움직이기 시작하여 한강 철교를 넘어서 드디어 용산역에 닿았네. 나는 용산역에서 내릴 작정을 세웠으므로 이번에는 여동생을 흔들어 깨웠네.

"자, 우린 다시 서울에 왔어. 여기는 용산이니까 내릴 준비를 해야 해. 그런데 우리는 기차표를 끊은 게 아니거든. 들키면 경을 치게 될 테니까 살며시 빠져 나가야 한단 말야."

"용산역이라구요?" 하면서 여동생은 이상하다는 듯이 나를 바라봤네.

"어떻게 여기까지 오게 되었어요? 난 여기에 오고 싶지 않았는데……."

"내가 옆에 있으니까 걱정할 것은 없어."

"나는 오고 싶지 않았어요. 기차에서 내리는 순간에 나는 잡히고 만단 말예요. 이번에 잡히면 나는 죽게 돼요."

"누가 널 잡는단 말이냐? 내가 지켜주고 있으니까 아무 걱정도 하지 말렴. 걱정할 것은 아무것도 없어."

"오빠는 모르는 이야기예요. 나는 이미 죄를 저지른 걸요." 여동생은 얘기했네. "나는 정상적인 여자가 되기를 원하고 있지만 이미 그렇게 될 수 없게 되어 버렸어요. 산다는 것은 반드시 죄를 범한다는 이야기가 되는 거예요. 더욱이 저는 이미 많은 죄를 저질러 버렸어요. 충분히 죄를 범했음에도 아직까지 죽지 않고 살아 있는 것은, 삶에 대한 애착이 강해서라기보다도 저 아닌 다른 사람들로부터 멀어지기 위하여 온갖 힘을 다 기울였기 때문이에요. 그래요, 저는 모든 사람들을 밀어내 버렸어요. 오빠도 마찬가지예요. 오빠는 공연히 성실한 척하고 있는 것에 불과해요. 그것 때문에 저는 다시 새로운 피해를 입게 되어 버렸네요. 제가 저 자신을 지키는 길은 무관심한 세상에 대하여 일차적으로 무관심하게 된 뒤에, 저 자신이 세상의 밑에 타 눌려 신음하고 절망하고 상처 받으며 타락하는 수밖에는 없었던 거예요. 그렇지 않는 한 저는 세상의 무관심에 대항할 아무런 방비도 없어져서 저 자신에게마저 무관심해져 버리고 마는 상태, 말하자면 죽음밖에는 얻어낼 아무런 것도 없어요. 죽음은 고요하고 평화스러울지 몰라요. 하지만 산다는 것은 지저분하고 더럽고 추악한 거예요. 산다는 것에는 아무런 사전 지식도 교육도 필요치 않아요. 그저 부딪혀 보고 견디어 내고 상처를 받아 가며 아무렇게나 물결 흐르는 대로 자기 자신을 내맡겨 보는 거예요."

여동생은 나를 똑바로 쳐다보면서 성난 듯한 어조로 이야기를 했는데, 나는 속으로 이렇게 생각했네. '정말이지 모든 이야기란 이렇게 가혹한 것인가? 소위 현대라고 하는 세상에서 사람이 살아간다는 의미는 이렇게 참혹한 상태를 예비(豫備)하고 있는 것인가?

바로 그것은 참담하게 방치될 수밖에 없는가? 산다는 것 자체, 생활 자체를 소홀히 하면서 우리가 무슨 일을 제대로 한다고 할 수 있을 것인가……' 나는 점점 여동생에게 미안함, 수치심, 부끄러움을 느꼈네. 내가 얼마나 무책임한 철학에 의지하며 살아왔는가 깨달았네. 그러면서 여동생에게 내가 해줄 수 있는 가장 적절한 말과 태도가 어떤 것일까를 생각했네. 잠시 뒤에 나는 이렇게 말했네.

"자, 이제 그만 바깥으로 나가자. 나가서 네 남자를 만나 보자. 너에게 인생의 그 모든 비리(非理)를 가르쳐 준 남자를 만나서 내가 할 얘기가 있을 것 같다. 때늦은 감이 있지만 나는 마지막으로라도 한 번 네 오빠로서의 역할을 감당해 내고 싶구나."

자네는 비록 꿈속에서라고는 해도, 이러한 내 이야기가 너무 순진한 어조를 띠고 있음을 딱하게 생각할 터이지만, 아까도 이야기했지만 꿈속에 나타나는 현실은 실제의 현실보다 드라마틱하고 소설적인 분위기를 갖고 있다는 점을 생각해 주게. 여동생이 실제로 나에게 그런 반발을 보였다면, 아마 내 말에 수긍을 하고 감동하는 체하는 일이란 생기지 않았을 터이지만, 바로 꿈속에서였으므로 여동생은 내 말에 고개를 수굿이 하고 있었네.

"하지만 제게는 남자가 없는 걸요."하고 여동생은 말했네. "저 바깥에서 기다리고 있는 남자는 현실적인 악당일 뿐이에요. 오빠는 왜 서울로 저를 데리고 왔어요? 저는 그 악당으로부터 도망을 가려고 애를 써왔거든요……."

"오빠도 알겠지만 여자는 고통으로부터 차츰차츰 환희를 알아내는 게 아니겠어요? 아픔과 기쁨이라는 것은 어떤 평범한 감정을 넘어나는 것이어서 얼른 구별이 안 되거든요. 어떤 흑인 문학가가 쓴 말이 생각나요. 남편이란 자는 그 여자를 평생토록 괴롭혔어요.

쉼 없이 새로운 고통을 발굴해 내어 가차 없이 그 여자에게 뒤집어 씌워 주었단 말예요. 그러다가 그 여자 나이 사십가량 되었을 때 남자는 갑자기 죽어 버렸던 거예요. 남자가 죽고 나자 여자는 비로소 깨닫는 거예요, 그 남자가 쉬임 없이 내려 주던 고통이 결국은 환희였다는 것을. 그 여자로서 감당해 낼 수 없이 타 눌러 오던 남자의 압제(壓制), 압박(壓迫), 폭력을 어느덧 그리워하게 되었단 말예요. 아마 후진국 백성의 생리라는 것도 이 비슷할지 몰라요. 그렇지 않고서야 그 모든 압박을 어떻게 그토록 교묘하게 견뎌낼 수 있겠어요? 그게 다 교묘하게 인내하고 있는 것이겠지."

여동생은 이렇게 말하더니, 어쩔 도리가 없다는 것처럼 절망적인 표정을 짓데. 그래 내가 다시 무슨 말인가를 끄집어내려고 하였지만 이미 여동생은 바깥으로 뛰어내려 버렸네. 황급히 나는 뒤를 쫓아갔네. 철도원이 저쪽에서 우리를 보고 달려오고 있었네. 여동생과 나는 붙잡히지 않을 셈으로 용산역사가 있는 곳과는 반대 방향으로, 그러니까 공작창이 보이고, 공작창 너머로 원효로가 나타나게 되는 그곳을 향하여 냅다 뛰었네. 기관차가 달려들고 호루라기 소리가 사방에서 났지만 우리는 용감히 뛰어서, 야트막한 조선 기와집의 지붕을 타고 넘어 드디어 우리가 처음 와 보는 어떤 골목 속으로 떨어졌네.

그러니까 이것이 꿈이었네. 꿈이라는 것은 가장 구체적인 현실감과 추상적인 어떤 느낌 사이에 오브제를 넣어 추상적인 화면을 만드는 것이겠지. 아직 날이 새려면 한 시간 정도 있어야 할 것 같은 새벽이었는데, 여동생과 나는 환도 직후 우리가 한때 살았던 원효로2가 용산 경찰서 뒤의 골목길을 헤매어 효창운동장을 끼고 돌아 만리동으로 해서 서대문으로 나왔네. 그리고 거기에서 나는 갑자기 여동생을 잃어버리고 말았네. 정확히 어떻게 되어서 잃어버리게 되었는지 생각나지도 않거니와, 그것을 적는다는 것조차 무의미한 일이겠지만, 이때로부터 다시 나의 방황이 시작되었네. 바로 자네에게도 이야기했지만 내가 서울로 올라와서 사흘 동안 겪었던 전혀 낯선 체험들이 꿈속에서 재현되었네. 지독한 무더위, 들끓는 사람들, 라디오와 텔레비전과 신문으로부터 오염 공기처럼 쏟아져 나오는 매스컴 공해(公害), 그리고 신(神)이 악의를 가지고 장난질을 친 듯한 별의별 몰골의 빌딩들 그리고 이상하게 삭막한 표정을 짓고 있는 어린애들의 행렬들이 실제의 현실에서 보는 것보다 더 가혹한 형태로 꿈속에 나타났네. 바로 이와 같은 도시, 이러한 사람들이 여동생을 짓밟아서 어느 곳엔가 숨겨 두고는 내놓을 생각을 하지 않는 것 같더란 말일세. 나는 여동생을 찾는다는 명목으로 아마도 나 자신의 헝클어진 마음을 안돈시키려고 방황했었겠지. 그 뒤에도 나는 '이 세상은 말세입니다. 인간들은 타락했습니다. 신의 저주가 내렸습니다. 금방 멸망의 형벌이 내려질 것입니다.'라고 악을 쓰는 교회 속에서 눈물을 줄줄 흘리고 있는 어머니를 만났으며, 다시 아버지를 찾아갔으며, 작은 삼촌 단국채(나이는 나보다 네 살밖에 많지 않아서 친구같이 지내는)를 남대문시장으로 보러 갔네. 자네도 단국채를 알고 있으니까 말이지만, 작은 삼촌을 꿈속에서 만나 가지고는 이런 대화를 나누었던 게 기억되네.

"삼촌." 하고 나는 말했네. "정말이지 애가 타서 죽겠어. 삼촌도 알다시피 단기자가 말야, 걔가 말야, 어디에서 무슨 짓을 하고 있는지 애가 타서 죽겠어. 삼촌은 정말 아무것도 모르고 있수?"

"나야 장사꾼인 걸." 하고 단국채는 대답했네. "어차피 그럭저럭 살아가는 거지 무어. 물론 걱정이야 되지만 그래 봤자 무슨 소용 있어? 걔가 멍청한 애는 아니니까 자기 인생을 자기 힘으로 해낼 수 있다고 믿어 두는 수밖에 없지 않아?"

나는 이 말에 적잖이 화가 났네. 사람이 어떻게 이토록 쉽사리 변할 수 있을까 의심되었네. 여릿여릿한 감수성으로 인해 조발성 치매의 정신병에 걸려 필요 이상의 고민과 괴로움에 휩싸여 젊은 시절의 아픔을 인내하지 못하던 인간이 어떻게 해서 이토록 변했을까 의심되었네. 대학 생활에서 데모를 줄기차게 하고 형사들의 쫓김을 받고 어떤 개인적인 고통과 사회 전체의 고민을 동렬 항목에 놓아 이상주의적인 각성의 경지를 찾아내려 애쓰던 인간이 어떻게 해서 이토록 무관심한 군중의 한 분자로 용해되어 버렸을까 부아가 치밀었네.

"그래 삼촌은 그렇게밖에 말할 수 없소?"하고 나는 싫은 소리를 했네.

"화낼 건 없다. 아까도 얘기했지만 나는 목구멍이 포도청이라 하루살이 장사꾼 노릇을 하는 인간이 되어 버렸는걸? 나 자신도 주체하지 못하고 있는 판국에 어떻게 주위에서 일어나고 있는 일에 내가 관심을 쏟을 수 있겠어?"

"그거, 삼촌은 많이 변했군. 아주 착실한 살림꾼이 되었군그래."하고 나는 다시 빈정거렸네. 물론 나도 아버지의 동생인 단국채가 젊은 시절에 받았던 정신적, 육체적 형벌로부터 일단 뒤로 물러서서 움츠리고 있다는 점을 모르는 건 아니었지만, 당장 그의 이야기는 비위에 거슬렸네.

그러자 단국채는 좌판의 아래쪽에서부터 무슨 책을 한 권 끄집어냈네. 그는 그 책을 뒤적거리더니 내 눈앞에 펼쳐 보였네. 그것은 이런 내용이었네.

"너나 할 것 없이 다 그러하지만, 거짓을 꾸미고 사는 상황 하에 선 서로 약간의 예절을 차려 두어야 한다. 속을 모두 까 내놓아 진 실만이 드러난다면 우리는 그런 상황 하에서 살 수가 없으니까. 그 러므로 제일 처치 곤란한 인간은 타인에 대한 지나친 친절로 인해 서 스스로 성실한 체하는 인간일진대……."

단국채는 읽기를 끝마치자 허망하게 웃어 보였는데, 내가 아버 지의 막냇동생에 의하여 어떻게 읽히고 있는가를 깨닫게 되자 정말 이지 분이 치밀어 올랐네. 바로 이와 같이, '거짓을 꾸미고 사는 상 황 하에서 서로 약간의 예절을 차려 두는' 것이 도시 생활이라고 한 다면 그야 물론 그렇다고 인정한다손 치더라도, 소위 그러한 '예절' 때문에 희생되고 있고 잊히고 있는 여동생은 어떻게 한다는 말인가. 나는 스적스적 작은 삼촌으로부터 벗어나오면서 내가 시골에 내려 가 지내는 동안 건강한 촌놈이 되었음을 진정으로 다행스럽게 생 각했네. 그건 그렇고 단기자는 어디에서 무얼 하고 있단 말인가?

나는 꿈의 끝부분에서 분명 어떤 해결점을 얻었던 것을 기억하 네. 그래서 '바로 이것이다, 이렇게 하면 된다.'하고 큰소리를 질러 버렸던 것까지 생각이 났네. 정말이지 나는 이상하게 흥분이 되어 눈물을 흘리고 있었고 누군가를 막 껴안으려고 하다가 잠에서 깨 어났던 것일세. 나는 조그만 야산에서 노숙을 했던 것에 불과했으 며, 극도의 혼란 속에 떨고 있었으며, 꿈속에 나타났던 막연히 단편 적(斷片的)인 느낌들로부터 어떤 계몽을 받으려고 생각할 정도로 약한 상태에 빠져 버리고 만 것이었네.

어느덧 날은 완전히 새어 하늘이 먼저 밝아졌지만 지독한 안개 때문에 땅은 보이지가 않았네. 나는 풀밭에 드러누워서 담배 연기 가 어떻게 올라가는지 바라보며 저 아래로부터 들려오는 라디오

소리에 귀를 기울이고 있었네. 어느 방송이었는지 기억되지 않지만 이곳저곳으로부터 조그맣게 새 나오기 시작하는 같은 방송의 같은 유행가 소리는 내가 있는 곳쯤에 이르면 한데 모아지고 합쳐져서 마치 커다란 야외극장에서 실황 연주를 듣고 있는 듯한 기분이 들었네. 날이 밝아질수록 안개는 뿌옇게 끼어들었네. 저 아래 동네를 내려다보자면 마치 하나의 커다란 호수를 바라보고 있는 것만 같았네. 좁은 골목길, 누추한 판잣집들은 호수처럼 보이는 스모그 공해(公害) 밑에 타 눌리어 그 속에 수장(水葬)되어 있는 것처럼 보였으며, 이미 사람들은 그러한 생활에 충분히 침수되어 버린 물고기처럼 하느작거리고 있는 게 아닌가 하는 생각이 들었네. 그러다가 나는 일어나 앉아서, 그 아래의 호수처럼 보이는 속으로 들어갈 생각을 했네. 내가 이렇다 하게 잘난 것이 없는 인간인 이상, 아니 가장 못난 인간 중의 하나이므로 그 호수처럼 보이는 곳의 밑바닥을 핥으며 옆으로 걷는 게처럼 헤매어 다녀야 할 것임을 충분히 알게 되었으니까…….'

제6장 야생

내가 단기호의 편지를 받았던 것은 그가 상경했던 때로부터 한 달쯤 시간이 흘러간 뒤의 일이었다. 발신 주소는 쓰여 있지 않았지만 '강원도 정선'이라는 소인(消印)이 찍혀 있었다. 그곳에 새로이 산업 철도가 부설되는 모양이었는데 단기호는 현장에서 공사 노무자로 일하며 지내고 있는 듯했다. 그는 아마 비참한 생활을 하고 있는 것 같았다. 그러나 그의 마음이 안정되어 있지 않은 것에 비하면 그까짓 생활의 비참함이야 아무것도 아닌 듯했다. 그의 편지에는 공사판에서 어떻게 지내고 있는지 자세한 이야기가 적혀 있는 것은 아니었다. 그가 서울에서 여하히 절망을 느끼게 되었는가 하는 점에 관해서 소상히 말하고 있었다. 정말이지 서울이라는 곳은 그에게 있어서 지긋지긋한 소돔과 고모라의 도시로 보인 모양이었다. 그는 서울에서 비잔티움을, 또는 알렉산드리아를 찾으려고 했으나 결국 실패했다. 그의 상경은 실의와 낙담의 폭을 한결 깊고 크게 해주는 역할을 했을 뿐이었다.

하지만 여기에서는 그의 편지를 더 이상 옮겨 놓는 일은 그만두기로 하겠다. 편지 문면 자체가 이상스럽게 혼란된 상태에 빠진 인간의 광적인 혐오감을 드러내고 있으며, 어떤 때에는 날카로운 관찰을 보여 주기도 하지만 무슨 이야기인지 종잡을 수 없는 횡설수설의 문장을 내리갈겨 놓고 있기 때문이다. 그렇기는 하지만 무조건 감미롭기만 하고 세상에 대한 회의라고는 전혀 없이 세련되고 매끈한 허구(虛構)보다는 차라리 그의 꺼끌꺼끌한 편지가 더욱 가치가 있다고 판단되기는 한다. 아마 그는 여동생을 찾으려고 하루 종일 돌아다닌 모양이었지만 결국 찾아내지 못하고 만 모양이었다. 그는 그래서 다시 아버지를 만나러 갔으나 괴팍하게 지내고 있는 영감님은 아들에 대해서 별달리 해 줄 말이 없었던 것 같았다. 그는 작은 삼촌이 되는 단국채를 시장으로 찾아가기도 했다.

그런데 단국채와의 면담은 그의 꿈에 나타난 분위기와 정말로 비슷했었다고 그는 적어 놓고 있었다. '거짓을 꾸미고 사는 상황 하에서 누구나 약간의 예절(禮節)을 서로 차려야 한다'면 단국채는 그러한 종류의 예절을 결코 침범하지 않으려고 했다는 것이었다. 그래서 단기호가 느끼게 된 것은 '예절'의 자질구레한 세부 항목 쪽이 아니라 '거짓을 꾸미고 사는 상황'이라는 전체 분위기에 대한 확인이었다. 어째서 사람들은 이렇게 소외되어 있을까, 박제되어 있을까, 무서워하는 것일까, 긴장하는 것일까……. 그는 안타까운 질문을 되풀이하고 있었다. 그렇게 하여 단기호는 저 십 년 전에 지방으로 쫓기듯이 내려가고 있을 적에 느꼈던 고민을 전혀 덜어내지 못하였다. 그뿐 아니라 혹을 떼려다가 다른 혹을 하나 더 붙인 영감님처럼 새로운 비탄에 잠겨서 지방으로 내려가 버리고 말았다.

그는 편지의 마지막에 이렇게 적어 놓고 있었다. (어쩌는 수 없이 그의 편지를 인용하여야겠다) 아마 그는 극도의 혼란 상태로부터 자기를 구출해내기 위해서 어떻게 해야 할 것인가를 따져보고 싶었던 것 같았다.

"삶이라는 것이 얼마나 비참한 것이며 모순과 비리(非理)에 가득차 있는 것인지를 알게 된다면(또한 무의미한 삶에 어떤 의미를 붙이는 일을 해낼 수 없다 할지라도), 어쨌든 그 삶이라는 것을 좀 팽팽하게 긴장시켜 놓아 광폭하고 야만스럽고 도전적인 태도를 갖게 해야 한다……. 보기 싫은 꼬락서니들, 자못 염세주의자가 되게 하거나 권력층에 대해 비방을 하게 만드는 사태들, 희망을 바랄 수 없기 때문에 절망으로부터 회피되고 있는 소외된 환경, 절대적인 무관심, 애매하면서 위해스러운 듯한 자유에의 감각, 이목구비가 닥지닥지 옮아 붙은 한국인종들의 표정이 만드는 비굴과 대중가요 형태의 타락한 정신 자세……. 하여튼 무엇인가가 근본적으로 잘못되어 있는 것 같지만, 잘못의 세부 사항을 따져보는 것이 허망한 것처럼, 잘못의 본질적 이유를 발견코자 하는 일마저 무의미하다고 느껴질 때가 있어서, 한 가닥 남은 염원은 자기 개인이나마 털을 곧추세운 사나운 짐승이 되어 야성(野性)을 찾아야 하지 않는가…….

대개 이런 따위의 생각을 하고 있네. 피를 뜨겁게 해 가지고 괴상하게 시달리고 있는 사람들의 세계를 극성스럽게 파고들어 가 보는 것이네……. 그러한 짓마저 해 볼 수 없을 때에는…… 글쎄, 그때에는 어떻게 하면 좋을까?”

《문학과지성》, 1970년 겨울호

혼돈과 허구를 넘어, '진짜 삶'의 열망과 '야성(野性)'의 파토스

김영찬

혼돈과 허구를 넘어,
'진짜 삶'의 열망과 '야성(野性)'의 파토스

김영찬(문학평론가, 계명대학교 교수)

1. 박태순의 중편들, 안주와 체념에서 방랑과 모색으로

　박태순은 4·19 세대의 일원으로 활동을 시작했지만 동세대 다른 작가들과는 판이한 길을 걸었던 작가다. 특히 1970년대 이후 그의 소설은 초기 불안한 청춘의 혼란스러운 세계와 함께 동세대 문학의 자유주의 및 문학주의와 결별하면서 기존 문학적 규범의 바깥에서 '다른 문학'의 가능성을 실천해 나갔다. 그는 '외촌동 연작'이 보여 주는 것처럼 지속적으로 문학을 삶의 현장에 밀착시키려 했고, 그런 노력은 '소설'이라는 협소한 장르를 넘어 르포르타주, 기행문 등 비소설 장르로까지 확장됐다. 이는 그의 소설이 치열한 삶의 현장과 민중 현실에 더욱 깊숙이 뿌리 박는 과정이기도 했다.
　중요한 것은 박태순 소설의 그런 변화의 조짐이 초기 소설에 이미 잠재했다는 사실이다. 박태순은 조로(早老)한 젊음의 불안과 혼란을 생경한 언어와 무질서한 형식으로 표출했던 초기 작품 세계에서부터 이미 '현실의 전면 수락'(김주연)이라는 동세대 문학의 지배적인 경향과 거리를 두고 있었다. 그의 소설은 출구를 찾지 못한 부정의 에너지로 넘쳐나고 있었다.
　박태순은 등단 이후 주로 '조국 근대화'의 대세에 떠밀리며 급격히 체제의 일부로 통합되던 젊음의 곤경을 형상화했다. 이를 통해 그는 1960년대 저개발 근대를 살아가는 불안한 젊음의 위기의식과 혼란을 극화한다. 박태순의 소설에서 젊음의 혼란은 개발과 성장이 초래한 사회적 격변, 생존 경쟁 체제에 내몰리며 겪는 생존의 위협과 불안, 가치관의 혼돈 등이 낳은 시대적 증상이다. 그의 소설에서 한국 사회의 혼란은 젊음의 혼란으로 그대로 전이된다. 그런 측면에서 혼란은 1960년대 박태순 문학 세계의 핵심 키워드다.

이 책에 실린 네 편의 중편소설 「형성」 「정처」 「낮에 나온 반달」 「단씨의 형제들」은 박태순 소설의 그런 특징을 매우 구체적이고 집약적으로 드러내는 작품이다. 박태순은 이들 중편소설에서 혼란에 휩싸인 젊음의 방황과 삶의 좌표를 찾아 방랑하는 젊음의 모색을 집중적으로 부각한다. 이들 소설에서 일차적으로 확인할 수 있는 것은 불안한 안주(安住)와 절망적 체념(「형성」, 「정처」)에서 정처 없는 방랑과 적극적 모색(「낮에 나온 반달」, 「단씨의 형제들」)으로 나아가는 변화다. 그런 측면에서 1966년에서 1970년에 걸쳐 쓰인 이 네 편의 중편소설은 박태순 문학의 문제의식이 시작되는 지점과 그 발전, 심화 과정을 일별할 수 있는 흥미로운 표지판이다. 이 소설들에서는 한국 사회의 열악함과 그에 절망하는 젊음의 방황 및 모색, 그리고 그에 대한 분석과 논리적 사설이 그의 단편들에 비해 매우 상세하고도 구체적으로 펼쳐진다. 그런 측면에서 이 중편소설들은 초기 박태순 문학 세계의 전모를 한눈에 펼쳐 보여 주는 일종의 약도(略圖)와도 같다. 하나씩 살펴본다.

2. 자기기만으로의 도피와 병리적 충동: 「형성」

　「형성」은 1966년 제1회《세대》신인문학상 당선작으로, 연애라는 모티프를 중심으로 방황하는 젊음의 치기와 불안을 그린다. 이 소설은 근대화된 대도시 서울의 소시민적 현실을 살아가는 조로(早老)한 젊음의 우울과 무기력, 고민과 방황을 그리는 1960년대 박태순 초기 소설의 원형과도 같은 작품이다.

　「형성」의 화자 '나'(양균서)는 뚜렷한 삶의 목표를 찾지 못한 채 무기력에 젖어 의미 없는 시간을 살아가는 청년이다. 그런 '나'에게 고등학교 때부터 사귄 애인 병혜와의 관계에 문제가 생긴다. 게다가 자기가 싫어하는 '미스터 속물'이라는 별명을 내뱉은 병혜 때문에 '나'는 마음이 상해 있다. '나'는 병혜와의 관계가 끝났음을 직감하며 뮤직홀에서 티격태격 수작을 나누고 있고, 그러던 중 소싯적 어울리던 '지남철 그룹'의 친구들을 만나 어울려 술을 마시며 토론을 하는가 하면 불쑥 혼자서 거리를 배회하기도 한다. 그러다가 '나'는 병혜와 함께 친구 수민의 신혼집을 들렀다 나오면서 마음속의 '형성'이 무너져 내리는 소리를 듣고, 자신의 연애가 진짜로 파탄 났음을 실감한다. 「형성」은 이런 단순한 줄거리를 뼈대로 혼란스러운 자의식의 서술, 밑도 끝도 없는 신경전과 말다툼, 지루한 토론과 장광설이 내용의 대부분을 차지하는 소설이다.

　「형성」의 중심에는 어느덧 기성화(旣成化)되어 버린 무기력한 젊음의 병리적 증상이 자리 잡고 있다. 기성세대가 이미 장악해 버린 사회 질서의 완강함과 그로 인한 가능성의 소진, 현실의 중압감과 과도하게 부과된 책임 의식에 대한 강박이 바로 그 증상의 배경이다. 「형성」이 보여 주는 조로(早老)한 젊음의 무기력이 그 일면이다.

'나'는 자기가 성년의 입구에서 이미 늙어 버렸다고 생각한다. 청춘은 이미 가능하지 않고 낙오와 타락을 피하기 위해서는 차라리 늙음을 연기(演技)해야 한다. 즉 청춘을 스스로 부인하고 취소해야 한다.

그리고 이런 인식은 '속물'에 대한 '나'의 모순적인 감정 및 태도와도 결부돼 있다. 「형성」의 핵심은 한마디로 속물의 자기 분석이다. '나'는 스스로를 어쩔 수 없는 '인사이더'이자 속물로 자처한다. '미스터 속물'은 그래서 갖게 된 별명이다. '나'에 따르면 '미스터 속물'은 스스로 부여한 자조적 자기 지칭이며 듣기에 따라 경멸적인 의미가 담긴 말이다. 그래서 '나'는 그 별명을 싫어하지만 어떨 땐 거꾸로 그 "속물이라는 단어에서 쾌감을"(37쪽) 느끼기까지 한다. 속물은 남에게 드러내고 싶지 않은 '나'의 경멸스러운 치부이지만, 그럼에도 불구하고 '나'는 기꺼이 속물임을 과시하고 또 속물이 되고 싶어 한다. '나'는 그렇게 속물을 연기한다.

속물을 혐오하면서도 스스로 속물임을 자처하고 속물을 연기하는 이런 '나'의 행태는 일종의 자기기만(mauvaise foi)의 증상이다. 「형성」의 '나'가 병적으로 자기가 '속물'임을 과시할 때, 작위적으로 연출된 그 속물이라는 자기상(像)은 실은 자기가 다름 아닌 진짜 속물이라는 아픈 진실을 가리기 위한 술책이다. 그리고 여기엔 결국은 속물일 수밖에 없는 자기에 대한 혐오와 자조, 자기 합리화, 자기를 그리로 몰아가는 기성 질서에 대한 체념과 무력한 반발 심리 등이 모순적으로 뒤얽혀 있다.

소설의 마지막에 이르러 '나'는 결국 자기기만으로의 도피를 완성한다. '나'는 자기가 "무지스러운 속물"을 벗어나 "의식된 속물"(118쪽)이 되었다고 생각한다. '나'에 따르면 '의식된 속물'이 되는 것은 사회의 "완강한 리듬"(117쪽)에 자신을 일치시키고 어떤 "일반화된 패턴"(87쪽)에 자기의 삶을 끼워 맞춤으로써 가능해질 것이다. '나'의 이런 결론에서 드러나는 것은 기성 질서에 의해 강제로 몰수당한 가능성과 개성을 이제는 저 스스로 자발적으로 반납함으로써 속물적 안주(安住)를 선택하는 피로한 젊음의 운명이다.

　그러나 박태순은 여기에서 그치지 않는다. 사실 「형성」에서 자기가 속물임을 연기하는 '나'의 자기기만에는 그럼에도 자신의 속물성에 대한 반발 심리가, 그리하여 그저 그런 속물로만 있지 않으려는 의지가 네거티브한 방식으로 각인돼 있다. 물론 그 반발은 지나치게 소극적이고 의지는 뚜렷한 실체도 지향도 없다. 그보다 불투명한 삶의 미래에 대한 불안이 방황하는 젊음을 압도한다. 그래서 그들은 울컥울컥 치밀어 오르는 정체 모를 충동을 이기지 못해 자기를 철저히 탕진하고 소모해 버리자고 이렇게 스스로를 부추긴다. "우리 지금 바깥으로 나가서 시내를 마구 쏘댕겨 보자. (……) 너와 나를 모두 유감없이 탕진시켜 버리잔 말이다."(60쪽) 세상의 완강한 질서에 갇혀 버린 1960년대의 피로한 젊음은 그렇게 일탈의 충동을 다스린다.

　속물에 대한 부정과 긍정이, 체념과 소극적 반발이, 과시와 자조가 혼란스럽게 뒤엉켜 있는 '나'의 자기기만의 의식은 지극히 병리적이다. 자기에게서 스스로 젊음을 몰수하고 자발적으로 '젊은 노인'이 되기를 선택하는 것 역시 마찬가지다. 그리고 이에 대한 작가의 시선은 비판적이다. 그가 작중 병혜의 입을 빌려 "넌 속물이기보다두, 속물을 무한정 동경하구 있는 정신병자였어"(102쪽)라고 일갈하는 것도 그런 맥락이다. 그럼에도 불구하고, 이 소설을 가득 채우는 '나'의 병리적 불안과 방황은 소설 전체에 걸쳐 숱한 논리의 자기모순과 혼란을 야기한다. 이는 1960년대의 닫힌 현실을 살아가는 작가 자신의 불안과 혼란이 그대로 투영된 결과라고도 할 수 있다. 박태순의 문학 세계에서 「형성」이 갖는 의미는 결국 소시민적 삶에 대한 피로와 울분을 토로하고 그로부터 탈출을 갈망하는 그의 인물들의 원점을 더없이 적나라하게 보여준다는 데 있다.

3. 서울의 풍속 지리와 이야기의 발견: 「낮에 나온 반달」

자기 방과 다방, 뮤직홀에 갇혀 있던 박태순의 젊음은 「낮에 나온 반달」에 이르러 대로로 걸어 나온다. 「낮에 나온 반달」은 지방을 떠돌던 주인공 구자석이 상경해 서울을 배회하고 돌아다닌 6일간의 기록이다. 구자석은 후진국 한국의 소시민적 현실을 경멸하면서 그와 동화되기를 거부하는 인물이다. 「낮에 나온 반달」은 그런 구자석의 사연과 함께 그가 밟아 가는 서울 곳곳의 세태를 스케치한다. 그는 다양한 사람들을 만나 말을 섞고, 이런저런 소동에 휘말리고, 거리와 시장 구경을 하고, 기차와 버스를 타고 돌아다니고, 연애를 하고 밥을 먹고 술을 마신다. 그리고 작중에서 구자석은 자신의 이런 행로를 김삿갓의 방랑에 비유한다. 그에게 김삿갓은 "주어진 상황에 맥없이 순종하는 게 아니라, 자기 나름으로 고개를 번쩍 쳐들어 눈알을 동그랗게 떠가지고 돌아다녔던 한국인"(314쪽)이다. 즉 구자석의 방랑은 주어진 상황에 순종하지 않고 자기 나름의 삶을 모색하기 위한 일종의 조용한 저항의 형식이다.

구자석의 관찰에 따르면 서울은 농촌 분해와 이농, 사람과 물자의 잇따른 도시 집중으로 인해 전국 방방곡곡에서 모든 것이 흘러드는 거대한 "쓰레기통"(242쪽)이다. 「낮에 나온 반달」은 그런 대도시 서울의 곳곳을 정처 없이 떠도는 구자석을 따라가며 온갖 인간 군상들의 세태를 스케치한다. 그가 만나는 사람들은 복덕방 업자, 공사판의 막노동자, 택시 운전사, 청소부, 고리대금업자, 세일즈 총책, 사기꾼, 도장 파는 사람, 어물 장사꾼 등 온갖 수다한 직종의 사람들을 망라한다. 소설은 유기적이지 않은 다양한 에피소드의 나열을 통해 이런 구자석의 행적을 촘촘히 담아낸다. 그리고 여기에 중간중간, 시대에 짓눌린 젊음의 자의식을 두서없이 토로하고 나열하는 구자석의 상념이 낙서나 편지의 형식으로 삽입된다.

그런데 구자석은 서울에서 무엇을 하려는 것인가? 그는 말한다. "내일 아침부터, 아니 오늘 새벽부터 우선 가능한 범위에서 그 모든 '생(生)의 증거'를 찾아 나서자."(264쪽) 구자석이 서울에서 발견하려는 것은 다름 아닌 '생(生)의 증거'다. 그는 이 '생(生)의 증거'가 누구나 자기 나름으로 짊어진 "생존의 비밀"(278쪽)이자 "스토리"와 같은 것임을 이야기한다. 그는 "나는 자기 나름의 스토리를 갖고 있는 인간을 찾는다"(280쪽)고 말하는데, 이때 스토리란 곧 삶의 진실과 경험의 진폭을 간직한 '이야기'의 다른 이름이다. 그렇다면 구자석이 찾는 스토리/이야기는 어디에 있는가?

> "나도 스토리를 갖고 있지 못해. 그러나 나는 스토리를 갖고 있는 많은 사람들을 알고는 있지."
> "그들이 누군데?"
> "그들은 백조 담배보다 값싼 담배를 피우는 사람들이다. 그래서 그들은 스토리를 갖고 있다는 것조차 모른다."
> "너는 세상을 많이 돌아다녀 본 모양이구나."

"음, 좀 돌아다녔어. 대한민국이 좁은 나라가 아니라, 넓은 나라라는 것을 알 만큼은 돌아다녀 봤지."(280~281쪽)

그에 따르면 스토리는 "백조 담배보다 값싼 담배를 피우는 사람들", 즉 생활의 현장에서 고된 삶을 꾸려가는 가난한 하층민들 속에 있다. 구자석이 찾아다니는 '생(生)의 증거'란 바로 그 변두리 하층민의 스토리/삶의 진실이다. 하지만 고된 노동에 치이며 박탈된 삶을 살아가는 그들은 자신이 스토리를 갖고 있다는 사실조차 알지 못한다. 중요한 것은 위 대화에서 구자석의 그런 깨달음이 "세상을 많이 돌아다녀 본" 결과 얻게 된 것임이 암시된다는 사실이다. 이에 따르면 방랑은 하층민들 속에서 이야기를 발견하는 행위이며, 거꾸로 말하면 전국을 떠도는 방랑이 그 이야기의 발견을 가능하게 한다. 결국 서울 곳곳을 떠돌며 사람들을 만나고 다니는 구자석의 방랑은 그 자체로 대도시 서울에서 '뜨겁고 진실한 삶의 모습'이 담긴 '이야기'를 찾아 나서는 탐색 과정이라 할 수 있다.

「낮에 나온 반달」에서 구자석이 언급하는 '대동여지도'는 이 지점에서 의미를 얻는다. 구자석에 따르면 지방을 떠돌고 서울에서 노숙을 하면서 느낀 것은 바로 대동여지도를 만들던 김정호의 심정이었다. 그러면서 그는 이 시대는 새로운 대동여지도를 요구하고 있다고 말한다. '생(生)의 증거'를 찾아 나서겠다는 구자석의 다짐도 바로 이 자기 나름의 대동여지도 그리기와 관련되어 있다. 그의 지도 그리기는 결국 부산하고 피로에 젖은 서울 난민들의 삶의 실감과 먹고사는 일의 고단한 진상을 발견하는 행위이며, 그들 삶의 무게와 진폭을 취재하고 기록하는 일이다. 달리 말하면 「낮에 나온 반달」에서 구자석이 말하는 대동여지도의 작성은 이야기의 발견

및 기록과 같은 것이다.

그리고 「낮에 나온 반달」에서 구자석은 이미 자기 나름의 대동여지도를 만들고 있다. 서울 곳곳을 떠돌며 사람들을 만나고 다니는 그의 행적 자체가 이미 나름의 방식으로 서울의 지도를 그리는 수행적 행위라 할 수 있기 때문이다. 소설은 서울역 광장, 염천교 지하도, 청진동 해장국 동네, 동대문시장, 명동과 종로 거리, 신설동 인쇄 공장, 이화동 시외버스 정류장, 현저동 서대문형무소, 도시 외곽의 난개발 지역 등을 돌아다니면서 그 현장의 부산한 삶의 소음들을 스케치하는 구자석의 행적을 따라간다. 이를 통해 이 소설의 서사는 그 자체가 '생(生)의 사실과 지리(地理)의 사실'이 통합된 서울의 지도가 되고 있다. 그리고 그 지도는 삶의 현장에서 포착한 '이야기'의 지도다.

「낮에 나온 반달」은 대도시 서울에 대한 탐구의 기록이자 그 속에서 어떻게든 발붙이고 살아남으려는 도시 난민들에 대한 관찰기다. 박태순은 이 소설에서 1960년대 후반 서울이 안고 있는 온갖 문제와 삶의 세태를 스케치한다. 사람과 물자의 이동과 무차별한 집중으로 몸집을 불려 가는 서울의 팽창, 주변의 식민화로 "서울의 쓰레기통 노릇"(371쪽)을 하게 되면서 심각한 난개발과 투기로 파헤쳐지는 도시 변두리 지역, 사기꾼과 절도범과 강도범들이 북적북적 들끓는 시장통, 피곤에 절은 채 서울로 흘러들고 또 흘러나가는 도시 유랑민들, 경제 개발의 속도전에 젊음을 저당 잡힌 노동자들, 그야말로 "전천후 농업(全天候農業)"(326쪽)이 되어가는 고리대금업의 전횡, 떨려나고 낙오되지 않기 위해 도덕과 규칙을 무시하고 남을 속이고 해치고 싸우고 하는 군상들. 「낮에 나온 반달」이 담아내는 것은 이 모든 문제를 안고 몸살을 앓는 대도시 서울의 만물상

(萬物相)이다. 그런 측면에서 이 소설을 1960년대 대도시 서울의 만상을 스케치하는 문학적 풍속지리지라고도 할 수 있을 것이다.

특히 시정(市井)을 몸으로 누비며 "생(生)의 증거"를 찾아 나서는 주인공 구자석의 행적은 이후 변두리 삶의 현장을 직접 몸으로 부대끼며 써 나가는 작가의 소설 쓰기의 태도를 예시하는 것으로 읽힌다. 그리고 여기에는 박태순이 자신을 '이야기꾼'으로 정립해 나가는 과정의 문제의식이 투영돼 있다. 그에 따르면 '이야기'는 삶의 현장에 생생히 살아 있는 진짜 삶의 진실을 보고하고 전달하는 형식이다. 그런 측면에서「낮에 나온 반달」은 변두리 도시 난민과 하층계급의 삶의 현장을 그리는 1970년대 박태순 소설의 지배적인 경향(특히 외촌동 연작)을 예비하는 소설이기도 하다.

4. '진짜 삶'의 발견과 실재에의 열정에 대한 열정:「정처」와「단씨의 형제들」

「정처」는 한 집안의 가장 이지석이 가정을 버리고 집을 나간 아버지 이홍만 씨를 23년 만에 집에 데리고 오면서 일어나는 소동과 다툼을 그리는 소설이다. 이를 통해 작가는 산산이 부서지고 망가질 대로 망가진 가족관계의 실상을 파헤친다. 전쟁과 분단을 거치며 엉망진창이 되어 버린 삶에서 촉발된 서로에 대한 분노와 증오와 설움이 아버지의 귀환을 계기로 폭발한다. 작가에 따르면 이는 '초조하고 불안하고 허무한 계절'일 뿐인 1960년대 한국 사회의 한 축도다. 이지석의 여동생인 이지해는 자기 집과 같은 1960년대의 황량한 가족 풍경이 그 자체로 해방과 6·25를 거쳐 현재에까지 이어지는 한국 현대사의 남루한 유물이며, 그렇게 '전통의 위력'은 60년대를 살아가는 모든 사람의 삶을 옥죄고 있다고 말한다.

「정처」의 이지해는 자기 집안사람들이 제멋대로 살아가게 된 원인을 그처럼 현재를 짓누르는 과거의 망령에서 찾는다. 이지해는 말한다.

> "(……) 모든 것은 아직 청산되지 않았죠. 8·15 해방은, 6·25 사변은 행태가 약간 변하기는 했지만 현재에까지로 연장되어 오고 있어요. 과거의 망령들은 이 후진국의 옹졸한 인생들을 저주하고 증오하고 있어요. 이러한 분위기에서 벗어날 수는 없어요. (……) 현재는 과거를 딛고 올라선 것이 아니라 과거의 실패와 후회와 아픔의 무의미한 반복이고 연장인 걸요."(174쪽)

8·15와 6·25 같은 과거의 망령이 1960년대 후진국의 옹졸한 인생을 저주하고 증오한다. 이지해는 이를 "과거의 유령, 과거의 시간은 음침한 모습을 하고 현재의 시간을 뒤엎"(183쪽)는다고 표현한다. 작중 이지해의 입을 빌린 박태순의 이런 진술은 (그가 의식했는지는 알 수 없지만) 마치 "모든 죽은 세대의 전통은 악몽과도 같이 살아 있는 세대의 머리를 짓누른다"는 마르크스의 말(『루이 보나파르트의 브뤼메르 18일』)을 연상시킨다. 이처럼 비정상적인 가족의 파탄상을 그리는 「정처」는 그것이 1960년대 후진국 삶의 전형이며 그 근원이 파행적인 한국 현대사에 있음을 뚜렷하게 강조한다. 하지만 작품 전체를 관통하는 그런 인식에도 불구하고, 「정처」의 서사는 거기서 그려지는 가족관계의 실태만큼이나 지리멸렬하다. 이 혼돈과 지리멸렬이 1960년대 후진국 한국의 삶의 실체라는 것이 아

마도 박태순의 인식이겠다.

그런 인식은 또 다른 중편소설 「단씨의 형제들」에서도 여일하다. 이는 이 소설에서 그려지는 단기호의 가계사가 「정처」의 인물 이지석의 그것과 흡사하다는 데서도 드러난다. 다만 「정처」가 복잡한 가족사와 혼돈에 휩싸인 집안의 실태에만 주로 초점을 맞췄다면, 「단씨의 형제들」은 폭을 넓혀 주인공 단기호가 타락과 비참 속에 자기를 몰아넣으며 객지를 떠도는 방황과 고민을 소설의 중심에 놓는다.

단기호의 이야기는 크게 두 줄기로 서술된다. 하나는 타락과 비참으로 내몰린 그의 과거사와 혼란과 광기의 무궤도한 삶에 휩쓸린 단기호의 가계사이고, 다른 하나는 가출한 여동생을 찾아 전국을 떠도는 방랑과 그런 가운데 이루어지는 발견과 각성이다. 먼저 단기호의 아버지 대(代)의 5형제는 모두 정상적인 삶과는 거리가 먼 사람들이었다. 그들은 8·15 해방과 6·25 전쟁, 4·19와 5·16 등의 역사적 격변에 휘말려 숙청, 투옥, 정신병 등을 겪으며 죽거나 몰락한다. 반면 토목 회사를 차려 큰돈을 번 단기호의 아버지 단국철 씨는 방탕한 생활에 빠져 젊은 여자와 동거를 시작했고 어머니는 광신도가 되었으며 두 누나는 집안과 절연했다. 심지어 여동생은 가출해 술집 작부로 전락하고 종적을 감춰 버린다. 단기호 또한 작부와의 동거를 시작으로 타락과 나태, 비참과 비굴의 한가운데로 스스로를 내던지고 이후 군인 죄수, 장돌뱅이, 세일즈맨, 막노동꾼 등을 전전하면서 삶의 밑바닥에서 방황한다. 박태순은 그렇게 단기호의 가계사와 삶의 이력을 소개하면서 그의 방황이 단지 개인의 기질이나 현실의 압박 때문만이 아니라 파행적인 한국사라는 오랜 역사적 근원을 갖는 것임을 시사한다. 이를 통해 그가 부각하는 것은 젊음의 혼란과 곤경을 낳은 역사적·사회적 배경과 근원이다.

소설의 중심에는 근대화와 소시민적 안정이 대세가 되어 가는 당시 한국적 상황에 대한 절망과 실존적 고민이 있다. 단기호에 따르면 정신의 무중력 상태에 놓여 있는 후진국 한국의 삶은 다른 한편 '신문'이 지배하는 삶이기도 하다.

> "더욱이 신문이라는 게 일반인들의 일상생활을 지배하고 있는 곳에서는 (……) 일반인들은 묘한 문맹인(文盲人)들이 돼. 사람들은 신문의 차원으로 눈을 뜨고 있지만, 반대로 신문보다 약간 높은 차원 또는 약간 낮은 차원의 세계에 대하여는 깜깜 절벽의 문맹 상태가 되어 버린단 말야. 새로운 문맹인들은 신문이 제시해 주는 삶과 생활이라는 게 진짜 삶이며 생활이라고 착각조차 한단 말야. (……) 산다는 것의 진정한 기쁨을 망각하고 있는 것은 물론이고, 살아가는 가운데에서 찾아지는 진정한 절망도 회피하고 있거든. 근본적인 감동과 기쁨을 잃어버렸을 뿐 아니라 심각한 고통과 절망도 없단 말야."(394쪽)

신문이 일상생활을 지배하는 이곳에서 사람들은 신문이 보여 주는 삶 바깥을 보지 못한다. 그 점에서 그들은 삶의 진상을 보지 못하는 문맹인(文盲人)들이다.(이는 지금 사람들은 마음속에 신문 기사만 가지고 있을 뿐이라고 비판하는 「낮에 나온 반달」의 한 대목과도 상통한다) 그에 따르면 신문 속의 삶은 산다는 것의 진정한 기쁨과 절망, 감동과 고통이 제거된 가상(假像)의 삶이다. 신문에 지배되는 '새로운 문맹인들'은 그렇게 진짜 삶의 경험과 실상이 차단된 허구적 가상의 삶만을 진짜 삶이라고 착각한다.

이처럼 진짜 삶의 핵(核)이 제거된 허구의 삶에 대한 비판적 인식은 소설의 곳곳에서 표현을 달리해 반복된다. 예컨대 "서울이란 묘하게 허구적인 장소"(385쪽)라는 표현이 그렇고, 그 속의 삶이 "거짓을 꾸미고 사는 상황"(421, 423쪽)이라는 인식이 그렇다. 그렇다면 그런 근대화된 서울의 삶의 형태에 절망하던 단기호가 찾아낸 것은 무엇인가? 그는 말한다. "그런데 내가 장돌뱅이 노릇을 하면서 보게 된 삶이라는 것은 신문 같은 것에 의하여 규정되어 있는 삶과는 상관이 없는 것이었어."(394쪽) 그는 그것을 시골 장날의 장바닥에서 발견한다.

시골 장날에는 묘한 축제 기분도 있고, 또 어떤 긍정적인 따뜻함, 체념적인 인정 같은 것이 남아돌아 간단 말야. 말하자면 서울과 비교했을 때 그곳은 이런 분위기인 거야. '세상이 발전되었다고 떠들어쌓고 있고, 금방 전쟁이라도 일어날 것처럼 부들부들 떨면서도 온갖 나쁜 짓은 도맡아 놓고 하는 서울 놈들아, 너희들이야 까불어쌓건 말건 우리와는 상관이 없다, 우리는 저 옛날 비참하니 살았던 것과 마찬가지로 지금도 비참하게 살고 있고 앞으로도 비참하게 살게 되겠지만, 네놈들처럼 잘난 체하지도 않고 거드럭거리지도 않고 엄살도 피우지 않는다. 네놈들은 우리를 또 속여 먹고 있겠지만, 우리는 속아 주는 체하면서도 결코 속지 않는다. 그렇게 우리는 살아 주는 것이며, 살아 보는 것이다……' 하여튼 서울 물을 먹어 본 내 눈에는 시골 장날의 축제 기분이라는 것이 이런 식으로 보이는 거야. 음험한 관찰임에 틀림없겠지만, 대략 팔개월가량 장돌뱅이 생활을 하는 가운데 나는 산다는 것의 가장 구체적인 표정과 그 실감을 느꼈단 말야.(395쪽)

단기호가 시장 바닥에서 발견한 것은 "산다는 것의 가장 구체적인 표정과 그 실감"이다. 달리 말하면 그것은 실제 삶 그 자체의 물질성 혹은 '진짜 삶'이다. 이것은 진짜 삶의 발견인 동시에 체념적 인정과 긍정적인 활력 속에서 삶의 비참을 견디면서 또 그렇게 하루하루를 살아가는 밑바닥 민중의 발견이기도 하다.

중요한 것은 이것이 그동안 실체 없이 겉돌았던 자기의 고민과 방황에 대한 자기비판의 계기로 작용한다는 점이다. 그는 "그 시골 장바닥에서, 감동과 절망이 없는 곳에 겉치레로 떠도는 고민이나 아픔을 씻어 버릴 수 있었"(393쪽)다고 고백한다. 그리고 자기가 "산다는 것 자체, 생활 자체를 소홀히 하면서" "얼마나 무책임한 철학에 의지하며 살아왔는가를"(417쪽) 비로소 절감한다. 「단씨의 형제들」은 이를 통해 그간의 방황이 삶의 실상을 소홀히 한 무책임한 것이었음을 반성하고 삶의 실체에 맞부딪치는 새로운 삶의 자세를 시사하는 소설이다. 이는 박태순 자신의 문학 세계에 대한 자기비판이자 이후 글쓰기의 태도와 방향 전환을 암시하는 자기 지시적인 언급이다.

「형성」에서 무차별한 소모와 탕진에 대한 열망이 자기가 얽매인 소시민적 삶의 형식을 균열시키고 싶은 즉자적 충동의 증상이었다면, 「단씨의 형제들」에서 그 잠재성은 '진짜 삶'을 찾으려는 열망으로 현실화된다. '진짜 삶'의 실상을 극성스럽게 파헤치려는 「단씨의 형제들」의 "자기 태도"(392쪽)는 '실제 삶' 그 자체의 물질성에 대한 강렬한 열망의 표현이다. 단기호는 말한다.

> 삶이라는 것이 얼마나 비참한 것이며 모순과 비리(非理)에 가
> 득 차 있는 것인지를 알게 된다면(또한 무의미한 삶에 어떤 의미

를 붙이는 일을 해낼 수 없다 할지라도), 어쨌든 그 삶이라는 것을 좀 팽팽하게 긴장시켜 놓아 광폭하고 야만스럽고 도전적인 태도를 갖게 해야 한다. (……) 한 가닥 남은 염원은 자기 개인이나마 털을 곤추세운 사나운 짐승이 되어 야성(野性)을 찾아야 하지 않는가…… 대개 이런 따위의 생각을 하고 있네. 피를 뜨겁게 해 가지고 괴상하게 시달리고 있는 사람들의 세계를 극성스럽게 파고들어 가 보는 것이네……(424~425쪽)

　"피를 뜨겁게 해 가지고 괴상하게 시달리고 있는 사람들의 세계를 극성스럽게 파고들어 가 보는 것"이 단기호가 찾아낸 방랑의 목표다. 그것은 곧 '진짜 삶'의 핵심으로 육박하려는 강렬한 의지이기도 하다. 그런데 이때 그가 강조하는 "털을 곤추세운 사나운 짐승"의 "야성(野性)"과 "광폭하고 야만스럽고 도전적인 태도"란 대체 무엇인가?

　그것은 실재에의 열정에 대한 열정이다. 바디우(A. Badiou)에 따르면 지난 세기의 시대정신인 '실재에의 열정(passion du réel)'은 기만적인 현실의 가상을 벗겨 내고 세계의 은폐된 진짜 실상에 도달하기 위한 파괴적 파토스였다. 그러나 20세기를 지배한 실재의 열정이 '위조된 열정'이었음이 판명된 이 시대에, 그것은 불가능하다. '실재에의 열정에 대한 열정'은, 그럼에도 불구하고 "실재와의 '가능한' 그리고 '잠재적인' 관계를 모색"하고 활성화하려는 의지 혹은 태도다.(김홍중, 『마음의 사회학』) 「단씨의 형제들」의 결론에서 단기호가 자기 태도로서 정립하는 것이 바로 그것이다. 박태순에 따르면 '진짜 삶'은 소시민적 삶의 허구적 안정 속에 있는 것이 아니라 그 바깥에서 살아가는 밑바닥 민중들의 단단하고 활기찬 생명력

속에 있다. 그는 그 '진짜 삶'에 육박하려는 강렬한 파토스 자체를 하나의 태도로 정립한다. '야성'과 '광폭하고 야만스럽고 도전적인 태도'는 그 파토스에 대한 열정, 즉 실재에의 열정에 대한 열정의 다른 이름이다.

5. 나가며

　박태순의 소설에서 두드러지는 것은 고전적인 형식과 질서를 멀리하는 형식의 미완과 혼란, 형상화의 질서를 깨고 무질서하게 쏟아지는 관념적인 다변(多辯)과 생경한 언어의 요설 등이다. 이런 특징은 단지 기술적 미숙함의 소산이 아니라 한국 사회의 황폐에 대한 울분과 반항, 그 바깥을 향하는 의지와 충동의 정제되지 않은 에너지가 소설의 미학적 질서까지 초과하고 있음을 보여 주는 증상이다. 중편소설 「형성」 「낮에 나온 반달」 「정처」 「단씨의 형제들」에서도 그처럼 소설의 규범적 질서나 미적 세련과 거리를 두는 박태순 소설의 특징은 여일하다.

　그리고 「단씨의 형제들」에는 그런 글쓰기가 이후 어떤 형태가 될 것인지를 암시하는 장면이 있다. 가령 단기호의 장황한 편지를 소개하는 '나'는 그 편지의 문장에 대해 이렇게 말한다.

> 편지 문면 자체가 이상스럽게 혼란된 상태에 빠진 인간의 광적인 혐오감을 드러내고 있으며, 어떤 때에는 날카로운 관찰을 보여주기도 하지만 무슨 이야기인지 종잡을 수 없는 횡설수설의 문장을 내리갈겨 놓고 있기 때문이다. 그렇기는 하지만 무조건 감미롭

기만 하고 세상에 대한 회의라고는 전혀 없이 세련되고 매끈한 허
구(虛構)보다는 차라리 그의 꺼끌꺼끌한 편지가 더욱 가치가 있
다고 판단되기는 한다.(423쪽)

　'나'는 단기호의 편지가 비록 광기에 휩싸인 횡설수설을 늘어놓
는 꺼끌꺼끌한 글이지만 "세상에 대한 회의라고는 전혀 없는 세련
되고 매끈한 허구(虛構)"보다는 가치 있는 것으로 평가한다. 이는
그 자체로 박태순 자신의 글쓰기에 대한 자기 지시적 언술로 읽힌
다. 이것은 자기의 소설이 '세련되고 매끈한 허구' 같은 기존 문학성
의 기준과 규범을 벗어나 '진짜 삶'의 핵심에 광폭하게 육박하는 거
친 파토스의 표현이 되어야 하리라는 의지의 표명이다. 거기엔 문학
이 거친 혼돈과 갈등의 현실과 동떨어진 고립된 것이 되어서는 안
된다는 인식이 투영돼 있다. 그렇게 혼란과 무질서를 자신의 몫으
로 떠안았던 박태순의 소설은 이후 변두리 하층민의 삶으로 걸음
을 옮긴 '외촌동' 연작을 거쳐, 삶과 노동의 현장을 탐사하는 르포
르타주의 세계로 나아간다. 이 책에 실린 박태순의 초기 네 편의 중
편소설은 1970년대 이후 그러한 전신(轉身)이 어떻게 예비되고 있었
는가를 뚜렷하게 보여주는 표지판이다.

박태순 연보

1942 5월 8일 황해도 신천군 용문면 삼황리 소산동에서 아버지 박상련(朴商縺), 어머니 권순옥(權純玉)의 2남 2녀 중 장남으로 출생하였다. 본관은 밀양이다.

1947 1월, 부친이 가산을 모두 정리한 뒤 해주에서 서울로 이주하였다. 묵정동, 삼청동, 청운동, 원효로, 신당동 등지의 빈민촌을 전전하였다.

1950 12월 하순 대구로 피난했다. 그동안 다섯 군데의 국민학교를 옮겨 다닌 끝에 대구 중앙국민학교를 졸업했다.

1954 환도와 함께 서울로 이사하여 서울중학교에 입학했다. 중학교 2학년 때 막연히 작가가 되겠다고 마음먹었다. 친구와 함께 출판사 동업 중이던 부친이 휴전 이후 독립하여 출판사 박우사를 차렸다. 박태순은 국민학교 6학년 때부터 교정과 편집, 배달 일을 거들었다.

1957 서울중학교를 졸업하고 서울고등학교에 진학했다. 문천회, 바우회 등의 독서 모임에서 활동하였다.

1960 서울고등학교를 졸업하고 서울대학교 문리대 영문과에 입학했다. 곧바로 맞이한 4·19혁명 당시 경무대 앞까지 진출했는데, 함께 있던 친구 박동훈(법대 1학년)의 죽음에 큰 충격을 받았다. 이후 이때의 경험을 바탕으로 단편 「무너진 극장」과 「환상에 대하여」 등을 창작했다. 서울대 문리대 교양학부에서 김광규, 김승옥, 김주연, 김치수, 김현, 이청준, 염무웅, 정규웅 등을 동기로 만났다.

1961 학업에 뜻이 없어 학교에는 거의 나가지 않고 음악다방에만 출몰하였다. 자퇴를 결심하고 친구 따라 강원도 영월군 주천면에 가서 한동안 두문불출하는 생활을 이어 나갔다. 상경한 후에는 본격적으로 신춘문예에 도전하기 시작하였다. 시와 소설을 합해 총 스물한 번 도전하였으며 신림동 난민촌에서 한 달여간 틀어박혀 외촌동 연작을 구상하였다.

1964   대학을 졸업하고 단편 「공알앙당」으로《사상계》신인문학상에 입선
        하였다.

1966   중편 「형성」이《세대》제1회 신인문학상에 당선되었다. 단편 「향연」
        이《경향신문》, 「약혼설」이《한국일보》신춘문예에 각각 당선작 없
        는 가작으로 입선하였다. 외촌동 연작의 첫 번째가 되는 단편 「정든
        땅 언덕 위」를 발표하여 문단의 호평을 받았다.

1967   본격적인 창작 활동을 시작하였다.《월간문학》에 근무하던 이문구,
        《사상계》에 근무하던 박상륭 등과 알게 되어 가깝게 지냈다.

1969   1월에 출간된《68문학》제1집에 김승옥, 김주연, 김치수, 김현, 염무
        웅, 이청준과 함께 참여하였다.

1970   11월 청계 피복 노동자 전태일의 분신 사건을 취재하였다.

1971   르포 「소신(燒身)의 경고-평화시장 재단사 전태일의 얼」을 발표하였
        다. '광주 대단지 사건'(지금의 성남민권운동)을 취재하고 르포 「광주
        단지 4박 5일」을 발표하였다. 이때의 경험을 바탕으로 다음 해 단편
        「무너지는 산」을 발표하였다.

1972   4월 15일 김숙희(金琡姬)와 결혼하였다. 창작집『무너진 극장』(정음
        사),『낮에 나온 반달』(삼성출판사)을 간행하였다. 장편 「님의 침묵」
        (여성동아)을 세 달간 연재하였으며, 연출가 임진택이 「무너지는 산」
        을 연극으로 각색하고 연출하였다.

1973   인문기행 「한국탐험」을《세대》에, 장편 「사월제」를《한국문학》에,
        「서향장」을《주부생활》에 연재하였다. 창작집『정든 땅 언덕 위(부제:
        외촌동 사람들)』(민음사)를 간행하였다.《중앙일보》에 소설 월평을
        연재하였으며, 12월 26일 민족학교 주최 '항일문학의 밤'에 참가하여
        시를 낭송하였다.

1974 1월 6일 유신헌법에 반대하여 '개헌 청원 지지 문인 61인 선언'에 발기
인으로 참가하였다. 4월, '문인 간첩단 조작 사건'에 대하여 문인 295
인의 진정서 규합 활동을 하였다. 11월 18일, 광화문에서 '문학인 101
인 선언'을 발표하며 '자유실천문인협의회'의 창립을 주도하였다. 이
날 경찰에 연행되었다가 이틀 후 풀려났다. 장편 「내일의 청춘아」를
《학생중앙》에 연재하였다.

1975 창작집 『단씨의 형제들』(삼중당), 산문집 『작가기행』을 간행하였다.
《한국문학》에 '언사록'이라 하여 개항 이후의 상소문, 격문, 선언문,
민요, 풍요와 유언비어 등을 수집·정리해 3회에 걸쳐 소개하였다. 김
지하의 '오적필화사건'과 연이은 긴급조치 등 폭압적인 유신 체제에
항의하는 의미로 절필을 결심하였다. '동아일보 광고탄압사건'에 항
의하여 자유실천문인협의회 문인들의 격려 광고를 주도하였다.

1976 번역시집 『아메리칸 니그로 단장(斷章)-랭스턴 휴즈 시선집』(민음사)
을 간행하였다. 침묵이 길어지는 동안 「사서삼경」을 독파하였는데,
훗날 이것이 이후의 재창작에 큰 도움이 되었다고 고백한다.

1977 3월 '민주구국헌장'에 서명한 혐의로 고은, 김병걸, 이문구 등과 함께
연행되어 수일간 조사를 받았다. 7월 24일 전태일의 모친 이소선이 구
속되고 평화시장 노동 교실이 폐쇄되자 이후 '평화시장사건 대책위
원회' 결성에 참여하였다. 12월 23일 한국 최초로 발표한 '한국노동인
권헌장' 작성에 참여하여 교열 보완 작업을 하였다. 장편 『가슴 속에
남아 있는 미처 하지 못한 말』(열화당)을 간행하였다. '자유실천문인
협의회 제3선언'에 참가하였다. 장남 영윤(榮允)이 출생하였다.

1978 4월 24일 자유실천문인협의회와 백범사상연구소가 공동으로 주최
한 '제1회 민족문학의 밤'에서 한용운의 시 「님의 침묵」을 낭송하였
다. 이 행사를 빌미로 고은과 백기완이 중앙정보부에 연행되었고, 박
태순과 이문구 등이 고은의 화곡동 집에서 단식 농성을 주도하였
다. 12월 21일 '김지하 문학의 밤' 행사에서 「세계 지식인 및 문학인에

게 보내는 메시지」를 낭독하였다. 장편 「백범 김구」를 《학원》에 연재하였으며, 번역서 『자유의 길』(하워드 파스트, 형성사), 『올리버 스토리』(에릭 시걸, 한진출판사)를 간행하였다.

1979   2월 5일 광주 YWCA에서 열린 '양심범을 위한 문학의 밤' 행사에서 사회를 맡았다. 6월 23일 종로 화신 앞에서 '카터 방한 반대 시위'에 참가했다가 연행되어 김병걸, 김규동, 고은 등과 함께 구류 25일 처분을 받았으며, 정식재판 청구 후 10일간 구금되었다. 8월 31일, '1979년 문학인 선언' 발표와 관련하여 퇴계로 시경 안가로 연행되었다. 11월 13일, 윤보선 전 대통령 집에서 불법 회합을 가졌다는 이유로 계엄사에 의해 염무웅 등과 함께 연행되었다가 경고 훈방 조치를 받았다. 고은, 이문구 등과 함께 무크지 《실천문학》 창간을 주도하였다. 11월 24일, '명동 YWCA 위장 결혼식 사건'에 참가했다가 연행되었다. 장편 『어제 불던 바람』(전예원), 『님을 위한 순금의 칼』(경미문화사)을 간행하였다. 둘째 아들 영회(榮會)가 태어났다.

1980   3월 25일, 무크지 《실천문학》의 창간호가 간행되었다. 여기에 『팔레스티나 민족시집』을 번역하여 소개하였고, '사회과학자가 보는 한국문학' 조사를 발표하였다. 4월 19일 연세대학교 '4·19 문학의 밤' 행사에서 '문학에 있어서 4·19의 의미'에 대해 강연하였다. 장편 『어느 사학도의 젊은 시절』(심설당)을 출간하였다.

1981   번역 시집 『팔레스티나 민족시집』(실천문학사)을 간행하였으며, 번역 소설 『대통령 각하』(앙헬 아스투리아스 , 풀빛), 『민중의 지도자』(치누아 아체베, 한길사), 『파키스탄행 열차』(쿠스완트 싱, 한길사)를 간행하였다. 산문 「국토기행」을 《마당》에 연재하였으며 평론 「문학과 역사적 상상력」(실천문학)을 발표하였다.

1982   장편 「골짜기」를 《실천문학》에 연재하다가 중단하였다. 『무너지는 사람들』(후앙 마르세, 한벗), 『우편배달부는 벨을 두 번 울린다』(제임스 M. 케인, 한진출판사)를 번역 출간하였다. 12월 실천문학사가 전

예원에서 분리·독립하면서 독립문 근처 박태순의 집필실 옆으로 이주하였다. 그로 인해 무크지 《실천문학》 편집은 물론 『문학과 예술의 실천논리』 『아프리카 민족시집』 등 실천문학사의 초기 출판 목록에 적잖은 영향을 미친다.

1983 『문학과 예술의 실천논리』(실천문학사)에 아시아 아프리카 작가 운동을 집중 소개하였다. 「국어교과서와 민족교육」을 《교육신보》에 연재하였으며, 기행문 『국토와 민중』(한길사)을 간행하였다.

1984 자유실천문인협의회 개편 작업에 참가하였다. 장편 「풀잎들 긴 밤 지새우다」를 《마당》에 연재하였다. 무크지 《제3세계연구》(한길사) 창간호에 팔레스타인의 민족시인 마흐무드 다르위시에 대한 소개글과 르포 「잃어버린 농촌을 찾아서」를 발표하였다. 『종이인간』(윌리엄 골딩, 한진출판사)을 번역 출간하였다.

1985 연작 소설 「고향 그리고 도시의 벽」을 《열매》에 연재하였으며, 《실천문학》에 보고문 「자유실천문인협의회와 1970년대 문학운동」을, 장편 「어머니」를 발표하였다. 후자는 미완으로 남았다. 「역사와 인간」을 《오늘의 책》에, 「한국의 장인」을 《동아약보》에 연재하였다. 8월 '갑오농민전쟁의 전적지를 찾아서'를 주제로 하는 '제1회 한길역사기행'을 강의하였다.

1986 8월 10일부터 2박 3일간 한길사 『오늘의 사상신서』 101권 발간을 기념하는 '병산서원 대토론회'에 80여 지식인 학자들과 함께 참여하였다. 창작집 『신생』(민음사), 산문집 『민족의 꿈 시인의 꿈』(한길사)을 간행하였다. 월간 《객석》에 「작가가 본 연극무대」라는 공연평을 연재하였다.

1987 4월, 자유실천문인협의회가 주최하는 '시민을 위한 민족문학교실'에 강사로 참가하여 '제도 교육 속의 문학'을 강연하였다. '4.13 호헌조치'에 반대하는 문학인 193인 서명에 참가하였으며, 6월항쟁 이후 자

유실천문인협의회를 '민족문학작가회의'로 개편하는 작업에 참여하였다. 신동엽창작기금을 수혜하고, 무크지《역사와 인간》에 「문학은 곧 역사 탐구」라는 창간사를 집필하였다.

1988 '4월혁명연구소'의 발기인으로 나섰다. 「광화문」을《월간조선》에, 국토기행 「한국의 기층문화를 찾아서」를《월간중앙》에 연재하였다. 중편소설 「밤길의 사람들」로 한국일보문학상을 수상하였다.

1989 3월 27일, 민족문학작가회의 대표단으로 남북작가회담을 위해 판문점으로 가던 중 연행되었다. 국토기행문 「사상의 고향」(월간중앙), 역사 인물 소설 「원효」(서울신문)를 연재하였으며《사회와 사상》에 실록 「광산노동운동과 사북사태」「거제도의 6·25 그 전쟁범죄」 등을 발표하였다.

1990 사회학자 김동춘과 함께 「1960년대의 사회운동」(월간중앙)을 연재하였다. 한길문학예술연구원에서 소설 창작을 강의하고 한길문학기행을 주도하는 등《한길문학》편집위원으로 활동하였다. 역사 인물 소설 「연암 박지원」(서울신문)과 「원효대사」(스포츠서울), 「박태순의 분단기행」(말)을 연재하였다. 10월, 윤석양 이병이 공개한 '국군보안사령부 민간인 사찰 폭로 사건'의 보안사 사찰 대상에 포함된 것으로 밝혀졌다.

1991 사단법인 한글문화연구회의 이사를 맡았다. 4월 「신열하일기」(서울신문) 연재를 위해 첫 번째 중국 기행을 다녀왔다. 이때는 대한민국과 중국 간의 공식 수교가 이루어지기 전이었다.

1992 《민주일보》에 객원 논설위원으로 참여하였으며,《한겨레신문》에 「역사의 승리자로 남기를」을 발표하였고,《사회평론》에 「역사와 문학」을 연재하였다.

1993   충북 중원군 상모면 온천리(수안보)에 집필실을 마련하였다. 역사 인
        물 평전 『뇌봉』(실천문학사)을 조선족 동포 최성만과 공동으로 번역
        간행하였다. 부친 박상련이 별세하였다.

1994   일본 후쿠오카 아시아태평양센터 주최 국제학술심포지엄에 '국토
        소설가' 자격으로 참가하였고, 그 방문기를 《황해문화》에 발표하였
        다. 역사 인물 평전 『랭스턴 휴즈』(실천문학사)를 번역 간행하였으며
        《공동선》에 「서울 사람들」을 연재하였다.

1995   계간 《내일을 여는 작가》 창간호에 첫 장시 「소산동 일지」를 발표하
        였다.

1997   《내일을 여는 작가》에 「자유실천문인협의회 문예운동사」를 연재하
        였다.

1998   제15회 요산문학상을 수상하였다. 《실천문학》에 장편 「님의 그림자」
        를 연재하다 중단하였다. 8월 연변작가협회의 강연 초청을 받아 백
        두산과 길림성 일대를 방문하였다.

2000   '안티조선 운동'에 동참하였으며 《현대경영》에 「고전으로 세상 읽
        기」를 연재하였다.

2001   '광주대단지사건' 30주기를 맞이하여 성남 지역 시민단체들이 마련
        한 심포지엄에 발제자로 참석하였다.

2004   『문예운동 30년사 : 근대운동으로 살펴본 한국문학』(전 3권, 작가회
        의 출판부)을 간행하였다. 이는 훗날 『한국작가회의 40년사』(2014)
        집필에 가장 중요한 자료로 쓰인다.

2005   기행문 「우리 산하를 다시 걷다」(경향신문)를 연재하였다.

2006   《공공정책》에 「박태순의 신택리지」를 연재하였다.

2007   첫 창작집 『무너진 극장』(정음사, 1972)을 책세상 출판사에서 '소설 르네상스' 시리즈로 재출간하였다.

2008   『나의 국토 나의 산하』(한길사)를 완간하였다.

2009   《프레시안》이 주최하는 '박태순의 국토학교'의 교장으로 취임하며 "찾지 않는 한 국토는 없으며 깨닫지 않는 한 현실은 보이지 않는다"는 소신을 30여 회에 걸쳐 실천하였다. 『나의 국토 나의 산하』로 한국일보사가 주관하는 한국출판문화상 저술상(교양)을 수상하였으며, 제23회 단재상을 수상하였다. 전통공예의 장인들을 취재한 기록 『장인』(현암사)을 발간하였다.

2013   5월 2일, 모친 권순옥이 별세하였다.

2014   '한국작가회의 30년을 말한다' 좌담회의 첫 대상자로 초청되었다. 한국작가회의 창립 40주년 기념식에서 문학운동에 관한 각종 기록을 정리하고 보존한 데 대하여 특별 감사패를 받았다.

2019   8월 30일 오후 3시 30분 서울 신촌 세브란스병원에서 향년 77세의 나이로 타계하였다. 9월 2일 경기도 파주시 파평면 청송로414번길 7-19 망향동산 묘지에 안장되었다.

출전 및 저본 정보

작품명	최초 게재지	저본
형성	《세대》, 1966년 6월호	최초 게재지와 동일
정처	《세대》, 1969년 5월호	『낮에 나온 반달/정처』 삼성출판사, 1973
낮에 나온 반달	《주간한국》, 1969년 11월 23일 ~1970년 4월 26일	『낮에 나온 반달/정처』 삼성출판사, 1973
단씨의 형제들	《문학과지성》, 1970년 겨울호	『정든 땅 언덕 위』 민음사, 1973

박태순 중단편 소설전집 6권

2024년 12월 13일 1판 1쇄 펴냄

지은이	박태순
엮은이	박태순 전집 편집위원회
	김남일 김영찬 김우영 박윤영 백지연 서은주 오창은 이수형 이승철
펴낸이	김성규
편집	김안녕 조혜주 한도연
작품 검수	김사이 노예은 선상미 신민재 안현미 이준재 윤효원 황채연
디자인	신혜연
펴낸곳	걷는사람
주소	경기도 용인시 기흥구 동백중앙로 358-6, 7층(본사)
	서울 마포구 월드컵로16길 51 서교자이빌 304호 (지사)
전화	031 281 2602 / 02 323 2602
팩스	02 323 2603
등록	2016년 11월 18일 제25100-2016-000083호

ISBN 979-11-93412-80-0 04810
ISBN 979-11-93412-74-9 [04810] (세트)